실러 1-2

Schiller: Leben-Werk-Zeit
by Peter-André Alt

한국연구재단총서 학술명저번역 **576**

실러 1-2

생애 · 작품 · 시대

Schiller: Leben-Werk-Zeit

페터 안드레 알트 지음 | **김홍진 · 최두환** 옮김

아카넷

1-1권
차례

서론

후주

2-1권
차례

2-2권
차례

| 일러두기 |

1. 이 책은 Peter-André Alt의 *Schiller: Leben-Werk-Zeit I · II*를 완역한 것이다. 독일어판은 두 권으로 되어 있으나, 한국어판에서는 각 권을 다시 두 권으로 나누어 총 네 권(1-1, 1-2, 2-1, 2-2)으로 분책하였다.

2. 한국어판의 두 옮긴이는 전체 원고의 번역과 편집에 공동으로 노력하였으나 1권(1-1, 1-2)은 김홍진, 2권(2-1, 2-2)은 최두환의 책임 아래 번역이 이루어졌으며, 해제 또한 따로 작성하여 각 권말(1-2, 2-2)에 실었다.

3. 독일어판의 주석은 전거를 밝히는 후주와 실러 작품의 인용을 밝히는 방주로 되어 있으며 한국어판은 이러한 체재를 그대로 따랐다. 방주에 쓰인 약어를 풀이하면 다음과 같다.

> NA: 내셔널 판(Nationalausgabe)
> FA: 프랑크푸르트 판(Frankfurter Ausgabe)
> SA: 100주년 판(Säkularausgabe)
> P :「피콜로미니(Piccolomini)」
> T :「발렌슈타인의 죽음(Wallensteins Tod)」
> L :「발렌슈타인의 막사(Wallensteins Lager)」

4. 각주는 독자의 이해를 돕기 위해 옮긴이가 작성한 것이다.

5. 독일어판은 반복적으로 사용된 서명과 작품명을 약칭으로 쓰고 있으나 한국어판에서는 독자의 혼동을 피하기 위하여 서명과 작품명을 되도록 온전하게 적었다.

6. 서명과 작품명은 각각 겹낫표(『 』)와 낫표(「 」)로 묶어 구분하였으나 개별 작품이 간행 등의 이유로 서명의 의미를 띨 경우에는 겹낫표로 표시하였다. 한편 정기간행물은 겹꺾쇠(《 》)로 묶어 구분하였다.

제4장

자유문필가:
산문, 소설, 잡지 기고문
(1782~1791)

1. 실러 소설 기법의 역사적 위치

사례(事例) 이야기

심리학에 매료된 새로운 산문

실러는 1782년부터 1789년까지 7년간 소설 작품을 집필했다. 그중에서 가장 중요한 작품들은 드레스덴 시절에 쓴 것이다. 이 소설 작품들은 쾨르너와 후버 같은 친구들과 어울려서 편안하게 문학적 판타지를 키울 수 있었던 고양된 분위기를 배경으로 해서 탄생했다. 실러가 드레스덴에서 소설 장르에 손을 댈 생각을 한 것은 무엇보다도 출판업자로서 필요성 때문이었을 것이다. 즉 그가 발행하는 잡지 《탈리아》는 독자의 관심을 끌고, 되도록 광범위한 독자층의 오락적 취향을 충족할 글들이 필요했던 것이다. 독자들의 오락적 욕구는 딱딱한 교훈문학이나 심오한 이론을 전개하는 논문들에는 등을 돌리는 것이 상례였기 때문이다. 어디까지나 짧으면서도 함축성 있고 긴장감 넘치는 텍스트가 절실히 필요했다. 초기의 드라마를 개작하라고 요구하는 달베르크의 경우와 비슷하게 실러는 여기서 현실적으로 생각하는, 즉 선선히 관중의 취향을 따를 줄 아는 저자의 자세를 보여주고 있는 것이다.[1]

실러의 서술문학 형식은 철학적 대화, 노벨레, 전기, 심리적 사례연구, 역사적 일화 등 다양한 모습을 취하고 있다. 이는 장르의 윤곽이 뚜렷하지 않은 후기 계몽주의 서술문학 자체의 프로필에 바탕을 둔 것이었다. 당시 사람들에게 이 장르는 18세기 초부터 독일에서 사랑받던 운문소설의 현대적 변형이나 다름없었다. 문학사에서 18세기 후기에 마지막으로 선보이고 있는 탁월한 운문소설들은 빌란트의 「무사리온」(1768), 「이드리스와 체니데(Idris und Zenide)」(1768), 「새로운 아마디스(Der neue Amadis)」(1771), 「오베론」(1780) 등이었다. 이야기식으로 일화를 들려주듯 서술된 텍스트들은 도덕적 성향을 띤 주간잡지의 레퍼토리에서 확고한 자리를 차지하고 있었다. 고트셰트의 「숨김없이 책망하는 여인들(Vernünftige Tadlerinnen)」(1725~1726)과 「우직한 사람(Biedermann)」(1724~1726), 그리고 함부르크에서 출간된 「애국자(Patriot)」(1724~1726) 등이 훌륭한 본보기 구실을 했다. 이들의 선구자 노릇을 한 것은 영국의 잡지들이었다. 조지프 애디슨(Joseph Addison)과 리처드 스틸(Richard Steel)이 1711년부터 1713년까지 발행한 《테이틀러(Tatler)》, 《스펙테이터(Spectator)》, 《가디언(Guardian)》 등이 바로 그와 같은 잡지들이었다. 그런 잡지에 기고된 소설 작품들은 대부분 어디까지나 교육 목적을 달성하기 위한 수단이었다. 그것들은 통상적으로 프랑스, 스페인, 이탈리아(보카치오, 세르반테스, 드베르주라크, 부알로(Boileau), 드 퐁트넬(de Fontenelle))에서 일어난 실화(實話)로서 그들에게 주어진 과제는 에세이나 이론적 논문들의 추상적 원칙들을 가능한 한 함축적으로 생생하게 형상화하는 것이었다. 그러므로 이 장르는 독립적인 기능이 있는 것이 아니고, 오직 주간잡지의 교육목표 설정에 따른 부차적인 지위만을 차지하고 있을 뿐이었다. 18세기 중반에 와서야 비로소 그와 같은 과제의 족쇄에서 해방된 소설 작품이 독립적으로 좀 더 자주 출간되었다. 1757년 요한 고틀로프 베냐민 파일의 『도덕적 소설 시론』이 출간되었다. 그의 글 모음은 1755년부터 《메르쿠어 드 프랑스(Mercure de France)》에 게재된 장 프랑수아 마르몽텔(Jean François Marmontel)의 「도덕적 이야기들(Contes moreaux)」(독일어판 1766년)을 본보기로 해서, 심각한 인간의 운명을 도덕적 바탕을 지닌 행위 준칙을 전달하는 것과 결합해 재미있게 묘사하고 있다. 이와 같은 결합은 후세대 저자들에게도 성공적인 방안으로 밝혀졌다. 도덕적 이야기는 18세기 말까지 독자에게 최고도로 인기가 있는 장르임에는 변함이 없었다. 요한 카를 베첼의 풍자적 색채를 띤 산문 작품들(1777~1778)과, 1870년대 말 이후로 빌란트의 《도이체 메르쿠어》에 발표된 요한 하인리히 메르크(Johann Heinrich Merck)의 짧은 텍스트들, 마르몽텔에게서 배운 소피 폰 라 로슈의 작품집(1782~1784), 크리스티안 레베레히트 하이네(Christian Leberecht Heyne)의 「사소한 이야기(Bagatellen)」(1783), 아우구스트 라퐁테인(August Lafontaine)의 「사랑의 역사 이야기(Die Geschichte der Liebe, in Erzählungen)」(1792) 등은 이 장르가 문학 시장에서 확고한 위치를 점령하고 장기적으로 버티었다는 것을 증명해주고 있다.[2] 그 밖에도 마르몽텔이 제시한 모델을 따르지 않는 다른 장르 형식이 등장하지만 크게 성공을 거두지는 못했다. 화가인 프리드리히 뮐러(Friedrich Müller)의 목가적인 이야기, 마티아스 클라우디우스가 「반즈베커 사자들」(1771~1775)에 실은 허구적 여행 보고들, 1744년부터 《도이체 크로니크》에 실린 슈바르트의 일화들은 대중을 상대로 하는 도덕적 이야기보다는 예술적으로 좀 더 수준이 높은 길을 추구했지만, 후세대 저자들에게 결정적인 영향력을 끼치지는 못했다.[3]

계몽주의 문학에서 처음에는 서사문학이 별로 의미를 지니지 못했다. 고전주의 문학 이론 체계에서 서사문학은 현대적 장르로 취급받지 못했기 때문이다.[4] 이 장르를 좀 더 정확하게 규정하려는 시도가 비로소 나타난 것은 후의 일이었다. 그와 같은 시도에서 두드러지게 부각된 것은 이 장르의 문학성에 대해 저자들이 회의를 품고 있다는 것이었다. 요한 야코프 엥겔은 자신의 연구서 『행위, 대화, 서술에 대하여(*Über Handlung, Gespräch und Erzählung*)』(1774)에서 이 문학 장르에 간결성, 과다한 세부 묘사 포기, 전형적 사건들에 대한 해설, 복잡한 군더더기가 없는 집중된 묘사를 추천하면서 이렇게 주장하고 있다. "이야기 서술자는 대담자보다 더 일정한 관점, 어떤 확정된 의도를 실현할 목적으로 작업할 수 있다."[5] 엥겔은 풍성한 소재를 바탕으로 하는 17세기의 장편소설 기법에 대항해서 간결성과 절제를 요구하고 있다. 그래야만 이야기 서술의 심리학적 역량이 높여질 수 있다. 문학이 인간사를 가능한 한 매력 있는 방법으로 담판할 때에만 독자를 발견한다는 견해는 후기 계몽주의 문학의 새로운 인간학적 관심을 표현해주고 있는 것이다. 이와 같은 견해에 따라 이론적 관점이 작품에 대한 독자의 호응도를 높이려는 방안으로부터 문학적 내용 쪽으로 이동한다. 이야기 서술 기법에 심리학적 프로그램을 포함해야 한다는 엥겔의 주장은 여전히 도덕적인 주간잡지에 실리는 산문들의 성격처럼 문학을 교육적 목적과 결부하는 것에서 해방해주었다. 교육적 목적과 결부하는 것 대신에 실제로 일어난 것처럼 생각되는 사례 이야기의 틀에서 인간 운명의 다양성에 시선이 쏠리게 되었다.

크리스티안 가르베가 추구한 길도 비슷했다. 엥겔의 에세이집 『세상을 위한 철학자(*Philosoph für die Welt*)와 펠릭스 크리스티안 바이세가 발행했으며 영향력이 막강한 잡지 《문학과 미학 신 총서(*Die Neue Bibliothek der schönen Wissenschaften und der freyen Künste*)》 등에 실린 가르베의 글들을 젊은 실러는 아벨의 소개로 익히 알고 있었다. 가르베는 「흥미로운 것에 대한 상념(Gedanken über das Interessirende)」(1779)에서 인간 신체와 영혼의 이중성에 대한 가설을 지적인 지각 이론의 토대로 삼고 있다. 이 가설은 나름대로 실러의 이야기 서술 프로그램이 지닌 특성으로 꼽힐 수 있었다. 가르베는 개인의 관심은 그의 감각적 호기심이나 정신적 호기심, 아니 더 나아가서는 이 두 가지 자극의 합동작전이 이루어지는 곳에서 이상적으로 발생한다고 생각하고 있었다.[6] 그는 또한 인간은 감각적인 동기와 도덕적인 충동의 조종을 똑같이 받는다고 확신하고 있었다. 이와 같은 확신에서 그는 문학이 남녀를 불문하고 독자들의 흥미를 끌려면, 직접 삶에서 파악한 감동적인 운명을 탁월하게 형상화해서 보여주어야 한다고 보고 있다.[7] 그와 같은 문학에 대한 정의 속에는 후기 계몽주의의 인간학적 관점이 나타나는데, 이는 앞으로 실러의 초기 소설 작품에서도 지배적으로 나타날 것이다. 알렉산더 포프는 「인간에 대한 에세이」(1773)에서 처음으로 개인의 신체 구조를 밝히는 것이 그 시대 사유의 핵심 대상이라고 지적한 적이 있는데, 이와 같이 개인의 신체 구조를 해명하려면 육체와 영혼이 협력하는 것을 정확히 관찰해야 한다는 것이 변함없는 확신이었다.

1775년 빌란트는 「○○○ 목사와 나눈 밀담(Unterredungen mit dem Pfarrer von ○○○)」에서 심리학적 사례 이야기에 관한 프로그램을 발표했고, 실러는 10년 뒤에 이 프로그램을 「파렴치범」에서 실천에 옮겼다. 이야기 서술은 특별한 개인의 운명과 인생행로를 묘사해서 인간에 대한 독자의 지식을 심화해야 한다고 빌란트가 이미 선언한 적이 있다. 그는 이야기

서술의 근본적 목표는 경험적 지식이 뒷받침된 "삶의 지혜"를 "늘리는 것"
으로 보았다. 이 목표는 "열정의 뉘앙스", "이기심", "기만"처럼 인간적으
로 잘못된 행동들의 온갖 형태가 이야기 서술의 분석 기법의 대상이 될 때
에 달성되는 것이다.[8] 당시의 문학은 그와 같은 제안들을 심각히 받아들
여 체계적으로 실험했다. 문학적으로 철저히 규명된 사례연구들은 이와 같
은 연관에서 특별한 의미가 있다. 아우구스트 고틀리프 마이스너(August
Gottlieb Meißner)의 『소품들(Skizzen)』(1778~1796), 카를 필리프 모리츠
의 《경험심리학 잡지(Magazin zum Erfahrungsseelenkunde)》(1783~1793),
크리스티안 하인리히 슈피스(Christian Heinrich Spieß)의 「자살자들의 전
기(Biographien der Selbstmörder)」(1785)와 실러의 스승 아벨의 「인생사
의 특이한 현상들의 모음과 해설(Sammlung und Erklärung merkwürdiger
Erscheinungen aus dem menschlichen Leben)」(1784~1790)은 독자들로 하여
금 이와 같은 사례연구에 몰두하게 했다. 이 책들은 실제로 일어난 사건을
직접 관찰하는 것에 대한 관심에서 비롯하여 학문적 호기심은 물론, 천박
하게 선정적인 것을 탐하는 마음과 오락적 욕구를 다 함께 충족해주었다.
저자들은 대부분 그들의 음산한 사례 이야기를 서술하면서 정교한 문학적
수단을 이용하지 않고 간략한 서술에 만족했다. 여기서 문학적 가치보다
더 중요한 것은 진솔한 전기(傳記)라는 인상을 통해 독자들을 매료할 수 있
는 텍스트의 자료적 성격이었던 것이다.

　그 경우에 저자들의 집필 동기는 그 근원이 복합적이었다. 모리츠는 경
험심리학의 옹호자로서 특별한 관심을 정신 질환의 근원 및 진행과 개인
삶의 위기 증상에 두는 반면에, 법률가이자 대중작가인 마이스너는 자신
이 그려낸 아웃사이더의 전기를 통해 독자로 하여금 위협감을 가지게 함
으로써 교육적 성격을 드러나게 하는 것을 우선적인 과제로 삼았다. 그

때에 핵심을 차지하는 것은 범죄 사건들인데, 마이스너는 이 범죄 사건들을 치밀성과 세부 사항에 대한 감각을 가지고 대부분 냉정한 어법으로 묘사했다. 18년 동안 그는 14권으로 된 그의 『소품들』 속에 기억할 만한 일화, 전기, 경험담, 우화, 미담들을 엮어서 하나의 시리즈로 발표했다. 이 시리즈는 범죄 심리에 대한 당시 사람들의 관심을 특별히 문서화하고 있다. 프랑스의 법률가이자 신학자인 프랑수아 가요 드 피타발(François Gayot de Pitaval)은 이미 1734년과 1743년 사이에 법정 판결 문서를 바탕으로 기억할 만한 범죄 사건을 서술한 20권짜리 책을 출간했다. 이 『유명하고도 흥미로운 법정 사건(Causes celebres et interessantes)』의 독일어 번역본은 1747~1768년에 출간되었다. 이 책은 엄청난 양의 문헌 자료를 제공하고 있어 문학적 야심이 있는 저자들까지도 그 자료들에서 소재를 얻을 수 있었다. 피타발의 이 책에는 전체적인 사건 내용을 세심하게 고찰하는 데 도움이 되는 이야기식의 묘사 말고도 각각의 법정 판결문과 해설이 들어 있다. 이 선집의 부제 '거기에 따르는 판결들(avec les jugements qui les ont decidees)'이 명시적으로 그 점에 대해서 주의를 환기해주고 있다. 여기서 무엇보다 관심이 가는 것은 마이스너보다도 더 강력하게 범죄행위의 개별 배경을 고려하지 않은 채, 아무런 감정이입 없이 추상적 원칙을 적용하는, 그야말로 비인간적으로 처리되는 판결 선고에 대한 비판이다. 이와 같은 방법으로 피타발은 용기 있는 예수회 신부 프리드리히 폰 슈페(Friedrich von Spee)의 인도주의적 전통을 잇고 있다.[9] 폰 슈페 신부는 그의 「범죄 예방책(Cautio criminalis)」(1631)에서 도덕주의자다운 결연함으로 마녀재판의 부당한 판결에 반대하는 전선에 뛰어든 인물이다. 그러나 피타발의 선집은 루트비히 15세 시대의 퇴폐적인 귀족 사회의 도덕상도 동시에 보여준다. 그 시대에 도덕적으로 혼란에 빠진 상류 계층의 특징으로는 냉소주의와 무절제를 꼽을 수 있다.

피타발과 마이스너가 자신들의 사례 이야기를 주로 법률 비판이라는 계몽적 성격을 띤 글로 여기고 있음에도 불구하고, 사람들은 이 텍스트 모음을 문학적 시각에서 읽을 수가 있었다.[10] 여기에 실린, 긴장감 있게 사례들을 각색한 글들은 명쾌하기는 하지만, 때로는 문체가 무미건조했다. 이 글의 간결한 문체는 소재에 대한 관심을 북돋워주는 구실을 했다. 실러는 "마이스너의 대사들"을 그 간결성 때문에 예술적으로 훌륭한 작품이라고 평가하고 있다.(NA 25, 70) 모리츠의 《경험심리학 잡지》도 실제로 일어난 수많은 범죄행위와 범죄자 전기에 대한 기록을 전해주면서 피타발과 마이스너의 사례에 주로 병리학적 상황들을 추가하고 있다. 여기에는 1783년부터 1789년까지 범죄 심리적 경향이 있는 개별 사례 스무 건 정도를 묘사한 글들이 실려 있다. 영아 살해 여인, 살인범, 사기꾼, 절도범, 청소년 범죄자, 살인 광란자에 대한 보고들인 것이다. 여기서 전면에 나타나는 것은 비인도적인 판결 선고가 아니라, 개인적인 정신 질환이나 살아오면서 겪은 위기 상황에 근원이 있는 범죄에 대한 고찰이다. 피타발의 경우와 유사하게 여기서는 인간의 유현(幽玄)한 정신에 대한 통찰을 가능케 하는 문학적인 매체를 통하여 인간에 대한 지식을 증가시키는 계몽주의 문화의 실제성이 나타나 있다. 18세기 중반부터 실제 발생한 범죄 사건들이 전보다는 자주 신문 보도나 주간잡지를 통하여 해명되고, 소송서류가 출간되고 법정 판결을 사람들이 접할 수 있게 된 것이 모리츠의 《경험심리학 잡지》에서 범죄자 전기를 심리학적으로 해명하는 바탕이 되었다.[11]

실러의 소설 작품들은 마이스너와 모리츠의 선집의 내용들과 맥락을 같이한다. 인간의 정열, 욕망, 욕구, 심경에 대한 그들의 관심을 더 이상 도덕적 원칙에 대한 관심으로만 돌릴 수는 없어 보인다. 개인의 운명에 대한 묘사는 문학적인 실례를 통하여 독자의 경험과 통찰력을 키우라는 계몽주의적 요구에 명시적으로 귀를 기울이지는 않지만, 그들의 대상들에서 심리적 각면들을 심화시키면서 드러나게 함으로써, 마르몽텔과 파일의 도덕주의적 목적 설정에서 벗어나고 있는 편이다. 의학 교육을 받은 소설가 실러의 경험적 호기심에는 그가 묘사하고 있는 인물들의 내적 모순을 파헤치려는 의도도 포함되어 있다. 비정상적인 것, 즉 규범에서 벗어난 것도 반드시 교육적 의도에 즉각 보탬이 되지는 않더라도 여기서는 문학적으로 관심을 끈다. 그가 선호하는 소재들은 마이스너와 모리츠의 경우와 마찬가지로 특별한 과정을 겪은 삶에 대한 진솔한 이야기들이었다. 이와 같은 이야기들의 각색본은 개인의 성격 형성과 경험이 흥미롭게도 상호 영향을 미치고 있음을 밝히고 있다. 삶의 극한상황, 운명의 시련, 인생의 전환점들이 전면에 나타난다. 주인공은 이와 같은 것들의 영향을 받아 자기 삶의 궤도를 변경하고, 새로운 결단을 내리거나 대부분 원래 추구하던 목표의 수정을 계획하지 않을 수 없게 된다. 이렇게 함으로써 실러의 개별 이야기들은 이미 노벨레 장르에 접근하고 있는 것이다. 괴테가 1827년 1월 29일에 커만과의 대화에서 규정한 개념에 따르면, 노벨레는 "실제로 발생하긴 했지만, 한 번도 들어보지 못한 사건"을 실감나게 표현해야 하는 것이다.[12] 보카치오의 「데카메론」(1470)을 통해 도입된 노벨레 장르는 괴테가 1795년 《호렌》에 발표한 「독일 이주자들이 나눈 담소(Unterhaltungen deutscher Ausgewanderten)」에서 처음으로 독일에 정착되기에 이르렀으나, 실러의 소설들은 이미 1780년대에 발표된 베첼, 렌츠, 메르크의 작품들과 나란히 이 장르의 중요한 선구자 역할을 하는 것으로 밝혀지고 있다.[13] 이 이야기들은 특별한 소재와 함축적 묘사가 결합되어, 클라이스트 이래 후세대 작가들의 노벨레 기법들이 규정해놓은 것처럼 균형을 유지하고 있다.

실러의 이야기들은 초기 드라마들과 마찬가지로 정신적 부담을 느끼며 자기 주체성의 한계를 경험하는 인간의 시험 상황을 담고 있다.[14] 개인을 시험대에 올려놓고 문학적으로 실험하는 즐거움에 있어서는 극본과 산문이 다를 바 없다. 그들의 실험 조건은 계몽주의가 유효하게 만든 개인의 자율권이 내적으로나 외적으로 당하는 강요 때문에 행동 공간이 제한되는 곳에서도 얼마만큼 행사될 수 있는가 하는 문제에 귀를 기울이는 것이다. 이 점에서 산문 저자인 실러는 자신과 아주 친숙한 18세기의 프랑스 서술 기법으로부터 산적한 이론적 문제를 심리학적으로 묘사하는 경향을 물려받고 있다. 카를스슐레 생도로서 실러가 루소의 「신 엘로이즈(Julie, ou La Nouvelle Héloise)」(1761)를, 나중에는 오노레 뒤르페(Honoré d'Urfé)의 「아스트레와 셀라도니의 사랑(L'Astrée)」(1607~1627), 라 퐁텐(La Fontaine)의 「익살과 동화(Contes et Nouvelles)」(1665)와 그의 유명한 「우화(Fables)」(1668)를 읽고, 처음으로 필요한 지식을 얻었을 것이 분명하다. 실러는 드레스덴 시절에 볼테르의 「캉디드(Candide)」(1759)를 연구했을 것으로 추측된다. 그리고 실러는 디드로의 「운명론자 자크(Jaques le fataliste)」를 1784년 여름 저자가 사망한 지 몇 주 되지 않아서 달베르크의 주선으로 원고 형태로 알게 되었다. 유사한 우여곡절 끝에 그는 19년 후인 1803년 7월에 페테르부르크에서 활약하던 동서 볼초겐을 통하여 본래 러시아인의 소유로 되어 있는 디드로의 「라무의 조카(Le Neveu de Rameau)」의 육필 원고를 접하였고, 이를 감명 깊게 읽은 후 결국 1804년 말에 괴셴의 부탁으로 괴테에게 번역을 제안한 적이 있다. 세련된 아이러니를 담고 있는 디드로의 「운명론자 자크」가 얼마나 실러의 취향에 맞았는지는 그가 1784년 늦가을에 이 장편소설의 에피소드를 직접 독일어로 옮기고 그의 텍스트를 1785년 3월 중순에 발행되는 《라이니셰 탈리아》의 부록으로 펴낸 사실을 통하여 알 수 있다. 드레스덴 시절 인상 깊은 독서 경험을 안겨준 것은 전 유럽 차원에서도 유명한 두 권의 심리적 애정 소설이었다. 아베 프레보(Abbé Prévost)의 「마농 레스코(Manon Lescaut)」(1731)와 라클로(Laclos)의 「위험한 데이트(Liaisons dangereuses)」(1782)가 바로 그것이었다. 청소년 시절부터 계속 반복해서 되살아나곤 하던 여행문학에 대한 관심에도 똑같이 프랑스의 저자들이 포함되어 있었다.[15] 그리하여 실러는 1789년 가을에 바르텔레미(Barthélemy)의 「아나카르시스 2세의 그리스 여행(Le Voyage du jeune Anacharsis en Grece)」(1788)을 탐독하였다. 이 책은 학술적인 바탕에서 그리스 여행을 허구적으로 구성한 장편소설이었다. 그와 같은 독서 경험이 집필 활동에 자극을 주었음은 물론이다. 그는 당대 프랑스 소설가들의 텍스트를 원본으로 읽었는데, 그들로부터 냉철하게 분석하는 관찰자의 시점, 드라마의 수다와는 특별히 대조되는 냉정한 어법, 정선된 갈등 사건을 스케치하듯 묘사하는 서술 기법에 대한 선호, 특히 인간을 관찰하며 경험하는 원리를 심리학적 색채를 가미해서 표현하는 것을 받아들였다.

실러는 당대 독일의 소설문학에 대한 관심도 일찍부터 높았다. 이미 카를스슐레의 생도로서 그는 엄격한 체계가 없이 이 장르의 매력에 빠져드는 열광적인 장편소설 독자였다. 괴테의 「젊은 베르테르의 슬픔」(1774)과 밀러의 「지크바르트」(1776)를 출간된 지 얼마 안 되었을 때 읽었고, 1774년부터 프리드리히 폰 호벤의 추천으로 《도이체 메르쿠어》에 정기적으로 연재되었던 빌란트의 「어리석은 사람들」을 읽었다. 연대 배속 군의관으로서 시간적 여유가 충분하던 슈투트가르트 시절에는 겔러르트의 「스웨덴의 백작 부인 폰 G○○○의 생애(Leben der schwedischen Gräfin von G○○○)」(1747/48)와 소피 폰 라 로슈의 「폰 슈테른하임 양의 이야기」(1771)가 그의 독서 목록에 합류했을 것이다. 1782년 12월 초 바우어바흐에서 그는 라인발트에게 간청해서 빌란트의 「아가톤의 이야기」를 대출받아 읽었다. 같은 때에 그는 영국의 근대소설들과도 친숙해졌을 것으로 추측된다. 스턴의 「트리스트램 샌디(Tristram Shandy)」(1759~1767), 서간체 소설 장르를 새로이 부각한 리처드슨의 「파멜라(Pamela)」(1740)와 「클래리사(Clarissa)」(1748), 마지막으로 필딩의 「톰 존스(Tom Jones)」(1759~1767) 등은 틀림없이 그의 독서 계획에 포함되어 있었을 것이다. 그가 섬세한 정신분석 기술을 높이 평가한 카를 필리프 모리츠의 네 권짜리 소설 『안톤 라이저』는 각 권이 출간되자마자 읽었다. 장편소설에 곁들여 그는 좀 더 역사가 오래된 장르도 읽었다. 실러는 평생을 두고 동화, 기사 서사시, 설화시를 사랑했다. 그는 아리오스토(Ariosto)의 「광란의 오를란도(Orlando furioso)」(1532)를 커다란 감명을 받으며 여러 번 읽었는데, 마지막으로 읽은 것은 1801년이었다. 원래 《장편소설 도서관(Bibliothèque des Romans)》을 통해 발표된 트레산(Tressan) 백작의 요정 동화는 저자 사망 후 1787년과 1791년 사이에 출간된 작품집에서 항시 되풀이해서 논의되던 텍스트에 속했다. 확고한 통속문학과의 접촉을 그가 기피하지 않았다는 것은 1790년대 말까지도 '고딕소설(gothic novel)'* 장르의 효시인 호러스 월폴의 공포 소설 「오트란토 성」(1765)을 몰두해서 읽었다는 사실이 증명해주고 있다. 실러는 병으로 인해 일을 못할 때 소설 작품 읽기에 몰두하기를 좋아했다. 이 장르에 대한 그의 관심은 문학 이론적 애착을 포함하고 있지 않고, 오히려 순전히 오락 욕구에서 생겨났다. 평생토록 그가 각 개인의 현실에 바탕을 둔 장편소설 생산에 회의를 느끼며 대부분 대수롭지 않게 평가하는 어록을 남긴 것도 그렇게 설

∴

* 18세기 후반 '고딕'이라는 명칭을 가지고 등장한, 유럽 전기 낭만주의 성격을 띤 영국 공포 소설.

명된다. 이와 같은 중요도 평가에 맞춰 실러는 소설 이론을 발전시키지 않았다. 그가 이 분야에서 자신의 개인적 문학 계획을 발전시키고자 한 것은 미학적 문제에 대한 복잡하고 지적인 설명을 원해서가 아니라 오히려 주로 실제적인 경험을 하려는 것이었다. 그는 다른 사람의 소설 작품을 읽는 것을 다른 저자의 작업장을 들여다볼 수 있는 가능성으로 이용했다. 서정시의 경우처럼 독서는 자신의 기술을 습득하기 위한 수단이기도 했다.

실러에게 이와 같은 실용적 관점은 그가 소설을 쓰는 참다운 이유에 속했다. 1791년 11월 28일에 쾨르너에게 보낸 편지에 그는 스웨덴 왕 구스타브 아돌프(Gustav Adolf)에 대한 근대 서사시를 집필하려는 계획과 관련하여 이렇게 적고 있다. "나는 서사 시인이 되는 데 필요한 소도구를 단 하나만 빼놓고, 모두 가지고 있다고 믿네. 묘사, 활력, 충만, 철학적 정신과 배열 등이 바로 그것일세. 내게 없는 것은 다만 호머와 같은 시인이 자신이 살고 있는 시대의 생생한 전모를 파악해서 묘사하는 데 필수적으로 필요한 식견들, 그리고 모든 것에 대해서 장광설을 늘어놓을 수 있는 관찰자의 보편적인 시선일세."(NA 26, 113)[16] 자신의 능력에 대한 자신감 있는 평가는 비록 한 번도 실현된 적이 없는 서사시 집필 계획에 관련된 것이긴 하지만, 초기 산문 작품들과 관련된 것으로도 볼 수 있다. 실러는 발휘되기만 하면 성과를 거둘 수 있는 이야기 서술자의 재능을 자신이 소유하고 있다는 것을 알고 있었다. 실러는 이와 같은 활동 의지를 노골적으로 밝히고 있는데, 여기에는 서적 시장을 생각해서 이따금 좀 더 거친 기법을 사용할 용의도 포함되어 있다. 에른스트 블로흐가 실러의 초기 드라마 작품에서 읽어낸 '통속소설의 천재'는 바로 소설 작품 속에서 진면목이 드러나고 있는 것이다.[17]

불가사의한 영혼의 톱니 장치

실러의 서사문학(1782~1789)

아우구스트 고틀리프 마이스너는 1792년에 쓴 『소품들』의 제3판 서론에서 실러를 발상이 독창적이고 선택된 소재를 탁월하게 배열하는 남달리 뛰어난 젊은 산문작가라고 칭찬했다.[18] 실러의 소설 작품 집필은 이 시기에는 이미 끝이 났다. 그는 1789년 이후로는 더 이상 소설 작가의 길을 가지 않았다. 소설을 쓰던 초기에 수준 높은 대화소설 두 편이 탄생했다. 이미 언급한 텍스트 「보리수 밑에서 산책(Der Spaziergang unter den Linden)」과 「젊은이와 노인(Der Jüngling und der Greis)」이 바로 그것이다. 이 작품들은 1782년 4월과 10월에 《비르템베르크 문집》 제1권과 2권에 게재되었다. 이 작품들을 우선적으로 지배하고 있는 것은 철학적 관심이었지만, 구조 면에서 형식에 구애되지 않는다. 이 점에서 이론서나 연극 에세이와는 차이가 나는 서술 형식을 실험한 작품으로 볼 수도 있다. 여기서 전면에 나타나 있는 것은 추상적 이론들의 설명인 것이다. 낙관주의와 회의주의, 신정설 모델과 유물사관적 자연관의 긴장 관계가 일종의 허구적 대화 형식으로 전달되고 있다. 이 경우에 대화 상대자들은 그들의 상이한 생활감정과 관련 있는 상호 대립되는 철학적 구상들을 대변한다.[19] 실러가 사용하는 서술 기법의 특징은 정신적 토론 과정이 마지막에는 개인과 관련 있는 차원으로 옮겨가는 데 있다. 그럼으로써 발언자의 이론적 입장은 서로 엇나간 그들의 세상 경험에 대한 표현인 것이 밝혀지는 것이다. 즉 「보리수 밑에서 산책」의 마지막에 보이는 볼마르의 회의는 특히 실연에서 비롯된 것이고, 에드빈의 낙관주의는 성적 만족감에서 생겨난 것이다. 「젊은이와 노인」에서 젊은이 젤림은 그의 짧은 삶이 아직 그에게 환상을 무너뜨리는 체험을 안겨주지 않았기 때문에 행복의 철학을 대변한다. 그러나 노인인 알마는 나이 든 사람의 신중함에서 그 젊은 열광자의 소박한 비전을 불신하지 않을 수 없는 것이다.(NA 22, 79 이하 계속) 서술자의 연출은 철학적 논쟁의 원인을 각자가 살아온 인생사에 돌림으로써 이 논쟁의 정신적 의미를 그만큼 감소케 하고 있으며, 철저하게 문학적으로 형상화했다는 것 또한 알아차릴 수 없다. 이 두 텍스트는 소설적으로 가공이 필요한 소재를 취급해서 형식상의 연습만 한 텍스트에 불과하다. 이와 비슷하게 이론적 문제를 거친 어조로 다룬 글로는 4년 뒤에 발표된 「철학 서신」을 꼽을 수 있다. 실러는 이 서신들을 끝으로, 자신이 청년 시절에 가졌던 형이상학적 확신들과 결별하지만 회의감이 없지 않았다. 여기서도 예술적 수단을 이용하는 것은 자신의 문학적 허구를 사상의 실험장처럼 이용하고 있는 저자의 지적 야심으로 인해 엄격히 제한되어 있는 편이다.

1782년 10월 말에 《비르템베르크 문집》 제2권에는 실제로 일어난 사건을 바탕으로 해서 쓴 소설 「위대한 행동, 최근 역사에서(Eine großmütige Handlung, aus der neuesten Geschichte)」이 발표되었다.[20] 여기에는 한 여자를 사랑한 두 형제의 심적 갈등이 묘사되어 있다. 구애를 받은 여인이 결단을 내리지 못하고 구혼자 두 명의 애정을 모두 받아들임으로써 결말은 비극적으로 끝나고 가정에는 재앙이 닥쳐올 위험이 있었다. 그러나 두 경쟁자는 애정 표현을 절제해서 운명적인 열정 경쟁은 피하려고 한다. 결국 동생이 자발적으로 형에게 양보하고 바타비아로 이주함으로써 욕망을 극복하고 선을 이루는 모범을 보여준다. 결혼식을 올리고 한 해 뒤에 신부는 죽게 되는데, 임종의 자리에서 그녀는 "도망간 동생을 더 사랑했었다"고 백한다.(NA 16, 6) 여기서 실러는 독자들에게 아가씨의 감정을 숨겨오다가 마지막에 가서 비로소 진심을 밝힘으로써 마이스너가 즐겨 사용한 범죄소설 기법을 사용하고 있다. 이 최후의 고백이 유발하게 될 도덕적 결론은 암시만 될 뿐, 아무런 설명이 없다. 이처럼 이 이야기는 결론을 맺지 않고 미해결로 놓아둠으로써 독자에게 이들 형제의 심적 갈등이 다른 방법으로 해결되었다면 어떠한 결과가 초래되었을지가 궁금하게만 할 뿐, 확실한 답을 주지 않고 있는 것이다.[21] 전체적으로 실러는 심층 심리에 대한 문학적 묘사를 포기하고 있는데, 이는 한편으로는 독자에게 서술 효과를 내기 위한 이른바 서술 전략의 일환인 것이다. 격정적인 문체 수단 사용을 극히 절제하고, 냉정성을 강조한 것은 감동적인 이야기가 '사실(事實)'이라는 인상을 주는 것을 뒷받침하도록 미리 계산된 연출인 것이다. 처음에 언급한 것처럼 이 이야기가 지닌 진솔한 성격은 이 이야기를 유명한 리처드슨의 가공된 소설 주제와는 대비해주고, 독자로 하여금 "『그랜디슨(Grandison)』과 『파멜라(Pamela)』의 전권(全卷)을 능가하는 감동을 느끼게 할 수 있다"는 것이다.(NA 16, 3) 실러는 1782년 여름 헨리에테 폰 볼초겐을 통해서 이 소재를 알게 되었다. 그녀가 들려준 바에 의하면 후에 실러의 장모가 된 루이제 폰 렝게펠트(Louise von Lengefeld)의 남동생들인 루트비히 폰 부름프와 카를 프리드리히 폰 부름프(Karl Friedrich von Wurmb)는 몇 년 전에 크리스티아네 폰 베르테른(Christiane von Werthern)이라는 한 여자에게 똑같이 구애했지만, 이 경쟁은 동생 쪽이 동인도로 이주해서 자진 포기함으로써 해결되었다는 것이다. 추측하기로는 헨리에테 폰 볼초겐이 그 불행한 애정의 비밀을 폰 부름프 부인의 임종 자리에서 가장 가까운 가족 친구로서 직접 전해 들었기 때문에 이 감동적인 이야기를 자신만이 알고 있는 은밀한 지식을 동원해서 실러에게 들려줄 수 있었던 것이다. 실러는 고인의 홀로 남겨진 남편이자 형인 루트비히를 1783년 1월 중순에 개인적으로 만난 적이 있었다.

유사하게 진솔한 특징들을 지니는 소설은 「파렴치범」이다. 이 소설은 아벨이 1783년 11월 13일에 만하임을 방문했을 때 실러에게 상세하게 설명해준, 뷔르템베르크의 악명 높은 범법자 프리드리히 슈반의 운명을 묘사한 것이다. 이 텍스트는 비교적 오랜 기간 사전 연구한 후 1786년 2월 중순 《탈리아》에 발표했다. 실러가 이 텍스트를 1792년 그의 『단문집』에 옮겨 실었을 때, 제목을 의미는 같지만, 좀 더 정확하게 「실추된 명예 때문에 범행을 저지른 사람(Der Verbrecher aus verlorener Ehre)」으로 바꾸었다. 《라이니셰 탈리아》가 1785년 3월 서문에서 앞으로 이 잡지는 "영혼의 시계 속에서 새로 발견된 불가사의한 톱니바퀴"에 대한 통찰을 전달해주는 작품들을 출간할 것이라고 선언했을 때, 이미 이 소설의 심리적 경향에 대한 프로그램을 미리 발표한 것이나 다름없었다.(NA 22, 95) 이 텍스트 자체는 짤막한 서론을 통해 관심을 문학론적 방안과 연결함으로써 이와 같은 관심의 분석적 성격을 좀 더 상세하게 규정하고 있다. 실제 있었던 범죄자의 일생을 내적으로나 외적으로 서술할 때는 냉정한 어조로 묘사하는 것이 필수적이었다. 왜냐하면 독자의 냉철한 두뇌만이 인간을 적절히 평가하는 데 필요한 판단의 자유를 지닐 수 있기 때문이다. 카를 필리프 모리츠는 1788년 12월 중순 바이마르로 실러를 방문했을 때, 자신이 명예가 실추된 범죄자 이야기를 로마에서 읽었는데 그 이야기는 자기 자신이 쓴 「안톤 라이저」를 상기케 했노라며 실러에게 감격해서 보고한 적이 있다.(NA 25, 159) 그와 같은 비교는 머지않아 소설 장르의 가장 성공적인 모델로 승격하게 될 이 소설의 풍부한 심리학적 각면(角面)을 높이 칭송하는 말이었다.

실러가 쓴 일화(逸話) 「루돌슈타트 성에서 아침 식사 중인 폰 알바 공작(Herzog von Alba bey einem Frühstück auf dem Schlosse zu Rudolstadt. Im Jahre 1547)」은 그가 쓴 역사 관련 글들과 직접적으로 관련이 있는 환경에

서 태어났다. 이 텍스트의 탄생은 실러가 1788년 7월 7일 빌헬름 폰 볼초겐과 렝게펠트 자매와 함께 루돌슈타트 성을 관람한 것이 계기가 되었고, 1670년부터 전해오는 튀링겐의 신학자 쇠핑(Söffing)의 연대기가 원전 구실을 했다. 실러는 루돌슈타트의 추밀 고문관 카를 게르트 폰 케텔호트(Carl Gerd von Ketelhodt)가 훌륭하게 분류하여 정리해놓은 도서관에서 이 연대기를 열람할 수 있었다. 1788년 10월에 빌란트가 발행하는 《도이체 메르쿠어》에 발표된 알바 공작 일화는 후에 주로 하인리히 폰 클라이스트가 발전시킨 일화적인 쇼트스토리 문체의 특징을 받아들이고 있다. 이 쇼트스토리는 긴장감과 함축성 있게 묘사되어 놀라움의 효과를 주면서도 그와 유사한 노벨레에 나타나는 비교적 상세한 서술 형태는 보여주지 않는 것이 차이점이다. 실러의 텍스트는 폰 슈바르츠부르크 백작부인의 용기 있는 행동을 묘사하고 있다. 그녀는 1547년에 병사들이 조용히 퇴각하는 것이 확인될 때까지 그 부대의 사령관 알바 공작을 그녀의 성에 손님으로 잡아둠으로써 스페인 부대의 행렬이 경작지를 약탈하는 것을 용기 있게 막았다. 즉흥적으로 쓴 이 짧은 기고문은 특히 튀링겐을 통치하는 가문에 대한 칭송을 내용으로 하고 있다. 1788년 5월 29일 쿰바흐에서 실러는 이 가문에서 가장 나이 어린 왕세자인 슈바르츠부르크-루돌슈타트의 루트비히 프리드리히(Ludwig Friedrich)와 개인적으로 사귄 적이 있었다. 그러나 실러는 이 알바 이야기를 개인숭배적인 성격을 이유로 후에 비판적으로 평가했기 때문에 다른 곳에 다시 실어 출간하는 것은 포기했다.

1789년 초에 《도이체 메르쿠어》에 발표된 소설 「운명의 장난(Spiel des Schicksals)」을 마지막으로 실러는 실제 사건을 바탕으로 한 작품 시리즈를 마감했다. 이 소설은 슈투트가르트 요새 사령관 필리프 프리드리히 리거의 전기를 큰 틀로 하고 있지만, 암호화하지는 않았다. 리거는 정치 경력의 절정에서 음모 때문에 카를 오이겐의 지시로 파면되어 감금되었다가 사면된다. 그 뒤 슈바르트도 복역하고 있던 호엔아스페르크의 감옥을 지키는 교도관들의 수장으로 임명되었다. 실러는 주로 사람 마음의 변천사를 탐색해보려는 새로운 동기를 가지고 이 긴장감 넘치는 소재를 소설로 묘사하고 있다. 하지만 이와 같은 계획은 더 이상 명시적으로 설명되지 않고, 오히려 이 텍스트는 빠른 템포로 진행되는 이야기 전개에 국한하고 있다. 결과적으로 「파렴치범」에서 심리학적인 현장검증을 통해 터놓고 토론하고자 하던 교육적인 성격이 변화무쌍한 문학적 연출에 밀려 퇴색하고 말았다. 이로써 실러는 앞으로 「강신술사」에서 보여줄 숨 막히는 문체에 이미 접근하고 있다. 「강신술사」는 단편소설이라기보다는 미완성 장편소설로서 1786년 5월과 1789년 10월 사이에 《탈리아》의 연재소설로 집필되었다. 이 소설도 애정의 무상함에 대한 견해를 전달하는 것을 과제로 삼고 있지만, 독자의 오락 욕구를 소홀히 여기지는 않고 있다. 여기서 실러는 좀 더 짧은 이야기들이 달성하지 못한 두 가지 목적을 서로 연계하는 데 성공했다. 1787년 1월 첫 번째 작품의 게재가 엄청난 선풍을 일으키며 거둔 성공이 이와 같은 인상을 확인해주었다. 우선 실러는 출판업자 괴셴의 성화로 독자의 기대를 저버리지 않기 위해 이 텍스트를 계속 쓸 필요성을 느꼈다. 이는 예술가로서 실러의 공명심에는 반하는 일이었다. 1788년 5월에 《탈리아》는 그다음 속편을 발표했고, 1789년 3월과 10월 사이에는 나머지 부분의 발표가 잇따랐다. 1789년 11월 초에 실러는 이제 더욱 미완성 장편소설의 성격을 지니게 된 이 텍스트에서 몇몇 단락을 보완해서 취향을 살려 도안한 책으로 괴셴에서 출간케 했다. 이렇게 해서 그는 속간을 희망하는 호기심 많은 독자들의 온갖 억측에 부닥쳤다. 이 작품은 출판인 웅거가 돈벌이가 됨직한 제안을 했음에도 불구하고 끝까지 미완성에 머물게 되었다. 「강신술사」를 통해 실러는 이전에 독일에서는 미처 알려지지 않았던 공포 이야기와 범죄소설을 새로운 산문 형식으로 정착시키는 데 성공했다. 아르님과 호프만의 작품들이 보여주듯, 낭만주의 문학은 이 산문 형식을 계승해서 환상적인 요소들을 확대했다. 실러의 미완성 소설에도 이와 같은 요소들이 등장하긴 하지만, 거기에는 그럴 만한 이유들이 있었다. 「강신술사」는 프랑스 혁명 전야에 이 시대를 숨 막히게 하던 테마들을 다루었기 때문에 독자의 압도적 관심을 받게 되었다. 「강신술사」는 마술, 예언, 궁정 음모, 비밀결사, 모반 활동을 묘사해 시대소설의 성격을 띠었다. 앞으로 설명하게 되겠지만, 이와 같은 주제는 모두 상이한 이유에서 독자들의 특별한 관심을 끄는 것들이었다. 구체제 국가의 사회적 정체성 위기가 갑자기 독자들의 관심의 대상이 된 것이다.[22]

주로 소설을 집필하던 기간이 끝난 후에도 실러는 계속 탐정소설에 대한 애착심이 있었다. 1792년 10월에는 예나의 출판사 '쿠노의 상속자(Cuno's Erben)'에서 이마누엘 니트하머가 독일어로 번역한 피타발의 연구 사례 선집 『인류 역사에 기여한 기억할 만한 법률 사건들(*Merkwürdige Rechtsfälle als ein Beitrag zur Geschichte der Menschheit*)』 제1권을 출간하였다. 4월 중순 드레스덴으로 쾨르너를 방문했을 때 작성한 서문에 "대상들이 다양하고, 예술적으로 교묘하게 얽혀 있어서 장편소설의 소재로도 손색이 없을뿐더러 역사적 진실의 장점까지 지니고 있다"면서 이 개별 연구 사례들의 소설적 가치를 인정했다.[23] 그렇지 않아도 방대한 원본에서 발췌된 내용만을 번역한 니트하머의 번역 텍스트는 개별 사건들에 대한 법률적 해설을 포기하고, 오로지 사건 자체의 기술에만 국한함으로써 그와 같은 장점을 잘 살리고 있었다(제1권에 이어 1795년까지 세 권이 더 출간되었다). 당시 사람들이 이 선집에 큰 관심을 가졌다는 사실은 이미 1782년과

1792년 사이에 같은 출판사에서 게라(Gera)의 법률가 카를 빌헬름 프란츠(Carl Wilhelm Franz)의 책임 감수하에 네 권으로 된 일부 번역이 출간된 상황이 증언해주고 있다. 이들은 1768년에 끝마친 첫 번째 독일어 전집을 보완해주는 것들이었다.

실러가 근대 프랑스 소설문학과 씨름한 사실은 실러 자신의 작품에도 영향을 미쳤을 뿐 아니라, 그로 하여금 다른 사람의 원본을 자유로이 개작하도록 유도하기까지 했다. 1784년 말에 만하임에서 그는 당시에 미처 출간되지 않았던 드니 디드로의 「운명론자 자크」에 나오는 일화 한 토막을 번역해서 「어떤 여인의 복수 예화(例話)(Merkwürdiges Beispiel einer weiblichen Rache)」라는 제목으로 1785년 봄 《탈리아》 첫 번째 권에 발표한 적이 있다. 감미로우면서도 외설스러운 이 소재는 후에 와서 많이 각색된 편이었다. 1918년에 출간된 카를 슈테른하임의 극본 「폰 아르시스 후작 부인(Die Marquise von Arcis)」까지도 이 소재를 바탕으로 하고 있다. 내용은 명예가 훼손된 정부인 마담 들 라 포므레(Madame de La Pommeraye)의 간계가 핵심을 이루고 있다. 그녀는 심드렁하고 매력이 없어진 애인 폰 아르시스 후작에게 창녀를 안내하여, 가명으로 신앙심 돈독한 딸의 역할을 하도록 한다. 천사처럼 순수한 평민 아가씨로 잘못 알려진 그녀의 운명적인 과거가 처음으로 후작에게 알려진 것은 격렬한 사랑 속에서 그녀와 결혼을 한 후였다. 이 이야기의 특이한 핵심은 결말 부분에 있다. 거기에서 서술자는 후작이 자신과 결혼한 예전의 창녀를 높이 평가하는 법을 배우고, 그 둘은 "그들의 생애에 가장 행복한 부부"가 된다는 것을 어느 정도 역설을 담아 보고하고 있는 것이다.(NA 16, 222) 실러의 후기는 포므레의 음모는 무정하고 항시 다른 여인에게 한눈을 파는 그녀의 애인이 저지른 명예훼손에 대한 이해 가능한 결과라면서 드러내놓고 옹호하고 있다. 그러나 이 이야기는 독자로 하여금 (거의) 완벽한 복수 계획의 내용을 속속들이 열람할 수 있게 할 뿐 아니라, 의식, 관습, 탐욕의 그늘에 가려 있는 퇴폐적인 귀족 사회의 풍속도도 보여준다. 디드로의 장편소설은 저자가 세상을 뜬 지 12년 후인 1796년에 비로소 프랑스에서 출간되었다. 이 책의 수용사에서 특기할 만한 사항으로는 실러가 번안한 포므레 에피소드의 독일어 버전이 이미 1793년에 프랑스어로 되번역되어 별도로 출간되었다는 사실이다.

광범위한 독자층의 구미에 맞게 옮긴 이 번역본은 디드로의 원전을 곧이곧대로 충실하게 옮기지는 않았다. 실러의 서술에는 일상 언어를 사용하고 대사를 간결하게 하는 등 가능한 한 유려한 어법을 쓰려고 애쓴 흔적이 나타난다. 몇 가지 점에서는 독일 독자들의 입맛에 맞게 단순화하려고 했다. 그리하여 실러는 디드로에게서는 아이러니의 신호로 많이 삽입된 궁정 표현 양식의 친절한 찬사를 독일어로 정확하게 옮기는 것을 피했다. 이처럼 귀족적 어법의 정교한 색조 변화를 그대로 옮기기를 포기한 것은 독일에는 나름대로 그와 비교할 수 있는 통일된 문학적 언어문화가 존재하지 않는다는 깨달음 때문이었다. 원작에서는 마담 드 라 포므레(실러에게서는 폰 P○○○ 부인)가 과거의 창녀와 그 어머니에게, 후작의 관심을 끌려면 신앙심 돈독한 평민 여자가 어떤 역할을 할 것인가를 일일이 가르쳐주지만, 반대로 독일어 번역본에서는 가톨릭 의식의 레퍼토리를 가르쳐주는 것을 일체 피하고 있다. 이렇게 함으로써 실러의 번역 텍스트는 디드로의 원전에서 찾아볼 수 있는 재치있는 언어 구사력은 상실했지만, 일종의 풍자적 색채를 띠고 있고, 독일 독자의 취향에 정확하게 맞아떨어지는 것으로 보이는 각면들이 좀 더 확고한 성격을 얻고 있다.(NA 15/II, 444 이하 계속)

15년이 지난 후에 실러는 다시 한번 디드로 작품의 번역에 착수했다.

1790년대 말 그의 부인 샤를로테와 공동으로 프랑스 소설 여러 편을 번역해서 《플로라》에 게재했다. 제목에서 밝힌 것처럼, "독일의 딸들에게 헌정된" 이 저널은 동업자 크리스티안 야코프 찬(Christian Jacob Zahn)과, 편집 업무를 담당한 옛 드레스덴 친구인 후버의 책임하에 코타 출판사에서 출간되었다. 이 잡지는 1803년까지 서적 시장에서 큰 성공을 거두었다. 그 원인으로 분명하게 꼽을 수 있는 것은 이 잡지가 주로 여성 독자들의 기대를 충족할 수 있었다는 점이다. 이미 1799년 5월 2일에 코타는 사적으로 바이마르를 방문해서 실러가 《플로라》를 위해 기고를 할 수 있는지 문의했다. 실러는 이듬해 초에 샤를로테의 원고 두 편의 문체를 몸소 비판적으로 검토한 다음 그 원고들을 보냈다. 1800년 3월과 5월에 《플로라》에 발표된 소설 「수녀(Die Nonne)」와 「새로운 파멜라(Die neue Pamela)」가 그것이다. 이 두 작품은 특별한 예술적 개성 없이 프랑스 귀족 사회에서 사랑의 갈등을 서술하고 있다. 번역의 문체는 숙달되고 다양하다는 느낌을 주었다. 이는 샤를로테의 탁월한 프랑스어 실력과 문학적 재능을 입증해주는 것이다. 그녀의 단점은 언어의 흐름이 막혀서 명백한 서술 리듬이 형성되지 않는 것이었다. 실러는 특별히 디드로 번역의 경우처럼, 가능한 한 고도의 간결성을 추구하는 것으로 보이는 대화의 부분에서 몇 가지 점에 국한해 교정을 하였다. 그는 코타를 상대로 샤를로테의 저작권을 포기하지 않았고, 이 소설들은 익명으로 게재되어 독자들에게 끝내 저자가 누구인지 밝혀지지 않게 되었다.

실러 부인의 그 밖의 작품 두 편이 얼마 후에 요한 프리드리히 웅거가 발행하는 《장편소설 저널(Journal der Romane)》에 발표되었다. 베를린의 이 출판업자는 1799년 봄에 실러에게 자신의 정기간행물에 게재할 원고를 보내줄 수 있는지 문의했고, 실러는 5월 초에 예나대학의 역사학 교수 카를 루트비히 볼트만(Karl Ludwig Woltmann)을 통해 긍정적인 대답을 주었다. 1801년 여름 이 《장편소설 저널》 제3권에 소설 「아우툰과 마농(Autun und Manon)」이 발표되었고, 3개월 후에 「소송(Der Prozeß)」이 뒤따라 출간되었다. 이 번역 작품 두 편은 이미 1799년 여름 동안에 완성된 것으로 추측된다. 실러는 마침 이때에 「메리 스튜어트」 제1막 집필에 몰두했기 때문에 교정 작업은 거의 하지 못한 것 같다. 소설 「소송」의 경우에는 여하튼 원고 자체가 더 이상 존재하지 않기 때문에 상세한 분석은 불가능하다.(NA 16, 457 이하) 이 두 텍스트는 고상한 문체로 된 애정 소설을 선보이고 있지만, 당시의 규정화된 오락 문학의 틀을 벗어나지 못했다. 이 소설의 인습적인 인물 심리묘사는 개인 심리의 뉘앙스를 차별화해서 표현하거나 깜짝 놀라게 하는 효과를 피하고 있다. 순진한 딸과 망설이는 애인, 지참금을 노리는 파렴치한 구혼자와 권위적인 아버지가 단골 레퍼토리로 꼽혔고, 뚜렷하게 고정된 그들의 역할은 사건을 통해서 완화되기는커녕, 오히려 결연하게 강화되었다. 실러는 착실하게 번역 작업을 하느라고 힘은 들었지만, 수입은 짭짤했다. 특히 웅거는 높은 사례금을 지불하는 습관이 있었다. 그는 소설 「아우툰과 마농」의 인세로 금화 50탈러를 지급했다.(NA 38/I, 257) 실로 거액이 아닐 수 없다. 실러가 부인이 번역한 이 텍스트들을 또다시 익명으로 발표케 한 것은 당시의 이상한 관례에 따른 것이었다. 카롤리네 폰 볼초겐, 조피 슈바르트(혼전의 성(姓)은 메로), 카롤리네 슐레겔 같은 인기 있는 여류 작가들도 이름을 밝히지 않거나 남자로 가장하여 작품들을 발표했다. 이런 점에서 볼 때 비교적 계몽이 덜 된 독일의 문학계는 여류 작가의 예술적 재능이 남자들만 못하다는 편견에 사로잡혀 있었던 것을 알 수 있다. 그리하여 여류 저널을 발행하는 출판인들까지도 여류 동업자들이 쓴 원고의 실명을 감추는 데 관심이 있었다. 실명을 밝힐 경우 매상이 줄어들 것을 두려워했기 때문이었다.

《장편소설 저널》에 실릴 원고에 대한 웅거의 부탁을 받고 실러는 또한 1800년 늦여름에 최고도로 이국적인 주제를 다룰 계획을 가지고 있었다. 1794년 7월 뉘른베르크의 역사가 크리스토프 고틀리프 폰 무어(Christoph Gottlieb von Murr)는 자신이 1766년에 출간한 중국 소설 「행복한 결혼 이야기(Haoh-Kiöh-Tschuen, 好逑傳)」의 독일어 번역본을 예나에 있는 실러에게 보냈다. 추측건대 명대(1368~1644) 말에 탄생한 것으로 추측되는 원본 텍스트가 영어로 번역된 것은 이미 1719년이었다. 무어의 번역은 이 영어 번역본에 바탕을 둔 것인데 실러는 이 번역본을 큰 관심을 가지고 읽었다. 그는 1800년 8월 29일에 웅거에게 무어의 번역본을 완전히 개작할 것을 제안했다. 왜냐하면 이 소설은 "훌륭한 점을 많이" 지니고 있고, 바로 그 이유에서 독자들에게 "다시금 소생시킬" 가치가 충분히 있기 때문이라는 것이었다.(NA 30, 190) 이 이야기는 젊은 주인공 철중옥(T'ieh Chung-yü, 鐵中玉)이 도성으로 여행하는 도중에 사회정의를 위한 싸움에서 수많은 위험을 극복한 후에 황제의 축복을 받으며 사회적으로 신분이 더 높은 아가씨와 결혼해도 좋다는 허락을 받는다는 내용이다. 「행복한 결혼 이야기」는 유럽 문화권에 밀려 들어온 최초의 중국 소설로서 계몽주의 시대 초부터 이국적인 주제에 대해 고조된 관심을 충족해주기 때문에 역시 관심을 끌었다. 특히 프랑스와 영국의 저자들이 이와 같은 취향에 대한 실례를 보여주었다. 아시아 세계에서 나온 여행기, 사랑 이야기, 모험담은 18세기 중반부터 근대 대중문학의 확고한 레퍼토리에 속했다. 실러의 개작 원고는 물론 2절판 세 장을 넘지 못했다. 1801년 3월 14일에 웅거에게서 빠른 시일 내에 출간하도록 해달라는 부탁을 받은 후에 실러는 모호한 문구를 써서 나중을 기약하면서도 언제 원고를 완성할지 시기를 "정확히 정할 수 없다"고 고백하지 않을 수 없었다.(NA 31, 28) 그는 그 전체 계획을 포기한 적은 없고, 도리어 그의 달력을 보면 알 수 있듯이 이 출판으로 인해 들어올 돈을 면밀히 계산하고 있었다. 그러나 1800년 이후에는 규모가 큰 드라마 집필 작업에 전념하느라고 무어 번역에 집중하기가 어려웠다.

어디까지나 고려해야 할 점은 평생토록 실러는 소설문학 형식을 다른 장르보다 현저히 낮게 평가했다는 것이다. 1795년 말 장편소설 작가를 시인의 "이복형제"(NA 20, 462)라고 했는데, 이 말은 문학론상 소설의 서열에 대한 그의 생각을 특별히 요약해서 표현한 것일 뿐이다.[24] 1780년대에 이미 그가 자신의 소설 작품을 회의적으로 보았다는 것은 「강신술사」를 쓸 때 그 자신이 한 자아비판적인 발언을 통해 잘 알 수 있다. 그가 역사적인 글들에 대한 높은 사례금을 받아 개인적 경제 형편이 개선되기 시작했을 때, 그는 이와 같은 평가가 잘못된 것임을 알았다. 그는 오직 「파렴치범」과 「운명의 장난」만을 1792년 라이프치히의 크루시우스 출판사에서 출간된 『단문집』 제1권에 수록했고, 그 밖에 다른 소설 작품들은 더 이상 출판하게 하지 않았다. 『강신술사』의 인쇄본은 1792년과 1798년 두 번에 걸쳐 신판이 나왔으나, 이 작품은 예술적 관점에서 더 이상 그의 관심을 끌지 못했다. 그와 반대로 고전 정신을 겨냥한 다른 프로젝트는 열정을 가지고 추진했다. 1789년 봄에 그는 프로이센의 프리드리히 2세에 대한 서사시를 쓸 계획을 세우고 있었다. 1789년 3월 10일에 그는 "프리데릭 대왕 시대(Fridericiade)"의 상세한 구상을 세부적으로 스케치해서, 원래 이 계획에 대한 아이디어를 제공한 쾨르너에게 편지로 보냈다. 실러는 고전적 장르를 현대 문화의 조건 아래서 변형해서 "우리들의 풍속, 가장 고상한 철학적 향기, 체질, 검약 정신, 예술"이 전수될 수 있는 매체가 되게 하는 데 결정적 어려움이 있다고 보았다. 그렇게 함에 있어서 그는 "고전성(Classicität)"

(NA 25, 225)의 계명도 무조건 따르고 있다. 이 고전성이야말로 고전적 장르 형식의 운율과 구성상의 원칙들을 기술적으로 탁월하게 옮겨놓는 데 있어서 분명하게 살아 있지 않으면 안 되는 필수 요소인 것이다. 하지만 이 프로젝트는 이와 같이 어려운 요구에 못 이겨 구상 단계에 멈추고 말았다. 이 야심 찬 계획이 실현되지 못한 이유들은 실러 자신에게도 처음엔 불분명했던 것 같다. 1791년 11월 말에 그는 쾨르너에게 편지로 미안해하면서 자신은 '프리데릭 대왕 시대'를 공략할 수가 없다고 썼다. 그 이유는 1786년에 사망한 프로이센 왕의 "성격"이 어디까지나 자신에게 낯설고, 다른 한편으로 그는 감격하는 마음이 부족해서 이 장르가 필요로 하는 "이상화라는 엄청난 작업"을 하기가 꺼려지기 때문이라고 했다.(NA 26, 114) 정치적으로 흠이 없지 않은 인물을 이상화하지 않으면 안 되는 상황에서 벗어나기 위해서 그는 1791년 가을에 생각을 바꾸어 스웨덴 왕 구스타브 아돌프에 대한 영웅 서사시를 집필하기로 계획을 세웠다. 스웨덴 왕의 역사적 운명은 같은 시기에 이루어진 『30년전쟁사』 집필 작업과 연관되어 그의 뇌리에 생생하게 살아남아 있었던 것이다. 이 계획도 개인적인 호감이 없지 않았음에도 불구하고, 어디까지나 막연한 의도를 선언하는 것에 불과했다. 실러는 자기 자신이 살고 있는 시대의 파노라마를 설계하려는 원래의 의도가 서사시의 경직된 형식을 도구로 삼아서는 극복될 수 없다는 것을 재빨리 깨달은 것 같다. 그가 1790년대 중반에 결국 이 프로젝트를 중단한 것은 서사시라는 문학 장르의 시대착오적 성격을 통찰한 결과이다. 서사시의 구조는 심리학으로 단련된 서술 기법이 추구하는 목표에 도달하는 것을 가로막기 때문이다. 고전적 서사시에 대한 감탄을 반복해서 표현했음에도 불구하고, 실러는 근대 개인의 문제들은 장편소설을 통해서 더욱 적절하게 형상화할 수 있다는 점을 의식하고 있었을 것이다.

독자에 대한 봉사

다양한 형식의 실험

후기 계몽주의 소설문학의 구조를 포괄적으로 이해하기 위해서는 줄처의 『문학 개론』(1786~1787) 제2판을 한번 훑어볼 필요가 있다. 대다수의 다른 항목들처럼 소설에 대한 항목에도 예전에 프로이센의 장교이자 예술 애호가이던 프리드리히 폰 블랑켄부르크(Friedrich von Blanckenburg)가 작성한 소설 역사에 대한 부록이 별도로 첨부되어 있다. 여기에서 저자는 전 유럽을 망라해서 이 장르의 가장 중요한 작품들을 열거해서 국가별, 연대별로 정리하고, 이따금씩 짧은 해설을 곁들이는 등 나름대로 역사적으로 분류해놓고 있다. 블랑켄부르크가 프랑스의 장르 역사를 파악할 의도를 가지고 마련해놓은 시스템은 특별히 유익하다. 항상 경계선이 명확하지만은 않은 주요한 다섯 가지 소설 형식이 자세히 언급되어 있다. (1)보카치오의 「데카메론」을 본보기로 한 익살스러운 이야기, (2)18세기 말부터 처음으로 독일에서 권장되던 노벨레, (3)요정 동화〔이것은 이미 1704년과 1717년 사이에 출간된 앙투안 갈랑(Antoine Galland)의 「천일야화(Märchen aus Tausendundeiner Nacht)」 버전에 앞서 주로 샤를 페로(Charles Perrault)의 작품들을 통해 프랑스에서 유행 장르로 승격했음〕, (4)도덕 이야기〔이 장르의 근대적 창시자는 「도덕 이야기(Contes moraux)」를 쓴 장 프랑수아 마르몽텔로 통함〕 (5)새로운 장르 모형을 지닌 자유 형식〔특히 다르노(d'Arnaud)와 볼테르의 작품들이 흉내를 내고 있음〕.[25] 실러의 소설 작품들을 고찰하면 블랑켄부르크가 열거한 노벨레의 유형과, 철학적 목적이 있는 대화체 산문의 자유로운 형식을 취하고 있음을 확인할 수 있다. 실러가 특히 영국과 프랑스의 원본을 본보기 삼아 다듬어온 서간체 소설 장르는 이 공식에 준한 분류에서 제외되어 있다.

실러는 《비르템베르크 문집》에 실린 초기 작품 두 편이 보여주고 있는 것처럼 대화 기법을 사용함으로써 현실에서 유행하는 조류들을 따르고 있다. 요한 야코프 엥겔은 에세이 「행위, 대화, 서술에 대하여」(1774)에서 소설도 직접적인 대화의 기법을 좀 더 많이 사용해서 드라마가 지닌 심리학적 섬세함에 도달할 필요성이 있다는 것을 강조하고 있다.[26] 실제로 이와 같은 요구는 후기 계몽주의 소설 형식의 특징에 속하는 대화소설이 육성되는 결과를 낳았다. 대화소설의 가장 두드러진 모형은 엥겔 자신이 쓴 「로렌츠 슈타르크 씨(Herr Lorenz Stark)」(1795/96 또는 1801) 외에 노년에 들어서 빌란트가 쓴 「철학자 페레그리누스 프로테우스의 비밀 이야기 (Geheime Geschichte des Philosophen Peregrinus Proteus)」(1788~1791)와 「아가토 마성(Agathodämon)」(1796~1799)이 제공하고 있다. 능력 있는 극작가인 실러는 자신의 후기 소설에서는 내용에 잘 어울리는 대화 장면도 신경을 써서 삽입하고 있다. 그는 이와 같이 삽입된 대화의 도움으로 생동감과 긴장감의 효과를 동시에 내려고 했다. 하지만 대화는 본래 그의 소설에서 주된 구조 모형이 아니고, 노벨레의 기본 속성에 속한다. 노벨레는 사건의 진솔한 성격에 대한 암시, 서술 진행의 역동성, 상세한 내용을 윤색하듯 묘사하기를 피하는 것, 눈에 띄는 (여러 곳에 반드시 자리한) 클라이맥스의 조성, 긴장감을 높일 목적으로 사건의 원인을 의도적으로 감추는 것 등을 기본 속성으로 삼고 있다. 실러가 개별 인물의 행위 동기나 전체 행위의 순서를 처음엔 숨겼다가 뒤늦게 밝히는 것은 마이스너를 본떠서 범죄소설의 공식을 적용한 것이라는 것이 밝혀지고 있다. 1792년 피타발 서문에서 그는 이와 같은 서술 모형에 대하여 이렇게 설명하고 있다. "우리들은 여기서 인간이 가장 복잡한 상황에 처해 있는 것을 발견한다. 이 복잡한 처지는 기대감을 가지게 하고, 그 기대감을 해결하는 것은 예언 능력을 지닌 독자에게 즐거운 일거리를 제공한다.”[27] 실러가 분명 「보리수 밑에서 산책」의 마지막 부분에서 볼마르의 회의주의를 그의 개인적 삶의 형편에 기인한 것, 즉 그가 살아온 인생 과정에 원인이 있는 것으로 설명하는 것은 바로 앞서 밝히지 않았던 연관을 깜짝 놀라게 재구성하는 기법을 사용한 것이다. 「위대한 행동, 최근 역사에서」에서도 상황의 진실은 독자의 궁금증을 충분히 불러일으킨 뒤에 마지막에 가서 비로소 밝혀진다. 「파렴치범」과 「운명의 장난」은 예상 밖의 결말은 아니지만, 독자를 어디까지나 어리둥절케 하는 전환점을 제시하는 기법을 사용하고 있다. 사건의 진행은 거듭 노벨레의 모형을 따르고 있는데, 그렇게 할 때 서술자의 분석적 관심은 외적인 사건의 재구성에만 국한되지 않고, 인물의 인생행로에서 배경이 되는 복잡한 사회적 상황들을 해명하려고 한다. 특히 프리드리히 슈반 이야기의 경우가 그렇다. 알바 일화도 뜻밖의 반전을 지닌 진솔한 이야기를 제공한다는 점에서 노벨레의 공식을 따른다고 볼 수 있다. 다만 그 일화에는 분량이 좀 더 많은 텍스트들이 지니고 있는, 여러 가닥으로 펼쳐진 줄거리가 없을 뿐이다. 「강신술사」도 실은 서술 기법을 엄청 다양하게 보여주지만, 구조상으로는 똑같이 예상 밖의 결말을 지닌 범죄 이야기의 모형을 따르고 있다. 동생을 죽인 로렌초의 에피소드도 줄거리가 장편소설로 통합될 수 있을 만큼 여러 가닥으로 이루어져 있지 않고, 주로 노벨레의 성격을 지니고 있다.(NA 16, 77 이하 계속)[28]

「강신술사」의 서술 형식인 편지는 특별한 의미를 지니고 있다. 이 편지 형식의 도움으로 실러는 종종 독자를 어리둥절케 하는 사건의 굴절에 성공하고 있다. 편지 형식은 범죄 공식의 효과를 높여줄 수 있기 때문이다. 왜냐하면 이 형식은 사건들에 대한 총괄적인 시선을 제공하지 않고 항시 주관적으로 채색된 정보만을 전달하기 때문이다. 줄거리의 진행을 재현하는 것은 주인공들인 왕자, 아르메니아 사람, 추기경과 그의 조카가 아니라, 오직 변두리에 있는 관찰자들이기 때문에 독자는 주인공들의 동기에 대해서 막연한 추측만 할 수 있을 뿐이다. 바로 이 편지 형식이 심리적 긴장감을 불러일으키는 매체로서 이 시대의 가장 성공적인 소설 모형에 꼽힌다는 것은 리처드슨, 루소, 드 라클로, 겔레르트, 헤르메스, 소피 폰 라 로슈 등이 쓴 계몽주의 시대 유럽의 장편소설을 보면 알 수 있다. 비교적 짧은 소설 장르에서도 허구적인 편지의 기법이 활용되고 있다. 소피 폰 라 로슈도 그녀의 단명했던 여성 잡지 《포모나(Pomona)》(1783~1784)의 테두리 내에서 교육적 목적을 위해 이 문체 수단을 실험하고 있다. 「리나에게 보내는 편지들(Briefe an Lina)」이라는 제목으로 발표된 짧은 편지에서 저자는 자신의 여성 독자들에게 일상적인 지식, 행위 준칙, 대수롭지 않은 인생론을 전달해준다. 그렇게 하면서 그녀는 학술적인 계도에 대한 요구와는 분명하게 선을 긋고 있다. 즉 여성 독자들은 학술적인 교육을 받을 것이 아니라 실제적으로 이용할 수 있는 지식을 습득해야 한다는 것이다. 예컨대 보이에가 발행하는 《도이체스 무제움》 같은, 그 시대의 다른 저널들도 비슷한 예술 편지들을 풍성하게 담는 창고 구실을 한다. 그와 같은 예술 편지 속에는 문학적인 판타지와 교육적인 계산이 섞여 있다. 그러나 「강신술사」에서 실러가 이와 같이 잘 알려진 편지 형식을 이용하여 작업을 하는 것은 계몽주의 문학 정책의 실제적인 관심과는 분명히 구별된다. 여기서 편지는 노벨레의 구조를 띤 범죄소설 요소로서, 특별한 사건의 혼란스러운 진행을 좁혀진 시각에서 조명하는 과제를 부여받고 있는 것이다. 음모와 범죄의 발견에 앞서 항상 독자가 당황하는 것이 나온다. 때로는 흔적을 없애는 것과 편지 매체를 통해 거짓 정보를 퍼뜨리는 것은 심지어 그 자체의 목적이 있는 것 같기도 하다. 실러는 1789년 2월에 렝게펠트 자매에게 쓴 편지에서 자신은 「강신술사」를 통해서 독자의 상상력을 "엄청나게 발동시키고" 있지만, 그와 함께 사건의 "진실성"에 대한 요구는 뒷전으로 물러가게 했다는 것을 인정했다.(NA 25, 203)

실러의 소설에 등장하는 인물들은 그의 드라마 주인공들과는 달리 사회적 규범의 네트워크와 밀접하게 연결되어 있고, 그들의 사회적 환경에 직접적으로 묶여 있다. 유유자적하는 자세로 자기를 관찰하는 것이 아니다. 여기에서 보여주는 인물들의 삶의 구조를 좌우하는 것은 상황의 각인이다. 대부분 풍부한 소재를 지닌 산문 텍스트의 특징으로 꼽히는 빠른 서술 템포는 이와 같은 사실성의 위력을 효과적으로 나타내려는 의도를 지니고 있다. 사건의 역동적인 진전은 개인들이 정신을 가다듬을 수 있는 틈을 허락지 않는다. 개인들은 사건에 깔려서 모두가 가해자가 아니라, 희생자로 나타난다. 이 사실은 디드로를 개작한 작품에 등장하는 폰 P○○○ 부인에게도 해당한다. 그녀는 자신의 음모를 훌륭한 솜씨로 끝까지 성공시킨다. 하지만 그 음모를 통해서, 애당초 그녀가 얻으려고 하던 것과는 반대의 결과에 도달한다. 그와 동시에 많은 사건이 일어나는 소재를 선호한 것은 문학 시장의 요구에 부응하기 위해서인 것 같다. 1796년 가을 실러의 처형 카롤리네 폰 볼초겐이 장편소설 「아그네스 폰 릴리엔」 집필 작업을 시작했을 때, 실러는 그녀에게 "더욱더 많은 행동"을 권했다고 한다.(NA 42, 215)[29] 그와 같은 권고는 그 자신이 습관상 산문 분야에서 독자에게 끼칠 영향력을 얼마나 염두에 두고 작업하는지를 누설해주고 있다. 1788년 6월 12일에 쾨르너에게 쓴 편지에서 그는 나름대로 독자의 호기심을 사로잡을 수 있다고 생각하는 서술 형식과 기법을 열거하고 있다. 거기에는 "역사에 근원을 둔 가볍고 우아하게 처리된 상황들과 인물들, 촘촘히 엮인 도덕적 서술들, 풍속도"와 "풍자적인 서술"이 속한다.(NA 25, 70) 실러는 이와 같은 서술 모형들을 모두 자신의 짧은 산문 작품에 격조 있게 활용했다. 그 속에는 시장이 요구하는 것을 시장에게 주는, 신문소설 작가의 직업적 야심이 표출되어 있지만, 그 때문에 그가 기회주의의 희생자가 되지는 않는다.

2. 1780년대의 출판 활동과 산문 작품들

저널리스트의 길
《비르템베르크 문집》(1782)에서 《라이니셰 탈리아》(1785)로

실러는 1781년 말 슈투트가르트에서 아벨, 페터센, 요한 야코프 아트첼과 공동으로 문학, 철학, 대중 학문과 비평 등 광범위한 분야를 똑같이 다룰 잡지를 창간하기로 결심했다. 편집 방안은 1781년부터 《슈바벤의 과학과 예술 상황(*Zustand der Wissenschaften und Künste in Schwaben*)》이라는 새로운 이름하에 발행되던 하우크의 《슈바벤 마가친》을 모델로 삼았다. 사회적 사건 보고, 서정시, 서평, 에세이 등을 망라한 광범위한 영역에서 독자의 관심을 끌 만한 테마를 가리지 않고 혼합해서 다루려고 노력했다. 이 저널의 명칭은 《비르템베르크 문집(*Wirtembergisches Repertorium der Litterartur*)》였다. 명칭 자체는 어디까지나 이 저널이 다루는 테마는 지역적인 것에 국한하다는 신호를 보내고 있었다. 이 저널은 하우크의 잡지와 비슷하게 오직 슈바벤 지역에만 보급되도록 되어 있었다. 1782년 부활절에 216면 분량으로 창간호가 출간되었다. 모두 익명으로 발표된 기고문 스물네 편 가운데 열한 편이 실러가 쓴 것이었다. 지면을 가장 많이 차지한 것은 끝 부분에 실린 서평들이었다. 그들 중 7편은 다시금 실러가 기고한 것이었다. 베르길리우스의 「아이네이스」(VI, 557)에서 인용한, 이른바 "여기에서는 한숨 소리가 들리고 끔찍한 채찍 소리가 울릴 것이다"[30]라는 편집 모토가 분명 이 잡지의 독자들로 하여금 충분한 논쟁을 기대할 수 있도록 했다. 문체상으로 보아 실러의 필치가 분명한 의례적인 예비 보고서에는 냉혹한 어조로 이런 내용이 들어 있다. "우리들은 평가에 있어서 아름다움을 칭송하기보다는 최선의 의도를 가지고 결점을 더욱더 꾸짖을 것이다. 우리의 안목으로 볼 때, 자기 작품의 유익성과 내적인 탁월성을 일반적인 엉터리 신문 기사를 쓰는 사람의 칭찬보다 못하게 여기는 작가라면, 모름지기 경멸을 받을 만한 인간으로서 아폴론 신에 의해 모든 뮤즈들과 함께 그들의 나라에서 내쫓겨야 마땅하다."(NA 22, 73)

실러의 서평은 주로 서정시 장르에 관한 것이었다. 그는 스토이들린의 《슈바벤 문예연감》과 《시문학 잡지》, 요한 울리히 슈빈트라츠하임(Johann Ulrich Schwindrazheim) 목사의 경조시 「어느 비르템베르크 사람의 경조시(Kasualgedichte eines Wirtembergers)」, 그의 옛 스승인 요한 크리스토프 슈바프의 「독일과 프랑스 시 모음(Vermischte teutsche und französische Poesien)」, 그의 옛 학우이던 페르디난트 프리드리히 파이퍼(Ferdinand Friedrich Pfeifer)가 내놓은 볼테르의 「나닌(Nanine)」(1749)의 독일어 번역시 등에 대해서 가끔 혹평을 했다. 실러가 일찍이 썼던 책을 소개하는 글 중에 가장 짧은 비평문은 의례적 비판을 반어적으로 거부하는 내용이었다.

한 줄로 이루어진 이 텍스트는 하우크의 저널에 대한 것이었으나, 이 저널은 가을이 지난 후에는 더 이상 출간되지 않아 끝내 공격을 모면했다. "폐간하겠다고 하니 발행인을 용서합시다!"(NA 22, 195) 그 밖에 자신의 작품인 『앤솔러지』와 「도적 떼」에 대한 서평이 실려 있었다. 실러는 그 서평을 통해 자신의 작품을 광고하려는 의도를 지니고 있었다. 이 두 작품을 소개하는 글들이 다른 작가들의 작품에 대한 간결한 서평보다 훨씬 양이 많아진 것은 우연이 아닐 것이다. 특히 비평가의 활동은 광고의 효과를 지닌다. 이 사실은 다시금 경쟁자인 스토이들린을 향해 쓴 그의 글이 책략적 경향을 띤 것이 아닌지 의심스럽게 하고 있다. 이 잡지에 게재된 실러의 텍스트 대열에는 에세이 「독일 극장의 현실에 대하여」, 「보리수 밑에서 산책」, 만하임의 「도적 떼」 초연에 대한 연극평, (그가 단순히 편집만 해서) 게재한 어느 뷔르템베르크 목사의 부적(符籍)의 효과에 대한 설명이 들어 있는 편지 한 통 등이 추가로 끼어 있었다.(NA 22, 367)

전체적으로 쪽수가 적은 제2호는 1782년 10월에 출간되었는데, 여기에서는 실러가 기고한 글이 차지하는 몫이 제1호보다는 적었다. 그는 부름프 형제들의 운명에 관한 짧은 이야기 외에 샤르펜슈타인의 도움을 받아 작성한 대화록 「젊은이와 노인」, 그 밖에 화가 아트첼이 기부한 묘비 설계도에 대한 논문을 위한 네 개의 라틴어 비문을 게재했다(이 비문들은 루터, 케플러, 할러, 그리고 아직 살아 있는 클롭슈토크와 관련된 것이었다).(NA 22, 367 이하) 이미 제2호에서부터 기고문 선정에서 눈에 띄게 에세이류에만 치중했기 때문에 창작 문학작품들은 뒷전으로 밀리는 현상이 나타났다. 1783년 봄에 출간된 제3호이자 최종호에서는 이와 같은 경향이 더욱 늘어났다. 테마 영역은 원예술(園藝術)에서부터 음성학, 음악사, 교육학, 회화를 포함해서 도덕과 연금술에 이르기까지 광범위했다. 6개월째 팔츠에 살던 실러는 더 이상 논문을 기고하지 않았다. 1782년 말에 하우크가 발간하던 잡지가 폐간된 뒤에 사람들은 좀 더 많은 독자를 확보할 수 있을 것으로 계산했다. 제3호 서문에서 발행자들은 이 잡지는 더 이상 지역적 색깔을 띠지 않을 것이며, 거기에 맞춰서 테마 범위도 확대할 것이라고 밝혔다. 그럼에도 불구하고 이 잡지의 속간은 이루어지지 않았다. 이 잡지 발행의 모터 역할을 하던 실러가 탈퇴한 것이 이 프로젝트가 실패하게 된 유일한 요인은 아니었을 것이다. 과열된 경쟁 때문에 당시 한 저널의 생명은 평균적으로 2년을 넘지 못했다. 그와 같은 배경에서 《비르템베르크 문집》의 짧은 생애도 예외적인 경우가 아니었다.

발행자로서의 데뷔가 별로 전도가 밝지 못하다는 것을 경험했음에도 불구하고, 실러는 만하임에서 또 저널을 발행할 계획을 지니고 있었다. 1784년 말에 그가 《라이니셰 탈리아》를 창간한 것은 오로지 저널 발행에 대한 자신의 애착심만을 따른 것이 아니었다. 새로운 정기간행물의 발행에는 주로 극장과의 계약이 만료된 후에 그가 처하게 될 재정적 상황의 압박을 완화해보려는 목적이 있었다. 확고한 직장을 가지고 있지 않은 자유 문필가로서 실러는 어디까지나 출판 활동을 통해 얻는 정기적 수입에 의존하고 있었다.[31] 이와 같이 서적 시장에 경제적으로 의존하는 것은 대단히 늦게 독일에서 형성된 사회적 그룹인 저자들만의 특유한 현상이었다.[32] 후원자의 지원이나 일상의 직업 없이 문학작품 활동으로만 살아야 했던 최초의 저자들에는 18세기 초에 요한 크리스티안 귄터(Johann Christian Günther)가 꼽혔다. 고트셰트, 겔러르트, 하게도른, 우츠, 빌란트, 클롭슈토크, 뷔르거, 괴테 같은 사람들은 직장 내지 재단을 통해서 경제적 안정을 보장받았다. 레싱의 경우 이는 제한적으로 해당된다. 레싱은 1770년 볼펜뷔텔에서 처우가 보장된 사서의 지위를 맡기 전에는 비교적 오랜 기간 고정된 수입 없이 자유분방한 지식인의 삶을 시험적으로 겪은 적이 있다.[33] 경제적 안정을 보장받지 못한 작가들의 어려운 형편은 요한 카를 베첼이나 야코프 미하엘 라인홀트 렌츠의 경우처럼 가장 심각한 삶의 위기로 이어지는 경우가 드물지 않았다. 자원해서 공직에 묶이지 않는 출판인의 역할을 선택한 아돌프 폰 크니게까지도 이따금 끊임없이 글을 쓰지 않으면 안 되었고, 거기서 오는 압박감이 자신을 억누르는 것을 느꼈다. 1750년부터 자주 등장하기 시작한, 경제적으로 시장에 의존하는 작가의 새로운 유형은 어쩔 수 없이 동시대 문학의 발전에도 영향을 끼쳤다. 18세기 후반에는 지극히 다양한 분야에서 잡지 발행이 급격히 증가했다. 1770년과 1795년 사이에 독일에서는 새로운 저널들이 거의 2000종이나 창간되었다. 이 중에 문학적 정기간행물이 차지하는 몫은 10퍼센트에 못 미쳤다. 선구자 노릇을 한 것은 처음으로 여성 독자들에게도 문호를 개방한 교훈적 주간지*였다. 1713년과 1761년 사이에 이와 같은 유형의 신문들이 182종이나 창간되었다. 그중 대다수의 신문들은 불과 몇 년을 버티지 못했다.[34] 1765년과 1790년 사이에 시장에 선보인 저널들은 문학 224종, 역사 · 정치 217종, 일반 학문 186종, 신학 159종, 의학 119종, 교육학 109종, 자연과학 107종, 정치경제 87종이었다. 그야말로 상상하기 어려운 붐을 형성했지만, 물론 이와 같은 붐이 대부분의 잡지들이 단지 짧은 기간에만 존립할 수 있었다는 사실을 호도해서는 안 될 것이다.[35]

그러므로 실러의 기업은 강한 경쟁의 압박에 노출되어 있는 것을 깨달

∴

* 계몽주의 시대에 발행된 잡지의 유형으로 일상생활의 다양한 문제들을 글로 다루어 계몽주의 이념을 전파하는 역할을 했음. 이 잡지들은 주로 청소년 교육 문제, 교양의 함양, 여성의 사회적 인정, 도덕적이고 종교적인 문제, 문학과 미학 관련 토론 등을 다루었음.

고, 합당한 광고 활동을 통해서 그와 같은 압박에 대처하려고 했다. 1785년 가을에 그는 자신의 프로젝트를 알리는 네 쪽짜리 광고문을 작성해서, 공개적으로 알려달라는 부탁과 함께 일련의 저명한 저자들과 출판인들에게 보냈다. 이 광고문의 수취인 명단에는 《괴팅겐 문예연감》의 창간인 하인리히 크리스티안 보이에, 폰 괴킹크 남작, 바이마르 문학계의 황제 프리드리히 유스틴 베르투흐, 1774년 이래 빌헬름 하인제와 합동해서 감상적 예술 잡지 《이리스(Iris)》를 이끌고 있는 요한 게오르크 야코비, 브라운슈바이크의 대중 철학자 요한 아르놀트 에베르트, 스위스인 라바터와 할버슈타트의 나이 든 글라임 등이 포함되어 있었다. 특별히 예약 신청인들을 모집함으로써 이 대대적인 광고 활동에 활력을 불어넣은 사람들은 실러의 친구들로, 거기에는 렘프와 라인발트도 끼어 있었다. 12월 초에 이 광고문은 보이에가 발행하는 라이프치히의 《도이체스 무제움》에 실리기도 했지만, 클라인이 발행하는 《팰치셰스 무제움》과 같은 지방 저널에도 실렸다. 이 광고문의 내용은 이렇다. "《라이니셰 탈리아》는 대체적으로 인간에 관심이 있고, 직접적으로 인간의 행복과 관련된 모든 대상에게 문호를 개방할 것이다. 그러므로 도덕적 감각을 연마할 능력이 있는 모든 것, 아름다움의 영역에 있는 것, 마음과 취향을 고상하게 만들 수 있고, 열정을 순화하고, 보편적인 국민교육에 영향을 줄 수 있는 모든 것이 이 잡지의 계획에 포함되어 있다."(NA 22, 95) 실러는 "특이한 인간과 행동에 대한 그림", "행동하는 삶의 철학", "팔츠 지방의 아름다운 자연과 예술", 특히 "독일 극장" 등과 같은 광범위하게 흩어져 있는 테마 영역들을 다루겠다고 명시적으로 약속하고 있다.(NA 22, 95 이하) 이 새로운 프로젝트는 이처럼 혼성 프로그램임에도 불구하고 당시의 다른 저널들과는 별로 차이가 없었다. 실러가 특별히 모범으로 삼고 싶어하는 저널들은 빌란트의 《도이체 메르쿠어》와 보이에의 《도이체스 무제움》과 그 밖에 1775년부터 부정기적으로 출간된 요한 야코프 엥겔의 에세이집 『세상을 위한 철학자』 등이었다. 1784년 11월 16일에 괴킹크에게 보낸 편지에는 이 선집이 《라이니셰 탈리아》의 본보기로 지적되어 있다.(NA 23, 162)

실러의 광고문은 독자를 "왕"이라고 부르고, 새로이 발간하는 잡지는 이 왕의 "법정"에서 합격을 해야만 한다고 표현되어 있다.(NA 22, 94) 이와 같은 표현은 명백히 1784년 가을에 모든 구속에서 벗어나고, 영주의 보호에서도 구사일생으로 빠져나온, 이른바 조국이 없는 망명자의 상황과 관련이 있다. 실러는 이 창간호를 빛내기 위해서 작센-바이마르의 카를 아우구스트 공에게 책을 헌정하고 있는데, 이 사실은 자신을 "어떠한 군주에게도 충성하지 않는 세계시민"(NA 22, 93)으로 이해하고 있는 실러의 자화상과는 모순이 되어 이채롭다. 이 헌정 사실은 실러가 그에게 기회가 주어졌다면 예술을 애호하는 후원자에게 기꺼이 자신의 재능을 바쳤으리라는 것을 증언해주고 있다. 이와 같은 배경 앞에서 독자가 '왕'이라는 언급은 어디까지나 표리부동한 의미를 지니고 있어서, 단지 예술 창작 작업에 대한 기쁨만이 아니고, 의식이 현실적 취향에 예속되어 있다는 사실도 말해주고 있는 것이다. 1784년 12월 7일에 후버에게 쓰고 있는 것처럼, 실러는 독자가 주로 "투기적인 거래에 따라서" 대접받기를 원한다는 환상에 빠지지 않는다.(NA 23, 170) 그러므로 그는 자신의 프로그램을 되도록 다채롭게 꾸미려고 철저하게 노력하고 있다. 1785년 3월에 시중에 나온 이 잡지의 창간호는 오로지 그 자신이 쓴 글들만 싣고 있었다. 동업자를 구하는 것은 그가 감당할 수 없는 사례금 지불 때문에 포기했다. 이 창간호는 그가 유일하게 실명을 밝힌 기고문인 연극에 대한 연설 외에 「돈 카를로스」 제1막 사본, 디드로의 포므레 일화의 번역문, 예술사 기고문 한 편(「어느 덴마크 여행객의 편지」), 만하임 극장에 대한 짤막한 논문 세 편을 싣고 있는데, 이와 같은 에세이, 드라마, 살롱 이야기, 대중적 미학 논문, 무대 화젯거리 등의 혼합은 가능하면 광범위한 독자층을 끌어들이기 위한 것이었다. 우선 실러가 전문 출판인 없이 작업을 했고 시작 단계에 재정적 부담을 홀로 졌기 때문에라도 이 사업의 경제적 성공은 절실히 필요했다. 인쇄는 자비로 했고, 판매는 선불 조건하에 만하임 포스와 슈반의 서점들이 담당했다. 엄청난 광고 비용이 들었음에도 불구하고 3월까지는 정기 구독자가 거의 나타나지 않아 지출은 지지부진한 낱권 판매를 통해서만 충당될 수 있었다. 이처럼 어려운 상황에서 1785년 3월에 괴셴은 쾨르너의 사재(私財)에서 나오는 액수와 동일한 액수인 300탈러에 《탈리아》의 판권을 실러에게서 사들임으로써 그를 도와주었다. 금후 괴셴의 출판사는 이 저널의 인쇄, 광고, 판매를 맡았다. 이로써 이 잡지는 좀 더 확고한 재정적 기반을 얻었다. 하지만 다음 호가 출간되려면 1786년 2월까지 기다려야 했다.

독자는 곧 후원자?
《탈리아》의 요구와 영향(1786~1791)

드레스덴에 정착하고 난 후로 실러는 자신이 발행하는 잡지의 명칭 《라이니셰 탈리아》에서 '라이니셰'라는 수식어를 빼고, 《탈리아》로 개칭한 후 제2권 편집을 시작했다. 그는 새로운 호의 서두에 실린 짤막한 메모에 발행이 지체된 이유를 밝혔다. 기분 전환을 목적으로 자신이 여행을 했기 때문이라고 했다.(NA 22, 99) 제2권이 배달된 뒤에 그는 정확히 2월 말에 바이마르의 카를 아우구스트 공에게 한 부를 보냈다. 그는 여기에서 거둔 문학적 수확에 만족할 수 있었다. 처음으로 다른 사람의 작품들, 즉 후버가 쓴 에세이 한 편과 여배우 조피 알브레히트의 펜 끝에서 나온 서정시 한 편을 게재했다. 하지만 제2권의 질적 수준을 현격하게 높여준 것은 무엇보다도 그 자신이 쓴 텍스트들이었다. 드레스덴에서 탄생한 송가 「환희에 부쳐」가 이 잡지의 서두를 장식했다. 그 밖에 두 편의 만하임 시들 「자유분방한 정열」과 「체념」, 소설 「파렴치범」, 후버가 번역한 메르시에의 드라마 「스페인 왕 펠리페 2세」를 개작한 작품 등이 게재되었다. 여기에서 보여주고 있는 다양한 음역, 테마, 형식은 인상적이었다. 후속적으로 간행된 3권부터는 그와 비교될 만한 문학적 수준에 다시는 도달하지 못했다.

실러는 1785년 가을부터 1791년 말까지 6년 동안 《탈리아》의 발행인으로 활동했다. 그처럼 오랜 기간에 걸쳐 그가 잡지 발행 프로젝트에 관여했던 적은 그 시절 말고는 달리 없었다. 1792년에 출간된 《신 탈리아(Neue Thalia)》나 1795년에 그 뒤를 이은 《호렌》의 발행 기간도 3년을 넘기지 못했다. 실러는 자신의 최신작을 발표하는 장으로 《탈리아》를 이용했다. 1780년대 말에는 「돈 카를로스」 단편, 「철학 서신」, 「강신술사」와 병행해서 에우리피데스 번역과 비교적 짧은 역사 관련 논문들이 탄생했다. 「돈 카를로스」와 강의 목적으로 작성된 역사 연구서를 제외하고 여기에 열거된 모든 텍스트는 원래 이 잡지를 위해 집필된 것이었다. 비록 편집 활동이 이처럼 일종의 생산적인 성격을 띠고 있고, 집필 에너지와 창의성을 높여주는 것처럼 보이지만 그는 곧 《탈리아》 편집이 그에게 주는 부담 때문에 힘이 들었다.

발행인으로서 이런 계획을 추진하는 실러의 내적 동기는 어디까지나 고정적인 급료가 없는 자유 문필가의 경제적 계산이었다. 그가 사업상 본보기로 삼고 싶은 저널은 예나의 《종합 문학 신문(Allgemeine Literaturzeitung, ALZ)》이었다. 이 신문은 1775년에 창간된 이래 사업 수완이 탁월한 참사관 프리드리히 유스틴 베르투흐와 수사학 교수 크리스티안 고트프리트 쉬츠(Christian Gottfried Schütz) 같은 발행자들의 지휘 감독하에 당시에 영향력이 막강한 서평 신문으로 발전했다. 실러는 1787년 8월 말에 예나에서 《종합 문학 신문》의 편집실을 방문해서, 전문 경영인들의 지휘하에 모든 계획이 세밀하게 수립되고 있는 것을 확인하고 깊은 감명을 받았다. 그는 8월 29일에 쾨르너에게 "이 신문을 위해서 일하는 사람들은 근 120명이나 된다"라고 밝혔다. "쉬츠와 베르투흐의 수입은 각각 2500탈러이고, 동업자들에게는 매당 15탈러가 지급되네. 그 집은 예나에서 그냥 문학의 집이라고 불리고, 대단히 아름답고, 편안하게 지은 집일세. 나는 사무실 내를 두루 안내받았는데, 거기에는 엄청난 양의 출판사 책들이 서평을 기다리며 서적 판매상의 이름을 따라 정리가 되어 있었네." (NA 24, 147) 1786년 좀 더 광범위하게 영향을 미치던 《사치와 유행의 저널(Journal des Luxus und der Moden)》과 함께 베르투크가 발행한 《종합 문학 신문》은 시장을 독점하는 일종의 현대적 종합 언론사의 성격을 지니고 있었다. 이 신문의 높은 발행 부수는 자유롭게 활동하는 동업자 상당수를 먹여 살렸고, 두 발행인에게는 튀링겐 추밀 고문관의 연봉에 해당하는 수입을 제공했다. 이 신문은 1787년 당시의 상황으로는 꽤 많은 수에 해당하는 2000명, 나중에는 2500명의 정기 구독자를 확보하고 있었다. 1791년부터 바이마르의 인문 고등학교 교장 직을 맡았고, 일상적 사회 소식을 열심히 전하던 카를 아우구스트 뵈팅거는 이 신문이 매년 1만 2000탈러에 가까운 매상을 올렸다고 전했다.[36] 그와 같은 수치는 같은 시기에 독일에서 다른 정기간행물이라면 꿈도 꾸기 어려운 수치였음은 물론이다. 예나를 방문한 실러는 1787년 여름 자기 자신이 발행하는 잡지의 수준이 전문성 면에서 《종합 문학 신문》보다 얼마나 뒤떨어져 있는가를 깨달았을 것이다. 물론 그에게는 자신의 에너지를 온통 《탈리아》에 쏟고 싶은 생각은 별로 없었다. 드레스덴에서 살던 처음 몇 달 동안 프로젝트를 추진하던 열정은 발행자로서의 단조로운 일상 업무 속에서 재빨리 식어버렸다. 이 같은 징후는 실러의 추후 출판 사업에도 그대로 나타났다. 그는 프로그램상의 최고의 수준과 높은 판매액을 꿈꾸었지만, 틀에 박힌 듯 단조롭기만 한 편집 작업이라면 질색하며 싫어했다. 왜냐하면 편집 작업이 그의 문학적 상상력을 마비시키고 창조력 발휘에 지장을 주기 때문이었다.

실러의 《탈리아》와 애증이 엇갈리는 관계는 이 잡지의 발행 주기가 고르지 못한 데서 드러나고 있다. 끊임없이 충분한 기고문을 수집해야 한다는 강박관념이 그에게 엄청난 부담을 주었다. 그는 1786년 2월에 《탈리아》 제2권의 표지에 짤막한 선언문을 게재했다. 그 글에서 그는 명시적으로 이 저널의 발행 시기는 고정되지 않을 것임을 선언하고 있다.(NA 22, 99) 이와 같은 메모를 통해 실러는 한결같은 발행 주기가 야기할지도 모르는 기대감의 압박으로부터 일찌감치 해방되고자 했다. 잡지의 각 권이 출간되는 간격들은 각각 크게 차이가 났다. 제2권과 3권이 1786년 2월 및 4월에 시중에 나오고 나서 이 시리즈가 1787년 1월에 속간될 때까지 몇 달간의 휴지기가 있었다. 그다음 2년 동안은 이 잡지 발행 작업이 거의 중단되다시피 했다. 1788년 5월에 이 잡지 제5권이 새로이 발행되었는데, 이는 주로 「강신술사」의 속편을 싣고 있을 따름이었다. 《탈리아》의 판매 부수가 계속해서 줄어들자 실러는 이 기간에 자신의 경제적 곤경을 극복할 수 있는 새로운 해결책을 강구했다. 1787년 가을 빌란트와 자신의 저널을 그의 《도이체 메르쿠어》와 합병해 불편한 경쟁 관계를 극복하고 공동으로 독자층을 확보해볼 계획을 의논했다. 1788년 초 이 새로운 계획이 무산된 후에 실러는 《탈리아》를 변화시킬 방안을 곰곰이 생각했다. 1788년 5월 말 쾨르너는 앞으로 이 정기간행물의 발행 부수를 줄이고, 주제 면에서는 오로지 수준 높은 독자층만을 겨냥한 월간지로 시중에 내놓을 것을 권했다. 기고자들은 주로 가까운 친구들로 꾸릴 것을 제안했는데, 거기에 후버와 자기 자신을 꼽고 있다.(NA 33/I, 189 이하) 하지만 문학 시장의 법칙에 대한 자신의 경험을 바탕으로 실러는 이 친구의 제안을 받아들일 생각을 하지 않았다. 그래서 그는 6월 12일에 선언하기를 공명심이 강한 잡지는 오락성이 없기 때문에 광범위한 독자층을 얻지 못하는 법이라고 했다. 그러면서 강조하기를 재정적으로 살아남는 길을 보장하는 것은 오직 그 시대의 취향에 맞는 기고문을 확보하는 길뿐이라면서 "숨은 연대기, 여행 보고서, 무엇보다도 '맛깔스러운' 소설, 정치적 현실과 과거 역사 속으로의 가벼운 산책"(NA 25, 70) 등을 꼽았다. 실러가 짐짓 발행을 질질 끌며 늦추는 바람에 잡지 발행의 흐름은 완전히 중단되고 말았다. 1789년 3월에 비로소 그는 괴셴의 성화에 못 이겨 조심스럽게 작업을 다시 시작했지만, 《탈리아》의 기본 성격은 눈에 띄게 변한 것이 없었다. 3개월 동안에 연속해서 두 권이 나왔고, 그해 말에는 그다음 권이 합류해서 이 잡지의 제8권이 출간되기에 이르렀다. 실러는 1790년에도 예나대학의 교수직을 수행하느라고 여념이 없었음에도 불구하고 저널 발행을 계속했다. 1월부터 11월 사이에 세 권이 시중에 나왔는데, 이들은 다른 논문 외에도 대학의 강의 활동에서 탄생한, 그의 짧은 역사 논문을 담고 있다. 실러의 기고문이 실리지 않은 제9권은 쾨르너의 제안에 따라 친구 후버가 편집을 했다. 대학교수 업무에 시달리고 있는 발행자의 짐을 덜어주기 위해서였다. 《탈리아》 시리즈의 마지막 권인 제12권은 4월에 원고 준비가 이미 완료되었음에도 불구하고 1791년 가을에야 비로소 발행되었다. 실러가 연초부터 중병을 앓아 일정한 간격으로 침대에 누워 있어야 했던 것이 원인이었다.

기고문들의 주제상 분류에서도 《탈리아》는 통일된 성격을 보여주지 못했다. 장르별로 분류해보면 이론적 내지 일상 정치적 에세이를 비롯해서 일화와 여행 보고를 포함했고, 최종적으로는 비교적 긴 산문소설, 서정시, 연극 장면까지 아우르고 있다. 이 잡지의 처음 3년분은 1788년 5월의 제5권에 이르기까지 오로지 문학작품만 싣고 있는 반면에, 중간 단계에서는 번역 작품이 추가되었다(1789년에 간행된 세 권, 즉 제6~8권에서는 번역 작품들이 중요한 역할을 했다). 1790년 1월부터 1791년 가을까지 출간된 마지막 네 권, 즉 제9권부터 12권까지는 여러 점에서 명시적으로 프랑스 혁명과 관련을 맺고 있다. 비판적인 에세이와 목격자 보고는 막상 독일 독자들의 마음을 끌 만한 정치 문제들을 내용으로 하고 있다. 발행자는 그처럼 자신의 이해관계를 계산하기도 했지만, 분명 이웃나라에서 벌어지고 있는 사건들을 신문 독자로서 주의 깊게 추적하기도 했다. 《탈리아》에 실린 대부분의 기고문들은 당시의 관행대로 익명이나 약자로 발표되었지만, 알 만한 독자들은 쉽게 저자의 정체를 알아챌 수 있었다. 1789년 10월에 발행된 제8권의 에그몬트 백작 관련 연구 논문을 제외하고는 실러도 자신이 쓴 글을 익명으로 발표했다. 그러나 대부분의 경우 독자들은 소문을 통해 재빨리 그가 필자인 것을 알아냈다. 이런 경우에 해당하는 것은 무엇보다도 성공적인 《탈리아》 텍스트였던 「돈 카를로스」와 「강신술사」였다.

실러는 집필진을 장기적인 계획 없이 즉흥적으로 선정했다. 그의 결정 기준은 어디까지나 그가 자료들을 한 권의 책으로 만들어내는 데 얼마나 만족스럽게 기여할 수 있느냐였다. 각 권들은 거의 모두 실러 혼자서 감당했다. 1786년 2월에 나온 제2권이 그랬다. 1789년 가을에 출간된 제8권은 오로지 실러의 텍스트만을 모아놓은 반면에, 몇 주 후에 시중에 나온 제9권에는 그의 글이 단 한 편도 실리지 않았다. 그와 같은 불균형은 발행자가 확고한 편집 방안 없이 작업한다는 것과 그의 게재 결정이 즉흥적으로 내려진다는 것을 말해준다. 실러가 1785년부터 구성한 공동 집필진도 별로 조화로운 협력을 이루어내지 못했다. 처음에 잡지들을 발행할 때는 주로 친구들과 가까운 친지들이 함께 작업을 했다. 거기에는 후버, 라인발트, 조피 알브레히트, 작가 요한 프리드리히 윙거가 속했다. 윙거는 실러가 리히터의 라이프치히 커피집에서 열리던 문학 서클에서 사귄 친구였다. 이름 있는 기고자들의 참여는 저조했다. 실러 외에는 뷔르템베르크의 국사범(國事犯)으로 자신의 논문을 실명으로 밝혀야 하는 슈바르트와, '독일의 사포'로 통하던 아나 루이자 카르슈만이 비교적 잘 알려진 인물들에 꼽혔다. 1789년 이후에는 집필자의 범위가 일련의 젊은 작가들 쪽으로 확대되었다. 그들 틈에는 드레스덴의 서정시인이자 나중에는 장편소설가로 성공한 프리드리히 구스타프 실링(Friedrich Gustav Schilling), 후버가 소개한 빈의 극작가 프리드리히 율리우스 빌헬름 치글러, 재능이 뛰어난 조피 슈바르트, 비판적인 출판인 카를 프리드리히 라인하르트와 철학에 조예가 깊은 의사 요한 베냐민 에르하르트(Johann Benjamin Erhard)가 끼어 있었다. 그 밖에 실러의 친구들의 활동도 강화되었다. 별로 글쓰기를 좋아하지 않는 쾨르너도 공론장에서 질책당한 자신의 시 「그리스의 신들」(1789년 3월)을 옹호하는 기고문을 써서 실러를 놀라게 했고, 얼마 후에는 1786년 4월에 발간된 「철학 서신」의 짧은 속편 한 편을 제7권에 투고했다. 1788년 가을부터 파리에 머물던 빌헬름 볼초겐은 1790년 11월에 프랑스 국회에서 격렬하게 토의된 정치 보고서와, 프랑스어로 된 글 두 편의 독일어 번역문을 보내주었다. 예전에 슈투트가르트에서 실러의 그리스어 선생이었던 나스트는 에우리피데스의 「엘렉트라(Elektra)」 번역 발췌본을 가지고 마지막 권에 이름을 올렸다.

실러가 《탈리아》 투고자로 확보한 이름 있는 저자는 다시금 후버의 소개로 알게 된 게오르크 포르스터(Georg Forster) 한 사람뿐이었다. 처세에 능하고, 박학다식한 이 출판인은 이미 23세의 약관에 (처음에는 영어로 출간된) 여행기를 써서 문학적 명성을 얻고 있었다. 그는 1772년부터 1775년 사이에 아버지와 공동으로 제임스 쿡(James Cook) 탐험대에 참가해 뉴질랜드와 타이티에 가는 것을 계획했다(「남극과 세계 일주 여행(A voyage towards the South Pole and round the World)」(1777)). 포르스터가 1770년대 말에 카셀에, 나중에는 빌나에 이르게 된 것은 그의 학자 경력 때문이었다. 그곳에서 그는 자연과학 분야의 교수 직을 맡았고, 조금 뒤 1788년에는 팔츠 선제후의 초빙으로 마인츠대학의 사서가 되었다(여기서 그는 후버와 알게 되었다). 프랑스의 자코뱅 당원을 위해 현실 정치에 참여하기에 앞서 이미 포르스터는 수많은 신문 기고를 통해 과격한 민주주의 색채를 띤 공화주의적 성향을 밝힌 바 있었다. 이와 같은 현실 정치 참여로 그는 1794년 파리에서 망명 생활을 해야 했다. 짧은 망명 생활이었지만, 그가 일찍 죽는 바람에 이 망명 생활은 비극으로 끝나고 말았다. 그는 1790년과 1791년 사이에 《탈리아》에 예술가의 사회적 과제에 대한 에세이 두 편과 이국적인 미스테리 극 형식의 짧은 장면 모음을 투고했다. 실러가 시국 비판자 포르스터에게 진보적인 견해를 밝힐 수 있는 장을 마련해준 것은 처음에 강하게 부각된 혁명에 대해 실러가 호감을 가졌기 때문이었다. 그러나 파리에서 일어난 사건에 대해 점차 거리감을 느끼면서 실러는 1792년 이후에는 현실 정치 문제에 대한 토론에는 관심이 없어졌다. 《신 탈리아》는 그와 같은 관심을 조직적으로 비껴갔고, 사회적인 문제를 뛰어넘어 미학적인 노선에 전념했다.

실러와 나란히 이 저널의 가장 적극적인 기고가는 물론 후버였다. 1786

년 2월과 1791년 가을 사이에 《탈리아》에는 그가 쓴 기고문이 여덟 번에 걸쳐 게재되었는데, 그중 두 편이 연극 대본으로 여러 회에 걸쳐 연재되었다. 후버의 작품들은 분명히 당대의 취향을 반영하고 있다. 1788년 6월에 쾨르너에게 쓴 편지에서 실러는 이 취향을 다소 빈정대는 어투로 설명한 적이 있다. 그 작품들로는 양이 적은 시대 비판적 에세이 「근대의 위대성에 대하여(Ueber modernen Größe)」(1786년 2월)와 호의가 담긴 풍자 「호앙티 또는 불행한 왕자(Hoangti, oder der unglückliche Prinz)」(1786년 12월), 살롱 코미디 「율리아네(Juliane)」(1790년 1월), 모반 집단에 대한 오락극 「비밀 재판(Das heimliche Gericht)」(1788년 5월~1790년 1월) 등이 꼽힌다. 하지만 이 저널이 그와 같은 텍스트를 통해 표방하는 온건한 노선은 당시에 만연하던 오락 욕구에 적응한 결과일 뿐 아니라, 라이프치히에서 횡행하던 극도로 편협한 검열에서 비롯한 것일 수 있다. 기억하는 것처럼 실러는 1786년 2월에 인쇄한 「자유분방한 정열」과 「체념」은 영방 교회의 민감함을 고려하여 의심 갈 만한 대목은 각주를 통하여 해명함으로써 적절한 조치를 강구하지 않으면 안 되었다. 이 각주는 이 두 텍스트가 내용으로 하고 있는 도덕적 자유주의가 문학의 사회적 역할에 합당한 결과임을 증명하려고 했다.(NA 1, 163) 라이프치히의 검열관 벵크(Wenck)는 세계관과 관련된 문제에서는 관용을 보이지 않았으므로, 이 점에서는 최대한 신중을 기하는 것이 필수적인 것처럼 생각되었다. 후년에 와서 한 번도 당국과의 알력을 빚는 일이 없었으나 실러는 발행인으로서 자신의 자유가 현저히 제한받고 있다고 느꼈다. 괴셴이 《탈리아》의 인쇄소를 예나의 요한 미하엘 마우케(Johann Michael Maucke)로 옮겼을 때에 비로소 사정은 달라졌다. 이 잡지의 감시는 이때부터 좀 더 자유주의적인 튀링겐 관료들의 관할에 속하게 되었다. 이 사실은 파리에서 일어난 혁명 사건에 대한 진보적인 기고문들도 실러가 발행하던 잡지에 발표가 허락되는 것을 의미했다.

괴셴은 판매 부수가 변함없이 낮았음에도 불구하고 끝까지 《탈리아》를 붙들고 있었다. 1787년 3월에 쓴 편지에서 그는 오로지 정치적인 "호기심"이 독자들의 관심을 좌우할 뿐, 시문학은 더 이상 반응을 얻지 못하고 있다면서 유감스러워하고 있다.(NA 33/I, 120) 실러는 이 출판업자의 의리를 높이 평가할 줄 알았지만, 자신의 저널이 독자들의 호응을 별로 얻지 못하는 상황에 직면해서 체념 상태에 빠진 기색이 역력했다. 독자들을 계도하라는 요구는 그 자신에게도 확신을 주지 못했다. 왜냐하면 발행자로서 그는 굳을 대로 굳어버린 독자들의 독서 습관에 별로 영향을 끼칠 수 없다는 것을 인식해야만 했기 때문이다. 1788년 1월 7일 쾨르너에게 보낸 편지에서 그는 "하층민"은 근본적으로 미학적인 매력을 기준으로 삼아 작가들의 작품을 평가할 능력이 없다고 확언하고 있다.(NA 25, 2) 10년 후에 그는 「발렌슈타인」을 집필하면서 강조하기를 자신의 문학작품 생산은 여전히 몇 안 되는 친구들을 상대로 한 것이라고 했다. "독자란 원래 사람의 마음을 도통 기쁘게 하는 법이 없기 때문"이라는 것이다.(NA 29, 262) 그와 같은 발언이 사적인 영역으로의 망명을 암시하는 것으로 풀이되어서는 안 될 것이다. 그 발언들은 때때로 욕구불만을 느끼지만 공론장에 영향을 끼치고자 하는 의지가 결코 줄어들지 않았음을 숨기고 있다. 그 의지는 강력한 관성을 지닌 수레바퀴로서 실러의 문학 사업을 굴러가게 하는 원동력이 되고 있는 것이다.

예술과 세계에 대한 탐색

문학 서신들(1785~1786)

실러는 1785년 3월 초에 《라이니셰 탈리아》에 「어느 덴마크 여행객의 편지」라는 제목 아래 예술사의 관점에서 쓴 문학 논문 한 편을 발표했다. 어디까지나 고전 미학에 주목하고 있는 빙켈만의 고전주의적 입장에서 영향을 받은 것이었다. 이 텍스트의 문학적 성과는 이탈리아에서 덴마크로 여행 중인 허구적 인물을 통해 편지 형식으로 그리스·로마 예술 작품들을 평가하고 있다는 점에 있다. 이 허구적 인물의 모델은 실러가 1784년 여름에 서로 자극을 크게 주고받으며 두 주 동안 만하임에서 함께 보냈던 무대작가 크누트 리네 라베크였다. 이 기고문은 자유로운 에세이 형식을 취하지 않고, 예술철학적 사상들이 상상하는 자아의 주관적 진술의 성격을 띠도록 구성되었다. 즉 상상하는 자아의 정신 상태가 여기에 표현된 평가에 근본적으로 영향을 미친 것이었다. 1786년 4월 말에 《탈리아》에는 「철학 서신」이라는 제목의 유사한 텍스트가 발표되었다. 이제 이론적인 내용들이 새롭게 문학적 허구의 탈을 쓰고 전달됨으로써 똑같은 내용의 글이 만화경에서처럼 변화된 모습으로 나타나고 있다. 돈 카를로스와 포자를 연상케 하는 절친한 친구들인 열광자 율리우스와 합리주의자 라파엘이 서로 주고받은 서신은 각각 역할 분담을 해서 대변하는 두 가지 세계관의 사고 모형을 하나의 논쟁의 틀 속으로 통합시켜, 독자로 하여금 논의할 수 있는 기회를 제공하고 있다. 그러므로 이 두 텍스트가 취하고 있는 당시에 인기 있던 서술 형식인 허구적 편지는 매개체인 것이 밝혀지고 있다. 이 매개체를 이용하여 실러는 확실한 기반이 없는 곳에서 사상 놀음을 감행하고 있는 것이다. 그는 특히 「어느 덴마크 여행객의 편지」를 통해 새로운 영역에 발을 들여놓고 있다. 이 허구적 편지는 예술 작품 감상자라는 생소한 역할을 하는 실러를 보여주고 있다.

실러는 1784년 5월 10일 폰 칼프 부부와 동행해 만하임 성(城)의 고대관을 방문한 적이 있다. 그 방은 1769년 문학 애호가인 선제후 카를 테오도어(Karl Theodor)의 지시로 궁정 조각가이자 건축가인 페터 안톤 폰 페르샤펠트(Peter Anton von Verschaffelt)가 꾸민 것이다. 본래 이 방은 대학생들을 위한 강의실로 사용될 예정이었다. 그러나 잠시 뒤에 그 방을 호기심이 많은 관객에게 개방해서 일반인들로 하여금 전시품을 감상토록 하기로 결정되었다.[37] 사람들은 이탈리아에서 수입한, 원형을 충실하게 모작한 조각품을 이곳에서 직접 목격하면서 빙켈만의 『고대 미술사(Geschichte der Kunst des Alterthums)』(1764)가 독자에게 자세히 설명한 가장 유명한 고대의 미술품들을 꼼꼼히 살펴볼 수 있었다. 이 수집품을 관람한 저명한 방문객으로는 괴테와 실러 외에 레싱, 라바터, 헤르더, 슈바르트, 하인제, 빌헬름 훔볼트가 꼽힌다. 1769년 10월 말과 1771년 8월 중순에 스트라스부르에서 귀환하는 길에 만하임에 머물던 괴테는 채광이 잘되고, 천장이 높아서 입체적 효과를 내는 방의 아름다움을 칭송한 적이 있다.[38] 두상, 흉상, 조각품 등 여러 조각 작품의 모조품들이 총 예순세 점이나 전시되어 있었다.[39] 가장 유명한 전시품으로는 '라오콘' 군상, "바티칸 아폴로"(NA 20, 103), 보르게세 가문의 검투사, 메디치 가문의 아프로디테, 가시 뽑는 소년, 안토니우스 상, 죽어가는 니오비데, 파르네세 가문의 헤르쿨레스〔실러는 1795년 8월에 교훈시의 마지막 시행 「명부(Das Reich der Schatten)」를 쓸 때 그의 이미지를 떠올렸을 것이다〕 등이 꼽힌다. 이와 같이 신화에 나오는 인물들 외에 그리스·로마 역사에 등장하는 탁월한 인물들의 흉상들도 가세하고 있다. 가장 유명한 권력자들을 전시하는 것은 당연히 제왕 행세하기를 좋아하는 팔츠 선제후의 위세를 되도록 인상 깊게 반영할 목적이었던 것이다.

실러는 고대관 방문에서 받은 인상을 제3자의 허구적 서신을 통해서 전달해주고 있다. 방금 이탈리아를 떠난 덴마크 여행객은 친구에게 보낸 편지에서 처음에는 그를 억누르고 있는 음울한 기분을 요약해서 표현하고 있다. 그는 남국의 아름다움을 벗어나서 독일 땅에서는 주로 가난, 기근, 곤궁과 마주친다. 제2부에서는 이 텍스트가 불평으로 가득 차서 그리는 참혹함의 그림에 맞서서 관람자가 고대관을 돌며 느꼈을 예술의 즐거움에 대한 격정적이고 엄숙한 승화감이 어린 묘사가 등장한다. 하층민의 고통에 대한 암시는 단순히 말장난만이 아님이 확실하다. 이 암시는 궁정의 예술 후원 사업과 바로 이웃한 곳에서는 사회적 불의의 추한 얼굴이 노려보고 있다는 것을 상기시켜주고 있다. 다른 한편으로 이 텍스트는 "따뜻한 예술 사랑" 때문에 칭송을 받고, 그와 동시에 자신의 진귀한 수집품을 공개적으로 일반이 접할 수 있도록 마음을 정한 영주에 대한 직접적인 불평은 피하고 있다. 오히려 이 고대관의 아름다움이 명시적으로 강조되고 있다. 그 아름다움은 (실러가 알지 못하는) 이탈리아 소재의 조명이 잘못된 원본 소장 장소와는 분명히 구별된다. 레싱도 (1777년에) 이 고대관을 방문하고 나서, 이렇게 모조품을 소장한 것이 로마에 소장된 원작이 제공하는 불충분한 인상보다는 좋은 인상을 주고 있는 것으로 평가한 것으로 알려져 있다.(NA 20, 102) 관심의 중심에 서 있는 것은 헤르쿨레스, 라오콘, 아폴론, 이 세 형상이다. 빙켈만을 통해서 부각되긴 했지만, 부분적으로는 변천을 거듭해온 고대의 아름다움이라는 이념이 이 세 형상을 모범으로 해서 펼쳐지고 있는 것이다. 여기서 실러는 1777년 아벨의 미학 강의를 통해서 전달받은 지식을 시험해볼 기회를 맞은 셈이었다. 그는 아벨의 미학 강의에서 영향을 받아 1778년에 빙켈만의 『고대 미술사』 제1권을 발췌해서 읽었다. 「어느 덴마크 여행객의 편지」는 이 세 조각품에 대한 설명을 거의 그대로 받아들이고 있다.[40] 제일 먼저 시선이 쏠린 것은 전망이 좋은 벨베데르 성(城)의 토르소였다. 빙켈만은 선배 학자들의 의견을 좇아 이 토르소를 헤르쿨레스 형상이라고 잘못 알고 있었다. 이 "거대한 형상"은 딱딱한 돌을 부드러운 "살덩이" 같은 느낌을 주게 하는 "남성적인 힘이 지닌 아름다움의 극치를 묘사한 것"인 데 비해, 라오콘 군상은 고통과 품위가 혼재되어 있는, 이른바 '고귀한 아픔'을 인상 깊게 묘사하고 있다(18세기 후반의 미술 작가치고 이 모티브에 열광하지 않은 사람이 없었다). 「어느 덴마크 여행객의 편지」는 전적으로 "느낌"을 위해 진력한 아름다움 면에서 타의 추종을 불허하는 것으로 보이는 바티칸에 소장된 아폴론 상을 예술적 형상화의 절정이라고 선언하고 있다.(NA 20, 103 이하 계속) 빙켈만도 하나의 시리즈로 묶은 이 세 가지 본보기들은 그리스 조각의 형식상의 차이점을 여실히 보여주고 있지만,[41] 각각 이상화하는 경향을 보여준다는 점에서는 공통점이 있음을 증언해주고 있다. 즉 지상의 행위에 대한 보상으로 신격화되는 헤르쿨레스, 고뇌하는 인간과 아름다운 신은 각기 절대자가 되려는 의지를 분명히 해주고 있는 것이다. 그 점에 예술가와 관람자가 똑같이 초점을 맞추지 않으면 안 되는 것이다.[42]

흔히 그리스인의 철학과 신앙의 세계는 그리스도교와 같은 형이상학적 약속들이 없기 때문에 "절망적"이라고 회의적으로 말하지만, 인간의 최후 일이 문제가 될 때에는 그 자리에 예술이 등장한다.(NA 20, 105) 실러는 그 예술이 신의 아름다움을 개인에게 모범으로 생동감 있게 묘사하는 매개체라고 선언하고 있다. 그렇게 함으로써 그는 좀 더 강력한 색채를 띤 역사철학적 관점을 통해 고대 작품에서 무엇보다도 감각적인 완전성을 지각한 빙켈만의 미학적 감각주의를 대신하고 있는 것이다. 그와 같은 관점에 적용되는 척도는 어디까지나 그리스의 예술이다. 이 예술은 관찰자에게, 인간은 "단지 인간으로만 머물러서는 안 되고"(NA 20, 105), 헤르쿨레스 에피소드가 보여주듯, 신에게로 근접하라는 명령을 받았다는 것을 엄중하게 가르치고 있는 것이다.[43] 이는 특히 신앙을 아름다움으로 대체하는 것을 의미한다. 예술 작품은 '신성'이라는 개념 속에 기호화된 자기 자신의 완전성으로 가는 길을 개인에게 가리켜줌으로써, 일종의 종교적 형이상학의 자리에 오른다. 이 텍스트가 보내는 특별한 신호는 원래 고대 그리스의 예술 숭배 사상에 근거를 두고 있는 이 기능을 이제 일종의 내적 세계의 관점과 연결한 것이다. 미학적 경험은 모름지기 인간을 먼 피안의 세계에 대한 희망을 미끼로 위로할 것이 아니라, 그 자신의 소질과 능력에 감응이 일어나게 만들어야 하는 것이다. 「어느 덴마크 여행객의 편지」의 마지막에는 당연히 적극적인 활동에 대한 호소가 들어 있다. 즉 고대 작품들은 그들의 완전성을 반복하는 "아름다운 행동"을 통해서 모방되기를 요구한다.(NA 20, 106)[44] 늦었지만 여기에서 이 텍스트가 예술을 단지 인간학적 프로그램을 위한 수단으로만 이용하는 것이 아니라는 것이 밝혀진다. 빙켈만이 아폴론 신의 아름다움을 순수한, 궁극적으로는 도달할 수 없는 이상으로 보는 반면에, 실러는 그 속에 개별 인간이 자기 연마를 통해 도달하려는 목표가 그려지고 있는 것으로 본다.[45] 고전주의 시대에 쓴 미학적인 글들 속에서도 그는 고대 조각의 예를 다시 들어서, 언어를 통한 담론으로는 그 윤곽을 정확히 잡을 수 없는 것을 상징적으로 분명하게 표현하고 있다. 즉 개인의 완성 이념을 예술과의 만남을 통해서 분명하게 설명하고 있는 것이다.

후에 와서도 실러가 그리스 조각을 칭송하는 발언을 한 적이 있기는 하지만, 그리스 조각과 실러의 관계는 냉철하고 학술적인 성격을 띠고 있다는 느낌을 준다. 그는 고전적 조각품과의 만남을 통해 인간 육체의 아름다움을 감각적으로 직접 경험하지는 못한 듯싶다. 이 분야의 그의 지식에는 어디까지나 한계가 있다. 1801년 8월 중순에 그는 드레스덴을 마지막으로 방문해서, 라파엘 멩스(Raphael Mengs)가 유품으로 남겨서 1792년 이래 마구간 2층에 전시되어 있는 고대 형상들의 석고 모조품을 보았다. 그러나 이 작품들을 문학적으로 다루어보고 싶은 매력은 느끼지 못했다. 실러는 한 번도 이탈리아 여행을 하고 싶어한 적도 없었다. 후년에 와서 그는 무엇보다도 마차를 타는 고역과, 자신의 손상된 건강에는 이롭지 못하리라고 추측되는 더운 기후를 꺼렸다. 그가 예나 시절에 자신의 이론적 에세이에서 비교적 상세히 설명한 고대의 조각품들은 빙켈만과 레싱의 글을 통해서 또는 괴테의 개인적인 보고를 통해서 잘 알게 된 것들이다. 실러가 고전주의 시기에 쓴 미학 논문들에서 조각품은 "논리적 언어와는 다른 것",[46] 즉 감각적인 것과 지성적인 것이 개념을 뛰어넘어 아름다운 형상 속에서 하나가 되기를 약속하는 것을 의미했다. 여기서 조형예술의 모형과 관련짓는 것은 우선적으로 하나의 예를 드는 기능이 있을 뿐, 미학적 가치 평가의 바탕이 되는 서열을 정하는 근거가 되지는 못한다. 고대의 예술 작품을 볼 때 빙켈만에게서 솟구치던 경건한 감동이 만하임이나 드레스덴 어느 곳에서도 실러를 압도하지는 못했다. 그의 문학적 열정은 변함없이 지능적 언어, 심리적 호기심, 역사적 관심과 결부되어 있었다. 그가 1785년에 조각예술에 대해서 터뜨린 수많은 탄성에도 불구하고 이와 같은 그의 성향은 숨길 수가 없다.

조각에 대한 기고문을 쓴 지 1년 후인 1786년 4월에 발행된 《탈리아》 제3권에 「철학 서신」이 게재되었다. 이 서신들의 핵심은 사관학교 시절에 이미 구상한 것으로 추측되는 「율리우스의 신지학」이다. 이 텍스트에는 구성 면에서 통일성이 결여되어 있는데, 이는 이 텍스트가 지닌 단편적 성격 때문인 것 같다. 이 텍스트는 서술자의 서문으로 시작되고 있다. 이어서 서술될 조울증 환자 율리우스의 사례에 대한 기록을 하나의 병력 기록부로 치부하고 있다. 이 환자의 폭넓은 우울증을 치료하는 일은 그의 정신적 혼란의 원인들을 파악하는 데서부터 시작되어야 한다고 되어 있는 것이다. 이로써 이 글은 「안톤 라이저」를 본보기로 삼은 심리적 장편소설과 궤를 같이한다는 것이 즉각 드러난다. 편지라는 매체를 통해 제공되는 성격 연구는 어디까지나 질병 치료를 목적으로 하고 있는 것이다. 즉 율리우스에 대한 치료는 특히 독자의 질병 예방에 도움을 준다. 이 텍스트를 다 읽고 난 후에 독자는 그 자신을 위협할 수도 있는 우울증 위험에 대해 적절한 예방 조치를 취할 수 있는 수준에 이르게 될 것이다. 이 서문에 이어서 율리우스의 편지 두 통이 실려 있는데, 이 편지에서 율리우스는 자신의 정신적 이력을 간단히 보고하고 있다. 라파엘의 침착한 답변에 대한 반응으로서 율리우스는 비교적 오래된 원고 한 편을 보내는데, 이 원고는 그가 "자랑스럽게 열광했던" "행복한 시간"에 쓴 것으로서(NA 20, 115), 일종의 형이상학적 자연론, 즉 신지학의 이론적 설계도 같은 것을 제시하고 있다. 암시적인 논거를 통해서 자신의 위기를 극복하려 드는 율리우스가 직접한 짤막한 해설과 함께 이 원고는 끝을 맺고 있다. 정신적으로 병이 든 친구를 위해 라파엘이 노력하는 모습을 묘사하게 될 속편은 《탈리아》 제7권(1789)에 발표된 쾨르너의 단편을 뛰어넘지 못하고 있다.[47]

이 열광주의자의 삶의 위기는 나름대로 한 편의 희곡 같은 구조를 가지고 있다. 핵심이 되는 것은 아무래도 율리우스가 소박한 믿음의 영향을 받은 종교적 확신의 단계로부터 비교적 더 성숙한 친구 라파엘을 통해서 이성철학으로 이끌리는 과정을 간단히 서술한, 이른바 그의 정신 발달의 역사가 아닐 수 없다. 계몽주의로 이끄는 교육은 형이상학적인 요소들을 포함하고 있지만, 이 젊은이를 이성의 길로 접어들게 했고, 그래서 아무런 가정도 없는 신에 대한 믿음 대신에 막상 분별과 논리적 입증 능력이 그에게 생기게 된 것이다. 그러나 친구와 작별한 후에도 율리우스는 여전히 계속 굴러가는 마차에 "서글프게 도취되어" 자신에게 전수된 철학이 설득력이 있는지 의심하기 시작한다. 우울증과 내면적인 공허감이 그의 마음을 지배한다. 왜냐하면 스승이 없는 이성의 이론은 그에게 삭막하고 죽은 것 같은 느낌을 주기 때문이다. 그는 라파엘에게 보낸 첫 편지에서 "자네가 나에게서 믿음을 훔쳐갔네. 그 믿음은 내게 평화를 주었는데"라고 불평한다.(NA 20, 109 이하) 라파엘은 그와 같은 비난에 대해 철학하는 의사(醫師)의 태연함을 가지고 자신은 그와 같은 위기가 지속적인 치유의 전조라고 알고 있다고 답변한다. 그가 보기에 친구의 우울증 현상은 그가 주입시킨 회의 정신의 결과인 것이다. 그 정신의 도움으로 당분간은 "위기"의 출현이 "가속화"될 것이 틀림없겠지만, 장기적으로 광신은 독기(毒氣)가 빠져서 "해롭지 않게" 되고 말 것이라는 것이다.(NA 20, 113 이하) 물론 계몽된 인간학자 라파엘의 사리에 닿는 충고는 율리우스에게 별로 위안이 되지 못한다. 하여 율리우스는 라파엘에게 「신지학」의 원고를 보낸다. 이 원고는 그가 낙관주의의 영향 아래 살았던 기간을 기록한 것으로 그동안 상실한 지적인 낙관주의의 증거물이나 마찬가지이다. 실러가 이 점에서는 자신의 청년 시절의 철학과 거리를 두고 있다. 「율리우스의 신지학」 초안에서는 이 거리 두기가 열광적이라고까지는 할 수 없지만, 분명 눈에 띌 만큼 조심스럽게 표현되어 나타나고 있다.[48] 이 텍스트는 다시 한 번 카를스슐레의 연설과 초기 서정시를 지배했던 바로 그 사유 모티브들을 조명하고 있다. 그 모티브들이란 포프, 페르쿠손, 오버라이트에게서 배웠던 사랑의 보편적인 힘을 통해 회복된 창조의 이념, 헤르더와 헴스테르호이스를 통해 전수되고, 우정을 칭송하는 송가를 통해 분명히 표현된 화해철학의 방안, 멘델스존과 슈팔딩에게 자극받은 인간의 완전성의 이론, 키케로의 의무윤리학의 본을 받고, 아벨의 정신력 이론을 통해 새롭게 된 헌신 사상 등을 지칭하는 것이다.

「신지학」의 추신(追伸)에서 율리우스는 자신을 덮친 믿음의 위기에서 벗어날 방안의 윤곽까지도 그려보려고 했다. 그라몽 생도의 실례와 비슷하게 자유사상가나 유물론자의 신념에서 비롯한 그의 우울증은 "인간 정신의 열 발작 현상"(NA 20, 108)으로서 정신생활에 영향력을 점점 더 많이 행사하기 때문에 그 자신은 우울증에 사로잡히는 데서 벗어나려고 한다. 이와 같은 의학적 관점은 또다시 여기에서 계획된 실험, 이른바 일종의 정신적 위기를 임상적 과제로 취급하는 실험이 지닌 특별한 성격을 밝혀준다.[49] 율리우스는 자신이 "어떤 철학 수업도 받은 바 없고, 인쇄된 글도 별로 읽지 못했다"(NA 20, 128)는 것을 인정하면서도 지적인 수단을 이용해서 그의 신지학의 비전들을 더욱더 내용 없는 "몽상"으로 흘러들게 하고 자신의 우울증에서 비롯한 세상에 대한 회의와 투쟁하려고 시도한다. 세상에 대한 회의가 친구 라파엘이 그 기본 원리를 자신에게 가르쳐준 적 있는 바로 그 계몽된 형이상학의 기초도 훼손하기 때문이다. 이성적인 자기치료의 출발점은 이미 세 번째 학위논문을 주도한 문제, 즉 정신이 물질적 영향에서도 자유롭지 못하다면, 어떻게 정신이 불멸적인 것으로 생각될 수가 있는가 하는 문제이다. 이 문제는 율리우스를 줄곧 괴롭힌 계몽된 형이상학에 대한 회의의 핵심을 겨냥하고 있다. 해답은 오로지 에둘러서만 찾을 수 있다. 그때에 제일 먼저 대두되는 것이 바로 언어의 본질에 대한 성찰이다. 암암리에 퍼거슨의 도덕철학과 연관지어서 언어와 현실은 자연적인 유사성은 지니고 있지 않고, 오히려 인위적으로 가공된 유사성만 지니고 있다고 주장하고 있다.[50] 우리들의 개념들은 사물들에 "공존하는 기호"들인데, 그들이 나타내고 있는 것이 무엇인지는 정확히 파악할 수가 없다.(NA 20, 126 이하) 진리는 기호 자체 속에 있는 것이 아니라, 우리들의 논리적 사고 체계와 기호의 연관 속에 있는 것이다. 우리가 기호들을 이성의 질서와 관련짓고 이성의 분명한 구조를 가지고 평가할 수 있을 때, 그 기호들은 이치에 맞게 진리와 일치한다. 그러나 형이상학적인 문제를 언어로 묘사하는 것은 필연적으로 논란이 많을 수밖에 없다. 왜냐하면 묘사된 내용들이 이성에게 중개될 경우 경험적 지식을 교량으로 하는 일 없이, 자유분방하게 중개되어야 하기 때문이다. 이와 같은 일련의 사상에 힘입어 율리우스 자신은 물질적인 세계와 비물질적인 세계의 대립이 허상일 뿐이라는 것을 증명하고자 한다. 이 두 영역이 지닌 합리적인 명증성은 오로지 언어라는 매체를 통해서만 모방되는 것이기 때문이다. 최근 와서는 불안정한 성격을 지닌 인간의 지각 도구로부터 현상의 이성적 질서를 방어하려는 시도가 중요성을 띠고 있다. 철학의 문외한이나 다름없는 율리우스는 이로써 로크의 경험론이라는 토대 위에서 플래트너의 인간학이 전개한 논거를 따르고 있는 것이다.[51] 즉 우리의 현실은 우선 주관적으로 해명되고 오직 간접적으로, 구체적으로 말하자면 언어의 기호를 통해 보편적 구속력을 가지는 것으로 분류될 수 있다. 그렇기 때문에 지적인 인식은 오로지 우리가 외부 세계에 대하여 의견을 교환하는 수단이나 다름없는 개념들의 중간 단계를 거쳐 기능을 발휘한다. 이와 같은 배경하에서 형이상학의 진실들을 단순히 실제 경험과 반목하게 해서는 안 된다는 것이 분별 있는 주장이라는 것에는 변함이 없다. 왜냐하면 이 두 가지가 똑같이 사유라는 허구의 결과를 나타내는 것이기 때문이다.

이상적 세계 구상에 대한 믿음을 뒷받침할 두 번째 논거는 정평이 난 계몽주의 철학의 레퍼토리에서 유래한다. 율리우스는 이제 개인적인 위기를 높은 곳에서 섭리하는 발전사의 막간극으로 여기고 있다. 회의(懷疑)는 정신적으로 탁월한 사상가의 원숙하고 사려 깊은 세계관에 이르기 위해 거쳐야 하는 하나의 정거장일 뿐인 것이다. 경제적으로 살림을 슬기롭게 꾸리던 "살림꾼"으로서 하느님은 인간에게 회의를 허용할 수 있다는 것이다. 그 이유는 결국 혼란스러운 억측을 상대로 명쾌한 인식이 승리를 거두도록 의심이 지원해주기 때문이라는 것이다. "일체의 이성의 노련함은, 심지어 오류에 있어서까지도, 더욱더 진실을 잉태하는 대단한 솜씨를 발휘한다."(NA 20, 128 이하) 꿈과 비전도 회의와 똑같이 마지막에는 정신의 건강을 다지는 오성의 검토 단계에 속한다. 결국 율리우스는 "완전한 세계"의 "완전성"을 경험하기 위해서는 「보리수 밑에서 산책」에서만 하더라도 서로 차이가 나는 성격으로 이해되던 탐닉하는 버릇과 의심하는 버릇을 똑같이 체득해야 할 필요가 있는 것이다.(NA 20, 128) 「철학 서신」의 주인공이 이 단편의 마지막 부분에서 과장해서 보여주던 낙관적 태도는 어디까지나 단호히 실천한 자기치료의 결과라지만, 물론 억지스러운 성격이 없지 않다. 율리우스가 이 점에서 위력을 잃은 지 이미 오래인 라이프니츠의 신정설 방안을 다시 들먹이고 있는 것은 그의 논리의 신뢰감을 높여주는 데 도움이 되지 못한다. 회의주의의 열풍에 역풍을 일으키려는 계몽주의적 낙관론을 옹호하는 것은 보수적인 전략에 동조하는 것으로서, 대가다운 노련한 솜씨가 전혀 엿보이지 않는 것이다.[52]

그렇지만 우리가 이 텍스트가 지닌 설득력을 오로지 철학적 논거의 타당성만을 가지고 따진다면, 이 텍스트가 발휘하는 영향력의 반경을 과소평가하는 것이다. 특히 율리우스의 병을 치료할 수 있는 것은 「신지학」에서 장황하게 설명된, 라파엘에 대한 사랑이다. 감상적인 색채가 있는 계몽주의 프로그램에 따르면 1755년 어느 익명의 필자가 《친구(Der Freund)》라는 잡지에 발표한 논문 「애정 표현에 관한 상념(Gedanken von der Zärtlichkeit)」에 나오는 표현처럼, 사랑은 "마음을 치료하는 탁월한 약재"인 것이다.[53] 1789년 《탈리아》에 발표된 「철학 서신」의 속편은 이와 같은 이상을 다시 한번 암시하고 있다. 라파엘이 막상 제자에게 전수해주는 철학 이론은 극도로 까다로운 성격을 지니고 있기는 하지만, 호감의 정신을 담고 있다. 거기에는 율리우스가 "스스로 생각하는 것의 가치"를 이해해야 하고, 이성의 판단 능력을 오로지 학문적 인식의 유용한 도구로서 받아들이고, 그 자신의 신지학의 학문 체계를 좌우하는 억측의 "속임수들"을 간파하는 법을 배워야 한다는 내용이 들어 있다.(NA 21, 157 이하) 실러는 지금까지 무시하던 칸트의 형이상학 비판을 새로이 라파엘의 입장에 결부하고 있다. 이 입장은 원래 그의 역할에는 더 이상 부합하지 않는 새로운 방향이었다. 칸트의 형이상학 비판의 도움으로 율리우스는 개념적으로 불안정하던 사유 시스템의 정신적 유혹에 대해 면역력을 키우기 위해서 예방 접종을 받아야 하는 것이다. 라파엘의 교육 방안에 관한 실러의 묘사에서 큰 비중을 차지하고 있는 계몽된 신정설 모델의 자리에 이제 초월적인, 경험을 뛰어넘는 인식론이 등장한다. 이 인식론은 경험주의는 물론, 합리주의의 형이상학적 고공비행과도 구별된다. 위기에 봉착한 이 회의주의자는 마지막에 칸트의 원칙에 인도되어 그의 힘들의 지적인 균형을 열어주는 길을 계속 가지 않을 수 없다. 이 미완성 장편소설은 바로 성숙을 위한 교육이 우울증 극복을 위한 여정이라는 것을 증명한 적이 있다. 성숙을 위한 교육은 쾨르너의 추신과 함께 새로운 색조를 얻지만, 라파엘의 마지막 편지는 또한 칸트에 대한 연구를 심화하라는 요구로 읽힐 수 있다. 여기에서 허구와 사실이 독특한 방법으로 오버랩되고 있다. 그가 1788년 4월 15일에 쓴,

쾨르너의 원고를 해설하는 글에서 극명하게 이해시키고 있듯이 실러는 친구의 손짓을 이해했다. "자네가 인간의 인식에 대한 무미건조한 고찰에 관해서 그리고 인간 지식의 겸허한 한계에 관해서 비쳤던 소견에 칸트와 함께 약간의 협박이 들어 있지 않았다면, 틀림없이 나는 엄청난 오류를 범했을 것이네."(NA 25, 40) 그러나 실러가 쾨르너의 충고를 받아들이고 쾨니히스베르크 출신 철학자의 체계적 사고와 아무런 조건 없이 관계를 맺기까지는 3년이 걸렸다. 실망한 열광주의자 율리우스의 전기는 이렇게 해서 실러의 인격이 형성되는 도상에 하나의 정거장으로 유입되고, 이 서간체 소설도 미완성 작품으로 남게 된다. 쾨르너의 기고문이 있은 후에는 그의 주인공의 이야기를 선험철학에 대한 철저한 연구 없이는 더 이상 엮을 수 없었을 것이기 때문이다.[54] 머리말에서 밝힌 것처럼, 이로써 '이성의 시기'를 거친 여행의 막바지에는 후에 시작한 칸트의 인식 비판과의 씨름이 있을 것으로 전망된다.

부업 활동
서평과 광고(1787~1789)

이미 언급한 것처럼, 실러가 서평자로 등장한 것은 하우크가 발행하는 《슈바벤 마가친》과 《비르템베르크 문집》이 처음이었다. 스토이들린, 슈빈트라츠하임, 슈바프 등이 지은 서정시들에 대한 비평문들은 그 자신이 가진 시문학적 권한의 범위를 측정하고자 하는 것으로서 자신과의 소통이라는 성격을 지니고 있었다. 여기에 추가되는 것이 그의 번역 작업이었다. 1781년 9월 하우크의 《슈바벤 마가친》에 스토이들린의 베르길리우스 번역에 대해 회의적 평가를 발표한 데 이어, 반년 뒤에는 《베르템베르크 문집》

에 볼테르의 희비극 「나닌」(1749)을 독일어로 번역한 페르디난트 프리드리히 파이퍼의 번역본에 대한 짤막한 메모를 실었다. 『앤솔러지』와 「도적 떼」의 자체 광고까지 끼어 있는 초기의 서평들에는 어디까지나 승리감에 도취된 태도, 거친 어조로 독창적 천재가 밝히는 책략 등이 부각되어 있었다.[55] 이 서평자가 1790년대 초까지 걸어간 길을 관찰한 사람은 비록 문체는 세련된 느낌을 주지만 평가를 내리는 데서는 타협을 모른다는 것을 확인할 수 있다. 실러는 예나 시절에도 여전히 예리한 칼날을 가지고 검투(劍鬪)하듯 비평했는데, 이는 뷔르거의 시들에 대한 공격이 잘 보여주고 있다. 그가 자신의 비평문을 익명으로 발표한 것은 당시 문단의 관례를 따른 것이다. 여기서 그가 실명을 밝히지 않은 것은 용기가 부족해서가 아니라, 대상 자체와 관련해서만 토론을 벌이고 싶은 염원 때문이었다. 그는 1791년 4월 초에 뷔르거의 시들과 씨름하면서 이렇게 선언했다. "이성적인 근거와 진실에 대한 순수한 관심에서 논쟁이 펼쳐지는 곳에서는 싸움이 어둠 속에서 벌어지는 경우가 한 번도 없다. 어둠은 사람들이 사안을 밀어내는 곳에만 모습을 나타내는 법이다."(NA 22, 264)

실러가 서평 작업을 본격적으로 하던 시기는 원래 1788년이었다. 그 뒤로 그가 비평문을 쓰는 경우는 아주 드물었다. 1790년에 뷔르거의 시들에 대한 혹평을 발표하고 1794년에는 프리드리히 마티손(Friedrich Mattisson)의 서정시들에 대한 긍정적인 평가를 작성하였는데, 이 글들은 이미 신문지상의 토론 틀을 넘어서고 있었다. 뷔르거와 마티손은 시론(詩論)의 마니페스토라는 성격을 지니고 있었다. 우리는 일상적 업무를 위해 쓴 짤막한 통고문을 강령적으로 작성된 비평문과는 근본적으로 구별하지 않으면 안 될 것이다. 후자는 이론적인 논문의 수준을 충족해주지만 추상적인 성격을 지니지는 않는다. 그 텍스트들은 일상화된 대부분의 짧은 서평의 형식적 틀에서 벗어나 독립적인 시론 에세이의 수준을 유지하고 있었다. 1780년대 후반에 실러가 신문 비평에 다시 손을 댄 것은 경제적인 이유 때문이었다. 1787년 가을에 그는 바이마르 지역 문단에 합류하려고 노력했는데, 그 이유는 원고 청탁을 받고, 글을 써서 그 사례금으로 보잘것없는 《탈리아》의 수입을 보충할 수 있기를 원했기 때문이었다. 그는 9월 9일 베르투흐 집에서 저녁 식사를 하면서, 집주인이 발행하는 《종합 문학 신문》에 정기적으로 서평을 쓰는 작업에 관심이 있다는 뜻을 내비쳤다. 1787년 10월 12일에는 형식상으로 그 잡지의 편집 팀에 끼게 되었다. 비록 "원수와 같은 돈" 때문에 문학적 머슴살이를 하는 것이 근본적으로 역겹긴 하지만, 매스컴상의 비평 활동을 통해 자신의 어려운 경제 형편을 현저히 개선하고 싶은 기대감을 그는 후버를 상대로 밝히고 있다.(NA 24, 171, 159) 까다로운 《종합 문학 신문》 편집인들이 그의 존재를 기억해낸 것은 반년이 지나고 나서였다. 그가 논평을 해야 할 스무 권이나 되는 책을 예나로부터 우편으로 받은 것은 4월 말이었던 것으로 추측된다. 그 가운데에는 괴테의 「에그몬트」(NA 25, 56)도 들어 있었다. 그는 1788년 4월 29일에 우선 오스트리아 장교인 프리드리히 빌헬름 폰 마이어른(Friedrich Wilhelm von Meyern)이 쓴 비밀결사 소설 「디아-나-소레 또는 방랑자들(Dya-Na-Sore oder: Die Wanderer)」(1787)의 서평을 썼다. 이 소설은 지루한 철학적 성찰 경향 때문에 "논문과 소설의 혼혈아"(NA 22, 197)로서 별로 감동을 주지 못한다고 보았다. 그다음 날에는 요아힘 크리스토프 프리드리히 슐츠가 쓴 프리드리히 2세의 전기 「한 점의 역사화 습작(Versuch eines historischen Gemäldes)」, 카를 폰 에카르트하우젠(Karl von Eckardthausen)의 「만인을 위한 도덕론(Beyträge und Sammlungen zur Sittenlehre für alle Menschen)」과 하인리히 게오르크 호프(Heinrich Georg Hoff)의 「역사 비평적 백과사전(Historisch-kritische Encyklopädie)」에 대한 짤막한 메모가 발표되었다. 5월 8일에는 에발트 프리드리히 폰 헤르츠베르크(Ewald Friedrich von Hertzberg) 백작의 「만년의 프로이센 왕 프리드리히 2세에 관한 역사적 소식(Historische Nachricht von dem letzten Lebensjahre Königs Friedrich II)」에 대한 글을 발표하는데, 이 역시 간단한 알림의 성격을 지니고 있었다. 실러가 이 몇 주 동안에 자신에게 보내온 책 뭉텅이에서 그 밖에도 더 많은 작품들을 짧게 논평했을 것이지만, 편집자들이 그의 원고를 인쇄에 넘기지 않은 것으로 추측된다. 5월 초에 이미 그 자신은 사람들이 그 기고문들을 출간하지 않을지도 모른다고 걱정했다. 왜냐하면 편집부에서 잘못 판단해서, 주로 비교적 오래전에 출간된 책들을 그에게 넘겼기 때문이다.(NA 25, 56)

《종합 문학 신문》과의 공동 작업은 몇 개월 뒤에 정체 단계에 접어들었다. 게오르크 샤츠(Georg Schatz)는 1787년에 프랑스어로 출간된 골도니(Goldoni)의 회고록을 독일어로 옮겼는데, 6월에 실러는 이 번역본 제1권에 대한 짤막한 소개 비평을 빌란트의 《도이체 메르쿠어》에 발표했다. 그가 세 권으로 된 전작에 대한 서평을 《종합 문학 신문》에 발표한 것은 1789년 1월이었다. 당시의 관행으로 보아도 상식에서 벗어나는 그와 같은 처사는 정기적인 사례금 지불 때문인 것이 분명하다. 실러는 1788년 여름에 「에그몬트」의 서평 작업을 했다. 《종합 문학 신문》은 이 서평을 9월 20일에 게재했다. 실러가 서평을 하던 시기는 「이피게니에」의 서평과 함께 막을 내렸다. 여름 내내 구상을 하고, 반년 후에 집필에 착수해서, 괴셴이 편집한 『최신 독일어 문학작품에 대한 비평(Kritische Übersicht der neuesten schönen Litteratur der Deutschen)』에 1789년 부활절 서적 박람회 기간에 실린 서평이었다. 예나대학 교수 활동이 실러로 하여금 1789년 후반에 잡지를 위해서 일할 수 있는 시간을 허락지 않은 것이다. 후에 와서도 그는 일상적 과제의 압박 때문에, 평론을 써달라는 요청을 거절했다. 평론 집필이 그에게 금전적인 이익은 물론, 정신적 자극을 충분히 주지 않는 것으로 보였기 때문이다.

2년 반 뒤에 유명해진 뷔르거의 서정시에 대한 논평과 유사하게 괴테의 「에그몬트」 서평에서는 시대에 뒤떨어진 규범문학을 뛰어넘는, 자신만의 새로운 문학비평의 척도를 발전시켰다.[56] 1794년 9월 초 괴테에게 보낸 편지에서 실러는 추후로 자신이 택한 방법을 이렇게 옹호했다. "아직까지도 문학평론에서 무정부주의가 판을 치고 있고, 총체적으로 객관적인 취향 법칙이 없는 상황에서 평론가는 자신의 주장을 입증하려고 하면 언제나 크게 당황하게 마련입니다. 그가 참고할 수 있는 법전이 없기 때문입니다."(NA 27, 40) 「에그몬트」 서평에는 우선 비평 작업의 토대를 이룰, 비극의 구조에 대한 기본 모형이 그려져 있었다. 거기에 따라 행동, 열정, 인물들이 선택적으로 비극의 핵심에 등장할 수 있는 것이다. 고대 그리스 비극작가는 불가항력적이고, 관객을 흥분시킬 수 있는 사건 연출에 주목하는 반면에, 근대 작가들의 경우에는 실러가 강조하고 있는 것처럼, 인물 자체의 정서가 관심의 주요 대상이 된다. 레싱의 비극 작품들의 유형에서부터, 늘 인간의 정신 상태와 정신적 자세를 해부해 보이는 셰익스피어의 성격 드라마로 연결되는 하나의 선이 그어지는 것이다. 괴테가 선택한 소재, 이른바 1567년 스페인의 식민 지배에 반대하는 네덜란드 사람들의 봉기는 사건 자체가 일목요연하게 파악될 수 없는 연유로 비극적 성격을 별로 띠지 않기 때문에 자유롭게 창작을 하든, 아니면 개별 성격에 집중하든 반드시 자료가 보완되어야 했다. 그러나 괴테가 택한 나중 해법, 즉 인물들의 성격에 집중하는 방안은 인물보다 행위를 우선시하는 실러 자신의 비극 이념과는 전혀 어울리지 않았다. 실러가 이전에 발표한 작품들은 이와 같은 우선순위를 분명하게 보여주었다. 즉 카를 모어, 피에스코, 페르디난트, 돈 카를로스에는 각각 그들을 유린하고, 더 이상 통제될 수 없는 사건 진행이 특색으로 부각되어 있는 것이다. 이렇게 진행되는 사건은 그들을 소용돌이처럼 낚아채서 삼켜버리고, 끝내는 멸망케 하고 만다. 그와는 반대로 「에그몬트」의 구조와 주인공의 역할에 대해서는 눈에 띌 정도로 유보적인 자세를 보이면서 이렇게 말한다. "여기에는 두드러진 사건, 인물의 행동을 지배하는 정열, 극적인 계획 중 어느 하나도 없다. 여러 개의 개별 행동과 생동감 넘치는 묘사를 단순하게 배열만 해놓고 있다. 그들을 결합하는 것은 성격 이외에는 거의 아무것도 없다. 성격은 모든 것에 몫을 가지고 있고, 모든 것은 성격과 관련을 맺고 있다."(NA 22, 200)

실러가 보기에 이 드라마의 특별한 문제점은 성격비극의 가능성들을 설득력 있게 보여주기 위해서 필요한 숭고함을 주인공이 지니고 있지 않은 데 있었다. 역사적인 출전은 분명 카리스마 있는 이 봉기 동조자를 정치적 의식이 없는 "순진한 현실주의자", 애국자, 향락주의자, "허풍쟁이"로 그리고 있는 것이다.(NA 22, 201)[57] 여하튼 실러는 괴테가 막상 역사적 인물 에그몬트의 비영웅적 인품에 심취해 있는 것이 마음에 들지 않았다. 역사적으로 에그몬트는 부인과 아이들을 위태롭게 하지 않기 위해 체포될 때까지 고향에 머물러 있는, 한 가정의 아버지로 전해오고 있다. 그러나 괴테의 텍스트는 정당한 사유를 밝히지도 않은 채, 결과적으로 아무런 동기도 없이 그 나라를 떠나기를 완강하게 거부하는, 한 시민의 딸의 감상적인 애인으로 묘사했다는 것이다. 저자가 창작의 재능을 총동원해서 성격 드라마의 건물을 지으려고 했기 때문에, 에그몬트에게서 위대한 인품을 찾아볼 수 없다는 것이 이중으로 거부감을 주는 작용을 한다는 것이다. 비극적 주인공에 대한 실러의 이상은 포자 후작처럼 정치적 사상가이지, 괴테가 좀 더 어둡게 그린 것처럼 관능적 성격을 지닌 감정에 사로잡혀 도덕적 품위를 보여주지 못하는 주인공은 아닌 것이다.

그와 반대로 이 비평은 백성들이 나오는 장면은 나무랄 데 없이 성공한 것으로 보고 있다. 그 장면들에서 "산만했던 모습들"은 한 "국가"의 "살아 있는 그림"으로 바뀌었지만, 통일성을 묘사하지 않고, 상이한 성향의 다양성을 결합해놓았다는 것이다.(NA 22, 205) 실러는 근본적으로 이 비극이 역사적 출전과 고도로 일치한다는 것을 인정했다. 그는 이 작품의 예술적 완성도를 설명하면서 감탄을 금치 못하고 있다. 이 드라마의 저자는 역사 지식에 의지해서 집단적인 의식 과정을 장면으로 묘사하는, 기법상 어려운 문제를 뛰어난 예술적 기교로 극복했다는 것이다. 그와 같은 세부 사항에서 얻은 통찰들은 비극의 남다른 방안이라는 관점에서 실러가 피력한 의견, 즉 희곡에 대한 근본적인 이해 면에서 괴테의 감수성이 부족하다는 의견을 상쇄해주고 있다. 막간극처럼 보여주는 이 화해적인 경향은 물론 마지막에 한 책략적인 언급을 통해 제한을 받고 있다. 마지막에 이 비평은 「에그몬트」의 알레고리적 끝맺음, 즉 자유의 꿈을 "하나의 오페라 세계로의 목숨을 건 모험"으로 격하하고 있기 때문이다.(NA 22, 208) 이와 같이 칭찬과 질타가 특이하게 혼합되어 있는 서평을 읽고 괴테는 심기가 몹시 불편했다. 그는 1788년 10월 1일에 카를 아우구스트에게 쓰기를, 이 서평자는 자신이 쓴 드라마의 "도덕적 부분"은 대단히 훌륭하게 분석했으나, "문학적인 부분"과 관련해서는 다른 비평가들보다 "아직은 약간 뒤떨어지는 편"이라고 했다.[58] 이 시점에 괴테가 이 비평가가 바로 실러라는 것을 예상하기는 어려웠을 것이다.

괴테의 「타우리스 섬의 이피게니에」에 대한 서평 제1부는 1789년 초에 발표되었다. 괴셴이 1788년 부활절 서적 박람회에서 처음으로 시장에 내놓은 《비평적 성찰》 제2권을 통해서였다. 이를 마지막으로 이 정기간행물이 폐간되었으므로 실러는 이 서평의 속편을 완성하는 것을 포기하지 않으면 안 되었다. 이 서평의 어조는 「에그몬트」의 경우보다는 우호적이었다. 물론 「타우리스 섬의 이피게니에」가 1787년 4월 초 괴셴이 발행한 작품집 제3권으로 발행되었고, 따라서 서평자는 출판인의 환심을 잃지 않으려면 출판인이 직접 발행하는 저널에 어디까지나 긍정적인 평가를 제공하지 않으면 안 되었다는 것을 고려해야만 할 것이다. 기대에 부응하지 못한 것으로 보이는 이 텍스트는 실러가 1788년 늦여름에 집중적으로 연구한 에우리피데스의 「아울리스의 이피게니에」와 비교하는 것을 주된 내용으로 삼고 있다. 비평자 실러는 이 그리스 비극의 내용에 대한 지루할 정도로 장황한 설명을 그 자신이 산문 형식으로 옮긴 비교적 긴 인용문을 통해 뒷받침하고 있다. 이 서평은 추후, 그러니까 1788년 가을에 그가 좀 더 철저하게 다듬게 될 에우리피데스 번역의 전 단계를 이루고 있다. 이 소개 비평은 후반부에 이르러 비로소 괴테의 드라마에 몰두하게 되는데, 그때에도 또 다시 긴 인용문 때문에 감흥을 일으키지 못하는 내용 설명이 중심을 이루고 있다. 근본적으로 이 비평은 처음부터 괴테가 이 드라마를 통하여 규칙을 따를 의지가 없는 작가요, 미친 듯이 셰익스피어를 모방하는 자요, 천재 사상을 전도하는 사도라는, 이른바 「괴츠 폰 베를리힝겐」 이래로 뿌리 뽑히지 않고 있는 편견과 투쟁하는 데 성공했다는 것을 증명해 보이고 있다.(NA 22, 199 이하) 이와 같은 평가에 부응해서, 실러는 이 텍스트의 언어 문제에 우선적으로 관심을 보이는 반면에 신화 수용과 연관해서 제기되는 수용미학적 문제와 심리학적 문제는 상세하게 다루지 않고 있다. 추측건대 그 문제들은 제2부에서 다루려고 했던 것 같다. 그러나 제2부가 집필되지 않았기 때문에 이 「타우리스 섬의 이피게니에」 서평은 미완성 토르소로 남게 되었다. 이 미완성 토르소를 가지고 사람들은 오로지 괴테의 드라마에 대한 긍정적인 평가의 경향만을 증명할 수 있을 뿐, 프로그램상의 내용은 거의 감정할 수가 없다.

3. 「파렴치범」(1786)과 「운명의 장난」(1789)

인생 이야기

교육의 자료로서 전기(傳記)

실러가 최초로 쓴 비교적 긴 소설은 실제로 발생한 범죄행위를 바탕으로 하고 있다. 이 소재의 구체적 배경은 당대 독자들의 기억에 아직도 생생하게 남아 있었다. 「파렴치범」은 악명 높은 음식점 주인 프리드리히 슈반의 이야기로 원래의 소재를 약간 변조한 것이다. 슈반은 1760년 7월에 메르겐트하임에서 벌어진 살인과 약탈 때문에 공개적으로 수레바퀴에 매달려 처형되었다. 그는 슈바벤의 국경 밖에서까지도 악명이 높은 사람이었다. 실러는 아벨에게서 슈반의 이야기를 전해 들었다. 아벨의 아버지는 바이힝겐에서 면장을 지냈는데, 1760년 3월 6일에 수배를 받던 이 악당을 투서를 받아 체포할 수 있었다. 실러의 소설이 발표된 지 1년 후에 아벨도 「인간의 삶에서 일어난 진기한 현상들(Sammlung und Erklärung merkwürdiger Erscheinungen aus dem menschlichen Leben)」제2부에, 아버지가 전해준 심문조서를 바탕으로 슈반의 전기를 실었다. 아벨은 범죄를 저지른 개인이 극단적인 경우에 처했을 때 심리적으로 당황하는 모습을 독자에게 보인다는 데에는 의견을 같이하고 있다. 하지만 마이스너의 작품들처럼, 주로 범죄 이야기가 지니는 경고 성격에 무게를 두고 있는 실러보다는 강하게 도덕적으로 영향을 미치려는 서술 의도를 나타내고 있다. 그러므로 실러의 서술자가 냉철한 관찰자의 자세를 유지하는 반면에, 아벨의 경우에는 교육적 공명심을 지닌 훈계하는 보고자가 등장하는 것이다.[59]

그와 같이 서술 의도가 다른 것과는 상관없이, 인물의 전기에 관심을 가지는 현상은 후기 계몽주의 시대 전반의 특징이라고 할 수 있다.[60] 헤르더는 1778년에 쓴 심리학적 현상 응모 글에서 "전기(傳記)"라는 모델이 "진정한 심리학을 위한 소재"를 확실하게 제공할 수 있다고 선언했다. 카를 필리프 모리츠는 1782년 보이에의 《도이체스 무제움》에 게재된 글 「경험심리학 잡지를 위한 제안」에서 설명하기를 "진정한 삶의 기록이나 자기 자신에 대한 관찰"이 인간에 대한 지식과 세상에 대한 지식을 심화할 수 있는 유일한 방안이라고 했다. 특히 평탄치 않은 삶의 기록이 그렇다. 이 평탄치 않은 삶의 기록에는 정신적으로 정상인 사람의 평범함이 아니라, 병리학적으로 극단적인 경우가 독자의 분석적인 시선을 단련할 수 있는 유익한 분석 대상으로서 서술의 핵심을 이룬다. "범죄자와 자살자의 이야기라면 소재를 얼마나 많이 제공하겠는가?"[61] 개인의 생애가 지닌 본보기 성격을 지적하는 그와 같은 관점은 경건주의적 자서전의 영향을 받은 것이다. 이와 같은 경건주의적 자서전의 고통스러우리만큼 엄숙한 도덕주의를 단적으로 보여주는 예는 아담 베른트(Adam Bernd)의 「자기 생애 서술

(Eigene Lebens = Beschreibung)』(1738)이다. 다시금 이 책의 본보기 역할을 한 것은 요한 헨리히 라이츠(Johann Henrich Reitz)가 1698년부터 여러 권으로 기록해놓은 짧은 사례연구집『다시 태어난 사람들의 역사(*Historie der Wiedergebohrnen*)』였다. 여기에 실린 내용들, 즉 신앙을 갖게 된 체험, 참회의 길, 고생담, 종교적 혼란과 세상살이의 혼란, 비전과 꿈들에 대한 보고문은 교육적인 기능을 발휘했다. 자서전 발간은 곧 붐이 일다시피한 경건주의 출판 활동의 레퍼토리에 속했고, 또한 문학 시장에 활기를 불어넣기도 했다.[62] 헤른후트의 문서 보관소에는 그와 같은 전기들이 오늘날까지도 2만 종이나 보관되어 있다.[63] 우리가 현재 접할 수 있는 할러 · 겔러르트 · 라바터 · 헤르더 · 융슈틸링 · 모리츠 · 조이메의 전기 · 일기 · 자전적 보고들은 경건주의 운동의 선구적 텍스트가 없었으면 생각조차 할 수 없었을 것이다. 그와 같은 책들의 핵심 성격은 끊임없는 관찰, 감시, 통제의 틀 속에서 이루어진 정확한 자아 연구이다. 오직 순수한 영혼만이 신에게 가까이 갈 수 있기 때문에 심리 상태 분석은 경건주의 자서전 문학의 중추적 요소였다. 그와 같은 종교적 동기에서 비롯한, 양심 표명의 형식들 덕분에, 이미 당대의 경험심리학에서 심화되고 발전될 수 있었던 확고한 분석 수단이 더욱 발전한 것은 당연한 일이었다.

다른 한편으로 모리츠, 마이스너, 슈피스, 아벨 등의 편찬서에 실린 경건주의자들의 인생 보고들을 통해 키워진 전기적 관심은 현대의 범죄 심리학적인 문제와 연관이 있다. 프리드리히 슈반의 인생행로에 대한 실러의 소설도 여기에 제시된, 이른바 범죄행위의 개별 배경에 대하여 가능하면 정확히 해명하려고 애쓰는 분석적인 처리 절차를 따르고 있다. 그의 이름은 소설 속에서 크리스티안 볼프(Christian Wolf)로 개명되었는데, 볼프*라는 이름은 도덕적인 충동과 동물적인 충동 사이의 이중성격을 조명해야 할 과제를 안고 있다.[64] 이 텍스트는 주로 범죄자의 유년 시절과 청소년 시절의 묘사에 지면을 대부분 할애하고 있고, 그 범죄자가 저지른 범행 자체는 다만 부차적으로 언급하고 있을 뿐이다. 서술 계획을 밝힌 머리말에서는 여기서 작용하는 심리적 관심에 대하여 해명하고 있다. 이 심리적 관심은 범행의 외적 형식이 아니라 원인에 놓여 있다. 1792년 『단문집』에 게재된 이 소설의 제2판은 이와 같은 비교를 포기하고 있지만, 그와 달리 여기서는 대담하다 싶을 정도의 비교를 통해 의학의 경험 지식과 직접적인 관계가 형성되고 있다. "의사들이 제대로 의사 노릇을 하려고 하면, 환자의 침대나 임종의 자리에서 제일 좋은 치료법과 식이요법을 발견하는 것은 물론, 치료에 필요한 처방들을 얼마든지 수집할 수 있다."[65] 인간의 "심리적 혼란"을 기록한 "연감들은" 정상적인 전기보다 교육적 고찰의 대상들을 더 많이 제공한다. 왜냐하면 여기서는 거침없이 발산되는 충동, 강력한 정열, 잔인한 탐욕 등이 도덕적인 통제를 뛰어넘어, 방해받지 않고 인긴 행동의 유발 인자로 나타나기 때문이다.(NA 16, 7) 6년 뒤에 실러는 피타발의 「유명하고도 흥미로운 법정 사건」에 대해서 아주 유사한 표현으로, 그의 사례연구들은 "동기"가 범죄행위에 어떻게 복잡 미묘하게 작용했는지를 보여주고 있다고 칭찬하게 된다. 왜냐하면 "형사사건의 판사"는 다른 어떤 사람보다도 인간의 마음을 깊이 훑어볼 수 있고, 그의 경험은 개인의 심층 심리적 측면에 대한 측량할 수 없는 지식을 전달해주기 때문이라고 했다.[66] 그러나 서술자는 개인을 움직이는 "탐욕"의 개별적 특성은 어디까지나 외부의 영향에 좌우된다고 분명하게 강조하고 있다. "정열의 범죄적 에너지가 발동하는 것은 엄격한 질서가 지배하고 있는 '협소한 시민적 영

* 원래 늑대를 지칭하는 보통명사.

역'에서는 법률의 좁은 울타리" 덕택에 도덕적 자기 억제의 경계선이 없어진 환경에 처해 그 강도가 더욱 약할 수 있다. 그때마다 함께 작용하는 것은 개인의 타고난 소질과 사회적 영향이다. 환경의 지배를 받으며 발전하고 있는 정열의 해부학은 일관성 있게 범죄자의 운명과 관련지어 연구될 수 있다.(NA 16, 7)[67]

서론의 제2부에서, 한 범죄자의 인생행로를 좌우할 수 있는 외적인 전제와 내적인 전제에 대한 설명은 근본적인 성격을 지닌 수용미학에 대한 고찰로 끝이 난다. 문학은 마땅히 행동하는 인물의 격동하는 마음과 독자의 조용한 기분 사이의 "두드러진 차이점"을 극복해서 주인공과 독자의 관계에서 분위기상의 균형을 조성해야 한다고 서술자는 말한다. 이 분위기상의 균형은 다시금 관심과 공감의 조건이 되고 있다. 이와 같은 균형을 만들어낼 수 있는 이 두 가지 기법은 필연적으로 상반된 점에서 출발하고 있다. 즉 "독자가 주인공처럼 열을 받든가, 주인공이 독자처럼 차가워지든가 해야 한다." 관객을 행동하는 인물의 격앙된 심적 상태로 옮겨놓으려는 시도는 항상 문제점을 지니고 있다. 왜냐하면 그와 같은 시도는 "어쩔 수 없이 "공화국의 자유"를 침해하고, 관객이 "몸소 재판에" 임할 수 있는 길을 방해하기 때문이다. 반대로 두 번째 방법은 좀 더 정직한 것처럼 보인다. 왜냐하면 관객의 작업에는 타협의 수단이 없기 때문이다. 즉 "주인공은 반드시 독자처럼 차가워져야 한다. 아니면, 여기서 말할 수 있는 것은, 그의 행동에 앞서 우리가 그를 알아야 된다는 것이다. 우리는 단순히 그가 자신의 행동을 실행하는 것을 보아야 할 뿐 아니라, 행동할 의지가 있는 것도 보아야 한다."(NA 16, 8) 여기서 실러는 「도적 떼」에 대한 머리말과 만하임의 「피에스코」 공연을 위한 연극론 메모에서 이미 희곡문학에 대한 문제 제기의 일환으로 발전시킨 입장을 다시 취하고 있다. 1781년 「도적 떼」의 광고에서 언급했듯이, 영혼의 작용 형식을 최대한 정확하게 분석함으로써, "영혼이 말하자면 가장 은밀하게 작업 중에 있다는 것을 깨달을 수 있는" 문학적 방법은 독자의 열정을 가열하는 것을 목표로 삼는 기법보다 더 강력하게 독자가 참여하게 움직일 수 있다.(NA 3, 5) 주인공의 내면의 역사를 거리감을 가지고 묘사하는 방법을 실러는 프리드리히 폰 블랑켄부르크가 1774년 출간한 『장편소설 시론』에서 발견할 수 있었다. 독일 최초의 근대소설 형식 이론가인 블랑켄부르크와 실러는 소설가는 인간의 심리적 편력(遍歷)에 특별히 관심을 가질 필요가 있다는 확신을 공유하고 있었다.[68] 1770년에 출간된 크리스티안 가르베의 『고대와 현대 작가들의 작품에 나타나는 약간의 차이점 고찰(Betrachtung einiger Verschiedenheiten in den Werken der ältesten und neuern Schriftsteller)』도 비슷한 견해를 대변하고 있다. 이 책도 강조하기를, 현대문학의 근본적인 방법은 인물의 "느낌"을 분석하고, 내면에 "불분명한 모습"을 띠고 있는 정신력을 분명히 밝혀서 독자에게 상세히 보여줄 수 있도록 하는 네 바탕을 둔다고 했다.[69]

실러가 머리말에서 마지막으로 언급하고 있는 것처럼, 자성적인 서술방법에는 교육적인 장점들도 있다. 악덕을 지닌 주인공의 정신적 편력을 알고 있는 독자는 도덕적으로 비난받을 행동에 대한 총체적인 편견에 그렇게 빨리 사로잡히지는 않을 것이다. 만일 독자가 문학의 매체를 통해서 범죄행위의 원인에 대한 통찰을 얻었다면 그는 장차 "부드럽게 인내하는 정신"을 따라, 이 사회의 아웃사이더를 상대로 마땅히 관용을 보일 것이다. 이로써 범죄자 이력서에 대한 냉철한 해부를 통해 실현되는 "악덕의 해부"(NA 16, 9)에는 당연히 사회 비판에 대한 요구도 첨가된다. 소설은 특히 범행을 판단하는 데 범인의 정신적 이력을 관련시키기 때문에, 범인을 재판하는 데서는 인도적 계명에 복종하는 것을 옹호하는 매체로 이해된다.

의도적으로 실러가 자신의 냉정한 묘사 양식 뒤에 감추어둔 도덕적 관점의 단서가 바로 이 점에 암시되어 있다. 이와 같은 관점으로 인해 이 텍스트는 적어도 당분간이긴 하지만 아벨이 1년 뒤에 출간한 프리드리히 슈반의 운명에 대한 보고서와 밀접한 관계가 있게 된다. 그러나 이 소설이 사회적 관용을 위한 교육적 효과를 목표로 하는 데 국한되지 않는다는 점은 이 소설의 다층적인 소견을 좀 더 자세히 고찰해보면 밝혀진다.

범죄와 사회
어떤 범죄자의 미로

긴장감 넘치는 이 텍스트의 본론은 주인공 크리스티안 볼프의 청소년 시절에 대한 간단한 서술로 시작된다. 아벨의 보고서가 원전의 많은 부분을 더욱 충실하게 옮겨놓고 있는 데 반해서, 실러의 소설에서 주인공은 원전과는 달리 아버지 없이 옹색한 환경에서 성장한다. 그러나 실상 슈반은 그 고장에서 가장 부유한 사람 중 하나의 아들이었다. 그가 경영하는 음식점 '태양관(Sonnenwirtschaft)'은 영업이 잘되어 엄청난 수익을 올렸다. 아벨은 슈반의 부모들이 슈반에게 시민적 가치와, 교리문답서 정신이 반영된 기독교를 교육했다고 주장하고 있다.[70] 그러나 실러가 임의로 꾸며서 묘사하는 가난한 환경들은 주인공 볼프의 범죄 행각에 그다지 결정적인 동인이 되지 못한다. 결정적인 것은 어디까지나 증오와 인정받고자 하는 욕구가 어우러져서 주인공의 행동을 조종하고, 재앙을 불러오는 것이다. 인상이 험상궂은 이 소년은 그의 외모에 반발을 느낀 사회가 그에게 "거절한" 것을 "억지로 빼앗아 오려고" 하지만 성공하지 못한다. 사람들이 그에게 거절하는 동정, 호감, 사랑을 그는 선물로 매수하려고 한다. "밀렵꾼"으로서 "정직하게 훔치겠다"는 결심은 곧 범죄자의 이력을 쌓는 첫걸음이 되었다.(NA 16, 10) 이제부터 볼프의 전 생애는 인정을 받고 싶은 염원을 안고 전개되지만, 이 염원은 계속 새로운 실망을 안겨주고, 그럼으로써 계속적인 범행의 원인이 된다.

1792년 버전에서 '잃어버린 명예'로 번역되던 '파렴치(Infamie)'라는 핵심 개념은 볼프가 구속력 있는 사회적 규범에 등을 돌리는 데 결정적인 역할을 한 모티브를 지적하고 있다. 실러는 볼프의 범죄 행각을 그가 사회적으로 겪은 모욕에 대해 어쩔 수 없이 보여야 할 일련의 반응으로 기술하고 있다. 실러가 서술하고 있는 이야기는 내적으로 논리가 정연하고, 그 이야기의 모든 요소는 톱니바퀴처럼 서로 맞물려 있다. 이 전기는 서술이 진척되면서 볼프의 범행 의도가 점진적으로 고조되는 양상을 띠는데, 이것이 바로 이 전기의 구조 모형이라고 볼 수 있다. 그는 다루기 힘든 애인에게 줄 값진 선물을 사기 위해 밀렵 행위를 저지르는데, 한 연적의 밀고로 그는 벌금형을 받게 된다. 거기에 이어 감옥행 판결을 받는 범행을 반복함에 따라 사회적 격리 수용으로 한층 형량이 높아지고, 그 결과 석방된 후에는 마을에서 돼지를 치는 일자리까지도 막히고 만다. 범위가 확장된 범죄행위는 금고형으로 이어지고, 금고형에 처할 때 그의 등에 낙인으로 찍힌 교수대 표지가 사회적 매장의 상징이 된다. 반쯤 의식을 잃은 상태에서 옛 연적을 살해한 행위로 그는 어쩔 수 없이 도망해서 조직폭력배에 가입하게 된다. 여기에 실러의 소설이 새로운 궤도로 옮겨가는 전환점이 놓여 있다. 범죄자들의 틈에서 볼프는 자신이 항시 원하던 대로 존재 가치를 인정받지만, 사회적 아웃사이더로서의 생존은 시민적 생활 규범에 토대를 둔 안정된 사회질서 속으로의 빠른 귀환을 마음속으로 동경하게 만든다. 군대 입영에 대한 청원과 연결된 사면 요청에 영주가 아무런 답변도 하지 않자,

마지막으로 그는 우연히 국경을 넘다가 체포되기에 이른다. 인간적으로 대하는 수사관의 심문에서 그가 털어놓은 폭넓은 고백이 이 소설의 마지막을 장식한다. 실러는 이 범죄자의 사형선고와 공개 처형에 대해서는 보고하지 않고 있다. 바로 이 점이 아벨과 다른 점이다.

머리말에서 밝힌 '악덕에 대한 해부'는 범죄 행각의 심리적 요인과 사회적 요인에 대한 검토를 모두 포함하고 있다. 볼프의 공명심 가득한 자기 현시욕과 불같은 육욕이 그의 전기에 외적으로 나타난 심리적 전제를 이룬다면, 사회의 몰이해와 적대감은 끔찍한 범죄행위를 연쇄적으로 초래하는 구실을 제공한다. 주인공의 정신적 기질은 다른 삶을 경험했더라면 시간이 가면서 덜 위험한 결과를 낳았을지도 모른다는 것이 이 소설의 주된 소견인 것이다. 특별히 정신적 성향과 사회화의 상호작용이 명예 모티브를 통해 뚜렷하게 모습을 드러내고 있다. 이 모티브는 브라베(Brawe)의 「자유정신(Freigeist)」(1758)이나 이플란트의 「명예욕 때문에 저지른 범죄(Verbrechen aus Ehrsucht)」(1784)가 보여주고 있는 것처럼, 당시의 시민 비극에서도 중요한 역할을 했다. 볼프가 일찍부터 겪게 되는 내적 갈등에 동기를 부여하기 위해서 실러는 아벨의 경험심리학을 재수용했고, 거기서 도움을 받았던 것 같다. 라 메트리의 「인간 기계론」에 영향을 받은 심리학의 본능 이론이 이 소설의 바탕에 깔린, 인간의 의지에 관한 기계론적 견해에도 영향을 미치고 있다. 그와 동시에 절제 있는 상상(想像)은 정신생활에 유리하게 작용하지만, 격렬하게 추구된 이상(理想)은 정신생활에 불리하게 작용한다는 것을 짐작할 수 있다. 의지는 감정으로 하여금 반복해서 긍정적인 측면을 유지하도록 애쓴다. 의지가 자체의 법칙을 따르는 한, 언제나 자유롭다. 그와 동시에 그의 욕구 충족은 외적 상황에 좌우되기 때문에 어디까지나 예속된 모습으로 나타난다. 의지는 사용하는 도구의 기능, 감정,

몸의 동작과 도덕적 표상들에 똑같이 영향을 미친다.[71] 권력욕, 자유를 사랑하는 마음, 명예욕뿐 아니라, 멸시, 질투, 우정, 사랑, 성애 등도 인간의 의지 표명의 대상에 속한다.[72] 실러가 기계론적 심리학의 시각에서 이 소설의 주인공 볼프의 '반항'을 그의 결연한 행복 추구 의지가 표현된 것으로 보고하고 있는 것은 필시 아벨의 충동, 사상, 의도, 행동을 위한 도덕적으로 중립적인 도구로서 의지의 기능에 관한 이론을 적용하고 있는 것일 것이다. 이와 같은 이론의 영향은 이 소설의 서론 부분에서 특별히 뚜렷하게 확인할 수 있다. 이 부분에서는 인간의 욕구와, 인간이 성장한 사회적 환경이 똑같이 인간의 도덕적 품위를 결정해준다는 점이 강조되고 있는 것이다.(NA 16, 9)

이 점에서 분명해지는 것은 실러가 변칙적 행동에 대한 연구를 통해 독자의 심리학적 지식을 심화할 수 있다고 보았을 뿐 아니라, 사회적으로 문제가 되는 상황을 보는 감각도 세련시킬 수 있다고 보았다는 것이다. 헤겔은 「법철학 개요(Grundlinien der Philosophie des Rechts)」(1821)의 한 항목에서 '태양관' 주인에 관한 실러의 소설을 여론과 자기 인식이 하나가 된 실례로 인용한 적이 있다. "외부적인 활동을 포괄하는 총체성이나 다름없는 삶은 사람됨과 관련해서는 외부적인 것이 아니다"라는 것이다.[73] 주체와 사회적 체계의 연관성에 대한 이 상투적인 진술은 각주에서 「파렴치범」의 이야기를 실례로 들어 입증되고 있다. 이 이야기의 "심리적 묘사"는 외부 세계로부터 거부당한 개인의 "생각"을 전달하고 있는 것이며, 그와 같은 방식으로 공적 규범과 개인 경험의 힘겨루기를 보여주고 있다는 것이다.[74] 크리스티안 볼프의 경우에는 사회적 규범의 망과 정신생활의 동력 구조 간의 이중적 연결에서 결국에는 극복할 수 없는 갈등이 빚어지는데, 이 갈등을 이 소설이 과장하거나 감추는 것 없이 냉철하게 조명하고 있는 것이다. 주인공은 이 이중적 연결과 관련이 있는 것으로 보이는 요구들을 지속적이고도 무리 없이 조화시킬 수 있을 때에만 자유로운 주체가 될 수 있을 것이다.[75]

실러가 묘사한 사회상의 핵심으로 이어지는 개념은 '은사(恩赦)'이다. 이 개념은 신학적인 의미와 똑같이 법률적인 의미도 지닌다.[76] 수상한 범죄 행각의 절정에서 주인공 볼프는 법의 테두리를 지키며 살아가는 시민의 삶에 대한 동경심에 밀려 영주에게 편지를 한 통 쓴다. 이 편지에서 그는 사회에 다시 적응해 살 수 있는 기회를 탄원하면서 분명히 이렇게 선언하고 있다. "본인이 간청하는 것은 은사입니다. 설혹 그럴 만한 권리가 제게 있다손 치더라도 감히 저의 정당성을 인정해달라고 요구할 수가 없습니다." (NA 16, 25) 그러나 성경에 나오는 탕자의 비유와는 달리 여기서는 화해에 의한 해결이 이루어지지 않는다. 영주는 끝내 침묵함으로써 군주로서 은사를 베풀 용의를 보이지 않는다. 「누가복음」(15장 11절 이하 계속)에서 버림받은 자식은 적어도 돼지를 치는 머슴 역할을 기대할 수 있었지만, '태양관' 주인에게는 이와 같이 남의 밑에서 일하는 사회적 지위를 차지하는 길까지도 막혀버렸다. 시민적 질서를 대변하는 사람들은 개인의 범죄행위에 결정적 역할을 한 인간적 배경은 고려하지 않고 법률의 조문대로 판결한다. 그처럼 이 소설에 기술된 법률 구조의 틀 안에서는 범죄자에게 '은사'가 베풀어질 수 없다는 것이 분명히 드러나 있다. 이로써 실러는 「도적 떼」에서와 비슷하게, 성경의 탕자 비유와 반대되는 그림을 보여주고 있다. 관용에 뜻이 없는 사회에서는 이 범죄자에게도 동정이 베풀어져서는 안 되는 것이다.

그러나 아벨의 아버지를 모델로 해서 그려진 법관은 여기서 예외이다. 그는 '태양관' 주인으로부터 마지막 고백을 듣는다. 볼프는 예심판사가 자신을 아무런 편견 없이, 그리고 인간적으로 대해준 '점잖은 사람'(NA 16, 29)인 것을 알았기 때문에 자진해서 법률의 손에 자신을 넘기노라고 분명하게 선언하고 있다. 동정의 눈물 한 방울이 공적 조서를 적셨으면 좋겠다는 부탁과 함께 그가 자신의 범행에 대한 보고를 시작하는 부분은 이 소설에서는 가장 의미 있는 은유적 차원을 지닌 것으로 평가된다. 감정이입 능력의 직접적 표현인 울음의 반대 이미지는 다름 아닌 감금된 볼프에게 낙인 된 교수대 표지이다. 개화된 자세로 법 집행을 하려는 것으로 보이는 법관은 법률의 태고 문자인 교수대 표지가 범인의 몸에 새겨지는 것과는 달리, 범인의 정신 상태를 감정하는 작업부터 시작한다. 범행 동기들을 개별적으로 파악할 수 있기 위해서이다. 복수 행위에 해당하는 눈에 보이는 신체 훼손의 자리에 개인적인 생애를 기록한 조서에 의지해서 이해하려고 노력하는, 이른바 감정이입이라는 절차가 대신 등장한다. 요한 크리스티안 샤우만(Johann Christian Schaumann)은 1792년 저서 『범죄심리학을 위한 아이디어(Ideen zu einer Kriminalpsychologie)』에서 인간애를 지니고 있는 법관은 "사형을 선고해야만 했던 날 저녁에도 양심의 가책을 느끼지 않고 잠자리에 누워서 동정의 눈물을 흘릴 수 있다"고 쓰고 있다.[77] 실러의 소설이 조서라는 문서 매체를 후기 계몽주의의 이상인 동정이나 감수성과 연관시키는 것은 당시 문학의 레퍼토리에 속하는 것이다. 글쓰기와 감상주의의 은유인 잉크와 눈물은 그 시대의 가장 유명한 서간체 소설 루소의 「신 엘로이즈」와 괴테의 「젊은 베르테르의 슬픔」을 통해 알 수 있는 것처럼 18세기 후반에 자신의 수난을 묘사한 자전적 소설에 함께 등장한다.[78]

이 소설은 제목에서 내건 '진실한 이야기를 보고하겠다'는 주장을, 정의만 알고 은총은 모르는 사회적 현실에 대한 비판과 심리적인 사례연구를 연결함으로서 증명하고 있는 셈이다. 크리스티안 볼프의 생애는 대부분 1532

년에 제정된 황제 카를 5세의 형사재판 규정「카를 형사재판 규정(Constitutio Criminalis Carolina)」과 1638년 그 법률을 보완한 베네딕트 카르프초프(Benedikt Carpzov)의 「작센 형법(Sächsisches Kriminalrecht)」을 적용하고 있는 형 집행의 비인도적인 방법도 조명한다. 요한 카스파르 리스베크는 1783년 뷔르템베르크의 사법기관에 대하여 "여전히 고문, 참수(斬首), 교수형, 환형(轘刑), 척살(刺殺) 등의 형벌이 정확하리만큼 카를 형사재판 규정에 따라서 자행된다"고 쓰고 있다.[79] 카를 5세가 제정한 가장 악명 높은 중죄인(重罪人) 관련 형사재판 규정이 프리드리히 2세가 다스리는 프로이센에서는 이미 그가 즉위하던 해(1740년)에 효력을 상실한 반면에, 다른 영방들은 19세기 초까지 그 규정을 고수했다. 작센-바이마르에서는 비로소 1819년에, 고타에서는 1828년에 폐기되었다. 1751년에 발간된 『바이에른 형법서(*Bayerische Strafgesetzbuch*)』나 1769년에 발간된 테레지아 형법 규정과 같이 결정적으로 보완된 규정들은 과거 규정의 핵심적인 원칙을 받아들였다. 세심하게 원인을 탐구하는 것은 외면한 채 각각의 범행 사실만을 확인하라는 주장이 바로 그것이다.[80] 이처럼 법률 개혁이 시급히 요구되었지만, 그에 대한 공개적인 토론은 이탈리아와 스위스에서 지도적 위치에 있던 법률가들의 영향으로 1770년대 후반에 와서야 비로소 시작되었다.[81] 이와 같은 엄벌주의 현실과 병행해서 곧 프랑스의 모델을 본뜬 경찰 기구가 등장한다. 이 기구에는 점증하는 강도 범행과 떠돌이 행각을 강력하게 통제하라는 명령이 떨어졌다.[82] 본래 그들의 과제를 위해 양성된 첩자들은 불량배들을 장기적으로 분쇄할 수 있기 위해서 감시하는 기능을 맡기로 되어 있었다. 적어도 작센-바이마르의 최고 교회 지도자인 헤르더는 1778년 점점 완벽하게 조직화되는 공안과 감시 국가의 전략에 대한 글을 아이러니조로 쓰고 있어 주목을 끈다. "우리의 영방들은 아주 경찰국가가 되다시피

해서 지방 도로는 차단되고, 수비대 병력은 증원되고, 논밭들은 현명하게 분배되었으며, 현명한 사법기관이 정신을 바짝 차리고 있다. 그러니 불쌍한 악동은 비록 못된 짓을 할 수 있는 용기와 힘을 가지고 있다손 치더라도 어디에 가서 그 짓을 한단 말인가?"[83]

실러의 '진실한 이야기'는 특히 시점(視點) 변화 기법을 통해 특별한 효과를 발휘한다. 이 소설에서는 서술자의 목소리와 병행해서 크리스티안 볼프의 목소리를 들을 수 있도록 서술 시점이 변화된다. 실러는 그의 청소년 시절의 편력을 간단히 설명한 후에 주인공 자신으로 하여금 명목상 추후에 하게 될 조서 진술을 바탕으로 자신이 걸어온 그 밖의 인생 편력을 보고하게끔 한다. 바로 이 범죄 이야기가 참극으로 전환되는데, 살인자가 되는 시점에 이와 같은 형식상 전환이 이루어지는 것은 우연이 아니다. 긴장을 고조하는 기법뿐 아니라, 진실한 이야기의 효과를 내기 위한 노력도 여기서는 목소리의 변화를 야기하고 있다. 전기(傳記)가 세부 사항으로 더 이상 "독사에게 전할 만한 것이 없는" 시점에서 비로소 서술사는 발언을 신청한다. 왜냐하면 전기의 세부 내용은 '범행의 혐오스러움'만을 폭로하고 심리적 사안에 대해서는 더 이상의 통찰을 털어놓지 않기 때문이다.(NA 16, 23) 서술자의 관심사는 주인공 볼프가 저지른 범행이 아니라 그 범행의 동기이다. 그러므로 이 텍스트가 앞서 언급한 '태양관' 주인의 사면 청원 편지의 논점들을 상세히 전하는 것은 당연한 이치이다. 이제 또다시 자신의 청원서에 간단한 자화상을 보충함으로써 독자에게 자기 내면의 삶을 투명하게 밝히고 있는 주인공의 (허구적) 목소리가 들린다. 볼프와 법관 사이의 논쟁을 문서화하고 있는 이 소설의 결론 부분에서 두 사람의 대화가 서술자의 보고를 밀쳐낸다면, 이는 역시 범인에 대한 심리적 관심이 이제는 충족되었다는 것을 의미한다. 이 이야기의 마지막에 범인의 초상은 완성되어 더 이상 보완이 필요 없게 된 것이다. 마지막을 장식하는 것은 심리 상태의 파편이 아니고, 놀랍게도 범인 자신이 설명해 보인 요점 정리인 것이다. 이로써 서로 다르긴 하지만 항목에 따라 상호 보완하는 두 가지 과제를 실러의 텍스트가 충족하고 있는 것을 볼 수 있다. 즉 이 텍스트는 마이스너의 작품들과 유사하게 한 범죄자의 생애에서 실제로 발생한 사건들을 바로 그 원천에서 퍼 올린 이야기로서 범행의 원인이 정신적, 사회적 원천에 있음을 밝힐 뿐 아니라, 그렇게 함으로써 세상 물정에 관한 독자의 견문을 넓힌다. 또 다른 한편으로는 범죄소설로서 관객의 호기심을 자극할 뿐 아니라, 냉정하게 묘사한 사건을 해결하는 것에 대한 독자의 관심을 일깨우고자 하는 것이다. 후일 낭만주의 작가들은 이 두 모델을 받아들이게 된다. 특히 호프만(E. T. A. Hoffmann)의 소설 작품들, 예를 들자면 「스퀴데리 여사(Fräulein Scuderi)」(1819)의 경우에서, 사례 이야기와 탐정소설을, 심리학 연구서와 노벨레를 연결하려고 노력함으로써, 실러로부터 비롯한 자극들을 물려받고 있다.[84]

뷔르템베르크의 추억
폰 리거 장군의 특이한 경력

「운명의 장난」이라는 산문은 1788년 12월 중순에 상세한 계획도 없이 며칠간의 집필 끝에 탄생한 후 두 주 만에 이미 빌란트의 《도이체 메르쿠어》 1월호에 익명으로 발표까지 되었다. 실러의 문체에 익숙하던 쾨르너는 필자가 누구인지를 재빨리 알아맞혔다. 그는 1788년 12월 30일에 처음 읽었을 때 받은 인상을 가지고 이따금 억지스러워 보이는 어법에 대하여 이렇게 언급하고 있다. "내가 보기에 이 소설의 어조는 자네로서는 대단히 성공적이었네. 오만불손함이 없이 활기 넘치는 묘사란 나로서는 상상하기 어려운 작풍(作風)이라 하지 않을 수 없네."(NA 33/I, 284) 실러 자신은 「운명의 장난」을 예술적으로 그다지 큰 기대를 걸지 않은 일종의 파한(破閑) 작품으로 보았다. 그는 1789년 2월 초 샤를로테 폰 렝게펠트에게 보낸 편지에서 이 소설을 자신의 "보잘것없는 작품"으로 꼽았지만, 이 소설의 어법만은 개성이 있다는 것을 시인했다.(NA 25, 198)

이 텍스트에서 가장 두드러진 특징은 빠른 서술 템포이다. 한 편의 고전비극과 같이 줄거리는 연극의 장면 구분을 본받아 도입, 고조, 절정, 전환, 해결의 순서대로 5부로 나뉘어 서술되어 있는 것을 분명하게 파악할 수 있게 한다.[85] 실러는 제일 먼저 주인공 알로이시우스 폰 G○○○의 성격을 지극히 간결하게 묘사하고 있다. 1798년 7월 말에 탄생한 비가 「행복(Das Glück)」에서 뜻하는 것처럼, 이 젊은이의 신체적, 정신적 바탕이 "이마에 제우스의 권능의 인장이 찍힌"(NA I, 409, v. 4) 행운아로 그의 운명을 미리 정해놓았다. "건강하고 장사처럼 힘이 넘치는 모습"에 지적인 장점들까지 보태어져서 완벽한 느낌을 준다. "풍부한 학식", "끈기", 행동력과 강한 의지, 그와 동시에 눈에 띄는 "겸손함" 등이 항시 그가 하는 행동에 "범상치 않은 풍모"를 부여해주고 있다.(NA 16, 33) 이 제신들의 총아는 당연히 영주의 측근 인사로 승격해서 몇 년 안에 정치적 요직을 차지하고, 궁정 내에서 가장 막강한 인물로 통하게 된다. 하지만 G○○○는 영향력이 막강한 장관의 역할을 하면서 예전에 지녔던 자제심을 잃고, 그 자리에 "오만"과 "잔인함"이 들어서서, "교만하게 군림하는 존재"로 통하게 된다.(NA 16, 34 이하)

주인공의 성격과 경력을 묘사하는 두 개의 짧은 도입부에 이어서 제3부가 뒤따르는데, 여기에서는 그의 상대역 요제프 마르티넨고의 음모가 서술된다. 피몬트 태생 백작인 이 사람은 암암리에 영주의 신임을 얻어 G○○○에 대한 나쁜 소문을 퍼뜨리고, 마지막에 가서는 장관이 대역죄인인 것을 폭로하는 "대단히 수상한 편지"를 작성하여 그의 해임과 구속에 영향을 미친다.(NA 16, 37) 마르티넨고가 치밀하게 계획한 술수들은 G○○○의 '무심한 태도'(NA 16, 38), 다시 말해 자기 자리에 대해 안심하는 가운데 궁정의 음모자들에게 신경을 쓰지 않은 태도 덕분에 성공을 거둔다. 실러는 서평자로서 그 내용을 잘 알고 있고 친숙하기까지 했던 괴테의 「에그몬트」의 주 모티브를 여기서 이용하고 있다. 이 비극의 주인공도 위기의식이 부족한 나머지 끝내 위험에 처하고, 결국 몰락하고 만다. 자신의 운명을 "그 시대의 태양마(太陽馬)"[86]에 조종을 받는 것으로 보는, 몽유병자와 같은 소박한 확신을 가지고 그는 오라니엔이 권고한 도피를 포기하고, 결국 자업자득으로 형리인 알바의 덫에 걸리고 만 것이다. 실러는 이미 해임당한 장관이 체포되어 공개적으로 강등당하기 전에 "아무런 생각 없이"(NA 16, 38) 아침 열병식에 나타나는 것을 서술하는데, 이는 본성적으로 남을 잘 믿는 에그몬트의 위험한 성격을 부각하기 위해서 괴테가 사용한 것과 똑같은 성격묘사 방법을 사용한 것이다.

제4부는 이 소설의 전환점에 해당한다. 여기서는 권력의 정상에 있던 주인공이 앞으로는 죄수로서 지하 감옥에서 살아야 하는 굴욕적인 삶의 밑바닥으로 추락하는 것을 보여준다. 상승과 추락은 알로이시우스 폰 G○○○의 생애에서 반복되는 양극을 형성한다.[87] 그가 이전에는 패기가 만만한, 사회적으로 "높은 지위"에 있었다면(NA 16, 34), 이제는 지하 감옥이라는 가장 낮은 곳에 처박히게 된 것이다. 그곳에서 그는 "따뜻한 햇볕을 쏘이거나, 신선한 공기를 마시지도 못하고, 도움의 손길이나 흔히 있는 동정조차 기대하지 못한 채, 행복을 잃은 현대판 욥으로서 꼬박 1년 반을

살아야만" 했다.(NA 16, 40)[88] 특별히 비극적인 것은 이 비인도적인 감옥이 바로 그 자신이 어떤 장교가 자신을 방해한다고 오해해 그 장교를 위해 설치한 것이라는 점이다. 오해받던 그 장교는 이제 나름대로 교도소장으로 역할이 바뀌어 그를 엄중히 감시하고 있다.[89] 실러의 이 소설을 알지 못했던 것으로 추측되는 프란츠 카프카(Franz Kafka)는 후에 이보다 훨씬 더한 상황을 엉뚱한 방법으로 묘사하고 있다. 1914년 10월 중순 제1차 세계대전이 발발한 직후에 탄생한 산문 텍스트 「유형지에서(In der Strafkolonie)」는 본래 그 자신이 조립한 처형 기계 밑에서 자살한 한 장교의 죽음을 서술한 것이다. 그러나 본래 이와 같은 운명을 당해야 마땅하던 범인은 막상 가장 가까운 거리에서 아무런 감동도 없는 증인으로서 이 사건을 바라보게 된다.

동정하는 마음을 지닌 위수지구(衛戍地區) 교회 목사가 개입한 덕택으로 실러의 주인공은 16개월 후에 더욱 인간적인 조건하에서 감금 생활을 지속할 수 있었다. 그는 9년 후에 비로소 석방되는데, 석방의 이유에 대해서는 체포의 원인과 마찬가지로 별로 들은 바가 없다. 그를 상대로 합법적인 판결이 내려질 소송이 시작된 적도 없다. 여기서 이 소설은 분명히 슈바르트의 생애를 모델로 한 것임을 알 수 있다. 슈바르트는 1777년부터 1787년 사이에 아무런 법적 근거도 없이 호엔아스페르크에 감금되어 있었다. 이 소설의 5부에서는 이전 총신이던 G○○○의 남은 수감 기간과 사면, 그 밖에 그가 살면서 거쳐간 정거장들이 간략하게 몇 마디로만 서술되었다. 주인공은 외국에서 할 일을 찾고, 새롭게 성공의 사다리를 기어올라 절정에까지 이른다. 그렇게 20년이 지난 후에 나이 들고, 감상적인 기분에 젖은 영주의 지시로 그는 고향으로 돌아와서 영주를 향한 반감을 억누르고 다시 요새 사령관 직을 맡는다. 그는 이 직책을 자신이 겪은 죄수 경험에도 불구하고 가혹할 정도로 엄격하게 수행한다. 수많은 독자들은 명예를 회복한 장교의 꼼꼼한 업무 스타일과 수감자들을 대하는 무자비한 태도, 변덕스러운 성격, "분노 폭발"(NA 16, 44) 끝에 맞는 갑작스러운 죽음 등에 관해서 짤막하게 보고하고 있는 이 텍스트의 마지막에 이르러서야 실러의 주인공 모델이 필리프 프리드리히 리거 장군이라는 것을 알아차릴 것이다. 「운명의 장난」에는 뷔르템베르크 영방 역사에서 가장 악명 높은 인물들 중 한 사람으로 꼽히는 이 궁정정치인의 변화무쌍한 인생 역정이 거의 세세한 부분까지 충실하게 반영되어 있다. 부친이 리거와 특별한 관계가 있던 루트비히 슈바르트가 1788년 12월에 바이마르로 그를 방문했는데, 그 일이 계기가 되어 실러는 집필 기간에 그가 생각이 났을 것이다.

1722년생인 리거는 카를 오이겐이 각별히 아끼는 신하로서 1750년대에 공국의 군사 참모부장으로 승진했고, 그가 전쟁 중에 슈바벤의 병력을 증강하는 데 사용한 공격적인 선전 방법은 악명이 높았다. 1762년 그는 장관직을 맡고 있는 폰 몽마르틴 백작이 꾸민 음흉한 음모 때문에 대역죄를 저지른 혐의를 받고 관직에서 해임되기에 이른다. 그 과정에서 그에게 쇄도한 비난들이 얼마만큼 사실과 부합하는지는 끝까지 밝혀지지 않았다. 혐의를 확인해주는 문서들이 "진짜인지 무고(誣告)에 의한 것인지"(NA 16, 37)를 검토할 수 없었다는 점을 실러의 소설이 강조하는 것은 이 고발의 배경들이 의심스럽다는 것을 염두에 둔 것이다. 강등당한 리거는 4년간 호엔트빌 요새에서 수감자로 복역하던 끝에 명예가 회복되어 석방된다. 비교적 짧은 기간 외국 근무를 하게 한 후 대공은 1771년 그를 호엔스베르크 요새의 사령관으로 임명했는데, 이는 장군 승진과 연계되어 이루어졌다. 실러는 1781년 12월에 슈바르트를 면회한 것을 계기로 리거와 개인적으로 사귄 적이 있지만, 리거의 이름이 그의 세례식 방명록의 대부 명단에 들어 있다는 것은 사적인 의미가 없고, 어디까지나 궁정에 대한 경의 표시에 불과했다. 장군은 1782년 5월 15일 심장마비로 사망했다. 이 심장 발작은 병가를 낸 병사와 격렬하게 다투다 일어난 것으로 추측된다. 수감자로서 그의 지배하에서 온갖 신고를 겪어야 했던 슈바르트는 젊은 실러와 마찬가지로 그에게 조시(弔詩)를 헌정했다. 이 시는 공식적으로 위임을 받아 지은 작품으로 고인에 대한 비판적인 평가는 삼갔다. 1793년 카를 오이겐의 사망 직전에 출간된 슈바르트의 자서전 『삶과 신조(Leben und Gesinnungen)』 제2부에서는 리거의 초상화가 좀 더 절제된 필치로 그려져 있다.[90] 주의력이 있는 프리드리히 니콜라이는 1781년 7월에 슈투트가르트를 방문했을 때 이 장군의 변덕스러운 성격을 명쾌하게 파악해서, 그를 예리한 두뇌를 가졌지만 인정미가 없는 인물로 서술했다.[91]

　실러의 소설은 1782년 5월의 조시와는 달리 문학적 허구를 빌미로 리거의 부정적인 모습을 그리고 있다. 무자비함, 편협함, 명예욕 등이 한 인간의 누드러진 성격적 특징으로 나타난다. 그 인간의 선량한 성격의 바탕은 정치적 출세주의에 밀려 묻혀버린다. 권력 세계가 새겨놓은 지울 수 없는 낙인은 고난의 경험도 결코 이 주인공을 (욥과는 달리) 개전(改悛)시키지 못한다는 것을 증명해주고 있다. 영주의 인물 속에 묘사된 권력의 세계가 그의 기복 심한 인생 역정을 조종하는 결정적 힘을 형성하고 있다. 그러므로 제목에 등장하는 운명의 개념은 여기에 서술된 한 사람의 일생을 지배하는 심한 변동의 진정한 원인을 볼 수 있는 눈을 가리고 있는 것이다.[92] 그 변동을 주도하고 있는 거대한 수레바퀴는 형이상학적인 심급이 아니고, 때를 가리지 않고 개인의 자유 공간을 구속하는 영주의 자의(恣意)이다. 이 사람의 결정적 유전인자를 형성하고 있는 것은 절대주의 정치체제인 것이다. 그 체제를 기계적으로 운영하는 데서는 영향력이 막강한 총신까지도 단지 봉사하는 기능을 가진 예속적인 요소에 불과하다. 실러의 소설이 서술하고 있는 것처럼 군주의 자의적 사법 운영 실태는 뷔르템베르크에서만 나타난 현상이 아니었다. 보고에 따르면 바이에른-팔츠의 선제후 카를 테오도어도 카를 오이겐 공작과 유사하게 예측 불가능한 인물로 통했다. 그는 횡령죄로 사형이 선고된 폰 베트샤르트(von Bettschart) 남작의 형 집행을 영향력이 막강한 간신들의 개입으로 정지시킨 후, 사면받은 자를 고위 사법 관리로 지명하고, 자신의 정부(情婦) 중 한 여인과 정식 결혼까지 시켰으나, 못마땅한 일이 생기자 일체의 법적 근거도 없이 이전에 선고된 형을 집행하도록 다시 지시했다고 한다.[93] 실러가 자신의 소설을 예술적으로 이류(二流) 작품이라고 등급을 매긴 것은 정당할지도 모른다. 그러나 이 작품의 의미는 군주가 자기 신하의 '운명'이 되게 했던 국가 체제의 모습을 아주 섬세하게 묘사한 데 있다.

4. 높아가는 명성:
드레스덴, 바이마르(1786~1789)

위험한 애정 행각

마지막 몇 개월간 드레스덴에서 겪은 혼란

1786년 6월 22일 라인발트와 크리스토피네가 슈투트가르트에서 결혼했다. 탈영병 전력이 있는 실러에게 뷔르템베르크로의 여행은 너무나 큰 모험이었다. 그래서 그는 결혼식에 참석지 않았다. 그는 만하임 시절에 샤를로테 폰 칼프의 지원을 받아 이 결합을 막으려고 한 적이 있었다. 어울리지 않는 결합으로 여겼기 때문이다. 그러나 이 어울리지 않는 쌍이 부모의 허락을 얻어 약혼을 한 뒤로는 실러도 반대의 뜻을 거두고, 1785년 9월 28일에 편지를 써서 누나에게 "동생으로서의 축복"(NA 24, 23)의 뜻을 전했다. 아버지가 이 결합을 허락한 데에는 무엇보다도 라인발트의 직업이 결정적인 역할을 했다. 그는 궁정 관리로서 비록 대수롭지 않은 수준이긴 하지만 경제적으로 안정된 생활을 할 수 있었다. 그러나 실러가 전에 품었던 회의는 그 후 몇 년 동안에 현실로 나타났다. 이 부부의 결혼 생활은 불행했다. 도량이 좁은 라인발트는 무뚝뚝한 폭군으로 급속히 변해서 쾌활한 크리스토피네의 행동의 자유를 제한하고, 그녀가 여행하는 것을 금지했다. 그뿐 아니라 경제적으로는 매사에 인색하게 굴고, 지속적으로 박봉에 시달리는 자신의 사서 직에 대한 불만으로 가득 차 있었다. 실러의 누나는 1799년 4월에 마음을 비운 자세로 남편과의 관계를 이렇게 진술했다. "전반적으로 나의 운명에 대하여 불평할 이유가 내겐 없다. 어려운 싸움을 많이 겪은 후에 나는 마침내 그의 기분에 전적으로 순응하게 되었고, 오로지 내가 할 도리를 다하는 데서 만족을 찾는 데 익숙해졌다."(NA 38/I, 81 이하)

　1786년의 마지막 몇 주일을 실러는 글쓰기에 대한 아무런 의욕도 없이 눈에 띄게 침울하게 보냈다. 겨울이면 느끼는 비애감이 그의 마음을 어지럽혔다. 후년에 와서도 그는 음울한 계절에 대한 불평을 되풀이했다. 이 계절은 그에게서 일할 의욕을 앗아갔고, 글을 쓰고 싶은 생각도 일체 들지 않게 했다. 처음에 그처럼 높이 평가했던 쾨르너를 중심으로 모인 동아리의 끈끈한 정도 이제는 따분하게만 느껴졌다. 새로운 자극을 주지 못하기 때문이었다. 예술의 도시 드레스덴의 매력도 실러에게는 더 이상 아무런 영향력을 발휘하지 못했다. 심지어 2년 후인 1788년 12월에는 신분 의식이 뚜렷한 그 도시 시민들이 공명심에 부풀어 있는 것에 대해서 극도로 불만스러워하는 의견을 표출하기까지 했다. "우리나라 사람들 중에 쿠어작센 사람들이 가장 사랑스러운 사람들은 아니다. 드레스덴 사람들은 천박하기 이를 데 없고, 옹졸하고, 기분 나쁜 족속임이 틀림없다. 그들과 같이 있으면 마음 편할 날이 없다. 그들은 이기적인 분위기에 감염되어 있다. 그래서 자유롭고 점잖은 사람이 그곳에서 남달리 처신을 하면 배고픈 국민으로 전락하고 만다."(NA 25, 152) 실러는 1787년 2월 초 겨울의 침울한 분위기에서 벗어나기 위하여 친구들을 따라 카니발 무도회에 간 적이 있었다. 미나는 몇 시간이 지나지 않아 쾨르너와 도라와 함께 그 축제 장소를 떠났는데, 그녀가 기억하기로 실러는 거기서 "가면의 자유"를 "마음껏 누렸고", 그를 매혹한 어느 젊은 아가씨와 "친분"을 맺었다.(NA 42, 106) 그 저녁에 실러의 마음을 사로잡은 대화 상대는 드레스덴 궁정에 속한 카니발 협회의 여회원의 딸인 열아홉 살의 헨리에테 폰 아르님(Henriette von Arnim)이었다. 사람들은 그녀를 가리켜 아름답고, 애교가 있으면서도 자신감에 넘친다고 했다. 그녀의 인품에는 변덕스러운 면과 신분에 대한 자부심, 낭만적으로 과장하는 버릇이 나름대로 혼합되어 있었다. 실러는 즉석에서 그녀에게 사로잡힌 눈치였다. 5월 초 어느 날 실러는 돌이켜 보면서, 열렬히 숭배하는 이 여인에게 시 한 수를 지어 바쳤다. "이런 삶과 잘 어울리는 한 폭의 그림, / 가면무도회가 그대를 나의 여자 친구로 주었노라."(NA 1, 179) 2월 중순에 조피 알브레히트 집에서 헨리에테를 다시 만났다. 그런 다음 그는 아르님의 집에서 열리는 다과회에 정기적으로 참석했다. 열성적으로 중매쟁이 역할을 하는 그녀의 어머니는 떠오르는 작가의 이름으로 모임을 빛내고 싶은 마음이 있는 것이 역력했다. 하지만 출가하지 않은 세 딸을 부양해야 하는 그녀는 헨리에테의 결혼을 통해 경제적 이익을 얻는 것도 염두에 두고 있었던 것 같다. 1772년에 이미 사망한 아버지가 남긴 현금 재산이 많지 않았기 때문에 이와 같은 물질적 관심은 어디까지나 이해할 만한 것이었다. 그러나 딸들에게 구애하려는 많은 지원자들이 아르님의 가정에 드나드는 것은 이 가정의 명성에 보탬이 되지 않았다. 새침한 미나 쾨르너는 실러에게 헨리에테와 너무나 가깝게 접촉하지 말라고 결연하게 경고하기까지 했다. 그녀는 실러가 헨리에테와 가깝게 지내는 것을 부적절한 것으로 여겼던 것이다.

시기와 자만심에서 비롯된 것으로도 보이는 친구들의 충고는 별다른 효과가 없었다. 실러는 연초 두 달 동안 정기적으로 아르님 가문을 찾았다. 실러는 도라 슈토크와의 관계에서와는 달리 헨리에테에 대해서는 싹터 오는 정열을 고상한 감정으로 순화하려고 하지 않았다. 1년 반 동안 그는 독신으로 젊은 부부와 가까운 이웃으로 살면서, 연모의 제스처와 성적 관계를 갈망하는 신호에 맞서 싸워야 했다. 막상 헨리에테가 그의 내면에 일깨워주는 육욕의 감정에 거리낌 없이 그가 빠져든 것은 이해할 만한 일이었다. 그러나 그의 애정은 극복해야 할 수많은 시련을 목전에 두고 있었다. 이 여자 친구는 변덕이 심해 그를 당황케 했고, 구혼자들 간의 경쟁을 부추기는 것을 즐기는 빛이 역력했다. 가장 전망이 밝은 후보자로는, 경제적 형편이 좋은 것을 이유로 그녀의 어머니가 선호한 발트슈타인-바르텐부르크(Waldstein-Wartenburg) 백작이 꼽혔다. 실러에게는 질투심이 발동했다. 그는 헨리에테에게 순결을 증명하라고 요구했고, 그녀의 부정한 행실을 비난했으며, 점점 더 그녀의 기분에 농락당하는 신세가 되고 말았다. 이와 같은 형편에서는 「돈 카를로스」의 최종 버전을 집필하는 데 필요한 외적 안정을 찾을 수가 없었다.

헨리에테와 그 어머니가 4월 중순에 며칠간 여행을 떠났을 때, 실러는 별러서 드레스덴의 남서쪽에 위치한 타란트로 쾨르너 가족과 함께 소풍을 떠났다. 그들은 아직도 눈이 덮인 산악 지대를 함께 돌아다녔는데, 그곳에는 전망이 좋은 높은 산이 있어 엘베 계곡을 굽어볼 수 있었다. 실러는 이곳에 숙소를 잡아 오랜 기간 머물면서 짜증스러웠던 겨울을 보낸 후 필요한 내면적 안정을 찾기로 결정했다. 그는 '사슴 여관'에 방을 빌려 남아 있기로 하고, 친구들은 작별을 한 다음 마차를 타고 시내로 돌아갔다. 4월 17일부터 5월 중순까지 그는 이곳 시골에 칩거하면서 「돈 카를로스」 원고의 끝맺음 작업을 하였다. 추측건대 이 시기에 「쾨르너의 오전」 속편 장면들의 초안도 탄생한 것 같다. 처음 며칠간 실러는 눈과 우박이 내리는 날씨 때문에 좁은 방에 틀어박혀 있어야만 했다. 그는 잠을 오래 잘 수가 없어 아침에는 5시와 5시 반 사이이면 벌써 일어나서 장시간 책을 읽고, 9시에 책상 앞에 앉아 집필 작업을 시작했다. 그다음 며칠 동안 날씨가 좋을 때는 소화 장애를 극복하기 위해 산악 지대로 장거리 산책을 계획했다. 쾨르너는 드레스덴에서 영국산 맥주와, 지루함을 달래기 위해 읽을 수 있는 책들을 이 은둔자에게 보내주었다. 보낸 책들 속에는 쇼데를로 드 라클로의 장편소설 「위험한 데이트」(1782)가 끼어 있었다. 친구들은 1787년에 출간된 신판을 그에게 보내주었다. 이 텍스트의 반어적 문체를 음미할 수 있을 만큼 충분한 프랑스어 실력을 갖추고 있던 실러는 4월 22일에 이 책을 읽고 감동해서 독후감을 적었다.(NA 24, 93) 라클로가 서술한 사랑의 음모는 부도덕한 성격 때문에 아르님 가문 사람들의 잔꾀를 연상시킨다는 생각을 그는 금할 수가 없었을 것이다.

4월 24일에 헨리에테와 그 어머니는 은둔 생활을 하고 있는 실러를 찾아왔다. 가장 전망이 밝은 결혼 후보자로서의 지위를 상실하지 않을까 전전긍긍하던 발트슈타인-바르텐베르크 백작이 그들과 동행했다. 실러는 이 방문객들이 그의 내면적 안정을 방해했기 때문에 그들을 맞는 감정이 착잡했을 것이다. 4월 28일에 헨리에테는 편지를 한 통 써서 자신의 애정을 숨김없이 털어놓았다. "당신 생각, 그 생각만이 지금 나에게는 중요합니다".(NA 33/I, 125) 그러면서도 그녀는 이 교태가 담긴 표현들의 외설스러운 의미를 이해하지 못했다. 그러나 타란트 체류로 인해 생긴 공간적 거리감이 실러의 감정을 가라앉힌 것 같았다. 헨리에테의 호의에 대해서 실러는 냉담하고 의심쩍은 어조로, 그리고 그녀의 변덕에 대한 불친절한 암시를 곁들여 답변을 했다. 이 여자 친구는 5월 5일에 저변에 분노가 깔린 편지를 써서, 자신은 실러가 생각하고 있는 것처럼 "변덕스러운 사람이거나 따분한 존재"(NA 33/I, 130)가 아님을 맹세했다. 물론 그는 그녀의 감정에 진지한 성격이 있을 거라고는 더 이상 믿지 않았을 것이다. 친구들의 전략은 성공을 거두었고, 헨리에테의 영향력은 영원히 상실된 것 같았다. 그녀의 영향력은 주로 성적으로 끌리게 하는 신체적 매력에 있었다. 실러는 이 사건이 있은 지 반년 후에 쾨르너에게 자신은 그 같은 성적 매력에는 한없이 취약하다는 것을 고백했다. "특이한 것은 나는 인정이 많고, 감성적인 성격과 애교를 존경하고 사랑한다는 것일세. 애교라면 어떤 것이든 나를 사로잡을 수 있네. 정욕을 발동케 하는 사람이면 누구나 나의 허영과 감성을 확실히 지배할 수 있는 힘을 지닌 사람일세. 그 힘이면 나에게 불을 붙일 수는 없지만, 나를 불안게 하기에는 충분하다네."(NA 24, 178)

1787년 5월 중순에 실러는 드레스덴에 있는 친구의 집으로 돌아왔다. 헨리에테 폰 아르님에 대한 열정이 식었을 때쯤 샤를로테 폰 칼프의 초대장이 도착했다. 그를 바이마르로 초대한다는 내용이었다. 그는 막 한 가지 유혹을 물리쳤지만, 그것은 또 다른 거역할 수 없는 유혹의 손길이었다. 그가 초대에 응해서 출발을 결심하기까지는 물론 여러 주일이 걸렸다. 그렇게 여러 주일이 걸린 것은 리가의 극장장 코흐와 함부르크의 슈뢰더와 진행 중이던 「돈 카를로스」의 무대 공연과 관련한 협상 때문이었다. 6월 중순에 실러는 향후 계속적인 공동 작업의 가능성을 의논하기 위하여 여름이 끝날 무렵 슈뢰더를 개인적으로 방문할 결심을 했다. 하지만 7월 초에 이미 이 방문은 가을로 미루어졌다. 결국 실러는 끝내 함부르크에는 가지 못했고, 1800년 여름에 처음으로 슈뢰더를 개인적으로 만나게 되었다. 슈뢰더가 바이마르를 방문했을 때였다. 7월 중순에 실러는 드레스덴을 출발할 예정이었다. 친구들과 작별하는 데에는 마음의 고통이 없지 않았다. 7월 19일에 그는 쾨르너 가문 사람들과 쿤체 부부와 공동으로 옛 기억을 되살리기 위해서 로슈비츠 근교의 숲으로 장거리 산책을 했다. 그다음 날 아침에 실러는 늦어도 가을이 되면 드레스덴으로 되돌아오겠다는 약속을 하고는 친구들과 작별하고 떠났다. 그러나 친구들을 다시 만나기까지는 2년이라는 세월이 흘러야 했다.

궁정 사회에 접근
샤를로테 폰 칼프와 함께 바이마르에서

실러는 1787년 7월 21일 저녁에 이틀간의 여행 끝에 작센-바이마르 공국의 도읍지에 도착했다. 방문 시점이 좋지 않았다. 1786년 9월 이래 이탈리아에 체류 중인 괴테뿐 아니라, 1784년 12월 다름슈타트에서 상봉한 후로 다시 만났으면 반가웠을 공작도 여행 중이었다. 나움부르크에서 말을 교체하는 중에 실러는 포츠담에서 개최되는 기동훈련에 참석하기로 되어 있는 카를 아우구스트의 마차가 한 시간 전에 같은 장소에서 쉬었다가 다시 출발했다는 것을 전해 듣고 실망했다. 그러므로 늦은 시간에 실러가 바이마르에 도착했을 때 상황이 그리 좋아 보이진 않았다. 이틀 동안 잠을 못 잔 후여서 그는 느낌이 '마비되고', 기력이 완전히 탈진한 상태였다.(NA 24, 104) 광장 남쪽에 위치한 '황태자 여관'에 숙소를 정하고, 그날 저녁에는 아무 용무도 보지 않기로 했다. 하지만 그다음 날에는 새로운 주변 환경을 정찰하기 시작해서 많은 성과를 얻었다.

1780년대 말 바이마르의 모습은 여느 시골 마을처럼 초라했다. 카를 아우구스트의 도읍지인 이곳의 인구는 6300명에 불과했지만, 1785년에는 그래도 공국의 전체 인구가 10만 6400명이나 되었다. 작센-에르네스트 공국들은 형식상 독립된 영방 네 개로 구성된 하나의 정치 연합체를 형성하고 있었다. 이 연합체에는 작센-바이마르-아이제나흐 외에 남쪽에 위치한 작센-코부르크-잘펠트, 서쪽의 작센-고타-알텐부르크, 끝으로 서남쪽에 헤센과 국경을 맞대고 있는 작센-마이닝겐이 속해 있었다. 바이마르 주민의 63퍼센트는 농민 계층이었고, 13퍼센트는 수공업자이거나 일용 노동자들이었다. 귀족이 차지하는 비율은 1퍼센트였고, 부르주아 계층은 도시인구의 23퍼센트를 차지했다.[94] 이 도읍지에는 가옥이 750채 가까이 있었는데, 대부분 단순한 양식의 가옥이었고, 실러가 에스플라나데에 있는 자신의 거처에 입주했을 때인 1802년에만 해도 겨우 763채밖에 되지 않았다.(NA 31, 405) 수공업, 중소기업, 궁정 관리가 직종의 핵심이었다. 반면에 1790년경에 상업은 별 역할을 하지 못했는데, 무엇보다도 튀링겐 지방의 형편없는 도로 사정이 원인이었다. 게다가 바이마르는 역마를 교대하는 자체 정거장을 가지고 있지 않았는데, 이 점도 불리하게 작용했다. 라이프치히로 가는 도상에서 역마차가 서는 가장 가까운 장소는 15킬로미터나 떨어진 부텔슈테트였다.[95] 그에 따라서 사치 품목의 상품 공급이 부족해서, 사람들은 번거롭게 에르푸르트, 고타 혹은 예나를 거쳐서만 구입할 수 있었다. 작은 장터 광장에는 도시풍의 상점이 두 군데뿐이었다. 하나는 피륙 가게였고, 다른 하나는 프랑스인이 경영하는 화장품 가게였다. 그 밖에는 공장과 중소 상인의 점포가 전체 모습을 지배했다. 가장 현대적인 기업은 매사에 열심인, 조직의 명수 베르투흐의 수중에 있었다. 그는 1782년에 종이, 염료, 조화를 생산하는 공장을 설립했다. 후에 괴테의 부인이 된 크리스티안 불피우스(Christian Vulpius)도 그곳에 여성 근로자로 취업한 적이 있었다. 근 10년이 지난 후에 베르투흐는 확장된 '기업 직영 영업소'를 설립했다. 이는 현대적인 서비스 기업으로서 50명이 넘는 직원을 거느리고 중소기업인들의 자문에 응하고, 상인들 간의 접촉을 중개하고, 위탁판매점을 운영했다. 그뿐 아니라 자체의 인쇄 시설을 갖춘 수익성 높은 출판사를 경영했다. 바이마르에 도착한 지 얼마 안 되어 실러는 아이디어가 풍부한 이 베르투흐가 자신의 재력에 어울리게 "바이마르에서 가장 아름다운 집"을 소유하고 있다는 것을 알게 되었다.(NA 24, 136)[96]

세기말에 바이마르 도시 시설은 쉽게 조감할 수 있었다. 1770년대 말에 카를 아우구스트의 지시로 조성된 공원은 그의 아버지 에른스트 아우구스트 통치하에 건설된 내부 순환도로(에스플라나데)와 마찬가지로 사람들의 관심을 끌었다. 에스플라나데는 대량으로 심어놓은 보리수, 격자 울타리들, 잔디밭을 통해 매력적인 분위기를 연출했다. 중국식 정자와 인공호수가 차량과 마차의 통행이 금지된 보행로를 장식했다. 보행로의 양쪽 끝에는 철문이 설치되어 있어서 산보객들은 경비병들의 감시를 받으며 통과해야만 했다. 규정상 에스플라나데를 배회하는 것은 귀족들과 평민들에게는 허락되었지만, 하인들에게는 엄격히 금지되어 있었다. 도시의 건물은 개성 있는 양식의 건축물들이 아니었다. 다만 13세기에 건축되어 마르틴 루터가 설교한 적이 있고, 요한 제바스티안 바흐가 오르간 연주를 한 적이 있는 성 베드로-바울 교회만이 이 도읍지의 나지막하게 엎어진 가옥들 위로 우뚝 솟아 있었다. 이 교회는 1735년과 1745년에 개축되는 과정에서 바로크 양식의 요소가 가미되었다. 그때에 2층으로 된 합창대석이 있는 측랑(側廊)과, 신도들의 좌석 네 구석에 있는 층계가 증축되고, 창문들이 새로이 장식되었다.[97] 특별히 시선을 끄는 것은 제단을 장식하는 그림인데, 이는 루

카스 크라나흐(Lucas Cranach)가 그리기 시작해서 1555년 그의 아들이 완성한 것으로 그리스도의 십자가 밑에 서 있는 루터를 그린 그림이다. 여기서 1776년부터 담임 목사로 봉직한 헤르더는 인접한 사택에 거주했다. 이 사택은 높이 솟은 교회 건물의 그늘에 가려서 햇볕이 거의 들지 않았다.

이 도시의 문화생활은 궁정 극장과 긴밀하게 연계되어 있었다. 1771년부터 인정받은 자일러 극단이 바이마르의 대공 저택인 빌헬름스부르크에서 공연을 했다. 1774년 5월에 일어난 끔찍한 화재 사건으로 동쪽 날개의 무대와 함께 건물이 전소된 후 이 극단은 폰 고타 공작에게로 옮겨 갔다. 공작의 모후 아나 아말리아가 1776년부터 1781년 사이에 여름철을 보낸 에터스부르크 성(城)이 우선 아마추어 극장으로 발전하여 궁정의 연극 회원들이 공연에 참여했다. 1770년대 말에 괴테의 초기 드라마 몇 편도 여기서 상연되었다. 상연된 작품들은 대략 저속한 「플룬더스바일러의 연말 대목 축제」, 「공범자들」, 「변덕스러운 애인」이었다. 1779년에는 저자 자신이 산문 버전 「타우리스 섬의 이피게니에」 공연에서 오레스트 역을 맡아 관중 앞에 모습을 드러냈다. 1780년 공작의 궁전 맞은편에 새로운 희극 극장이 개관해, 1784년부터 1791년까지 이탈리아인 주세페 벨로모(Giuseppe Bellomo)의 극단이 자신들의 (일반 시민 관객도 구경이 가능한) 레퍼토리를 보여주었다. 1791년 초 괴테는 벨로모를 못마땅하게 여기는 공작의 염원에 따라 이 극장 운영을 맡았고, 그 후 몇 년 동안 전문적인 궁정 앙상블을 조직했다. 초창기에는 바이마르에 비교적 규모가 큰 오페라 공연 업체가 없었다. 1790년대에는 궁정이 비용 문제 때문에 음악 행사를 개인이 주최하는 저녁 음악회나 작은 실내악 공연에만 국한했다. 전문적으로 교육을 받은 예술가를 찾기가 쉽지 않아 여기서는 예술 감각이 있는 귀족들의 딜레탕티슴이 판을 쳤다. 자일러 극단이 간혹 (바이세와 빌란트의 작품을 각색한) 음악 드라마를 보여주었지만, 본래의 극장 전통이 그로부터 유래한 것은 아니었다. 과도기에 에터스부르크 성의 아마추어 무대에서는 괴테가 쓴 가극들이 여러 편 상연되었다. 거기에는 「에르빈과 엘미레(Erwin und Elmire)」, 「제리와 배텔리(Jery und Bätely)」, 「어부의 아내(Die Fischerin)」 등이 끼어 있었다. 희극 극장으로 바뀐 후에는 벨로모가 작성해놓은 레퍼토리의 테두리 내에서 이탈리아의 오페라도 가끔 공연되었다. 그런 다음 괴테의 책임하에 모차르트의 작품 공연을 장려하는 공연 정책이 전면에 부상했다. 그러나 바이마르 극장은 드레스덴, 슈투트가르트, 빈에 있는 큰 오페라하우스와 같은 화려한 명성은 한 번도 얻지 못했다.

공작 가문에 속한 세 군데 하계 궁전들, 북쪽에 에터스부르크, 남쪽에 벨베데레, 동쪽에 티푸르트가 바이마르의 경계를 이루었다. 시내에 있는 궁성인 빌헬름스부르크는 카를 아우구스트가 즉위하기 1년 전인 1774년 5월 6일에 완전히 불타버렸고, 어려운 경제 사정으로 재건축도 지체되었다. 괴테가 주도한 건축계획은 1803년 8월에 비로소 마무리되었다. 공작 가족은 오래 대기하는 동안 옛 지역 은행 건물을 개조한, 이른바 '영주의 집'에 거주했다. 이 집은 1770년 요한 고트프리트 슐레겔(Johann Gottfried Schlegel)이 설계하고, 바이마르의 건축업자 안톤 게오르크 하웁트만(Anton Georg Hauptmann)이 지휘하여 지은 것이었다. 다른 한편으로 공작의 모후 아나 아말리아는 궁성이 불탄 뒤에 몇몇 하인과 함께 '비툼 궁전'에서 지냈다. 1767년 야콥 프리드리히 폰 프리치(Jacob Friedrich von Fritsch)가 건축한 것으로, 에스플라나데 끝에 있었다. 공적 생활은 궁정 행사에 방향이 맞추어져 있었다. 궁정의 축제, 가면무도회, 극장 상연 등이 단조로운 연중 일상의 절정을 이루었다. 대도시 파리에서 튀링겐으로 온, 관찰력이 예리한 제르맨 드 스탈(Germaine de Staël)은 1810년까지도 이 도시를 "엄선

된 사람들이 모여 새로이 생산된 예술 작품이라면 무엇이거나 흥미를 가지고 즐기는" 거대한 성으로 불렀다.[98]

실러는 이 도읍지가 주는 시골 마을 같은 인상에 우선 놀라움을 금치 못했다. 8월 말 이웃 도시 예나를 찾았을 때 그는 기뻐하면서 이곳은 바이마르보다는 더 "도회지답다"는 느낌을 준다고 적고 있다. "좀 더 긴 골목길과 높은 집들은 보는 사람으로 하여금 적어도 도회지에 와 있다는 생각이 들게 한다."(NA 24, 142) 그와 반대로 공작의 도읍지인 바이마르의 모습은 구경 온 사람들에게 친밀감을 주지 못하고 시골 같은 느낌을 주었다. 도로는 불결하기 짝이 없어서 등불을 들지 않고 통행하려는 사람은 말이나 마차를 이용해야만 했다. 하수 체계는 낡아서 바람이 불어오면 바로 악취가 났다. 그와 같은 상황에서 도시를 산보하는 재미는 제한적일 수밖에 없었다. 게다가 면적이 넓은 주택의 수는 심각할 정도로 부족했다. 대부분의 가옥은 우중충하고, 작고 불편했다. 그럼에도 불구하고 이 도읍지에서 드는 생활비는 독일의 다른 고상들보다 훨씬 비쌌다. 이는 주로 바이마르에서는 커피나 차와 같은 희귀 식료품과 사치품은 구입할 수가 없어서 에르푸르트나 예나에서 수입해 와야만 하는 실정이 빚은 결과였다. 이 경우 소비자가 운송비를 부담해야 했기 때문에 더 나은 생활양식에 익숙해진 사람이면 너 나 할 것 없이 개인적으로 감당하기 어려울 정도로 지출이 증가했다. 실러도 나중에는 그의 일상생활 예산에 결정적으로 부담을 주는 높은 물가에 대해서 몇 번이고 거듭 불평을 했다. 1775년 12월 말에 처음으로 바이마르에 온 프리드리히 폰 제켄도르프(Friedrich von Seckendorff)처럼 세상 물정에 밝은 손님들은 시골티와 불편함이 섞인 이 도읍지의 생활 모습에 놀라움을 금치 못했다.

실러는 도착한 지 일주일 뒤인 7월 28일에 이미 여관에서 나와 거처를 샤를로테 폰 칼프가 이전에 살던 집으로 옮겼다. 이 거처는 에스플라나데에 위치한 궁녀 루이제 폰 임호프(Luise von Imhoff)의 집에 속해 있었다. 얼마 안 되는 은화를 월급으로 주며 하인 한 명을 고용했는데, 그 하인은 집 안 살림뿐 아니라, 때때로 필경 작업까지 맡아야 했다. 그는 처음에는 석 달 동안만 가사 도우미로 일하기로 했으나 1789년 5월 실러가 예나로 이사할 때까지 그의 곁에 머물렀다.(NA 24, 114) 실러는 더운 식사는 항상 음식점에서 들었다. 식성이 까다롭지 않아 대부분 소시지에 샐러드를 곁들이는 것이 고작이었다. 6월 말부터 샤를로테와의 접촉이 급격히 잦아졌다. 그녀는 두 살 반 된 아들과 함께 이 도읍지에 살고 있었다. 지난 세월에는 행선지를 자주 바꾸며 떠돌이 삶을 살았다. 그녀는 드레스덴, 팔츠에 있는 칼프스리트 등지를 전전하다가 고타에 오게 되었다. 이미 만하임에서 보여준 실천력을 가지고 그녀는 사회적으로 영향력이 있는 궁정 주변 인물들과 접촉할 수 있는 길을 터주겠다고 실러에게 통고했다. 애정이 없는 남편은 로트링겐에 있는 부대에 머물며 가끔 바이마르로 찾아왔기 때문에, 만하임에서의 몇 개월과는 달리 성적으로 자유로운 관계를 가질 수 있는 상황이 조성되었다. 실러는 도착한 지 며칠 후에 쾨르너에게 이렇게 쓰고 있다. "우리들의 처음 재회 때에는 억눌리고, 아찔했던 순간이 많이 있었지만, 이 모든 것을 그대들에게 일일이 설명할 수가 없네. 샤를로테는 약간 병색이 있는 것을 빼고는 아주 여전하네. 이날 저녁에는 기대와 재회의 발작 증세 때문에 병색이 눈에 띄지 않았으나, 나는 오늘에야 그것을 알아차릴 수가 있었네. 특이한 점은 우리들이 함께 있는 처음 시간부터 마치 내가 그녀를 떠났던 것이 겨우 어제인 것 같다는 느낌이 든다는 것일세."(NA 24, 106) 이 '기대의 발작 증세'라는 것이 어디까지나 성적 긴장감에서 오는 것이라는 것도 뒤의 언급들을 통해 알 수 있다. "우리들의 교제가 진전될 때마다 그녀의 내면에 새로운 현상이 나타나는 것을 나는 발견하게 되네. 그와 같은 새로운 현상들은 넓은 자연 공간에서 벌이는 멋진 파티처럼 나를 놀라게 하고, 황홀하게 만들고 있네."(NA 24, 107)

하지만 바로 이 샤를로테와의 일상적 교제가 이따금 문제점이 있는 것으로 나타났다. 만하임에 있을 때부터 실러는 그녀가 심리적으로 불안정하다는 것을 알아차렸다. 이 불안정한 심리는 물을 것도 없이 사회적 역할에 대한 강박관념에서 오는 것이었다. 예술적 소질을 계발할 가능성이 막혀 있기 때문에 샤를로테는 어려운 정신적 위기에 거듭 빠지곤 했다. 그녀를 평생 괴롭혔던 졸도와 흥분을 잘하는 체질과 몽유병의 발작은 그녀의 개인적인 일상에서 빚어진 풀리지 않은 정체성의 갈등이 겉으로 나타난 증상일 뿐이었다. 실러는 그녀가 아플 동안에는 대부분 그녀를 멀리했다. 그는 그녀를 성적인 매력이 있고, 정신적 자극을 주는 대화 상대일 뿐 아니라, 자신에게 의미 있는 사회적 접촉의 길을 터줄 수 있는 행동력을 갖춘 후원자로도 보았다. 히지만 그녀가 주기적으로 나타나는 만성적 우울증의 모형에 따라 되풀이되는 심리적 위기에 빠질 때면 눈에 띄게 그녀와 거리를 두었다. 샤를로테 폰 칼프는 건강할 때만 사랑을 받는 뮤즈의 운명을 후년에 와서도 끝내 모면하지 못했다. 출세를 꿈꾸는 작가 장 파울은 1796년 6월에 바이마르에 왔을 때 비슷하게 이기적인 방법으로 자신의 이해관계를 위하여 그녀를 끌어들였지만, 함께 가는 길의 결정적인 지점에서 관계를 청산하고 좀 더 우직한 카롤리네 마이어(Karoline Mayer)와 결혼했다.

바이마르에 와서 짧은 기간만 머무르는 남편은 그들의 불륜을 관대하게 대했다. 실러는 그의 점잖은 태도를 높이 평가하면서 이렇게 기록하고 있다. "나에 대한 그의 우정엔 변함이 없다. 그 점이 놀랍기 그지없다. 그가 아내를 사랑하고, 그녀와 나의 관계를 알고 있는 것이 틀림없기 때문

작센–바이마르–아이제나흐의 공작 부인. 아나 아말리아.
동판화. 아우구스트 베거 작.
1788/89년에 안겔리카 카우프만이 그린 초상화를 모델로 함.

이다."(NA 24, 135) 귀족 사회도 괴테의 경우와는 달리 지역적인 편견에 사로잡히지 않고 개방적인 반응을 보였다. 괴테는 바이마르에 와서 처음 몇 해 동안은 지역적인 편견에 맞서 싸워야만 했다. 7월 말에 이미 실러는, 엄격한 도덕관에 입각해서 실러와 폰 칼프 부인의 관계를 염려하는 드레스덴 친구들에게 자신만만하게 이렇게 쓰고 있다. "샤를로테와 나의 관계는 이곳에서 상당히 시끄러워지기 시작했지만, 우리 두 사람을 대하는 태도는 사뭇 정중한 편일세."(NA 24, 114) 두 사람의 관계가 그에게는 이미 몇 달 되지 않아서부터 얼마나 당연한 것처럼 되었는지는 1787년 12월 8일 쾨르너에게 쓴 편지가 밝혀주고 있다. 그 편지에서 그는 여자 친구의 짧은 여행이 자신을 "임시 홀아비 신세"로 만들었다고 선언하고 있을 정도였다.(NA 24, 179) 귀족 사회가 실러의 애정 행각에 대하여 보인 관용은 그 사회에서 혼인 증명이 별다른 의미가 없다는 것을 암시하고 있다. 실제로 바이마르의 궁정 주변에서는 정서적으로 욕구가 충족되지 않은 유부녀가 집안의 친구 역할을 담당할 용의가 있는 신사들과 열정적인 연인 관계를 맺는 것이 정상에 속했다. 실러는 여기서는 플라토닉한 사랑과 성적인 사랑의 경계선이 분명치 않다는 것을 강조하면서, 보편화되다시피 한 성적인 방종에 대해 냉소적인 태도로 이렇게 기술하고 있다. "이곳의 여인들은 놀라울 정도로 감성적이다. 사건을 일으키고 있지 않거나 일으킨 적이 없는 여인이 거의 없는 실정이다. (……) 여기서는 아주 쉽게 연애 사건에 휘말릴 수 있다. 그러나 물론 그 사건은 되도록 빨리 최초의 장소인 마음에서 다른 육체의 부위로 장소를 옮겨간다."(NA 24, 149 이하)

여자 친구의 지시에 따라 실러는 사회 지도층에 있는 귀족과 시민 가정을 "인사차 방문해서"(NA 24, 118) 자신을 소개하기도 했지만, 대부분은 관례에 따라 자신의 명함을 보내서 관심이 있는 사람은 그와 사회적으로 교제를 나눌 수 있다는 것을 알리는 데 그쳤다. 그는 8월 11일 비교적 여러 사람이 함께한 산보를 계기로 가까이 알게 된 샤를로테 폰 슈타인에게서 각별한 인상을 받았던 것 같다. 그녀에 대한 관심은 그녀가 바이마르에서 괴테의 가까운 여자 친구라는 것을 알고 있는 데서 연유한 것이기도 했다. 정신적인 면을 보자면 그녀는 엄격한 루터파 프로테스탄티즘 교육을 받았고, 내숭을 떠는 경향이 없지 않았으며, 1764년 이래 공작의 마구간 감독 요시아스 폰 슈타인(Josias von Stein)과 편의상 맺은 부부 관계를 불평없이 유지하고 있는 44세의 중년 여인이었다. 이 여인은 특히 자신이 지닌 지성을 통해서 실러뿐 아니라 전 회중에게 깊은 인상을 남겼다. 실러는 쾨르너에게 쓴 편지에 "그녀는 결코 예쁘다고 할 수는 없지만, 그녀의 얼굴은 부드러우면서도 진지했고, 특유의 솔직함을 보여주었네. 건강한 판단력, 감성과 진실이 그녀의 인품 속에 배어 있었네"(NA 24, 131)라고 그녀를 평했다. 실러는 궁정과 가장 깊이 관련된 인사들에게서도 비슷한 사적인 인상들을 받을 수 있었다. 이미 7월 27일에 공작의 모후 아나 아말리아가 그를 티푸르트로 초청했다. 두 시간에 걸친 취임 인사차 방문에 이어 그다음 날에는 다과회, 연주회, 저녁 식사에 초대되어서 샤를로테와 동행하여 참석할 수 있었다. 이 사실은 엄격한 궁정의 의식에 따라 그들의 관계에 부부에 준하는 위상을 부여하는 것이나 다름없었다.

티푸르트는 1781년부터 공작 모후의 여름 별장이었다. 1775년 콘스탄틴 왕자를 위해 건립된 이 성은 에터스부르크 성보다 풍모가 보잘것없었다. 적은 수의 궁정 신료들은 여기에서 비교적 큰 비용을 들이지 않고 한적한 시골 생활을 했다. 그와 같은 생활 풍조는 귀족들 사이에서 자연에 대한 열광과 일치하는 것이었다. 감상적인 소설들과 자연을 단순하게 묘사한 풍경화들의 영향을 받고, 루소와 로랭(Lorrain)의 모토를 따라 생활하는 것이 유행이 되다시피 한 터였다. 예술에 조예가 깊은 아나 아말리아는 공작 카를 폰 브라운슈바이크-뤼네부르크(Carl von Braunschweig-Lüneburg)와 프리드리히 대왕의 누이 필리피네(Philippine)의 딸로서 벨펜 왕조의 후예였다. 그녀는 1756년 3월 16세의 나이에 바이마르의 공작 에른스트 아우구스트(Ernst August)와 결혼했으나 남편이 불과 2년 후 콘스탄틴 왕자가 태어나기 몇 달 전에 세상을 뜨고 말았다. 젊은 미망인은 정사에 적극적으로 관여하여, 왕위 계승자인 카를 아우구스트가 1775년 9월 3일 18세 생일을 맞을 때까지 근 20년간 선견지명과 외교적 수완을 발휘하며 공국을 이끌었다.[99] 이 기간에 그녀는 이전의 시골티를 못 벗던 바이마르 궁정의 지적 수준을 괄목할 만큼 향상하는 데 성공했다. 프리드리히 폰 제켄도르프(Friedrich von Seckendorff), 프리드리히 폰 아인지델(Friedrich von Einsiedel), 카를 루트비히 폰 크네벨(Carl Ludwig von Knebel) 같은 젊고 유능한 인재들이 그녀의 비호를 받으며 국정에 참여했다. 그 사람들은 자신에게 맡겨진 조직과 행정 업무 수행에만 국한하지 않고, 예술적 재능으로 궁정의 문화생활에 참여하여 크게 기여하기도 했다. 아인지델은 비교적 작은 연극 대본, 오페라 대본과 에터스부르크 무대를 위한 트라베스티(Travestie)*를 남겼고, 제켄도르프는 발레, 가장행렬, 무도회 안무를 예술적으로 구성하였고, 괴테의 초기 드라마 여러 편(「릴라(Lila)」, 「변덕스러운 애인」, 「감성의 승리(Triumph der Empfindsamkeit)」)에 곡을 붙였으며, 무언극과 영상극(影像劇)을 상연하였다. 특히 1744년생으로 할레에서 법률학을 공부하고, 1774년부터 1780년 사이에 프리드리히 대왕의 포츠담 근위부대에서 근무한 후에 콘스탄틴 왕자의 가정교사 직을 맡은 크네벨은 얼마 안 가서

∙∙

* 내용은 그대로 두고 형식을 우습게 개작한 작품으로, 양식을 희화함.

바이마르의 사교계에서 영향력이 막강한 인물로 부상했다. 괴테의 친구이기도 한 그는 왕자와 헤어진 후, 1784년부터는 소령 계급으로서 공식적인 직함 없이 연봉 800탈러를 받았다. 문학적으로나 문헌학적으로 다양한 재능을 바탕으로 그는 얼마 안 되는 짧은 기간에 예의 문화적 세련미를 특성 있게 구현했고, 그리하여 바이마르의 뮤즈 궁정을 지역을 초월해서 유명해지게 했다.

공작의 모후도 예산이 적어 큰 지출을 할 수는 없었지만, 그만 못지않은 애정을 가지고 예술 전반을 장려했다. 그녀는 문체 감각이 뛰어난 요한 카를 아우구스트 무조이스(Johann Carl August Musäus)를 아마추어 극장의 작가로 채용했고, 1761년 작곡가 에른스트 빌헬름 볼프(Ernst Wilhelm Wolf)와 프란츠 폰 벤다(Franz von Benda)를 공국을 위해 일하도록 고용했다. 1772년에는 큰아들의 가정교사로 명성이 높던 빌란트를 도읍지에 묶어놓았고, 요한 에른스트 하인시우스(Johann Ernst Heinsius)와 1776년 새로 설립된 미술 아카데미의 원장이 될 게오르크 멜키오르 크라우스(Georg Melchior Kraus)를 궁정화가로 임명했다. 그 밖에 정사를 아들에게 넘긴 1776년 초여름에는 재임 기간이 비교적 오래된 장관들의 반대를 무릅쓰고 괴테를 추밀 참사관으로 추대했다. 하지만 그녀는 전면에서 예술가 후견인 노릇만 하는 것이 아니라, 극히 다양한 예술 분야에 직접 종사해서 성공을 거두기도 했다. 능란하게 피아노를 연주했고, 작곡을 했으며, 그림을 그렸고, 무대 장식을 도안하기도 했다. 1777년 3월 1일 에터스부르크에서 초연된 괴테의 창극 「에르빈과 엘미레」의 음악도 그녀가 작곡한 것이다. 그녀의 미학적 취향이 판에 박은 듯 지극히 인습적인 성격을 지녔다는 것 또한 잊지 말아야 할 것이다. 계획 없이, 어디까지나 직관을 쫓아 뮤즈의 궁정을 건설하던 공작의 모후는 여러 방면에 재능이 있었지만, 그 능력을 한군데 집중할 줄 몰랐다. 그녀와 원만한 관계를 누려오던 괴테도 그녀가 지닌 창조적 소질에서 산만한 경향을 분명하게 알아차렸다.

아나 아말리아가 실러에게 준 첫인상은 긍정적이지 않았다. 그가 보기에 행동거지가 부자연스러웠고, 취향에 깊이가 없다는 느낌을 주었기 때문이다. "그녀 자신은 나를 사로잡지 못했네. 그녀가 주는 인상이 나의 마음에 들지 않았다네. 정신은 극도로 진부했고, 감성과 관련이 있는 것 외에는 아무것도 관심이 없었네. 그녀가 음악과 회화 같은 것에 대해 지니고 있을 뿐 아니라 지니고 싶어하는 취향은 바로 이 감성에서 얻은 것일세." (NA 24, 113) 7월 27일에 있었던 첫 방문에서 이미 그들은 비교적 상세한 대화를 나눌 수 있는 시간을 가졌다. 실러는 아나 아말리아를 따라 공원을 산책했고, 그녀로부터 정원 건축에 대한 설명을 들었다. 그는 뷔르템베르크의 솔리튀드에 건립된 시설들을 매우 잘 알고 있어서 이 정원 건축에 대해서 전문적인 판단을 내릴 수 있었다. 그들은 여기에 세워진 빌란트의 흉상과, 아나 아말리아의 오빠 레오폴트 폰 브리운슈바이크(Leopold von Braunschweig) 공작을 기리는 거대한 기념비를 함께 구경했다. 나중에 미술관에서 만하임의 화가 페르디난트 코벨의 풍경화들 중 몇 작품을 골라 감상했는데, 이 작품들은 1780년 12월 괴테의 중개로 바이마르 궁정이 구입한 것이었다. 초저녁에 실러는 공작의 모후가 큰마음 먹고 그를 위해서 내준 여러 말이 끄는 마차를 타고 가까운 바이마르로 돌아왔다.

실러는 샤를로테 폰 칼프를 통해 도성의 가장 중요한 궁정 조관(朝官)들이나 예술가들과 연속적으로 신속하게 친분을 맺었다. 바이마르에 체류하면서 보낸 첫 4주는 끊임없이 이어진 사교 활동으로 인해 집필 작업을 할 수 있는 시간이 없이 지나갔다. 7월 22일에는 샤를로테의 거처에서, 솔름스(Solms) 백작을 사귀었다. 그는 루이제 폰 임호프와 여행하다가 그곳에 잠깐 머무는 중이었다. 사흘 후에는 시종장 아인지델의 초대를 받았다. 7월 28일에는 펀치*를 대접하는 저녁 파티에서 만하임 시절에 숙적이나 다름없던 고터를 다시 만났지만, 눈에 띄게 거리감을 가지고 대했다. 8월 9일에는 칭송이 자자하던 배우이자 가수인 코로나 시뢰테(Corona Schröte)를 아인지델의 집에서 소개받았다(그녀의 지적인 재능에 대해서 그는 별로 확신하지 못한 것 같다). 그다음 날엔 괴팍하고, 그렇다고 특별한 매력이 있는 것도 아닌 크네벨을 찾아가서 괴테가 거주하는 전원주택을 함께 구경했다. 일주일 후에는 게오르크 멜키오르 크라우스의 안내를 받아 바이마르의 미술 아카데미를 견학했고, 8월 17일에는 당시 독일에서 세 번째로 많은 장서를 보유하고 있는 궁정도서관을 시찰했다. 사람들은 끊임없이 늘어나는 이 궁정도서관의 소장본들을 성에 화재가 나기 전인 1766년에 이미 빌헬름 성(城)에서 일름 강변에 위치한 좀 더 넓고 그림같이 아름다운 건물로 옮겨서 보관했다. 후에 실러는 정기적으로 공작의 도서관을 찾아가서 역사서는 물론 장편소설과 여행기들까지 빌렸다. 꼼꼼하게 작성된 이용자 목록을 보면 수 년 동안 반납하지 않은 도서들도 있다는 것을 알 수 있다.

실러는 8월 중순에 샤를로테 폰 칼프 집에서 대기업가이자 출판업자인 베르투흐를 만났다. 후년에도 그와는 간간이 내왕하면서 지냈다. 당시 바이마르 궁정에서 영향력이 막강하던 크리스티안 고틀리프 포크트를 예방한 것은 이미 1787년 8월 11일의 일이었다. 열여섯 살 연상인 참사관은 예나에서 법률학을 공부했고, 비록 1791년에야 공식적으로 정책 심의회에 초빙되지만, 이미 이 시기에 공작이 펼치는 정책의 버팀목 역할을 했다. 정력적이고도 신중한 자세로 그는 지극히 다양한 영역의 과제들을 맡아 빠

∙∙

* 포도주 따위에 물, 우유, 과즙, 향료 따위를 섞은 음료.

른 시일 내에 처리하고 있었다. 그는 1783년부터는 일메나우 광산위원회에서 활동했다. 이 위원회는 채굴이 중단된 철광산을 재가동할 목적으로 조직된 모임이었다. 그는 노령이 되어가는 추밀 고문관 슈미트, 프리치, 슈나우스와는 달리 괴테와는 마찰 없이 함께 일했다. 그들은 도서관 건립, 수집한 그림의 보존, 학술 기관 지원 등과 같은 사업에 공동으로 몰두했다. 포크트는 예술적 감각이 특별히 뛰어나지는 않았지만, 세상 물정에 밝았고, 노련했지만 필요할 때에는 실용적이고 결단성이 있었다. 그가 바이마르 사회의 많은 사람들처럼 계명 결사 회원이라는 것은 공공연한 비밀이었다.[100] 그는 1789년 이후에는 보수적인 노선을 추구해서, 진보적인 백성들을 상대로 감시 활동을 벌이고 엄격한 처벌 조치를 내렸으며, 그렇게 함으로써 카를 아우구스트가 표방하는 절대주의 권력의 이해에 어울리는 정책을 구현했다.[101] 그는 실러의 바이마르 체류 초기 몇 개월간은 궁정 세계의 관습과 예술 장려 관련 문제들에 대해서 실러에게 많은 것을 가르쳐준 가까운 대화 상대였다. 그는 바이마르의 가장 재능 있는 사람들을 위해 베푸는 만찬에 실러를 여러 번 초대했다. 후년에 와서도 포크트와 실러의 관계는 변함없이 화목했다. 영향력이 막강한 이 정치가는 후에 와서 실러의 관심과 이해를 공작에게 적절하면서도 강력하게 대변할 줄 아는 적극적인 후원자가 되기까지 했다.

처음 몇 개월 동안 실러가 대면할 수 없었던 인사는 오직 공작과 그의 부인뿐이었다. 카를 아우구스트는 9월 말에 도읍지로 돌아오기는 했지만, 크네벨을 통해 전달된 알현 청원을 실현할 기회를 찾지 못했다. 잠시 후에는 오스트리아-네덜란드에 대항한 프로이센의 출정에 합류하기 위해서 또다시 출발했다. 게다가 겨울에는 마인츠에서 개최된, 프리드리히 2세가 결성한 군주 동맹의 정책 회합에 참석하고 1788년 2월 중순에야 비로소 바이마르에 돌아오게 되었다. 실러는 '암 슈테른(Am Stern)' 공원에서 산보를 하면서 이따금 공작 부인 루이제와 마주치기는 했으나, 알현을 청하지는 않았다. 사람들과 교제하는 데에 소극적이고 심지어 겁을 내기까지 하는 그녀와 겨우 접촉하게 된 것은 후의 일이었다. 궁정 측 사람들이 그에게 베푼 친절한 영접에도 불구하고 그가 바이마르의 각종 모임에서 받은 인상들은 한결같지가 않았다. 그는 생소한 사교장에서는 극히 여유 만만한 모습을 보였지만, 형식에 치우친 귀족들의 의식에는 내적 거부감을 강하게 보였다. 카롤리네 폰 볼초겐은 돌이켜 보면서, 또한 자신이 겪은 경험에 비추어서 이렇게 지적하고 있다. "바이마르의 세계가 실러에게 끼친 영향은 전체적으로 활기를 주기보다는 교양을 쌓는 쪽이었다. 사교계의 어조는 비판적이었고, 사람들의 태도는 친화적이기보다는 배척하는 쪽이었다. 라인란트 사람들의 자유분방함과 슈바벤 사람들의 따뜻한 정 같은 것은 찾아보기 어려웠다."[102] 비판적인 이 방문객은 이 뮤즈의 도시에서도 귀족들의 문화적 관심은 그 토대가 약하다는 것을 재빨리 깨닫지 않을 수 없었다. 부족한 지식과 낮은 취향이 허례허식을 통해 교묘하게 은폐되는 경우가 종종 있었다. 티푸르트를 처음 방문했을 때 이미 실러는 "궁정에서는 천박한 일들에 대해 수다를 많이 떤다"는 것을 확인했다.(NA 24, 113) 괴테도 1775년 바이마르에 왔을 때 궁정의 지적 수준의 한계를 분명히 깨달았다. 1810년 5월 31일에 그는 자서전 「시와 진실」 속편에서 자신의 임기 초 바이마르의 사회 현실을 "과학적이고 문학적인 문화로 상승하려는 선의의 편협함이 지배한 사회"라고 간략하게 규정하고 있다.[103]

노대가들에게 배운 시간

빌란트, 헤르더와의 접촉

바이마르 궁정이 선호하는 취향은 주로 프랑스의 의고주의에 치중되어 있었다. 문학, 회화, 음악, 조각, 무용은 어디까지나 각각 비슷한 평가 규범에 얽매여 있었다. 비율과 조화, 기하학적 규칙성과 균형, 정중한 우아미와 품위는 이 미학적 프로그램에 귀속되는 핵심 개념들이다. 만하임에서 이미 의고주의적 연극 취향 때문에 어려움을 겪은 실러는 아나 아말리아 주변 인물들의 친프랑스주의에 반감을 느꼈다. 그는 1800년 5월까지도 괴테에게 자신은 "궁전에서 차를 한잔 마실 때나 저녁 식사를 할 때면" 거의 한 시간 동안 "프랑스 시를 듣지 않으면 안 되었다"고 불평했다.(NA 30, 155) 바이마르에서 첫 주일을 보내고 나서부터 이미 그는 정신적 불임(不妊)이나 다름없는 궁정 의고주의와 거리를 두었다. 부자연스럽게 격식만 차리는 무용과 연극 문화가 그에게는 시대에 뒤떨어진 것으로 보였던 것이다. 다른 한편으로 가까운 사람들끼리 도성에서 나눈 대화를 통해 그가 얻은 새로운 교훈들, 즉 자신이 미학적 교양을 완벽하게 완성하지 않으면 안 되겠다는 생각들이 그에게는 더욱 분명해졌다. 그래서 그는 1787년 8월 28일에 후버에게 이런 편지를 썼다. "나는 목표를 달성하기 위하여 해야 할 일이 많지만, 더 이상 그 일이 두렵지 않네. 나를 그곳으로 인도하는 어떤 길도 내게 너무 비정상적이거나 너무 기이하지는 않았으면 좋겠네."(NA 24, 140 이하) 그 일이란 무엇보다도 그다음 해에 의무적으로 고전 작가들을 읽는 일이었다. 고대의 문학적 경전이 현대인의 교양 교육에 지니는 의미에 대해서는 그가 도착한 지 얼마 안 되어 새로운 스승 빌란트가 그에게 분명히 설명해주었다. 빌란트는 집 안이 난장판인데도 불구하고 실러를 친절하게 맞았다. 실러가 보고하기로 이 난장판은 "사랑스러운 아이들 중에 작은 아이들과 더욱더 작은 아이들이 피우는 법석 때문에" 생기는 것이었다.(NA 24, 108) 빌란트는 당시의 사정으로도 납득하기가 어려울 만큼 수많은 가족들과 함께 상류 시민계급다운 안락한 삶을 살고 있었다. 1787년에도 부인 아나 도로테아(Anna Dorothea)가 낳은 아이들 열셋 중에 딸 다섯과 아들 넷이 바이마르에서 그와 함께 살았다. 54세가 된 작가는 인상 깊은 문학 인생을 흡족한 마음으로 돌이켜 볼 수 있었다. 그의 이력은 물론 제일 먼저 예술 영역 밖에서 여러 번 궤도가 수정되었음을 암시했다.[104] 그는 슈바벤 지방의 도시 비버라흐에서 개신교 목사의 아들로 성장했다. 그는 마그데부르크에 있는 기숙학교인 클로스터베르겐에 다녔는데, 이 학교는 그에게 엄격한 경건주의 정신을 고취했다. 게다가 탁월한 고전 지식의 광범위한 토대를 쌓는 기회도 제공했다. 그는 학생으로서 리비우스, 테렌츠, 호라티우스, 베르길리우스가 쓴 글들을 원전으로 막힘없이 읽었고, 그처럼 초년에 쌓은 독서 경험은 후에 와서 운문 서사시의 시인이자 장편소설가로 활동하는 데 도움이 되었다. 도덕적 순결주의를 표방하는 학교 당국의 금지에도 불구하고 그는 몰래 주로 브로케스, 할러, 벨(Bayle), 퐁트넬(Fontenelle), 볼테르 같은 유럽 계몽주의 작가들을 꼼꼼히 읽었다. 그는 1749년부터 1750년까지 에르푸르트에서 외가 쪽 친척 중 한 사람인 요한 빌헬름 바우머(Johann Wilhlem Baumer)에게 개인 교습을 받았다. 바우머가 그에게 크리스티안 볼프의 작품을 설명해주었지만, 그는 경건주의적 신앙관에 뿌리를 둔 합리주의에 대한 회의를 불식할 수는 없었다. 1750년 튀빙겐에서 시작한 법률 공부를 불과 몇 달 만에 중단하고 문학에만 전념했다. 1752년부터 1760년까지 몇 년간을 그는 스위스에서 보냈다. 처음에는 취리히에서 요한 야코프 보드머의 손님으로 있었고, 나중에는 베른에서 가정교사 노릇을 했다. 여기서 신비적이고 금욕적인 세계관과 친숙하던 시기를 보내고 난 후, 이어서 비버라흐로 돌아온 1760년부터는 일정 기간 종교적인 경험의 명증성에 대한 깊은 회의에 빠진 적이 있다. 그가 신비적·금욕적 세계관을 지녔던 기간에 거둔 문학적 수확으로는 특별히 「호감(Sympathien)」(1756)과 「어떤 크리스천의 느낌(Empfindungen eines Christen)」(1757)을 꼽을 수 있다. 빌란트는 시 참사회 의원과 내각 사무처장으로서 짧은 기간 관직 생활을 한 후 문학 창작 활동에만 전념했다. 이 활동에 영양을 공급한 토양은 근본적으로 새로이 효능이 입증되고, 삶에 영향을 미치는 정신 자세로 부각된 회의주의였다. 비버라흐에서 탄생한 셰익스피어 번역 작품들은 1768년까지 여덟 권이나 출간되었고, 마지막에는 희곡 작품 스물두 편까지 포함되어 있었다. 그 밖에도 「우스꽝스러운 이야기(Comische Erzählungen)」, 운문 서사시 「무사리온」(1768), 풍자 소설 「돈 실비오 폰 로살바의 열광과 모험에 대적한 자연의 승리(Der Sieg der Natur über die Schwämerey und Abcntcucr dcs Don Sylbio von Rosalva)」(1764), 끝으로 그의 이름을 널리 알리는 데 기여한 「아가톤의 이야기」(1766/67) 등이 그곳에서 탄생했다.

빌란트는 에르푸르트에 철학 교수로 잠시 머물다가 1772년 9월 말 바이마르로 거주지를 옮겨, 공국의 통치권을 계승하게 될 왕세자 카를 아우구스트의 교육을 담당했다. 이 새로운 직책은 끈질긴 협상 끝에 연봉 1000탈러를 그에게 보장해주었다. 바이마르가 빌란트의 첫 번째 선택지는 아니었다. 영주의 현명한 가정교사 다니슈멘트의 이야기를 다룬 소설 「황금 거울(Der goldne Spiegel)」(1772)을 발표하면서 그는 자신을 오스트리아 빈 궁정의 교육 담당 부서에 추천하려고 했으나, 뜻을 이루지 못했다. 엄격한 가톨릭 신자인 마리아 테레지아(Maria Theresia) 여제는 외설스러운 「무사리

크리스토프 마르틴 빌란트.
목탄화. 안톤 그라프 작(1794).

온,과 회의주의적인 「아가톤의 이야기」의 저자를 자유사상가로 여겨 곁에 두고 싶어하지 않기 때문이다. 빌란트는 이처럼 빈으로 가려던 계획이 무산되자 비로소 1772년 8월에 아나 아말리아의 초빙을 받아들였다. 바이마르 궁정에 대하여 그가 내면적으로 유보적 자세를 취하고 있었다는 것은 그가 의례적으로 행하는 공국에 대한 맹서를 거부했다는 사실이 잘 말해주고 있다(괴테나 실러와는 달리 그는 후에 귀족으로 신분이 상승될 수도 없었다). 왕세자의 교육은 고전 작품 번역과 독일어 문체론을 포함해서 착실한 언어 수업을 바탕으로 하고 있었다. 결코 체계적으로 짜인 것은 아니지만, 도덕철학, 우주론, 심리학, 자연법과 재정학 등의 수업이 거기에 보태졌다.[105] 그러나 빌란트는 문학 작품에 등장하는 현명한 다니슈멘트 (Danischmend)*를 거울삼아 왕세자를 단단히 교육시키라는 요구가 실현 불가능하다는 것을 재빨리 깨닫지 않을 수 없었다. 산만하고, 정신적 깊이라고는 찾아볼 수 없는 궁정 분위기 때문이었다. 1775년에 그는 은퇴해서 왕기에서 지원하는 연금을 빚으며, 오로지 문학 창삭 활동에만 전념할 수 있었다. 그와 대가족의 안정된 삶을 보장해준 것은 그가 장편소설을 써서 받는 상당한 액수의 사례금이었다. 유명한 출판사 '바이데만의 상속자들 (Weidemanns Erben)'을 인수한 라이프치히의 서적상 라이히(Reich)에게서 빌란트는 1780년대에 「아브데리텐(Abderiten)」(1773~1781)과 「페레그리누스 프로테우스(Peregrinus Proteus)」(1788~1791) 원고의 인세로 거금 6700탈러를 받았다. 1773년부터 발간된 《도이체 메르쿠어》도 상당한 수입을 올렸다. 빌란트가 초기에 잡지 발간을 통해서 올린 연 수입은 그가 받는 봉

..

* 빌란트의 국가소설이자 액자소설 「황금 거울」에서 잠들기 전에 술탄 샤흐-계발에게 이야기를 들려주는 궁정 철학자.

872

급의 세 배가 넘었다. 1780년 이후에는 그 자신이 기고를 하지 않고, 동업자의 사례금을 위해 상당한 액수를 마련하지 않으면 안 되었기 때문에, 수입이 현저히 줄었다. 하지만 이 기간에도 그의 장편소설은 판매액이 많았던 까닭에 여전히 그는 수입이 남달리 많은 작가였다.[106] 요한 카스파르 리스베크는 1783년에 독일 문학계의 성격을 규정하면서 빌란트에게는 "기업"에 대한 감각, 그러니까 건강한 사업적 본능이 있다며 이렇게 증언했다. "독일 작가 중에 빌란트만큼 독자들을 잘 아는 작가는 없다."[107]

실러는 같은 고향 사람인 빌란트와의 관계를 재빨리 허물없는 관계로 발전시켰다. 빌란트는 7월 27일에 공작의 모후를 처음으로 알현하기 위해서 티푸르트로 그와 동행했고, 마차를 타고 가는 동안 그를 초대한 유명한 분의 성격상의 특징을 자세히 설명해주었다. 사흘 후에 그들은 공작의 도시공원을 산책하면서 몇 시간을 함께 보냈다. 그동안 두 사람은 자신들이 살아온 과정을 상대방에게 이야기했다. 빌란트가 늦은 시간에 이발을 하는 동안 실러는 프랑스와 영국의 장편소설들을 풍성하게 수집해놓은 그의 서재 전체를 구경할 수 있었다. 저녁에는 바이마르 클럽을 방문했다. 그곳에서는 영국을 본떠서 상류사회의 남자들이 만나서 시사 잡지들을(종종 외국 잡지들도) 읽기도 하고, 카드놀이를 하거나 당구를 치기도 하고, 식탁에 앉아 손님들과 궁정의 정책 문제에 대해 의견을 나누기도 했다. 이 바이마르 클럽의 특징은 귀족들뿐 아니라, 훌륭한 "정신문화"와 "미풍양속"을 지닌 평민들에게도 문호가 개방되었다는 점이었다.[108] 실러는 빌란트를 통해 이곳 회원으로 가입하게 되자 그다음 주일부터 가장 중요한 궁정 인사들, 특히 포크트와 아인지델과 열심히 접촉했다. 그는 군의관 시절부터 카드놀이를 좋아했는데, 바이마르의 남자들 모임에서도 이 습관을 계속 유지할 수 있었다. 그가 특별히 좋아한 카드놀이는 '옹브르(L'hombre), 타로크-

옹브르(Taroc-Hombre), 바카라(Baccarat)'였다. 판돈은 물론 낮았다. 브레슬라우에서 파라오(Pharao) 놀이로 가끔 적은 재산을 날렸던 레싱과는 달리 실러는 놀이 탁자에 앉아서 항상 냉철하게 자제하는 습관이 있었다. 카드놀이에 대한 정열은 후년에 와서도 그를 떠나지 않고 꾸준히 남아 있었다. 그가 귀족이 된 후 궁정 고문관으로 자주 찾던 대규모 가면무도회에서도 대부분 바카라 놀이를 하는 그의 모습을 볼 수 있다. 바이마르에서 처음 맞는 가을에 그는 클럽 외에도 새로이 결성된 수요 모임에 자주 참석했다. 이 모임에서는 상류 시민사회의 남녀가 어울려서 휘스트 놀이를 즐겼다.

빌란트에게도 빠르게 실러에 대한 신뢰감이 생겼다. 그는 실러에게 자신의 개인적인 걱정을 털어놓고, 자신의 문학적 명성이 (자신이 보기에) 사라지는 것, 가정적 일상사의 어려움, 출판업이 봉착한 것으로 보이는 어려움 등에 대하여 불평을 늘어놓았다.(NA 24, 116 이하 계속) 심지어 경제적인 문제까지도 기탄없이 솔직하게 털어놓았다. 빌란트의 연금은 본격적인 궁정 업무에서 손을 뗀 후 연 600탈러 수준에 머물러 있었다. 이것은 괴테와 헤르더가 그들의 직무 활동에 대한 대가로 받는 1800~2000탈러와 비교하면 결코 적다고 할 수 없는 액수였다. 여러 출판 계약을 통해서 흘러 들어오는 수입도 똑같이 상당했다. 그럼에도 빌란트는 돈벌이가 시원치 않은 것에 대하여 끊임없이 불평했다. 그의 걱정거리는 잡지《도이체 메르쿠어》였다. 실러가 가을에 폭로한 것처럼 이 잡지의 판매 부수는 꾸준히 감소하는 추세였다(그동안에 판매 부수가 2000부에서 1500부로 떨어졌음).[109] 10월 12일 빌란트는 실러에게 공동 발행인 직을 맡아《탈리아》의 가용 자금을《도이체 메르쿠어》에 출자할 것을 즉흥적으로 제안했다. 서로 불필요한 경쟁을 피하기 위해서였다. 잡지의 내용이나 기고자의 범위를 우선적으로 정하지 않은 채 그들은 합의를 했다. 새로운 잡지 발행에 대한 예고는 부활절 서적 박람회에 발표하기로 했다. 왜냐하면 그들은 적절한 시기에 독자들의 동조를 얻고 싶었기 때문이다. 실러는 월 2000부의 장기적 판매를 희망했다(빌란트의 정기 예약 부수는 1400부였다). 이렇게 되면 그 자신에게도 연 1000탈러의 수익이 있을 것이라고 추산했다.(NA 24, 171)

이 계획은 전망이 밝아 보였지만, 당분간 더 이상 추진되지 못했다. 실러가 10월부터 부쩍 힘을 쏟아 자신의 역사 프로젝트에 매달려야 했기 때문이다. 그러나 빌란트에게는 이 계획이 여전히 시급히 실현해야 할 과제로 남아 있었다. 1년 뒤 그는 다시 한번 솔선해서 실러를 만나 구체적인 협력 방안을 논의했다. 1788년 11월 13일에 그들은 실무 협의를 위해 만났고, 그 과정에서 구체적으로 예상되는 재정 문제에 대해서 숙의하기에 이르렀다. 《도이체 메르쿠어》의 실제 판매 부수는 그사이 1200부로 줄었다. 판매액은 2000제국탈러에 달했지만 비싼 인쇄비와 용지 대금, 그리고 필자 사례금을 제하면 발행인에게 떨어지는 순이익은 겨우 200탈러에 불과했다. 수익을 높이기 위해서 그들은 정식 필자로 기용된 세 사람의 기고문으로만 이 저널의 내용을 충당하도록 합의했다. 동업자인 그들이 각각 연간 370매(전지 23매)에 가까운 원고를 의무적으로 제출하면, 이를 12개월로 나눌 때, 충분한 양의 원고를 확보할 수 있으리라는 것이었다. 실러는 이와 같은 구조라면 사례금조로 많은 비용을 지출하지 않아도 되기 때문에, 필자 세 명이 각각 연간 100카롤린(600탈러)의 개인적인 수입을 올릴 수 있다고 계산했다. 그들 두 사람 말고 누가 제3의 동업자로서 운영위원회에 들어와야 하는지만이 불분명했다. 이 새로운 조정안을 실러는 11월 14일에 자부심을 가지고 드레스덴에 알렸다. 그러나 그다음 몇 주간 그 계획을 진척하는 문제에 대해서는 더 이상 생각을 해보지 않은 것 같았다.(NA 25, 132 이하 계속) 공동으로 발행하는 저널은 끝내 존재하지 못하리라는 조짐

이 연말에 이미 나타났다. 빌란트는 못마땅해하면서 "오랫동안 한 가지 일에 몰두하는 성격이 아니라"고 실러의 약점을 지적하고 있다. 그는 감동은 빨리 하나, 그 감동엔 끈기가 없다는 것이다.[110] 빌란트가 의심이 나서 추적해본 결과 관심을 갖고 적극적으로 저널 계획을 추진하는 것을 방해한 것은 무엇보다도 실러의 역사 연구였다. 1789년 봄 실러가 예나대학의 부교수로 초빙됨으로써 《도이체 메르쿠어》 공동 발행 계획은 영영 물 건너가고 말았다.

1787년 늦여름에 빌란트는 이전에 실러가 걸어온 문학의 길을 비판적으로 추적했다는 것을 실러 자신에게는 말하지 않았다. 그는 1782년 초에 이 젊은 작가가 후원을 요청하는 편지를 보낸 것에 대해 회피하는 답을 썼다. 그는 실러의 초기 드라마에서 독창적 천재로서 자신의 독단을 거침없이 펼치는 자제력 없는 재능의 단서들을 포착할 수 있다고 믿었다. 그는 슈반을 상대로 「도적 떼」를 천재와 자의가 똑같이 작용한 "세련되지 못한 취향"의 산물이라고 규정했다. 1782년 3월 초에 실러의 데뷔 작품에서 폭발한 무대 열정을 알아차린 이탈리아 문학 연구가 프리드리히 아우구스트 클레멘스 베르테스에게 쓴 편지에도 비슷한 취지의 내용이 들어 있다.[111] 그가 기고문 형태로 《탈리아》에 실린 것을 주의 깊게 읽은 「돈 카를로스」도, 여기에 이용된 무운시행이 「어느 젊은 시인에게 보내는 편지들(Briefe an einen jungen Dichter)」(1782~1784)에서 밝힌 자기 자신의 의도를 이미 항목별로 만족시키고 있음에도 불구하고, 고전적으로 정화된 교양의 산물로 간주할 수가 없었다. 그는 1787년 5월에 자신의 사위 라인홀트에게 털어놓기를, 자신의 부정적인 견해가 실러의 마음을 상하게 하지 않을까 겁이 났기 때문에 처음에는 책으로 된 이 작품에 대해 서평을 쓸 수가 없었노라고 했다.[112] 이때 그는 오래전에 기회가 있어 이 작품에 대한 서평을 작성한 사실이 있다는 것을 밝히지 않았다. 빌란트는 1785년 5월 8일에 이미 바이마르 카를 아우구스트 공의 지시에 따라 「돈 카를로스」의 《탈리아》 버전 제1막에 대한 평가서를 은밀한 작성했었다. 그 평가서에서 그는 이 미완성 작품을 비판적으로 분석하여 장단점들을 지적하였다. 당시에 카를 아우구스트는 다름슈타트에서 실러에 대해서 자세히 알지도 못하면서 바이마르의 궁정 고문관으로 임명한 터라 이 특이한 열광주의자에 대해 자세한 정보를 얻고 싶었다. 빌란트가 근거를 밝히면서 상세히 작성한 평가서는 비우호적이지는 않았다. 하지만 「돈 카를로스」의 형식상의 결함들은 오로지 저자의 착실한 "수련"을 통해서만 극복될 수 있다는 점을 강조했다.[113] 실러 자신은 이 전문가의 감정서와 이 감정서가 공작의 판단에 미칠 수 있는 영향에 대해서는 들은 바가 없다. 빌란트가 이전에 서평 쓰기를 거부했음에도 불구하고, 기어이 1787년 가을에 《도이체 메르쿠어》를 위해 「돈 카를로스」에 대한 (전반적으로 관대한) 서평을 쓴 것은 개인적인 채무를 갚는다는 생각에서 비롯한 것이 아닐까 싶다. 간단한 서평은 이 작품의 희곡론적 질에 대해서는 높이 평가했지만, 양이 방대해서 무대에 올릴 수 있는 가능성에 대하여는 일체 부정적인 견해를 밝혔고, 저자에게는 좀 더 강도 높게 "아리스토텔레스와 호라티우스의 법칙들"을 지킬 것을 권장했다.[114] 실러는 여기에 제기된 이의들을 받아들였다. 10월 초에 상세히 나눈 대화에서 빌란트는 자신의 회의적인 언급의 근거를 그에게 설명했지만, 드라마 부문에서 실러는 독보적인 재능을 지니고 있다고 분명히 호의적으로 말했다.(NA 24, 164)

바이마르에 온 후 처음 몇 개월간 빌란트의 취향 판단에 대하여 실러가 지니고 있던 존경심은 깊어졌다. 그러나 그의 세련된 고전주의, 에세이의 안정된 문체, 서사시의 뛰어난 형식 문화, 운문 언어의 뛰어난 리듬감 그리고 반어적인 산문에서 고동치는 맥박은 이 카를스슐레 생도를 감동시키기는 했지만, 그를 완전히 사로잡지는 못했다. 빌란트의 장편소설 작품에 대해 감동했다는 증거들도 찾을 수 없다. 그의 운문 서사시에 대해서, 특히 대중적으로 인기가 있는 「무사리온」과 특히 「이드리스와 체니데」(1768) 말고도 「오베론」(1780)에 대해서 잘 알고 있었음에도 불구하고, 실러가 구체적으로 언급한 것은 없다. 하지만 1787년 가을에 실러는 빌란트를 자신의 고전 관련 교양을 늘리고, 문학적 취향을 높여줄 수 있는 스승으로 삼았다. 그들은 흥분해서 섀프츠베리의 『도덕주의자들』과 홈의 「비평의 요소들」, 줄처의 『문학 개론』, 레싱의 「라오콘」에 대하여 토론했다.[115] 특히 실러는 1788년 여름에 좀 더 철저하게 섀프츠베리의 흔적을 추적하게 되는데, 이 섀프츠베리의 이론은 빌란트가 1758년 미완성한 글 「테아게스 또는 아름다움과 사랑에 대한 대화」에서 소화한 적이 있다. 6년 후에 칸트의 영향을 받아 실러는 빌란트의 우아미 이상에 부각되어 있는 홈의 미학적 우아미 이론을 다시 한번 다루었다. 실러가 1788년 8월에 호메로스의 작품을 이용해서 자신의 독자적인 "고전성"(NA 25, 97)을 형상화하겠다고 공개적으로 선언한 계획은 빌란트에게 자극을 받은 것이다. 그리고 9개월 후에 품었던, 고전문학의 형식 문화를 따라 프리드리히 대왕에 대한 서사시를 써보겠다는 계획도 마찬가지이다. 이 바이마르의 스승과 함께 계획한 고전 텍스트 섭렵은 실러에게 특별한 매력을 제공했다. 종이로 된 문헌학의 오성이 아니라, 세상을 향하여 마음을 연 예술가의 살아 있는 기질을 통해 그 작업이 수행되고 있기 때문이다. "빌란트에게서 특별히 기억해야 할 것은 그가 노구(老軀)에도 아직 젊은이다운 정신력을 지니고 있다는 점이다"(NA 24, 164 이하)라고 실러는 1787년 10월에 쓰고 있다.

빌란트는 1789년 여름까지 실러의 작가적 일상에 강도 높은 영향을 미쳤다. 실러는 이 시기에 탄생한 역사 연구 작업 원고들을 정기적으로 빌란트 앞에서 낭독했고 문체 문제에서 그의 조언을 구했다. 그는 에우리피데스 번역 계획의 일환으로 운율과 구성 문제를 빌란트와 토론했다. 이 두 사람이 《도이체 메르쿠어》에 싣기 위해 지은 교훈시 「그리스의 신들」과 「예술가들」은 수없이 벌인 토론에서 빌란트가 제공한 자극을 통해서 구체적인 프로필을 얻은 것이었다. 그들은 프랑스 비극의 엄격한 형식 예술에 대해서 옥신각신 심하게 싸웠는데, 실러는 「돈 카를로스」의 현대 심리학을 내세워 이를 극구 반대했다.(NA 25, 16 이하) 그와 같은 의견 대립에도 불구하고, 빌란트가 「열광주의와 탐닉(Enthusiasmus und Schwärmerei)」(1775)에 대한 에세이에서 대표적으로 언급한 바와 같이, 편안한 정신력의 조화를 형성해야 하는 것을 바탕으로 하고 있는, 이른바 현대적인 예술심리학에 대하여 함께 토론하도록 조종한 것은 바로 그의 회의주의였다. "즐겁게 하는 것이 뮤즈들의 의무이다. 하지만 뮤즈들은 놀이를 하면서 최상의 가르침을 준다"고 「이드리스와 체니데」에는 표현되어 있다.[116] 젊은 시절 철학의 형이상학적 마력에서 벗어나려고 했던 실러는 빌란트식 형식을 중요시하는 미학적 사고를 통해서, 그리고 그와 유사하게 빌란트의 반어적으로 굴절된 현실주의를 통해서 강력한 자극을 받을 수 있었다.[117] 이 두 가지 자극은 추후 예나 시절에 인간학적 바탕이 있는 예술 이론에 영향을 미쳤다. 새로운 고전주의에 빌란트가 기여한 부분이 얼마나 뜻있는 것인지를 괴테는 이미 알고 있었다. 괴테는 1795년에 빌란트의 작품은 "취향의 모든 이론들"을 모범적으로 묘사하고 있다고 확정적으로 말한 적이 있다.[118]

1789년 5월 실러가 예나로 이사하자 두 사람의 접촉은 갑자기 끊겼다. 그 후로는 서로에 대한 소식을 가끔 들었을 뿐이었다. 칸트 연구는 곧 빌란트가 더 이상 따라갈 수 없는 새로운 길로 실러를 인도했다. 빌란트의 이론적 야심에는 항상 한계가 있었고, 철학적 사상 체계에 대해서는 관심이 적었다. 클롭슈토크, 니콜라이, 아벨, 가르베와 같이 그는 초월적 철학의 도전들을 받아들이지 않았다. 실러가 1799년 바이마르로 돌아온 뒤에도 옛 우정은 회복되지 않았다. 이 시기에 빌란트는 정신적 깊이가 없는 궁정의 번잡한 생활보다는 한적한 시골의 조용함을 선호했다. 그는 1797년부터 1803년까지 티푸르트에서 북쪽으로 10킬로미터 떨어진 오스만슈테트에 있던 자신의 농장에서 세상을 등지고 살았다. 부인이 세상을 뜬 후 1803년에 그는 비로소 바이마르로 돌아왔다. 일정한 간격으로 비툼 궁전에 손님으로 나타나서 카드놀이에 참여했고, 옛날처럼 공작의 모후 옆에서 "소파에서 잠을 잘 수 있는" 자유를 누렸다.(NA 24, 145) 이 시점에는 괴테와 실러의 결합이 때로는 탈진 상태를 보이긴 했지만, 굳게 다져진 터라 다른 어떤 사람과의 결합도 거기에 견줄 수는 없었다. 게다가 1790년대 중반부터는 빌란트 미학의 독창성에 대한 실러의 의구심이 급속히 증가하기까지 했다. 빌란트의 후기 장편소설 「아가토 마성」(1796~1799)과 「아리스티프」(1800~1802)에 대해서도 그는 강한 의구심을 품고 있었다. 그 장편소설들에서는 시대에 뒤떨어진 정신문화의 내용들이 눈에 띄어 문학적으로 거부감을 주었기 때문이었다. 그는 1797년 5월 1일에 쾨르너에게 쓴 편지에서 빌란트는 더 이상 예술적으로 의미 있는 저자들 대열에 낄 수 없다고 짤막하게 언급했다. "그는 사람들이 재담과 문학적 천재의 작품을 동의어로 평가하던 존경스러운 시대에 속하는 작가일세."(NA 29, 71)

바이마르의 초년생이나 다름없는 실러는 자신의 탐색 작업이 오로지 예술 영역 방향으로만 치우치지 않게 하려면 신속히 헤르더와도 접촉해야 한다는 것을 알고 있었다. 1787년 7월 24일 취임 인사차 빌란트를 방문한 하루 뒤에 이 총감독을 만나러 집무실로 찾아갔다. 열다섯 살 연상인 헤르더는 그를 정중히 맞았다. 하지만 실러의 작품에 대해서는 아는 것이 별로 없는 것이 분명했다. 대화 중에 헤르더는 실러가 쓴 것은 아무것도 읽은 것이 없음이 밝혀졌다. 쾨르너에게 보낸 보고서에는 헤르더가 정력이 넘치는 인물로 묘사되었다. "그의 대화는 정신력이 넘치고, 강력함과 불같이 뜨거운 면이 있으나, 그의 감정은 미움이거나 아니면 사랑에 차 있네." 헤르더가 정치 상황을 논할 때 보여준 과민한 반응이 처음으로 그와 실러 사이에 공감대를 형성해주었다. 실러는 카를 아우구스트 공의 교회 최고 책임자인 헤르더가 뷔르템베르크 카를 오이겐 공을 인간성이 없는 독재자로 보고 있는 것을 확인하고 만족하지 않을 수 없었던 것이다. "그가 카를 오이겐을 미워하는 것은 바로 독재자에 대한 미움이었네"라고 쾨르너에게 보고했다.(NA 24, 110) 헤르더는 바이마르의 유명 인사들에 대해서도 솔직하게 자기 의견을 밝혔다. 그와 만난 지 얼마 되지 않아서 실러는 고전문학에 대한 빌란트의 열광이 비기독교적이라고 보기 때문에 그를 높이 평가하지 않는다거나, 젊은 시절 친구인 괴테에게는 아직도 존경하는 마음이 있다는 말을 그에게서 들을 수 있었다. 헤르더가 이 도성에서 자신이 처한 상황에 대하여 극도로 불만스러워한다는 인상을 준 것은 물론이었다. 그는 업무가 과중해서 글쓰기 작업을 할 수 있는 시간 여유가 없다는 것을 불평했고, 궁정 모임의 피상적인 대화와, 클럽에서 사람들이 몰두하는 진부한 오락에 대해 불평했다. 그가 남긴 인간 혐오적인 이미지는 바이마르에서 보낸 첫 주일 동안에 실러를 사로잡은 낙관적인 첫인상과는 분명히 상치되는 것이었다. 실러는 처음 만나고 나서부터 이미 헤르더의 솔직성이 자신의 마음을 "대단히 편하게 했음"에도 불구하고, 불만이 너무 많은 그와 인간적으로 밀접한 관계를 맺는 것은 불가능하리라는 것을 예감했다.(NA 24, 110)

헤르더의 불만은 그에게 일찌감치 발생한 역할 갈등에서 비롯한 것이었다. 그는 동프로이센 모룽겐에서 교회 집사의 아들로 자라면서 시립 학교를 다녔다. 열여섯 살이 되는 1761년에는 부목사 제바스티안 프리드리히 트레쇼(Sebastian Friedrich Trescho)의 집에서 서기 자리를 맡았으나 불과 15개월 후에 학업을 위해 쾨니히스베르크로 거처를 옮겼다. 그가 원래 지망하던 의과 공부는 적성에 맞지 않았기 때문에(그는 첫 번째 시체 해부에서 졸도하고 말았다), 부모님의 동의 없이 신학대학에 등록했다. 뛰어난 그리스어와 히브리어 실력 덕분에 그는 학과목 전반을 놀이하듯 가볍게 이수할 수 있었다. 그 결과 남는 시간에는 칸트의 철학과 자연과학 강의를 청강할 수 있었다. 쾨니히스베르크에서 여러 방면에 학식을 갖추었고 『소크라테스의 회고록(*Sokratische Denkwürdigkeiten*)』(1759)을 출간함으로써 이미 출중한 저자로 세상에 알려진 전임강사 요한 게오르크 하만(Johann Georg Hamann)과 젊은 출판업자 요한 프리드리히 하르트크노흐(Johann Friedrich Hartknoch)와 맺은 우정은 일생 동안 중요한 의미를 지니게 되었다. 1764년 11월에 그는 학업을 마치지 않은 채, 발트 해 연안에 위치한 리프랜드의 리가로 옮겨가서 처음에는 대성당 부설 학교의 교사 직을, 1767년 4월부터는 목사 직을 수행했다. 여기서 최근의 철학과 미학을 집중적으로 연구했고, 레싱, 빙켈만, 몽테스키외, 섀프츠베리, 흄 등을 읽었다. 여가 시간을 이용해서 미완성 비평문 「새로운 독일 문학에 대하여(Ueber die neuere Deutsche Litterartur)」와 「비평의 숲(Kritische Wälder)」을 써서 출간했다. 레싱의 정신을 따를 의도로 익명으로 출간된 이 작품들은 지금까지 독일에 알려지지 않았던 토론 문화를 처음으로 보여주었다. 이 작품들 속에 단편이나 경구로 이루어지고, 주제 이탈과 연상(聯想)의 연속으로 표현된 사상은 미학 비평들이 엄격한 체계를 지녔던 적이 한 번도 없고, 항상 즉흥적인 성격만 지녔다는 것을 보여주려는 의도가 있는 것이었다. 헤르더가 독

요한 **고트프리트 헤르더.**
강판화. 라자루스 고틀리프 지흘링 작.
안톤 그라프가 1785년에 제작한 초상화를 모델로 함.

자들을 열광시킨 열정 넘치는 묘사 형식은 과거에 경전이 되다시피 한 작품들에 대한 신선하고도 공평무사한 평가를 담고 있었다. 신학을 전공한 그에게 해석학의 의미는 텍스트의 해석을 텍스트 복원 작업으로 이해하는 것이고, 그러면서도 이해의 과정에 반드시 따라야 할 역사의식을 희생하지 않는 것이었다. 헤르더는 초기 작품에서부터 항상 유럽 문학사의 다양성을 역설했다. 그의 견해에 따르면 유럽 문학사는 이전에 대부분 소홀히 다룬 스칸디나비아반도의 켈트족 신화와 중세 문학을 관련지어서 고찰했어야만 했다. 그와 동시에 헤르더 미학의 핵심은 어디까지나 아름다움에 대한 역사적 고찰과 형이상학적 고찰을 가급적 조화롭게 연관시키라는 것이었다. 결과적으로 그것은 한편으로는 시간을 초월한 규범으로서 문화사적 발전을 소홀히 다루는 규칙들에 대한 비판이고, 다른 한편으로는 궁극적으로 완벽한 예술 작품은 신의 계시의 표현으로 파악하려는 예술의 정신적 기초를 밝히는 것이었다.

이미 리가에서부터 갑자기 직책상의 의무와 신학 및 예술철학에 대한 내적 관심이 경쟁을 벌이는, 이른바 작가적인 취향의 갈등이 강력한 기세로 헤르더에게 모습을 드러냈다. 1769년 6월에 시작되어 마지막에 낭트, 파리, 스트라스부르에 이르게 한 그의 해상 여행의 목적에는 자유롭게 책을 쓰고 싶어하는 목사가 진로 설정에 대한 고민에서 벗어나려는 시도도 들어 있었다. 헤르더는 5년 연하인 괴테를 알게 된 스트라스부르에서 논문 「언어의 기원에 대하여(Über den Ursprung der Sprache)」를 썼다. 그는 이 논문으로 베를린 학술원으로부터 상을 받았고, 사회적으로 유명 인사가 되었다. 하지만 그가 갈망하던 학자로서의 출세 가도로 뛰어드는 것은 아직 허락되지 않았다. 1771년 4월 28일 그는 니더작센 지방 뷔케부르크에 있는 폰 샤움부르크-리페(von Schaumburg-Lippe) 백작 궁정의 종교국

위원에 취임했다. 정상적인 목사 봉급보다 높은 급료를 받게 되어 그는 스트라스부르 시절부터 꿈꾸어온 가정을 꾸릴 수 있었다. 1773년 5월에 카롤리네 플락슬란트와 결혼해서 1790년까지 7남 1녀의 자녀를 두었다. 그다음 몇 년간 그는 민요를 연구하고, 셰익스피어 에세이 외에 급속도로 선풍을 일으킨 투쟁서 『인간 교육에 대한 또 하나의 역사철학』(1774)을 출간했다. 이 책에서 그는 계몽주의의 목적론적 질서 이념을 단호히 배격했다. 헤르더가 "호모사피엔스"*의 진화를 판단하는 기준은 자연이었다. 자연의 전체성은 어디까지나 순환적으로 펼쳐지는 자연의 다양한 형식, 힘, 에너지의 바탕 속에 고스란히 보존되어 있다는 것이다. 이 논문에서 헤르더는 인간의 역사를 유기적인 과정으로 풀이하는 곡예를 펼쳐 보이려고 시도하고 있다. 역사의 과정은 이따금 퇴보와 붕괴가 중요한 역할을 하지만, 그렇다고 확대되는 문명의 고급화와 문화적 진화에 대한 신념을 완전히 포기하지는 않는 유기적 과정이라고 풀이하는 것이다. 인류는 개인의 운명과 유사하게 심하게 변천하면서 진보의 영향을 받는다는 인식은 인류 역사의 순환적 성격에 대한 통찰이 생기게 했다. 실러는 이 논문을 사관학교 졸업 전해에 이미 읽고, 후에 와서 예나대학 취임 강연에서는 헤르더의 견해와 다른 역사적 상상 모델을 끌고 와서 역사 발전의 이념을 이론적으로 입증하게 된다.

1776년 여름에 괴테는 빌란트의 도움으로 정통 교회의 반대를 물리치고 헤르더를 바이마르로 초빙하여 교회의 관구 총감독 및 '수석 목사' 직을 맡게 하는 일을 성공리에 해냈다. 일정한 수입이 있는 직책으로 옮긴 데 이어 1789년에는 고등 종교국 부책임자로 임명되기도 했다. 물론 그가 새로운

* 오성을 지닌 인간.

활동을 시작한 초기에는 바이마르의 완고한 교회 성직자들이 계몽사상을 지닌 상관을 상대로 벌인 저항이 부담스러웠다. 괴테는 1776년 1월 중순에 이미 교구 대주교의 골수 보수적 경향을 확인하고 화가 나서 "어디에서나 자리를" 깔고 앉아서 내놓으려 들지 않는 "더러운 놈들"이라고 했다.[119] 헤르더는 온건한 개혁을 위해 애썼고, 이따금 사람을 탈진하게 만드는 총감독 업무를 꾸준히 수행했다. 총감독은 설교자, 고해신부, 교리문답자의 역할을 의무적으로 하는 외에도 모든 교구의 재정 결산을 감사하는 일, 학교 제도를 통제하는 일, 젊은 성직자를 양성하는 일, 교회 공동체의 분쟁에 개입해서 중재하는 일 등을 수행해야만 했다. 그러면서 그는 야심을 가지고 작가 활동도 계속했다. 그 활동은 문학사, 신화학, 종교 및 철학의 역사, 비교언어학, 예술론과 같은 광범위한 영역으로 그를 인도했다. 바이마르에서 많은 일에 얽매인 교회 성직자 겸 출판인으로서 이중 부담, 특히 끊임없이 늘어나는 가족에 대한 걱정은 헤르더의 타고난 인간 혐오 성향을 급속히 키우는 요인이 되었다. 그는 공작을 저속한 무신론자로 여기고 있었다. 그와 같은 사정이 그와의 직책상의 갈등을 조절하기 어렵게 하는 경우가 드물지 않았다. 괴테와의 관계도 주기적으로 긴장과 소외감에 빠졌다. 젊은 시절 친구인 괴테가 1794년 후에 실러와 공동 작업을 추구하자 헤르더는 급기야 평소에 별로 높이 평가하지 않던 빌란트에게 접근하기 시작했다. 바이마르의 이 야심 찬 궁정 설교사는 독일 학계에서 높은 명망을 누렸음에도 불구하고, 그의 출판물에 대한 독자들의 반응에도 불만을 품고 있었다. 후에 와서 옛날 스승 칸트를 공격하게 되는데, 이는 칸트의 날카로운 형이상학 비판에 대한 방법론적 이견에만 이유가 있는 것이 아니라, 경쟁의식과 실망감에 그 동기가 있었을 수도 있다.

실러는 바이마르에 왔을 때 헤르더의 작품에 대해서는 단편적으로 알고 있을 뿐이었다. 앞서 언급한 역사서 외에 글 모음『독일인의 특성과 예술에 관하여』에 실린 셰익스피어 에세이, 「신지학」의 기본이 되는 논문 「사랑과 이기심(Liebe und Selbstheit)」, 그 밖에 학술 논문 「인간 정신의 인식 행위와 지각 행위에 관해서」(1778)를 알고 있는 정도였다. 이 학술 논문은 아벨의 심리학 강의에서 적어도 곁들여 설명된 적이 있었다. 그러므로 실러가 헤르더와 좀 더 근본적인 대화를 나누고 싶어했다면, 틀림없이 자신의 부족한 점을 신속히 보충할 수 있었다는 것은 쉽게 짐작할 수 있다. 첫 번째 만남 이후 7월 말에 두 번째 글 모음『잡기장(Zerstreute Blätter)』에 실린 논문 「복수(Nemesis)」를 읽었다. 고대의 정의의 여신을 역사 내재적인 질서 유지의 힘을 상징하는 것으로 풀이한 논문이었다. 그리고 방금 출간된 「신(Gott)」을 읽었다. 이 글은 스피노자의 범신론을 현대화된 비정통적 신정론 사상과 일치시켜보려고 시도한 대단히 위험한 논문이었다. 8월 1일에 그들이 교외에 있는 숲을 산보하다가 우연히 만났을 때, 처음으로 심도 있는 대화를 나눌 수 있는 기회를 발견했다. 그들은 문학 창작 작업의 문제들에 대하여 의견을 교환하고, 작가의 일상 문제를 거론하고, 맨 나중에는 다양한 사건을 화제로 대화를 나누었다. 헤르더는 자신의 최근 작품에 대해 실러가 내놓은 고무적인 주석에 기쁨을 나타냈다. 하지만 어려움은 그가 이 젊은이의 작품을 알지 못한다는 데에서 생겼다. 이 기회에 자신을 좀 선전하고 싶어진 실러는 자신이 쓴 「철학 서신」의 호감론(Sympathielehre)이 헤르더가 쓴 논문 「사랑과 이기심」에 표현된 신념을 통해 강력한 자극을 받았음을 장황하게 설명해야 했다. 헤르더의 이 논문은 헴스테르호이스에게 영감을 받아 쓴 것이었다. 헤르더는 「돈 카를로스」와 마찬가지로《탈리아》에 실렸던 실러의 소설들을 읽은 적이 없었다. 실러는 헤르더가 읽고 평가해주길 기대하면서 「돈 카를로스」를 보내주기로 약속했다.

실러는 4월에 출간된 헤르더의 연구 논문「신」에 대한 토론에서 확신을 보이지 못했다. 이 논문은 결코 정통적이라고 볼 수 없는 헤르더 종교관의 핵심을 표현하고 있었다. 이 논문의 핵심은 감히 스피노자의『윤리학』(1677)을 라이프니츠의 신정론과 연관시키고, 나아가서는 스피노자 윤리학의 과격한 범신론을 섀프츠베리의「도덕주의자들」에게서 배운 형이상학으로 전환하는 것이었다. 이 형이상학은 신을, 그 능력이 외적 자연의 작품들 속에 반영되어 있기는 하지만 육화하고 있지는 않은, 이른바 "내면적 완벽성의 개념"[120]으로 풀이하도록 하고 있었다. 이와 같은 방법으로 스피노자의 사상은 무신론의 혐의를 벗고 일종의 독자적인 창조론과 연관되어야 한다는 것이다. 이와 같은 해석의 방법론적 바탕은 자연을 높은 곳에 있는 존재가 영향력을 펼치는, 이른바 상이한 여러 에너지의 힘들이 작용하는 영역이라고 보는 견해였다. 헤르더의 연구 논문은 스피노자처럼 신을 물질적 이념으로 풀이하는 것에 반대해서 창조자가 피조물 속에 모습을 나타내는 것을 간접적인 것으로, 말하자면 영매의 형태를 띤 것으로 규정하려고 시도하고 있다. 이 논문에서는 혁신적인 계몽주의에 만연한 경향, 즉 신을 하나의 추상적이고, 세상 밖에 있는 원칙에 국한해 상상하려는 경향과 다른 한편으로 현재에 마주 대하고 있는, 그의 피조물이 지니고 있는 유한하고 다양한 힘들을 통하여 무한하게 경험할 수 있는 존재가 신이라는 사상이 대조를 이루고 있다.[121] 실러는 헤르더의 논문을 구두로 설명하면서 좋은 모습을 보여주지 못한 것 같다. 8월 8/9일 자 편지에서 그는 쾨르너에게, 자신이 보기에는 "너무나 많은 형이상학적인 내용"이 들어 있는 이 논문에 대한 전문가적 평가를 부탁하고 있다.(NA 24, 125) 그는 자신이 1788년 5월에 '유물론적'이라고 오해한 헤르더의 자연철학을 해명할 만한 능력이 없었던 것이다.(NA 25, 58) 이 철학에 잠재적으로 깔려 있는 범신론은 어디까지나 그에게는 생소한 사유 모델이었다. 실러가 당시에 많은 사람들을 감동시킨 스피노자의 『윤리학』을 좀 더 자세히 알지 못한 것은 그의 정신적 경력에서 특기할 만한 사항에 속한다. 예나대학 주변에서는 이 논문에서 다양한 자극을 얻고 있는데도 불구하고, 실러가 이 책을 철저하게 정독했다는 정보는 나중에 와서까지도 어디에서도 찾아볼 수 없다. 그는 피히테, 셸링, 괴테가 야코비와 멘델스존이 벌이던 대논쟁에 합류해서 벌인 스피노자 토론을 시종일관 멀리했다. 이와 같이 무관심한 태도의 원인 중 하나는 현대의 개인 해방은 스피노자에게서처럼 아무리 비정통적인 방법을 투입한다 할지라도 신학을 거쳐서는 그 길이 열릴 수 없다는 그의 신념 때문이었다.

8월 5일에 실러는 헤르더가 인도하는 예배에 참석해서 분명 깊은 감명을 받았다. 과장된 제스처를 전혀 쓰지 않는 총감독의 담담한 연설 스타일은 그의 칭송을 받을 만했다. 물론 그는 예배 의식이 진행되는 동안 내면적 소외감을 뚜렷이 느꼈다. 그가 교회에 출석하지 않는 것도 그 때문이었다. 그는 8월 12일 쾨르너에게 이렇게 밝히고 있다. "헤르더의 설교는 내가 평생 들어본 어떤 설교보다도 마음에 들었네. 그러나 자네에게만 솔직히 고백하는데 어떤 설교도 내 마음에 들지 않네."(NA 24, 172) 그와 같은 유보적인 감정은 빌란트의 경우처럼 사람들과의 강도 높은 교제로 발전하는 것을 가로막고 있는 헤르더의 교회 직분과도 관련이 있을 것이다. 9월 14일에 후버에게 쓴 편지에서 헤르더는 누구와도 좀 더 친밀한 관계를 맺는 것을 원치 않기 때문에 그와 우정을 맺기는 어려울 것이라는 추측을 내비쳤다.(NA 24, 156) 한 달 뒤에 그는 헤르더를 "진정한 사이렌"*이라고 불

∷

---

* 그리스 신화에서 아름다운 노래로 뱃사람을 유혹했다는 반인반조(半人半鳥)의 바다 요정.

렀다. 그는 "매혹적"이지만 "위험하다"는 것이다.(NA 24, 172) 그와 같이 양날을 지닌 평가는 빌란트의 영향 때문이었을 것이다. 빌란트는 헤르더를 관용을 모르는 엄격한 도덕주의자로 보았고, 바이마르의 교회 최고 책임자가 그의 문학작품을 꺼리고 있는 것에 대해 못마땅히 여겼다. 유보적 감정이 쌍방에 다 있다는 것은 그들이 그다음 해에 서로 방문하는 일이 드물었다는 것에서도 알아차릴 수 있다. 가을 내내 겉치레이긴 하지만 내왕이 이어지더니 겨울에는 그마저도 뜸해지고 말았다. 헤르더는 솔선해서 그들의 관계를 돈독히 하기 위한 노력을 일체 하지 않았다. 실러에 대한 빌란트의 영향력이 늘어나고 있는 것을 관찰하고 불만스럽게 생각했기 때문이다.[122] 1788년 3월 6일과 5월 14일에 그들은 참석 범위가 비교적 넓은 바이마르 모임의 테두리 안에 다시 만났지만, 대화를 활발히 나누지는 않았다. 1788년 11월 중순에 실러가 루돌슈타트에서 돌아온 후에도 접촉은 끊긴 채 이어지지 않았다.

1794년 여름에 잠시 동안 접근이 이루어졌다. 실러가 경험이 많은 헤르더를 《호렌》의 공동 기고자로 초빙하려고 애쓴 결과이긴 했으나, 그것도 오래 지속되지는 않았다. 헤르더가 창간 첫해에 이 잡지를 위해 주로 가벼운 내용이긴 하지만 줄잡아 열 편의 기고문을 실었고, 이후 이와 같은 공동 작업은 1795년 늦가을에 이미 끝이 났다. 한 번도 공개적으로 시인된 적이 없는 관계 단절은 헤르더가 논문 「이두나(Iduna)」에서 조명한 민족적 신화 개념에 대한 논쟁 때문에 야기되었을 것이다. 《호렌》 1월호를 위해 작성된 대화는 게르만 문화 전통의 정신에서 게르만의 신화를 복구하는 미학적 프로그램을 구상하고 있었는데, 실러는 1795년 11월 4일 자 편지에서 이 프로그램에 대항해서 자기 자신의 '고전성'에 대한 요구를 강력하게 내세웠다.[123] 두 사람이 가는 길이 이 시점부터 갈린 것을 비단 「이두나」논쟁에만 돌릴 수는 없다. 물론 여러 이유가 있었다. 헤르더는 자신이 보기에 외설스러운 괴테의 「로마 비가(Römische Elegien)」를 실러가 《호렌》에 게재한 것을 못마땅하게 생각했고, 칸트와의 접근을 비난했으며, 그의 예술철학을 상대로 한 자신의 신학적이고 형이상학적인 유보 감정을 이유로 실러를 언짢게 생각했다. 그러면서 고집스럽게 야코비와 자신을 존경하는 장 파울과 결탁하려고 애를 썼다. 장 파울은 《호렌》이 표방하는 원칙과 현격하게 차이가 나는 문학적 원칙을 고집하고 있었다. 다른 한편 실러는 1784년부터 1791년 사이에 출간된 헤르더의 『인류의 역사철학 이념(Ideen zur Philosophie der Geschichte der Menscheit)』에서 얻어낼 수 있는 것이 별로 없었다. 왜냐하면 이 책은 그 자신의 사고 체계와 상반되었기 때문이다. 그가 네덜란드의 반란과 30년전쟁에 대한 방대한 연구에서 실천적으로 검토한 소설문학에 대한 애착과도 배치되기는 마찬가지였다. 헤르더가 후기 작품에서 신경질적으로 철저하게 키워온, 칸트를 미워하는 감정에도 그는 공감할 수가 없었다. 특히 그의 마음에 들지 않는 것은 선험철학에 대한 헤르더의 방법론적 이의 제기가 소심하고 현학적이라는 점이었다. 이와 같은 태도는 개인적인 허영에 물든 학술적인 쇼의 성격을 비판에 부여하는 것이나 다름없었다. 1797년 5월에는 이렇게 언급하고 있다. "헤르더의 성격은 이제 완전히 병적일세. 그래서 그가 쓰고 있는 것은 이와 같은 성격이 생산해내기는 하지만, 그것을 통해서는 건강해지지 못하는 병균처럼 생각되네."(NA 29, 71) 마지막 노년에는 그들에게 공통점이 별로 없었다. 이 점은 1801년 3월 20일에 괴테에게 보낸 편지에서 헤르더의 복잡한 후기 작품 「아드라스테아(Adrastea)」를 경멸하듯 평가한 것에서 확인할 수 있다. "헤르더는 정말로 점점 더 무너지고 있어서 이따금 진지하게 묻게 됩니다. 지금 그처럼 통속적이고, 나약하고, 속이 텅 빈 것처럼 보이는 사람

이 과연 당시에는 비범할 수가 있었을까 하고."(NA 31, 20)

자유로운 사상가들과의 교유
라인홀트, 보데, 모리츠

실러는 원래 1787년 10월로 계획한 함부르크 여행을 무기한 연기했다. 당분간 바이마르를 떠나고 싶지 않아서였다. 11월 초에 프라우엔토어슈트라세 21번지에 있는 상인 카일(Keil)의 집에 방을 얻었다. 이곳 체류에 따르는 생활비가 비싸서 부담이 되긴 했지만, 그가 드레스덴으로 다시 돌아가는 일은 먼 미래에나 가능할 것으로 보였다. 처음 도착해서 인사 다니느라고 바빴던 주일이 지나고 나자, 글쓰기에 필요한 비교적 조용한 일상이 시작되었다. 실러는 꼼꼼하게 작업 시간을 조정하려고 노력했다. 지난 2년 동안 종종 겪던 의욕 부진을 다시금 되풀이하지 않기 위해서였다. 그의 습관으로 보아서는 의외라고 할 정도로 일찍 일어나서, 드레스덴에서와는 달리 8시경이면 이미 작업을 하기 위해서 책상 앞에 앉았다. 네덜란드 사람들의 반란에 대한 논문을 쓰기 위해서 사료를 읽는 작업이 우선이었다. 그는 거의 쉬지 않고 논문 구상에 매달렸다. 초저녁이 되어서야 그는 정기적으로 얼굴을 대하는 샤를로테 폰 칼프와 만나기 위해서 거처를 떠났다. 때때로 그는 빌란트에게 발걸음을 해서 그와 함께 늦은 시간에 클럽이나 수요 모임을 찾기도 했다. 하루 일과를 마친 후에는 시간을 혼자 보내는 경우가 드물었고 친구들과 함께 즐겼다. 1787년 12월 19일에 쾨르너에게 밝히고 있듯이, "어울릴 수 있는 좋은 친구들은 많은데 그럴 만한 시간이 적었다." (NA 24, 184)

그에게는 밖으로부터 들리는 소식들도 반가운 것들이었다. 유명한 루이세바스티앙 메르시에가 10월 16일 극장 감독의 손님으로 만하임에 와서, 이플란트가 프란츠 역을 맡은 「도적 떼」 공연을 관람한 다음 열광해서 칭찬을 아끼지 않았다는 소식을 만하임으로부터 들었다. 그는 공개적으로 실러의 드라마를 프랑스어로 번역할 계획을 품고 있었고, 거기에 달베르크가 힘껏 지원을 하고 싶어했다(하지만 그 계획은 실현되지 못했다). 10월 20일에는 저명한 《메르쿠어 드 프랑스(Mercure de France)》에 바르텔레미 앵베르(Barthelemy Imbert)가 쓴 상세한 「도적 떼」 서평이 발표되었다. 이 서평에 담긴 칭찬의 어조는 실러가 프랑스에서 재빨리 좀 더 유명해지는 데 기여했다. 다른 한편 메르시에는 11월 7일 《저널 드 파리》에 자신이 만하임 공연에서 받은 긍정적인 인상을 보고했고, 《브라운슈바크 마가친(Braunschweigische Magazin)》은 1788년 2월 2일에 이 보고서의 독일어 번역문을 실어 실러가 외국에서 높이 평가받는 저자가 되었다는 것을 국내 독자들에게 분명히 알렸다.(NA 24, 430) 그와 같이 외국에서 인정받고 있다는 신호의 영향을 받아 궁정은 그에게 작품 집필을 위탁했고, 그 또한 흔쾌히 떠맡았다. 그와 같은 위탁 작업들은 카를스슐레에서 강요에 못이겨 글을 써야 했던 기억을 되살려주어 물론 그의 마음이 편치만은 않았다. 1787년 11월 초 주세페 벨로모 극단이 새로운 이플란트 드라마 「의식이라!(Bewustseyn!)」를 공연하면서 바이마르 극장이 다시 문을 열었고, 극장을 위해 그는 운문으로 쉽고도 애교 넘치는 서시를 지었다. 이 텍스트를 아홉 살짜리 소녀 크리스티아네 노이만(Christiane Neumann)이 낭송했다. 그녀는 괴테까지도 감탄한 궁정 여배우였는데 1797년 9월에 요절함으로써 그녀의 배우 경력도 급격히 끝나고 말았다. 1788년 1월 30일 루이제 공작 부인의 생일에 실러는 축시 「태양의 여사제들(Die Priesterinnen der Sonne)」을 지었다. 이 축시는 저녁에 축제의 여주인공을 축하하기 위해 열리는 가면무도회의 풍유적인 축제 행렬을 해설한 것이었다.(NA 1, 186 이하 계속) 이와 같이 고무적인 상황은 실러의 생활에 안정감을 높여주었고, 예술적인 자의식을 고조해주었다. 이미 7월 말에 그는 쾨르너에게 "이와 같은 바이마르의 유명 인사들과 맺는 밀접한 관계"가 자기 자신에 대한 견해를 "개선해주었다"고 고백했다.(NA 24, 114)

1787년 8월 말 실러는 샤를로테 폰 칼프와 함께 예나로 짧은 여행을 떠났다. 그곳에서 빌란트의 사위 카를 레온하르트 라인홀트를 알게 되어 그의 집에서 엿새 동안 묵었다. 빌란트의 큰딸 카타리네 주자네(Katharine Susanne)와 1785년에 결혼해서 살던 라인홀트는 1758년생으로 빈에서 태어났다. 처음에는 예수회 교단이 운영하는 김나지움에서 수사 교육을 받았고, 1778년 10월에는 바나바 교단 신학교의 철학 교사로 임명되었다. 이 신학교는 구성원들에게 엄격한 순결 선서와 충실한 규정 이행을 요구했다. 하지만 이제 겨우 25세인 라인홀트는 요제프 2세의 등극 이후에 오스트리아에서 아무런 방해 없이 세력을 확장할 수 있었던 비밀결사의 영향을 받고, 1783년 여름에 예수회 교단을 벗어나 11월 중순에는 불법으로 라이프치히로 와서 플라트너의 철학 강의를 듣기 시작했다. 1년 후에 그는 교단의 추적을 따돌리기 위해 바이마르로 와서 빌란트의 보호를 받았다. 빌란트는 그를 《도이체 메르쿠어》의 정기 기고자로 채용했다. 그곳에서 그는 라바터의 종교적 글들, 헤르더의 『인류의 역사철학 이념』, 종교개혁의 역사 등에 대한 초기 논문들을 발표했고, 이 논문들로 인해 해당 분야에서 명망이 높아졌다. 1787년 가을에는 교육제도에 관련된 일들을 책임지고 있는 정부 참사관 포크트의 천거에 힘입어 예나대학의 철학 부교수로 초빙되었다. 8월 말에 실러가 찾아갔을 때는 그가 방금 대학 도시에서 자리를 잡았을 때였다. 그의 강의 프로그램은 미학 한 강좌 외에는 오로지 칸트에 대

카를 레온하르트 라인홀트.
동판화. 요한 하인리히 립스 작(1794).

한 토론에 초점을 맞추고 있었다. 이후의 연간에도 그는 칸트의 인식론을 자기 연구의 주 대상으로 승격시켰다. 따라서 예나에서 그와 그 부인 곁에서 마음 편히 지내고 있는 실러와의 대화는 선험철학의 문제를 맴돌았다. 라인홀트는 이전의 쾨르너가 그런 것처럼 그가 새로운 메시아로 평가하고 있는 칸트에 대한 연구를 강력히 추천했고, 그에게 처음 단계로《베를린 모나츠슈리프트》에 실린 역사철학 논문들을 읽어보라고 권했다.(NA 24, 143) 실러가 그다음 몇 주일 동안 이전에 지녔던 거부감을 무릅쓰고 자기 자신의 역사적인 작품들을 뒷받침하기 위해 칸트를 읽은 것은 전적으로 라인홀트 덕분이었다.

그렇지만 새로 알게 된 이 친지에 대한 평가는 회의적이고 엇갈렸다. 쾨르너에게 쓴 편지에서는 그를, 가톨릭의 비밀 집회를 뒤로 하고 추상적인 교조주의에 대한 원래의 애착을 다른 대상들로 옮겼을 뿐인, 이른바 전향한 예수회 회원으로 설명했다. 실러가 라인홀트의 인품을 따뜻한 감정이 없는 냉정한 전략가로 평가한 것은 계명회와 그의 관계를 생각해서 그렇게 한 것일 가능성을 배제할 수 없다. "우리들의 기질은 대단히 대조적일세. 그는 내가 지니고 있지도 않고 높이 평가할 수도 없는 냉철하고, 사물을 분명하게 판단하는 깊은 오성을 지니고 있네. 그러나 그의 상상력은 미약하고 범위가 좁으며, 그의 정신적 지평은 나보다 더 제한적일세. 아름답고 예의 바른 모든 대상과 사귀는 데에 있어서 넉넉하다 못해 낭비다 싶을 정도로 활발하게 펼치고 있는 감성은 거의 고갈되다시피 한 두뇌와 심장에서 억지로 짜낸 것들일세."(NA 24, 144)[124] 라인홀트는 손님의 환심을 사려고 진력하는 반면에 일찌감치 실러는 자신들의 상이한 기질 때문에 막역한 친구 관계로 발전하기는 불가능하다는 것을 확인했다. 라인홀트에게 "판타지의 세계"는 어디까지나 "생소한 영역"으로 보이기 때문에 그들의 의견 교환은 예술의 까다로운 영역을 건드리지 않은 채 철학적인 문제에만 국한되었다.(NA 24, 144) 이 방문을 통해서 받은 자극은 물론 후에도 오랫동안 뚜렷한 효력을 발휘했다. 10월 중순에 그들은 바이마르에서 다시 만났고, 한 달 뒤에는 실러가 빌란트의 부인과 함께 예나로 가서 병이 든 라인홀트에게 며칠간 말동무가 되어주었다. 그 후 1년 반 동안 그들 사이에 대화는 뜸했지만, 실러가 대학 도시로 이사한 후인 1789년 초여름부터 그들의 대화는 재개되었다. 빌란트의 사위와의 접촉은 막상 그에게, 출세에 의미가 있는 것으로 보이는 중요한 인간관계를 맺도록 해주었다. 라인홀트는 교수로 초빙된 지 얼마 안 되어서 학생들에게 엄청난 인기를 얻었다. 때로는 그의 강의 시간에 400~600명의 청강생들이 앉아 있을 때가 있었다. 1794년 3월 말 그가 킬대학으로 자리를 옮기기 전에 고별 강의를 했을 때, 이 학술 행사는 대학에서 그가 거둔 성공을 확인하는 결과를 낳았다. 감격한 제자들은 횃불 행렬을 벌여 그에게 경의를 표했고, 며칠 뒤에는 그가 탄 마차를 도시의 성문까지 따라와 배웅하기도 했다.

실러는 예나에서 1787년 8월 말 라인홀트를 처음 방문한 자리에서 이미 상당수의 저명한 교수들을 만났다. 신학자 되덜라인(Döderlein), 법학자 후펠란트(그도 계명 결사 회원이었음), 문헌학자 쉬츠 등이 그가 만난 교수들의 면면이었다. 어디까지나 신분상의 오만에서 벗어난 그들의 지적 탁월성은 이 영방 대학이 누리고 있는 높은 수준을 분명히 말해주었다. 학자들끼리 나눈 고무적인 대화들은 대학교수 직에 대한 그의 관심을 처음으로 일깨워주었다. 물론 이 대학교수 직책은 그가 알고 있기로는 그의 "글쓰기"를 위한 자유 공간을 제한할 위험이 있었다.(NA 24, 149) 여러 모임을 통해 체험할 수 있었던 것처럼 예나는 근대 학문적인 사고 스타일의 지배를 받고 있는 반면에, 바이마르에서는 지식이 탁월한 사람들을 사귀기가 좀 더 어려워 보였다. 그곳 사회에서 가장 흥미 있는 인물로는 물론 레싱 세대에 속하는 요한 요아힘 보데가 꼽혔다. 그는 계명 결사의 간부급 회원 중 한 사람이었고, 계명 결사가 위기를 넘긴 후에는 사해동포주의 이념에 관심을 가진 동지들을 찾고 있었다.[125] 행동이 민첩한 보데는 괴테로 하여금 바이마르 프리메이슨 지부와 친분을 쌓도록 힘썼을 뿐 아니라, 1780년 6월 23일에는 마침내 회원이 되도록 유인한 장본인이었다. 그는 도성의 사정을 누구보다도 잘 알았고, 능숙한 외교관이자 '정치적 인간(Homo politicus)'이었다. 그는 세상 경험을 많이 쌓았을 뿐 아니라 어학 실력도 탁월해서 수많은 번역 작업에 도움을 주었다. 돌이켜 보면 남편과 사별한 에밀리에 폰 베른슈토르프(Emilie von Bernstorf) 백작 부인의 개인 비서 직을 맡아 바이마르로 이주했을 때, 보데는 이미 파란만장한 삶을 살았음을 알 수 있다. 가난한 환경에서 보낸 청소년 시절과 군대의 훈련 기간 이후에 그는 처음에는 영국과 프랑스 문학작품의 번역으로 두각을 나타냈고, 1766년에는 함부르크에서 자기 소유의 출판사를 설립하고 비밀 선전원의 역할을 맡아 활동했다. 그는 처음에는 '압살론(Absalon)' 지부를 위해서, 나중에는 계명회를 위해서 회원들을 모집하려고 애썼다. 1787년 여름에 보데는 헤센 영방의 중령 크리스티안 빌헬름 폰 뎀 부셰(Christian Wilhelm von dem Bussche)와 동행해 파리를 방문했다. 프랑스 프리메이슨 모임과 접촉해서 공동 정책을 펼 수 있는지에 대해 토론하기 위해서였다. 보데의 여행에 대해서는 괴상한 억측들이 난무했다. 레오폴트 2세가 운영하는 《비너 차이퉁(Wiener Zeitung)》에는 모반자들의 모의, 프리메이슨 지부의 수상한 침투, 비밀 실험, 파리의 호화 유곽에서의 방탕한 행위 등에 관한 기사가 실렸다. 모두가 믿을 수 없는 정보 제공자들이 제공한 것이었다. 1796년 보수적인 잡지 《오이대모니아(Eudämonia)》에 익명으로 발표된 기고문은 뒤늦게 보데의 여행이 루이 16세에 대항하는 정치적 행위를 준비하는 데 기여했다는 소신을 밝혔다. 다시 말해 프랑스 혁명은 독일 계명 결사의 작품이었다는 것이다.[126]

보데가 8월 말에 파리에서 돌아온 후에 실러와의 관계는 밀접해졌다. 그들은 이미 1784년 6월에 만하임에서 만난 적이 있다. 보데가 쿠어팔츠와 라인 지방을 횡단하는 장거리 여행 중에 만하임에 들른 것이었다.[127] 당시 그는 만하임 극장에서 「도적 떼」 공연을 관람하였고, 이어서 실러와 슈반과 함께 저녁 식사를 했다. 그는 이미 만하임에서부터 실러를 계명 결사에 끌어들이려던 계획을 바이마르에서는 실행에 옮긴 듯싶다. 9월 2일 그들은 포도주를 많이 들며 저녁 시간을 함께 보냈다. 그 과정에서 혁명의 와중에 있는 프랑스의 사정에 관해서도 대화를 나누었다. 한 주 뒤에 베르투흐 집에서 저녁을 드는 동안 공식적으로 금지된 교단, 바이스하웁트의 전략 문서, 그리고 예수회 회원들이 조종하는 계몽된 독일 영주들에 대항해서 꾸민 대음모가 화제에 올랐다. 공연히 정치적 싸움에 휘말려들고 싶지 않던 실러는 그다음 날 걱정을 하면서 쾨르너에게 이렇게 썼다. "보데는 내가 프리메이슨 단원이 될 생각이 없는지 탐색했네. 여기 사람들은 그를 전 교단에서 가장 중요한 사람들 중 한 사람으로 여기고 있네. 자네가 그 사람에 대하여 알고 있는 것은 무엇인가?"(NA 24, 153) 이 교단의 회원이긴 하지만 바이스하웁트의 반대자인 쾨르너의 대답은 상반된 내용을 담고 있었다. 보데가 파리에서 시도한 협상은 분명 예수회 회원들의 침투 정책을 폭로하고, 이 교단의 진보적 세력을 강화하려는 의도가 있는 것이었다. "만일 그가 자네를 신입 회원으로 만들기를 원하면 그것은 몇몇 프리메이슨 지부를 소유한 계명 결사 회원들을 위한 것일세. 그러나 그가 계몽주의의 무정부 상태를 극구 반대한다면, 그에게 묻고 싶은 것은 도대체 전제정치가 계몽주의보다 훨씬 나을 것 같으냐 하는 것일세."(NA 33/I, 145) 쾨르너의 경고가 없었어도 실러는 보데의 술수를 지극히 소극적인 자세로 대했을 것이다. 자신이 보데를 신임하지 않는다는 것을 9월 14일에 이미 후버에게 밝혔다.(NA 24, 156) 그다음 몇 달 동안 그는 정기적으로 클럽에서 그와 마주쳤다. 하지만 1788년 5월 초에 슈반에게 고백한 것처럼, "친구 관계"를 맺을 수는 없었다.(NA 25, 52)[128] 자신의 대화 상대에 대한 정확한 관찰도 분명 그와 같은 내면적 거리감에 연유한 것이었다. 보데와의 대화에서 얻은, 비밀결사에 대한 개별 정보들은 얼마 후에 「강신술사」 속편에 털어놓았다.

1787/88년 겨울 바이마르에서 실러는 주로 스페인에 항거한 네덜란드 사람들의 봉기에 대하여 광범위한 연구 작업을 진행하였다. 샤를로테 폰 칼프가 3월 중순 발터스하우젠으로 떠난 다음 그는 빌란트의 집을 방문하는 것 외에는 사회적 접촉을 일체 피했으나, 루돌슈타트 체류를 계기로 그는 새로운 사람들과 사귀게 되었다. 이 점에 대해서는 앞으로 상세하게 보고하게 될 것이다. 여름의 신선함을 만끽한 다음 1788년 11월 중순에 음울한 바이마르로 돌아왔을 때 그는 사정이 바뀐 것을 발견했다. 괴테는 이탈리아 모험을 끝내고, 6월부터는 다시 프라우엔플란에 있는 집에 살았다. 여행하기를 좋아하는 공작도 겨울을 수도에서 보내는 데 적응이 된 것 같았다. 그러나 실러는 처음에는 두 사람과 접촉을 시도하지 않고, 도리어 칩거하면서 《탈리아》에 실릴 에우리피데스 번역의 마무리 작업에만 전념했다. 이 시기에 단조로운 일정 가운데서 기분을 전환해준 것은 오로지 1788년 12월 4일에 바이마르에 도착한 카를 필립 모리츠와의 만남이었다. 모리츠는 1786년 11월에 로마에서 괴테와 사귀었고 그다음 몇 달을 지내면서 그들의 관계가 깊어졌다. 그 역시 바이마르의 추밀 고문관인 괴테

처럼 개인적으로 어려운 삶의 상황에서 이탈리아의 하늘 밑으로 도망쳐 온 일단의 독일 예술가들과 지식인들에 속했다. 1756년생인 모리츠는 「안톤 라이저」에서 고통스러우리만치 진솔하게 서술한 바와 같이 의기소침한 유년과 청소년 시절을 보낸 후 1770년대 말에 교사의 길에 접어들었다. 이 길은 오랫동안 누려보지 못한 일상생활의 안정을 그에게 가져다주긴 했지만, 내면의 만족을 제공하지는 못했다. 1778년 11월부터 그는 베를린의 명문 학교 '회색 수도원(Zum grauen Kloster)'에서 교사 노릇을 했고, 1784년 초에는 연봉이 높은 김나지움 교수의 직급을 받았다. 또한 그가 발표한 비교적 짧은 교육학 논문 덕택으로 명성이 높아지면서, 비스터(Biester), 게디케(Gedike), 뷔싱(Büsching)을 중심으로 해 프로이센 계몽주의를 이끄는 인사들과 개인적인 인연도 맺게 되었다. 그는 이미 1782년에 (나중에 여행기를 쓴) 영국 여행을 하였고, 1785년 여름에 스턴의 「감상적 여행(Sentimental Journey)」(1768)의 문학적 본보기를 따라 독일을 횡단하는 도보 여행을 감행하였으며, 그 후에 1786년 8월에는 불행한 연애 사건의 영향으로 직장에서 즉각 사임하고 이탈리아로 장거리 여행을 떠났다. 열광적인 「젊은 베르테르의 슬픔」 독자인 그에게 이 이탈리아 여행의 정점은 괴테와 맺은 우정이었다.

실러는 1785년 7월 초에 골리스에서 모리츠를 잠시 만난 적이 있다. 모리츠는 그의 제자 카를 프리드리히 클리슈니히(Karl Friedrich Klischnig)와 함께, 앞서 말한 독일 순회 여행 도중에 잠시 그곳에 머물고 있었다. 그들이 12월 8일에 바이마르에서 다시 만났을 때 처음으로 심도 있게 대화할 수 있는 기회가 생겼다. 「간계와 사랑」에 대한 모리츠의 부정적 평가가 아직까지도 실러의 마음을 고통스럽게 했다는 사실은 그가 렝게펠트 자매에게 자신의 참석을 통보하는 어조 속에 무엇인가 꺼리는 낌새가 배어 있는 것에서 알 수 있었다. "나는 라이프치히에서 만난 적이 있어 그를 알고 있습니다. 나는 그가 천재라는 것은 알지만, 그의 마음씨에 대해서는 모릅니다. 그 밖에 말씀드리고 싶은 것은 우리는 친구 사이가 아니라는 것입니다."(NA 25, 151) 하지만 클리슈니히와 괴셴이 한목소리로 전한 바로는 실러가 골리스에서 의외로 빠르게 심적인 거부감을 극복하고 모리츠와 마음을 터놓고 대화했다고 한다.[129] 신속히 조성된 우정의 분위기에서 나눈 바이마르 대화의 핵심은 미학과 심리학의 문제였다. 헤르더와 달리 모리츠는 듣는 이의 말문이 막힐 정도로 실러의 최근 작업에 대하여 잘 알고 있었다. 그는 로마에 체류하는 동안 《탈리아》 제2권과 3권을 정독했던 것이다. 다른 한편으로 실러는 아직 끝을 맺지 못한 모리츠의 소설 「안톤 라이저」와 그가 발행하는 《경험심리학 잡지》에 대해서 잘 알고 있다는 것이 밝혀졌다. 얼마 전부터 그는 《경험심리학 잡지》에 실린 기고문들을 주의 깊게 비판적으로 읽고 있던 터였다. 실러는 모리츠의 예술론이 고대 조각의 모형들이 갖추고 있는, 괴테의 미의 객관성 이상 개념으로부터 큰 영향을 받았음을 알아차렸다. 괴테가 그에게 "강한 영향을 끼쳤고", 이탈리아에서 예술의 매력에 대한 감각을 심어주었다는 것이다.(NA 25, 159) 명성이 있는 바이마르 동아리들은 1788년 말과 1789년 초에 교육학자 요아힘 하인리히 캄페(Joachim Heinrich Campe) 소유의 브라운슈바이크 교과서 출판사에서 좀 전에 출간된 모리츠의 책 『아름다움의 조형적 모방(*Über die bildende Nachahmung des Schönen*)』에 대해서 토론했다. 실러는 1월 초순에 폰 슈타인 부인의 도서관에서 한 부를 빌려서 대강 훑어보았다. 카롤리네 폰 보일비츠(Caroline Beulwitz)에게 들려준 독후감은 그가 그 텍스트를 읽고 감명을 받았다는 것을 증언해주었다. 비록 그가 이 책의 논쟁 형식을 지배하고 있는 "철학적 추상 개념"과 "비유적 언어"를 혼란스럽게 혼용하고 있는 것에 이의를 제기하지 않을 수 없었지만, 미의 가치를 외적인 목적을 뛰어넘어 하나의 독자적인 가치에서 이끌어내려는 모리츠의 시도에 그는 비상한 관심을 보였다. 그는 특히 관심을 가지고 새로운 모방 이론의 근거를 추적했다. 이 모방 이론은 "미메시스(Mimesis)"의 창조적 성격을 좀 더 강하게 전면에 부각하고 있었다.[130] 이 논문에서, 예술의 독자성을 여러 형식으로 악용하는 것에 반대해서 예술의 독자성을 미학 밖의 기능의 이름으로 옹호하는 결단성 있는 에너지가 그는 전적으로 마음에 들었다. 그러나 그는 한동안 여기서 논의된 문제 자체를 추구하는 것을 단념하지 않을 수 없었다. 왜냐하면 그는 역사와 관련된 작업에 얽매여 있었기 때문이다. "그러나 비록 그것이 그에 대한 나 자신의 생각을 수정하는 것이라 할지라도 어느 때인가는 그것을 시도하게 될 것"(NA 25, 177 이하)이라는 것을 그는 예감하고 있었다. 그 후로 실러가 1782년 가을부터 몰두하고 있는 미학 연구는 사실상 모리츠의 책을 바탕으로 한 것이고, 이 책은 칸트의 『판단력비판(Kritik der Urteilskraft)』과 함께 실러 예술론에 결정적인 영향을 미친 문헌으로 꼽혔다.

실러는 날이 갈수록 모리츠를 더욱 "흥미 있게" 생각했고, 그를 통해서 자신의 정신이 풍요로워짐을 느꼈다. 왜냐하면 "삶 전체"의 바탕을 "미적 감정"에 둔 모리츠가 그 자신이 관심을 가지고 있는 테마들을 "예리하게" 다루고 있기 때문이었다.(NA 25, 166, 193) 그는 "철학자와 세계시민"으로서 교조적인 경향을 보이지 않고 "한 가지 실로 짠" 것으로 보이는 "미학"을 발전시키고 있는 것이었다.(NA 25, 175, 193) 1788년 12월 11일에는 이미 인정하듯 이렇게 썼다. "모리츠는 정신의 깊이와 느낌의 깊이를 많이 지니고 있고, 자신의 근본을 잘 파악하는 인간이라고 가정하는 (그의 책의 주인공) 라이저가 증언하고 있는 것처럼, 심사숙고해서 작업을 한다."(NA 25,

155) 지적인 존경을 넘어서서 거침없는 친구로서 접근하지 못하게 된 것은 단지 모리츠가 "괴테를 우상처럼 숭배하는 것"이 그에게 거부감을 주기 때문이었다. 바이마르에서 온 이 손님이 이탈리아 여행에서 사귄 사람에게 느끼고 있는 깊은 감동을 그는 극도로 의아하게 생각했다. 그 감동은 독립적인 두뇌를 가진 사람에게는 어울리지 않는 복종의 용의가 있음을 증명하는 것이기 때문이었다. 그렇지만 모리츠가 2월 1일에 카를 아우구스트와 함께 베를린으로 가서 사관학교에서 카를 아우구스트의 주선으로 문학과 고전학의 교수 직을 맡았을 때, 실러는 "인간 교제"에서 그 사람만큼 자신에게 "즐거움"을 북돋워줄 수 있는 사람은 곧 다시 만날 수 없으리라는 것을 예감했다.(NA 25, 155) 그 후로 개인적으로 다시 만난 일은 한 번도 없었다. 모리츠는 겨우 36세를 일기로 1793년 6월 26일에 폐병으로 세상을 떴다. 자신의 미학이 바이마르 고전주의의 예술론에 끼친 생산적인 영향을 스스로 깨달을 수 있기도 전이었다.

5. 「강신술사」(1789)

본의 아니게 성공한 작가

문필업의 법칙

실러의 「강신술사」는 「파렴치범」과 마찬가지로 미래 작가 세대의 소설 형식에 영향을 미쳤다. 낭만주의 공포 노벨레 장르나 독일어로 쓴 범죄문학은 모두 이 본보기가 없이는 생각할 수 없을 것이다. 루트비히 티크의 섬뜩한 작품 「윌리엄 러벌 씨의 이야기(Geschichte des Herrn William Lovell)」(1795/96)는 실러의 이 미완성 소설에 바탕을 두고 있다. 호프만의 「악마의 영약(Die Elixiere des Teufels)」(1815/16)과 아힘 폰 아르님의 소설 「장자 상속권자들(Die Majoratsherren)」(1819)도 마찬가지이다. 「강신술사」는, 1790년대 초부터 프랑스 혁명의 영향을 받은 시대적 분위기의 산물로서 광범위한 파급효과를 내며 정착된 비밀결사 소설 형식의 길잡이 노릇을 했다. [131] 이 비밀결사 소설 장르의 가장 중요한 (부분적으로 이미 풍자적인 색깔이 들어 있는) 작품들로는 빌란트의 「철학자 페레그리누스 프로테우스의 비밀 이야기(Geheime Geschichte des Philosophen Peregrinus Proteus)」(1788~1791), 카를 필리프 모리츠의 「안드레아스 하르트크노프(Andreas Hartknopf)」(1785, 1790), 카를 그로세스(Karl Grosses)의 「수호신(Genius)」(1791~1794), 장 파울의 「보이지 않는 비밀결사」(1793), 테오도어 고트프리트 폰 히펠(Theodor Gottfried von Hippel)의 「기사 A에서 Z까지의 편력(Kreuz-Querzüge des Ritters A bis Z)」(1793~1794), 괴테의 「빌헬름 마이스터의 수업 시대」(1796) 등이 꼽힌다. 유럽에서 곧 통속문학으로 전락하고 말이 장르의 가장 영향력 있는 본보기는 1777/78년에 마티아스 클라우디우스가 독일어로 번역한 장 테라송(Jean Terrasson)의 「세토스(Sethos)」(1731)이다. [132] 이 비밀결사 소설은 역모와 반란에 대한 관심이 만연하던 당시의 상황을 염두에 두려고 했다. 이와 같은 관심은 특히 파리에서 발생한 혁명적 사건을 배경으로 그 자체에 정치적 폭발력이 있기 때문이었다. 실러가 이미 1780년대 말에 그의 《탈리아》에 이와 같은 장르의 소설을 실은 것은 그의 정확한 문학적 본능을 증명하는 것일 것이다. 하지만 「강신술사」가 그에게 안겨준 선풍적인 성공은 어디까지나 우연의 산물일 뿐, 결코 시장을 바라보며 냉정하게 계산한 결과가 아니었다는 그의 주장은 설득력이 있다. 그가 처음으로 이 소설의 속편을 쓰면 큰 수입을 올릴 수 있겠다는 점에 착안하게 된 것은 독자들의 반응 때문이었다.

시칠리아 사람이 주도하는 강신술 모임이 열리기까지의 줄거리를 묘사하고 있는 이 텍스트의 도입부는 나중에 와서 제1부의 전반부로 바뀌지만, 1786년 5월부터 10월 사이에 탄생했다. 이 시기에 실러가 소설 장르로 외도 행각을 한 것은 「돈 카를로스」 작업이 지지부진하게 진척되어 집필 위기를 극복하려는 시도의 일환이었다. 의식적으로 실러는 드라마 집필 작업에서 그토록 큰 부담을 주는 총괄적인 콘셉트 마련에 대한 압박을 받지 않고, 홀가분한 마음으로 심심풀이 삼아 「강신술사」를 집필하기 시작했다. 이 소설의 첫 부분은 1787년 초 《탈리아》 제4권에 발표되었다. 처음에는 속편을 쓴다는 것은 생각조차 할 수 없었다. 왜냐하면 드레스덴에서 머물던 마지막 몇 개월 동안에 어찌 되었든 「돈 카를로스」 집필을 마무리해야 했기 때문이다. 바이마르에 도착하고 난 후에는 다시금 역사 연구 때문에 다른 작업을 할 틈이 없었다. 이 기간에 괴셴은 독자들의 수요를 들먹이며, 이 소설의 속편을 가급적 빠른 시일 내에 쓸 것을 독촉했다. 제1부의 인쇄본은 시칠리아 사람이 망자의 혼을 마술로 불러오는 도중에 자신을 위협하는 듯한 러시아 장교의 모습이 눈에 띄자 그만 실신해서 그의 발 앞에 쓰러지는 긴장된 순간에 끝이 났다. 출판업자와 독자들이 제1부의 신비스러운 사건을 해명해줄 후속 이야기를 알고 싶어했으리라는 것은 쉽게 짐작할 수 있다.

자신의 텍스트를 하나의 통일된 자료의 뒷받침 없이 협잡꾼, 초자연적인 실험, 정치적 음모에 대한 심리학적 사례연구로 시작한 실러는 이와 같은 염원에 부응하기를 처음에는 망설였다. 막상 아무런 계획도 없이 쓴 소설에 난무하고 있는 잡다한 모티브들을 더욱 엄격하게 정리할 필요가 있었는데, 그는 그와 같은 일을 할 수 있는 입장이 아니라고 느낀 것이다. 다른 한편으로는 《탈리아》의 속간과 연결된 재정수입 전망이 그를 유혹했다. 독자들의 인내를 과다하게 요구해서는 안 된다는 것을 알기 때문에 그는 1788년 3월 초에 마지못해 제1부의 속편을 집필하기로 결심했다. 처음에 그는 눈에 띄게 복잡한 소재를 다시 찾는 데 어려움을 겪었다. 그는 3월 17일 쾨르너에게 이 작업을 별로 탐탁하게 여기지 않는 자신의 심경을 이렇게 표현하고 있다. "내가 하면서도 시간 낭비라고 그토록 죄스럽게 여겼던, 폰 아르님 양과의 편지를 교환하는 일 말고, 내가 할 수 있는 것이라고는 이와 같이 엉터리 글이나 써대는 것밖에 없네."(NA 25, 30) 그러나 월말부터 집필에 속도를 내자, 종전에 보였던 남다른 이야기꾼의 재능이 금세 다시 일깨워졌다. 1788년 5월 초에 제1부의 마지막 부분이 《탈리아》 제5권에 발표되자, 실러가 만족해서 언급한 것처럼, 바이마르에 "엄청 큰 선풍"을 몰고 오는 바람에 "집집마다" 이 책자가 없는 집이 없었다. 이제 그는 선풍적인 독자들의 반응에 힘입어 이 텍스트를 계속해서 확장하는 작업을 하기로 계획을 세웠다. "가능하기만 하다면 내가 독자들의 이런 취향을 이용해서 그만큼 돈을 벌게 되리라는 것이 그사이 확실해졌네."(NA 25, 59) 1788년 6월 12일에 그는 쾨르너에게 자조감 섞인 어조로 이렇게 선언하고 있다. "이제 나는 운이 좋아 「강신술사」를 쓰게 된 것을 감사하고 있네. 나를 비웃을 테면 마음대로 비웃게. 나는 「강신술사」의 분량을 늘려서 적어도 인쇄 전지로 30매가 넘도록 할 것일세. 바보들의 칭찬이나 더더욱 현명한 사람들의 칭찬을 그냥 흘려듣는다면 나는 바보일 걸세."(NA 25, 68) 그러나 그는 루돌슈타트에서 보낸 여름에는 이 프로젝트를 건드리지 않고 방치해두었다가 11월 중순 바이마르에 돌아와서야 비로소 다시 손을 대기 시작했다. 「예술가들(Die Künstler)」의 마무리 작업을 힘들게 하느라고 중단되기도 했지만, 1789년 3월까지는 처음에는 네 번째 편지에 통합되었던 '철학적 대화'를 포함해서 제2부 전체가 완성되었다. 이 편찬서는 2부로 나뉘어서 1789년 봄에 《탈리아》 제6권과 7권에 게재되었다. 이 책이 탄생되는 와중에 실러의 감격은 다시금 사라졌다. 1788년 11월 20일에 렝게펠트 자매에게 「강신술사」 프로젝트에 대해 자신의 "마음이 표면적으로만 감동하고 있다"고 썼다.(NA 25, 140) 11월 말 쾨르너에게 그가 이

프로젝트에서 집중적으로 관심을 가진 부분은 유물론적 도덕론 문제에 접근한 '철학적 대화'뿐이었다고 밝혔다.(NA 25, 188) 그와 반대로 긴장감 넘치는 이 모험 이야기의 주제에는 지적인 내용이 없다고 그는 보았다.

제2부에 나타나는 구성상의 불균형은 집필 과정에 영향을 미쳤던 경제적 관심 때문에 빚어진 결과였다. 지나쳐 볼 수 없을 정도로 얽히고설킨 줄거리는 실러가 소재를 유기적으로 체계 있게 정리하지 못하고, 출판사와 독자의 압력에 못 이겨 인터벌을 길게 두고 소나기식으로 작업을 한 결과였다. 그 자신은 1789년 2월에 렝게펠트 자매에게 그렇게 탄생한 형식과 테마의 혼합체를 지칭해서 "웃기는 장난"이라고 표현했다. 이와 같은 언급은 그가 이 책에서는 고전적 배열 규칙에 별로 유의하지 않았음을 암시하고 있다.(NA 25, 203)[133] 원래 계획되었던 이 텍스트의 속간은 예나로 이사한 후에는 전면 중단되고 말았다. 《탈리아》 10월호는 미완성의 성격을 지닌 노벨레 단편 「작별(Der Abschied)」을 추가로 선보이고 있었다. 11월 초에 실러는 이전에 분리해서 출간된 부분들을 묶어서 책 형태의 장편소설로 출간했다. 같은 시기에, 《탈리아》에 게재되었던 글을 바탕으로 해서 번역한 제1부의 프랑스어 번역본이 출간되었다. 이 번역은 역사가이자 소설가인 장 니콜라 에티앙 드 복(Jean Nicolas Etienne de Bock) 남작의 손에서 이루어졌다. 이 번역자가 자신을 이 텍스트의 저자로 사칭한 것에 대해서 실러는 극도로 분노했다. 그는 프랑스어 실력이 탁월한 카롤리네 폰 보일비츠로 하여금 1789년 11월 5일에 그 사기꾼에게 반어적인 감사 편지를 보내게 해서 그를 도덕적으로 웃음거리로 만들었다.(NA 25, 319 이하)

실러는 나중에 나온 이 미완성 소설의 인쇄본을 수정해서 시장에 내놓았다. 1792년에 발간된 제2판은 '철학적 대화'를 반으로 줄인 버전이었다. 1798년에 나온 제3판은 그 버전을 한 번 더 대폭 줄였지만, 이전의 책에

는 실려 있지 않던 단편소설 「작별」을 추가해서 실었다. 실러는 이 텍스트
의 끝맺음을 여러 가지로 검토했지만, 끝내 성공하지 못했다. 1791년 예나
에서 시작한 칸트 연구에서 비롯된, 고전주의 시기에 대한 그의 미학적 소
망은 별로 높이 평가되지 않는 장편소설 장르를 통해서는 성과를 거둘 수
가 없었다.[134] 1800년 7월 26일에 그는 자신에게 속편을 쓸 것을 정중하게
부탁했던 출판인 웅거에게 이렇게 편지를 썼다. "유감스럽게도 내게는 「강
신술사」의 속편을 완성하고 싶은 기분이 전혀 들지 않습니다. 내가 제1부
를 완성한 것이 너무나 오래전의 일입니다. 그래서 이 옛 소설을 끝맺음하
기보다는 완전히 새로운 소설을 쓰고 싶은 심정입니다."(NA 30, 178) 속편
을 써서 이 이야기의 음흉한 음모자의 베일을 벗기라는 독자들의 성화와
관련해서 1797년에 138번째 격언시에서는 「지나친 호기심」이라는 제목 아
래 이렇게 간단히 표현하고 있다. "나의 친구여, 그 아르메니아 사람이 누
구였는지 네게 말해달라고 델포이의 신에게까지 부탁한 것은 잘한 일이었
다."(NA 1, 326)

음울한 이면(裏面)
돌팔이 의사, 비밀 요원, 음모자

　실러의 소설은 우선 사건 전개 속도가 눈부시게 빠른 것이 특징이었다.
두 책 중 특히 첫 번째 책에서 사건들이 빠르게 진전되는 바람에 독자에
게는 숨 돌릴 시간이 거의 없을 정도였다. 줄거리의 구성이 독자의 흥미를
자극하는 이유는 분명 통속소설의 요소들을 이용하여 작업했기 때문이었
다. 이와 같은 요소들로는 위장 효과, 암시 또는 시사, 날조된 신호, 오판
을 하도록 하는 단서, 불가사의한 상징 등이 꼽혔다.[135] 맥박이 고르지 않

고 신경질적으로 뛰는 듯한 서술 스타일은 묘사에 리듬감을 부여하는 구실을 했다. 조연으로 출연하는 인물들에 대한 짤막한 스케치도 이와 같은 기법에 속했다. 그들은 대부분 개성이 없는 유형(類型)의 윤곽을 띠고 있었다. 비교적 짧은 소설 작품에서와 비슷하게 실러는 자신의 이야기에 실제로 일어난 사건의 낌새를 부여했다. 이 소설의 중심에 서 있는, 베네치아에 있는 독일 왕자의 끔찍한 운명은 폰 ○○○○ 백작이 남긴 회고록에 바탕을 둔 실제 에피소드인 것처럼 독자들에게 전해지는 것이다. 제1권에서 폰 ○○○○ 백작은 왕자를 상대로 기막힌 음모가 진행되고 있는 것을 직접 목격하고, 이를 보고한다. 제2권에서 사람들은 이 이야기의 진행 상황을, 베네치아를 떠난 폰 ○○○○ 백작에게 젊은 폰 F××× 남작이 보내는 편지들을 통하여 알게 된다. 이야기가 진행되면서 주인공은 어느 수상한 아르메니아인에게 조종당해 어떤 가톨릭 비밀결사의 수중에 빠지고 만다. 이 비밀결사는 그에게 개종을 부추기고, 장차 그의 정치적 행동들을 조종해서 재앙을 초래하게 된다. 원래 계획되었던 제3권에서는 폰 ○○○○ 백작이 암시적으로 대강 언급한 바에 따르면, 영주를 살해한 후 왕자가 영주로 등극하고, 마침내 그의 본색이 탄로 나 처벌을 받는 내용이 묘사될 예정이었다.

심리학적 사례연구, 모험소설, 반란 이야기의 교묘한 결합이 이 미완성 소설의 선풍적인 성공에 공헌했다.[136] 여기서 실러는 시대정신이 부각된, 후기 계몽주의의 특징적인 주제 두 가지를 다루고 있다. 즉 유령 환상, 마술 의식, 연금술 실험 등에 대한 관심이 그 하나요, 이미 공론장에서 토론을 거치고, 극도로 대조적인 정치 진영들이 고안해낸 반란 시나리오가 그 두 번째 주제이다. 이 반란 시나리오에는 그동안 진전되어온 절대주의 국가 체제가 훼손되는 데 대한 프랑스 혁명 전야의 사회적 불안이 반영되어 있다. 보이지 않게 사건을 조종하고 있는 것으로 보이면서도 심적 갈등을 안고 있는 아르메니아인은 두 가지 주제를 똑같이 의인화하고 있다. 즉 그는 수많은 가면을 지닌 변덕스러운 인물로 수상한 마술의 세계를 옹호하고 있지만, 정치적 음모자의 역할을 할 때는 불투명한 비밀결사와 반란자 집단의 세계도 대표하고 있는 것이다. 역사적으로 18세기 말에 전 유럽을 열광케 한 남자가 그의 모델이었을 가능성이 있다. 자신을 알렉산더 폰 카글리오스트로(Alexander von Cagliostro) 백작이라고 사칭한 시칠리아 사람 주세페 발사모(Giuseppe Balsamo)가 바로 그 사람이다.

카글리오스트로의 마술적 강신술 모임, 연금술 실험, 신통한 예언은 1770년대부터 일상적 대화의 소재였다. 시칠리아 섬의 팔레르모 근교에서 태어난 발사모는 처음에는 약사 조수로서 직업교육을 받았다. 그 교육으로 그는 화학적 합성물과 약초에 정통하게 되었다. 그는 마술적 능력을 소유한 영험 있는 치료사를 사칭하며 유럽, 이집트, 소아시아 등지의 여러 곳을 여행했다. 그는 카리스마가 있어서 지도층 귀족 사회에 재빨리 접근할 수 있었다. 특히 프랑스와 러시아 궁정에서 이 시칠리아인은 질병 치료, 강신술 모임, 연금술 실험 등을 시행하는 데 성공했다. 젊은 실러는 이미 1781년에 슈투트가르트의 《유익함과 즐거움을 위한 소식(Nachrichten zum Nutzen und Vergnügen)》에 실린 짧은 글에서 카글리오스트로에 대해 관심을 보였지만, 이 사람의 잘못된 기적 행위에 대해서는 비판적인 거리를 두었다.(NA 22, 65 이하) 1785년 파리의 '목걸이 사건'에 연루되어 범죄와도 같은 고등 사기와 기만행위에 대해 비난이 일자 이 마술사의 명성도 땅에 떨어지고 말았다. 공범자와 공동으로 발사모는 마리 앙투아네트의 노여움을 산 로한 추기경에게 고가의 장식품을 선물해서 잃어버린 왕비의 총애를 다시 얻도록 시도해보라고 설득한 적이 있었다. 그러나 그가 중개해서 로한의 돈으로 구입한 목걸이가 마리 앙투아네트에게 전달되지 않고, 사기꾼들의 이익을 위해 비밀 루트를 거쳐서 영국으로 팔려 갔다. 이 사건은 주범 잔 들 라 모트(Jeanne de la Motte)가 익명으로 한 고백 덕택에 조기에 발각될 수 있었다. 다른 공범자들은 중벌을 받은 반면, 자신이 한 역할이 궁극적으로 불투명했던 발사모는 비교적 오래 끈 재판 끝에 방면되기는 했지만, 끝내 추방되었다. 여러 신문들의 상세한 보도를 통해 "매스컴의 산물"[137]이 된 이 스캔들 사건은 카글리오스트로의 명성뿐 아니라, 정실 인사의 실상이 정확히 밝혀져 고통스러워진 궁정의 평판에도 누를 끼쳤다. 1785년 파리의 여론이 마리 앙투아네트의 사치스러운 궁정 생활 스타일을 매도하면서 보여준 높은 불만의 소리는 절대주의 국가가 근본적으로 동요하고 있다는 정황증거로 볼 수 있었다. 이 절대주의 국가의 안정적 기반은 혁명이 발발하기 4년 전에 이미 현저하게 위협받고 있었던 것으로 보인다.

위험한 인물인 카글리오스트로는 1791년에 로마에서 교황의 지시에 따라 대역죄 혐의로 체포되었다. 체포의 직접적 원인은 그가 비밀결사 지부와 공모해서 교황청에 대한 반란을 획책했다는 혐의였다. 간접증거에 의거한 소송에서 그는 처음에는 사형을 선고받았다가 후에 사면을 받아 종신형으로 감형되었다. 1795년 그는 교황청 감옥에서 세상을 떠났다. 그의 이름과 관련된 수많은 사건 때문에 그의 명성이 크게 상처를 입은 것은 비단 프랑스와 이탈리아에서만이 아니었다. 독일에서도 제국 백작 프리드리히 폰 메뎀(Friedrich von Medem)의 딸이자 여류 작가인 엘리자 폰 데어 레케(Elisa von der Recke)가 「유명한 카글리오스트로의 미타우 체류 소식(Nachrichten von des berühmten Cagliostro Aufenthalt in Mitau)」을 출간했다. 원래 카글리오스트로의 숭배자였던 그녀는 이 책에서 이 시칠리아인을 범죄를 저지르는 고등 사기꾼으로 몰고 있다. 그보다 1년 전, 그러니까 1786년 5월에 이 여류 작가는 《베를린 모나츠슈리프트》에 쓴 비판적 논설에서 카글리오스트로가 파리에서 목걸이 재판이 벌어지는 동안 자신을 변호하면서 명망이 높던 그녀 아버지의 이름을 들먹인 것에 대해 이의를 제기한 적이 있다. 카글리오스트로는 그녀의 아버지가 자신의 좋은 평판을 증명해줄 수 있는 주요 증인이라고 주장했다. 그러나 그녀의 말은, 실은 이 시칠리아인은 사람들이 쉽게 믿는 경향을 이용해서 개인적인 부의 축적을 위해 불순한 음모를 계획한 "교활한 사기꾼"이라는 것이었다. 그녀는 같은 때에 법정에서 심의된 파리 사건에 관여한 그의 행위는 어디까지나 부차적이라면서, "유명한 목걸이 사건에서 그가 무죄인지 아닌지에 대해서는 답을 하지 않겠다"고 선언했다.[138]

카글리오스트로의 여일치 못한 성격도 동시대 사람들의 문학적 판타지를 자극하는 데 한몫했다는 것은 잘 알려진 사실이다.[139] 괴테는 1787년 봄 로마에서 시칠리아 섬으로 여행할 때, 가명으로 발사모의 가족을 찾아가서 이 모험가의 내력에 대하여 좀 더 자세히 알아본 적이 있다. 1817년에 출간된 그의 여행 메모를 통해 그가 이전에 카글리오스트로의 인물을 집중적으로 탐구했다는 사실이 밝혀졌다. 그는 1791년에 희극 「위대한 코프타 (Der Gross-Cophta)」에서 이 시칠리아인의 초상을 반어적인 방향으로 구상해서, 그를 독특한 아우라를 지닌 협잡꾼으로 내세웠다. 1822년의 한 명언은 괴테가 특히 로한과 마리 앙투아네트의 사건에 대하여 어떤 의미를 부여했는지를 증언해주고 있다. "이미 1785년에 목걸이 이야기는 고르고네스*의 머리처럼 나를 놀라게 했다. 전에 들어보지 못한 이 사악한 행위로 인해 황제 폐하의 위엄은 추락하다 못해 이미 파멸을 예고하고 있는 것을

∴

---

* 그리스 전설에 나오는, 뱀 머리와 돌로 된 눈을 지닌 괴물.

나는 알았다. 그리고 이때부터 연달아 일어난 모든 사건은 유감스럽게도 그 예감이 틀리지 않았음을 증명해서 너무나 끔찍스러웠다."[140] 카글리오스트로의 문학적 형제나 다름없는 실러의 아르메니아인도 어떤 비밀단체의 냉혹한 밀정으로서, 권력의 황혼기에 접어든 병든 영방을 위협하는 정치적인 붕괴를 예감케 하고 있다.[141]

그 밖에 이 시대의 사회적 위기를 말해주는 간접증거로는 강신술사, 기적의 치유사, 심령론자들에 대한 토론을 들 수 있다. 이 토론은 세기말에 출신지가 극히 다양한 협잡꾼들이 공개 석상에 등장함으로써 활발해졌다. 폰 크니게 남작은 1788년에 "가장 위대한 계몽의 시대라 할지라도 유모가 들려주는 동화에 대한 맹목적인 믿음은 맹렬한 기세로 파급되게 마련이다"는 확신을 표명한 적이 있다.[142] 오스트리아에서는 요한 요제프 가스너(Johann Joseph Gassner)가 퇴마술사(退魔術師)와 치료사로서 활동을 전개했다. 요한 게오르크 슈레퍼(Johann Georg Schrepfer)는 라이프치히에서 신비로운 마술사로 등장했다. 프란츠 안톤 메스머(Franz Anton Mesmer) 주변에는 의심스러운 "조화 협회(Gesellschaft der Harmonie)"에 속한 팬들이 몰려들었는데, 그의 자석 치료는 전 유럽 사람들의 마음을 사로잡았다. 실러는 사관학교 생도 시절인 1776년 초에 《슈바벤 마가친》에 발표된 논문을 통해서 그와 같은 기적 요법을 행사하는 의사들의 활동에 대해서 이미 알고 있었다.[143] 드레스덴에서 살던 시절 그는 요한 잘로모 제믈러(Johann Salomo Semler)의 「가스너와 슈뢰퍼의 퇴마술 관련 서신과 논문 모음(Sammlungen von Briefen und Aufsätze über die Gassnerischen und Schröpferischen Geisterbeschwörungen)」(1775)과 크리스틀리프 베네딕트 풍크(Christlieb Benedikt Funk)의 「자연적 마술(Natürlich Magie)」(1783), 고트하르트 하프너(Gotthard Hafner)의 「자연 마술 사전(Onomatologia curiosa, articiosa et magica oder Gantz natürliches Zauberlexicon)」(1764/1784) 등을 깊이 알고 있었다.(NA 16, 429) 여기서 중재자 역할을 한 사람은 당시 강신술과 초자연적 학문의 문제에 대하여 관심이 있던 쾨르너였다.

1780년대 말부터 실러는 계속해서 마술, 자기(磁氣) 체면술, 전자기 치료술에 대한 토론에 휘말렸다. 이와 같은 토론에서 그는 끝까지 회의론자의 편에 섰다. 방금 파리에서 돌아온 보데는 1787년 9월에 바이마르에서 실러와 함께 프리메이슨 정책의 문제들뿐 아니라, 자기(磁氣) 치료술의 제반 관점들에 대해서도 자세한 의견을 나누었다. 그가 자기 치료술에 조예가 깊다는 것은 쾨르너도 알고 있는 사실이었다.(NA 33/I, 145) 1788년 5월에 헤르더는 방금 「강신술사」의 제1차 속편을 마무리한 실러를, 호감과 반감의 전달 매체로서 인간에게서 발휘되는 자기력에 대한 대화에 끌어들였다. 쾨르너에게 보낸 보고서에서 살필 수 있듯이 실러는 그 같은 에너지의 존재에 대한 믿음을 헤르더와 공유하고 있지 않았던 것은 물론이다.(NA 25, 58) 1793년 8월 하일브론에 머무르는 동안 그는 에버하르트 그멜린(Eberhard Gmelin)과 인사를 나눔으로써 당대 의학계에서 가장 중요한 자기 치료법의 대가 중 한 사람을 개인적으로 알게 되었다. 카롤리네 폰 볼초겐이 그녀의 실러 전기에서 증언하고 있는 것처럼 실러는 그와 상세한 대화를 나눈 후에도 그의 성공적인 치료에 대하여 끝까지 확신할 수 없었다.[144] 1792년 8월 31일에 이미 쾨르너는 자기 치료로 명성을 얻은 브륄(Brühl) 백작의 방문이 임박했다는 것을 실러에게 귀띔했다. 실러는 9월 중순에 그를 예나로 오게 했으나, 의사로서 그의 역량을 불신했기 때문에 영험이 있다는 이 치료사와의 깊은 관계를 모색하는 것은 포기했다. 실러가 자기 치료법을 동물에게 적용하는 문제를 다룬 그멜린의 두 권짜리 주요 저서 『인간학에 대한 자료들(Materialien für die Anthropologie)』(1791~1793)을 꼼꼼히 읽었을 가능성은 배제할 수 없으나, 괴테나 셸링과는 달리 실러는 논란이 많은 새로운 자연과학의 조류들에 대해 지나칠 정도로 많이 관심을 보이지는 않은 듯하다. 그는 그멜린이 옛날에 쓴 논문 「동물의 자기 치료법에 대하여(Über Thierischen Magnetismus)」(1787)에 의존해서 특별히 몽유병 이론의 영역에서 확대한 무의식 이론의 실험심리학적 단서들도 소극적으로 대했다. 1790년경 실러는 체계적인 관심의 부족과 원칙적인 유보적 자세 때문에, 젊은 카를스슐레 의사로서 품었던 자연철학에 대한 애착심을 다시금 돌이킬 수가 없었다. 그가 1792년 4월에 이 테마에 열광했던 쾨르너와 전기 자력을 이용한 치료 시도에 대하여 상세하게 토론하고, 나중에는 괴테와 셸링에게 이끌려 동일한 토론에 가담하긴 했지만 여기서도 그는 분명하게 유보적 입장을 견지했다. 왜냐하면 학문과 야바위 짓의 경계가 충분히 구분되어 있지 않은 것을 알았기 때문이다.(NA 26, 604)[145]

실러의 회의적 태도를 지지하는 빌란트도 공개 석상에 널리 전파되어 있는 자기 치료법, 신비의 치유법, 마술 실습에 대한 관심을 "우리 시대가 그처럼 칭송하는 계몽주의에도 불구하고 갑자기 미개한 세기의 가장 짙은 어둠 속으로 추락하는" 방증으로 보았다.[146] 카글리오스트로라는 인물을 분석한 결과, 영험 있는 치료사가 그 시대에만 생각할 수 있는 인기를 누린 것은 반란자 모임과 비밀결사에 대한 토론과 밀접하게 연관되어 있음이 밝혀지고 있다.[147] 1780년대에 전 유럽에는 앙시앵레짐*의 붕괴가 임박한 것을 놓고 극히 다양한 예언들이 난무했다. 사람들은 계몽된 국가사상에 반대하는 예수회 회원들을 정권 타도 계획을 지닌 반개혁주의자로 지목했다. 그들의 결사는 1773년에 무엇보다 정치적 이유에서 교황 클레멘

* 프랑스 대혁명(1789) 전의 절대왕정.

스 14세에 의해 금지되었지만, 독일의 프로테스탄티즘 영방과 오스트리아에서 그들이 벌이는 활동을 막을 수는 없었다. 사람들은 계명 결사와 프리메이슨 단체들에게도 똑같이 파괴적인 계략이 있다고 믿었다. 그들은 절대주의에 반대하는 노선을 표방하면서, 전 유럽적인 사회 비전을 대표하는 세력으로 등장했다. 전체 토론을 위해 여론을 조성한 광장은 비스터와 게디케가 발행하는 잡지 《베를린 모나츠슈리프트》였다. 실러는 쾨르너에게서 자극을 받아 이 잡지를 1785년 여름부터 철저하게 연구해왔다. 1785년 1월에 자칭 프랑스의 영험 있는 치료사 생제르맹(Saint-Germain)과 자기 치료사 메스머(Mesmer)의 활동 뒤에 숨어 있는 정치적 목적에 대한 익명의 논문이 이 잡지에 발표되었다. 같은 호에 「현재 일어나고 있는 비밀 개종 운동의 역사(Beitrag zur Geschichte itziger geheimer Proselytenmacherei)」라는 서명 없는 기고문이 실려 있었다. 이 기고문은 독일의 프로테스탄트 왕가들이 가톨릭의 비밀 운동 때문에 위협을 당하고 있는 것으로 보고 있다. 한 해 뒤에 폰 크니게 남작은 독자적으로 출간한 비슷한 경향의 한 논문에서 예수회 회원들의 침투로 야기될 프리메이슨 교단의 약화를 경계하게 된다.[148] 1785년 2월에 멘델스존은 한 편의 논문에서 "사람들은 풍자를 통해서든 또는 외형적인 연결을 통해서든 뿌리내리고 있는 열광주의에 대응해야 하는가?" 하는 질문을 제기했다. 7월호에서는 가르베와 비스터가 정치적 동기가 있는 반동 종교개혁의 위험을 놓고 「가톨릭 교리의 만연에 대한 프로테스탄트들의 우려에 대하여(Ueber die Besorgnisse der Protestanten in Ansehung der Verbreitung des Katholicismus)」라는 제목하에 다시금 토론을 벌였다. 10월에는 「현존하는 여러 비밀결사의 소식 몇 가지에 대한 새로운 기고문(Neuer Beitrag zu einiger Kenntniss verschiedener jetzt existierenden Geheimen Gesellschaften)」이 실렸고, 11월에는 러시아 예수회 회원들과 뮌

헨의 계명회 회원들에 대한 소식이 각각 실렸다. 같은 호에 실린 한 편의 수필은 「비밀에 대한 현재의 경향(Itziger Hang zu Geheimnissen)」이란 제목 아래, 공공연히 모험적인 의도를 가지고 그 테마를 떠맡은 새로이 발간된 논문의 목록들을 제시했다.

카글리오스트로에 대한 엘리자 폰 레케의 공격이 있은 지 두 달 뒤 인 1786년 7월에 이 토론은 잠정적으로 막을 내렸다. 「독일 프로테스탄 티즘 영방에 있는 비밀결사에 대한 추가 소식(Noch etwas über geheime Gesellschaften im protestantischen Deutschland)」이라는 제목하에, 예수회 회 원들이 초교파적으로 펼치는 정치적·외교적 영향의 문제를 다룬 논문이 마지막을 장식했다.[149] 이 논문의 저자는 예수회 회원들에 대해 총공격을 펼쳤지만, 이 공격의 방향은 《베를린 모나츠슈리프트》의 발행자 비스터가 가르베의 기고문에 대한 답을 통해 이미 밑그림을 그려놓은 것이었다. 그 러나 책략적으로 행한 총공격에서 이 논문의 저자는 예수회 회원들과 프 리메이슨 지부 회원들을 정치적으로 구분하기를 피하고 있다. 그는 오히려 이 두 그룹을 그들 나름대로 궁극적으로 계몽된 독일의 국익을 크게 해치 는 비슷한 권력 사상을 대표하는 것으로 보고 있었다. 왜냐하면 그들은 계 몽된 독일의 업적을 깎아내리거나, 남들보다 극도로 더 높게 평가하려고 하기 때문이었다. 《베를린 모나츠슈리프트》 같은 호에 뷔르템베르크 공작 카를 오이겐의 조카인 프리드리히 하인리히 오이겐 왕자가 기고문을 통 해 발언했다. 그는 이 기고문에서 강신술의 경험적 명증성을 옹호했고, 초 현실적인 사건의 개연성을 강조했으며, "사변철학"에 대한 신앙고백을 했 다.[150] 독특한 어조를 띤 종교적 열성 때문에 이 논문은 광범위한 독자층이 평소에 지니고 있던, 필자가 가톨릭으로의 개종을 목전에 두고 있지 않은 가 하는 의심이 더욱 굳게 했다. 그 사실은 카를 오이겐의 후계자가 프로테스탄트이기를 희망하던 뷔르템베르크에서 커다란 불안감을 불러일으켰다.[151] 실러가 《베를린 모나츠슈리프트》 독자로서 비밀결사들의 책동에 대한 토론에서 자극을 받고, 뷔르템베르크 왕자의 발언을 통해 자기 소설의 주인공 설정에 대한 영감을 얻었으리라는 것은 의문의 여지가 없다. 그가 이 저널의 발행인인 요한 에리히 비스터를 1787년 10월 초 바이마르에서 소개받았을 때 그는 비스터와 함께 이 테마들도 논의했을 것이다.(NA 24, 161) 이 토론 전체가 얼마나 광범위하게 영향을 끼치며 진행되었는지는 빌란트가 1786년에 작성한 논문 「마술과 망령 현상을 믿으려는 인간의 경향에 대하여(Über den Hang der Menschen an Magie und Geistererscheinungen zu glauben)」을 보면 알 수 있다. 여기서 빌란트는 《베를린 모나츠슈리프트》에 발표된 기고문에 대해서 명시적으로 오성의 "혼란에 관한 최근의 역사"라고 주의를 환기하고 있는데, 이 사실이 웅변적으로 당시 상황을 말해주고 있다.[152] 실러의 소설이 펼치고 있는 시사성 많은 공세에 대해서는 이미 책으로 출간된 이 소설 관련 서평에서 지적된 적이 있었다. 《튀빙겐 학자보(Tübingische Gelehrten Anzeigen)》은 1790년 2월 18일 자 서평에서 "비밀결사들에 관해서 말로나 글로 그처럼 많이 논의되고 있고, (……) 카글리오스트로와 필리도르(Philidor)* 같은 사람들이 아직도 가끔 계몽주의가 한창 명성을 떨치는 서클에서까지도 야바위 짓이나 다름없는 강신술을 가지고 성공을 거두고 있는 이때, 그처럼 광범위하게 물의를 일으키려는 의도를 지니고 절묘하게든, 어설프게든 엮어놓은 사기 행각의 가닥을 풀어보려는 글들은 인간의 친구들에게는 언제나 환영받는다"고 선언했다.[153]

이처럼 논란의 소지가 많은 비밀결사 테마에 대해 많은 암시가 담긴 글

∙∙

* 프랑스의 장기 명인.

때문에 실러가 검열 기관과 마찰을 빚지 않을까 두려워한 것은 놀라운 일이 아니었다. 라이프치히에서 인쇄를 하고 있던 괴셴은 《탈리아》 발행을 앞두고 정기적으로 당국의 사소한 저항에 부딪혀야 했다. 작센 검열 기관은 특히 종교적인 문제에서 너그럽지가 못하고 엄격했다. 라이프치히의 검열위원회는 고등 종교국에서 임명한, 적어도 영방 교회의 노선을 충실히 따르는 대학교수 한 명과 시의회 대표 한 명으로 구성되었다. 1780년대 말에 이 직책을 담당한 사람은 수사학 교수 아우구스트 빌헬름 에르네스티였는데, 마침 쾨르너와는 개인적으로 친분이 있는 사이여서 위급하면 신중한 판결을 내리도록 움직일 수 있었다. 그와 같은 연줄이 있는데도 불구하고 실러는 프리메이슨 지부를 테마로 한 자신의 분석을 해당 기관이 용납지 않을 것으로 예상했다. 그렇기 때문에 「강신술사」 제2부 첫 부분을 게재한 《탈리아》 제6호가 출간되기 몇 주일 전인 1789년 1월 26일까지만 해도 실러는 괴셴을 움직여서, 앞으로는 검열 업무가 비교적 너그러운 (게다가 생산비도 물가가 비싼 박람회 도시 라이프치히보다 높지 않은) 튀링겐에서 인쇄하도록 했다. 하지만 이 친구를 움직여서 지속적으로 출간 장소를 바꾸는 것은 후에 와서도 성공하지 못했다. 1794년부터는 코타와 함께 일하기 시작했는데, 그 일에서는 조심성이 덜 따랐다. 카를 오이겐의 사망 후에 이 새로운 출판업자는 뷔르템베르크에서 당국으로부터 출판의 자유를 거의 제한받지 않았기 때문이다. 결국 라이프치히 관료들은 '철학적 대화'가 까다로운 무신론적 경향을 띠고 있었음에도 불구하고 저자의 비관적인 기대와는 달리 「강신술사」의 출간에는 전혀 이의를 제기하지 않았다. 이 경우에 실러 자신이 1789년 2월 12일에 렝게펠트 자매에게 전달한 독서 지침을 검열관들이 거의 명심했던 것 같다. "「강신술사」의 독자들은 말하자면 저자와 무언의 계약을 맺어야 합니다. 그렇게 해서 저자는 자신의 상상력을 훌륭하게 펼치는 책임을 자청해서 떠맡지만, 독자는 상대적으로 그것이 일깨워주는 동정심과 진실성을 곧이곧대로 믿지 않기로 약속하는 것입니다."(NA 25, 205)

왕자
심리적 결탁의 이야기

이 소설은 발행자가 서문에서 밝히고 있듯이 "인간 정신의 기만과 오류 역사에 대한 논문"으로써 어디까지나 "대담한 목적" 설정과 "진기한 수단" 사용이 똑같이 이목을 끄는, 일종의 정치적 음모를 독자에게 보여주는 것이 집필 목적이었다.(NA 16, 45) 이와 같은 이중적인 전략의 테두리 안에서 실러의 텍스트는 비현실적 요소들을 지닌 음모의 복잡성을 묘사하는 동시에 근본적으로 사건을 지배하고 있는 심리적 배경을 밝히려고 했다. 결과적으로 「강신술사」역시 변화하는 외적 조건하에서 한 인간의 내면생활을 조명하는 경험심리학의 정신을 바탕으로 한 소설이다. 이 실험적 수법을 펼칠 수 있는 무대는 역시 괴테와 그 뒤를 이어 아들 아우구스트가 불과 45년 후에 그들의 여행기에 기록하려고 한 도시, 비밀에 싸인 분위기와 어두운 골목길, 운하, 해안호의 안개와 더불어 생의 욕구와 퇴폐가 혼재하는 베네치아였다.

이야기는 카니발 철에 시작된다. 「피에스코」도입부에서와 유사하게 환상적인 변신술과 우스꽝스러운 느낌을 주는 형형색색의 가장 놀이가 불안, 불투명, 두려움에 찬 분위기를 말해준다. 아르메니아인의 마스크를 쓴 한 남자가 산보를 하고 있는 왕자와 폰 ○○○○ 백작의 뒤를 쫓는다. 애매하게 작성된 죽음의 메시지를 그들에게 전달하기 위해서이다. 끔찍한 사건들이 빠른 속도로 연달아 일어난다. 왕자는 시계와 중요한 보석함 열쇠를 잃어버린다. 하지만 불가사의한 방법으로 이 두 가지를 모두 돌려받는다. 광장에서 이와 같은 사건이 일어난 지 며칠 안 되어 아르메니아인이 예언한 대로 왕자의 사촌이 사망하고, 왕자 자신은 권력이 막강한 왕가의 왕위 계승에서 나이가 많은 삼촌 다음으로 두 번째 순위가 된 것을 알게 된다. 그다음 날 저녁에 왕자는 커피집 손님 몇몇이 벌이고 있는 카드놀이의 구경꾼 노릇을 하는 동안 어떤 베네치아 사람과 명예훼손 사건에 말려든다. 그 베네치아 사람은 공공연하게 모욕을 당한 터라 왕자를 살해할 음모를 꾸미지만, 오히려 종교재판소에 의해 체포된 후 어느 지하 동굴에서 즉결심판을 받고 재판관이 보는 앞에서 참수당한다. 주인공 왕자는 이 시끄러운 사건으로부터 벗어나기 위해 세상 물정에 밝은 사람들의 사교적 모임을 찾는다. 이 모임에는 어딘가 음흉해 보이는 러시아 장교도 한 사람 끼어 있었는데, 그의 가면 뒤에는 다시금 예의 아르메니아 사람이 숨어 있었다. 그 모임에서 사람들은 강신술 시험을 통해 얻게 되는 경험 내용에 대하여 왈가왈부하다가 마지막에는 강신술을 시행하는 시칠리아 사람에게 시범을 보이게 한다. 말하자면 본보기로 죽은 사람의 혼을 불러오게 한 것이다. 실러가 요한 크리스티안 비글레프(Johann Christian Wiegleb)의 논문 「자연적 마술」(1779년과 이후)에서 얻은 정보의 도움을 받아 설명하고 있는 이 끔찍한 의식은 러시아 장교의 개입으로 중단된다. 그는 경찰을 시켜 강신술사를 체포케 하고, 그 모임을 해산한 것이다.[154] 얼마 후에 왕자와 그의 동행인은 수감된 시칠리아 사람으로부터 강신술사가 주관하는 강신술 모임은 모두가 기술적으로 그럴싸하게 꾸민 연극이고, 혼을 불러온다고 잘못 알려진 행위는 단지 착각일 뿐이라는 것을 들어 알게 된다. 사기를 치는 마술사도 이 사건의 원래 연출자로 아르메니아인을 지목하지만,

당분간 그의 교묘한 술수는 그가 의도한 대로 탄로 나지 않는다. 그가 정치적인 이유에서, 왕위 계승자로 꼽히는 왕자에게 영향력을 행사하려는 비밀결사를 위해서 일을 하고 있다는 인상이 감지되기는 한다. 하지만 제1부 마지막에는 비밀결사의 흐릿한 윤곽만 밝혀지고 그의 분명한 실체는 밝혀지지 않는다. 단지 비합리적인 놀음이 삽입된 것은 이성의 지배를 받는 일상 세계의 실효성에 대한 의심을 키워주기 위해서가 아니다. 냉철한 오성의 조종을 받는 음모의 희곡적인 요소로 비합리적인 놀음이 삽입되었다는 점만이 분명해지고 있다.[155] 실러의 소설에서 감행되고 있는 환상적 요소들에 대한 실험은 어디까지나 이성의 안정된 질서 속에 묶여 있다. 10년 뒤에 티크의 서간체 소설 「윌리엄 러벌 씨 이야기」는 낭만주의 시대의 문턱에서 마지막으로 이 환상과 이성의 결탁을 시험하려고 한다. 그 후에 호프만, 아르님, 포, 메리 셸리(Mary Shelly)에 이르러 이 동맹 관계는 문학적 상상력의 경계가 무너지는 와중에 해체되기에 이른다.

제2부가 시작되자, 떠나간 폰 ○○○○ 백작의 보호를 장차 포기해야만 하는 왕자는 주로 비밀결사 '부첸타우로(Bucentauro)'의 영향을 더욱더 많이 받게 된다. 이 비밀결사는 가톨릭의 지배를 받지만, 프리메이슨 결사(NA 16, 106)를 본받아 조직된 것처럼 보인다. 실러는 그 결사를 설명하는 데 쾨르너 외에 라인홀트, 후펠란트, 보데가 그에게 전달했을 것으로 보이는 프리메이슨 지부와 계명 결사에 대한 지식을 동원하고 있다. 프로테스탄트 신앙을 가진 금욕적인 성격의 소유자로 소개된 왕자에게는 이제 베네치아의 축제 행사가 점점 더 즐거워지기 시작한다. 그는 종교적 신념의 진실성을 의심하고, 자유분방한 정신을 지닌 도락자로 변해서 거침없이 세상 환락에 자신을 내맡긴다. 그의 '오락 프로그램 진행자(Maître de plaisir)' 역할을 하는 사람은 폰 치비텔라(von Civitella) 후작이다. 그는 매력이 있는

사람이지만 심신이 완전히 탈진한 호색한이며, 영향력이 막강한 추기경의 조카로서 상당한 재정적 수단을 갖추고 있는 것으로 보이는 사람이다. 놀음에 대한 왕자의 열정은 바로 이 교활하기 짝이 없는 폰 치비텔라 후작의 부추김을 받은 것이다. 빚이 늘어나자 결국 왕자는 경제적으로 후작에게 전적으로 예속되고 만다. 궁정으로부터 더 이상 경제적 지원을 받기가 어려워지자 후작이 그에게 선선히 어음을 발행해준 것이다. 무능한 폰 F××× 남작이 부재중인 백작에게 보낸 보고서를 읽어보면, 왕자는 이 사건이 일어난 시점에 자신이 처한 복잡한 사정을 간파하지 못한 채, 음모자들에게 둘러싸여 있음을 알 수 있다. 베네치아에서의 그의 운명은 모두 아르메니아인이 뒤에서 조종하는 음모의 산물이었다. 왕자가 말려든 사랑의 연극도 결국 그가 연출한 것이다. 레싱의 「에밀리아 갈로티」에 나오는 헤토레 곤자가와 유사하게 그는 교회에 갔다가 젊은 부인을 목격하고 즉시 그녀의 미모에 매료된다. 그리스 출신임을 사칭하는 정체불명의 이 여인은, 삽입된 노벨레에서 암시되는 것처럼, 그 아르메니아인과 한통속인 것이다. 그녀는 왕자를 유혹하는 사명을 맡고, 반란자들에게 더욱 넓은 협상의 바탕을 마련해주기 위해서 아무런 경험이 없는 왕자에게 동침을 약속하고 그의 금욕적인 프로테스탄티즘 신앙을 무너뜨린다.(NA 16, 141 이하 계속)

더 이상의 자세한 서술은 이 시점에 중단되고, 마지막으로 그리스 여인의 의외의 죽음, 왕자의 실신과 힘겨운 회복에 대해서 간단히 언급하고 있을 뿐이다. 온갖 수단을 동원하여 주인공의 마음을 사로잡는 어두운 비밀의 위력은 이제 승리를 거두어 주인공의 마음을 그들 그룹의 이해에 복종시키는 데 성공한다. 폰 F××× 남작은 체념하고 있는 ○○○○ 백작에게 이렇게 보고하고 있다. "왕자님에게 이제 당신이나 내가 필요하지 않습니다. 그는 빚은 갚았고, 추기경과는 화해했으며, 후작은 건강을 완전히 회복했습니다. 지난해 우리를 그처럼 혼란스럽게 하던 아르메니아인을 기억하십니까? 왕자님이 그의 팔에 안겨 있는 것을 보실 것입니다. 왕자님이 처음으로 미사에 참석한 지 닷새가 되었습니다."(NA 16, 158 이하) 앞으로 이 장편소설의 진행에서는 가톨릭 비밀결사가 왕자를 계속 조종하고 그가 무자비한 정복자와 삼촌을 살해해 살인자로 전락해가는 과정이 묘사된다. 이와 같은 줄거리 전개가 당시의 정치 현실에 파괴력을 지니고 있었다는 것은 이미 언급한 적이 있는 《베를린 모나츠슈리프트》의 토론 기고문에 분명히 나타나 있다. 뷔르템베르크에서 영주로 재임하고 있는 카를 오이겐 공작의 조카가 종교적 광신을 공개적으로 고백한 후로 비슷한 시나리오의 반란을 일으키려 한다는 소문이 자자했던 것이다. 그 고백 속에서 사람들은 그가 두 누이처럼 가톨릭 신앙으로 개종하겠다는 신호를 읽었던 것이다. 이 소문은 그냥 지나쳐 볼 수만 없을 만큼 실러의 소설과 분명한 접점들을 지니고 있음을 부인할 수 없다. 즉 왕위 계승 문제의 대두, 애당초 왕자의 프로테스탄티즘 신앙과 비밀결사 '부첸타우로'의 영향으로 실현된 그의 개종은 허구와 사실이 함께 어울려 연출한 하나의 연극적 요소를 형성하고 있었던 것이다. 그와 동시에 이 소재를 이용해서 작품을 쓰는 데에는 계명 결사 관련 경험이 개입되었다는 것을 주의 깊은 독자라면 일찍부터 알아차렸을 것이다. 1781년 9월 말 슈투트가르트 방문에서 실러를 만난 적이 있는 진보적인 출판인이자, 이전에 튀빙겐신학교 학생이던 카를 프리드리히 라인하르트는 1791년 11월 6일 혁명의 와중에 있는 파리에서 쓴 편지에서 「강신술사」의 "정치적 목적"에 대한 추측을 조금도 숨김없이 이렇게 털어놓고 있다. "단순히 당신께서는 우리 예수회 회원의 비밀 모임이 벌이고 있는 어리석은 악마 같은 행위만을 저지하려고 한 것입니까? 아니면 내가 거의 믿고 있는 것처럼 좀 더 특정한 개인적 관심을 가지고 계신 것입니까? 당신이 품고 계신 비밀을 묻는 것은 경솔한 짓이라는 것을 압니다만, 분명 당신께서는 비밀을 가지고 계십니다."(NA 34/I, 106) 이 편지에 실러는 직접적으로 답장을 쓰지는 않았다. 왜냐하면 라인하르트가 민감하게 수용한 자신의 소설을 현실과 연관시키는 것, 계명 결사와 벌인 토론의 내용 가운데 이 소설 속에 숨겨둔 것에 대해서는 어떤 경우라도 드러내놓고 설명하고 싶지 않았기 때문이다.

실러가 그와 같이 조심스러운 태도를 보이는 것은 그가 매력 있는 반란 소재는 물론 그와 연결된 종교적 테마도 「강신술사」의 정신적 핵심으로 보지 않았다는 데에 그 이유가 있을 것이다. 그가 보기에 핵심은 주인공의 불행한 교육과정에 있었다. 이 미완성 소설은 정치적 상황 때문에 겪는 심리적 혼란의 사례를 본떠서 주인공을 그리고 있다. 독일 교양소설의 본보기인 괴테의 「빌헬름 마이스터의 수업 시대」보다 7년 앞서 실러는 어디까지나 한 인간의 성장에 많은 도움을 주는, 이른바 시행착오의 법칙이 지배하는 발전소설을 쓴 것이다.[156] 이 왕자는 빌헬름 마이스터와는 달리 인도주의자들의 결사의 수중에 빠져들지 않고, 모반 서클의 명령을 따른다. 이 서클은 자체의 반동적인 정치 의도를 실현하기 위해 그를 악용한다. 괴테의 주인공과는 반대로 이 왕자는 사회적 책임과 함께 조화로운 삶의 프로그램을 개발해주는, 이른바 강도 높은 자아 체험의 과정을 거치지 못한다. 오히려 종막에서 주인공은 자신의 개인적 자유를 완전히 상실할 위험에 처하게 되는, 혼란의 연속인 드라마를 거쳐간다. 주인공의 성격을 형성하는 요인들은 폰 ○○○○ 백작이 제2부의 첫 부분에서 간략하게 설명한 청소년 시절 이야기를 통해 조명된다. 주인공은 금욕적인 인생관의 어두운 하늘 아래에서 프로테스탄티즘 세계의 은둔 분위기에 둘러싸여 성장한다. 특히 그가 만나는 종교적 현실은 금지와 위협의 형태를 띠고 있다. 교육적으로 부적격한 "맹신자 혹은 아첨꾼"을 통해 편협하고 비굴한 하인 근성이나 키우는 교육은 숨 막힐 것 같은 정신적 억압 속에서 소년의 활기를 질식시키고, 포괄적인 세상 지식의 토대 위에서 없어서는 안 되는 자유로운 판단 능력을 배양하기를 소홀히 한다. 이 '금욕적 교육(Éducation ascétique)'이 빚은 결과가 바로 처음에 왕자가 베네치아에서 습관적으로 겪은 종교적 "우울증" 증세이다.(NA 16, 103) 전후 사정에 밝은 폰 OOOO 백작은 이렇게 메모하고 있다. "그는 환락의 세계로 도피했다. 35세의 나이에 이 환락적인 도시의 모든 유혹에 무방비 상태로 노출되어 있는 것이다. 지금까지 그는 아름다운 여성에 대해서 아무런 관심이 없었다."(NA 16, 46) 왕자는 성적 만족감을 느껴보지 못하고, 외부 세계에 대한 아무런 감정도 없이, 우울한 사람으로 거동하며 살아온 것이다. 게다가 앞서 언급한 심각한 교육의 결함까지 보태어진다. 이 결함은 이미 「철학 서신」에서 이 맹신자가 지닌 특성으로 드러난 적이 있다. 이 왕자에게는 성숙한 개인의 시대가 요구하는 계몽된 오성이 없다. "그는 책을 많이 읽었지만, 무분별하게 읽었다. 소홀히 한 교육과 때 이른 군 복무는 그의 정신을 성숙시키지 못했다. 나중에 그가 활용한 모든 지식은 바탕이 튼튼하지 않기 때문에 그의 개념상 혼란만 증가시킬 뿐이다."(NA 16, 46)

셰익스피어 희곡의 주인공 햄릿의 허울을 쓴, 프로테스탄티즘 신앙의 소유자인 이 우울증 환자가 세상과 맺고 있는 소원한 관계는 사건이 진행되면서 그를 자유분방한 도락적 삶으로 이끌고, 결국엔 새로운 맹신과 개종으로 이끈다. 회의적인 자유주의와 종교적인 열광주의가 여기서는 이렇다 할 만큼 모순된 관계를 유지하고 있지 않다. 이 둘은 똑같이 불관용과, 현실과 동떨어진 추상성이라는 성격을 띠고 있기 때문이다.[157] 이 두 발전 단계에서 왕자는 자신의 길을 독자적으로 결정하는 자율적 인격체의 이상적 유형을 만나지 못한 것이다. 사람들이 18세기에 무신론적 취향의 전 단계로 본 과정인, 자유주의자가 회의주의자로 바뀌는 과정은 젊은 시절의 종교적 강압으로부터 단지 예속의 다른 형식을 만들어낼 뿐이다. "그가 그처럼 엄격한 멍에에서 벗어날 수 있는 첫 번째 기회를 포착한 것은 기적이 아니다. 그러나 예속된 노예가 자신의 엄격한 주인에게서 도망치듯 도망치지만 그는 자유의 한가운데에서도 노예 신분의 감정을 안고 다닌다." (NA 16, 104) 실러는 왕자의 정신에 새로운 체계가 필요하다는 점을 제기하는 회의론적인 세계관을, 주인공과 폰 F××× 남작이 나누는 상세한 대화를 통해 묘사하려고 했다. 「철학 서신」에서 펼친 사상 실험을 좀 더 극단적인 단계에서 반복하는 이 텍스트가 탄생한 시기는 1789년 초였다. 쾨르너는 1789년 3월 4일 한 비평에서 이 텍스트에는 일관된 소설 형식이 없다고 불평하는데, 이는 어디까지나 지적인 관심에서 비롯한 것이다. 이와 같은 쾨르너의 관심은 실러로 하여금 자유 정신적 도덕철학과 형이상학의 경계에 대한 광범위한 부설(附設)을 쓰도록 부추겼다.(NA 33/I, 313)

남작과의 대화에서 왕자는 자연의 모든 현상은 가능한 목적을 뛰어넘어 오로지 자연 자체의 관계에서 이해되어야 한다는 견해를 피력한다. 이 같은 견해에서 얻을 수 있는 결론은 개인은 형이상학의 사변적 영역에 대한 끊임없는 성찰을 통해 그의 세상 경험을 과소평가함이 없이 구체적인 순간에 행복과 아름다움을 누려야 한다는 것이다. 왕자는 초현실적인 목적을 가진 생존을 근본적으로 부정하기 때문에, 인간의 도덕성을 물질적 욕동에서 이끌어내지 않으면 안 된다. 개인은 자신이 윤리적으로 존엄하다는 감정이 기쁨과 즐거움을 주기 때문에 도덕적으로 선한 행동을 한다. 형이상학적인 성격을 가진 상위 원칙에 맞추는 것은 개인 행동의 지침이 될 수 없다. 왜냐하면 그런 행동은 인간이 감각으로 경험할 수 있는 세계와는 관련이 없기 때문에 결과적으로 그로 하여금 행동을 하도록 자극하는 데 전혀 영향을 미치지 못하기 때문이다. 개인의 자연적 성향만이 도덕적으로 실천할 수 있는 능력을 발휘한다. "그러므로 도덕적 본질은 우리가 차별화해서 유기적 본질이라고 부르는 것과 같이 자기 자신 속에서 완성되고 결정되는 것이다. 유기적 본질이 그의 구조에 의해 결정되듯 도덕적 본질은 자신의 도덕성에 의해 결정된다. 그리고 이 도덕성은 그의 밖에서 일어나는 것과는 전혀 상관없이 그냥 얻어지는 것이다."(NA 16, 178) 여기서 실러는 분명히 프랑스 유물론 사상의 창고에서 나온 논리로 왕자를 무장하고 있는 것을 볼 수 있다. 특히 엘베시우스의 「정신에 관하여」(1758)와 돌바크의 「자연의 체계」(1770)는 형이상학에 대한 비판의 토대를 그의 도덕철학에 마련해주고 있다. 엘베시우스의 주장을 바탕으로 삼아 왕자는 감각적 욕구 충족을 추구하는 인간의 이기심을 그의 도덕적 행위의 원천으로 옹호했고, 돌바크로부터는 종교적 구원 사상을 지향하는 것이 말하자면 개인 속에 유기적으로 내재하는 미덕의 발휘를 막는다는 점을 수용하고 있다.(NA 16, 165 이하 계속)

여기에 펼쳐진 신념과 실러 자신의 신념과는 물론 거리감이 있다. 그러나 호감을 가지고 있지 않은 것은 아니다. 1789년 1월 말에 렝게펠트 자매에게 보낸 편지에서 실러는 "자신은 어두운 심경에 처해 있는 왕자"와는 생각이 다르지만, 왕자가 대변하고 있는 유물론적 도덕론을 다루어본 결과 "자신의 그리스도교 신앙이 흔들릴 뻔했다"고 분명히 말하고 있다.(NA 25, 190) 실러가 1789년 3월 9일에 쾨르너에게 보낸 편지에서 '철학적 대화'의 전 단계라고 일컬은 적이 있는 이 「철학 서신」은 알려진 바와 같이 전통 형이상학을 시험대에 올려놓았고, 그렇게 함으로써 회의주의와의 모종의 유사성이 있음을 폭로했다. 이와 같은 회의주의와의 유사성은 그의 초기 작품에서는 이렇게까지 눈에 띄지 않았다.(NA 25, 221) 하지만 실러는 신중한 자세를 보여서, 너무 안일하게 형이상학적 사유 모티브를 거절하지는 않았다. 그의 견해에 따르면 인간의 도덕적 성향은 오로지 그 자체에 근거를 둘 때보다는 더욱 높은 목적에 예속되어 있을 때 미덕의 행위로 이어질 수 있다. 인간 도덕성의 토대를 지속적으로 마련하기 위해서는 개인 욕구와 원칙 의식이 함께 작용해야 한다는 확신을 그는 항시 지니고 있었다. 그런 확신에서 그는 유물사관의 입장과 다른 입장을 취했을 뿐 아니라, 『실천이성비판』에서 개인적인 모럴을 오로지 보편타당한 원칙의 모사로 규정하고 있는 칸트의 윤리적 엄격주의와도 다른 입장을 보인 것이다.

소설의 주인공이 자유사상가로 행세하던 기간은 보이지 않는 손에 조종당해서 일으킨 정신적 변화의 과정에서 나타나는 단순한 과도기적 단계를 가리킬 뿐이다.[158] 그에게서 나타나는 정신적 변화의 외적 증상은 같은 시기에 싹튼 도박에 대한 집착이다. 이 집착으로 왕자는 폰 치비텔라 후작에게 경제적으로 예속되지 않을 수 없었다. 피상적인 세속적 쾌락 추구와 자유방임주의가 여기서는 하나가 되고, 그 뒤에서 변형된 성격이 모습을 보인다. 그리스 여인과 만나고 난 후 왕자에게 엄습한 성적인 열정이 결국 그의 심성을 그 이상의 책동에도 넘어갈 수 있도록 변화시키고, 그로 하여금 마지막에 가톨릭으로 개종할 수 있도록 하는 전제를 형성한다. 이로써 자유사상, 도박벽 그리고 여인에 대한 열정은 교묘하게 연결된 사슬을 형성하는 고리 역할을 한다. 그 사슬의 마지막 고리는 권력욕에서 비롯한 범죄가 될 것이다. 이와 같은 사태 진전을 능숙하게 연출하는 사람이 바로 아르메니아인이다. 그는(「철학 서신」에 등장하는 라파엘과 유사하게) 자신의 문하생에게 무신론적 세계관을 바탕으로 새로운 신앙을 심어주기 위해서 의도적으로 회의주의의 열풍에 휩싸이게 한다. 그의 정신적 형제나 다름없는 「도적 떼」의 프란츠 모어가 현대 의학 지식을 완전범죄를 위하여 악용한다면, 이 아르메니아인은 비뚤어진 정신과 의사로서 자신의 심리학적 지식을 발휘하여 자신의 희생자를 완전히 지배하고, 마음대로 조종하려고 노력하는 것이다.[159] 그처럼 아르메니아인은 이미 실러의 초기 작품을 통해서 충분히 목격한 지적인 천재성은 지녔지만, 그 품성은 깊이를 알 수 없을 만큼 사악한 악한(惡漢)이나 다름없다.

부정적인 결말을 지닌 한 편의 발전소설이라는 기능을 통해서 「강신술사」는 제대로 교육을 받지 못하고, 열광적인 마음 바탕을 지닌 한 인물의 심리적 취약성에 주목하게 하고 있다. 실러는 1789년 3월 9일 비판적 독자인 쾨르너에게 "이성의 건물"에 있어야 할 "정연한 논리"가 없고, 많은 "허점" 때문에 왕자는 실패했다고 설명하고 있다. 그 이성의 건물이 개인 삶의 구체적 상황으로 적절하게 응용될 수 없었기 때문이다.(NA 25, 221) 정신적 자유의 결핍을 나타내는 주인공에게서 보이는 특유의 증상은 진실과 허위를 엄격히 구별할 능력이 없는 것이다. 시칠리아인이 고백한 후로는 감명 깊게 연출된, 죽은 사람의 혼을 불러오는 영매 행위가 사기의 산물이라는 것을 깨달아 알고 있지만, 그는 자신을 상대로 감행된 음모의 배경을 간파하는 데에는 성공하지 못한 것이다. 이미 이 소설의 제목을 감돌고 있는 허위 개념은 사건이 진행되면서 특징적인 여러 의미를 얻고 있다.[160] 시칠리아인의 통속적인 사기 행위는 비밀결사의 교묘한 책동술과 마찬가지로 허위의 성격을 지니고 있다. 또한 야바위 짓의 준비에 대한 오성의 승리도 어디까지나 허위에 불과하다. 왜냐하면 그 오성은 아르메니아인이 '부첸타우로'의 정치적 놀음을 통해 펼치고 있는 섬세한 유혹술에 아무런 대비책도 보여주지 못하기 때문이다. 실러의 부정적 교양소설이 표현하고 있는 심리학적 소견은 여기에 자리한다. 예측할 수 없는 기만과 사기 행위를 하도록 유혹하는 데 필요한 것은 일종의 여유 만만한 삶의 자세이다. 오로지 교육을 받고 사람 마음을 아는 사람의 두뇌만이 이와 같은 자세를 견지할 수 있지만, 충분하게 연마하지 못한 왕자의 지성으로는 그렇게 할 수 없다. 허위의 위험을 벗어날 수 있는 사람만이 오로지 그 허위를 다룰 수 있는 것이다. 이것이 곧 6년 후에 쓸 「인간의 미적 교육에 대한 편지(Ueber die ästhetisch Erziehung des Menschen)」의 윤곽을 형성하는 고전적인 인간학의 비전이다.[161]

제5장

역사 사상가:
역사 연구와 학술 논문들
(1786~1793)

1. 실러의 역사관

지식의 창고
역사학자와 대학의 부교수

실러는 이미 카를스슐레 생도 시절부터 역사 테마에 관심을 보였다. 그와 같은 현상은 의무적인 학과 공부의 범위를 넘어서서 역사 서적들을 강도 높게 읽는 데에서 나타났다. 그가 즐겨 읽은 저자들 중에는 그리스의 저자 플루타르코스(기원후 50~125)가 있다. 그가 쓴 고대사에 등장하는 탁월한 인물들의 전기를 실러는 고전문헌학자 프리드리히 페르디난트 드뤼크의 수업을 통해 알게 되었다. 실러는 사관학교 졸업 직전 해인 1779년에 플루타르코스의 작품을 심취해서 읽었다. 그때에 이용한 작품은 1777년부터 시작해서 1780년에 완간된 고틀로프 베네딕트 시라흐(Gottlob Benedikt Schirach)의 독일어 번역본이었다. 그가 1772/73에 출간된, 괴팅겐의 역사 이론가인 아우구스트 루트비히 슐뢰처의 『세계사 사관』을 읽은 것도 거의 비슷한 때였다. 물론 슐뢰처는 계몽된 역사 기술자로 알려진 사람이었다. 거기에 보완해서 실러는 헤르더의 개요서 『인간 교육에 대한 또 하나의 역사철학』(1774)을 연구했다. 이 책은 역사철학서로서, 전공학문이 보여주는 엄격한 체계적 사상과 대조되는 입장에서 구상된 것이었다. 실러는 자신의 세 번째 의학 학위논문 제11항목에서 슐뢰처의 『세계사 사관』 중 한 단락을 인용한 적이 있다. 가르베에게 자극을 받은, 인류의 문화사적 발달에 관한 테제를 뒷받침하기 위해서였다.(NA 20, 55)

실러가 최근 유럽 역사, 특히 16세기의 유럽 역사와 관련된 서적들과 대면할 수 있게 된 것은 1782년부터 시작된 「피에스코」 집필 준비 작업과, 조금 뒤에는 「돈 카를로스」에 대한 자료 연구 덕분이었다. 이와 같이 사료들을 조사하는 작업은 그 당시만 해도 오로지 드라마 구상만을 목적으로 하고 있었다. 「피에스코」 만하임 초연의 안내장을 위해 1784년 1월 11일에 작성한 「관객에 대한 기억(Erinnerung an das Publikum)」에서 실러는 관객의 "가슴속에" 일어나는 "비할 나위 없이 큰 감흥"은 "가장 엄격한 역사적 정확성"과 비례한다고 분명히 밝히고 있다.(NA 22, 90) 비로소 실러에게 문학적 구상과는 상관없이 역사에 대한 독자적인 관심이 생기는데, 이는 드레스덴에 체류하던 2년간에 있었던 일이었다. 그는 1786년 2월에 「스페인 왕 펠리페 2세의 초상화(Portrait de Philippe second, roi d'Espagne)」(1785)의 장면들에 대한 메르시에의 머리말을 의역해서 발표했다. 이는 같은 시기에 간행된 후버의 번역을 바탕으로 한 것으로 추측된다. 1789년 4월 15일에 그는 30년전쟁에 대한 기욤-히아신스 부장(Guillaume-Hyacinthe Bougeant)의 서술에서 영향을 받고 라이프치히로 여행을 떠난 쾨르너에게 보낸 편지에 "나는 10년 동안 연속해서 역사 외에는 아무것도 연구하지 않은 것 같은 느낌일세. 나는 아주 다른 사람이 된 것 같네"(NA 24, 45)라고 썼다. 그러나 반년 뒤에 실러가 역사가로서 시작한 출판 활동은 아무런 구속력도 없는 취미 놀음이 아니었다. 그가 1793년까지 수립한 작업 계획은 지속적으로 확고한 직장이 없던 자유 문필가의 경제적 관심에서 비롯한 것이었다. 역사적 내용을 담은 희곡, 단편소설, 장편소설들과 마찬가지로 1780년 대에 역사 논문들은 독자의 마음을 사로잡을 수 있는 대상들을 다루는 한, 읽는 사람들의 수가 꾸준히 늘어나는 것을 확인할 수 있었다. 이를 두고 실러는 1787년 10월 6일에 크루시우스에게 보낸 편지에서 "유행과 상품이 제철을 만난 것"이라고 평가했다.(NA 24, 160) 기번, 이젤린, 가터러, 압트, 슐뢰처, 레싱, 헤르더, 아델룽(Adelung), 칸트 같은 사람들이 쓴 역사학 관련 저서들까지도 결코 탁월한 대중적인 스타일로 명성이 빛나지 않았음에도 불구하고, 1765년부터 1785년까지 많은 독자들과 만났다.[1] 실러가 1786년에 이룩한 역사가로의 변신은 그의 소설 작품들과 마찬가지로 시장의 법칙 덕분이었다. 역사적 테마에 대해 그가 내놓은 기고문의 상당 부분은 위임을 받아 집필한 것들이었다. 그 기고문들의 윤곽을 정하는 데에는 지적인 애착심뿐 아니라, 재정적 압박도 한몫했다.

실러는 1786년 8월에 처음으로 후버와 공동으로 역사서 출간 계획을 세웠다. 그들은 공동으로 라이프치히에 있는 크루시우스 출판사에서 『가장 기억할 만한 반란과 역모의 역사』를 출간할 것을 고려했다. 각 권들은 가능하면 카틸리나의 모반부터 카를 1세(1642~1649)에 대적한 청교도 전쟁 때까지 일어난 의미 깊은 반란에 대한 진솔한 보고를 수집하여 엮도록 되어 있었다. 재빨리 그들은 400쪽 분량의 2권으로 된 판본을 출간하기로 크루시우스와 합의를 보았고, 각 권은 부활절 서적 박람회와 가을철 서적 박람회에 맞춰 발행할 예정이었다. 실러는 1786년 10월 18일에 《고타 학자

신문》에 이 작품의 출간 광고를 했다. 그는 분명히 "정치적 혁명"은 "제외한다"고 밝히고 있다. 정치적 혁명을 묘사하는 것은 출판물 검열법에 저촉되기 때문이었다. 일반적으로 "상세한 내용"을 보고하는 것이 "그 내용이 끼칠 전체적인 영향에 대한 고려"보다 우선시되었는데, 그것은 개별 사건을 체계적으로 분류하는 것은 뒷전으로 밀려나고, 오락적 묘사가 전면에 부상하는 것을 의미했다.[2] 후버는 니콜라우스 리엔치(Nicolaus Rienzi)의 로마 반란(1347)과 마르키스 폰 베데마르(Marquis von Bedemar)의 모반(1618)에 대한 기고문을 쓰는 작업을 맡았다. 다른 한편 실러는 1567년 네덜란드 지방 봉기의 역사를 다루었다. 이 봉기는 스페인의 세습영지에 반대하여 일어났다가, 알바가 이끈 군대에 의해 유혈 진압되었다. 물론 이 소재는 그가 신속히 독자적 서술로 확장하는 것을 고려할 정도로 매력이 컸던 것으로 밝혀졌다. 그리하여 1787년 3월 5일에 이미 그는 제1권의 발행을 "서적 박람회 이후로 미루어줄 것을" 크루시우스에게 간청했다. 왜냐하면 제1권에 실릴 논문의 분량이 많아 두 권으로 나누어 출간할 필요가 있었기 때문이었다.(NA 24, 85) 이 시기에 후버의 텍스트는 완성되어 이미 인쇄에 들어갔기 때문에 그 계획을 중단하는 것은 출판사에게 몇 가지 어려움을 가져다주었다.

6월 말 「돈 카를로스」가 완전히 출간된 후에 실러는 사료 연구에 전념해야 했다. 이와 병행해서 1787년 8월부터는 바이마르에서 원고 집필 작업에 몰두했다. 그는 11월 5일 탄생하는 작품을 최종적으로 선집에서 떼어내서 단행본으로 출간해줄 것을 부탁했다. 외형상으로도 "견실하고 좀 더 학문적인 면모"를 보여주는 한 권의 책을 그는 간절히 원한 것이다.(NA 24, 175) 당시의 유행을 염두에 두고 세운 종래의 계획 대신에 진지한 학문적인 프로젝트가 등장한 것이다. 자신의 기고문이 빠져서 발생하는 공백을 메우기 위해서 실러는 11월 말 마이닝겐을 방문하는 동안 라인발트에게 논문 한 편을 가지고 대타(代打)로 나서줄 것을 부탁했다. 실러의 매형인 라인발트는 1788년 6월 23일 여러 가지로 망설인 끝에, 1478년 메디치 가문을 상대로 한 파치 가문의 봉기를 묘사한 간단한 글을 제출했다. 『가장 기억할 만한 모반의 역사』 제1권은 1788년 가을에 후버와 라인발트의 기고문 두 편이 삽입되면서 "중세와 근세"에 해당하는 추가 논문으로 보완되어 출간되었다. 발행인 자격으로 활동하던 실러는 단지 짧막한 서문만을 썼을 뿐이다. 예고했던 속편 발행은 역시 꾸준히 글을 쓸 수 없었던 후버가 자신의 의무를 이행할 수 없었기 때문에 중단되고 말았다.

실러가 바이마르에서 쾨르너에게 쓴 편지를 읽으면, 자신의 활동을 어디까지나 생활비를 버는 작업으로 이해하고 있다는 것을 알 수 있다. 역사학은 산문의 성격을 지니고 있다는 쾨르너의 분명한 경고에 대하여 1788년 1월 7일 실러는 역사를 소재로 한 그의 글들이 널리 읽힌다는 점을 지적해서 이렇게 답변했다. "3년간의 노력 끝에 완성한 나의 「돈 카를로스」를 통하여 얻은 대가는 관객들의 시큰둥한 반응이었네. 그러나 5개월이나 기껏해야 6개월에 걸쳐 쓴 작품인 네덜란드의 역사는 아마도 나를 저명한 인사로 만들어줄지도 모르겠네."(NA 25, 2 이하) 실러는 사료 연구가 지닌 특별한 매력을 그의 상상력 부담이 줄어드는 데에서 찾았다. 그의 대상들이 시간과 함께 효과를 거두기 위해서는 문학적으로 약간만 가필하면 되기 때문이었다. "내가 나의 창의력이 고갈될 수 있다고 자네에게 말한다면, 자네는 그것을 교만한 겸손으로 여기지는 않을 것일세. 내가 아는 것은 보잘 것없네. 지금 나는 내게 있는 힘의 집중, 그것도 종종 부자연스러운 집중을 통해서 겨우 버티고 있는 실정일세. 매일 작업하는 것이 내게는 점점 더 힘들어지고 있네. 글을 많이 쓰고 있기 때문이지. 즉 내가 주는 것이 내가 받는 것에 비례하지 않는다는 말일세. 나는 이렇게 해서 창의력을 모두 소모할 위험에 처해 있네."(NA 25, 5 이하) 문학 작업이 어디까지나 "기분"(NA 25, 5)에 좌우되는 것이라면, 역사를 쓰는 작업은 정확한 연구에 얽매이는 것이었다. 이 연구는 상상력의 보고(寶庫)를 채웠고, 그렇게 함으로써 차후 문학작품을 집필하는 데에도 도움이 되었다. 후에 와서, 정확히 말해 「발렌슈타인」을 완성하고 나서 비로소 실러는 자신이 1780년대 말에 역사 기술에서 취하던 이성적 시각을 희곡 창작에도 적용할 수 있었던 것이다.

바이마르에 도착한 후로 실러는 심한 재정적 압박에 시달렸다. 드레스덴에서 경제적 압박을 대부분 해결해주던 쾨르너의 지원이 끊긴 것이 크게 영향을 끼쳤다. 「돈 카를로스」에 대한 사례금과 1월에 발간한 《탈리아》 제4권에 대한 사례금을 괴셴에게 지급받았지만, 금세 바닥이 나고 말았다. 빌란트가 발행하는 《도이체 메르쿠어》와의 공동 작업도 지지부진했다. 10월 12일부터 실러가 편집진에 속한 예나의 《종합 문학 신문》은 처음에는 그에게 아무런 글도 주문하지 않았다. 궁정 접견 시 입고 갈 어느 정도 깔끔한 복장을 마련하기 위해 그는 은행가인 울만에게 돈을 빌리지 않으면 안 되었다.[3] 전에 후버에게서 빌렸던 겨울 외투는 이미 11월에 역마차 편에 돌려주었다. 후버 자신도 계속 빌려줄 수 있는 사정이 아니었기 때문이다. 실러는 1787년 10월 6일에 크루시우스에게 12루이스도르(60탈러)의 선불을 부탁했고, 크루시우스는 향후 3개월간에 걸쳐 그를 도와주어야 했다(같은 날 후버에게 쓴 편지에 "그놈의 원수 같은 돈"이라고 쓰고 있다(NA 24, 159)). 그가 과거에 진 빚을 아직도 다 갚지 못했기 때문에 그의 재정적 딜레마는 커졌다. 그는 베르투흐에게서 크루시우스의 이름으로 60탈러를 빌린 바 있는데, 1788년 1월 24일에 인쇄 전지 12매 분량의 원고를 라이프치히로 보내면서 빌린 돈을 그것으로 상쇄해줄 것을 부탁했다. 1788년 3월

6일에는 전에 헨리에테 폰 볼초겐의 보증으로 빌린 돈을 갚기 위해 정확한 계획을 세웠다. 이 시기에 그녀에게 갚아야 할 빚의 총액은 줄잡아 540탈러나 되었다. 이 돈은 폰 볼초겐 부인이 채무자로서 바우어바흐의 은행가 이스라엘에게 빌린 것이었기 때문에 5퍼센트의 연리를 물어야 했다(그녀가 1788년 10월 22일에 세상을 뜬 후에 그 가정은 그 빚을 대범하게 탕감해준 듯하다). 1788년 10월 20일에도 실러는 예전의 채권자이던, 라이프치히의 사채업자 바이트와 드레스덴의 재단사 뮐러(Müller)로부터 빚을 갚으라는 독촉을 받았다. 때마침 역사 관련 논문의 사례금 잔금을 기다리던 참이었기 때문에 쾨르너를 내세워 희망을 줌으로써 이들을 달래야 했다. 이와 같이 압박해오는 빚 부담을 해결하기 위해서 그가 역사 테마 선정 때 시장성을 가늠한 것은 충분히 이해할 만한 일이었다.

1788년 1월 24일에 원고의 절반 이상을 출판사에 보낸 뒤에 실러는 빌란트의 《도이체 메르쿠어》 그해 1월호와 2월호에 「네덜란드인의 반란」 머리말과 서론 일부를 게재케 하였다. 실러는 「강신술사」 집필 작업으로 중단한 이 원고의 집필을 처음에는 주저하다가 1788년 여름에 속행했다. 그는 5월 중순부터 은거했던 바이마르 교외의 폴크슈태트에서 원고를 완성해 7월 19일 인편에 크루시우스에게 보냈고, 10월 말 라이프치히 서적 박람회에 때맞춰 책이 출간될 수 있었다. 제2부의 집필은 착수조차 하지 못했다. 원래 제2부는 1567년 반란의 진압부터 1598년 죽음까지 펠리페의 잔여 통치 기간을 다루기로 계획되어 있었다. 실러가 1801년 그 텍스트의 신판을 위해서 개작했을 때, 그는 옛 버전의 몇 군데를 줄이고 문체를 다듬었으며 머리말을 삭제했다. 그 머리말에서 예고한 속편의 출간은 그사이 허언(虛言)이 되고 말았기 때문이다.

이 역사서가 완성된 지 얼마 후인 1788년 6월과 7월에는 역사를 테마로

한 비교적 짧은 시론 세 편이 탄생했다. 알바 공작에 대한 이야기와, 간단한 소품인 「파라과이의 예수회 정부(Jesuitenregierung in Paraguay)」는 《도이체 메르쿠어》 10월호에 발표되었다. 이 기고문은 일화의 성격을 지녔고 특별히 사료에 충실할 필요가 없는 글이었다. 알바의 인물평은 네덜란드 역사의 언저리에서 전해지던 것인 반면에 두 번째 연구서는 요한 크리스토프 하렌베르크(Johann Christoph Harenberg)의 「예수회 교단의 실용적인 역사(Die Pragmatische Geschichte des Ordens der Jesuiten)」(1760)에서 발견한 소재를 활용한 것이었다. 거기에서 인디언의 전시 국제법을 설명하고 있는 대목을 발견하고, 진기한 이국적 내용을 그대로 자신의 스케치에 옮겨놓았다. 1789년 10월 말에 나온 《탈리아》 제8호에는 에그몬트 백작의 일대기가 발표되었다. 에그몬트 백작은 네덜란드의 반란 지도자로서 사형선고를 받고, 1568년 6월 공개 처형되었다. 원래 속편의 첫 부분으로 계획된 처형 관련 보고는 1788년 7월에 폴크슈태트에서 완성되었는데, 1801년에 출간된 네덜란드의 역사 제2판에는 개략적인 전기 소개 없이 부록으로 첨부되었다.

실러의 역사 논문은 관심 있는 독자층을 재빨리 발견했다. 1788년 12월 12일 쾨르너에게 보낸 편지에서 그는 만족감에 넘쳐 이렇게 쓰고 있다. "나의 역사책은 이곳에서 강세를 띠고 판매되고 있네. 이제 괴테도 그 책을 가지고 있고, 베를린에서도 유령이 나타난 것처럼 야단법석을 피우고 있다네."(NA 25, 159) 바이마르에서는 사람들이 갑자기 그의 다양한 능력에 감명을 받고 그와 장기간 유대를 맺고 싶어했다. 포크트가 실러에게 교수직을 맡을 의향이 있는지 탐색한 후인 12월 9일에 괴테는 공작의 궁정 내 각인 '추밀 평의회'에 '각서(Promemoria)'를 한 통 제시했다. 그 각서 속에는 실러를 예나대학 철학부의 부교수로 초빙할 것을 건의하는 내용이 들어 있었다. 이틀 후에 바이마르 궁정은 소위 '운영자'의 자격으로 대학 재정 조달을 책임지고 있는 코부르크, 고타, 마이닝겐의 다른 세 영방 정부에 공식적으로 실러를 부교수로 임명할 것을 추천했다(작센-힐트부르크하우젠은 1767년부터는 더 이상 대학의 재정 후원자가 아니었다). 바이마르 궁정의 제안은 학생들에게 새롭고, 지역을 초월한 매력을 제공해보려는 의도가 작용한 것이었다. 게다가 학부 소속 교수들(특히 철학자 되덜라인)과의 반목에 시달려온 동양학자 아이히호른(Eichhorn)이 가을에 괴팅겐대학으로 자리를 옮긴 후로 '추밀 평의회' 내에서 사람들은 광범위한 역사학 강의의 질적 저하를 걱정하던 참이었다. 몇 달 후에 슐뢰처의 제자로서 역사 문제도 다루던 아이히호른의 후임자는 주로 동양학 테마를 다루던 뷔르템베르크의 신학자 하인리히 에버하르트 고틀로프 파울루스(Heinrich Eberhard Gottlob Paulus)가 되었다. 1782년부터 공식적으로 역사 분야를 책임지고 있는 크리스티안 고틀리프 하인리히(Christian Gottlieb Heinrich)는 학생들을 사로잡을 만한 아우라가 없는 무미건조하고 고루한 학자였다. 요한 크리스토프 가터러가 1764년에 '역사 아카데미'를 창설한 후로 예나 사람들은 이 학문의 아성으로 통하는 괴팅겐에 맞서기 위해 독자적 프로필을 지닌 학자를 물색하고 있었다.[4] 이와 같은 상황에서 실러에게 기대되는 것은 괴테의 신청서가 암시하는 것처럼 철학 부교수로서 역사의 일반적 토대를 가르치고 인접한 학문 분야에 대한 전망을 열어놓는 것이었다. 비록 당시에는 대학의 교수 초빙 과정이 오늘날처럼 복잡하지 않았던 점을 고려하더라도 이 모든 조처는 그 진행 속도 때문에 일종의 기습 작전 같은 성격을 띠고 있었다.

실러 자신은 삶의 방향을 학자의 길로 전환해야 하는 국면이 임박한 것을 착잡한 감정으로 바라보았다. 그는 1787년 8월 말 라인홀트로부터 곧 있게 될 자신의 교수 초빙 소식을 전해 들은 후에, 대학에서의 활동 때문에 자신의 문학적 자유가 제한받을까 걱정이라고 쾨르너에게 털어놓지 않으면 안 되었다. 특히 그는 새로운 직장의 요구를 만족시킬 만한 전문 지식이 자신에게 있는지 불안해했다. 여름부터 그는 에우리피데스의 「아울리스의 이피게니에」의 번역 작업을 하고, 포스의 독일어 번역본을 통해 호메로스를 정독했으며, 소설 「운명의 장난」을 썼고, 별로 의욕 없이 「강신술사」의 집필 작업을 속행했지만, 역사 지식을 함양하기 위해서는 아무런 노력도 하지 않았다. 자신의 역사 지식엔 한계가 있고, 방법론적인 훈련도 아직은 미숙하다는 것을 그는 알고 있었다. 1788년 12월 15일 정부가 그에게 곧 있을 교수 임명을 통보하자, 곧바로 그는 바이마르에 있는 괴테를 방문해서 감사의 뜻을 표했다. 그 자리에서 그는 학문을 가르치는 일을 감당할 자신의 능력에 대해 의구심을 피력했다. 친절하지만, 분명 거리를 두고 있는 후원자는 "가르치는 것 자체가 배우는 것(docendo discitur)"이라고 간략하게 답했다.(NA 25, 163) 실러를 교수로 초빙하도록 자극한 그의 역사학 논문에 대해 괴테가 관심을 가졌으리라고 짐작하는 데에는 그럴 만한 이유가 있었다. 즉 괴테는 같은 해에 똑같이, 1567/68년의 역사적 사건과 관련이 있는 드라마 「에그몬트」를 출간한 것이다. 세부적인 면에서는 평가가 달랐음에도 불구하고, 괴테의 드라마도 스페인 제국과 상속 식민지 벨기에 사이의 긴장의 장(場)에는 민중 봉기의 위기 상황에서나 나타날 법한 정치적 혼란이 지배하고 있다는 점에 대해서는 비슷한 견해에 도달했다. 관점이 눈에 띄게 일치한다는 느낌을 가지고 쓴 실러의 이 서평은 다른 한편으로 괴테의 비극 작품이 사료에 충실하여 사람의 마음을 사로잡는다는 점을 증명해주었고, 괴테가 서막에서 들끓는 민중의 초상화를 예술성이 넘치게 그려놓은 것을 들추어서 높이 찬양했다.

바이마르 대공의 위임을 받아 작성된, 부교수 직을 넘겨받을 준비를 하라는 최고장이 12월 15일에 실러에게 도착하였다. 코부르크와 고타 궁정이 12월 23과 1월 12일에 실러의 교수 초빙에 동의한 후에(마이닝겐은 2월 13일에야 비로소 동의를 했다), 1월 21일에 공식적인 임명장이 그에게 전달되었다. 그다음 절차도 대단히 빨리 취해졌다. 그는 3월 13일 바이마르에서 20킬로미터 떨어진 예나로 가서 숙소를 구했다. 이틀 후에 그는 예나가세 6번지에 위치한 슈람(Schramm) 자매의 집에서 넓고 천장이 높은 방 세 개를 세로 얻었다. 이 방들은 새로 수리를 한 상태였다. 실러가 전에는 이곳에서처럼 편안하고 품위 있게 숙박을 해본 적이 없었다. 가구로는 소파 두 개와 아담한 게임용 탁자와 붉은 벨벳을 씌운 의자 열여덟 개가 있었다. 커다란 서랍장 하나가 이 거처의 중심을 이루었다. 이 서랍장은 사용하는 사람이 하고 싶은 대로 조립할 수가 있었다. 식사, 세탁, 이발과 일상생활을 돌보아줄 하인 역할은 슈람 자매가 직접 담당했고, 수고료는 집세에 포함되어 있었다. 실러는 학생들의 형편에 맞춘 예나의 생활비가 물가가 비싼 수도 바이마르의 거의 절반에 가깝다고 만족해서 메모하고 있다.

그는 4월 28일에 대학의 학장인 수학자 로렌츠 요한 다니엘 주코브(Lorenz Johann Daniel Succow)에게 들러, 교수 직을 맡는 데 필요한 철학박사 학위 수여를 신청했다. 4월 30일에 그에게 학위증이 도착했다. 이는 순전히 형식적인 절차지만, 그가 쾨르너에게 보낸 편지에서 분개해서 적고 있는 것처럼 44탈러의 수수료가 들었다. 5월 13일에 그는 대학의 명예총장인 헌법학자 유스투스 크리스티안 루트비히 폰 셸비츠(Justus Christian Ludwig von Schellwitz)를 방문해서 개인적으로 자신을 소개했다. 총장 직은 대학을 지원해주는 영방의 공작들 중 한 분이 맡게 되어 있었기 때문에(이 시기에는 카를 아우구스트) 본래의 학사 행정은 명예 총장이 수행했다.

5월 중순 실러는 자신의 강의 테마를 이렇게 짧게 해설했다. "나는 이 유명한 대학의 운영 책임자들께서 특별히 은덕을 베풀어 맡겨주신 교수 직을 하느님의 뜻에 따라 다음 화요일 공개강좌로 시작할 것입니다. 이 공개강좌에서는 세계사에 치중할 것입니다."[5]

실러는 취임 강의를 5월 26일과 27일에 2부로 나누어 했다. 테마는 예고된 바와 같이 「세계사 소개(Introductio in historiam universalem)」였다. 몇 달 후에 빌란트가 발행하는 《도이체 메르쿠어》에 게재된 이 연설의 독일어 버전은 그 유명한 「세계사란 무엇이며, 사람들은 무슨 목적으로 세계사를 공부하는가(Was heißt und zu welchem Ende studiert man Universalgeschichte)」라는 제목을 달고 있었다. 준비할 수 있는 시간은 빠듯했다. 실러는 4월 말까지도 「강신술사」의 철학적 대화 부분을 집필해서 《탈리아》 제7권에 게재했다. 5월에는 이사, 의례적 방문, 강의 프로그램 통보 등의 일을 처리하는 데 여러 날이 걸렸다. 강의 텍스트는 서둘러 작성한 것이 틀림없지만, 그래도 청중의 마음에 와 닿았다. 학자로서 성공적으로 첫출발한 것에 대하여 실러는 여전히 회의적인 쾨르너에게 자부심에 차서 이렇게 보고했다. "그저께, 그러니까 26일에 나는 마침내 대학 강단의 모험을 명예롭고 용감하게 견뎌냈네. 그리고 바로 어제 이를 반복했네."(NA 25, 256) 500명 이상의 청중이 엄청난 기세로 몰려왔다. 종래에 라인홀트가 강의하던 강의실을 쓰기로 되어 있었는데, 그 강의실은 너무 작은 것으로 판명되었다. 그래서 강의를 시작하기 직전에 대학에서 좌석 수가 가장 많은 강당으로 장소를 바꾸었다. 이 강당은 도시의 다른 쪽에 위치한 신학자 요한 야코프 그리스바흐(Johann Jakob Griesbach)의 집에 있었다. 실러와 학부 동료 교수들 중 몇 사람이 학생들의 대열을 따랐지만, 학생들의 이 장엄한 대열은 모든 사람의 이목을 끌었다. 학생들로 빼곡히 찬 강당에서의 강연 효과는 엄청났다. 5월 28일 실러는 이렇게 쓰고 있다. "나의 강의는 인상적이었네. 시내에서 저녁 내내 사람들이 내 강의를 화제로 삼아 이야기하는 것을 들었고, 학생들의 관심이 나에게 쏠렸는데, 새로 부임한 교수에게 이와 같은 관심을 보이는 것은 처음 있는 일이었다네. 나는 소야곡 한 곡을 받았고, 세 번에 걸쳐 만세의 외침이 있었네."(NA 25, 257)

18세기 말 예나는 특히 장관인 괴테와 포크트의 적극적인 노력으로 괴팅겐, 라이프치히와 나란히 독일에서 일류 대학의 소재지로 승격했다. 일시적으로 학생들의 수가 감소한 후로(1730년에 학생 수는 당당하게 1800명에 달했다), 이 대학은 1780년대에 인문과학 분야의 방법론적 현대화에 힘입어 비약적 발전을 겪었다. 실러가 취임하던 당시에 이 대학에 등록한 학생 수는 860명이었는데, 그중 400명은 철학을 겸한 신학부에 소속되어 있었다. 비교해보면 1737년에 창립되어 곧 유명해진 라이프치히대학은 1790년대 초 학생 수가 720명이었고, 다른 한편으로 할레대학은 900명이었다(1730년대 초에 1250명이었던 것에 반해서). 예나는 연 200~300제국탈러의 낮은 수강료 때문에 특별한 매력이 있었다. 이렇게 낮은 수강료는 사회적으로 취약한, '극빈자 증명(Testimonium paupertatis)'을 가지고 있는 학생들도 학업에 참여할 수 있는 길을 열어놓은 것이다.[6] 1787년 8월 말에 있었던 첫 방문 때부터 실러는 예나가 풍기는 전반적인 정신적 분위기에서 긍정적인 인상을 받았다. 호탕한 그리스바흐가 그에게 확언하기를 교수들은 "영주의 눈치를 보지 않는, 거의 독립된 사람들"이라고 했다. 전체적으로 자유로운 학문적 분위기가 제대로 기능을 발휘하고 있었다. 거기에는 이전에 특별히 결투를 좋아했고, 종종 학생회를 의미하는 소위 '부르셴샤프트(Burschenschaft)'*에 소속된 학생들의 문명화된 "관습"도 기여했다.(NA 24, 146 이하 계속) 5만 권의 장서를 지닌 대규모 대학 도서관, 서적 분류를 잘 해놓은 일곱 군데 서점, 포괄적인 대여 시스템을 갖춘 "포크트의 학술 독서실(Voigtsche Akademische Lese-Institut)" 등이 유리한 조건들을 제공해 주었다.[7] 실러는 예나가 바이마르보다도 도시다운 성격이 더 많이 부각되어 있다고 보고 기뻐했다. 비록 인구는 1790년에 4300명으로 수도인 바이마르에 못 미쳤지만, 건축, 도로의 배치와 도로의 길이 때문에 실러에게는 시골마을 같은 느낌이 덜 들었다. 주거 공간이 넉넉해서 교수들이 비교적 많은 수의 학생들에게 세를 놓거나 강의실로 사용하는 경우가 드물지 않았던 서민주택들은 견고한 느낌을 일깨워주었다. 바이마르와 달리 골목길은 정기적으로 사람들이 로이트라 강(江)의 수문을 열고 물을 시내로 관류토록 함으로써 깨끗하게 청소가 되었다. 대부분의 여행객들이 불평하는 부분은 숙박업소에서 제공하는 음식의 질뿐이었다. 괴테처럼 깔끔한 음식에 무게를 두는 사람은 이곳에 머무는 동안에는 수입해 온 갈무리된 음식을 제공받아야 했다.[8]

출판업자 안드레아스 게오르크 프리드리히 레프만은 자신이 쓴 「예나에 대한 서신(Briefe über Jena)」에서 자유주의적인 이 도시의 정신을 찬양한 적이 있다. 그는 강조하기를 대공이 관용을 베풀도록 했기 때문에 신학자들은 자유사상적인 강의를 설강할 수 있었고, 검열은 신중했으며, 학문적 활동 범위는 괄목할 만큼 넓었다고 했다.[9] 대학 전반의 학사 문제에서는 운영을 책임진 영방 네 곳이 동등한 결정 권한을 가지고 있었기 때문에 종종 표결 문제가 대두되어서 엄격한 대학 관리에 장애가 되었다. 이 대학은 주로 다수의 전공 분야에서 수용하고 발전시킨 칸트 철학의 아성(牙城)으로서 근대적 면모를 갖추고 있었다. 법률학자 고틀리프 후펠란트는 자

* 예나대학에서 처음으로 조직된 대학생 학우회.

연법의 입장을 칸트 윤리학의 원칙들과 중재하려고 애를 썼다. 라인홀트는 청중들에게 극도로 인기가 있는 자신의 철학 강의의 방향을 모두 선험적 방법론 체계의 모델로 설정했다. 그리스바흐 같은 영향력 있는 신학자까지도 특히 인간학이나 역사철학적인 문제 제기에서 칸트의 견해에 접근했다. 1789년 4월에 동양학 강좌에 초빙된 파울루스는 비판철학의 가능성에 매혹된 모습을 보여주었다. 그는 예술에 관심 있는 부인과 함께 실러가 예나에 머물게 된 첫해에 특별히 가까이 지내고 싶었던 사람들 중 하나였다. 그 밖에도 실러는 그리스바흐와 《종합 문학 신문》의 발행인 쉬츠와 가까이 지내고 싶어했다. 실러는 뷔르템베르크 출신인 파울루스를 높이 평가했는데, 무엇보다도 성격상 지나친 학문적 야심이 없어서 전적으로 예측이 가능한 사람이었기 때문이다. 나중에 그를 자신의 역사 연구 계획에 끌어들인 것은 이 시기에 오직 좋은 친구들에게나 지닐 법한 신뢰감 같은 것을 증명하는 것이었다. 실러는 라인홀트 가정과도 정기적으로 왕래했다. 라인홀트는 그를 이 도시의 저명인사들에게 소개해주었다. 이전에 바이마르에서와 유사하게 무도회는 유행하는 사교 행사 프로그램에 속했다. 그는 이 프로그램에 별달리 열광하지는 않았지만 기꺼이 참여했다. 그는 춤을 추거나 귀부인들과 담소하는 대신에 주로 "카드놀이에서 도피처"를 찾았다고 쾨르너에게 고백한 적이 있다.(NA 25, 262)

실러는 역사학과에서만은 여러 형태의 고루한 학문적 신분 의식과 충돌했다. 그의 취임 강의 내용은 10월 말에 《도이체 메르쿠어》에 게재된 것 말고도 예나의 대학 서점을 통해 별도의 인쇄본이 출간되었는데, 그가 실수로 간행본 표지에 자신의 신분을 "역사학 교수"라고 적은 것이 화근이었다. 그의 공식 직함은 철학과 부교수였다(4월 28일에 취득한 석사 학위의 공식 명칭은 "공인된 철학 교수(Prof. Philos, Publico design)"였다). 역사학 정교수 크리스티안 고틀리프 하인리히의 개입으로 11월 11일 학장은 실러에게 앞으로는 "이 타이틀"을 사용하는 것을 "자제할 것"(NA 25, 716)과 유사한 기회를 만나면 그의 정식 직함을 적시할 것을 요구했다. 추측건대 슐뢰처의 학맥에 따라 세계사를 전공하고 있는 하인리히는 분명 실러의 취임 강의 테마를 통해서도 도전을 받았다고 생각한 듯하다. 다른 한편으로 실러는 11월 10일에 쾨르너에게 쓴 편지에서, 대학의 심부름꾼이 이 글의 견본을 아카데미 서점 문에 걸려 있던 주머니칼로 도려내어 학장에게 '증거물(Corpus delicti)'로 제시한 것 때문에 화를 냈다.

6월 9일부터 학기가 끝나는 9월 15일까지 실러는 '세계사 입문'을 강의했다. 이 강의는 알렉산드로스 대왕까지의 고대 역사에 중점이 놓여 있었다. 몇 주 지나자 이 두 시간짜리 강의를 듣는 수강생의 수가 현저히 줄어들었다. 처음에는 전체 예나대학생의 절반이 넘는 500명 가까운 수강생이 참석했으나 나중까지 남은 학생 수는 겨우 서른 명에 가까웠다. 이 강의록에서 비교적 짧은 논문 세 편이 탄생했다. 실러는 이 논문들을 손질해서 그해 가을 《탈리아》 제10권과 11권에 발표했다. 「모세의 문서를 통해 살펴본 최초의 인간 사회(Etwas über die erste Menschengesellschaft nach dem Leitfaden der mosaischen Urkunde)」와 「모세의 사명(Die Sendung Moses)」과 「리쿠르구스와 솔론의 입법(Die Gesetzgebung des Lykurgus und Solon)」이 이 논문들의 제목이었다. 이는 곧 신화, 종교, 문화인류학의 경계 영역에 있는 테마들을 체계적으로 조명하는 연구 논문이었다. 이로써 이 논문들은 헤르더가 1784년과 1791년 사이에 출간한 『인류의 역사철학 이념』과, 실러가 큰 관심을 가지고 연구한 바 있으며 1780년대에 《베를린 모나츠슈리프트》에 칸트가 발표한 논문들의 맥을 잇는 후속 논문이 되었다.

여름 학기의 세계사 입문은 공개 강의로 이루어졌다. 그러므로 학부의 전체 학생들이 수강료를 지불하지 않고도 청강할 수 있었다. 실러는 국가로부터 봉급을 받지 않는 부교수로서 수강료 수입에 의존했기 때문에 그 다음 학기에는 자신의 다섯 시간짜리 강의를 "비공개"로 설강했다. 여기에는 강의 규모에 따라 책정된 수강료를 지불한 학생들만 참가했다. 강의료는 통상적으로 반년에 3탈러였다. 그에 반해서 그는 공개 강의는 주당 한 시간으로 제한해서 에너지를 아꼈다. 1789/90년 겨울 학기에는 비공개 강의로 '카를 대제 시대부터 프로이센의 프리드리히 2세까지의 역사(Universalgeschichte vom Zeitalter Karls des Großen bis auf Friedrich den II. von Preußen)'를 강의했고, 공개강좌로는 로마 역사를 설강했다. 그는 이제 처음으로 교수 생활 초기처럼 확정된 원고에 매이지 않고 자유로이 강의를 했다. 강의의 바탕으로는 상세히 작성한 목차를 이용했기 때문에 부연 설명을 하거나 관련 내용을 즉흥적으로 이야기할 수 있었다. 1790년 여름 학기에 그는 태초부터 프랑켄 제국의 건립까지를 다루는 다섯 시간짜리 강의와 비극의 역사에 관한 한 시간짜리 강의를 설강했다. 1790/91년 겨울 학기에는 병가(病暇)를 얻기 전에 마지막으로 '유럽의 국가 역사(Europäische Staatengeschichte)'를 비공개로 강의했고, 공개강좌로는 십자군 전쟁의 역사를 다루었다. 실러는 강의 시간으로 늦은 오후, 즉 16시 이후를 선호했고, 때때로 18시 이후에 시작해서 초저녁에 강의를 하기도 했다. 그다음 해에도 병으로 인해 어쩔 수 없이 비교적 장시간의 휴식이 필요했기 때문에 늦은 시간에 작업하기를 좋아했고 밤이 깊어질 때까지 책상 앞에 앉아 있었다.

온통 역사학에 대한 관심으로 일관한 1789년에는 순전히 후기 고대와 중세, 근세의 여러 저자들의 목격담과 회고담을 모아 백과사전 같은 책을 출간하는 계획을 진행하였다. 소위 역사적 『회고록(Memoires)』이었다. 이 계획은 1785년부터 67권으로 나뉘어서 런던에서 출판된 프랑스의『프랑스 역사의 회고록 총서(*Collection universelle des mémoires particuliers relatifs à l'histoire de France*)』를 본뜬 것이었다. 실러는 이미 1787년 8월 초에 독일 회고록 프로젝트 작업에 착수했지만 처음에는 진전이 없었다. 1788년 2월에 괴셴이 일주일 동안 바이마르를 방문했을 때 그 계획에 대한 설명이 있었으나 아직 계약을 체결하는 단계까지는 이르지 못했다. 11월 중순 루돌슈타트에서 돌아온 후에 실러는 이 계획에 구미가 당기도록 쾨르너를 설득하려고 했으나, 그는 특별한 관심을 보이지 않았다. 1789년 1월 1일에 베르투흐가 신년 인사차 방문했을 때, 이 계획을 실현할 출판인을 틀림없이 찾을 수 있을 것이라는 견해를 내놓았다. 베르투흐의 중개로 실러는 두 주 후에 베르투흐의 동료로 예나에 사는 요한 미하엘 마우케와 접촉했고, 그로부터 이『회고록』을 출판할 용의가 있다는 답을 들었다. 이미 한 달 전에 오간 내용을 문서화해 계약이 체결된 것은 2월 17일이었다. 그들은 두 개 분과(고대사와 근세사)를 두기로 하고, 분과별로 각기 서른 권씩 내도록 계획했다. 이 계약은 3개월의 간격을 두고 각 권을 주기적으로 출간할 것과, 각 권은 전지 25매 분량으로 할 것을 규정했다. 이『역사적 회고록 총서(*Allgemeine Sammlung historischer Memoires*)』는 희망한 대로 1789년 말(발행 연도는 1790년으로 하여) 출간되기 시작했다. 실러는 1월 5일에 이미 베르투흐를 상대로 강조한 것처럼, 정보 전달과 읽는 재미를 겸비하는 데 큰 비중을 두었다. 엄격한 편집을 통해서 회고록들을 체계적으로 정리해서 해설하도록 배려했다. 이는 독자로 하여금 회고록의 역사적 배경을 꿰뚫어 볼 수 있도록 하기 위한 것이었다. 엄격하게 "흥미를 끌 만한 사람을 대상으로 선정"했는데, 원칙적으로 독일어 번역으로 발행되는 개별 사료 텍스트들에 전문가가 아닌 일반 독자도 매력을 느낄 만한 성격을 부여하기 위

해서였다.(NA 25, 181)

실러는 1789년 가을부터 우선 제1분과의 세 권을 편집하는 책임을 맡았다. 이는 시기상 16세기 말까지 이르는 것이었다. 프랑스의 하인리히 6세의 통치 기간과 함께 시작되는 새로운 분과를 위해서 그는 나중에 한 권을 더 배당했다. 그의 작업 범위는 사료를 선정하는 데 국한되었고, 서론을 작성했다. 이 서론에서는 개별 텍스트들을 더욱 큰 틀 속에서 포괄하는 보편적인 내용을 다루었다. 1789년 9월 18일부터 10월 22일까지 강의가 없는 기간에는 루돌슈타트에서 십자군 전쟁 시기의 세계사 개론을 집필했다. 이 개론서는 예나대학생 토마스 베를링이 번역해서 I-1~2권에 실린 그리스 황제 알렉시우스 콤네누스(Alexius Comnenus, 1048~1118)의 전기와 관련이 있었다. 이 전기에 기록된 중세 전성기 유럽과 아시아 역사의 총체적 관계가 실러의 개관을 통해서 밝혀졌다. 1789/90년 겨울 학기의 강의를 위한 토대가 될 이 역사 서술은 시대상을 어둡게 그리면서 침공의 움직임, 왕조의 불안, 종교와 정치의 긴장 관계를 설명하는 데 중점을 두었다. 이 글의 핵심 사상은 실러가 이미 취임 강의에서 표명했던 것과 다를 바가 없었다. 즉 인간의 자유를 억압했던 기간들은 사회적, 경제적, 종교적으로 연계된 시대적 상황이 불리했던 까닭에 세계주의가 독자적으로 자체 조직화되는 도상에서 인류 역사가 어쩔 수 없이 겪지 않으면 안 되는 중간 단계라는 것이었다. 1789년 11월 3일 카롤리네 폰 보일비츠에게 보낸 편지에서 실러는 이 텍스트의 완성에 대해서 자신은 아직 한 번도 "그처럼 많은 사상의 내용을 그처럼 행복한 형식 속에 통일시켜본 적이 없고, 판단하는 데 그처럼 아름답게 상상력의 도움을 받아본 적이 없었다"(NA 25, 315)며 흡족한 마음을 털어놓았다.

1790년 초가을에 완성된 『황제 프리드리히 1세의 시대에 일어난 가장

기이한 국가적 사건」이라는 세계사 입문에도 가교 구실을 했다. 이 입문서는 1분과 제3권에 게재된 오토 폰 프라이징(Otto von Freising, 1114~1158) 주교의 「프리드리히 이야기(Gesta Friderici)」를 해설한 것이었다. 이 텍스트는 오토 왕조의 이탈리아 정책을 계승한 바바로사 황제 통치의 전사(前史)를 밝혀주고 있다. 노르만 왕가의 정책과 슈타우펜 왕가의 정책 사이에 조성된 긴장 국면에서 지정학적으로 혼란한 상황, 로마 교황청의 술수, 12세기 초 시칠리아를 소유하려는 침략 세력들의 서로 다른 이해관계를 설명하고 있다. 「프리드리히 이야기」의 상세한 내용과 관련된 것을 중점적으로 서술하는 관점은 이와 같이 개인 역사와 세계사를 가능하면 독자가 읽기 쉽도록 연결하려고 하는 일종의 개괄적 고찰을 통해 보완되고 있다. 또한 1790/91년 겨울에 집필된 『하인리히 4세 통치 이전에 프랑스에서 일어난 폭동의 역사(Geschichte der französischen Unruhen, welche der Regierung Heinrichs IV. vorangingen)』도 추구하는 목표가 비슷했다. 이 책은 1791년과 1793년 사이에 5회에 걸쳐 제2분과의 처음 다섯 권 속에 게재된 위그노파 공작 폰 쉴리(von Sully, 1560~1641)의 회고록에 대한 역사적 해설로서 출간되었다. 이 책의 서술 대상은 1562년과 1572년 사이에 일어난 '프랑스의 시민전쟁(Bürgerkriege in Frankreich)'이었다. 3회(1792)부터는 제목에서도 뚜렷하게 이 전쟁을 가리키고 있다. 여기서 실러는 카타리나 폰 메디치(Katharina von Medici)가 파리에서 위그노파 지도자를 잔인하게 학살할 것을 명령해서 1572년 8월 23/24일 성(聖) 바돌로매 제(祭)가 있던 밤에 피바다를 야기한 종교 정책상의 갈등을 다루었다. 숨 막히게 빠른 어조로 쓴 산문인 이 텍스트는 끝에 가서 근 1만 명의 인명을 희생시킨 극도로 심각한 이 국가 대란을 마치 눈으로 직접 보듯 생생하게 서술해놓았다. 1572년 8월의 대량 학살에 책임이 있는 기즈 가문 사람들의 통치는 순전히 권력 본능의 지배를 받아 정치 도의의 붕괴 현상을 야기한 것으로 알려졌다. 그러나 갈등의 특징에는 오로지 태도가 애매한 폰 콩데(von Conde) 왕자와 마지막까지 순진한 콜리니(Coligny) 제독에게 희망을 건 반대편 세력 위그노파의 무력함도 꼽힌다. 그들에게는 탁월한 대표자로 성장하는 나바라의 하인리히가 있었지만, 물론 붕괴가 끝난 시점에 그의 역사적 순간은 미처 도래하지 않은 상태였다. 이 텍스트는 간결한 문체, 비교적 안정된 초상화 기법, 선명한 선 처리 때문에 역사가로서 실러의 탁월한 능력을 보여주는 단적인 예인 것이다.

게다가 1790년 9월에는 『회고록』을 위하여 1173년부터 1193년까지의 술탄 살라딘(Sultan Saladin)의 전기에 대한 머리말이 탄생했고, 이를 알베르트 슐텐(Albert Schulten)은 라틴어로 번역했다[『술탄 살라딘의 생애와 업적(Vita et res gestae Sutani Almalichi Alnasini Saladini)』(1732)(Bd. I, 3)]. 1791년 3월에는 마지막으로 폰 쉴리의 회고록이 게재될 예정이라는 소식이 전해졌다.(Bd. II, 1) 이 기고문 두 편은 역사적으로 상세한 보고는 제공하지 않고, 그들이 도입한 설명의 문체와 기대되는 효과에 대한 정보만 제공하고 있다. 애당초부터 금전 문제가 걸려 있던 전체 계획에 대한 실러의 관심은 재빨리 사그라졌다. 이미 1788년 11월 14일에 그는 쾨르너에게 자신의 에너지를 크게 낭비하지는 않을 것이라고 고백한 적이 있다. "이 일은 비교적 천천히 읽기만 하면 되는 일일세."(NA 25, 136) 그는 처음에만 해도 번역자와 해설자를 직접 물색하던 것과는 달리 1791년 이후부터는 회고록 수집 작업을 스스로 챙기는 일이 드물어졌다. 프랑스 폭동의 역사를 제2분과의 12권까지 속간하겠다고 통보한 사람은 신뢰감이 두터운 파울루스였다. 1794년 봄에는 역사학자 카를 루트비히 볼트만이 공식적으로 발행인 팀에 합세했다. 향후 실러의 이름은 오직 형식상의 이유에서, 그리고 독자들을 배려해서 표지에 올라 있을 뿐이었다. 노력이 많이 드는 이 계획은 이후 커다란 난관에도 불구하고 파울루스의 조직적인 수완에 힘입어서 성공적으로 끝마칠 수 있었다. 고대사를 다루는 비교적 규모가 적은 제1분과는 6년 후인 1795년에 완성되었고, 호화 장정으로 스물아홉 권을 수집한 제2분과는 실러가 세상을 뜬 지 12개월이 지난 1806년에 완간을 보았다.

실러가 역사 분야에서 마지막으로 낸 비교적 규모가 큰 작품은 주문을 받아 집필한 것이었다. 1789년 12월 말에 괴셴은 그에게 400탈러의 사례금을 제시하면서, 자신이 준비한 《여성을 위한 역사 달력(*Historische Calender für Damen*)》을 위해서 평범한 독자들을 대상으로 30년전쟁의 배경과 경과에 대한 기고문을 써줄 수 있냐고 문의했다. 이는 금전적으로 대단히 유리한 제안이어서 당시 자유 문필가라면 거절하기 어려운 제안이었다. 괴테같이 이름이 잘 알려진 저자도 1787년부터 같은 출판사에서 발행되는 여덟 권짜리 작품집에 단돈 2000탈러를 받았다는 사실과 비교해볼 만하다. 1795년 말에 괴셴은 유명한 저자 클롭슈토크의 전 작품을 사들였는데, 이때 클롭슈토크가 받은 인세가 그보다 3분의 1 정도 높았다(이 경우 고려해야 할 것은 이 전집에 「메시아」 같은 필생의 대작도 포함되었다는 점이다). 1790년 1월 6일에 실러는 상기된 기분으로 쓴 편지에서 이 매력적인 제안을 받아들이겠다고 선언했고, 자신의 기고문을 8월 초까지는 완성할 것이라는 전망을 내놓았다. 그러나 이 계획에 숨겨져 있던 어려움이 재빨리 모습을 드러냈다. 1790년 봄에 실러는 어려움에 처한 17세기 초 그리스도교 종파의 역사적 상황을 파악하기 위해 힘겹게 사료 연구를 해야 했고, 그와 더불어 까다로운 소재를 분류하는 문제가 대두한 것이다. 처음에 간단한 개요만을 전달하기로 계획했던 저술 내용은 집필을 시작하자 재빨리 분량이 늘어났다. 여름에 그는 강의록 준비를 같이 하느라고 매일 열네 시간씩

책상 앞에 앉아서 원고를 썼다. 7월 26일에는 괴셴에게, 복잡한 자료 때문에 이 테마를 예정된 범위대로 빠짐없이 다루기는 불가능하다고 통보하지 않을 수 없었다. 역사적 지식이 별로 없는 독자들을 고려해서, 이 계획을 여러 해 달력에 나누어서 연재하기를 추천했다. 그렇게 함으로써 이 저술은 좀 더 광범위하게 구상될 수가 있었다. 사업상의 논란을 피하기 위해서 물론 그는 계획을 확정하기 전에 창간호에 대한 독자의 반응을 기다려보기로 했다.

1790년 10월에 괴셴의 《여성을 위한 역사 달력》은 1631년 틸리(Tilly)의 지휘를 받고 있는 황제 군대가 마그데부르크 시를 포위할 때까지의 역사적 사건들을 기술한 글이 담긴 두 권의 제1차분 책들과 함께 7000부나 되는 엄청 많은 부수로 출간되었다. 그 텍스트의 매출은 파격적이었다. 2개월 내에 초판이 이미 매진된 것이다. 이와 같은 성공에 힘입어 이 프로젝트의 속간이 진행된 것은 물론이다. 실러는 1791년 1월에 첫 번째 증상이 나타나고, 넉 달 후에는 완전히 발병한 중병의 부담을 안고 늦여름부터 힘들게 원고를 쓰는 고통을 감내했다. 빌란트는 계약을 파기하고, 건강 회복에 온 힘을 쏟을 것을 그에게 권고했다. 그러나 그것은 실러의 의무감과 일에 대한 관념을 지배하고 있는 프로테스탄트 윤리에 어긋나는 것이었다. 9월에 에르푸르트에서 휴양하는 동안에는 사람을 시켜 광범위한 중간 부분의 대목들을 받아 적도록 했다. 기력이 떨어져 처음에는 이 글을 완성할 수 없었기 때문에 괴셴은 1791년 말 제3권에서 완성된 부분만을 출판했다. 이 책은 발렌슈타인과 구스타브 아돌프의 충돌을 다룬 것이었다. 한 달 동안 쾨르너의 집에서 손님으로 지내던 드레스덴에서 돌아온 후에 실러는 1792년 5월 20일에 이 원고를 계속 쓰기 시작했지만 의욕이 전혀 없었다. 글 쓰는 템포를 올려 몇 주안에 제3권을 완성하는 데 성공했다. 마지막 두

부분까지도 9월 21일에 완성했다. 여기에는 구스타브 아돌프의 사망부터 베스트팔렌 평화조약까지의 사건들이 간략하게 기술되었다. 11월 중순에 1793년도 여인용 달력에 해당하는 부분들이 발간되었다. 1년 뒤에는 괴셴이 『30년전쟁사』의 완성판을 책으로 출간했다. 이는 역사학자로서 실러의 명성을 더욱 높여주었다. 1802년 여름에는 다시 한번 저자가 꼼꼼히 개작한 신판이 시장에 선을 보였다.

1791년 1월에 위험한 폐병에 걸린 것에 이어서, 만성화해버린 늑막염은 5월이 되자 실러로 하여금 사경을 헤매도록 했고, 그의 생활 습관까지 대폭 바꾸도록 작용했다. 그는 겨울 학기 말이 되면서 대학 강의를 그만두었고, 역사에 천착하는 대신에 철학에 대한 관심이 높아졌다. 차분하게 체계적으로 완성했다기보다 오히려 서둘러서 완성한 『30년전쟁사』는 이로써 실러의 학문 연구 시기의 인상 깊은 종말을 가리키고 있다. 그는 열정적인 강사는 아니었다. 일찍부터 그는 강의 활동을 부담스럽게 여겼다. 수강료에 의존하는 것이 그에게는 목을 조이는 것 같았고, 정기적으로 수업 준비를 해야 하는 의무감이 불쾌한 압박감을 안겨주었다. 이미 1789년 12월 중순, 그러니까 예나대학에 온 뒤로 두 번째 학기를 맞았을 때 12개월간의 휴가를 신청해서 다시 문학 창작을 할 시간을 더 많이 얻을 생각을 하고 있었다. 이제 학문적 활동으로부터 후퇴할 수 있는 외적인 계기를 질병이 제공해준 것이었다. 실러는 후년에 와서도 틀에 박힌 일과 단조로움을 멀리하려고 했다. 그에게 어울리는 작업 형태는 어디까지나 자유로운 작가 활동이었다. 그는 비록 생계에 어려움이 있을지라도 이 활동을 어떤 관직을 맡아서 부담을 느끼는 것과 바꾸고 싶지 않았던 것이다.

전공과 관련해서 마지막으로 한 작업 중 하나는 1792년 4월에 드레스덴을 방문하던 기간에 쓴 프리드리히 이마누엘 니트하머의 『몰타 기사단의 역사(*Geschichte des Malteserordens*)』(1792/93)의 서문이었다. 1795년 3월 중순에 『폰 파르마 왕자의 주목할 만한 안트베르펜 포위(*Merkwürdige Belagerung von Antwerpen durch den Prinzen von Parma*)』라는 책이 나왔는데, 이 책은 일종의 이야기식 논저로 더 이상 역사적 사료 설명의 성격을 지니고 있지 않았다. 이 연구서는 네덜란드 도시에 대한 스페인 군대의 힘겨운 정복을 유혈적인 군사 행위로 기술하고, 이 행위의 끔찍했던 세부 사항을 숨김없이 명료하게 밝혔다. 실러는 《호렌》 제4권과 5권의 출간을 위한 인쇄 가능한 원고가 부족했기 때문에 별다른 감흥 없이 이 논문을 작성했다. 실러가 이 논저를 통해서, 1793년 늦여름 유럽의 정계를 동요시킨 오스트리아-프로이센 군대가 급진주의적 영방인 마인츠를 포위 공격한 것을 상기시키려고 했으리라는 것을 쉽게 추측할 수 있다.[10] 그의 역사에 관한 일련의 글들의 발표는 드 뷔어비어(de Vieilleville) 원수의 회고록을 평가하는 글을 마지막으로 1797년 6월 18일에 마무리되었다. 그 회고록 발췌문은 빌헬름 폰 볼초겐이 손수 개작하고 실러의 감수를 받아 1797년도 《호렌》 제6권부터 9권까지와 11권에 게재했다. 이 텍스트는 프란츠 1세와 하인리히 2세(1515~1559) 시대의 어떤 프랑스 조관(朝官)에 관한 것이었다. 이 조관은 뚜렷한 공로를 세우지 못해 역사적으로 주목받지 못한 주변 인물 중 한 사람이었지만, 예전의 사료에서 그의 적응력과 국가에 대한 충성심은 종종 나약한 성격의 징후로 해석되었다. 토마스 만이 다른 맥락에서 옥타비오 피콜로미니(Octavio Piccolomini)를 그렇게 부른 것처럼 역사에서 빛나는 인물이 아니라, 어느 "현명한 충신"으로 밝혀진 것이다.[11] 짧은 서문에 나타난 경향은 실러의 역사적 시각이 바뀐 것을 분명하게 증언해주고 있다. 종래에 반역자와 전제군주를 선호하던 경향이 바뀌어, 국가를 안정시킬 수는 있지만 혁명을 일으킬 수는 없는 외교관과 전략가에 관심을 가지게 된 것이었다. 후기 실러에게서 이와 같은 인물의 성격을 시험하게 된 분야는 물론 학문이 아니라 극장이었다. 그는 30년전쟁에 대한 저서 제 5권을 마무리한 뒤인 1792년 9월 21일에 쾨르너에게 가벼운 마음으로 이렇게 선언했다. "방금 나는 마지막 원고를 보냈네. 이제 나는 자유로운 몸이고 영원히 그렇게 지낼 것일세. 다른 사람이 나에게 부과한 일이나, 취향에 맞거나 애착이 가는 것이 아니라 다른 이유에서 해야 할 일이라면 더 이상 하지 않을 것이네."(NA 26, 151)

체계화 능력의 결집
세계사에 대한 예나대학 취임 강의

1789년 5월 26일과 27일 실러가 대학교수로서 공개적으로 자신을 소개하는 예나대학 취임 강의의 핵심은 계몽된 역사 연구의 방법론 문제였다. 이 강의 내용은 주로 슐뢰처의 유명한 저서 『세계사 사관』에서 자극을 받은 것이었다. 그 밖에 도움을 준 문헌으로는 1784년부터 3부(나중에는 4부)로 발행된 헤르더의 『인류의 역사철학 이념』과, 똑같이 1784년에 발표된 글로서 비스터와 게디케가 발행하는 《베를린 모나츠슈리프트》에 실린 칸트의 「세계시민에 뜻을 둔 세계사 이념(Idee zu einer allgemeinen Geschichte in weltbürgerlichen Absicht)」이 꼽힌다.

실러는 속물근성을 지니고 "생계 수단으로 학문 연구를 하는 학자"와 철학적 두뇌의 차이를 논하면서 자신의 강연을 시작했다. 이 같은 구별은 방법론적인 차이와 정신적 자세를 밝히는 데에도 이바지했지만, 대학 사회에서 자신의 역할을 규정하는 데에도 도움이 되었다. 오로지 자신의 출세만을 염려해서 인식보다는 물질적 안정만을 추구하는 속물근성을 가진 학자에 대한 스케치는 정신적 탁월성이 없는 옹졸한 학자의 일그러진 모습을 그린 것이었다. 1796년에 탄생한 2행 풍자시에도 학자 세계에 만연한, 이와 같은 상충적인 성격이 풍자적으로 묘사되고 있다. "세상은 점점 넓어지고, 새로운 일은 더욱 많이 발생하는데, / 아! 역사는 점점 길어지고 빵은 점점 작아지는구나!"(NA 1, 345, Nr. 299) 이 속물 학자에 대비되는 것이 철학적 두뇌이다. 이는 어디까지나 혁신과 지적 실험에 열린 자세를 보임으로써, 전문 분야의 편협성을 뛰어넘어 학문적 개혁의 길을 개척할 능력을 소유하고 있는 존재이다. 역사 분야에서 더 큰 맥락에 따라 사고할 능력이 있는 두뇌의 소유자에게만 그 유명한 세계사적 방법론을 시험하는 것이 허락된다. 세계사적 방법론에 대해서는 이 취임 강의의 2부에서 비교적 상세히 설명되었다. 1780년 말에 작성된 세 번째 학위논문의 서론에서는 "철학 이론을 갖춘 비교적 높은 수준의" 의학과 "기계적인 돈벌이 학문"을 구별함으로써 치료술을 비슷한 방식으로 구분하려고 한 적이 있다.(NA 20, 38)

계몽주의 시대에 '세계사' 개념은 정확히 확립된 전문 개념이었다. 이미 요한 크리스토프 가터러의 『세계사 편람』(1761)과 1772/73년 슐뢰처가 구상한 학문 체계에서 이미 이 개념은 과거의 사건들을 정리해서 상위의 틀에 삽입할 수 있는 하나의 방법적 관점으로 자세히 설명된 적이 있다. 거기에서 역사적 상황의 의미는 어디까지나 각기 현실적인 시대 상황을 규정하는 요소로서 고찰될 때만 밝혀질 수 있을 것이라는 추측이 주도적 역할을 하고 있다. 현재는 변수를 지닌 과거 사건들의 결과이다. 바로 이 과거 사건들의 연관이 인류의 발전을 가능케 하는 것이다. 그와 동시에 학문적인 인식에 분명한 선을 미리 그어놓은 체계 구조가 존재한다. 오래된 과거의 사실들에 대하여 알려주는 사료에 대한 고찰은 항상 꼬리를 물고 일어나는 현재의 사건에서 복잡하고도 정교하게 얽힌 연관 관계를 더 잘 이해할 수 있도록 해준다. 역사가는 과거 정황들의 발전 논리상의 위상을 밝혀냄으로써 역사를 움직이는 거대한 수레바퀴에 대한 조망을 열어놓는 것이다.

세계사에 대한 슐뢰처의 발상에서 가장 큰 의미를 지니는 개념은 '집합(Aggregat)'과 '체계(System)'이다. 실러는 다시금 이 개념들에 뉘앙스를 나름대로 제공하고 있다. 역사적인 개별 사건들은 우연에 좌우되는 집합 상태를 형성하고, 이 집합 상태가 전체 과정에 끼친 영향은 세월이 지난 후 돌이켜 봄으로써 비로소 파악될 수 있다. 역사가는 자신의 시각에서 중요한 사실과 중요치 않은 사실을 분리 구분해서 하나의 체계를 만들어내고, 그 체계 속에서 모든 사건은 하나의 발전 규칙을 이루는 요소로 나타난다. 슐뢰처는 이렇게 쓰고 있다. "우리는 세계사를 특별한 역사적 사건 모두의 집합이거나 아니면 하나의 체계라는 이중의 관점에서 상상할 수 있다. 특수한 역사들의 수집이 완벽할 경우와, 그 특수한 역사들의 단순한 배열이 방법에 있어서만이라도 하나의 전체를 이룰 경우에 모든 특수한 역사들의 집합으로 생각할 수 있고, 반면에 그 속에서 세계와 인류가 통일이 되고, 이 집합의 모든 부분에서 몇 가지 부분이 대상과의 관계 속에서 탁월하게 선택되어 합목적적으로 정리된 것을 체계라고 생각할 수 있다."[12] 역사는 그와 같은 방법으로 이중으로 서술되어야 한다. 즉 우선 연결되지 않고 개별적으로 머물러 있는 사실들의 "실질적 연관"이 밝혀진다. 이 사실들은 세부 내용은 풍부하지만, 구조가 부여된 "특별 역사"와는 연관성이 없다. 그다음에야 비로소 다양한 여러 형태의 사건들이 세계사적 질서 구조에 편입된다. 그 질서 구조의 도움으로 역사적 사건들의 의미 있는 성격이 가시화될 수 있는 것이다. 총체적 의미는 역사 서술자가 과거의 사건들을 "목적에 맞게", 다시 말해서 그 자체 속의 논리에 맞는 발전 과정의 요소로 분류할 때 나타난다.[13] 다른 한편으로는 역사 기술이 사실의 목적론적 모형을 구명해낼 때, 역사 기술은 합리적인 학문이라는 것이 증명된다. 라인홀트가 1786년부터 《도이체 메르쿠어》에 발표한 「칸트 철학에 대한 서신(Briefe über Kantische Philosophie)」에서 비판적 교육을 받은 현재의 역사 기술은 "모름지기 통상적으로 연관이 없는 부정(不定)의 언급들의 집합이기를 멈추어야 하고 더욱더 체계적인 형식에 접근해야 한다"라고 선언한 것은 그가 슐뢰처의 방법론적 견해를 공유하고 있다는 것을 말해주는 것이다.[14] 세계사의 방법론이 지닌 계몽주의적 성격은 형이상학이 특히 역사에 더 이상 영향을 미치지 못한다는 점에 있다. 역사는 내재적 법칙성을 지닌 자체의 진행 형태를 만들어내기 때문에, 인간은 자신의 순간적인 상태를 좌우하는 요소들의 구조를 자발적으로 변화시키려고 모색해도 되는 것이다.

이와 같은 세계사의 방안은 영국에서 출발했지만, 시간이 지나면서 18세기 후반에는 유럽의 역사학에서 불멸의 대작을 발간하는 추세가 지배적이었다. 역사학의 분명한 목표는 다른 여러 문화적 시기의 발전 법칙을 되도록 정확히 규명해서 역사의 발전 동력을 자체적으로 입증할 수 있도록 하는 것이었다. 1736년과 1765년 사이에 영국에서는 방대한 『창세기부터 현재까지의 세계사(General History of the World from the Creation to the Present Time)』가 발간되었다. 존 그레이(John Grey)와 윌리엄 거스리(William Guthrie)는 1764년부터 이 작품을 열두 권으로 압축해서 요약본으로 출간했다. 하지만 이 계획은 독일에서 번안하는 과정에서 또다시 수많은 특별 계획으로 확대되기에 이르렀다. 그중 하나가 실러의 예나대학 라이벌인 크리스티안 고틀리프 하인리히가 1788년부터 출간한 아홉 권짜리 『독일 제국사(Deutsche Reichsgeschichte)』였다. 이보다 10년 전에 이미 미하엘 이그나츠 슈미트(Michael Ignaz Schmidt)가 『독일인의 역사(Geschichte der

Deutschen)』집필을 시작해서 10년이 지난 뒤에 비로소 스물네 권으로 마무리한 적이 있었다. 자료들이 산더미처럼 불어나는 통에 대부분의 역사가들은 1780년대 초부터는 다시금 지역에 중점을 두어 조망 가능한 시대 상황을 서술하는 것으로 만족했다. 그리하여 소재가 풍부한 개별 서술과, 역사이론적인 방안의 테두리 안에서 지식을 체계적으로 정리하는 사상을 철저히 조사한 저술들로 연구 작업을 분리하는 결과가 생겼다. 여기에서 변함없이 바탕이 되는 것은 야코프 다니엘 베겔린(Jacob Daniel Wegelin)의 베를린 학술원 기고문인 「세계사 연구(Plan raisonne d'une historie universelle)」(1769)였다. 슐뢰처의 연구 논문도 이 기고문에 바탕을 두고 있다. 판을 거듭해서 출간된 요한 크리스토프 가터러의 『세계사 편람』(1761)은 크리스토프 마이너의 「인류 역사 개관(Grundriß der Geschichte der Menschheit)」(1785)과 마찬가지로 자극제 역할을 했다. 그들의 가설에서 인간학적인 논거들을 대거 도입한 계몽된 역사철학은 자료 정리 면에서 독자적인 길을 걸었다. 역사철학의 윤곽은 이미 보쉬에의 『세계사 담론』(1681)으로부터 자극을 받아 볼테르가 쓴 『민족의 도덕과 정신에 관한 시론(Essai sur les moeurs et l'esprit des nations)』(1748~1756)에 미리 그려져 있었다. 이 책은 프리드리히 2세의 애독서이기도 했다. 이작 이젤린의 「인류 역사에 대한 추측(Muthmassungen über die Geschichte der Menschheit)」(1764), 레싱의 「인간의 교육」(1780), 헤르더의 『인류의 역사철학 이념』(1784~1791), 1780년대 《베를린 모나츠슈리프트》에 발표되고 출간된 칸트의 기고문들은 이 분야에서 가장 비중 있는 논저들이었다. 물론 상이한 입장과 의견이 서로 자극제가 되어 결실까지 맺게 되는 경우는 드물었다. 셸링은 1803년에 와서도 자신의 저서 『학문 연구의 방법에 대한 강의(Vorlesungen über die Methode des akademischen Studiums)』에서 세계사를 출간한 대부분의 전문 분야 대표자들에게, 그들의 이론적 바탕에는 충분히 의견을 교환할 만한 방법론적인 의식이 없다며 불평을 늘어놓고 있다.

실러는 강의에서 슐뢰처의 세계사의 방안을 다시 다루고 있으면서도, 그 이유를 상세히 밝히지 않았다. 이 강의의 독특한 방법론을 이해하는 데 전제가 되는 것은 인류가 원시 상태로부터 벗어나는 과정을 거쳤고, 그 과정의 끝에 가서 인류는 지금까지 자체적으로 이루어놓은 문화적 체계화의 최후 단계에 도달할 수 있었다는 것을 인정하는 것이다. 세계사 연구가인 실러는 과거의 발전의 원인과 조건을 현재의 관점에서 검토함으로써 이와 같은 변화를 주도하는 목적론적인 원칙을 발견하게 되었음이 분명하다. 실러에게 세계사는 우선 역행하는 문명화의 역사였다. 지난 사건들이 인간의 현재 문화 상태에서 얻은 발전 가설에 비추어 해명되기 때문이었다. "그러므로 세계 역사는 태초의 세상과는 곧바로 모순되는 하나의 원칙으로부터 출발한다. 사건들의 실제 순서는 사물의 기원으로부터 그 사물의 최근 질서로 하강하고, 역사가는 최근의 세상 형편에서부터 사물의 기원을 향해 거슬러 올라간다."(NA 17, 372)[15] 슐뢰처와는 반대로 실러는 '집합'과 '체계'의 관계를 더 이상 '특수 역사와 보편 역사'로 등급이 나누어진 관계로 보지 않았다. 오히려 그는 자신의 개념 이해를 임의적인 역사적 개별 사건들과 현재의 지식에 업혀 있는 체계 모델 사이에 존재하는 의미 연관의 차이로 파악했다.[16]

슐뢰처나 가터러의 사상과는 달리, 실러는 세계사적 인식이 거둔 업적은 구체적인 사건들이 발전 논리적 연관 밖에서는 지니지 못한 의미를 역사에 부여했다는 데 있다고 보았다. 이 세계사 연구가는 역사적 사실을 그의 체계의 의미 구조물 속에 삽입함으로써, 역사적 사실들을 우연적인 나타남의 형식에서 구해냈다. 이로써 역사 연구는 임의성에서 벗어나서 역사 해석으로 체계를 잡게 되었다. 이 체계는 개별 사건의 문화사적 의미가 가시적으로 나타나는 곳에 부여된다. 실러는 표현하기를 학문적 관찰자는 "세상사의 진행에는 이성적인 목적이 있고, 세계 역사에는 목적론적인 원칙이 있음을 알려준다"(NA 17, 374)고 했다. 이와 같이 체계적인 시각은 어디까지나 '역사는 인간의 교육이 발전하는 과정'이라는 레싱의 사상에 바탕을 두고 있었다. 여기에서 사실의 체계적 정리를 가능케 하는 방법은 알려진 바와 같이 유추해석의 방법이다. 역사가는 인간의 행동 형식에 대한 이성적인 가설을 통해 전례가 남긴 결함을 해소해야 하고, 또한 이와 같은 방법으로 역사 과정이 내면적으로 논리 정연함을 증명하려고 노력해야 하는 것이다. 이 학문의 중요한 보조 학문으로는 심리학이 부상했다. 이 보조 학문이 없으면 발전 과정의 목적론적 구조를 설득력 있게 입증하기가 불가능할 것이다. 두 번째 가능성은 예술 작품을 다룰 때에 겪는 대칭의 미학적 경험을 역사적 대상을 묘사하는 데 적용하는 것이었다. 1789년 3월 30일에 쾨르너에게 쓴 편지에서 실러는 이 방법을 명시적으로 역사적인 삶의 "불균형(Disproportionen)"을 아름다운 형식을 통해서 극복하고 더 나아가 지적인 밸런스의 더욱 높은 원칙 속에서 균형으로 "바꾸는" 수단으로 옹호했다.(NA 25, 238)

슐뢰처의 『세계사 사관』외에 칸트의 「세계시민에 뜻을 둔 세계사 이념」도 이 강의 주제에 영향을 끼쳤다. 실러는 처음 예나를 방문했을 때 라인홀트에게서 이 짧은 연구서를 소개받았다. 그는 1787년 8월 말에 이 책을 읽고, "마음이 지극히 만족스러웠다"고 쾨르너에게 밝혔다.(NA 24, 143) 그는 역사 발전의 이성적 최후 단계를 구체화하는, 이상적인 세계시민 공화국에 대한 구상을 칸트에게서 받아들였다. 이 논문의 출발점은 개별적으로는 혼돈스럽고 질서가 없어 보이는 인간의 역사가 일종의 목적론적인 관점하에서는 어떻게 풀이될 수 있을까 하는 문제였다. 이 논문의 저변에 깔린 추측은 "만일 역사 기술을 크게 보아서 인간의 자유의지를 행사하는 게임으로 볼 때", 이는 곧 하나의 규칙을 발견할 것이라는 것이다.[17] 역사가 지닌 이성적 힘에 대한 칸트의 믿음은 자신의 소질을 자유의지로 "펼칠 수 있는" 능력을 자연으로부터 부여받은 인간의 독립 가능성에 대한 믿음에 편승해 있었다.[18] 이와 같은 배경 앞에서 역사의 흐름이 보여주는 동일한 형식과 반복에 대한 통찰은 체념이 아니라, 개인으로 하여금 연루와 위기로부터 항시 다시 새롭게 부상해서 장기적으로 모든 억압으로부터 자유롭게 생존할 수 있는 문화와 이성의 수준에 도달하려고 노력할 것을 기대하게끔 만든다. 인간이 "뒤틀린 목재"[19]로 깎아놓은 괴팍한 이기주의자라 할지라도 옆 사람들과는 조화로운 관계를 가질 능력이 있다는 것을 칸트는 강조했다. 국가 역사의 과정도 미개 상태의 뒤를 이어 문명화 역사가 나타나는 것과 유사하게 진행된다. 실러의 강의가 보여주고 있는 것, 즉 인류가 세계시민 체제의 평화로운 상태로 발전하는 것도 어디까지나 보편적인 문화혁명의 결과인 것이다. 그 혁명의 과정에서 이기주의와 보호 욕구 사이에 더욱 확고한 이해 조정이 이루어진다. 다른 한편으로 후에 하이네는 헤겔을 비판적으로 수용해서, 역사 사상을 감당할 수 없는 위기로 몰아갈 것이 틀림없는 그와 같은 확신 있는 진단에 반대하는 전선을 형성한다. 그리하여 "세계 역사에서 모든 사건은 다른 사건들의 직접적인 결과가 아니라 상호 간의 전제가 된다"고 했다.[20]

칸트에게서 기대감을 갖고 인간의 사회적 해방을 바라보는 시선은 체계적 역사 기술의 가능성에 대한 확신도 포함하고 있었다. 그러나 역사 기술의 방법상 원칙들은 실러의 경우와 유사하게 슐뢰처의 개념에서 도움을 받기는 하지만, 다른 의미로 설명되고 있다. "모든 국민을 인종(人種)으로 완전히 통합하는 것을 목표로 하는 자연의 계획에 맞춰 보편적인 세계 역사를 기술하려는 철학적 시도는 가능할 뿐 아니라, 더 나아가 이와 같은 자연의 의도에 도움이 되는 것으로 받아들여야 한다. (……) 그리고 우리들이 자연이 치르는 행사의 숨겨진 메커니즘을 간파하기에는 너무나 근시적이라고 하더라도, 이 이념은 틀림없이 아무런 계획도 없이 행해지는 인간 행위의 집합을 적어도 대국적으로, 하나의 체계로 묘사할 수 있는 실마리를 우리들에게 제공할 것이다."[21] 슐뢰처가 집합과 체계의 관계를 특수 역사와 보편 역사의 체계적 기술 방법들 간에 고정적 관계로 파악하는 반면에, 칸트는 그 관계를 장차 인간의 세계시민적인 자체 조직에 대한 희망을 바탕에 깔아야 할 역사철학적인 원칙과 연관지어 구조상으로 고찰하고 있는 것이다. 라인홀트 역시 그의 칸트 서신에서 "세계시민 사상"은 언젠가는 "자아 성찰을 하는 중산계급 사상가의 자연적인 사고방식"이 될 것이라는 추측을 밝힌 적이 있다.[22] 실러의 강의는 막상 관심을 가지고 세계시민의 국가 형성에 대한 비전을 다루지만, 칸트나 라인홀트와 달리 사회적으로 확정하는 것에는 거리를 두고 있다. 역사의 종말에는 관료적 상하와 사회적 귀천의 경계가 없는 자유정신을 향유한 사람들의 공화국이 세워진다. "적대적인 이기주의에서 국가와 민족을 가르던 경계선은 철폐되었다. 이제 사유하는 모든 두뇌는 세계시민의 끈으로 연결되고 그가 살고 있는 세기의 모든 빛은 앞으로 새로운 갈릴레이와 에라스뮈스의 정신을 비출 수 있을 것이다."(NA 17, 366)

칸트가 자신의 인간학적 회의에서 벗어나 "뒤틀린 목재로 깎은 인류"의 미래를 열어갈 자체 조직에 대한 기대감을 얻었다면, 실러는 바로 개인의 내면적 조화 속에서 역사 발전의 전제를 보았다. 역사 발전의 법칙성은 역사가의 정돈된 머릿속에 들어 있는 정신적 균형의 모상(模像)인 것이 증명되고 있는 것이다. "그러므로 역사가는 이 조화(調和)를 자기 자신으로부터 끌어내어 자신의 외부에 있는 사물의 질서 속에 이식한다." "목적론적인 원칙"은 하나의 의미를 생산하는 법칙을 만들어서 그 도움으로 역사 과정의 내적인 일관성이 해명될 수 있는 것이다.(NA 17, 374) 피히테의 「프랑스 혁명에 대한 공론을 정정하기 위한 기고문(Beitrag zur Berichtigung der Urteile des Publikums über die französische Revolution)」은 실러가 취임 강연이 있은 지 4년 뒤에 슐뢰처에 반대해서 이 같은 사상을 자연법에 근거를 둔 정치적 저항 이론의 틀 안에서 당시의 사회적 상황에 적용하게 된다. 이글의 서론에 이렇게 적혀 있다. "그처럼 세상에서 일어나는 모든 사건이 내게는 많은 교훈이 들어 있는 그림들로 보인다. 알아야 할 것들을 인류가 배울 수 있도록 인류의 위대한 스승이 그려놓은 그림들이다. 그 그림들에서 인류가 무엇을 배운다는 것이 아니다. 그 그림들은 전체 세계사에서 우리 자신이 삽입해놓지 않은 것은 아무것도 발견하지는 못할 것이다. 도리어 인간은 현실적인 사건들에 대한 평가를 통해서 그 자신 속에 있는 것을 좀 더 쉬운 방법으로 발전시킨다는 것이다. 그러므로 내게 프랑스 혁명은 인간의 권리와 인간의 가치라는 큰 텍스트에 대한 풍부한 그림으로 보인다."[23] 젊은 프리드리히 슐레겔은 심미적 경험을 역사와의 생산적인 대결의 매체로 선언함으로써 피히테의 관점을 독특한 방법으로 변화시켰다. 역사 연구는 우선적으로 인간이 자신의 미래의 길을 적절하게 가늠할 수 있기 위해서 알아야 할 사실들을 해명한다. 그는 1795년에 "이와 같은 재료들을 우리에게 주는 것은 과거 역사이지만, 그 과거 역사의 방향을 우리들에게 가르쳐주는 것은 새로운 역사이다"라고 주장했다. 슐레겔에게 있어서 목적론적인 원칙을 파악하는 데 그처럼 필수 불가결한 과거 이해는 "아름다움의 체험"을 통해서 가능해진다. 아름다움은 과거에 대한 지식을 "참되게" 하고 직접 "삶과 욕망, 의지, 행위로" 넘어간다.[24] 실러의 인간학적 관점이나 피히테의 정치적 낙관주의가 아니라, 여기서는 예술에 대한 높은 평가가 인간의 미래를 체계적으로 미리 그리는 역사 이론 구상의 전제가 되고 있는 것이다.[25]

비로소 실러는 역사학자는 과거의 사건들에서 하나의 목적론적 의미를 얻어낼 수 있다는 견해를 가지고 헤르더 역사철학의 형이상학적 개인주의와는 첨예하게 대립되는 입장을 보였다. 『인류의 역사철학 이념』에서 장황하게 입증된 헤르더 역사철학의 확신은 인간은 진화의 전 기간에 자유에 대한 자연적인 규정을 근거로 그에게 부여된 능력과 재질을 오직 중점을 달리해서 표현하기만 한다는 것이다. 헤르더 역시 인간의 문화적 자기 계발의 원칙을 역사적 기본 법칙으로 보고 있지만 이 기본 법칙은 실러와 칸트처럼 목적론적인 질서 모형으로 파악되지는 않는다. 헤르더에 따르면 이 원칙의 실현은 돌발과 비약의 반복 속에서 이루어지기 때문에 구속력 있는 미래 진단을 허락하지 않는다. 개인마다 그 자체 속에 역사적 과정의 모순들을 지니고 있다. 즉 개인은 (역사적인 순간과의 일치를 통해서) 동질성을, (자유에 대한 보상되지 않은 요구 속에서) 이질성을 똑같이 보인다. 헤르더는 1793년과 1797년 사이에 총 10권으로 발표한 허구적 서간집 『인도주의 정신 고취를 위한 서신(Briefen zur Beförderung der Humanität)』에서만 하더라도 자연의 과정을 모델로 삼아 정리한 역사관의 순환적 성격을 강조했다. 1796년에 출간된 제7 서간집의 핵심 부분에는 이런 대목이 들어 있는데 그의 주장의 대표적인 예이다. "나는 전체 민족이나 시간의 순서를, 몇 마디를 통해 그 성격을 규정하는 것을 들으면 항상 두려움이 생긴다. 그 이유는 민족이라는 단어가 엄청 많은 차이점들을 담고 있을 뿐 아니라, 중세나 고대 그리고 근세가 그 자체 속에 많은 차이점을 안고 있기 때문이다! 마찬가지로 한 민족의 시문학이나 한 시대의 시문학을 보편화된 표현으로 담론하는 것을 들으면 당황스럽기까지 하다."[26] 젊은 프리드리히 슐레겔이 나중에 요점을 지적한 서평에서 이 부분이 지니고 있는 역사적 상대주의의 숙명론적인 성격을 비난한 적이 있지만, 헤르더가 한 그와 같은 언급은 특히 체계를 형성하는 경향을 겨냥한 것임이 틀림없다. 실러의 역사 논문들은 그와 같은 경향을 가지고 전형화하여 단순화함으로써 가끔 문화적 정서들이 지닌 섬세한 차이점을 불식했다. 실러도 계몽주의 역사 사상의 유산을 물려받고 있긴 하지만, 계몽주의 역사 사상에 담긴 합리성은 자연철학에 바탕을 둔 헤르더의 발전 가설로는 보완될 수 없다. 슐뢰처의 『세계사 사관』이 발간된 직후인 1772년 6월 28일에 헤르더는 《프랑크푸르트 학자 신문》에 비판적인 서평을 쓴 적이 있다. 그는 슐뢰처의 『세계사 사관』의 일률적인 시각에 반대해서 문화적, 민족적 관점의 다양성을 주장한 것이다.[27] 괴테가 1815년 「실러의 종소리에 대한 에필로그(Epilog zu Schillers Glocke)」에서 이 친구에게는 "엄청난 밀물이 엎친 데다 역사의 밀물까지 덮쳤다"라고 메모했을 때,[28] 이는 세계사 연구가인 실러의 지적 질서애(秩序愛)보다는 헤르더의 유기적 사고에 더 잘 어울리는 메타포인 것이다. 예나대학에서 취임 강의를 한 실러의 확신에 따르면 세계적 사건의 "흐름"은 그 바닥을 알 수 없는 폭력적 성격을 벗어나기 위해서는 제일 먼저 이성적인 과학의 빛을 쬐어야 한다는 것이다. 괴테의 빗나간 평가는 여기서 그들의 생각에 근본적인 차이가 있음을 폭로해주고 있다. 그 당시 괴테 자신은 분명 실러의 사고 모형과는 거의 접점을 찾을 수 없는 자연철학적 색채가 짙은 역사관을 고집하고 있었던 것이다.

이 강의의 결론은 이렇다. "인간은 변해서 무대에서 멀어지고, 그의 의견도 그와 함께 사라지고 변화한다. 끊임없이 무대 위에 남는 것은 오로지 모든 민족과 시대의 불멸의 시민인 역사뿐이다. 호메로스의 제우스처럼 역사는 한결같이 맑은 시선으로 전쟁이 저질러놓은 일들을 굽어보고, 또한 천진난만하게 젖소들에게서 짜낸 우유를 먹고 사는 평화로운 백성들을 굽어본다. 또한 인간의 자유도 세상 돌아가는 형편에 마구 개입하는 것처럼 보이듯, 역사는 혼란스러운 게임을 묵묵히 바라본다. 역사의 먼 안목은 이 무질서하게 방황하는 자유가 어디에서 필연성의 끈에 이끌리는지를 멀리서도 발견하기 때문이다."(NA 17, 375) 그와 같은 관점은 세계사의 발전 이념의 틀 속에 있지만, 후에 니부어(Niebuhr), 몸젠(Mommsen) 또는 드로이젠(Droysen)의 사료실증주의에서 이루어지듯, 역사적 인식의 변용을 예감케 함으로써 이미 19세기의 방법에 접근해 있다. 그와 동시에 실러는 역사는 개관할 수 있게 서술되어야 한다는 신념을 강조하고 있다. 그것은 역사의 법칙성을 인식하는 데 불가결한 일종의 체계적 스타일을 역사가 얻게 하기 위해서이다. "철학적 정신은 세계 역사의 소재에 오랫동안 머무를 수가 없다. 그의 내부에서 일치를 추구하는 새로운 충동이 분주하게 활동을 벌일 것이기 때문이다. 그 새로운 충동은 철학적 정신을 자극해서 주변의 모든 것으로 하여금 어쩔 수 없이 자기 자신의 이성적 성격에 동화하게 만든다. 그리고 거기에 나타나는 모든 현상을 그가 인식한 최고의 효과, 즉 사상으로 끌어올린다."(NA 17, 373) 실감 나게 묘사된 세계사는 "저속하고 소심한 도덕적 견해에 젖어 있는 정신에서 벗어날 수 있다." 그리고 세계사는 "시대와 민족의 거대한 그림을" 확대함으로써 순간의 성급한 결단과, 이기심 때문에 제한된 판단의 오류를 제거할 것이다.(NA 17, 374 이하) 역사 기술에서 독자를 사로잡을 수 있도록 묘사해달라는 요청은 어디까지나 독자에게 문화 의식을 고취하는 교육과정에서 역사적 인식이 가지는 계몽적인 목적과 결부되어 있다.[29] 호감을 주는 문체를 사용하도록 촉구하는 것이 이미 랑케(Ranke)나 몸젠 같은 사람의 언어 윤리를 앞당겨 요구하는 것이라면 그와 같은 문체의 정당성이 입증되는 것은 그보다 먼저 이루어진 일이다. 역사 지식이 교육의 힘을 지니고 있다는 실러의 언급은 후기 인문주의의 역사 사상을 상기시켜주기도 한다. 데카르트주의에 대응해서 그 사상을 마지막으로 감명 깊게 개괄해놓은 것은 잠바티스타 비코(Giambattista Vico)의 『새로운 학문(*Principi di una scienza nuova*)』(1725)이었다. 이 비코의 저서는 1822년에 와서야 독일어로 번역되었지만, 실러는 역사는 확정된 질서 모형에 따라 조직되고, 그 질서 모형이 가지고 있는 법칙의 성격은 오직 천재적 두뇌를 가진 자만이 제대로 파악해서 전달할 수 있다는 신념을 비코와 공유하고 있었던 것이다. 실러는 이와 비슷한 언급을 이미 키케로에게서 발견할 수 있었다. 그는 키케로의 작품에는 비코의 경우와는 달리 학교 수업을 통해서 한 점 의혹 없이 통달할 수 있었다. 키케로에게서는 인문주의적인 역사 이론의 핵심 모티브로 승격된 사상이 나타나고 있다. 역사는 "진리의 빛(Lux Veritatis), 기억의 삶(Vita Memoria), 삶의 스승(magistra vitae)"(『수사학(De oratore)』, 2, 36)이라는 인식이 그것이다. 역사는 단지 지식의 기록 보관소('vita memoriae')일 뿐 아니라 인간의 행동 가능성을 위한 모형('lux veritas')이 될 때 사회를 향한 자신의 기능을 찾는다.[30] 실러에 따르면, 사실에 대한 지식과 계몽된 미래에 대한 기대를 화해시키는 보편사적 방법을 통해서 이 두 관점이 서로 연관되어 있는 것을 발견하고 있는 것이다.

실러는 대학의 역사학 테두리 안에서 거의 마찰 없이 그와 같은 조정을 꾀할 수 있다는 것을 일찍부터 예감했던 것 같다. 그는 1788년 12월 10일에 카롤리네 폰 보일비츠에게 자신은 역사 기술의 검증된 진실을 문학의 날조된 진실보다 더 좋아하지는 않는다고 썼다. 특히 사료 연구에 따르게 마련인 상상력의 제한은 이따금 부담스럽게 느껴질 때가 있다는 것이다. 네덜란드 역사를 출간한 지 불과 얼마 안 된 이때에 이미 실러에게는 학문 활동에 대한 의구심이 처음으로 작동하고 있는 것이다. 그가 취임 강의를 시작할 때 학생들이 우레와 같이 책상을 두들겼고, 실러는 그 소리를 대학의 갈채의 표시로 신기하게 받아들였지만, 그 소리도 이와 같은 의구심을 버리는 데 도움을 주지는 못했을 것이다.

본보기를 보고 배우다
《탈리아》에 실린 글들의 위상

1789년 여름 학기의 도입 강의를 바탕으로 실러는 1790년 9월과 11월에 《탈리아》에 역사적 서술과 문화철학적 논점들을 연관지은 비교적 짧은 글 세 편을 발표했다. 이 텍스트들의 공통된 성격은 적절한 실례를 통해 고대사를 진보하는 이성 문화의 과정으로 설명하는 것이었다. 이 계획의 바탕에 깔려 있는 것은 인간은 우선 자신의 창의성을 저버려야 한다는 신념이다. 그래야만 합리적 능력의 완성화 과정을 통해서 판단력이 형성되고, 그런 뒤에 의식이 고조되어 결국 자연의 품속으로 되돌아갈 수 있다는 것이다. 특히 괄목할 만한 점은 어디까지나 독창적인 방법으로서 이 세 논문을 지배하고 있는 심리학적 시각이다. 이와 같은 시각은 역사적 과거가 지닌 신비로운 측면들을 계몽주의적으로 이해해서, 전래된 것의 어둠 속을 밝혀준다. 그러므로 실러의 비교적 짧은 문화사적 시론의 핵심은 곧 신화를 미몽에서 깨어나게 하는 것이었다.

심리학적 방법은 1790년 9월 초에 《탈리아》 제10권에 실린 「모세의 사명」에 모범적으로 적용되었다. 이 글은 모세가 종교를 창시한 것을 두고 엄격한 합리적 목적 사상을 바탕에 깔고 있는 문화사적 사건으로 보고 있다.[31] 이 연구 논문은 우선 이집트에서 억압적인 예속과 굴욕의 낙인이 찍힌 히브리 사람들의 망명 생활을, 전래되는 모세오경과 완전히 일치하면서도 생동감 있게 서술하고 있다. 모세는 이 어두운 시대에 빛과 같은 형상으로 우뚝 솟아 있다. 그는 이스라엘 백성들을 자유로 인도할 수 있기 위해서는 종교적 동질성을 일깨워주어야 한다는 것을 깨닫는다. 이 점에 모세오경에 대한 실러 독법의 특징이 들어 있다. 모세는 이집트 술객(術客)들의 상징 세계와 히브리 사람들의 신비주의적 일신교 교리에 대하여 자신만이 터득하고 있는 지식을 히브리 사람들에게 천기누설의 형식으로 알려준다. 그렇게 해서 그들에게 하나의 새로운 문화적 질서를 확립해주고, 그 새로운 문화적 질서의 도움으로 히브리 사람들은 노예의 멍에를 벗어버리고, 유일신에 대한 신앙에 이끌려 젖과 꿀이 흐르는 땅으로 길을 떠날 수 있게 된다. 실러의 시각에서 볼 때 모세는 마지못해 움직이는 굼뜬 백성들을 그들의 중요한 역사적 역할에 대한 환상적인 이야기들을 통해 설득하고, 자기해방의 길로 들어서게 하는 선동자가 된다. 실러는 숨기고 있지만, 모세의 태도를 조종하는 것은 하느님의 계시를 통해 가능해지는 자신에 대한 각성의 체험이 아니라, 냉철한 계산이다. "그러므로 모세가 자신의 소명을 입증하려고 하면 그는 기적의 행위를 통해서 그 소명을 뒷받침해야 한다. 그가 이와 같은 행동을 실제로 했다는 데는 의심의 여지가 없을 것이다. 그가 어떻게 이런 이적을 행했고 그와 같은 이적을 사람들은 어떻게 이해해야 하느냐는 각자의 상상에 맡긴다." 모세는 이집트 억압자들로부터 해방될 수 있게 하는 고유의 문화 의식을 히브리 사람들에게 전달하고 싶었기 때문에 종교의 창시자가 된다. 그러나 그는 또한 하나의 규칙이 지배하는 사회체제는 믿는 자들을 하나로 묶는 신앙처럼 "국가의 토대"를 세우는 데 도움이 된다는 것을 알고 있는 입법자 구실도 한다.(NA 17, 394 이하 계속) 실러는 모세를 이 두 역할을 통해 세속적인 의도를 지닌 확고한 계몽주의자로 세속화해 그리고 있다. 실러의 주제에 의하면, 선동자 모세의 특별한 업적은 결국 이집트의 비교(秘敎)의 비밀을 밝힌 데 있다. 이 누설을 통해 히브리 사람들의 문화적 고급화, 사회적 자아의식, 문명의 발달이 이루어지는 것이다.[32] 종교적 사명에 대한 심리학적 풀이는 140년 후에 지크문트 프로이트(Sigmund Freud)가 『모세(Der Mann Moses)』(1939)에서 다루면서 다시 한번 첨예하게 논란이 되기도 한다. 이 연구서에는 그냥 지나쳐 볼 수 없을 만큼 확연히 실러 글의 흔적이 담겨 있다.

실러의 텍스트는 어쩔 수 없이 18세기 후반의 제한된 지식 수준을 벗어나지 못하고 있다. 그가 모세오경의 해석을 통해서 전달하는 파라오들의 초기 고도 문화에 대한 상상들은 19세기의 이집트학 학자들을 통해서 반론이 제기되었다. 그러나 그는 상형문은 알레고리를 담은 비밀 기호들이어서 그 의미를 해독할 수 있는 사람들은 오로지 그 분야에 조예가 깊은 사제들이나 학자들뿐이라는 당시의 통념에서 출발하고 있다. 그 경우 실러가 근거로 이용하고 있는 자료는 각주가 밝혀주듯, 데키우스 형제(Br. Decius)라는 가명으로 1787년 라이프치히에서 출간된 연구서 『고대 히브리의 비교에 대하여(Ueber die ältesten hebräischen Mysterien)』였다. 이는 바로 라인홀트의 펜 끝에서 나온 글이었다. 이 책에 실린 글들은 빈에서 출간되는 《프리메이슨 저널(Journal für Freymaurer)》에 제일 처음 개별 논문으로 발표된 바 있었다.[33] 데키우스 형제는 계명 결사 내부에서 통용되는 라인홀트의 가명이었다. 이집트 사람과 히브리 사람들의 비술(秘術)에 대한 그의 고찰들이 처음 발표된 장소는 빈이었는데, 이 사실을 통해서도 그의 고찰들은 당대의 프리메이슨 비밀결사의 사상 세계와 직접적으로 관련을 맺고 있음을 알 수 있다. 이와 같은 사실은 여기에서 이런 사변적 관심이 지배적이었다는 것을 분명히 해주고 있다. 라인홀트는 고대의 비교를 프리메이슨의 비밀 세계의 전 단계로 보고 있었는데, 실러는 스핑크스와 이시스 숭배 의식에 대한 그의 설명과 더 나아가서는 상형문자의 발전에 대한 지적들까지도 별다른 부연 설명 없이 그대로 받아들였다.[34] 이 비교들이 지닌 수수께끼 같은 성격은 그들의 의식과 관련이 있었는데, 점차적으로 그와 같은 관련에서 벗어나 결국엔 독자성을 띠게 되었다고 한다. 그리하여 "마지막에는 상형문자와 비밀 형상을 해독하는 열쇠가 완전히 사라지고, 처음에 이들이 감추어야만 했던 진실이 막상 그대로 받아들여졌다."(NA 17, 387) 몇 십 년이 지난 후에, 라인홀트가 대변하던 그처럼 억측이 난무하는 상상들은 발 디딜 땅을 잃고 말았다. 실러의 논문이 탄생된 지 10년 후인 1799년 초에 나폴레옹 군대는 이집트 정벌 중에 로제타석을 발견했다. 이 로제타석에는 그리스어와 후기 이집트어(민중어)로 비문이 새겨져 있었다. 이 비문을 가지고 고문헌학자 장프랑수아 샹폴리옹(Jean-Francois Champollion)은 1822년 상형문자가 일종의 알파벳 문자나 다름없다는 것을 확인함으로써 신비의 아우라는 깨어지고 말았다. 고대 민중 신앙을 대치한 일신교적인 비밀 지식이 이집트의 사제 문화에 힘입어 발전했다는, 물의가 많은 상상도 실러가 당대의 사료에서 받아들인 것이었다. 이 점에서 실러는 또다시 라인홀트의 '비교'에 관한 글을 통해 정보를 얻었던 것으로 추측할 수 있다. 실러는 모세가 이집트 사제들(비교의 사제들(Hierophanten))의 이론에 정통했으리라는 견해를 이미 후기 고대 철학자 필론이 표현한 것을 발견하고, 이 연구서에서 이와 관련해서 명시적으로 언급하였다.(NA 17, 382) 1795년 8월 초에 탄생한 시 「자이스*에 있는 가려진 초상화(Das verschleierte Bild zu Sais)」는 플루타르코스와 파우사니아스(Pausanias)가 전한 것과 마찬가지로, 이시스 제식(祭式)의 비법 전수가 좌절된 어려운 경우를 묘사하게 될 것이다. 다시 말해 이 시는 라인홀트가 설명한 비밀 종교의식을 바탕으로 하여, 오로지 "신성"이 인정한 진리를 추구하고 그러다가 멸망한 명예욕 강한 젊은이의 이야기를 서술하고 있다.(NA 1, 255, v. 32)[35]

특히 실러가 제시한, 모세의 종교 창시에 대한 심리학적 해석은 당대 독자들의 반대에 봉착했다. 특히 눈에 띄는 것은 모세의 사명이 「창세기」에 전해지는 하느님의 계시와 관련 없이 묘사되었다는 점이다. 하느님의 계시라는 복음은 여지없이 화면에서 사라지고, 어디에서도 상세히 설명되지 않았다. 이는 이미 라인홀트에게서도 낌새가 보이던 처리 방법이었다.[36] 이로써 실러는 이스라엘 백성의 해방을 세속화된 성격을 지닌 역사적 사건으로 해석하는 계몽주의의 이전의 학문적 시도를 능가하고 있다. 이와 같은 학문적 시도로는 윌리엄 워트버턴(William Wartburton)의 「하느님의 소명을 받은 모세(Göttliche Sendung Mosis)」(1751~1753), 할레의 신학자 요한 잘로모 제믈러의 저서들, 괴팅겐의 동양학자 요한 다비트 미하엘리스(Johann David Michaelis)(1775)가 쓴 모세 율법에 대한 설명, 파울루스의 예나대학 전임자 아이히호른이 1787년에 출간한 「구약성경 서론(Einleitung ins Alte Testament)」 등을 꼽을 수 있다.[37] 물론 1790년경에는 자연신론자들이 「창세기」를 역사적으로 읽는 것을 검열이 가차 없이 추적하던 1770년대보다는 종교적 관용의 정신이 더 보편화되어 있었다(이에 대한 가장 슬픈 예로는 괴체(Goeze)와 레싱의 대립을 들 수 있다). 《탈리아》에 실린 실러의 논문은 교리 비판적 논지에도 불구하고 적어도 관계 당국의 간섭만은 모면했다.

∴

* 나일 강 삼각주에 위치한, 옛 이집트의 도시.

이 계통의 두 번째 글은 1790년 11월에 「모세의 문서를 통해 살펴본 최초의 인간 사회」라는 제목을 달고 《탈리아》 제11권에 발표되었다. 이 논문은 호모사피엔스가 아직 직접 자연의 영향을 받으며 살던 초기 문화 단계에서 사회적 상황의 발전을 기술하고 있다. 호모사피엔스는 지적 재능과 도덕적 재능을 연마하는 과정에서 자연의 법칙이 똑같이 지배한다는 것을 알았다. 도덕적 자각과 기술적 지능을 북돋워주는 것은 이성의 힘이다. 오로지 강자의 법만이 지배하는 이해관계의 "충돌" 기간이 지난 후에 사회적 삶은 점증적으로 합리적 원칙을 통해 정리된다.(NA 17, 406) 실러는 이와 같은 과정을 예로 삼아 취임 강의에서 입증한 견해, 즉 영원한 평화의 보호하에 있는 세계시민적 질서로 인간이 출발하는 것은 혼란의 그늘에서 시작된다는 견해를 실감 나게 설명하고 있다.

《탈리아》에 실린 이 논문에 의하면 자유로 이어지는 사회사의 출발점은 최초의 인간들이 낙원으로부터 추방된 사건이다. 이 추방은 하느님의 보호로부터 인간이 해방되는 것이라는 성격을 지니고 있어 전적으로 긍정적인 측면이 있다. "그러나 인간에게는 아주 다른 어떤 것이 예정되어 있다. 그리고 그의 속에 들어 있는 힘들은 그를 전혀 다른 행복감으로 부르고 있다. 어릴 적에 인간을 대신해서 자연이 담당하던 것을 이제는 성인이 되자마자 인간이 스스로 담당해야 한다. 인간이 자기 행복의 창조자가 되어야 한다. 그리고 그가 거기에서 차지하게 될 몫만이 그의 행복감의 정도를 정해주어야 한다. 인간은 지금 상실한 무죄 상태를 자신의 이성을 통해서 다시 찾는 법을 배워야 한다. 그리고 자유롭고 분별 있는 정신으로 그가 식물로서 그리고 본능의 피조물로서 떠났던 그곳으로 다시 돌아와야 한다. 비록 그것이 수천 년 뒤가 될지라도 그는 힘써 일해서 무지와 노예의 천국으로부터 인식과 자유의 천국으로 올라와야 한다."(NA 17, 399) 실러는 여기에서 루소의 견해를 바탕으로 하여, 자연과 가까운 창조적 상태로의 귀환 목표를 개략적으로 설명하고 있다. 그러나 인간은 이 새로운 길을 그의 이성의 자유를 대가로 지불함으로써가 아니라 이성의 자유의 지원을 받음으로써 걸어야 한다. 이와 같은 입장에서 중요한 것은 실러가 이미 각주를 통해 제목에 대해 언급했듯이, 1786년 《베를린 모나츠슈리프트》에 발표된 칸트의 논문 「인간 역사의 시작에 대한 추측(Mutmaßlicher Anfang der Menschengeschichte)」이다. 이 논문에서 칸트는 개인의 발전이 그의 이성 능력의 진보적인 연마의 법칙하에서 진행된다는 것을 증명하려고 했다. 칸트에 따르면, 창조 역사가 서술하고 있는 것처럼, 신화 사회는 인간이 즉시 자신의 도덕적 의무감과 미래의 가능성에 대한 성찰에 도달하는 것을 보여준다. 인간이 낙원을 잃은 것은 개인이 그에 준해서 계속 발전하는 조직적인 법칙의 이점으로 보상된다. 루소와 마찬가지로 칸트도 자연과의 밀접한 관계를 좀 더 회복하는 것은 가능하고 바람직하지만, 오직 정당한 이성의 발휘의 결과로서만 생각할 수 있다고 결론짓는다. 칸트에게서 원죄에 관한 성경의 이야기는 본능의 억압으로부터 인간이 해방되는 교훈극으로서 풀이되지만, 상실의 역사로서는 풀이되지 않는다.[38] 실러가 원죄 이야기를 문화사 발전의 원초적 장면으로 여기고 있는 것은 바로 칸트의 논문 내용을 따른 것이다.

후에 와서 셸링이 쓴 글 「인간 자유의 본질에 대하여(Über das Wesen der menschlichen Freiheit)」(1809)와 클라이스트의 에세이 「인형극에 대하여(Über das Marionettentheater)」(1810)는 중점이 다른 곳에 놓여 있다. 이 두 저자는 낙원의 상실을 보완 역사(補完歷史)의 출발점으로 보고 있다. 이 보완 역사의 진행 과정에서 인간은 하느님의 보호를 받던 조화로운 상태를 상실했기 때문에 이성 사용의 기술을 습득한다. 여기서 낙원으로부터 추방되는 것은 칸트와 실러가 해석하고 있는 것처럼 일종의 형이상학적 보호를 벗어나서 해방의 길을 걷는 것을 일컫는 것이 아니라, 예속과 소외 속으로 돌입하는 것을 가리킨다. 칸트 이후 관념론의 의식철학적 모험들은 실러 자신이 1790년대 초에 특히 그의 훌륭한 미학 논문에서 검토하게 될 이성 비판적인 논거를 계승하고 있다. 1790년경에 그는 성경에 나오는 인간의 역사는 인간의 이성 문화가 완성되는 과정으로 파악되어야 한다는 신념에서 못 벗어남으로써 여전히 계몽주의 바탕 위에 서 있었다.[39]

똑같이 《탈리아》 11권에 실린 「리쿠르구스와 솔론의 입법」은 여름 학기에 행한 강의의 마지막 부분에 해당한다. 1789년 8월 중순 쾨르너가 예나 방문 중에 아테네-스파르타의 입법 활동에 대한 실러의 설명을 들었을 때 그는 논거의 명확성에 깊은 감명을 받았다고 털어놓았다. 친구의 강의에 매료되었기 때문에 그는 《탈리아》에 게재된 텍스트를 1813년에 첫 번째 추가 작품집에 수록했다. 실러는 이 텍스트를 두 편의 다른 논문과 차별화해서 1792년 자신의 『단문집』의 수록 목록에서 제외한 바 있었다. 그가 이 기고문을 신통치 않게 평가한 데에는 물론 사상 전개에 독창성이 없다는 그럴듯한 이유가 있었다. 그의 텍스트는 핵심적인 부분에서 플루타르코스의 「비교열전」(시라흐의 번역본 제1권)의 서술을 따르고 있었다. 이 부분은 아테네 사람 솔론과 스파르타 사람 리쿠르구스의 서로 다른 법률 관련 저작에 대해서 각기 한 장의 절반을 할애했다. 이 에세이는 또한 미요(Millot)의 「세계사의 요소(Elements d'histoire generale)」(1772)에서 자극을 받았다. 이 부분은 실러가 여름 학기 강의 준비를 위해서, 1777년에 출간된 킬대학의 역사학자 빌헬름 에른스트 크리스티아니(Wilhelm Ernst Christiani)의 독일어 번역판에서 인용한 것이었다. 그가 카를스슐레 시절에 알았던 퍼거슨의 『시민사회의 역사』(1767)에 이미 스파르타의 법률 세계와 그리스의 법률 세계를 갈라놓는 간격에 대한 유익한 언급들이 들어 있다.[40] 《탈리아》에 게재된 이 에세이는 다른 한편으로는 예전에 그리스어 선생이던 요한 야코프 나스트가 1792년에 강연한 바 있지만, 1820년에 와서 비로소 그의 「학문과 체조에 관한 짧은 글들(Kleine akademische und gymnastische Gelegenheitsschriften)」 제1부로 간행한 글 속에 나름대로 여파를 미치고 있었다. 이 두 텍스트가 보여주는 놀라운 주제상의 접점 때문에 사람들은 19세기에는 이름을 밝히지 않고 게재한 《탈리아》 기고문의 필자가 나스트일 것이라고 여겼다. 하지만 실러에게 저작권이 있다는 것은 특히 1790년 10월 18일 쾨르너에게 보낸 편지 내용을 통해서 분명히 증명되고 있다. 여기서 실러는 교정한 강의록을 자신이 발행하는 잡지에 실을 것을 암시하고 있기 때문이다.(NA 26, 51)

이 에세이의 대상은 인류 문화사 발전의 본보기 성격을 띤 상이한 여러 입법 원칙에 대한 역사적 비교이다. 스파르타의 법질서와 아테네의 법질서 간의 구분은 일차적으로 사회적 공동체의 과제에 대한 비판적 이해를 제공한다. 리쿠르구스의 법사상이 어디까지나 개인의 관심사를 무시하고 국가를 과대평가하는 것으로 일관한다면, 솔론의 업적은 그가 고안해낸 법규정의 효력을 근본적으로 제한함으로써 아테네 시민들을 영속적으로 공권력의 통제로부터 보호한다는 데 있다. 강제와 아량, 금치산 선고와 책임감 부여의 차이가 곧 이 두 법률 사상가의 상이한 인간상에 관심을 가지게 했다. 개인에게 자유로운 사회적 자결 능력이 있음을 부인하는 리쿠르구스의 회의적 인간학은 개인의 사회적 책임감에 대한 솔론의 신뢰와 대척점을 이루고 있는 것이다. 실러의 연구 논문은 아테네가 솔론의 비호하에 엄청난 문화적, 경제적 번영을 누린다는 것을 단지 부수적으로만 언급하고 있다. 하지만 이 논문의 방법상의 진면목은 또다시 키케로가 '인생의 스승

(magistra vitae)'이라는 구호로 요약한 적이 있는 역사 정신과 일치한다. 과거에 대한 시선은 어디까지나 동시대 사람의 관심에서 영향을 받고 있다. 이 동시대 사람은 역사적 인식의 빛에서 계몽된 사회로의 출발이 이루어질 수 있는 조건을 탐색하고자 한다. 이와 같은 방법은 교수 취임 강의에서 청강생들에게 다음과 같이 선언할 때 이미 약속되었다. "우리의 인간적인 세기가 도래한 것은 (알건 모르건) 앞서 있었던 모든 세기의 노력 덕분입니다. 우리들의 보물은 모두 오랜 보편 역사 속에서 근면과 천재, 이성과 경험이 마침내 집으로 가져온 것입니다. 우리가 습관에 젖고, 그것을 확실하게 소유하고 있다는 마음에서 그토록 기꺼이 감사할 줄 모르는 물건들을 역사에서 처음으로 소중히 여기는 법을 그대들은 배우게 될 것입니다. 최상의 인물들과 최고로 고상한 사람들의 피가 묻은 값지고 비싼 물건들. 그처럼 하고많은 세대들의 힘든 작업을 통해서 얻어져야 했던 물건들을 말입니다!"(NA 17, 375 이하) 리쿠르구스와 솔론에 대한 글은 여기에서 표현된 역사교육학적 의미에서 여파를 남겼다. 저항 그룹 '백장미(Die Weiße Rose)'*의 첫 항의 전단은 1942년 여름에 스파르타의 법질서에 대한 단락에서 문장을 길게 인용한 것이다. 전단의 필자들은 고대의 독재에 대한 설명에 히틀러 국가의 비인도적인 모습이 아주 정확하게 반영되어 있음을 발견했다. 그리하여 그들은 국가사회주의 권력자 타도에 대한 자신들의 용기 있는 외침을 실러의 어록으로 시작한 것이다.

∴

* 1942/43년 독일 나치스 정권의 전쟁 정책에 용기 있게 반대한 불법 저항 조직으로서, 독재에 반대하는 뮌헨대학 기독 학생들이 구성하였음.

2. 『스페인 정부에 대한 네덜란드 연합국의 배반 역사』(1788)

서술자의 편곡

역사적 초상화술의 형식

네덜란드 역사에 대한 사료 연구의 시작은 「돈 카를로스」의 집필 완료와 연계되어 있다. 여기서 다루어진 주제들은 시대사와 친족 관계임을 누구나 알아차릴 수 있다. 드라마 「돈 카를로스」가 1567년 스페인에서 있었던 사건들을 취급하고 있는 데 반해, 이 네덜란드 역사 단행본은 1556년 펠리페 2세의 취임부터 알바 공작이 네덜란드 봉기를 성공적으로 진압하는 것까지를 묘사하고 있다. 드라마 작품에서 배경 사건으로 조명된 것이 역사서에서는 핵심 내용을 이루고 있다. 빌헬름 폰 오라니엔과 에그몬트 백작의 지휘하에 네덜란드의 지방(오늘날 벨기에)에서 일어난 스페인 외세 통치에 반대하는 봉기, 펠리페 왕이 박탈한 각종 특전과 종교의 자유를 위한 투쟁, 프로테스탄트-칼뱅주의 내 우상파괴주의자들의 활동, 마지막으로 마드리드에서 파견한 알바 공작이 봉기를 유혈 진압하는 것 등이 곧 핵심 내용인 것이다. 이 두 텍스트의 관계가 불협화음을 내는 것은 역사 연구 논문에 나타나는 펠리페 2세의 간결한 초상화 때문이기도 하다. 이 초상화는 드라마 작품에서 규정된 성격과의 갈등을 다시 한번 첨예화하고 있다. 즉 극작가 실러가 왕에게 인정한 인간적인 상처를 역사가 실러는 인정하지 않고 있는 것이다. 이 논문에서 어두운 색채를 띠고 있는 그림은 실러가 1786년 2월에 《탈리아》에 실은 메르시에의 설명과 상당 부분 일치한다.

드레스덴에서 시작한 사료 연구는 1787년 가을 초 바이마르에서 다시 계속되었다. 풍부한 장서를 갖춘 궁정 도서관 덕분에 실러는 중요한 조사 내용들을 좀 더 철저하게 검토할 수 있었다. 그는 왓슨이 1777년에 규정해 놓은 펠리페 2세 정부의 성격을 그대로 받아들이고 있는데, 왓슨의 규정은 이미 「돈 카를로스」에서도 크게 도움을 준 적이 있다. 카를로스 5세 시대에 대해 드 투(De Thou)와 스트라다(Strada)가 내린 포괄적인〔일방적으로 친(親)스페인적인〕평가(1614, 1632), 휘호 흐로티위스(Hugo Grotius)(1658), 에마누엘 반 메테렌(Emanuel van Meteren)(1627), 에베라르트 반 레이트(Everard van Reyd)(1633)와 요아힘 호페뤼스(Joachim Hopperus)(1743) 등이 출간한 네덜란드 근대사들과, 같은 테마에 대한 얀 바헤나르(Jan Wagenaar)의 사료 비교(1756~1758)도 같은 역할을 했다. 그 밖에 실러는 펠리페 2세 시대의 상업 역사에 대한 정보를 제공해주는 안데르손(Anderson)과 피셔(Fischer)의 경제사 논문(1775, 1785)도 끌어들였다. 드 네프빌(De Neufville)의 빌헬름 폰 오라니엔에 대한 인물평(1699)을 통해서도 그는 에그몬트와 호르너에 대한 재판 절차를 증언해주는 재판 서류들과 마찬가지로 자극을 받았다. 1787년 가을에는 매일 열 시간, 때로는 열두 시간이 사료 연구에 소요되었다. 10월 24일에 소수의 사람들이 모인 가운데 개최된 첫 번째 독회의 반응은 사뭇 긍정적이었다. 후버에게 보낸 편지 한 통은 감격적인 성공에 대하여 만족해서 쓴 다음과 같은 내용을 전하고 있다. "그저께 나는 내가 쓴 네덜란드 반란 부분을 얼마간 낭독하기 위해서 빌란트로 하여금 폰 칼프 부인 집으로 오도록 청했네. 자네에게 미리 말해야 할 것은 그는 나와 깊은 우정으로 결합되어 있기 때문에 더 이상 공평무사할 수가 없다는 점일세. 그는 내가 쓴 것에 매료되어서 나는 역사를 쓰기 위해서 태어난 사람이라고 주장했네."(NA 24, 170) 이 프로젝트는 전체 규모가 대단히 컸다. 원고가 이미 인쇄 중이던 1788년 7월 말에 실러가 쾨르너에게 언급한 대로라면, 애당초 이 작품이 완간되면 6권이 될 예정이었다. 그러나 대학 강의 업무가 많았고, 《여성을 위한 역사 달력》 기고문에 대해 괴셴이 매력적인 사례금을 제시했기 때문에 당초 계획되었던 작업은 결국 중단되었다. 그러나 이 프로젝트에서 애당초 계획한 시리즈로 출간하는 방안은 신중히 고려해보아야 할 사항이었다. 그 방안이 내용 배열과 서술 방법에 중요한 역할을 하기 때문이었다.

「서론」이라는 타이틀이 붙은 제1권은 종교재판 도입(1522)부터 영국과 카를로스 간의 갈등을 거쳐 펠리페 왕의 네덜란드 권력 인수(1555)까지, 이른바 반란의 전사(前史)를 기술하고 있다. 제2권은 불안의 원인과 여성 총독 마르가레테 폰 파르마(Margarette von Parma)의 정책으로 인한 불안의 촉발을 분석하고 있다. 그 과정에서 1558년부터 1565년 경제적으로나 법적으로 불이익을 당한 사람들의 연합체인 고이젠 연합(Geusenbund)*이 창립될

∴

* 원래 프랑스어로 '걸인들'을 뜻하는 말. 스페인 왕에게 네덜란드의 정치적, 종교적 자유를 요구하는 내용으로 1566년에 작성된 타협 상소문에 서명 날인한 사람들과, 거기에 찬동하는 자

때까지의 사건들을 고찰하고 있다. 제3권은 귀족들의 반란 참여, 오라니엔의 지역 총독 사임, 알바의 네덜란드 진군, 그리고 마지막으로 1567년 마르가레테의 하야(下野) 등을 다루며 끝을 맺고 있다. 실러의 의도는 두 나라 사이의 분쟁의 사회사, 경제사, 신앙사적 배경들을 정확히 기술하는 데 있었다. 그러면서도 이 갈등에 관련된 주인공들을 높이 평가하기를 잊지 않고 있다. 분석의 과정에서 "쇄도하는 상황"(NA 17, 11)은 물론 그 상황들의 지배를 받는 핵심 인물들까지도 조명을 받아야만 하는 상황이었다. 역사는 종종 우연한 상황에 의해 조종되지만, 물론 개인들은 그 상황에 반대하여 직접 나서서 상황을 조성할 권리를 주장할 수 있다는 점에서 실러는 출발하고 있다. 그러므로 심리학적인 성격묘사와, 사실에 바탕을 둔 원인 탐구를 번갈아가며 다루는 것이 이 글을 지배하는 방법론이라고 선언하고 있다. 네덜란드 사건을 주도한 인물들을 다루는 것은, 후에 와서 헤겔의 역사철학과 랑케의 민족사가 저지르게 되는 영웅화에 이용되고 있지는 않다. 오히려 그들의 과제는 서문에서 설명한 것처럼, 독자가 그 후의 사실적 상황을 더 잘 이해할 수 있도록 우선 핵심 인물들과 친숙한 관계를 맺게 하는 데 있었다. 생동감 있는 인물들에 대한 평가는 말하자면 단지 끌로만 조각해놓고 다듬지 않은 형상들이나 마찬가지여서 역사의 흐름에 대한 시선을 통해 보완되어야 했다. 서문에서 이 "대담한 우연의 탄생에 대하여 놀라거나, 드높은 이성에게 우리들의 감탄을 전해주는 것"(NA 17, 21)은 어디까지나 독자의 자유에 속하는 문제라고 선언한 것은 곧 이 흐름의 원동력이 무엇인지에 대해서는 답을 내놓지 않겠다는 것이나 다름없다.

실러의 출발점은 과거의 사건들을 정확하게 평가할 수 있는 지식을 소

∴ 들이 결성한 단체를 일컬음.

유한 현대인의 입장이다. 이는 슐뢰처의 세계사적 모델과 일치한다. 그 점은 그가 네덜란드에서 일어난 사건의 세세한 부분을 놓치지 않고 다루면서, 이 사건들이 17세기와 18세기 유럽 국가 세계의 조직에 대하여 어떠한 의미를 가지는지를 충분히 파악해야만 한다는 것을 포함하고 있다. 요하네스 뮐러(Johannes Müller)도 1780년 처음으로 출간된 스위스 역사서에서 시도한 적이 있지만, 사료에 입각한 개별 사건 분석과 체계적 질서를 조정하는 작업은 방법적으로 균형을 잡는 어려운 작업에 속한다. 사람들이 이 텍스트의 두드러진 특색을 "역사철학적 공리론(公理論)과 역사 기술의 경험론 사이에 끊임없이 나타나는 불협화음"이라고 한 것은 정확한 지적이 아닐 수 없다.[41] 특히 눈에 띄는 것은 이 책이 플랑드르 지방의 반란을 현재에 대한 교훈극으로 취급함으로써 과학적 가치중립의 철칙을 위반하고 있는 데에서 나타나는 모순이다. 실러는 불편부당한 거리 두기 대신, 자신의 반(反)스페인 정서를 노출하는 평가를 정기적으로 끼워 넣고 있다. 그렇게 하는 데서 어쩔 수 없이 종교재판이 깊은 관심의 대상이 되고, 종교재판의 "자연에 거역하는 재판권 행사"를 항시적인 감시·박해·통제의 체제로 기술하고 있다. 종교재판은 인간을 "언제나 똑같이 공허한 형식으로" 교조적 신앙의 프로쿠르스테스 침대(Prokrustesbett)*에 꼼짝 못하게 묶어놓기 때문에 모든 형태의 개인적, 사회적 자율성과는 분명 상치된다.(NA 17, 59)[42] 실러는 괴기(怪奇) 효과에 대한 자기만의 감각을 가지고 사형 집행을 성직자 통치를 밝혀주는 의식적인 행사로 상징적으로 묘사하고 있다. 종교재판을

∙∙

* 그리스 신화에 나오는 거인으로, 누구나 그의 손에 잡히면 침대에 눕게 되는데, 이때 몸의 치수가 침대보다 짧으면 해머로 때려 늘리고, 너무 길면 도끼로 절단했음. 그리하여 프로크루스테스 침대는 진퇴양난의 강제 상황을 뜻하는 은유로 사용되었음.

배경으로 하여 지방에서 일어난 봉기는 전 유럽의 삶에 엄청난 영향을 미치는 비인도적인 처벌 제도에도 항의하는, 이른바 저항 행위의 성격을 띠고 있다.

프랑스 혁명이 발발하기 1년 전에 이미 실러가 네덜란드의 영웅적인 독립 정신을 상기시킴으로써 독자에게서 자유 의식을 고취하려고 한 것은 어디까지나 시의적절한 충격 효과가 있는 것이었다. 「서론」에 이런 구절이 있다. "폭력적인 군주의 오만한 콧대를 꺾어놓을 수 있는 대비책이 존재한다는 것, 그들의 타산적인 계획은 인간의 자유를 욕되게 한다는 것, 진심에 찬 저항이 독재자가 뻗은 팔도 굽히게 한다는 것, 독재자를 지원하는 끔찍한 원천을 영웅다운 기다림으로 마침내 바닥나게 할 수 있다는 사상은 그야말로 위대하고, 사람의 마음을 편하게 한다." 근대 초기 국가의 역사에서 네덜란드의 에피소드는 "인간이 좋은 일을 위해서 무슨 일을 감행할 수 있다"는 예로서, 시의적절한 충격력이 있는 정치적 볼거리 중 하나이기도 하다. 여기에 나타나고 있는 "시민의 강한 힘을 기리는 기념비"(NA 17, 10)라는 실러의 언급은 물론 이 텍스트의 속간을 계획해서 혁명의 성공을 기술해야만 한다는 약속이나 마찬가지이다. 그러나 이 연구서의 완결 부분은 카를로스가 "숙명주의의 사나운 망나니"라고 지칭한 알바가 벌이게 될 피의 재판에 대한 전망으로 어둡게 끝이 난다. 1572년에 처음으로 개국해서 1579년 아라스 연합*을 통해 공고해진 네덜란드를 과거의 자유권을 보장할 수 있도록 되돌려놓을 수 있는 오라니엔 통치의 윤곽은 이 논문 제1부 마지막에 가서야 겨우 짐작할 수 있게 된다.

이 연구서는 주로 플루타르코스 영웅전의 심리묘사 기법과 그리스 철학

∴

* 남부 네덜란드 왈론 사람들이 사는 지역과 도시들의 연합.

자 테오프라스토스의 성격묘사법에 입각한 인물평에 대하여 평가를 내리고 있다.[43] 실러는 펠리페 2세와 그의 연약한 네덜란드 여성 총독 마르가레테 폰 파르마의 정치적 상황에 대해 전반적으로 부정적인 평가를 내놓고 있다. 그는 그 두 사람을 절대주의 국가를 대표하는 사람들로 보고 있고, 자유의 무덤을 파는 사람인 알바를 그 국가의 수족으로 보고 있다. 1556년 아버지 카를로스 5세가 퇴위한 후에 스페인의 왕으로 등극한 펠리페는 이미 1555년에 네덜란드의 통치권을 넘겨받았다. 카를로스 5세가 사망한 지 1년 후에 그는 이복 누이동생 마르가레테 폰 파르마를 이 지역의 통치자로 앉혔다. 실러가 보여주는 바로는 벨기에인들과 펠리페의 관계는 모든 면에서 한결같지가 않았다. 낯설기만 한 프로테스탄트 신앙이 동요하는 것에 대한 두려움과 경제적으로 번창하는 브라반트와 플랑드르 지방 간의 결속을 강화하려는, 이른바 권력 술수적인 관심 사이에서 우왕좌왕했다. 그는 아버지와는 반대로 불신과 감시의 노선을 추구했다. 통보한 대로 스페인의 군대를 철수시키기는커녕 오히려 주둔 병력을 증강했다. 카를로스 5세가 내린, 칼뱅 교리와 프로테스탄티즘 교리를 금지하는 종교 칙령은 종교재판의 방법을 동원하여 무자비하게 집행되었다. 실러는 펠리페를 "비겁한 전제군주", 삶의 의욕이 없는 편협한 신앙심을 가진 감상주의자, 또한 인간적인 탁월성이 없고 정신적으로 기껏해야 보통 수준을 넘지 못하는 군주로 그리고 있다.(NA 17, 83) 그가 여기서 구상하고 있는 그림은 드라마 「돈 카를로스」에 등장하는 통치자의 초상에 분명하게 먹칠을 한 것이었다. 고독한 군주의 처지에 대한 동정 대신에, 참다운 비전이 없고 인간을 무시하는 공안 정책에 대한 혹평이 등장하고 있는 것이다.

다른 한편으로 실러가 보기에 마르가레테 폰 파르마는 나약한 통치자였다. 위기의 시대에 통치를 하기에는 힘이 달리고, 그래서 분명한 노선으로 국가를 몰고 갈 능력이 없는 것이다. 폭풍 속에 있는 풍향계처럼 흔들리는 그녀의 통치술에 대해 이 연구서가 마지막으로 내린 결론은 야멸치기 이를 데 없다. "성실성이 가장 훌륭한 통치술로 통하는 나라에서 그녀는 음흉한 이탈리아 정책을 실현하려는 불행한 발상을 지니고, 사람들 마음속에 파멸의 근원이 되는 불신을 심어주었다." 마지막으로 실러는 "가슴에는 귀족다운 풍모가 없는" "보잘것없는 인물"이라고 선언하고 있다(NA 17, 288 이하) 이 연구서는 과거 카를로스 5세의 총신이었고, 이제는 그녀의 측근으로 1560년부터 장관 직을 맡고 있는 그란벨라(Granvella) 추기경을 그가 대변하는 정치체제에 꼭 들어맞는 재능을 가진 정치가로 묘사하고 있다. 그란벨라는 권력 안정화의 모형에 따라 생각할 능력이 있는 유일한 인물이기 때문에 전제정치의 꼭두각시인 것이다. "왕좌와 고해석(告解席) 사이에서 교육을 받고 자라난 그는 지배와 복종 외에 다른 인간관계에 대해서는 전혀 알지 못한다. 그리고 그 자신의 내면에 도사리고 있는 우월감은 다른 사람을 멸시하는 습관을 그에게 부여했다."(NA 17, 87 이하) 그란벨라의 정치 경력은 1564년에 끝이 났다. 왕이 민중 봉기에 시달리게 되자, 그를 희생양으로 삼아 관직에서 물러나게 하지 않을 수 없었기 때문이다. "저물어 가는 세기의 국가 통치술"은 이미 전성기가 지나버린 것이었다. 다시 말해 좀 더 이성적인 세계 질서의 여명기 속에서 그란벨라의 마키아벨리즘적 정치는 시대에 뒤떨어진 면모를 지니고 있다는 것을 실러는 확인하고 있는 것이다.(NA 17, 115)

빌헬름 폰 오라니엔은 전제정치의 대표자들과 달랐다. 그는 사건에 휘말린 당사자들 중에서 유일하게 원대한 안목과 정치적 오성을 발휘할 수 있는 인물이었다. 카를로스 5세는 그로 하여금 가톨릭 신앙 속에서 교육받으며 성장하게 했고, 1555년에 영국과의 전쟁 중에는 신임의 증거로서 그에게 황제 군대의 최고사령관 직을 부여했다. 밝게 깨어 있는 오성, 예리하고, 매사에 열심인 지역 총독이자, 미래에 네덜란드 혁명의 수장이 될 오라니엔은 세상을 보는 지혜, 책략적인 이성, 스토아적인 심성을 지닌 앞을 내다볼 줄 아는 정치가로 나타났다. "항상 똑같은 표정을 지닌 고요한 평온함 속에는 바삐 움직이는 불같은 영혼이 숨어 있었다. 그 영혼은 좀처럼 미동하는 기색조차 보이질 않아 간계든 사랑이든 발을 들여놓을 수 없었다. 그뿐 아니라 일종의 다양하고, 생산적이고, 한 번도 피곤해할 줄 모르는 정신이 숨어 있었다. 그 정신은 부드럽고 유연해서 순간적으로 모든 형태로 녹아들 수 있었고, 어떤 경우에도 자기 자신을 잃어버리지 않는 것이 입증되었으며, 모든 행복의 변천을 감당할 수 있을 만큼 강했다."(NA 17, 68 이하) 이처럼 훌륭하게 빛나는 인물인 오라니엔이 시간이 가면서 어두운 면을 띠는 것은 국가 통치의 법칙과 부합한다. 이 국가 통치술의 압력하에서는 인간의 성격이 물들지 않고 순조롭게 형성되기란 거의 불가능한 것이다. 이에 대한 가장 좋은 예를 제공하는 사람은 에그몬트 백작이다. 그는 삶에 대한 애착이 강하고, 순진한 반란자로서 정치적 감각이 없기 때문에 파멸한다. 여기서 실러의 묘사는 같은 해 출간된 괴테의 드라마 「에그몬트」에서 보여주고 있는 이미지와 아주 정확하게 부합한다(그 점 때문에 괴테는 1796년 4월 바이마르 궁정 극장을 위한 무대 각본을 개작하면서 서슴없이 주인공을 부분적으로 달리 형상화하게 된다). 특별히 큰 관심을 유발하는 것은 실러가 자신의 믿을 만한 소식통인 스트라다와 흐로티위스를 인용해서, 지방 총독이자 카를로스 5세를 위하여 혁혁한 전공(戰功)을 세운 에그몬트를 반란군에 합류시킨다는 점이다. 생캉탱 전투(1557)와 그라블린 전투(1558)에서 그의 지휘하에 있던 프랑스인들은 패배하여 전멸하다시피 했다. 그 결과 하인리히 7세는 어쩔 수 없이 자신에게 결코 유리하지 않은 평화조약을 받아들여야 했다. 실러가 보기에 에그몬트는 전략적 두뇌가 없는 향락주의자였다. 1788년 서평에서 실러가 부분적으로 사료의 진실성에서 벗어나는 것을 비난했던 괴테도 이 점은 마찬가지였다. "훤히 트인 이마는 그의 활달한 정신을 드러내 보였다. 그가 너무 솔직해서 감추는 비밀이 없기로 말하면, 그가 선행을 베풀기를 좋아해서 그의 재산이 남아나지 못하는 것보다 나을 것이 없었다. 그가 소유한 사상은 곧 모든 사람의 사상이 되었다."(NA 17, 72) 괴테가 그리고 있는 이미지는 실러의 그것과 놀랍도록 일치한다. 괴테의 작품에서 핵심 모티브가 되다시피 한 태평스러움이 에그몬트의 주된 특징이라면, 실러의 연구서에서는 어디까지나 허영심이 없지 않은 향락주의의 즉흥적 언행이 그의 두드러진 특성으로 나타난다.

빌란트와 샤를로테 폰 칼프는 이미 이 연구서의 첫 번째 낭독회 후에 바로 이 인물 묘사에 나타나는 유려한 문체를 칭찬했다. 머리말은 결연하게 "하나의 이야기는 독자의 인내심을 시험하지 않고도 역사적 사실에 충실하게 기술될 수 있다"(NA 17, 9)고 선언하고 있다. 서평들도 이 묘사의 수준 높은 언어문화를 높이 평가했다. 잘츠부르크의 《고지독일 문학 신문(Oberdeutsche allgemeine Literaturzeitung)》은 1789년 4월 말에 실러는 "역사 기술자의 가장 진귀한 자질들을" 탁월하게 결합하고 있다고 지적했다. "불필요한 천착에 빠지는 법 없이 사물을 꿰뚫어 보는 예리한 감각을 가지고 책을 많이 읽은 것이 그의 서술에 진실성을, 그의 논리적 추론에 철저성을 부여한다. 그리고 새로운 진실들의 근원에 대한 그의 추측까지도 중요하게 만든다."[44] 실러는 이 주제를 아름답게 서술하기 위하여 문장들을 철저하게 다듬었다. 그는 취임 강의에서 "모든 역사의 근원은 전통이고, 전통의 기관은 언어"라고 표현한 적이 있다.(NA 17, 370) 이미 라인홀트도 그의 칸트 서신에서 역사 기술은 "인간의 정신과 마음" 속에 원동력을 가지고 있는 사건에서 원칙을 수령한다. 그리고 어느 때든지 그 사건의 묘사에 영향력을 행사하는 것은 때로는 정열, 때로는 원칙일 수 있지만, 결정적인 영향력을 행사하는 것은 서술자 본연의 상상력"[45]이라고 분명하게 선언한 적이 있다. 하지만 실러가 재빨리 깨달은 것처럼 가장 적합한 본보기는 없다. 사람들이 그처럼 서술이 유려하다고 찬양하던 에드워드 기번의 방대한 저작 『로마제국의 흥망사(History of the Decline and Fall of the Roman Empire)』(1776~1788)조차도 발랄한 문체를 구사하려는 의도 때문에 작위적이고 부자연스러운 느낌을 종종 준다고 실러는 1789년 3월에 쾨르너에게 지적했다.(NA 25, 217) 이 책은 로마제국의 발흥과 몰락을 특별한 연출 논리의 법칙의 지배를 받은 붕괴의 역사로 볼 수 있도록 하는 탁월한 전체 구상을 제공하지만, 등장인물 묘사에서는 실러가 추구하던 심리학적인 긴장감과 예리한 깊이가 부족하다.[46] 그가 보기에는 정교한 뉘앙스를 가진 언어문화를 통해서 기번의 작품이 대부분의 대학 역사가가 쓴 좀 더 조야한 연구 논문과는 현저하게 차이가 남에도 불구하고, 권위를 인정받기에는 역부족인 것이다. 실러는 이용 가능한 모형을 본보기로 삼을 수가 없었으므로 자신만의 서술 형식을 향한 길을 독자적으로 걷지 않을 수 없었다.

실러는 가능한 한 조형적인 디테일을 통해 역사적 사건의 의미를 밝히는 것을 과제로 삼아서 이미 19세기 역사주의에 접근하고 있다. 그러나 어디까지나 실러는 사료에 얽매인 나머지 역사적 사실을 엄격히 대상을 통해서 입증하려는 태도를 취하지 않는 것이 역사주의의 입장과 다르다. 그의 견해에 따르면 역사의 기술은 예술적으로 꾸민 성격을 띠지 않을 수 없는데, 서술자의 심리적 상상력만이 전래된 역사가 남기고 있는 틈을 메울 수 있기 때문에라도 그러하다. 소재에 대한 매끄럽고 유연한 묘사를 통해 비로소 사실들과 목적론적인 질서를 통합할 수 있다. 그러므로 그와 같은 묘사가 그가 이해하고 있는 역사 기술 이론의 중추적 요소가 된다. 19세기의 전공 학문이 불러올, 연대기에 대한 무조건적 충실, 사료의 비교, 묘사의 실증주의적 정확성 등의 규범들은 실러에게서는 중요한 역할을 하지 않는다. 그의 문체학적인 윤리가 그의 입장을 역사주의와 근접하게 하는 것은 사실이다. 그러나 독자에게 느낌을 전달해야 한다는 그의 완고한 주장은 그를 역사주의와 근본적으로 갈라놓고 있다. 1788년 12월 10일 카롤리네 폰 보일비츠에게 쓴 편지에서 자기 연구서의 구성 형식에 대해서도 이렇게 언급하고 있다. "나에 대해 관심을 가지는 불행을 당할 미래의 역사 연구자들에게 나는 변함없이 나쁜 전거(典據)가 될 것입니다. 그러나 아마도 나는 역사적 진실을 희생한 대가로 독자와 청자를 발견할 것이고, 여기저기에서 예의 최초의 철학적인 진실과 만나게 될 것입니다. 역사는 나의 상상력을 위한 하나의 창고일 뿐이고, 대상들은 내 손안에서 무엇이 되든, 그대로 받아들여야만 합니다."(NA 25, 154)[47]

여기서 실러는 역사적 상상력의 본질을 요약해서 언급하고 있다. 역사적 상상력은 주관적인 의견을 가미한 역사를 서술적 연출 형식과 관련지어 독자에게 묘사해주는 것이다. 역사 전문가의 처리 방법과, 극작가의 미학적으로 정당화된 사료 조작은 이런 관점에서 볼 때 결코 거리가 먼 것이 아니다.[48] 빌헬름 훔볼트는 1822년 3월 18일 괴테에게 보낸 편지에서 역사가는 자신의 대상을 문학의 법칙에 따라 형상화해야 한다는 실러의 신조를 상기시키고 있다. "틀림없이 역사 서술자는 완전히 시인의 작업 절차를 따라야 합니다. 소재를 자신 속에 받아들였으면, 그는 그것을 다시 아주 새롭게 만들어내야 합니다."[49] 그러나 그 같은 발언을 두고, 바르톨트 게오르크 니부어(Barthold Georg Niebuhr)로부터 요하네스 얀센(Johannes Jansen)까지 19세기 역사가들이 실러의 서술 기법에 대하여 그랬던 것처럼 일방적인 평가를 내리도록 오도해서는 안 된다. 그는 항상 자신이 쓴 논문이 과거 사건에 대한 정확하고 검증할 수 있는 그림을 전달하는 것에 가치를 두었다. 1788년 12월 1일 실러는 쾨르너를 상대로 네덜란드의 반란에 대한 자신의 고찰은 특별히 이 테마를 다룬 과거의 논문과 비교할 때 현저한 학문적인 "성과들"(NA 25, 150)을 거두지는 않았다는 점을 강조했다. 그는 자신의 재능을 전문 영역에만 국한하는 것에 극구 반대하고, 자신을 진지한 수법으로 글을 쓰는 저자로 인정해주기를 강력히 요구했다. 방법적으로 그의 어중간한 입장의 바탕이 되는 것은 독특한 계몽주의적 사고 체계와 서술적으로 떠받쳐진 디테일 작업 간의 조화이다. 사상 면에서 가터러와 슐뢰처의 세계사적 단초를 수용하고, 문체 면에서는 자신이 이룬 업적을 바탕으로 해서 실러는 이미 19세기 역사주의의 길을 개척한 것이다. 그러나 그 역사주의가 스스로 표방하고 있는 방법론과 그와의 차이점은 정확한 사료 비교에 대한 그의 무관심에서 찾을 수 있다.[50] 이미 일찍부터 그의 인물묘사에서 보이던 풍부한 상상력은 꼼꼼한 독자들에게 비판적인 의구심을 일깨워주었다. 1797년 요한 고트프리트 디크(Johann Gottfried Dyck)와 요한 카스파르 프리드리히 만소(Johann Kaspar Friedrich Manso)가 네덜란드 반란에 대한 이 논저를 두고 단시(短詩)를 지었는데, 다분히 적의(敵意)가 담겨 있다. "역사에 대한 허망한 꿈과 맛이 간 장광설을 / 여기에서 한 당돌한 환상가가 돈을 받고 팔았다."[51]

반란과 국가

혁명의 그림들, 봉기의 정치적 논리

역사에 대한 실러의 관심이 그의 데뷔 논문에서뿐 아니라, 다른 논문에서도 유럽 국가 질서에 심각한 영향을 끼친 혁명 행위에 집중되는 것은 무엇보다도 방법적인 이유 때문이다.[52] 괴팅겐대학의 정교수 요한 크리스토프 가터러는 1773년에 쓴 세계사 입문서의 머리말에서 무엇 때문에 변혁의 과정이 체계적 고찰에 특별히 적합한지를 이렇게 설명하고 있다. "본래 역사 기술의 대상은 사건이다. 사람들은 엄청나게 많은 사건들 중에서 특별히 기억해야 할 만한 사건들만 골라서 그들의 현실성을 사료를 통해 증명하고, 그 사건들을 훌륭한 표현을 써서 연관성 있게 서술하고 있다. 이와 같은 현상은 세계사에도 해당되어야만 한다. 그러나 특별히 기억할 만한 사건을 고르는 데 좀 더 엄격한 기준이 적용되어야 하고, 또한 동시적인 것을 항시 고려해야 한다. 간단히 말해서 세계사는 좀 더 큰 사건, 곧 혁명의 역사인 것이다. 좀 더 커다란 사건이란 막상 사람과 민족 자신일 수도 있고, 혹은 종교, 국가, 학문, 예술, 생업에 대한 그들의 관계에 관한 것일 수도 있다. 또한 그들이 일어난 시기도 고대, 중세, 현대일 수도 있다."[53] 파울루스의 예나대학 전임자인 아이히 호른의 스승들 중 한 사람인 가터러의 명언에 따르면 세계사의 체계는 특히 개별 데이터들이 들어 있는 구조물에 대한 조명을 중요한 사건들이 도와줄 때에 나타난다. 그러므로 정치적 불안과 반란, 다시 말해서 '기억할 만한 사건들'과의 씨름은 어디까지나 현대 국가의 역사 발전을 그들의 결정적 전환점을 통해 연구하는 세계사에는 방법상 필요한 사항이다. 실러로 하여금 네덜란드의 봉기를 세부적으로 고찰하도록 부추긴 것은 원래 후버와 함께 계획했던 프로젝트에 포함되어 있는 테마가 지닌 매체상의 매력만이 아니었다. 본보기적인 대상으로 그 테마가 지닌 적합성도 나름대로 한몫했다.

서술이 진행될수록 중점이 더욱더 외적인 상황으로 옮겨진다. 그에 반해 등장인물의 심리에 대한 묘사는 무대 뒤로 자취를 감춘다. 여기서 예외인 것은 에그몬트와 오라니엔의 마지막 만남에 대한 보고이다. 이 보고를 실러는 서술적 수단을 가지고 형상화하고 있다. 또한 이 보고는 괴테 드라마의 작별 장면과 같이 세상 경험이 많은 사람과 만사 태평하게 삶을 즐길 줄 아는 사람 사이에 나타나는 대척점을 강조하고 있다.(NA 17, 250) 이미 머리말에서 밝힌 것처럼 그와 같은 순간에 대한 묘사는 묘사의 속도가 정치적 갈등의 복합성과 함께 빨라지는 것에 반비례해서 더욱 보기 힘들어진다. 제2권과 3권은 1564년부터 관찰되는 강화된 종교 칙령들에 대한 저항의 증가, 마드리드에서 에그몬트가 한 협상 노력, 귀족의 지원을 받은 고이젠 연합의 창설 등을 기술하고 있다. 네덜란드 사람들의 요구는 전통적인 영방법의 유지를 우선적인 목표로 삼고 있다. 이 영방법은 지역적 경계 내에서 몇몇 동업조합들의 자체 조직에 특권을 부여하도록 되어 있었다. 이 점에서도 실러의 논저는 괴테의 「에그몬트」와 일치한다. 즉 혁명은 자결권에 대한 그들의 신중한 요구와 함께 과거의 신분 질서를 회복하려는 보수적인 행위 같은 작용을 한다. 전체 봉기는 영웅적으로 지휘를 받은 계획된 행위가 아니라, "다급해진 상황"이 불러온 "대담한 행위"에 불과한 것이다.(NA 17, 11)

여기에서 실러와 괴테는 반란에 대하여 근본적으로 긍정적인 평가를 내리고 있는데, 이렇게 평가하게 된 결정적 요인은 일종의 시대사적 연관이다. 16세기에 네덜란드에서 일어난 사건들은 220년 전에 스페인의 왕이 자신이 통치하는 고을과 갈등 관계에 빠진 것과 유사하게 현실적으로 요제프 2세의 운명도 반영하고 있는 것이다. 요제프 2세는 1787년부터 벨기에에서 신분대표 회의의 이해에 반해서 지방행정을 폐지하고 오스트리아의 모형을 본받아 중앙행정으로 대치하려 한 것이다. 그런 과정에서 권한이 막강한 공무원 기구가 입법 및 관료 기구의 독립적 조직으로 자리하게 한 것은 벨기에의 사정을 오스트리아의 체제에 맞출 수 있도록 하기 위해서였다. 하지만 마지막 통치 기간에서는 외교정책이 분명히 공격적인 성격을 띠게 되었던 계몽 군주 요제프 2세의 계획은 그의 터키 모험과 마찬가지로 좌절되었다. 1789년 가을 황제의 군대는 구세력들로부터 필요한 지원을 받지 못하고, 망명자들을 모아 급속히 편성된 군대의 지원을 받은 벨기에 사람들에게 격퇴당하고 말았다. 이탈리아에서 「에그몬트」를 집필하는 동안 신문 보도를 통하여 요제프 2세의 군사적 패배를 알게 된 괴테는 방금 일어난 벨기에의 사건들을 통해 오라니엔의 반란에 대한 자신의 평가가 사실임이 증명된 것으로 보았다고 1825년 1월 10일에 와서 에커만을 상대로 선언하고 있다. 알바에 대한 인물 묘사를 통하여 「에그몬트」에 간접적으로 반영되어 있는 요제프 황제의 중앙집권제는 실러의 묘사에도 포함되어 있었다.[54] 그가 네덜란드 혁명의 교훈적 성격에 대해 주의를 환기하며 쓴 「서론」의 단락들을 1801년에 출간된 제2판에서 약간의 예외가 있긴 하지만 삭제하지 않고 그대로 둔 의도는 현재의 프랑스 국가 소요에 대해 호감을 표시하려는 것이 아니었다. 일차적으로 1788/89년 벨기에 사람들이 오스트리아의 정복 정책에 항거하면서 보여준 용감한 저항정신을 암시하려는 것이었다. 오라니엔과 에그몬트에게서 지원받은 고이젠 연합이 내세운 요구는 지방 자치와 종교의 자유 회복에 관한 것이었지만, 관료주의 국가의 토대를 공격하지 않은 채 어디까지나 전통적인 법질서를 바탕으로 하는 것이었다. 1801년에 와서 프랑스에서 많은 문제점을 안고 발전하고 있는 사건에 비추어 볼 때, 그 점에서 실러는 자유를 위해 네덜란드 사람들이 벌이는 투쟁이 현재에 대한 교훈극이 될 수 있다고 칭송하게 되었다. 물론 사람들이 전체의 묘사에서 파리에서 일어난 혁명에 대한 예언적 암시를 읽을 수 있다는 것은 1791년 11월 16일 자로 실러에게 쓴 카를 프리드리히 라인하르트의 편지에서 확인되고 있다. 라인하르트는 실러에게 그의 논저는 "시대"의 "정신"을 앞당겨 규정해주었다는 사실을 문서로 증명해준 것이다.(NA 34/I, 106)[55]

네덜란드의 반란에 대한 실러의 호감은 저항이 폭력 행위로 바뀌는 곳에서 한계에 도달했다. 그는 성상(聖像) 파괴 운동과 그와 연관된 교회 보물을 악의적으로 파괴하는 사건들을 정치적 방향감각이 없는 백성들의 분노 폭발로 보고 질타했다. 그와 같은 탈선행위의 원동력은 어디까지나 파괴적인 기본 충동으로, 펠리페의 정책과 전혀 다를 것이 없다는 것이다. 이 논저는 대중들이 무절제하게 가톨릭교회의 신성을 모독하는 것에 대하여 혐오감만 지니고 있을 뿐이었다. "성상 파괴"라는 "과격한 행위"는 프로테스탄트들의 본분에 "회복할 수 없는 손해"를 끼쳤다고 기록했다.(NA 17, 218) 쾨르너는 1788년 11월 9일에 실러에게 보낸 편지에 "네덜란드 사람들에 대한 관심은 자네가 그들이 한 행동의 어리석음과 저속함을 용서하지 않았기 때문에 약화되었다"고 썼다.(NA 33/I, 244 이하) 4년 후에 실러는 비슷한 관점에서 프랑스의 9월 소요를 자유의 이상을 의심스럽게 하는 만행의 표현이라고 질책하게 된다.

교회에 대한 신성모독의 절정에서 알바가 지휘하는 반격은 결국 비록 불결한 동기가 들어 있긴 하지만, 공안 정치적 균형의 도구가 되고 만다. 이와 같은 공안 정치적 균형을 이 논저는 이른바 진화적 사상을 지닌 발전의 전제로 여기고 있다. 여기서 작용하는 메커니즘을 젊은 실러는 '네메시스(Nemesis, 응보)'라는 개념으로 요약하고 있다. 그는 카를 모어가 슈피겔베르크의 시체를 목도하면서 생각해낸 것처럼 고대의 징벌하는 정의의 여신을 상기시켜주고 있다. 실러에게서 복수는 도덕적 징벌의 심급이 아니고, 응보의 원칙을 의미한다. 이 원칙에 따르면 역사에서 정치적으로 행동하는 개인(또는 집단)의 권력 남용과 폭력은 어쩔 수 없이 자멸에 이르지 않을 수 없는 것이다. 이는 그가 1786년에 정기간행물은 아니지만, 느슨하게 시리즈 형태로 출간되었던 『잡기장』에 실린 헤르더의 논문 「네메시스(Nemesis)」를 기회 있을 때마다 읽고 자극을 받은 것이었다. 헤르더 글의 내용은 이렇다. "일찍이 인간의 역사가 교훈이 되려면, 역사 기술자는 그 역사를 응보나 역사적 운명 외의 다른 어떤 것에게 내맡겨서는 안 된다."[56] 1787년 8월 8일에 쾨르너에게 쓴 편지에 실러는 네메시스 개념에 대하여 헤르더와 의견을 교환했다고 보고하고 있다. 여기서 실러는 "절제의 법칙(Gesetz des Maases)"(NA 24, 124)이라고 지칭되는 그의 견해를 역사적 의미의 차원으로 단호히 옮겨놓고 있다. 고이젠 연합의 정치적 업적을 마지막으로 인정하는 것은 역사의 과정에서 작용을 하는 저항 세력의 존재에 대한 기대감도 표현해주고 있다. 이 저항 세력은 정치적 폭력의 억제나 징벌을 통해 발전의 길을 평탄케 하는 구실을 한다. 그런 과정에서 일어날 수 있는 일은 저항 세력의 조정 요구가 알바 공작이나 (발렌슈타인의 경우에서) 피콜로미니 중장과 같은 의심스러운 인물들을 통해서 관철되는 것이다. 스페인 공작의 공권력은 오로지 고이젠 연합의 도덕적 실수에서 그 힘을 얻는다. "그 연합은 드물고 아름다운 미덕을 많이 밝히고 발전시켰다. 그러나 그 연합에는 모든 것 중에서 없어서는 안 될 두 가지가 없었다. 즉 절제와 현명함이 그것이다. 이 두 가지 미덕이 없으면 모든 기업은 넘어지고, 공들여 쌓은 탑이라 할지라도 무너지고 만다. 그 연합의 목적이 그가 내세우는 것보다 순수했거나 변함없이 순수하게 머물렀다면, 그 연합은 자신을 일찍감치 추락시킨 뜻밖의 재난들에 맞서 싸웠을 것이다."(NA 17, 260)

역사의 내면적 보상 능력을 뒤에 숨기고 있는 '뜻밖의 재난들'은 성상 파괴자들의 오만불손한 계획들을 무산시키고, 제일 먼저 도덕적으로 합법적인 반란의 성공을 가로막는다. 대중의 잔인함이 인간의 해방운동을 방해할 수밖에 없다는 것이 계몽된 역사가인 실러가 그의 독자들에게 전하고 싶은 교훈들 중 하나이다. 그 교훈들에는, 이와 같은 역사의 과정에 기입된 발전 역학에 필히 대적하지 않을 수 없는 모든 형태의 폭력적 저항 행위에 대한 암묵적 경고가 포함되어 있다. 마지막에 알바의 지휘하에 있는 스페인 군대의 대응이 승리로 이어진다면, 이 승리는 물론 공허한 성격을 띤 것이다. 네덜란드의 반란이 성공적으로 끝날 전망은 1788년 독자들에게는 어디까지나 유보되어 있었다. 실러는 계획된 후속편에서 그 점을 상세하게 설명할 의도를 지니고 있었다. 그러나 대학의 업무와 출판 시장의 법칙이 가한 압력 때문에 거기까지는 더 이르지 못했다.

3. 불안정한 시기에 일어난 신상의 변화:
바이마르, 루돌슈타트, 예나(1788~1791)

감상적 우정

렝게펠트 자매와의 만남

1787년 11월 21일 실러는 크리스토피네와 라인발트를 방문하기 위해서 마이닝겐으로 떠났다. 11월 25일에 그는 빌헬름 폰 볼초겐의 생일 축하연이 벌어진 바우어바흐에서 사람들을 만났다. 작센-마이닝겐의 게오르크 프리드리히 카를(Georg Friedrich Karl) 공작을 사귀었으며, 비브라(Bibra) 남작과, 노르트하임 출신 폰 슈타인(von Stein) 시종장의 가족들과 만났다. 마이닝겐에서는 화가 라인하르트와의 친분을 두텁게 할 수 있었다. 그와는 골리스에서 며칠 동안 함께 보낸 후 처음으로 다시 만난 것이다. 얼마 후에 그는 쾨르너에게 한 주 동안 다사다망하던 분위기에 대하여 썼는데, 사람들이 자신을 "한 귀족의 농장에서 다른 귀족의 농장으로 이리저리 끌고 다녔다"고 했다.(NA 24, 180) 그가 볼초겐과 동행해서 말을 타고 바이마르로 돌아온 것은 12월 5일이었다. 그들은 1784년부터 괴테의 개입으로 광산업이 다시 활기를 띤 일메나우에서 숙박하고, 다음 날에는 바이마르 남쪽에 있는 루돌슈타트에 잠깐 들르기로 했다. 볼초겐의 사촌 누이들인 샤를로테 폰 렝게펠트와 카롤리네 폰 보일비츠를 방문하기 위해서였다. 이 두 젊은이의 루돌슈타트 도착에 대해 카롤리네가 한 보고는 사뭇 낭만적이다. "1787년 11월 어느 찌푸린 날에 기사 두 명이 길을 따라 내려왔다. 그들은 외투를 두르고 있었는데, 장난으로 외투 속에 얼굴 반쪽을 묻은 사람이 사촌인 빌헬름 폰 볼초겐인 것을 우리들은 알아보았다. 하지만 다른 기사는 낯선 사람이어서 우리들의 호기심을 자극했다. 사촌이 저녁에 우리 집으로 찾아와서 동행자인 실러를 데려와도 되겠는지 허락을 구함으로써 수수께끼는 곧 풀렸다. 실러는 마이닝겐으로 와, 결혼한 누나와 폰 볼초겐 부인을 방문 중이었다."[57]

렝게펠트 자매는 실러의 삶의 발자취와 이미 이전에 기이한 방법으로 스친 적이 있지만, 개인적인 만남이 이루어지지는 않았다. 실러가 바우어바흐에 체류할 당시인 1783년 5월 5일에 그 자매들은 모친 루이제 폰 렝게펠트와 함께 슈투트가르트 카를스슐레의 생도이던 사촌을 방문한 적이 있다. 어학 수업을 목적으로 비교적 장시간 체류할 계획을 가지고 프랑스령(領) 스위스로 가는 도중에 잠깐 들른 것이었다. 샤를로테 폰 렝게펠트는 솔리튀드 방문에서 실러의 이전 생활환경을 알게 되었고, 그의 부모님들과도 함께 만났다. 그 가족이 1년 후인 1784년 6월 6일에 당시 카롤리네의 약혼자이던 빌헬름 폰 보일비츠와 동행하여 제네바 호수로부터 튀링겐으로 돌아가는 길에 만하임에 머물렀을 때 실러와는 처음으로 개인적으로 만났다. 그러나 실러는 대단히 다급하게 전해진 명함을 통해 그들의 방문을 통보받았고, 이미 출발 중인 일행과 뒤늦게 마주쳐서 단지 의례적인 인사만 나눌 수 있었다.

루이제 폰 렝게펠트는 1761년 18세의 나이로 28년 연상인 산림 감독관 카를 크리스토프 폰 렝게펠트(Carl Christoph von Lengefeld)와 결혼했다. 1763년 2월 3일에 언니 카롤리네를 낳고, 1766년 11월 22일에는 동생 샤를로테를 낳은 이 행복한 결혼 생활은 고작 15년간 지속되었다. 원래 병약하던 렝게펠트가 전에 앓은 심장 발작의 후유증으로 1775년에 사망했기 때문이다. 가장과의 사별 후 오랫동안 이 가정은 경제적 안정이 보장될 수 없었고, 그리하여 루이제는 1789년부터 루돌슈타트에서 궁정 교사직을 맡아야 했다. 루이제는 딸들을 넉넉한 집안에 시집보낼 방안을 생각지 않을 수 없었다. 경제적인 계산을 하지 않을 수 없는 상황에서 11세 연상인 슈바르츠부르크-루돌슈타트의 참사관 프리드리히 빌헬름 루트비히 폰 보일비츠(Friedrich Wilhelm Ludwig von Beulwitz)와 카롤리네가 결합하는 길이 열렸다. 여행 경험이 많은 보일비츠는 가산이 많았을 뿐 아니라, 계속해서 승진할 가능성이 있었고, 급료가 좋은 궁정 직책을 맡고 있었다. 약혼한 후 얼마 안 되어서 그는 렝게펠트 가정의 생계를 책임졌고, 그렇게 함으로써 그 가정이 재정 적자의 위험을 막는 데 도움을 주었다. 그러나 1785년에 맺은 결혼은 계속 불행했다. 카롤리네의 지나치게 섬세한 감수성과 매력 없이 억척스럽게 일만 하는 보일비츠의 생활 감각이 접점을 찾지 못했기 때문이다. 이미 1790년에 이 부부는 별거를 했고, 1794년에는 급기야 이혼으로 이어졌다. 그와 반대로 소심한 편인 동생 샤를로테는 일찍부터 어머니의 뜻을 따라 장차 바이마르 궁정의 여관(女官) 역할을 맡을 준비를 했다. 아말리아 공작 부인과의 접촉은 폰 슈타인 부인이 주선했다. 그녀의 아들 프리츠가 샤를로테보다 여섯 살 아래였는데, 둘이서 친밀하

빌헬름 프리드리히 폰 볼초겐.
축소판 수채화.

게 지내며 성장한 것이다. 렝게펠트 자매들이 비교적 넓은 세상을 최초로 경험한 것은 1783~1784년에 한 스위스 여행에서였다. 이 여행의 근본적인 목적은 장차 있게 될 궁정 근무를 위해 샤를로테의 프랑스어 실력을 높이는 것이었다. 제네바 호수의 북안에 있는 브베에서 그녀는 가정교사의 감시를 받으며 외국어 회화를 익혔고, 문학작품들을 읽었다. 평생토록 샤를로테는 프랑스 저자들에 대한 지식을 비롯한 문학적 교양을 풍성하게 갖추고 있었다. 그에 대한 바탕이 마련된 것은 그녀가 브베에서 볼테르, 디드로, 루소의 작품들을 알게 되면서부터였다.

스위스에서 돌아오고, 또한 언니가 결혼한 후에 샤를로테는 당분간 삶의 위기에 빠진 듯했다. 시골이나 다름없는 루돌슈타트에서의 단조로운 삶을 그녀는 갑갑하게 느꼈다.[58] 스물세 가정이나 되는 루돌슈타트의 상류 귀족들은 거의 신분에 어울리게 호화를 과시하는 것을 즐기지 않았다. 1786/87년 가을과 겨울에 젊은 스코틀랜드인 헤론(Heron)과의 첫사랑은 결실을 맺지 못하고 끝났다. 귀족 가문 출신으로 열렬한 구애를 받은 젊은 이는 영국 정부가 시행하는 인도 탐험에 참가해야만 해서 약혼에 대한 희망은 깨어지고 말았던 것이다. 이웃한 바이마르에 체류하는 것, 공작 부인의 조촐한 다과 모임, 가면무도회, 스케이팅 파티가 루돌슈타트에서의 단조로운 일상에 변화를 주는 유일한 낙이었다. 이곳에서 샤를로테의 삶은 물론 소명을 기다리는 삶이었다. 그녀는 임박한 궁정 업무로의 변화를 기대하면서, 할 일이 별로 없는 지루한 일상을 보내고 있었다. 1787년 12월의 만남에서 실러는 약간 오해를 해서, 그녀가 사람을 대할 때 좀처럼 곁을 주지 않는 것으로 알았다. 그녀는 대화에 거의 끼어들지 않았고, 다만 머뭇거리면서 대답을 했지만 그러면서도 평온했고, 자신감을 지니고 있었다. 실러는 쾨르너에게 보낸 편지에서 이 자매들에게서 받은 첫인상을 이

카롤리네 폰 보일비츠(친정 성은 렝게펠트).
파스텔화. 작가 미상.

샤를로테 폰 렝게펠트.
축소화. 상아 위에 그린 수채화.
장식된 금테를 두름.

렇게 요약하고 있다. "두 사람은 예쁘지는 않지만, 매력이 있어서 내 마음에 몹시 들었네. 여기 사람들은 새로운 문학, 우아함, 느낌, 정신과 대단히 친숙하게 지내는 것을 알 수 있네. 그들은 훌륭한 피아노 연주 솜씨로 아름다운 저녁 시간을 내게 제대로 마련해주었네."(NA 24, 181 이하)

3년 반이나 연상인 카롤리네는 동생보다 지적으로 성숙했을 뿐 아니라 더 예민했으며, 때로는 자기중심적이고 기분파였다. 여자 역할에 대한 그 시대의 고정관념은 그녀로 하여금 자신이 가진 예술적 재능을 남김없이 개발하는 것을 허락지 않았다. 문학에 대한 그녀의 사랑은 일찍이 그녀의 사촌 언니인 아말리에 폰 렝게펠트(Amalie von Lengefeld)가 일깨워주었다. 카롤리네는 1780년대 초에 만하임에서 소피 폰 라 로슈와 만나서 그녀가 발행하는 잡지 《포모나, 독일의 딸들을 위하여(Pomona, für Teutschlands Töchter)》에 자신의 첫 소설 작품들을 발표했다. 그녀는 귀족으로서 사적인 모임에서 자작 텍스트의 일부를 낭독할 수 있었지만, 그녀의 이름을 실어 공개적으로 출판하는 것은 당시의 사회적 불문율을 어기는 것이어서 포기해야 했다. 그러므로 결혼 후에는 그녀가 글 쓰는 작업을 계속하는 경우가 매우 드물었다. 애정도 없는 형식적인 부부 관계에 묶여서 문학적 재능을 발휘하는 것이 어려워진데다가 실러가 그녀를 알게 되었을 때는 인생의 위기에 처해 있기까지 했다. 집안에서는 단지 "그 여자"라고만 불리던 카롤리네는 이혼 후에야 비로소 전적으로 창작 활동을 다시 할 수 있었다. 그녀가 쓴 장편소설 「아그네스 폰 릴리엔」은 후에 와서 남다른 성공을 거두었다. 실러는 이 소설을 1796년 10월과 1797년 5월 사이에 《호렌》 제4권에 게재하였다. 슐레겔 형제들은 처음에는 익명으로 게재된 이 텍스트를 괴테의 작품으로 여겼다. 이 여류 작가는 이 사실을 엄청난 칭찬으로 받아들였다. 1798년 베를린의 웅거 출판사에서 두 권으로 출간된 이 소설의 엄청난 판매량은 잡지 게재를 통해 얻었던 긍정적인 반응을 다시금 확인해 주었다. 이와 같은 성공에도 불구하고 카롤리네는 그 긴 생애 동안(그녀는 1847년 거의 84세의 나이에 사망했다) 문학 활동을 지속적으로 하지 못하고 오직 간헐적으로만 했다. 동생 샤를로테가 실러와 결혼한 지 4년 반이 지난 1794년 9월에 카롤리네는 두 번째 남편 빌헬름 폰 볼초겐과 결혼했다. 그러나 결혼 후 폰 볼초겐은 바우어바흐에 있는 집안 농장에 칩거하다가 1809년 12월 생을 마감했다. 그녀는 자신의 텍스트들을 발표하는 것을 몹시 주저하였다. 1826/27년에 예전에 잡지에 발표한 소설들의 모음집이 두 권으로 나왔고, 1830년에는 코타 출판사에서 오랫동안 준비해온 실러 생애에 관련된 그녀의 저술이 출간되었다. 당대 사람들은 이 저술을 믿을 만한 출처에서 나온 실러의 전기로 평가했다. 1840년에는 자전적 소설 「코르델리아(Cordelia)」가 나왔다. 그 시대의 여성용 연감에서 성공을 거두는 데 아무런 문제가 없었을 것임에도 불구하고, 그녀가 자신의 서정시 작품들을 한 번도 출간하지 않은 것은 어디까지나 자기비판적인 이유에서인 것 같다. 1848년과 1849년 사이에 출간된 그녀의 유작들은 사회적 관습 때문에 활동에 제약을 받은 한 여류 작가의 다방면에 걸친 예술적 재능을 증언해주고 있다.

루돌슈타트 방문에서 받은 인상들은 가정을 꾸려야겠다는 생각을 실러의 마음속에 일깨워주었다. 1788년 1월 7일 쾨르너에게 편지를 써서 실러는 자신의 마음을 솔직하게 털어놓았다. "나는 서민적이고 가정적인 평범한 삶을 그리워하고 있네. 그것이 내가 지금 희망하는 유일한 것일세."(NA 25, 4) 몇 주 후에 후버에게는 결혼만이 그의 극단적인 기분 변화, 긴장과 무기력, "아편 흡입으로 인한 기면(嗜眠)과 샴페인 과음으로 인한 명정(酩酊)의 연쇄 현상"(NA 25, 8)을 해소할 수 있다고 썼다. 1788년 2월 5일에 실러는 두 달 동안 궁정 생활을 즐기고 있는 듯 싶은 샤를로테를 바이마르의 한 가면무도회에서 다시 만났다. 두 주 후에는 그녀와 서신을 교환하기 시작해 두 사람 사이가 더욱 가까워졌다. 여름에는 바이마르에서 남쪽으로 30킬로미터 떨어진 잘레 강가의 루돌슈타트에서 함께 지내기로 계획을 세웠다. 1788년 4월 22일에 샤를로테는 실러를 위해 이웃 도시 폴크슈테트에 거처를 마련했다. 성가대 지휘자 운베하운(Unbehaun) 집이었다. 그러나 바이마르의 다채롭고 매력이 있는 사교 생활이 그를 유혹했기 때문에 이사는 몇 주일 지연되었다. 실러는 5월 초에 티푸르트에서 공작 모후와 식사를 했고, 5월 14일에는 헤르더, 보데, 포크트, 크네벨과 함께 베르투흐의 초대를 받았으며, 그다음 날에는 빌란트 집에 손님으로 초대를 받았다. 그는 애국적인 「프로이센의 전쟁 노래」(1758)의 작사자인 나이 든 글라임을 만나서 여러 번 저녁 식사에 초대를 받았고, 주변 지역 산보를 계획했으며, 음악회와 다과 모임에 참석했다. 그가 전원 풍경의 숙소가 기다리는 폴크슈테트로 이사한 것은 5월 19일이었다. 카롤리네 폰 볼초겐은 "그 집은 마을 앞에 전망이 훤히 트인 곳에 자리를 잡고 있었다. 방에서 그는 초원 위로 부드러운 만곡을 그리며 태고연한 고목들의 그늘에 덮여 흘러가는 잘레 강을 굽어볼 수 있었다"고 회상하고 있다.[59] 실러는 렝게펠트 가족이 살고 있는 루돌슈타트 저택에서 도보로 반 시간 거리에 있으며 이처럼 주변 환경이 매력적인 곳에서 그다음 석 달을 보냈다.

실러는 이 시골의 한적한 분위기를 우선 「강신술사」와 네덜란드 역사를 더 이상 손 댈 필요가 없을 정도로 꼼꼼하게 집필하는 데 이용하였다. 오후와 저녁 시간은 렝게펠트 가족들과 함께 차를 마시고 문학에 대한 토론을 하면서 보냈다. 샤를로테와 그녀의 어머니는 작은 정자에서 지냈다. 이 정자는 보일비츠 가정으로부터 빌린 노이엔 가세 소재 륌셴 하우스의 대지

위에 지어놓은 것이어서 늘 거리를 조망할 수 있었다. 이들의 작은 모임에는 괴테의 친구인 크네벨도 참석했다. 그는 공공연하게 샤를로테에게 구애를 했지만, 괴팍한 기인 행세를 곧잘 해서 그녀의 호감을 살 전망이 없었다. 매우 바쁜 빌헬름 보일비츠가 어쩌다가 이 작은 모임에 나타나기도 했다. 그는 예술 문제에는 관심이 없었지만, 실러가 그와 대화하기를 좋아했다. 그들의 대화에서는 세상 물정에 정통한 그의 지식과 정치적인 판단 능력이 미학적인 성향을 대신해준 것이다. 루돌슈타트 생활은 겉으로 일어난 사건이 별로 없이 평온하기 그지없었다. 이 가정과 친분이 두터운 폰 글라이헨(von Gleichen) 시종장이 방문한 일과, 5월 29일 이웃 도시 쿰바흐에서 슈바르츠부르크-루돌슈타트의 왕세자와 만난 것을 제외하면 실러의 사교적 왕래는 렝게펠트 가정에만 국한되어 있었다. 그곳에서 그는 바이마르 사교계의 최근 소식을 전해 들었다. 그는 이미 1788년 1월 7일에 쾨르너에게 쓴 편지에서 자신은 타인들의 사회생활에 관여할 수 있는 "매개체"를 필요로 한다고 밝힌 적이 있다.(NA 25, 4) 슈투트가르트와 드레스덴에 있을 때부터 그는 실제 경험이 부족한 책상에서의 활동을 보완할 수 있는, 그러면서도 자신의 판타지를 불안하게 만들지 않는 몇 사람만의 대화 모임을 추구했다. 바우어바흐의 단조로운 정적이나 만하임 극장 세계의 열띤 활동 분위기도 한결같은 수준의 활발한 의사소통에 대한 그의 욕구를 충족해주지 못했다. 그러나 그처럼 갈구하던 모임을 그는 루돌슈타트에서 발견했다. 자신의 문학작품 집필 계획에 대하여 믿고 의견을 교환할 가능성을 마련해주는, 이른바 가정적 분위기가 부각된 모임이었다. 매력이 있으면서도 헨리에테 폰 아르님이나 샤를로테 폰 칼프처럼 괴벽스럽지 않고, 유명한 저자에 대한 감동 속에서 경쟁을 하면서도 자신들의 고유한 판단 능력을 잃지 않는 두 여인을 발견한 것이다. 게다가 잘레 강 계곡으로 산보를 하면서 부드럽게 상상력을 자극할 수 있는 매력적인 주변 풍경이 있었다. 그는 평생 동안 시골 풍경을 높이 평가해서 대도시의 번잡함보다 이를 선호했다. 건축학을 공부하기 위해서 파리로 갔던 빌헬름 폰 볼초겐이 1788년 11월에 이 메트로폴리탄의 도시 생활에 대하여 보고했을 때, 실러는 카롤리네 폰 보일비츠에게 이렇게 썼다. "나는 거대하게 밀려오는 인간 바다의 물결에 대하여 끝없는 존경심을 가지고 있습니다. 그러나 나는 개암열매 껍질 속에서 역시 편안함을 느낍니다."(NA 25, 146)

8월 중순에 실러는 합창대 지휘자 운베하운 집에 있던 거처를 포기하고, 루돌슈타트 노이엔 가세에 있는 거처로 이사했다. 그 거처의 방들에서는 렝게펠트 가문의 대지 위에 있는 정원을 바라볼 수 있었다. 그는 역사 논문을 끝맺은 뒤인지라 이제는 진지하게 고전 연구에 몰입했다. 1788년 8월 20일에는 앞으로 2년 동안 현대 작가는 읽지 않겠다는 각오를 쾨르너에게 밝히고 있다. 9월 초부터는 1781년에 요한 하인리히 포스(Johann Heinrich Voß)가 6각운으로 번역한 호메로스의 「오디세이」와 크리스티안 토비아스 담(Christian Tobias Damm)의 「일리아스」 산문 번역본(1769~1771)을 철저하게 읽기 위해서 손수 번역하는 작업에 들어갔다. 에우리피데스의 「아울리스의 이피게니에」와 「페니키아 여인들(Phönizierinnen)」도 마찬가지로 번역을 하면서 읽었다. 그러나 실러는 이 번역 작업에서 그리스어가 아닌 라틴어의 판본을 이용했다. 그는 8월 20일 쾨르너에게 고백하기를 자신이 그 번역본들을 모두 거의 외울 수 있게 되면, 그때 가서야 '그리스어 원본' 번역에 손을 대겠노라고 했다.(NA 25, 97) 그의 목표는 샤를로테 폰 렝게펠트에게 보낸 편지에 썼듯이 어디까지나 "앞으로는 고전을 만끽함으로써 영혼을 더욱 살찌게 하기 위해서" 학창 시절에도 빈약하기만 했던 그리스어 실력을 오랜 기간을 두고 배양하는 것이었다.(NA 25, 99) 10월에는 어쩔 수 없이

「강신술사」 작업을 계속할 수밖에 없는 처지였고, 그달 말에는 그 뒤에 쓴 교훈시 「예술가들」에 대한 최초의 시상들이 떠올랐다. 역사 논문을 끝맺은 뒤에 실러의 작업 계획이 이렇게 급격하게 바뀐 것은 그가 내면적으로 불안해하고 있다는 것을 증명해준다. 그 불안의 원인은 개인적인 삶의 상황에도 있었다.

렝게펠트 자매와의 관계가 복잡한 삼각관계로 발전했다는 것을 실러 자신은 일찍부터 알아차렸을 것이다. 바이마르 시절 초기에 동생 샤를로테의 내성적인 성격을 좋게 보고 언니보다 그녀를 더 좋아했지만, 여름 동안에는 언니 카롤리네에 대한 호감이 싹텄다. 문학에 대한 그녀의 강한 애착심을 보고 실러는 문헌학적으로 이해하기 어려운 고전 번역 프로젝트의 제반 문제들까지도 논의할 수 있는 이상적인 대화 상대로 그녀를 인정할 수 있었다. 그에 반해 루이제 폰 렝게펠트가 보기에는 샤를로테와 실러의 사이가 점점 더 가까워지고 있었다. 그녀는 1788년 여름과 가을에 작은딸을 데리고 코흐베르크에 있는 폰 슈타인 부인의 시골 농장으로 여러 번 여행을 가려고 했는데, 거기에는 그럴 만한 이유가 있었다. 재산이라고는 거의 없는 작가와 샤를로테의 결합 전망이 이 시기에 모든 것을 정확히 계산하던 어머니의 기대에는 부합하지 못했을 것이다. 1788년 11월 12일 실러는 이 특이한 '삼각관계'를 정리하기 위해서 바이마르로 돌아왔다. 그는 이 음산한 가을에 그동안 비어 있던 집의 적막 속에서 자기 책상 앞에 앉아 있는 것이 참으로 힘들었다. 「페니키아 여인들」의 번역과 「돈 카를로스에 대한 편지들」, 소설 「운명의 장난」은 실러가 지금껏 모르고 지내던 침체된 기분의 영향을 받으며 탄생했다.

바이마르와 루돌슈타트 간의 거리가 짧아서 우편이 빨리 배달될 수 있었고, 그 덕분에 실러는 이 자매들과 더욱 자주 서신을 교환했다. 이 서신

교환은 전적으로 감상적인 우정을 전달한다는 명분을 띠고 있었다. 이 편지들은 개인이 지불하는 배달료를 받는 여자 배달부가 주로 목요일에 정확히 배달했다. 몇 년 뒤 실러는 괴테와의 서신 교환 때도 비슷한 방법을 택했는데, 이는 국가에서 운영하는 복잡한 우편 서비스 방법을 피하기 위한 것이었다. 18세기 말에 베를린으로부터 마인 강가의 프랑크푸르트까지 편지가 배달되는 데에는 적어도 아흐레가 걸렸다. 거리가 짧지만 도로 사정이 나빴던 튀링겐 지역 내에서도 종종 배달이 지체되곤 했는데, 이를 피할 수 있는 길은 오직 사적인 우편배달 서비스였다.

실러의 글들은 때때로 부자연스러운 느낌을 주는 감상주의 탈을 벗어나지 못하고 있다. 감상주의의 과장된 표현법은 그 시대의 취향 탓이기도 하다. 여기서 전개되고 있는 렝게펠트 자매와의 애정의 더블 플레이를 바라보노라면, 마치 라클로의 「위험한 애정 행각」과 괴테의 「스텔라」를 읽는 것만 같다. 실러는 두 자매를 공동 수신인으로 삼아 편지를 쓸 때가 종종 있었다. 이는 그의 우정이 그들에게 똑같이 해당한다는 것을 나타내기 위한 것이었다. 바이마르로 돌아오기 전날인 1788년 11월 12일에 다짐하듯 이렇게 쓰고 있다. "내가 사랑하는 이들이여, 그대들은 나의 영혼이나 마찬가지요. 나에게 나 자신이 낯설어지지 않는 한, 영원히 그대들을 잃지 않을 것이오."(NA 25, 128) 1788년 늦가을에 실러는 가능성이 있는 두 여인 중 한 사람을 결혼 상대자로 확신을 가지고 결정할 수 있는 형편이 아니었다. 카롤리네의 결혼은 단지 서류상으로만 유효하다는 것을 그 자신도 잘 알고 있었다. 남편과의 형식상의 결별은 극복할 수 없는 장애가 되지 않았다. 프로테스탄트적인 튀링겐에는 부부가 귀족일 경우에는 이혼 절차를 밟더라도 하늘의 복을 빌 준비가 되어 있는 융통성이 있는 관변 교회가 한 군데 있었다. 카롤리네에 대한 애정이 깊어감에도 불구하고, 다른 한편으로는 그해 여름까지만 해도 아직 샤를로테가 그를 사로잡고 있었던 것 같다. 그는 7월 27일에 쾨르너에게 편지로 이렇게 쓰고 있다. "두 자매는 자네 집 여인들에게는 없는 탐닉하는 기질을 약간 가지고 있네. 그러나 두 자매에게 있어서 그 기질은 분별력의 지배를 받고 있고, 정신적 문화를 통해 완화되어 있네. 동생은 '정신적인 허영심'이 어느 정도 있는 편일세. 그러나 그 허영심은 겸손과 한결같은 활기로 인해 부담을 주기보다는 즐거움을 주는 편이네."(NA 25, 83 이하)

겨울 내내 그들의 교제는 직접적인 대면 없이 서신 왕래에 의존하고 있었다. 실러가 거처를 구하기 위하여 3월 13일에 예나로 갔을 때 루돌슈타트에 잠깐 들렀다. 이 시기에 그가 물질적 독립의 조건으로 수익성 있는 결혼을 생각하고 있었다는 것은 3월 9일 쾨르너에게 보낸 편지가 밝혀준다. 이 편지는 실러가 지난 연간에 보여준 것같이 과격한 문체로 작성되었다. "내가 함께 살 수 있고, 나와 애정으로 결합될 수 있는 1만 2000탈러짜리 여자를 자네가 1년 내에 구해줄 수 있다면, 나는 5년 후에 자네에게 한 편의 프리데리크풍(風) 로코코 시, 한 편의 고전 비극 그리고 자네가 반드시 가지고 싶어하는 여섯 편의 아름다운 송가를 지어 바칠 생각이 있네. 그러면 예나에 있는 대학은 내 앞에서 설설 기려고 할 걸세."(NA 25, 222) 여름 학기 중인 7월 중순에 실러는 루돌슈타트에 머무르고 있는 렝게펠트 자매를 사흘간 방문했다. 주고받은 편지의 어조로 보면 그의 마음은 여전히 확정되지 않고 흔들리는 것 같았다. 8월 2일에 그는 라이프치히를 지나다가, 그 가족이 통상 여름철 얼마 동안을 보내는 아름다운 온천지인 라우흐슈태트에서 그 자매를 만났다. 여기에서 8월 3일 아침에 카롤리네와 이야기를 나눌 수 있는 기회가 있었다. 이때에 그녀는 동생이 그의 청혼을 애타게 기다리고 있다는 것을 실러에게 귀띔해주었다. 이 두 사람의 대화는 여러 달에 걸쳐 쌓였던 긴장을 풀어주었다. 스물네 시간 후에 실러는 라이프치히에서 샤를로테에게 편지를 써서 그녀에게 청혼을 했다. 이틀 후에 샤를로테가 쓴 답장은 확신에 차 있었다. 그녀의 뜻은 이미 결정된 것이나 다름없었던 것이다. "당신의 행복에 기여할 수 있다는 생각이 나의 영혼 앞에 밝고 빛난 모습을 띠고 나타납니다. 그 행복이 성실하고 내면적인 사랑과 우정일 수 있다면, 그것을 행복하게 바라보는 것은 제 가슴속에 품고 있는 따뜻한 염원이 성취된 것이기도 합니다."(NA 33/I, 370 이하)

실러는 라이프치히에서 2년 만에 처음으로 쾨르너를 만났다. 쾨르너에게 자신의 결혼 의향에 대해 이야기하고, 그가 지난 몇 달 동안 편지에서 형식적으로 부정은 했지만 자신의 마음이 샤를로테에게 점점 더 강하게 쏠리고 있음을 고백했다. 쾨르너는 이와 같은 갑작스러운 고백을 듣고 처음에는 당혹스러운 반응을 보였으나, 떠오르는 불쾌감만은 억제했다. 그러나 항상 굳게 다져진 우정의 첫 위기가 극복되기까지는 적어도 며칠이 걸렸다. 실러는 쾨르너 외에 누나 크리스토피네에게만 비밀을 털어놓았지만, 그녀에게는 신부의 이름은 밝히지 않았다. 샤를로테의 어머니에게도 뒤늦게야 이 사실이 알려졌다고 한다. 8월 7일에 샤를로테와 카롤리네가 라이프치히로 와서 쾨르너 부부와 함께 하루를 보냈는데, 이것이 그들이 조심스럽게 접근하는 데 도움을 주었다. 실러는 8월 10일에 쾨르너 가족과 함께 예나로 돌아왔다. 그곳에서 친구들은 일주일 이상 옛 하숙집 "슈라마이"*에 손님으로 묵었다. 단지 잠시 동안 포크트와 헤르더를 방문하러 바이마르로 갔을 때만 그 집을 비웠다. 렝게펠트 자매는 월말에 라우흐슈태트를 거쳐 루돌슈타트로 돌아왔다.

∴

* 슈람 자매가 운영하는 하숙집.

늦여름에 일어났던 복잡한 사건들의 영향을 받아 가을에 실러는 자신의 결정에 대해 점점 확신을 잃어갔다. 그는 작업에 복귀해서 샤를로테와의 접촉을 줄였다. 1789년 11월 10일 자신의 30회 생일에도 실러는 손님 없이 혼자 보냈다. 비공식적으로 약혼을 했음에도 불구하고 그는 지금도 카롤리네에게 은밀한 어조로 편지를 쓰기를 서슴지 않았는데, 이는 그녀에 대한 그의 변함없는 애정을 증명해주는 것이다. 언니는 헌신적으로 샤를로테와 그의 약혼을 후원해주었지만, 그가 보일비츠와의 부담스러운 부부 관계로부터 자신을 해방해주리라는 희망 또한 버리지 못했다. 그렇게 해서 1789년 가을에는 새로운 갈등의 위험이 도사리고 있었다. 게다가 샤를로테도 실러의 선택이 순수한 감정에 근거를 둔 것인지 확신이 서지 않는 모습을 보였다. 이러한 상황에서 이 자매들의 어렸을 적 친구 샤를로테 폰 다허뢰덴(Charlotte von Dacheröden)이 중재자로 개입했다. 얽히고설킨 상황을 풀어보려고 시도하면서 그녀는 진실치 못한 이중 플레이를 했다. 이 사실은 그녀가 1791년 6월에 결혼할 예정인 빌헬름 훔볼트와 교환한 서신이 증언해주고 있다. 결혼 몇 달 전인 1790년 1월만 해도 그녀는 실러의 호감의 대상은 정열적인 언니가 틀림없다고 추측했다. "로테는 사랑에도 관심이 없었습니다. 그래서 그녀는 그의 곁에 있어도 그로부터 멀리 있는 것 같았습니다. 그가 두 사람 다 반대하느냐고요? 당신은 그가 카롤리네에게 키스하는 것을 본 적이 없으시죠? 그렇다면 로테에게는요?"[60] 샤를로테에게 쓴 편지에서는 물론 결혼의 길이 트이고 있는 마당에 좋은 관점만 이끌어낼 수 있는 중매쟁이 역할을 자신이 하겠다고 아양을 떨었다. 그녀는 10월 18일에 선언하기를 실러는 자신의 진정한 감정을 알고 있기 때문에 카롤리네에 대한 호감을 억누른 것이라면서, "너(샤를로테)는 그의 가슴의 성스러운 진실을 의심하면 안 된다"[61]라고 했다. 그러나 그녀는 빌헬름 폰 홈볼트에게는 실러와 샤를로테의 결합은 잘못된 결합으로 여기고 있다는 자신의 의견을 피력했다. 1790년 2월 14일에 그녀는 단호하게 이렇게 쓰고 있다. "로테는 자기 삶의 궤도를 이탈한 것입니다. 그녀는 비교적 좁은 감정의 영역에서 살도록 만들어진 사람입니다. 그녀는 그 영역에 머물렀으면 행복했을 것이고, 그 영역에 대하여는 아무런 생각도 하지 않았을 것입니다. 사람들이 그녀에게 더욱 높은 것을 보여주었고, 그녀는 있지도 않은 그것을 향유할 내면적인 능력도 없으면서 그것을 추구했습니다."[62] 이 시기에 실러는 물론 이미 과거에 지녔던 의심을 극복했고 샤를로테를 상대로 한 자신의 결심을 다시 한번 굳혔다. 한 해 뒤에 그는 카롤리네 다허뢰덴과의 대화에서 카롤리네 폰 보일비츠와의 결합은 "한 사람이 다른 사람에게 너무 많은 것을" 요구했을 것이기 때문에 물론 실패했을 것이라고 선언했다.[63] 이로써 가을의 더블데이트는 과거사가 되고, 애인이 처형 역할을 할 수밖에 없게 되었던 것이다.

시민적 삶의 전망
궁정 고문관과 남편

실러와 샤를로테의 약혼 사실은 신부의 어머니인 루이제 폰 렝게펠트에게는 4개월 이상 비밀에 부쳐져 있었다. 12월 18일에 처음으로 실러는 서신을 통해 신부 어머니에게서 승낙을 받아냈다. 이는 자매들이 에르푸르트를 방문하는 동안 어머니에게 사실을 밝히고 난 뒤의 일이었다. 답장은 긍정적이었다. 그러나 미래의 사위가 처한 경제적 상황에 대해서는 상세한 정보를 요구했다. 폰 렝게펠트 부인은 실러를 딸의 이상적인 남편감으로 보지 않았을 것이다. 그동안 그는 교수 타이틀을 획득하기는 했지만, 소유한 재산은 없고, 불규칙적인 수입만 있을 뿐이고, 출신도 서민이어서 샤를 로테는 결혼 후에 귀족 신분을 상실할지도 몰랐다. 하지만 어머니는 큰딸의 예를 통해서 애정이 없는 정략결혼의 불행한 결과를 경험했다. 그 점 때문에 그녀는 이 한 쌍의 결혼을 좀 더 쉽게 승낙하게 되었다. 지난 몇 달 동안 딸들과 실러 사이에 얽히고설킨 사연에 대해서 그녀는 아무것도 몰랐을 가능성이 있다.

12월 22일 실러는 고정된 봉급을 보장해달라는 청원서를 공작에게 제출했다. 그보다 며칠 전에 샤를로테 폰 슈타인이 카를 아우구스트 공에게 결혼이 임박했음을 알렸고, 실러의 불안정한 재정 형편에 대하여 귀띔해주었다. 영주는 1790년 1월 1일에 연봉 200탈러를 승인했다. 풍족한 액수는 아니지만, 그런대로 살아갈 수 있는 봉급이었다. 렝게펠트 부인도 같은 액수의 보조금을 주겠다고 통보했다. 이 보조금을 보장하는 데에는 추측건대 큰사위인 보일비츠의 재정적 지원을 계산에 넣었을 것이다. 그 밖에 기대되는 수강료와 출판 수입을 보탤 수 있었다. 1789년 12월 24일에 실러는 그가 필요로 하는 연간 총액의 목록을 상세하게 작성해본 후, 서민 가정 하나를 꾸리는 데 드는 최저생계비는 벌고 있다는 것을 확인하고 마음이 놓인 듯한 편지를 쾨르너에게 썼다. "나는 여기서 800제국탈러를 가지고 제법 잘살 수 있네. 공작에게서 200탈러를 받고, 연간 네 강좌를 통하여 내가 계산하기로는 적어도 200탈러만 벌어도 장모가 주는 연간 200탈러의 보조금을 합치면 벌써 600탈러가 되네. 매주 이틀은 강의가 없고 거기에 합쳐서 연간 방학이 두 달 있으니, 나는 글을 써서 적어도 지금까지 번 것만큼은 벌려고 하네."(NA 25, 373) 물론 이 목록은 실러가 경제적으로 안정된 생활을 하려면 앞으로도 출판 활동을 통해 들어오는 수입에 의존해야 한다는 것을 보여준다. 16세 된 대학생 괴테는 1765년 라이프치히에서 학업을 시작했을 때 아버지로부터 연간 1000탈러 액면의 어음을 받았다. 그에 비하여 실러는 엄청난 노력과 혹심한 노동력을 끊임없이 투입해서 자기 생애의 마지막 달에야 비로소 같은 액수가 수중에 들어오게 되는 셈이었다.

실러는 미래의 아내의 사회적 체면이 특히 마음에 걸렸다. 결혼하고 나면 귀족 칭호를 잃게 되기 때문이었다. 그래서 그는 12월 16일에 작센-코부르크 왕세자에게 편지를 써서 자신의 지위를 추밀 고문관으로 승격해줄 것을 간청했고, 12월 22일에는 개인적으로 잘 알고 있는 작센-마이닝겐 공작을 상대로 같은 청원을 되풀이했다. 그 지방에 이 지위를 얻고자 하는 지원자의 수가 엄청 많았으므로 바이마르의 행정 당국은 본격적인 심사에 들어가기 전에 이웃 영방인 튀링겐에 청원서를 제출할 것을 그에게 권고했다. 그가 마이닝겐 공작에게 자신을 추밀 고문관으로 임명해줄 것을 요청하기 위해 쓴 편지는 실러의 외교적 능력을 증명해주는 것이기도 하지만, 그가 자신의 사회적 역할의 성격을 어떻게 이해하고 있는지도 분명히 밝혀준다. "본인은 루돌슈타트의 현직 여성 궁내부 장관의 따님인 렝게펠트 양과 결혼하려고 합니다. 이 결혼에 본인 생애의 모든 행복이 걸려 있습니다. 그러나 어머니의 온정과 따님의 사랑으로 인해 그분들의 귀족 신분이 희생되어야 할 형편인데도 본인은 제공할 수 있는 외형상의 이익이 달리 없습니다. 그러므로 본인은 본인에게 어울리는 사회적 지위를 얻음으로써 약간이라도 그들의 희생에 보답하거나 그들의 심적 고통을 덜어줄 수 있기를 간곡히 염원하는 바입니다."(NA 25, 372) 이 청원이 받아들여져 실러는 1월 13일 유명한 바로크 영주 안톤 울리히 폰 브라운슈바이크-볼펜뷔텔(Anton Ulrich von Braunschweig-Wolfenbüttel)의 아들 중 한 사람인 마이닝겐의 영주의 주선으로 고문관에서 작센-바이마르-아이제나흐 공국의 추밀 고문관으로 신분이 상승했고, 이는 즉각 효력을 발휘했다. 예정된 결혼 몇 주 전인 1월 중순에 실러는 쾨르너에게 그간 있었던 일들의 결과를 확인하는 편지를 썼다. 간결하고도 평온한 어조는 그가 최근 몇 개월간에 모든 것을 이루었다는 성취감에 사로잡혀 있음을 보여준다. 약혼은 공식적으로 그녀의 체면을 세워주었고, 장모가 혼수 대신에 상당한 재정적 지원을 제공했으며, 대학의 경력을 얻는데도 성공을 거둔데다, 카를 아우구스트 공이 그의 연금 청원을 받아들였고, 추밀고문관 임명은 서류상으로 소급 적용이 되었으니 당연한 반응이 아닐 수 없다. "나는 며칠 전부터 키가 한 뼘은 자란 것 같네. 마이닝겐 궁정이 나의 뛰어난 학문적 업적과 작가라는 명성을 이유로 자격증을 수여해서 나에게 영광을 안겨주었기 때문일세."(NA 25, 394)

신년 초에 약혼한 두 사람은 본래 봄으로 예정되었던 결혼식을 2월로 앞당기기로 결정했다. 이 단계에서 문제점으로 등장한 것은 샤를로테 폰 칼프와의 관계였다. 그녀는 가을까지만 해도 실러와 결합할 수 있는 길을 터놓기 위해서 법적으로 헤르더의 협조를 얻어 남편과 이혼하기를 희망하고 있었다. 실러는 샤를로테와 카롤리네에 대한 애정을 2년 넘게 숨겨온 끝에, 1790년 2월 초에야 임박한 결혼의 비밀을 처음으로 털어놓았다. 그가 한때 열정을 바친 사건을 끝맺으면서 취한 냉정한 태도를 바라보노라면 가슴이 아프지 않을 수 없다. 신부는 2월 11일 승리감에 도취된 어조로, 폰 슈타인 집에서 만난 과거 연적의 풀 죽은 모습을 이렇게 보고하고 있다. "우리들은 서로 차갑게 대했다. 그녀는 발작 증세를 겪고 난 미친 사람 같았다. 그처럼 탈진해 있었고, 망가져 있었다. 대화를 전연 이어가려고 하지 않았다. (……) 나는 참으로 그녀가 분별력을 잃은 것이 아닌가 겁이 났다. 내 눈에 그녀의 모습은 대단히 유별나 보였다. 그래서 용서받을 수 없는 완고함과 추악한 인품을 나타내 보이지만 않았다면, 그녀는 나의 동정심을 유발할 수도 있었을 것이다."(NA 33/I, 481) 결혼식 전에도 틀림 없이 샤를로테 폰 칼프는 만하임 시절부터 그랬듯이 은밀한 편지들을 실 러에게 보냈을 것이다. 후에 그녀는 교환했던 서신들을 모두 불에 태워버 렸다. 두 사람은 그 후에 다시 가까워졌고, 사회적 관행에 부합하는 형식적 인 관계를 유지해서 사람들을 놀라게 했다.

1790년 2월 22일 월요일에 결혼식은 조촐하게 치러졌다. 실러는 휴강을 하고, 2월 18일 바이마르를 거쳐 에르푸르트로 가서 샤를로테와 카롤리네 를 만났다. 그런 다음 그들과 함께 예나로 가서 두 자매를 우선 조피아 폰 제그너(Sophia von Seegner)의 집에 유숙토록 했다. 그 거처는 실러가 1월 말에 처형과 장모를 위해 빌려놓은 것이었다. 결혼식 날 아침에 칼라에 머 물던 렝게펠트 부인을 데려왔고, 그런 다음엔 마차로 세 시간 거리 떨어진 베니겐예나로 갔다. 이미 해가 진 17시 30분경에 아무런 치장도 하지 않은 마을 교회에서 하객도 없이 부목사 카를 크리스티안 슈미트(Karl Christian Schmid)의 집례로 결혼식이 거행되었다. 샤를로테가 16년 후에 회상한 바 로는 저녁 시간은 예나에서 차를 마시고 대화를 나누면서 "조용하고 편안 하게" 보냈다.[64]

신혼부부는 지금까지 실러가 유숙하던 슈라마이에 거처를 정했다. 실러 는 방 두 개를 더 빌렸지만, 루돌슈타트에서 배달된 소파 몇 개를 제외하고 는 새로운 가구를 사들이지 않았다. 연초부터 실러의 시중을 들던 하인 슐 트하이스(Schultheiß) 외에 하녀 한 명이 샤를로테를 위해 채용되었다. 그 와 같은 인적 구성은 당시의 관행에 비추어 볼 때, 검소한 편에 속했다. 18세기 말에 부르주아 가정들은 머슴을 열 명까지 고용할 수 있었고, 귀 족 가문은 서른 명까지 고용할 수 있었다는 것을 염두에 두고 평가한 것이다. 괴팅겐에서는 이 시기에 머슴들의 비율이 전체 주민 수의 15퍼센트에 달했고, 부유한 함부르크에서는 20퍼센트에 달했다.[65] 지불되는 임금이 낮았기 때문에(통상 월 10탈러를 넘지 않았음) 하인들을 위한 비용은 좁은 범위 내에서 왔다 갔다 했다. 경제적 형편이 아직도 안심할 수 있을 만치 안정되지 않았기 때문에 실러도 물론 절약 정신의 지배를 받았다. 비용상의 이유로 그들은 부엌일을 하는 사람을 쓰는 것은 포기했다. 점심과 저녁 식사는 대부분 주인집에서 여럿이 함께 들었다. 곧 여기에 어울리는 회식 모임이 마련되어 정기적으로 친구들과 친지들이 만났다. 슈람 자매는 방을 대학 식구들에게 싼값에 세놓기를 좋아해서 회식 모임의 화제도 주로 대학에 관한 것들이었다. 교육학자 루트비히 프리드리히 괴리츠(Ludwig Friedrich Göritz), 대학생 바르톨로모이스 루트비히 피셰니히(Bartholomäus Ludwig Fischenich, 후에 본대학의 법학 교수)와 이마누엘 니트하머(Immanuel Niethammer, 이전의 튀빙겐신학교 학생), 프리츠 폰 슈타인(Fritz von Stein), 손님으로 참석한 빌헬름 폰 훔볼트와 그의 부인 등이 이후 연간에 점심 회식 모임의 참석 멤버들이었다. 그들은 종종 밤에도 포도주를 마시며 함께 시간을 보내서, 실러는 만하임과 슈투트가르트에서 가졌던 모임이 생각날 때도 있었다. 종종 12시경에 침대에서 나오는 늦잠꾸러기로서 저녁 시간이 되면 그의 사고 에너지가 가장 활발하게 작동했다. 목격자들은 후에 실러의 생활 태도가 보여주는 서민답지 않은 성격을 기억했다. 집주인은 하루 내내 모닝 가운을 입고 있었고, 면도도 하지 않은 채 손님을 맞았으며, 카드놀이나 장기 두기에 열광했다. 검소한 식사를 친구들과 나누었으며 책상과 토론 모임 사이에 확고한 경계가 없는 것 같았다.

그들은 예나에서 그리스바흐 부부와, 슈바벤 출신인 파울루스와도 친분을 유지했다. 파울루스에 대하여 실러는 1790년 5월 13일에 예나에서 부모님에게 편지하면서 자신이 "가장 신뢰하고 좋아하는 친구"라고 썼다.(NA 26, 18) 1791년 3월에 뉘른베르크의 의사이자 출판업자인 요한 베냐민 에르하르트가 실러의 작은 모임에 합류하게 되었다. 뵈티거가 악의에 차서 "그 유명하고 독창적인 천재 칸트주의자"[60]로 일컬었던 그는 몇 달 동안 예나에 거주하면서 라인홀트의 강의를 들었다. 실러는 1791년 4월 10일 자 편지에 쾨르너에게 예나 대화 모임의 분위기를 설명하면서 "그(에르하르트)의 사교술은 재기가 넘쳤다"고 언급하고 있다.(NA 26, 82) 때때로 그들은 카롤리네, 샤를로테 폰 슈타인 또는 크네벨의 방문을 받기도 했다(크네벨이 자신이 당한 냉대에 대한 실망감을 극복하는 데에는 오랜 시일이 걸릴 수밖에 없었다). 신부인 샤를로테는 경제적인 사정을 고려해서 옹색한 살림을 할 수밖에 없는 것을 전적으로 수긍하는 모습을 보였다. 그녀가 후년에 와서 남편의 높아져가는 사회적 명성과 거기에 연관된 궁정 생활을 높이 평가했지만 자신이 정해놓은 한계선을 넘어서지는 않았다. 아내 역할을 그녀는 인습에 따라 이해하고 있었다. 그녀는 평생토록(그녀는 1826년 가까스로 60세를 살고 세상을 떴다) 자녀들의 양육과 후원을 가장 중요한 과제로 삼았다. 그와 동시에 그녀는 코타 출판사에서 발행하는 《플로라(Flora)》를 위해 완성한 번역문들이 보여주듯 결코 과소평가되어서는 안 될 예술적 재능을 지니고 있었다. 예나의 슐레겔 모임은 정신적인 품격이 없는 우직한 주부의 이미지를 퍼뜨렸지만 그런 이미지는 그녀에게 전혀 어울리지 않았다. 그녀의 일기는 보수적이고, 종교적 색채가 짙게 부각된 인생관을 증언해주고 있다. 그녀의 인생관은 확고한 신분 의식을 담고 있으면서도 지적인 성향, 광범위한 교양, 고도의 예술적 감수성까지 포함하고 있었다. 예나와 바이마르에서 주로 남자들만 참가한 문학적 대화 모임에 참석하는 것이 주제넘는 짓이다 싶지 않을 때에는 매번 참여해서 그리 나쁜 인상을 주지는 않았다고 한다. 번역문과 서신들이 증언하고 있는 그녀의 재능을 더 발전시키지 않은 것은 인습적인 교육의 결과였다. 그녀는 언니와는 반대로 인습에 저항하려 들지 않았던 것이다.

1790년에 실러는 마침내 자신의 본거지를 발견한 것처럼 보였다. 그는 예나의 임지를 떠나는 일이 드물었다. 한 번도 두드러지게 나타난 적이 없던 그의 여행 벽(癖)은 오로지 주변 지역, 즉 바이마르, 루돌슈타트, 에르푸르트 등지로만 그를 안내했다. 1790년 3월 1일 쾨르너에게 고백한 바와 같이 자신이 샤를로테와 떨어지지 않아도 된다는 것을 그는 특별히 결혼 생활의 장점으로 보았다. 후년에 와서도 실러는 가정의 안락한 보금자리를 떠나기를 좋아하지 않았다. 샤를로테와 교환한 서신들 근 400통 중에 300통은 1790년 이전에 쓴 것들이었다. 결혼 후에는 이 부부가 떨어지는 경우는 아주 예외적인 경우 말고는 없어서 편지를 교환할 계기가 더 이상 마련되지 못했던 것이다.

결혼식이 있기 몇 주 전인 2월 초에 실러는 자서전을 써볼 생각을 했다. 만하임으로 도주한 이래 그는 예전에 쓴 글들의 견본을 지니고 있지 않았기 때문에 아버지에게 도움을 요청했다. 2월 4일 자 편지에 그는 자신이 쓴 의학 관련 글들의 원고 내지 인쇄본, 《슈바벤 마가친》에 실렸던 초기 시들, 《비르템베르크 문집》에 실렸던 여기저기 흩어진 잡지 기고문들을 찾아내고 싶다고 썼다. 그는 그와 같은 글들이 자기 "정신"의 "역사에 대한 증거물"로 필요하다는 것이었다.(NA 25, 408) 이와 같은 무리한 요구는 그가 1789년 3월부터 크루시우스와 함께 자신의 짧은 산문들을 출판하려던 정황 때문만은 아니었다. 그 뒤에는 인생의 외형적 전환점에서 결산을 하고 자신의 업적을 성숙한 경험의 시각에서 평가해보고 싶은 염원도 숨어 있었다.

열광적인 학생

프리드리히 폰 하르덴베르크(노발리스)

1790/91년도 겨울 학기에 실러는 십자군 전쟁사에 대한 공개 강의를 했다. 한 시간짜리 강의의 수강생들 중에는 18세인 프리드리히 폰 하르덴베르크(Friedrich von Hardenberg)도 끼어 있었다. 그는 1790년 10월에 예나대학 법학과에 등록했지만, 아무런 열정도 없이 그 학과 수업에 수강 신청을 했다. 부유한 가정 출신인 그에게는 부친의 엄격한 경건주의 교육이 배어 있었고, 법률학 공부는 관리직으로 출세하기 위한 전주곡이나 마찬가지였다. 하지만 하르덴베르크는 고향인 바이센펠스에서 김나지움을 다닐 때부터 문학예술에 처음으로 관심을 보였다. 1788년 16세의 나이로 그는 서정시를 쓰기 시작했고, 1789년 5월에는 랑겐도르프에서 유명 인사 고트프리트 아우구스트 뷔르거를 만났다. 이전에 이미 그는 존경하는 마음이 담긴 편지들을 그에게 써서 호감을 얻어놓은 터였다. 그 후로 뷔르거의 영향을 받아 수많은 담시(譚詩)를 탄생시키기도 했지만, 이 젊은이는 라틴어와 그리스어 실력이 탁월해 라틴어 작품과 그리스어 작품을 번역하기도 했다. 이와 같은 초기 작업과 병행한 강도 높은 독서를 통해 집안의 편협한 신앙적 환경을 약간이나마 탈피할 수 있었다. 하르덴베르크가 1790년 10월에 예나로 떠났을 때 125종이나 되는 열람용 도서들이 그와 동행했다. 그중에는 할러, 클롭슈토크, 레싱, 헤르더, 빌란트, 실러, 뷔르거, 횔티의 작품들이 끼어 있었다.[67] 그가 예나대학의 부교수이자 유명 인사인 실러를 무조건 가까이 사귀고 싶어한 것은 너무나 당연한 일이었다. 그는 특히 실러의 서정시를 높이 평가하고 있었다.

하르덴베르크는 재빨리 실러의 강의에 매료되었다. 그의 열광은 대부분 무미건조하기 짝이 없는 강의 스타일 때문이 아니고, 역사적 상론이 보여준 강력한 사상적 열정 때문이었을 것이다. "그의 시선은 나를 먼지 속으로 내던졌다가 다시 일으켜 세우곤 했다"고 그는 1791년 10월에 열정을 담아 선언했다.[68] 이미 1791년 1월 중순에 그는 이례적인 상황에서 실러를 개인적으로 좀 더 가까이 알게 되는 계기를 만났다. 실러는 연초에 체열이 내리지 않은 상태로 에르푸르트에서 예나로 돌아왔다. 1월 14일에 새로 발작이 일어나 그는 몇 주 동안 병석에 누웠고, 휴강을 하지 않을 수 없었다. 카롤리네 폰 볼초겐이 보고한 바로는 하르덴베르크는 실러가 어려운 상황에 처해 있는 동안, 열에 시달리는 병자의 침대를 밤새 지킨 학생들 가운데 한 사람이었다.[69] 월말에 실러의 건강이 안정을 되찾았을 때, 문학 활동을 꿈꾸는 이 젊은이의 미래를 놓고 비교적 긴 대화가 오갔다. 실러는 좋아하지는 않더라도 부친의 염원을 따라 법률 공부를 끝마치도록 그를 설득했다. 그가 보기에 법률 공부가 가지는 안정된 직업 전망의 의미에는 의심할 여지가 조금도 없었다. 그는 전업 작가로서의 활동에 대해서는 경고를 아끼지 않았다. 그 활동의 어려움을 자신이 매일같이 겪고 있었기 때문이다. 몇 주 후, 1791년 4월에 하르덴베르크는 「한 젊은이의 애가(Klagen eines Jünglings)」를 발표해, 빌란트가 발행하던 《도이체 메르쿠어》에 데뷔했다.

좀 더 심도 있는 의견 교환은 1791년 8월 실러가 카를스바더 요양에서 돌아온 후에야 비로소 가능했다. 그전에 하르덴베르크의 부친이 예나를 방문한 바 있는데, 그때에 이 유명한 교수도 찾아와서 법률학 공부에 대한 아들의 부족한 관심을 북돋워주고, 밥벌이 공부의 필요성을 계속해서 확신시켜줄 것을 부탁했을 것이다. 7월 1일에는 예전에 하르덴베르크의 가정교사이던 카를 크리스티안 슈미트가 추천장을 가지고 개입했다. 그는

프리드리히 레오폴트 폰 하르덴베르크(노발리스).
동판화. 아우구스트 베거 작.

1784년 이래 예나대학 철학부에서 강사로서 활약 중이었다. 1년 반 전에 실러의 교회 결혼식 주례를 맡았던 슈미트는 "자주 만나서 제반 문제에 관련된 대화를 나눔으로써, 이 젊은이가 자신이 그처럼 존경하는 분에 대해 보여준 절대적인 신뢰에" 응답해줄 것과 그러는 과정에서 그가 법학 공부의 필요성을 깨우치도록 설득해줄 것을 간곡하게 부탁했다.(NA 34/I, 73) 부친의 염원을 다시 한번 확인하는 이 편지가 의미하는 대로 실러는 8월 중순에 하르덴베르크에게 영향력을 행사했을 것이다. 그 효과가 나타나기까지는 시간이 오래 걸리지 않았다. 이 젊은이는 자신의 취향과는 반대로 겨울 학기에 라이프치히대학으로 전학하기로 결심하고, 그곳에서 더욱 열심히 법학 공부에 전념코자 했다. 1791년 9월 22일에 그는 병세가 호전된 후 요양을 위해 에르푸르트에 머물던 실러에게 편지를 썼다. "당신의 말 한마디가 다른 사람이 여러 번 반복한 훈계와 설교보다 더 많은 영향을 내게 끼쳤습니다. 그 한마디는 내 속에 수천의 다른 불꽃을 점화했고, 가장 철저한 추론과 입증보다도 더 나의 교양과 신념에 이로움을 주었습니다." (NA 34/I, 87)

1791년 10월 5일 작센의 고세크에서 라인홀트에게 쓴 장문의 편지에서 하르덴베르크는 실러에 대한 찬가를 부르고 있다. 자연은 "애정을 가지고" 그의 속에 온갖 재능을 결합해놓았다는 것이다. 즉 "따뜻한 마음을 굳센 마음과, 검소함을 풍요로움과, 체계를 방법과, 성격을 의미와, 공식을 응용과, 초자연적인 것을 상상력과 그리고 방법을 초자연적인 것과" 결합해놓았다는 것이다.[70] 그는 장차 민족 신화에 감탄할 사람들과 중세-기독교적 가치를 설교할 사람들이면 예감할 수 있는 용어를 써서 이렇게 덧붙이고 있다. "나의 가슴엔 더욱 자부심이 넘친다. 이 사람이 독일 사람이기에. 나는 그를 알았고 그는 나의 친구였다."[71] 1791년 10월 7일에 그는 괴테의 베르테르를 흉내 내어, 자신이 광활한 하늘 아래 "포도밭에" 앉아서, "무성하게 높이 자란 포도나무 숲 한가운데에서" 수행한 호메로스 연구를 실러에게 보고했다. 그는 또한 기온이 늦여름 같은 고세크의 가을날에 「돈 카를로스」를 읽고는, 그 속에 있는 "비할 나위 없고, 고상하며, 도덕적인 한 구절이 볼테르의 「캉디드(Candide)」보다 더 가치 있다"고 선언했다.(NA 34/ I, 91 이하) 특이한 것은 젊은 하르덴베르크가 문학의 도덕적 기능을 반복해서 강조하고 있다는 점이다. 그와 반대로 실러는 1791년 가을 윤리적 가치 개념을 넘어서서 예술의 독자적 기능에 대하여 다른 상상을 했던 것으로 짐작된다. 그는 아홉 달 전에 칸트 미학을 집중적으로 연구하기 시작했고, 그 연구는 이 분야에서 그가 자신의 미래를 확신하게 되는 데 중요한 영향을 끼치게 될 것이었다. 후년에 와서 하르덴베르크가 '미학의 자치권 사상(Autonomiegedanken)'이라고 일컬어지는 독창적인 미학 이론에 이르는 길을 발견한 것은 그와 관련된 실러의 사전 작업에서 힘입은 바가 컸다.

하르덴베르크는 라이프치히대학으로 학적을 바꾼 후인 1792년 1월에 동갑내기인 프리드리히 슐레겔을 만났다. 슐레겔도 그와 마찬가지로 아무런 열정 없이 법률 공부의 과정을 수료했으나, 후에 와서는 완전히 포기했다. 이제 막 싹트기 시작한 두 사람의 우정으로 인해, 그동안 하르덴베르크에게 감명을 주어온 실러라는 인물은 서서히 무대 뒤로 물러나게 되었다. 우선 접촉이 끊겼다. 그래서 실러는 1792년 1월 15일과 2월 10일 괴셴에게 라이프치히에 거주하는 자신의 옛 학생에게 안부를 전해달라고 간곡히 부탁했지만, 그 후로 그들의 관계는 완전히 끊어진 것 같았다. 1796년 여름에 와서야 비로소 새로운 접촉이 이루어졌다. 하르덴베르크의 비공식 약혼녀로 열네 살이던 조피 폰 퀸(Sophie von Kühn)이 간농양에 걸려 7월 5일 예나에서 궁의(宮醫) 요한 크리스티안 슈타르크(Johann Christian Stark)

에게 수술을 받았다. 법률학 국가시험을 마친 뒤 가까운 바이센펠스에서 제염소(製鹽所) 관리국의 조수 직을 맡은 하르덴베르크는 병상에 있는 조피를 정기적으로 문병했다. 실러와 샤를로테는 마취를 하지 않은 채 이루어진 고통스러운 수술의 결과로 고생을 해야 했던 이 소녀의 운명에 적극적으로 관심을 보였다. 재수술을 했으나 이 중환자는 1797년 3월 19일에 사망하고 말았다. 하르덴베르크는 5월 25일 애정에 넘쳐서 조피를 간호하던 샤를로테에게 고인의 머리카락 한 올을 보냄으로써 그동안 보여준 후의에 감사의 뜻을 표했다. 후년에 와서 사적인 왕래는 없었으나, 왕년의 제자는 자신의 스승에게 항상 의리를 지켰다. 1798년 12월에 하르덴베르크는 프라이베르크 광산 감독관의 딸로 22세이던 율리 폰 샤르팡티에(Julie von Charpentier)와 약혼했다. 지질학 분야에서 권위자로 꼽히는 아버지 샤르팡티에를 실러는 1787년 1월 초 어느 날 드레스덴에서 만났다. 쾨르너의 직장 동료인 에른스트 폰 노스티츠(Ernst von Nostitz) 집에서 있었던 저녁 식사 자리에서였다. 그러나 하르덴베르크가 폐결핵에 걸려 1801년 3월 25일에 요절하면서, 율리와의 결혼은 성사되지 못했다.

슐레겔 형제들이 1797년 여름부터 실러와 벌인 문학 논쟁에 하르덴베르크는 끼어들지 않았을 가능성이 있다. 그는 괴테의 작품, 특히 빌헬름 마이스터 소설(1796)의 서민적 인생론에 처음에는 감탄했다가 나중에는 신랄하게 비판한 적이 있다. 하지만 그의 문학 노트에서 옛 스승인 실러의 작품들에 대해서는 비슷한 언사가 발견되지 않았다.[72] 그럼에도 불구하고 그는 자신과 실러 사이에는 넘어야 할 경계선이 있음을 인지했다. 그의 피히테 연구의 문맥에는 실러의 미학적인 글들에서 보이는 분명한 원칙 모형에 대해 의구심을 표출하는 언급들이 나타나고 있다. "실러의 고찰은 하나의 확고한 관점에서 출발하기 때문에 후에는 그가 출발점으로 규정한 방법의 상황 외에 다른 상황을 발견할 수가 없다."[73] 슐레겔이 발행하는《아테네움(Athenäum)》(1798~1801)에 노발리스(Novalis)라는 이름으로 발표한 하르덴베르크의 기고문들, 특히 단편인 「꽃가루(Blüthenstaub)」와 「밤의 찬가(Hymnen an die Nacht)」는 야코프 뵈메(Jacob Böhme)와 프란스 헴스테르호이스의 주변에서 유래한 신화적 · 비의적 사유 전통의 영향을 받고 있음을 보여주나, 이 전통은 고전주의자 실러에게는 전혀 생소한 것이나 다름없었다. 후년에 와서 하르덴베르크를 그의 스승과는 완전히 다른 영역으로 이끈 십자군 전쟁 시대에 대한 논쟁도 비슷한 경우이다. 논문 「기독교 또는 유럽(Die Christenheit oder Europa)」(1799)에서 그는 과거 지향적 유토피아가 승화된 성격을 지니는 중세의 모습을 그리고 있다. 『회고록』 제1권 1항에 대한 개괄이 제공하는 것처럼 실러의 묘사에는 계몽주의를 통해 극복된 사회적 긴장과, 전쟁으로 인한 불안의 시대에 대한 비판적 시선이 지배적인 데 반해, 하르덴베르크에게서는 교황 제도와 위계질서가 부각된 봉건사회의 엄격한 질서에 대한 변함없는 열광이 나타난다. 루트비히 티크(Ludwig Tieck)가 1802년 단편으로 펴낸 하르덴베르크의 유작 소설 「오프터딩겐(Ofterdingen)」도 어두운 시대를 그린 스승의 초상화와는 다르게 목가적인 중세의 이념에 대한 기억을 되살리고 있다. 그와 같은 차이에도 불구하고 실러의 역사 사상이 하르덴베르크에게 얼마나 영향을 미쳤는지는 1798년 「꽃가루」의 한 단락이 증명해주고 있다. 이 단락은 역사를 기술하는 사람은 "역사적 데이터"를 언어의 "활성화"를 통해 하나의 "예술 형상"으로 조직해서 그 예술 형상이 독자들 눈앞에 정리되어 나타날 수 있도록 해야 한다고 진술하고 있다. 이와 같은 '활성화'는 하르덴베르크에게도 임의적인 행위가 아니라 사실 자료를 우연의 그늘에서 의미의 예술적 질서로 옮기는, 이른바 의미를 심어주는 합법적인 과정으로 통했다.[74] 「오프터딩겐」에서 폰 호엔촐레른(von Hohenzollern) 백작은 이와 같은 견해와 일치하는 견해를 피력하고 있다. "이 모든 것을 잘 고려해보면 역사를 쓰는 사람은 또한 시인이 되지 않으면 안 되는 것처럼 보인다. 왜냐하면 오직 시인만이 사건들을 노련하게 연관지을 수 있는 기술을 이해할 것이기 때문이다."[75]

이웃 나라에 대한 시선
혁명 과정에 있는 프랑스(1789~1792)

실러가 예나대학 취임 강의를 한 지 7주 후에 파리 시민들이 바스티유 감옥으로 몰려갔다. 정치범 교도소에 대한 공격은 폭동이 빠른 속도로 번지는 데 발단이 되었다. 이 폭동은 1792년 9월의 공화국 선포와 1793년 1월 21일에 있었던 루이 16세에 대한 처형으로 일단 끝이 났다. 바스티유 감옥 문이 열렸다는 소식이 루돌슈타트 모임에 끼친 영향을 카롤리네 폰 볼초겐은 이렇게 보고하고 있다. "우리들은 후에 이 사건에 이어 전 유럽의 변혁과 동요가 왔을 때, 그리고 이 혁명이 삶의 각 분야에 모두 영향을 미쳤을 때, 이 어두운 폭정의 상징물이나 다름없는 감옥의 붕괴가 우리들의 젊은 마음에는 독재에 대한 자유의 승리의 전조로 보였고, 우리들의 마음 상태가 편안해지는 실마리가 된 것을 두고 대단히 기뻐했던 것을 종종 회상하곤 했다."[76] 여기에 묘사된, 프랑스의 불안정에 대한 열광적 반응이 적어도 젊은 귀족들의 모임에서 있었던 것임을 확인할 필요가 있다. 하지만 사람들이 절대주의의 멍에로부터 해방된 것을 축하하는 열광은 1789년 독일의 지배적 정서와 마찬가지로 소박하면서도 비정치적인 성격을 띠고 있었다.

실러는 처음에는 구체적 내용에 대해 담론할 용의가 없었지만 파리에서 일어난 사건에 호기심을 가지고 관심을 보였다. 이는 제3자의 증언을 통해 확인할 수 있다. 그에 따르면 실러는 프랑스의 국가적 혁명을 환영하긴 했지만, 물론 그 혁명이 몰고 올 위험(무정부 상태와 폭력의 난무)에 대해서는 몇 가지 회의를 품은 것도 사실이었다. 실러가 공화국 선포 시기인 1792년 9월까지도 혁명의 지지자였지만, 이어서 자코뱅 위원회의 정책에 대해서는 결정적으로 거리를 두었다고 널리 알려져 있는데, 이는 사안을 단순화하는 성격을 지니고 있다. 그가 1789년 7월 14일에 있었던 바스티유 감옥 습격과 1792년 9월 22일 왕조 폐지까지의 기간에 일어난 사건들을 추적하면서 사실상 시종일관 프랑스 혁명에 열광했는가 하는 데에는 의심이 남는다. 물론 그가 역사 연구를 통해 배운 정치적 변혁 과정을 추진하는 자체 동력(自體動力)에 대한 남다른 감각이 여기서 그로 하여금 어느 정도 신중한 자세를 취하도록 작용했을 개연성이 좀 더 크다. 1789년부터 1795년까지의 연간에는 예컨대 클롭슈토크, 빌란트, 헤르더, 뷔르거, 피히테, 포르스터 등 수많은 다른 작가의 경우에서 보듯, 혁명에 대한 공개적 의견 표명을 하도록 아무리 부추겨도 그는 요지부동이었다.[77]

프랑스에서 혁명이 성공을 거두는 데 바탕 구실을 한 사회적 위기에는 주로 경제적 요인이 작용했다(그 점을 독일의 관찰자들은 대부분 과소평가했다).[78] 프랑수아 퓌레(François Furet)가 표현한 바와 같이 "끊임없이 사교계가 펼치고 있는 발레 공연의 중심지"[79] 역할을 해온 궁정의 막대한 사치성 지출은 매년 거액을 삼켰다. 프랑스가 직할 식민지의 독립 투쟁을 자국 군대를 가지고 지원했던, 아메리카에서의 군사적 개입은 예산의 추가 부담을 의미했다. 국가의 빚은 발생하는 이자만으로도 엄청난 액수에 이르렀다. 1788년에는 이자 발생액이 전체 예산의 절반을 넘었다. 1780년대 말에 공공 지출이 6억 2900만 리브르였는데, 그중에서 3600만 리브르가 비용이 많이 드는 궁정 생활 몫이었다. 반면에 수입은 단지 5억 300만 리브르에 그쳤다. 이 복잡한 예산 위기는 당연히 국가재정에 영향을 미쳐, 재정 질서가 엄청난 불균형의 형태를 띠지 않을 수 없었다. 귀족과 성직자들은 세기 초부터 그들에게 유리한 공적 재정 질서를 총체적으로 개혁하는 데 반대해 왔다. 그들은 소득세(taille)는 물론 1701년 도입한 인두세(capitation)도 납부하지 않았다. 교회는 한 번만 납부하면 세금 부담에서 벗어날 수 있었지만, 귀족들은 처음부터 자신들이 왕으로부터 부담을 경감받고 있다고 보았다. 프랑스의 경제 사정도 불안정했다. 1789년 초에 생필품 공급의 어려움이 극심했다. 이 나라의 북부와, 1788년 말 실업자 수가 2만 명에 달한 리옹에서는 공장제 수공업이 판매 시장이 없어서 생산을 중지할 수밖에 없었다. 1788/89년 겨울에는 농사가 흉작이었던 탓에 빵 값이 올랐고, 그 결과 특히 도시민들이 배고픔에 시달려야 했다.

업무 추진력이 별로 없는 재무 장관 자크 네케르(Jacques Necker)가 재정 정책의 궤도를 신중하게 수정할 것을 제안한 듯싶으나, 이 방안은 특히 성직자들이 자신들의 전통적 세금 혜택을 고집하는 바람에 실패했다. 1788년부터 성직자 계층이 누리고 있는 시대착오적 특권에 대해 논란이 반복해서 일어났다. 과중한 세금 부담에 시달리는 유산계급과 개혁 의지가 있는 귀족 세력들은 교회 토지에 대한 과세는 물론, 자선 활동에 관심이 부족한 것으로 판명된 수도원에 대한 압류도 요구했다. 그러나 우유부단한 왕은 이 점에서 결단을 내릴 의향이 없었다. 만약 결단을 내렸다면, 시대 조류를 거스르는 특권층의 비용으로 국가의 재정을 공고히 할 수도 있었을 것이다.[80] 왕이 내정 면에서 별로 권위가 없다는 것은 그의 장관 로베르 자크 튀르고(Robert Jacques Turgot)를 1776년 귀족의 압력으로 해임시켜야만 했던 정황이 여실히 증명해준다. 튀르고는 시대에 뒤떨어진 행정 체제를 현대화하려고 애쓴 인물이었다. 좀 더 공정한 토지세 징수를 목적으로 그가 추진한 재정 개혁이 실패로 돌아가자, 루이 16세는 국가의 구조적 위기가 점점 더 노골화하는 상황에 봉착하게 되었다. 거기에 국왕의 명성을 훼손한 외교적 실패도 추가되었다. 그 결과 1787년부터 네덜란드에 대한 일체의 영향력이 상실되는 현상이 공공연하게 나타났다. 네덜란드의 오라니엔 총독들은 영국과 프로이센으로부터 자신들의 독립 노력을 지원받았다. 경제적 애로는 1789년 초에 최초의 기아 혁명을 도발했다. 같은 때에 제3계급의 정치적 입지 향상, 형평성이 없는 세법 개정, 특권층에 대한 세금 징수를 요구하는 수많은 전단·팸플릿·강령 선언이 온 나라에 범람했다.

1788년 8월 8일에 왕은 복잡한 재정 상황을 논의하기 위해서 1789년 5월 1일부로 3부 회의를 소집하기로 결정했다. 3부 회의는 귀족, 성직자, 시민의 대표들(Tiers état)로 이루어졌는데 이 대표자들은 투표권을 딱 하나씩만 지니고 있어서, 특권층이 다수를 확보하고 있었다. 1614년 이래 한 번도 소집된 적이 없는 이 협의체는 긴급하게 필요한 조세 개혁의 기본 틀을 왕과 함께 논의할 수 있는 전권을 소유하고 있었다. 그러나 이미 심의의 전초전에서 주로 3부 회의의 투표권 비율에 관련된 절차상의 문제를 놓고 격렬한 토론이 벌어졌다. 시민계급은 의사 결정 과정에 좀 더 강한 영향력을 행사할 수 있도록 장차 제3계급 의원 수가 배가되어야 한다고 결의하였다. 신분대표들이 공천을 받기 위한 선거전을 장기간에 걸쳐 치른 후인 5월 5일에 첫 회의로 모였을 때도 투표 비율을 어떻게 조정해야 할지가 여전히 불분명했다. 조세 부담을 단독으로 지고 있는 시민계급은 왕과 궁정이 동의해서 의원 수를 배로 늘려도, 자신들의 이익을 적절히 대변할 수 있는 표를 여전히 확보할 수가 없었다. 6월 17일 시민계급의 대표들과 개혁 성향의 귀족 대표들은 확대된 입법 권한을 가진 공식적인 국민의회에 자신들을 천거하기로 결정했다. 보수적인 성직자들과 귀족계급 일부가 참석하지 않은 이 협의체의 우선적 목표는 조세제도의 폐지와 헌법 제정이었다. 7월 7일 공식적으로 헌법 제정 국민의회(Assemblée nationale constituante)가 선포되었다. 이 국민의회는 국가의 새로운 질서를 창출하는 과제를 맡게 될 전형적인 국민대표의 지위를 요구했다. 왕은 6월 23일 국민의회가 조세 결정권을 가지는 것은 합법적이라는 것을 확인했다. 하지만 헌법 제정에 참여할 수 있는 정치적 권한을 달라는 요구는 일축했다. 물론 루이 16세는 이 기간에 혁명의 진척을 더 이상 제지할 수가 없었고, 시민의 자율적인 조직화가 진척되는 과정에서 오직 무력한 조정안만을 가지고 대응했다. 7월 11일에 왕은 불운한 재무 장관 네케르를 해임한다고 밝혔지만, 왕에 대해서 몹시 실망한 시민의 대표들을 진정시킬 수는 없었다.

7월 초에 이미 루이 왕은 자신의 군대를 베르사유와 파리 근교로 집결시켰다. 이 군대는 국민의회 의원들을 꼼짝 못하게 봉쇄하고 공개적인 활동을 방해하는 임무를 띠고 있었다. 선거인들은 7월 12/13일에 시민군의 창설로 응수했다. 시민군에게는, 있을 수 있는 왕 휘하 군대의 습격을 막고 그와 동시에 소란한 군중들을 통제하는 과제가 떨어졌다. 그다음 날 아침에 대중들의 봉기가 일어났다. 한 떼의 시민들과 농장 일꾼들이 병기창(兵器廠)으로 몰려가서 총기와 탄환을 확보했다(그날 하루 동안 근 3만 2000정의 무기가 약탈당했다). 그런 다음에 사람들은 즉흥적인 행동으로 바스티유를 공격해서, 무장이 변변치 못한 간수들을 습격하여 죄수들을 석방했고, 그들과 함께 승리감에 도취되어 시내를 행진했다. 왕 휘하 군대는 군중들의 행동을 거의 속수무책으로 바라보고만 있었다. 그들도 왕에 대한 충성심이 대부분 고갈되었던 것이다. 거리의 압력으로 그다음 날 루이 16세는 파리에 나타나서 국민의회 앞에서 연설을 해야 했다. 군대의 철수를 통보했고 국민들에게 신의를 지킬 것을 서약했다. 귀족들은 왕이 이처럼 협조를 제안하자 당황하는 반응을 보였고, 최초의 이민 움직임이 나타나기 시작하여 그 물결은 그다음 몇 년 동안 가라앉을 줄을 몰랐다.

그다음 한 해 동안에는 많은 사건들이 물밀듯 쇄도했다. 8월에 국민의회는 노예제도의 폐지, 귀족들의 토지소유권과 거기에 연관된 봉건 체제의 폐지를 결의했다. 8월 26일에는 각 개인에게 똑같은 자유와 사회적 평등에 대한 권리를 인정하는 인권선언이 헌법 입안의 전주곡으로서 이루어졌다. 1776년 6월 12일에 제정된 아메리카의 권리장전(Bill of Rights)이 본보기 구실을 했다. 첫 번째 입안은 라 파예트(Lafayette) 장군의 머리에서 나왔고, 프랑스 주재 아메리카 공사 토머스 제퍼슨(Thomas Jefferson)이 검토 수정한 것이었다. 소요 사태가 지방으로까지 번지고 난 후인 10월 5일에는 백성들이 또다시 거리로 나왔다. 시민군은 흥분한 데모대에 합류해서, 왕궁과 국민의회의 소재지를 베르사유에서 파리로 옮길 것을 백성들과 함께 요구했다. 루이 16세는 강력한 압력에 못 이겨 백성들의 요구를 좇아서, 이미 10월 6일에 전 가족과 함께 튀일리 궁으로 거처를 옮겼다. 같은 날 의회 의원들은 처음으로 수도에 모여서 자신들의 업무를 계속 집행했다.

그해 마지막 몇 달 동안 혁명은 예의 야누스 얼굴을 극명하게 보여주었다. 중상류층 시민 출신 의원들은 자신들의 경제적 비중에 부합하게 국사의 결정에 강화된 영향력을 행사할 수 있는 정치체제를 구현하려고 했다면, 제4계급은 헌법 입안에서 자연법에 바탕을 두어 모든 계층의 실질적 사회 평등에 대한 권리를 주장했다. 하지만 1789년 12월 22일에 국민의회가 준비한 선거권 개정법은 다시금 투표권의 비중을 개인적인 세금 부담과 연관지음으로써 선거권과 피선거권이 있는 시민과 선거권과 피선거권이 없는 시민의 차별화를 규정하고 있었다. 그 때문에 단순한 백성들은

1791년 가을까지 변화무쌍하게 구성되어 회의를 하는 국민의회를 제한적으로만 받아들이려고 했다. 그들의 우두머리는 미라보 백작(Graf Mirabeau)이었다. 그는 의심스러운 과거와 정치적 현실감각을 지닌 명예욕 강한 방탕아로서 직관력이 뛰어나고 사람들을 선동하는 재능까지 지닌 그야말로 현란한 인물이었다. 성적 문란으로 악명이 높던 미라보는 처음에는 퇴폐적이고 귀족적 처세술에 능한 사람이자 외설적 소설의 저자로서 두각을 나타냈으나 정치사상가로서의 역할은 그다지 두드러진 편이 아니었다. 그는 궁정과는 친분이 있었지만, 1789년 여름에는 왕을 강력하게 압박하던 공화주의 사상을 지닌 귀족 그룹의 선두에 서 있었다. 왕조를 구할 수 있는 길은 오직 강경 노선뿐이라는 의식을 지니고 그는 1790년 한 해 동안 일련의 비망록을 작성해서 대대적인 국가 개혁 방안을 입안하려고 했다. 사회적으로 다양한 세력들 간에 화해를 모색하던 온건 노선은 이 시기에는 더 이상 지탱될 수가 없었다. 미라보가 1791년 4월 2일 겨우 42세의 나이로 세상을 뜬 후에 국민의회 내부에서는 통제가 불가능한 참호전이 벌어졌다. 나라를 지배했던 사회적 긴장이 이미 1791년 여름에 마침내 폭발하고 말았다.

　1791년 6월 21일 이른 아침 왕과 그 가족은 스웨덴의 악셀 폰 페르센(Axel von Fersen) 백작의 도움을 받아, 오스트리아가 지배하는 네덜란드로 옮겨 갔다. 거기서 혁명 분자에 대항하는 군사적 행위를 준비하려고 시도했다. 그러나 준비가 부실해서 이 계획은 곧 실패하고 말았다. 왕의 도피 행각은 하루 뒤에 바렌에서 용의주도한 생메너울드 지역 우체국장에 의해 제지당했다. 루이 16세는 근위병의 보호를 받으며 지체 없이 파리로 귀환하지 않을 수 없었고, 그곳에서 계속 삼엄한 감시를 받았다. 사람들은 이 강제 귀환을 "왕가의 장례 행렬"이라고 일컬었다.[81] 온건한 세력들이 지배하던 국민의회는 왕에게 좀 더 엄중한 처벌을 내리지 않았고, 이것이 다시금 백성들을 분노케 했다. 1791년 7월 17일에 농부들과 농장 머슴들이 샹드마에서 의원들의 유화적인 정책에 반대하는 데모를 했다. 부르주아 계급은 시민군을 흥분케 했고, 시민군은 무장하지 않은 군중에게 무차별적으로 사격을 가했다. 시민군의 잔인한 개입으로 아무 죄도 없는 시민 50명이 목숨을 잃고 말았다.

그와 같은 사건들을 배경 삼아 혁명의 진행은 더욱 눈에 띄게 과격화한 모습을 띠게 되었다. 1791년 9월 30일에는 구(舊)국민의회가 해산했다. 해산 전에 이 국민회의는 입헌군주제 도입과 교회의 특권 배제, 소유관계를 감안해 국정에 대한 부르주아 계층의 영향력을 강화하는 것 등을 내용으로 한 헌법 초안을 제출했다. 10월 1일에 자유선거가 실시되었는데, 이 선거에서는 전체 선거권자의 10퍼센트에 불과한 50만 명만 투표를 했다. 새로운 의회의 의원 수는 745명이었는데 그들에게는 광범위한 통제 권한과 입법 권한이 부여되었다. 그들 중에 345명은 온건파(Feuillant)에 속해서 이전 의회에서 결정된 사항들을 시행하려고 했다[이전 제헌의회 의원들의 재선은 변호사인 막시밀리앵 드 로베스피에르(Maximilien de Robespierre)의 주도하에 불허하는 것으로 선언되었다]. 온건파인 푀양파 의원들은 고정된 입장이 없이 입장을 자주 바꾸는 세력으로 분류되어 투표를 할 때는 언제나 신뢰를 할 수가 없었다. 135명의 의원이 좌파에 속해 있었는데, 그들은 왕조의 폐지와 공화국 수립을 추구했다. 푀양파의 하위 파벌인 진보적인 자코뱅 클럽과 지롱드파 출신 의원들은 여기서 1792년 이후 기간에 보여준 상황과는 반대로 그야말로 활기가 넘치는 정치단체를 형성했다. 새로운 국민의회(Konvent)는 향후 12개월 동안에 걸쳐 헌법을 제정했는데 이 헌법이 1792년 9월에 미래 국가 체제의 기초로 선언되었다. 1792년 8월 10일에 거리의 소요를 야기한 군중들은 튀일리 궁으로 몰려가서 왕을 감금하기에 이르렀고, 그 밖에 계속된 소요의 압력을 받아 9월 21일에는 공화국이 선포되었다. 이로써 혁명은 갈등 고조의 단계로 접어들었는데, 이 갈등은 내정적으로는 물론 외교상으로도 크게 부각되어 나타났다. 새로운 지도층 엘리트의 가장 막강한 대표자로는 34세의 막시밀리앵 드 로베스피에르가 이끄는 자코뱅 당원들이 부상했다. 로베스피에르는 이 나라를, 현대 감시 국가가 펼치는 수법으로 조직된 독재국가로 만들었다.

1791년 늦여름부터 프랑스에서는 왕년의 내적인 긴장들이 첨예화해서 계속되었을 뿐 아니라, 곧 외교적인 마찰로 나라가 부담을 안게 되는 현상이 분명하게 나타났다. 8월 27일에 오스트리아와 프로이센은 루이 16세가 체포된 것에 자극을 받아 필니츠에서 선언서를 하나 작성했다. 이 선언서를 통해서 그들은 프랑스 왕가가 당하고 있는 계속적인 위협에 맞서 군사적 수단을 가지고 개입할 용의가 있음을 밝혔다. 1792년 3월 1일 레오폴트 2세의 뒤를 이어 황제에 오른 프란츠 2세가 필니츠의 결의를 철회하라는 프랑스의 최후 요구를 묵살하자, 국민의회는 4월 20일 오스트리아에 전쟁을 선포했다. 이로써 혁명군과 구세력 사이에서 오랫동안 유혈 충돌이 지속되었고, 이 일련의 충돌은 1799년부터 시작된 나폴레옹 시대에 절정에 달했다.

일찍부터 감지할 수 있는 위기 증상에도 불구하고, 1789년 7월 14일 바스티유 감옥 습격으로 시작된 사건은 유럽의 관측자들 대부분에게는 예기치 못한 놀라운 사건이었다. 특히 계몽주의 노선의 사회 이론과 법률 이론의 원칙에 바탕을 둔 국가 변혁은 끝에 가서 공화국 창립으로 이어졌는데, 이 과정에서 나타난 신속성은 사람들로 하여금 숨 쉴 틈을 주지 않았다. 실러는 파리에서 일어난 사건들에 대한 첫 소식을 목격자를 통해서 직접 전해 들었다. 빌헬름 폰 보일비츠는 1789년 5월 4일 슈바르츠부르크-루돌슈타트의 왕자 루트비히 프리드리히(Ludwig Friedrich)와 카를 귄터(Carl Günther)의 수행원으로서 견문을 넓히기 위한 여행을 떠나서 가을에 파리에 들르게 되었다. 11월 13일에 샤를로테 폰 렝게펠트는 현재는 전해지지 않고 있는 보일비츠의 편지 내용과 관련하여 이런 편지를 썼다. "나는 정말 사실이 아니길 바라지만, 그는 파리의 여인들에 관하여 재미있는 이야기를 하고 있습니다. 몇몇 여인은 맞아 죽은 친위 기병대원 주위에 모여 그의 심장을 꺼내서 피를 금속 잔에 담아 마셔야 했다는군요."(NA 33/I, 411) 1788년 10월부터 프랑스 수도에 체류하면서 건축학 공부를 계속하던 빌헬름 폰 볼초겐도 최초 몇 달 동안 혁명에 관한 소식을 전해주었다. 1790년 9월 초 《메르쿠어 드 프랑스(*Mercure de France*)》에 바스티유 감옥 습격을 묘사한 글이 게재되었는데, 볼초겐이 이를 번역하자 실러는 자신이 발행하는 《탈리아》 제10권에 실었다. 두 달 뒤에 발행된 제11권은 '한 통의 편지에서(Aus einem Briefe)'라는 타이틀로, 혁명으로 들끓는 파리의 중심에 있는 어느 카페의 장면을 보고하고 있는데, 마찬가지로 이 보고도 폰 볼초겐에게서 유래한 것으로 추측된다. 실러는 1789년 10월 30일에 예나에서, 방금 프랑스로부터 귀환한 출판업자 요아힘 크리스토프 프리드리히 슐츠(Joachim Christoph Friedrich Schulz)의 방문을 받았다. 슐츠는 파리의 거리 장면과, 3주일 전 베르사유로 향하던 행진에 관해서 그에게 상세히 설명해 주었다. 그 뒤 실러는 렝게펠트 자매에게 편지를 써서 그 내용을 자세하게 전해주었다. 여기서 실러는 왕이 백성들에게 당한 굴욕을 눈에 띌 만큼 냉담한 어조로 기술하고 있다. 군중들이 10월 6일 아침에 궁성을 약탈하고 저장된 생필품을 징발했고, 루이 왕이 식사를 요구하자 그에게 "흑빵" 한 쪽과 신 포도주 한 잔이 제공되었다고 그는 이야기하고 있다. "이 작은 일화가 내게는 흥미를 끌었다"고 이 편지는 담담하게 메모하고 있다.(NA 25, 313) 혁명의 처음 몇 달 동안 실러가 호감을 가진 대상은 물론 왕실이 아니라, 폭동에 가담한 사람들이었다.

이듬해에도 그는 목격자들을 통해서 프랑스의 정치적 변화에 관한 소식을 들었다. 보일비츠, 볼초겐, 슐츠 외에도 특히 카를 프리드리히 라인하르트가 유익한 정보를 제공해주었다. 실러가 1781년 9월 말 슈투트가르트에서 알게 되었던 이전의 튀빙겐 신학생이자, 변절한 신학자인 라인하르트는 1787년 프랑스로 이주해서 신문방송업으로 생계를 유지했고, 나중에 와서는 외교관 직을 수행했다. 탁월한 정치 감각 덕분에 그는 후년에 와서 여러 번 기요틴 형을 모면할 수 있었다. 그는 탈레랑의 심복으로서 나폴레옹 시대에 외무성에서 중요한 과제들을 떠맡았다. 1789년에 이미 그는 하우스로이트너(Hausleutner)의 《슈바벤 아르시프(Schwäbischer Archiv)》에 「프랑스 혁명에 대한 편지들(Briefe über die Revolution in Frankreich)」을 발표했다. 이 편지는 그 여름의 기아의 고통과 베르사유로의 행진에 관한 진솔한 보고를 제공했다.[82] 그는 2년 후인 1791년 10월에 불안한 파리에서 온 그 밖의 인상들을 《탈리아》에 발표했다. 1791년 11월 16일 라인하르트는 방금 새로운 국민의회가 성공적으로 구성된 데 자극을 받고, 프랑스의 정치적 미래에 대한 진단을 내려 실러에게 상세한 편지를 써서 알려주었다. "나는 적어도 다섯 가지 위험이 있는 것으로 보고 있습니다. 아직은 파급되지 않고 있는 재정적 혼란, 운명론에서 연유한 국가 전체의 마비, 식민지로부터 위협해 올 폭풍우, 망명자 속출, 곡가 인상으로 인한 현금 부족 등이 바로 그것입니다"라고 선언하고 있다. 특히 성공적인 국가 개혁의 전망을 그르치는 "신뢰할 수 없는 정부"의 모험이 위협 요소로 작용할 것이라고 결론을 맺고 있다.(NA 34/I, 110) 바로 이 염려는 복지위원회의 독재의 신호 속에서 재빨리 사실임이 증명되었다.

실러는 이웃 나라에서 일어나는 자극적인 사건들에 대한 그와 같은 보고들을 주의 깊게 읽었지만 항상 일상 정치 문제와는 거리를 두었다. 그는 이미 1788년 11월 27일에 프랑스 수도의 일상생활에 대한 볼초겐의 인상을 접하고 이렇게 선언했다. "국가는 인간의 작품이고, 인간은 인간이 미칠 수 없는 대자연의 작품이다. 국가는 우연의 피조물이지만, 인간은 필연의 존재이다. 그러니 한 국가를 위대하고 존경스럽게 하는 것은 그 개인들의 힘 말고, 달리 무엇이 있겠는가?"(NA 25, 146 이하) 이와 같은 의견 표명은 결국 라인홀트의 신념을 확인해주는 것이었다. 바스티유 감옥 습격이 일어나기 3년 전에 출간된 칸트 서신에서 그는 이렇게 이야기한 바 있다. "독일은 모든 유럽 국가들 중에서 정신 혁명에는 가장 마음이 쏠리고, 정치혁명에는 가장 마음이 쏠리지 않는 나라이다."[83] 후에 실러의 고전 미학은 여기에서 암시된 우선권을 따르게 될 것이다. 그러나 이로써 절대주의 체제의 변화에 대한 요구를 포기한 것은 아니다.

4. 『30년전쟁사』(1790~1792)

역사가의 연출
연대기적 배열과 체계적 질서

19세기의 인문학은 실러가 마지막으로 쓴 역사 단행본 속에서 하나의 걸림돌을 보았다. 사료의 편집과 서술 기법의 혼합, 체계적인 질서를 부여하려는 의지와 심리학적 억측의 혼합이 그 원인으로 꼽혔다. 이와 같은 혼합은 전래된 것을 다루는 데 반드시 필요한 방법적 정확성을 기하는 것과는 상반되는 것이다. 바르톨트 게오르크 니부어는 1809년 1월에 선언하기를, 자신은 실러의 책에 대해서 시간이 "권리를 행사해서, 그 책을 걸상 밑으로 밀어넣기를" 희망한다고 했다.[84] 그러나 19세기 중반에 전문가들 사이에서는 그의 역사서들이 인기가 별로 없었음에도 불구하고, 시민 계층의 독자들에게서는 높은 평가를 받았다는 것을 입증해주는 문학작품 한

편이 존재하고 있다. 켈러(Keller)의 「녹색의 하인리히(Der grüne Heinrich)」(1854/55)에는 역사 논문을 연구하는 부친의 친구들 모임에 대하여 주인공이 보고하는 대목이 나온다. 그들이 역사 논문을 연구하는 것은 처음으로 문학 전집에 접근하는 데에는 그 논문들이 적격이기 때문이었다. "비록 그들이 실러가 쓴 철학적 작품의 높은 수준을 따라갈 수는 없었지만, 그런대로 그의 역사적 작품들을 통해서 감동을 받았다. 그리고 이와 같은 입장에서 출발해서 그들은 그의 시문학 작품까지도 이해했다. 그들은 위대한 작가가 직접 들려주는 예술적 설명을 더 이상 상세히 다룰 능력이 없어도 그의 시문학 작품들을 이와 같은 방법으로 아주 실질적으로 음미하고 즐겼다."[85]

실러의 마지막 역사 논문은 이를 출간한 출판 매체와 관련해 고찰할 때에만 적절하게 이해될 수 있다. 세기말에 괴셴이 발행하던 《여성을 위한 역사 달력》은 문학 시장에서 신간이나 다름없었다. 초기 계몽주의의 주간 잡지들은 학술 테마를 다룬 비교적 긴 논문들을 제공하지 않고도 여성 독자층을 확보해놓았다. 18세기 전반부터 진행되던 문맹 퇴치 덕분이었다. 그 수가 증가 추세이던 시민 계층의 여인들은 문명 퇴치 덕분에 공식적인 정신문화 생활에 관심을 가지고 참여할 수 있었다. 계몽주의 교양 사상의 영향을 받아 괴셴의 상업적 관심이 발동했다. 그는 자신이 발행하는 달력을 가지고 출판사의 재정적 난관을 극복할 수 있기를 희망했던 것이다. 실러는 이 프로젝트의 성공이 전문적인 지식에만 달려 있는 것이 아니라, 그의 작가적 역량에 좌우되기도 한다는 것을 알았다. 그는 독자들이 종교전쟁 시대에 대한 지식에 정통하지 못하다고 전제할 수 있었다. 그래서 우선 1618년의 전쟁 발발로 이어지는 긴장감을 이해하는 데 필요한 기초 지식을 전달하기 위하여 서론에 많은 분량을 할애하기로 결심했다. 그는 1790년

7월 26일에 괴셴에게 17세기 초의 "독일의 역사와 통계"를 정확하게 묘사할 필요가 있는, 자신의 교육적 복안에 대해 자세히 설명했다.(NA 26, 30) 그러면서 전문적으로 사전 교육을 받지 못한 여성 독자들을 특별히 배려해서, 이 논문의 유려한 스타일이 여성 독자들의 요구에 부응해야 한다고 판단했다. 1790년 10월과 12월 사이에 소개서가 두 권 딸린 최초의 달력이 독일 문학 시장에서 7000권이나 팔리는 선풍적인 인기를 누린 것은 바로 이와 같은 실러의 착안에 힘입은 것이었다.

1791년 초부터 실러의 병고(病苦)가 이 계획의 진행에 막대한 영향을 미쳤다. 이미 착수된 제3권은 두 개의 달력 시리즈로 나누어야 했다. 마지막이 될 제4권과 5권은 1792년 여름에 시간의 압박을 강하게 받으며 탄생했다. 실러에게 원고 집필 작업이 부담스러웠다는 것은 발렌슈타인 사망 후에 일어난 전투행위를 주로 설명하고 있는 마지막 권에서 알아차릴 수 있다. 전체 전쟁의 절반 가까이를 차지하는 14년의 전쟁 기간을 제4권의 마지막 부분에서 다룰 예정이었으나 그에게는 이 부분을 쓸 수 있는 시간이 거의 없었다. 이 기간은 최종적으로 면밀하게 묘사되지 않고, 50쪽(이는 전체 규모의 근 6분의 1에 해당함)에 걸쳐 성급하게 묘사되었다. 1792년 여름에 실러는 자신이 해야 할 역사 연구의 작업량을 얼레에서 실을 풀듯 아무런 의욕도 없이 끝마친 후, 칸트 연구에 전념하게 되었다. 그와 동시에 새로운 문학작품의 집필 계획들이 지평선 위에 떠올랐다. 이 계획은 역사서의 언저리에서 키워진 것들이었다. 즉 스웨덴 왕 구스타브 아돌프에 대한 서사시 한 편과, 심적 갈등을 겪고 있는 인물 발렌슈타인에 대한 비극 한 편을 집필하려는 계획이 그것이었다.

네덜란드의 반란에 대한 논문이, 스위스 역사학자 요하네스 폰 뮐러가 한마디로 표현한 것처럼 과거를 현재로 '통역(通譯)'한 것이라고 한다면, 이

마지막 단행본은 생각해볼 수 있는 현실적인 관련성을 추구함이 없이 역사적 자료의 박진감 넘치는 묘사에 가급적 국한되었다고 할 수 있다.[86] 첫째 권은 악명 높은 아우크스부르크 종교 평화회의(1555)로부터 막시밀리안 2세의 통치 기간을 거쳐, 프라하 창문 추락 사건과 군사적 대결의 시작까지 사전 역사에 치중되었다. 프리드리히 폰 데어 팔츠의 성공, 가톨릭 동맹의 재난, 마지막으로 그 결과로 틸리가 이끄는 황제군이 결정적인 전략적 이익을 얻게 된 바이센베르크 전투(1620) 등이 관심의 대상이었다. 여기서 실러는 전쟁의 갈등을 야기한 종교적 긴장을 네덜란드 역사의 경우와 마찬가지로 당연하게 묘사한다. 하지만 그다지 뚜렷한 참여 의식은 보여주지 않는다.[87] 그는 종교적인 문제보다도 왕가의 반목, 영토상의 이해관계 그리고 군사적 충돌의 전략적 관점들에 관심을 두고 이 문제들을 굉장히 세심하게 묘사했다. 제2권은 1621년경 전 유럽의 세력 판도를 설명하고, 덴마크와 스웨덴으로 시선을 돌려 프로테스탄트 군의 야전 영웅 만스펠트(Mansfeld) 백작의 부상과 몰락(1621~1626)에 관해서 서술할 뿐 아니라, 그의 적수이며 1620년대 중반에 별처럼 떠오른 발렌슈타인의 성공을 기술하고 있다. 이 책의 제2부는 구스타브 아돌프의 전쟁 가담, 1630년 레겐스부르크 의회에서의 발렌슈타인 해임, 1631년 9월 브라이텐펠트에서 있었던 틸리와의 회전(會戰)에서 스웨덴 왕이 거둔 승리 등에 대한 보고로 마무리되고 있다. 제3권은 발렌슈타인의 복직과, 뤼첸 앞 전투에서 구스타브 아돌프가 사망한 것까지 1632년의 다양한 사건들을 상세하게 다루고 있다. 제4권은 옥센셰르나(Oxenstierna) 백작 통치하에 유럽에서의 위상을 굳히려는 스웨덴의 노력, 황제에 대한 발렌슈타인의 배신과 1634년 2월 엥거에서 그가 살해된 것에 관해서 서술하고 있다. 마지막 권은 절반 가까이 아직 마무리되지 못한 전쟁 시기, 리슐리외(Richelieu)의 조종하에 프랑스 세력이 권력을 획득하는 것과 스웨덴의 영향력 감소로 부각된 1634년부터 1648년까지의 연간을 기술하고 있다. 5부로 나뉜 이 논문의 구조는 고전주의 비극의 형식상의 구조를 모방한 것이라는 것이 분명히 밝혀지고 있다. 실러가 분명하게 제2권의 상승, 제3권의 절정, 마지막 권의 평화협정으로 하여 카타르시스를 보여주게끔 조립한 이 긴장감의 아치는 고전주의 비극의 구조에 상응하는 것이었다.

　이 논문은 쉽게 조감될 수 없는 자료를 구조를 통해서 체계적으로 정리했다는 낌새를 보여줄 뿐 아니라, 다른 한편으로는 인물과 사건들을 연극론적으로 정교하게 묘사하는 데 익숙한 조형예술적인 서술 기법의 지배를 받고 있다. 즐겨 사용되던 은유의 자리를 무대의 상징이 차지하고 있다. 이 상징의 원근법에 따라 정치적 사건들과 군사적 사건들이 각 세력들 간의 간파하기 어려운 권력 게임을 초래하고 있다. 상승과 추락, 영예와 몰락이 사건을 지배하는 지속적인 변천 논리의 상징이 되고 있다. 사건 보고는 개인으로 하여금 자신의 목표를 자유롭게 실현할 수 없도록 하는 제반 상황들이 복잡하게 얽힌 양상을 띠고 있다. 이와 같은 배경에서 볼 때 독립적인 종교전쟁의 사건들은 예나대학 취임 강의에서 개략적으로 설명한 일종의 목적론적 진술을 진지하게 시험해보는 것처럼 보인다. 그러나 실러는 슐뢰처와 칸트에게서 넘겨받은 '역사의 지속적인 발전'이라는 이념을 결코 버리지 않았다. 이 논문은 우선 인간적 열정이 정치적 결정에 미치는 파괴적 영향을 역사 속에서 개인이 실패하는 원인으로서 부각함으로써 계몽적인 야심을 추구하고 있다. 실러의 관심은 또다시 탁월한 성격을 지닌 인물들에게 쏠려 있는 것이 사실이지만, 물론 그들의 역할을 과대평가하지 않는다. 그로 하여금 권력을 행사하는 인물들을 영웅시하지 못하도록 하는 것은 통제할 수 없는 역사적 과정의 자체 동력에 대한 통찰이다. 역사의 과정은 인간에 의해서 조종될 뿐 아니라, 다양한 형태의 내적 엮임과 사회적, 군사적 관계 그리고 왕가 간에 맺어진 관계에 지배되기도 하는 것이다. 막강한 야전 영웅, 행운의 기사, 정복자, 선동자에게는 예외 없이 그들의 권세가 다하거나 성공 가도가 끝나는 때가 반드시 있게 마련이다. 그들은 정치적 상황이 재앙으로 가득 찬 위기의 세기에 맞서 하나같이 자신의 계획을 지속적으로 관철할 수는 없는 노릇이다. 프로테스탄트 연합의 프리드리히 폰 데어 팔츠, 만스펠트 또는 구스타브 아돌프는 물론 틸리, 발렌슈타인 또는 합스부르크 왕가의 황제 페르디난트 2세도 가톨릭의 이해를 대변하는 사람으로서 성공적인 작전을 펼친 것은 그리 오랜 기간이 되지 못한다. 그들의 계획에는 모두 왕가의 불안정과 지속적인 권력 변동의 징조를 지닌 실패의 얼룩이 묻어 있는 것이다.

운명의 원칙은 냉혹하게 역사적 영웅의 행동을 좌우한다. 정치적·군사적 상황의 변천은 인간을 독재적으로 지배하는 억압 법칙에 토양을 제공한다. 그러나 실러는 행운이 변화하는 논리를, 17세기의 신스토아학파에 물든 역사형이상학에서 세상을 움직이는 힘으로 여겼던, 이른바 이해할 수 없고 조종할 수 없는 하늘의 뜻이 표현된 것으로 보지 않았다. 오히려 이 논문은 객관적인 상황과 개인의 주관적인 형상화 의지 간의 충돌을, 미리 가늠할 수 없는 역사 발전 원칙으로 파악했다. 역사 발전의 목표는 어디까지나 사회적 자유의 실현을 목적으로 하는 인간 이성의 계발이었다. 파국과 전쟁, 테러, 폭력, 잔인함의 결과들은 인류가 더욱 높은 차원의 문화로 전진하는 과정에서 반드시 치러야 할 대가인 것이다. 그러므로 이 텍스트가 계몽된 절대주의 시대가 유럽에 상대적으로 평화 안정을 선사하는 시대가 될 것이라는 전망을 반복해서 내놓는 것은 결코 우연이 아니었다. 이와 같은 연관에서 미래 튀링겐의 통치자들에 대한 칭찬은 찬양의 성격을 띠고 있다. 그들의 "애국적 미덕"은 이성적 시대로 가는 길을 예시해주고 있는 것이다.(NA 18, 92) 실러가 여기서 염두에 두고 있는 것은 물론 작센-에르네스트의 대공들이다. 그들의 대열에는 실러 자신의 영주인 카를 아우구스트도 끼어 있다. 역사가 그에 따라 발전하는, 이른바 이성적 발전 논리에 대한 분석은 바로 이 점에서 현재 바이마르 통치 가문의 정치적 현명함에 대한 찬양으로 끝나고 있는데, 이와 같은 찬양에는 물론 목적이 없지 않았다.

이 연구서의 특별한 의도는 겉보기에 임의의 법칙에 준하는 것처럼 보이는 사건들이 발생학적으로 인간 사회의 보편적 발전에 대해 어떤 의미를 지니는지를 규명하려는 것이다. 제3권에서는 구스타브 아돌프의 조기 사망과 관련된 특이한 상황 전개에 대해서 역사에는 이성의 힘이 우연의 조밀한 짜임새를 뚫고, 더 나은 미래에 대한 전망을 내놓는 승화된 순간들이 있다고 언급하고 있다. "세상에는 인간과 합의 없이, 그리고 인간의 부족한 창조력을 배려하지 않은 채 대담한 자유를 가지고 자신만의 목적을 추구해서, 한 인간 세대가 힘겹게 심고 가꾸어놓은 것을 단번에 가차 없이 황폐화하는 세력이 종종 존재한다. 인간은 이 세력의 무자비한 훼방으로 자신의 제한된 기계적 행보가 중단되는 것을 보기를 좋아하지 않는다. 그러나 그의 당황한 오관들이 그처럼 기대하지 못했던 우연의 힘에 굴복하는 사이에 이성은 품위를 느끼면서, 그 우연의 초자연적인 원천으로 훌쩍 날아오른다. 그리고 다른 법칙들의 체계가 이성의 확장된 시선들 앞에 나타난다. 그 체계 속에서 사물에 대한 자질구레한 평가는 자취를 감추고 마는 것이다."(NA 18, 279 이하) 실러는 우연을 뚜렷한 영향력을 가진 역사적 원동력으로 볼 수가 없다. 왜냐하면 우연은 이성의 질서를 순간적으로만 교차할 뿐, 지속적으로 교차하지는 않기 때문이다. 당사자들이 계속해서 당하고 있는 정치적 압박들은 그 나름대로 목표 지향적인 의도와 계획에서 발생하게 마련인 이해(利害)의 긴장감 넘치는 상호작용의 결과인 것이다. 이로써 역사적 사건의 원인과 결과는 똑같이 우연의 위력으로부터 벗어나고, 결국 항상 발전하는, 위기를 통해 탈바꿈해서 나타나는 이성의 역동성이 그 원인과 결과 속에는 반영된다.[88]

목적론적 역사 질서에 대한 그와 같은 지적에도 불구하고 예나대학 취임 강의의 뒤를 이어 발행된 이 마지막 단행본에서 체계적인 고찰은 뒷전으로 밀리고 말았다. 세부 사항을 풍부하게 하는 작업 때문이었다. 1794년에 쓴 「숭고한 것에 대하여(Über das Erhabene)」에서 표현한 것처럼, 실러는 "이해 불가능이 평가의 입장"이라고 선언함으로써 역사를 움직이는 원동력은 예측을 불허한다는 통찰을 따르고 있다.[89] 역사는 미시적 학문의 엄격한 체제를 만들어내지 않기 때문에, 관찰자가 우연의 작용을 총체적으로 이성의 조종을 받는 역사 발전의 원동력과 관련지으려고 하는 것은 중요할 수밖에 없다. 실러는 훌륭한 성과를 거둔 마지막 역사 연구에서 기왕에 접어든 길을 끝까지 가는 것 외에는 달리 할 일이 없는 곡예사다운 절조(節操)를 가지고 회의와 미래 낙관주의 사이의 좁은 험로를 걷고 있다.

칸트는 1784년 11월에 '세계사 이념'에 대한 에세이에서 "넓은 세계 무대에서" 인간의 행동은 "치졸한 악의와 파괴 벽으로 엮여" 있다고 언급한 적이 있다.[90] 전쟁으로 황폐해진 땅, 궁정의 음모, 외교관들의 사기 행각에 대한 실러의 시선은 이와 같은 칸트의 소견을 확인해주고 있는 것만 같다. 이 논문은 종교적 갈등 외에 본질적인 위험 요소로, 사회를 지배하고 있는 법질서의 불안정을 들추고 있다. 영방국가의 법적 현실은 현상 유지만을 구실로 삼아 군주제의 안정화에만 기여한다. "당시 황제의 이름, 로마 전제정치의 유산에는 완전한 권력의 개념이 여전히 붙어 있었다. 이 개념은 다른 독일인의 헌법과는 조금 다르지만, 그에 못지않게 법률가들의 보호를 받았고, 독재의 후원자들에 의해 전파되었으며, 약자들에게는 신뢰를 받았다."(NA 18, 42) 17세기에 자연법적 질서 사상이 휘호 흐로티위스의 「전쟁과 평화의 권리에 관해서(De iure belli et pacis)」(1623)와, 그의 뒤를 이은 자무엘 폰 푸펜도르프의 「자연법과 국가법에 관하여(De iure naturae et gentium)」(1672)와 같은 글들을 통해서 타당한 것으로 주장되었지만, 그 사상을 주입하는 것은 무소 부재한 궁정 관료주의가 정교하게 짜놓은 규범과 규칙의 망을 통해서 방해를 받았다. 아직도 예수회 회원들의 조종을 받는 (실러가 과소평가한) 페르디난트 황제의 관료 기구는 법적 현실을 지배하고 있었다. "사람들은 불합리한 실정법의 보호를 받아 이성과 형평의 원칙을 멸시해도 전혀 부끄럽지 않은 것으로 믿고 있다."(NA 18, 73)

전쟁은 종교적 긴장과 똑같이 사회적 긴장 때문에 야기되는 갈등이 최후에 표출되는 형식일 뿐이다. 실러의 논문은 이 점에서는 감상적인 독자층을 고려한 나머지 어디까지나 조심스러운 태도를 보이고 있다. 이 논문은 전장의 참혹함에 대하여는 비교적 자주 언급하고 있지만, 세부적으로 설명하는 것은 피하고 있다. 제2권만은 예외인데 여기서는 틸리의 군사들이 마그데부르크를 점령한 후에 벌인 학살에 대해서 보고하고 있다. 5년 후에 실러는 《호렌》 기고문에서 안트베르펜 포위에 대해 다루면서 전쟁 공포의 성격을 더 노골적으로 규정하게 된다. 이 기고문은 지뢰 폭발로 인한 희생을 가까운 거리에서 직접 목격해 지극히 정확하게 기술하고 있다. 묘사는 폭발의 위력으로 인해 사람의 몸이 파괴되는 것을 생생하게 보여줌으로써, 평소에 실러에게서 찾아볼 수 있던 절제의 도를 여러 번 넘어서고 있다. 여기서 볼 수 있는 것은 「어느 덴마크 여행객의 편지」에서 칭송된 적이 있던 인간 육체의 아름다움이 아니라, 희생자의 토막 난 시체인 것이다. 1792년부터 프랑스의 혁명군을 상대로 오스트리아-프로이센 동맹군이 광분해서 벌이는 전쟁이 현대 전쟁 기술의 참혹한 결과를 너무나 선명하게 보여주고 있다. 1795년 3월에 자신의 마지막 역사 논문을 집필할 때 그는 이와 같이 현실적인 군사적 대결을 모델로 떠올렸을 것이다. 1792년 9월 20일에 벌어진 발미(Valmy) 포격과 1793년 6월 마인츠 전투를 체험한 적이 있던 괴테가 여기에 필요한 생생한 자료를 그에게 제공할 수 있었다. 이 1790/92년의 연구서는 안트베르펜 포위를 다룬 논문이 제공하는 현대 전쟁에 대한 냉철한 설명보다는 좀 더 많이 자제하는 태도를 보여주고 있다. 이와 같이 자제하는 태도는 단순히 특정한 효과를 노린 결과만이 아니라, 경험 부족 때문이기도 하다. 이 경험 부족은 동맹 전쟁에 대한 보고들을 통해서 비로소 상쇄되었다.

역사적 위기에 대한 실러의 묘사는 어디까지나 목적론적으로 진행되는 세계사의 요소로서, 30년전쟁 사건이 보여주는 체계적 질서에 편입되어 있다. 제1권의 서론에서 그가 분명 17세기의 종교적 갈등들이 종교개혁의 승리에 대하여 지니는 광범위한 의미에 대하여 주의를 환기하고 있다면, 이 논문의 결론에서는 베스트팔렌 평화협정이 지니는 지침의 성격을 강조하고 있다. 실러가 강조하기로는 1648년 협정의 규약들은 이성의 미래로 가는 길을 열어놓고 있다. 이 규약들은 "국가 통치의 힘들고 값지고 지속적인 노력의 결실"(NA 18, 384)이나 마찬가지여서, 이 규약의 도움으로 더욱 안정적인 유럽의 세력 질서를 위한 진로가 결정된다. 역사의 비밀스러운 발전 원칙은 수십 년간 폭력이 지배하던 끝에 하나의 평화협정을 통해 모양을 갖추게 되는데, 실러는 이 평화협정이 주는 해방 효과를 진지하게 기억 속에 되살려주고 있는 것이다.[91] 그는 1792년에 뮌스터와 오스나브뤼크의 협정들을 통해 정리된 상황들은 결코 안정적으로 유지될 수 없다는 것을 가장 잘 예감할 수 있었다. 나폴레옹이 유럽의 구체제를 중단시키고, 이를 새로운 제국을 통해 밀어내려고 시도하기까지는 불과 몇 년이 걸리지 않았다. 늦어도 이 시점에 실러는 자신의 마지막 방대한 역사 논문을 변함없이 지배하던 역사적 낙관주의에 대하여 회의를 품지 않을 수 없었다.

발렌슈타인과 구스타브 아돌프
권력자들의 프로필

실러는 이 저서 제3권에서 군사적 사건들을 긴박감 있게 묘사하고 있다. 관심의 초점은 1632년에 있었던 발렌슈타인과 구스타브 아돌프의 전투다. 네덜란드의 역사 서술 때와는 반대로 실러는 전쟁의 갈등에 휘말린 주인공들에 대한 성격묘사를 요약해서 집중적으로 독자에게 제공하지는 않는다. 그들의 인물평을 텍스트의 여러 부분에 분산하고 있다. 역사적 사건은 힘으로 개인들을 지배하고, 현상을 자유롭게 설계할 가능성을 제한된 범위 안에서만 개인들에게 용인하고 있는데, 바로 이 역사적 사건의 역학을 고려해서 그는 그와 같은 조치를 하고 있는 것이다. 인간은 역사의 지배를 받기 때문에 인간의 성격은 구체적 상황의 틀 안에서만 뚜렷이 나타날 수 있다.[92] 이와 같은 방법상의 전제는 이 논문에 문학적 활력을 부여하는 데 좋은 구실을 하고 있다. 제3권에서는 묘사 속도가 빨라지는 것이 분명하게 나타나고, 긴장감의 곡선도 더욱 선명하게 그려지고 있다. 항상 일관된 어조를 유지하고 있지는 않은 이 연구서는 여기서 문체의 수준이 최고에 달하고 있다. 괴셴에게 보낸 1790년 7월 26일 자 편지에서 실러 자신은 특히 중간 부분의 대단원이 '서사시'의 성격을 지니고 있다는 것을 강조하였다.(NA 26, 30)[93] 이와 같은 지적은 셸링의 견해와도 일치한다. 셸링은 1803년 『학문 연구의 방법에 대한 강의』에서 "본래 형태의 서사시"[94]를 역사 기술의 기본 모델로 추천한 적이 있다.

이미 제2권에는 황제군의 야전 사령관이자 프리틀란트 출신인 발렌슈타인 공작에 대한 인물평이 상세하게 작성되어 있다. 실러는 여기서 1790년에 출간된 요한 크리스티안 폰 헤르헨한(Johann Christian von Herchenhahn)의 「알브레히트 폰 발렌슈타인 이야기(Geschichte Albrecht von Wallenstein)」와 크리스토프 고틀리프 폰 무어의 「30년전쟁사(Beyträge zur Geschichte des dreyßigjährigen Krieges)」를 각각 당시의 사료로서 이용하고 있다. 이 텍스트는 처음에는 이 연합군 총사령관이 꾸준히 성장하는 군대 세력의 도움으로 어떻게 국가 안에 국가를 수립하는지 상세하게 기술하고 있다. 그는 자비(自費)를 들여 3만 명으로 편성된 군대를 창설했고, 거기에 2만 명 정도의 무장한 황제군이 가세했다. 1630년 초여름 발렌슈타인의 세력이 절정에 이르렀을 때 그가 지휘한 군사의 수가 10만 명이었다. 이는 당시의 상황으로 보아 상상할 수 없을 정도로 많은 숫자였다. 이 연구서는 발렌슈타인을 자신이 거느리는 장교들의 심리를 잘 파악하여 정기적으로 승진을 시킴으로써 환심을 사고, 단순한 병사들에겐 약탈 행위를 허락해서 호감을 얻는 전술가인 동시에 군대에 대해서는 개인적인 거리감을 유지하는 감상적인 심성을 가진 권력자로 평가하고 있다.(NA 18, 113 이하 계속) 실러가 설명한 전술에 대해서 마키아벨리는 이러한 의견을 내놓고 있다. "야전에서 그의 군대와 함께 획득물, 약탈물, 기부금으로 살아가는 지휘관은 남의 재산을 처분하는 것이니 모름지기 대범해야 한다. 그렇지 않으면 군사들이 복종을 거부한다."[95] 실러는 연합군 총사령관이 그의 군영 안에서 영위하고 있는 사치스러운 삶의 모습을 불과 몇 마디 말로 표현하고 있다. 이와 같은 설명에는 독단성이 없지 않으나, 후세 역사가들도 이를 뒷받침하고 있다. 레오폴트 랑케(Leopold Ranke)는 이 프리틀란트 사람 발렌슈타인은 사치스러운 환경에 잘 적응했다는 것을 강조했다.(NA 18, 134)[96]

실러는 당대 사람들 대부분이 묘사한 것과 같이 발렌슈타인의 경력은 1630년 8월에 이루어진 총사령관 직 면직을 통해서 돌이킬 수 없이 끝난 것으로 보고 있다. 페르디난트 황제와 연합한 선제후들은 빈 궁정의 적극적인 도움을 받아 세력이 지나치게 커진 총사령관의 직권 정지를 강요했고, 이를 의결한 레겐스부르크 제국 의회는 더 이상 돌이킬 수 없는 행복과 불행의 교차를 상징하게 되었다. 발렌슈타인 부인이 "레겐스부르크의 불행이 있었던 날" 이래로 남편의 정신에 "불안하고, 사람을 기피하는" 현상이 나타났다(NA 8, 236, v. 1402 이하)고 회상하는 것을 볼 때, 후에 쓴 「발렌슈타인」 3부작도 이 직권 박탈이 지닌 트라우마와 같은 성격을 반영하고 있다. 자코뱅 당원인 안드레아스 게오르크 프리드리히 레프만(Andreas Georg Friedrich Rebmann)은 1793년에 발표한 발렌슈타인 소설 「프리틀란트 사람 알브레히트, 음모에 의한 대역죄인(Albrecht der Friedländer. Hochverräter durch Kabale)」에서 면직의 영향을 유사하게 기술하고 있다.

지나치게 거창하게 구상된 이 저서 제3권은 발렌슈타인이 다시 권좌로 복귀하는 길, 1632년 초 새로운 전쟁에 그가 참여하는 것, 최고사령관 직의 인수, 레히 강가의 전투에서 틸리의 전사, 마지막으로 발렌슈타인이 1632년 가을 적수인 구스타브 아돌프를 피하는 인상을 주면서 라이프치히 근교에서 동계 병영에 돌입하는 납득할 수 없는 방어 전략을 펴는 것 등을 농도가 짙은 색깔로 그리고 있다. 실러의 연구는 여기서 최고사령관의 망설이는 태도를 그의 우울한 심경의 표현으로 평가하고 있다. 그의 우울한 심경의 어두운 측면은 레겐스부르크에서 열린 제국 의회의 해임 결정 이후 심화되었던 것으로 보인다. 그러나 이 견해에 대해서는 현대의 역사 기술에서 사령관의 전술적 계산을 지적하면서 의문이 제기되고 있다.(NA 18, 265 이하 계속)[97] 제4권은 이 프리틀란트인 발렌슈타인의 생애의 마지막 구간을 빠른 시선으로 훑어보고 있다. 그가 스웨덴과 벌였던 협상은 대역죄인 한 사람의 작품이지만, 그 원인은 심리적인 배경에 있었다. 발렌슈타인의 침울한 심경이 다시 도져서 여기서 영향력을 발휘한 것이다. 거의 극복되지 못한 레겐스부르크에서의 모욕에 대한 불만으로 가득 찬 복수욕, 특히 자신의 외교적 능력을 과대평가한 것이 이 장군으로 하여금 결국 서약과 협약을 위반하게 만들었고, 그 결과 그는 죽음을 당하고 만 것이다. 에거에서 발생한 그의 피살을 함축적으로 묘사한 부분은 이 논문의 서술에서 절정에 속한다.(NA 18, 324 이하 계속) 후에 와서 알프레트 되블린이 1920년에 출간한 유명한 소설 「발렌슈타인」은 동일한 사건을 숨 쉴 새도 없이 황급히 서두르는 산문 형식으로 기술하게 되는데, 실러의 어법을 이어받고 있음을 부인할 수 없다.

현대 사학자 중 하나인 헬무트 디발트(Hellmut Diwald)가 "천재적"[98]이라고 평가하는 마지막 인물평은 앞서 있었던 어두운 색조에 좀 더 밝은 색깔 몇 가지를 혼합해서 그려놓고 있다. 발렌슈타인의 협상은 "평화에 대한 그의 진지한 애착심"을 증명해주고, "대역죄를 저질렀다"는 비난은 결국 증명하기가 어렵다는 것을 실러는 인정하고 있다. 왜냐하면 합스부르크 왕가에 대한 반란은 주로 황제의 총애가 점진적으로 상실되어가는 것에 대한 실망감의 결과이기 때문이라는 것이다.(NA 18, 329) 이와 같은 온건한 평가는, 발렌슈타인 공작의 죽음 직후에 그의 잘못을 밝혀낼 법률적이고 역사 기술적인 학술 보고서를 청탁했던 빈 궁정의 공식적인 역사 기술,

예컨대 제국 고문관 프리켈마이어(Prickelmayer)와 게프하르트(Gebhard)가 써서 1634년에 출판된 「부패한 프리틀란트인과 그 지지자들의 혐오스러운 행동에 대한 가장 상세하고 근본적인 보고(Der ausführlichste und gründliche Bericht der vorgewesten friedländischen und seiner Adhärenten abscheulichen Prodition)」에 대한 비판도 포함하고 있다. 실러는 그와 같이 날조된 역사를 담담한 심경으로 언급하고 있다. "산 자의 불행은 승리하는 세력을 적으로 삼았다는 것이며, 죽은 자의 불행은 그 적이 자신보다 오래 살아서 그의 역사를 썼다는 것이다."(NA 18, 329) 골로 만(Golo Mann)이 내린 결론도 비슷하다. "그는 극도로 아웃사이더 노릇을 함으로써 실패했다. 결국 적은 많고 친구는 적어서 실패한 것이다."[99] 발렌슈타인을 소재로 해서 집필한 희곡에서 저자는 점증하는 고독에 대한 심리적 원인을 좀 더 정확히 규명하려고 했다.[100] 이 3부작이 연극의 수단을 이용해서 그처럼 정교하게 조명해낸 원근법들을 보고 야코프 부르크하르트(Jacob Burckhardt)는 1905년에 와서 추후로 출간한 저서 『세계사적 고찰(Weltgeschichtliche Betrachtung)』에서 역사가에게 문학을 묘사 기법의 학교로 추천하게 되었다.

구스타브 아돌프는 처음에는, 음울한 분위기를 풍기는 프리틀란트의 공작 발렌슈타인과는 대조적으로 밝게 빛나는 인물로 묘사되었다. 그는 진정한 "유피테르의 아들", 행복의 별 유피테르의 총아인 것처럼 보였다. 후에 와서 3부작의 발렌슈타인이 자신을 유피테르의 아들이라고 여기지만 이는 자신의 심성을 전적으로 잘못 파악한 것이다. 발렌슈타인의 초상화를 지배하는 어두운 색조에 반해서 막상 스웨덴 왕의 인물평에는 빛의 상징이 등장한다. "그는 필요한 고삐를 야만인의 거친 욕망에게서 빼앗고, 신성 앞에서 자신을 벌레로 비하하는 페르디난트와 같이 굽실거리는 신앙은 물론 군중의 목덜미를 밟으며 당당하게 걸어가는 이른바 야성적인 불신앙으로부터도 똑같이 자유로운 사람이다. 그는 자신의 행복에 도취된 상태에서도 어디까지나 인간이요 크리스천이지만, 신앙에 있어서도 영웅이요 왕이었다. 그는 전쟁의 온갖 불편함을 군대에서 가장 계급이 낮은 졸병처럼 견뎌냈다. 전장의 칠흑 같은 암흑 속에서도 그의 정신에는 빛이 있었다. 그의 시선이 미치지 않는 곳이 없었으며, 자신을 둘러싸고 있는 죽음을 그는 잊었고, 그가 항상 극도로 위험한 상황에 처해 있는 것이 사람들의 눈에 띄었다."(NA 18, 139) 스웨덴 왕의 외모에 언제나 어두운 시대의 지도자의 풍모를 부여하는 것은 바로 밝은 눈이었다. 그러나 실러의 초상화는 구스타브 아돌프의 모습을 어둡게 하는 그늘진 면도 파악해서 보여주고 있다. 자신에게 부여된 권력을 악용하고 자신의 전략적 가능성을 과도하게 확대하려는 순간에 그에게 죽음이 덮쳤다는 것이다. 왕의 엄격한 도덕주의는 때때로 삶을 적대시하는 금욕주의로, 그의 정치적 질서 정신은 권력 확장의 판타지로 돌변하기도 한다. 실러에게는 구스타브 아돌프가 적절한 때에 사망해서 그의 역사적 신화를 유지할 수 있었다는 것은 의심할 여지 없는 사실이었다. 발렌슈타인에 대한 비판적 묘사가 이 총사령관의 불운을 고려해서 화해적으로 끝맺음되었다면, 호감이 가는 스웨덴 왕에 대한 묘사는 그의 독재적인 성향에 대해서 전적으로 의아해하면서 끝맺음되고 있다.(NA 18, 280)

이 저서의 제3권은 비록 이전 글들에서 보여준 초상화 기법을 계속 활용하고 있기는 하지만, 실러의 우선적인 관심이 계속해서 정치 군사적 사건의 심리적 배경에 있다는 것을 충분히 보여준다.[101] 그의 작품은 역사주의보다는 새로운 경제사와 사회사와 더 동떨어져 있다. 1768년에 이미 젊은 괴테로부터 극도로 높은 평가를 받은 유스투스 뫼저(Justus Möser)는

「'오스나브뤼크의 역사' 서론(Allegemeine Einleitung zur 'Osnabrückischen Geschichte')」을 출간했다. 그 속에서 그는 시대 특유의 각종 조합, 법률 형태, 지방분권적 사회조직 구조와 경제적 상황의 발전에 시선을 던지고 있다. 뫼저는 역사 기술은 모름지기 거대한 국가의 대란과 유럽 왕가들의 갈등이 아니라, 모든 백성의 지역적·사회적 삶의 조건에 초점을 맞추어야 한다고 주장하고 있다. 여기서는 분명 인물평 대신에 통계가 등장하고, 영웅화 대신에 냉철한 분석이 들어서고 있다.[102] 실러는 이미 자신이 과거에 쓴 글들의 풍성한 묘사 기법을 사용하기를 피하고 있는 곳에서까지도 이와 같은 방법적 원칙에서 벗어나고 있다.

이 마지막 단행본에서는 대학교수 취임 강의에서 보여준 세계사적 낙관주의에 맞서 회의적인 음성이 들린다. 이는 종교적 위기가 지배하던 세기에 사람을 혼란케 하는 갈등들을 통찰했기 때문일 수도 있다. 예나대학 교수인 실러가 인간의 통일적인 조화가 사회 발전을 보장한다고 본 반면에, 1790년대 초 실러에게서는 계몽된 역사 사상의 목적론적 활기에 대한 조심스러운 거리감 같은 것이 나타난다. 실러는 이 저서에서 온갖 만행이 자행되는 전쟁의 와중에 인간에 대해서 부정적인 진단을 하지 않을 수 없게 된다. 그러한 상황에서 막상 그가 칸트의 모형에 따른 세계시민의 역사 관점을 무조건 고집하기는 어려웠을 것이다. 늦어도 1796년에 발간된 에세이 「숭고한 것에 대하여」에 나오는 원칙적인 언급은 세계사적 선택의 냉철한 결산처럼 들린다. "도덕적 세계가 요구하는 것을 실제 세계에서 이루어지는 것과 일치시키기 위한 철학의 선의적인 시도들은 경험의 진술을 통해서 반론된다. 그리고 유기체 세계에서의 자연은 아주 호의적으로 규정된 평가 원칙을 따르거나 따르는 것처럼 보이지만, 자유의 세계에서의 자연은 사변(思辨) 정신이 자신을 묶어서 끌고 가려는 고삐를 아주 막무가내로 끊어버린다."(NA 21, 49 이하) 1792년의 연구서는 적어도 이성적 미래로의 출발신호로 칭송받는 베스트팔렌 평화협정을 미화하는 것으로 끝을 맺는다. 이 거창한 대단원의 그림이 물론 역사 과정의 발전 능력에 대한 회의를 완전히 불식할 수는 없다.

실러의 이 저서는 엄청난 반응을 불러일으켰다. 잡지들과 일간지들은 변함없는 관심을 가지고 여인용 달력 3년분에 대해서 서평을 실었다. 일찍이 그가 쓴 그 어떤 문학작품도 언론으로부터 그와 같이 광범위한 반응을 얻지는 못했다. 절정을 이룬 것은 빌란트의 서평이었다. 빌란트는 제1권에 대한 존경에 찬 서평을 《도이체 메르쿠어》에 실은 것이다. 실러가 여기서 제공하는 이 어려운 소재에 대한 묘사는 장편소설보다도 "더 매력적"이라는 것이다. 저자는 "역사적 문체의 최고의 미덕", 즉 "생동감"을 위대하고도 우아한 단순성과 결합하는 것"을 체득했다는 것이다.[103] 작품상의 질에 대하여 빌란트가 앞으로도 계속 의구심을 품게 될 「돈 카를로스」에 비하여 실러가 보편적인 산문을 매개로 고전주의의 이상적인 형식에 접근하게 된 것은 하나의 분명한 진전을 표시한다는 것이다. 실러는 자신의 연구서가 군주 사회의 관심을 끌었다는 것을 후년에 와서도 들었다. 1803년 8월 31일 그는 바이마르를 여행 중인 스웨덴 왕에게 안내되었는데, 왕은 훌륭한 단행본에서 구스타브 아돌프를 호감 있게 묘사해준 데 대한 감사의 표시로 값진 반지 하나를 그에게 전달했다. 실러는 볼초겐에게 약간 빈정거리는 투로 이런 내용의 편지를 썼다. "우리들 시인들에게는 왕들이 우리를 읽는 행운을 얻기란 흔한 일이 아닐세. 게다가 그들의 다이아몬드가 길을 잘못 들어 우리에게 오는 경우는 더더욱 드문 일이 아닐 수 없네. 그대들 공무원 나라들이나 상인 나라들은 이와 같이 값진 물건에 엄청난 애착심을 느낄 터이지만, 우리의 제국은 이 세상에 있는 것이 아니라네."(NA 32, 65)

후주

제4장

1) von Wiese: Friedrich Schiller, 319쪽 비교, McCarthy: Die republikanische Freiheit des Lesers, 33쪽 이하.

2) Jacobs, in: Polheim(발행): Handbuch der deutschen Erzählung, 63쪽 이하 계속, Herbst: Frühe Formen der deutschen Novelle im 18. Jahrhundert, 64쪽 이하 계속 비교.

3) Dedert: Die Erzählung im Sturm und Drang, 7쪽 이하 계속.

4) Jacobs, in: Polheim(발행): 앞의 책, 40쪽.

5) Engel: Über Handlung, Gespräch und Erzählung, 73쪽.

6) Garve: Popularphilosophische Schriften über literarische, aesthetische und gesellschaftliche Gegenstände(1792-1802), Bd. I, 161쪽 이하 계속.

7) 같은 책, 189쪽 이하.

8) Wieland: Werke, Bd. XXX, 515쪽 이하.

9) Marsch: Die Kriminalerzählung, 140쪽 이하 비교.

10) Bürger, in: Brandt(발행): Friedrich Schiller, 34쪽 비교.

11) Marsch: 앞의 책, 90쪽 비교.

12) Eckermann: Gespräche mit Goethe in letzten Jahren seines Lebens, 208쪽.

13) Herbst: 앞의 책, 95쪽 이하 계속.

14) Storz: Der Dichter Friedrich Schiller, 174쪽 이하 계속, Martini: Geschichte im Drama-Drama in der Geschichte, 230쪽 이하 계속.

15) Bloch: Schiller und die französische klassische Tragödie, 33쪽 이하.

16) Martini: Der Erzähler Friedrich Schiller, 128쪽 이하.

17) Bloch: Literarische Aufsätze, 101쪽 이하.

18) Schönhaar: Novelle und Kriminalschema, 75쪽 비교.

19) 이와 관련해서 Dedert: 앞의 책, 159쪽 이하 계속.

20) von Wiese: 앞의 책, 302쪽 이하; Meyer-Krentler: Der Bürger als Freund, 136쪽 이하; Dedert: 앞의 책, 203쪽 이하 계속.

21) Rainer: Schillers Prosa, 98쪽 비교.

22) Koselleck: Kritik und Krise, 61쪽 이하 계속; Voges: Aufklärung und Geheimnis, 123쪽 이하 계속.

23) SA 13, 285쪽.

24) Rainer: 앞의 책, 27쪽 이하 계속.

25) Blanckenburg: Litterarische Zusätze zu Johann Georg Sulzers 'Allgemeiner Theorie der schönen Künste', Bd. I, 516쪽 이하 계속.

26) Engel: 앞의 책, 73쪽.

27) SA 13, 285쪽.

28) Schönhaar: 앞의 책, 82쪽 이하.

29) Kaiser: Von Archadien nach Elysium, 19쪽 비교.

30) FA VIII, 1459, 1474쪽 이하.

31) Karthaus: Friedrich Schiller, 151쪽과 이하 계속.

32) Haferkorn: Der freie Schriftsteller, 164쪽 이하.

33) Schön: Der Verlust der Sinnlichkeit oder Die Verwandlungen des Lesers, 45쪽 이하; Kiesel/Münch: Gesellschaft und Literatur im 18. Jahrhundert, 85쪽 이하.

34) Schmidt: Die Selbstorganisation des Sozialsystems Literatur im 18. Jahrhundert, 286쪽.

35) Wehler: Deutsche Gesellschaftgeschichte, 309쪽.

36) Böttinger: Literarische Zustände und Zeitgenossen, I, 265쪽.

37) Buchwald: Schiller, 393쪽 비교; Riedel, in: Koopmann(발행): Schiller-

Handbuch, 576쪽 이하.

38) Goethe: Sämtliche Werke, Bd. X, 548쪽.

39) Schiering : Der Mannheimer Antikensaal, 261쪽 이하.

40) Winckelmann: Geschichte der Kunst des Alterthums, 163쪽 이하 계속.

41) 같은 책, 163쪽 이하.

42) Riedel, in : Koopmann(발행): 앞의 책, 568쪽 비교.

43) Habel: Schiller und die Tradition des Herakles-Mythos, 283쪽 비교.

44) 이와 관련해서 Pfotenhauer: Um 1800, 161쪽.

45) Winckelmann: 앞의 책, 149, 159쪽 이하 비교.

46) Pfotenhauer: 앞의 책, 220쪽, 각주 36.

47) Koopmann: Schillers 'Philosophische Briefe'-ein Briefroman?, 193쪽 이하 계속 비교.

48) Riedel: Die Anthropologie des jungen Schiller, 211쪽; Koopmann: Schillers 'Philosophische Briefe'-ein Briefroman?, 211쪽 비교.

49) 이와 관련해서 Riedel: Die Anthropologie des jungen Schiller, 212쪽 이하 계속.

50) Ferguson: Grundsätze der Moralphilosophie, 75쪽 이하 계속.

51) Platner: Anthropologie für Aerzte und Weltweise, 96쪽; Riedel: Die Anthropologie des jungen Schiller, 218쪽 이하 계속 비교.

52) Riedel: Die Anthropologie des jungen Schiller, 229쪽.

53) Sauder(발행): Empfindsamkeit, 70쪽.

54) Riedel: Die Anthropologie des jungen Schiller, 239쪽 이하 비교.

55) Koopmann: Der Dichter als Kunstrichter, 230쪽.

56) Misch, in: Koopmann(발행): 앞의 책, 716쪽 이하 비교.

57) Reed: Die klassische Mitte, 53쪽 비교.

58) Goethe: Werke, Abt. IV, Bd. 9, 37쪽.

59) Abel: Einleitung in die Seelenlehre, 334쪽 이하 계속; Riedel: Influxus physicus und Seelenstärke, 45쪽 이하 계속 비교.

60) Herder: Sämtliche Werke, Bd. VIII, 180쪽.

61) Moritz: Werke, Bd. III, 89쪽.

62) Schings: Melancholie und Aufklärung, 97쪽 이하 계속 비교, Jacobs: Prosa der Aufklärung, 56쪽 이하 비교.

63) Jacobs: 앞의 책, 53쪽.

64) Aurnhammer, in: 같은 이 외(발행): Schiller und höfische Welt, 258쪽 비교.

65) Schiller(발행): Thalis, Hft. 2, 20쪽; NA 16, 405쪽 비교.

66) SA 13, 285쪽.

67) Freund: Die deutsche Kriminalnovelle von Schiller bis Hauptmann, 12쪽, Sharpe: Der Verbrecher aus verlorener Ehre, 103쪽 비교.

68) Blanckenburg: Versuch über den Roman, V, 32쪽 이하 계속, 79쪽 이하 계속.

69) Garve: 앞의 책, Bd. I, 77쪽 이하.

70) Abel: Eine Quellenedition zum Philosophieunterricht an der Stuttgarter Karlsschule(1771-1782), 334쪽.

71) Abel: Einleitung in die Seelenlehre, 298쪽 이하 계속.

72) 같은 책, 303쪽 이하 계속.

73) Hegel: Werke, Bd. VII, 151쪽(S 70).

74) 같은 책, Bd. VII, 151쪽(S 70).

75) Neumann, in: Barner 외(발행): Unser Commercium, 442쪽 이하, Denneler: Die Kehrseite der Vernunft, 208쪽 이하 비교.

76) Aurnhammer, in: 같은 이 외(발행): 앞의 책, 265쪽 이하 비교; Nutz: Vergeltung oder Versöhnung? Strafvollzug und Ehre in Schillers 'Verbrecher aus Infamie', 162쪽 비교.

77) Sauder(발행): 앞의 책, 81쪽.

78) Neumann, in: Barner 외(발행): 앞의 책, 456쪽; 앞의 책, 39쪽 비교.

79) Riesbeck: Briefe eines reisenden Franzosen über Deutschland an seinen Bruder zu Paris, 25쪽.

80) Oetinger: Schillers Erzählung Der Verbrecher aus Infamie, 267쪽; Köpf: Friedrich Schiller, Der Verbrecher aus verlorener Ehre, 50쪽.

81) Foucault: Überwachen und Strafe, 93쪽 이하 계속, Nutz: 앞의 책, 146쪽 이하 비교.

82) Foucault: 앞의 책, 97쪽 이하.

83) Herder: 앞의 책, Bd. V, 555쪽 이하.

84) Schönhaar: 앞의 책, 121쪽 이하 계속, Marsch: 앞의 책, 141쪽 이하 계속, Voges: 앞의 책, 349쪽 이하 비교.

85) Herbst: 앞의 책, 137쪽 이하 비교.

86) Goethe: Sämtliche Werke, Bd. VI, 42쪽.

87) Sallmann: Schillers Pathos und die poetische Funktion des Pathetischen, 211쪽 이하.

88) Por: Schillers Spiel des Schicksals oder Spiel der Vernunft, 384쪽과 이하 비교.

89) 이와 관련해서 von Wiese: Friedrich Schiller, 305쪽.

90) Schubart: Leben und Gesinnungen, II, 13쪽.

91) Nicolai: Gesammelte Werke, Bd. XIX, III, 9, 161쪽 이하 계속.

92) von Wiese: 앞의 책, 304쪽; Rainer: 앞의 책, 116쪽.

93) Biedermann: Deutschland im 18. Jahrhundert, 96쪽 이하.

94) Bruford: Kultur und Gesellschaft im klassischen Weimar 1775-1806, 62쪽 이하, Conrady: Goethe, 287쪽, Boyle: Goethe, 272쪽 이하 계속 비교.

95) Boyle: 앞의 책, 273쪽; Oellers/Steegers: Treffpunkt Weimar, 14쪽 이하 계속 비교.

96) Barth: Literarisches Weimar, 102쪽 이하 비교.

97) Günther 외(발행): Weimar. Lexikon zur Stadtgeschichte, 419쪽.

98) de Staël: Über Deutschland, 98쪽.

99) Oellers/Steegers: 앞의 책, 20쪽 이하 계속 비교.

100) Wilson: Geheimräte gegen Geheimbünde, 148쪽 이하.

101) Wilson: Das Goethe-Tabu, 188쪽 이하 계속 비교.

102) von Wolzogen: Schillers Leben, I, 224쪽.

103) Goethe: Sämtliche Werke, Bd. X, 873쪽.

104) Jørgensen 외: Geschichte der deutschen Literatur, Bd. 6, 21쪽 이하 계속.

105) 같은 책, 95쪽.

106) Sengle: Wieland, 407쪽 이하 계속; Engelsing: Wieviel verdienten die Klassiker?, 124쪽 이하 계속 비교.

107) Riesbeck: 앞의 책, 191쪽.

108) Biedrzynski: Goethes Weimar, 117쪽.

109) Sengle: 앞의 책, 408쪽 이하.

110) Köpke, in: Wittkowski(발행): Friedrich Schiller, 371쪽 이하 인용.

111) FA II, 595쪽 이하 계속.

112) FA III, 1107쪽.

113) FA III, 1106쪽.

114) Fambach: Schiller und sein Kreis in der Kritik ihrer Zeit, 37쪽 이하.

115) Hinderer: Beiträge Wielands zu Schillers ästhetischer Erziehung, 350쪽 이하 계속, 363쪽 이하 계속 비교.

116) Wieland: Werke, Bd. XVII, 16쪽.

117) von Wiese: 앞의 책, 404쪽 이하; Hinderer: 앞의 책, 351쪽 이하 계속.

118) Goethe: Sämtliche Werke, Bd. XIV, 183쪽.

119) Goethe: Werke, Abt. IV, Bd. 3, 17쪽.

120) Herder: 앞의 책, Bd. XVI, 471쪽.

121) 같은 책, Bd. XVI, 477쪽 이하 계속.

122) Fasel: Herder und klassische Weimar, 229쪽 비교.

123) Herder: 앞의 책, Bd. XVIII, 483쪽 이하 계속.

124) 이와 관련해서 Schings: Die Brüder des Marquis Posa, 17쪽.

125) 같은 책, 137쪽 이하 계속 비교.

126) Voges: 앞의 책, 137쪽 이하 계속, Eke: Signaturen der Revolution, 98쪽 이하 계속 비교.

127) Schings: Die Brüder des Marquis Posa, 94쪽.

128) 같은 책, 143쪽.

129) Biedermann(발행): Schillers Gespräche, 134, 139쪽.

130) Moritz: 앞의 책, Bd. II, 560쪽 이하 계속 비교.

131) Voges: 앞의 책, 284쪽 이하 계속.

132) Nicolai-Haas: Die Anfänge des deutschen Geheimbundromans, 267쪽 이하 계속; Voges: 앞의 책, 296쪽 이하 계속.

133) Rainer: 앞의 책, 140쪽 비교.

134) Oesterle: Traumeleien des Kopfes, 45쪽.

135) von Wiese: 앞의 책, 319쪽 이하, Voges: 앞의 책, 351쪽 이하 계속 비교.

136) Rainer: 앞의 책, 137쪽, Voges: 앞의 책, 376쪽 이하 비교.

137) Kiefer: Okkultismus und Aufklärung aus medienkritischer Sicht, 211쪽.

138) Gedike-Biester: Berlinische Monatschrift, Mai 1786, 397쪽.

139) Treder: Wundermann oder Scharlatan?, 31쪽 이하 계속.

140) Goethe: Sämtliche Werke, Bd. XII, 418쪽.

141) Müller-Seidel: Die Geschichtlichkeit der deutschen Klassik, 63쪽 이하.

142) Knigge: Über den Umgang mit Menschen, 387쪽.

143) Haug(발행): Schwäbisches Magazin von gelehrten Sachen, Bd. III, 8쪽 이하

계속, 75쪽 이하 계속.

144) von Wolzogen: 앞의 책, II, 103쪽.

145) 견해를 달리하는 문헌으로는 Hansen: Schiller und die Persönlichkeitspsychologie des animalischen Magnetismus, 200쪽 이하 계속.

146) Wieland: Sämtliche Werke in 39 Bänden, Bd. XXIV, 89쪽.

147) Mayer: Nachwort zu: Friedrich Schiller, 222쪽 이하 비교.

148) Knigge: Beytrag zur neusesten Geschichte des Freimaurerordens in neun Gesprächen; Mayer: 앞의 책, 220쪽 비교.

149) Gedike-Biester: 앞의 책, Juli 1786, 444~467쪽.

150) 같은 책, 7쪽.

151) Beaujean: Zweimal Prinzenerziehung, 219쪽 이하 계속 비교.

152) Wieland: Sämtliche Werke in 39 Bänden, Bd. XXIV, 89쪽 이하.

153) Braun(발행): Schiller und Goethe im Urteile ihrer Zeitgenossen, Bd. I, 2, 262쪽.

154) Weizmann: Die Geisterbeschwörung in Schillers *Geisterseher*, 178쪽 이하 계속.

155) Haslinger: 앞의 책, 181쪽 이하 계속, Denneler: 앞의 책, 100쪽 비교.

156) Storz: 앞의 책, 189쪽, Martini: Der Erzähler Friedrich Schiller, 149쪽 비교.

157) Schings: Melancholie und Aufklärung, 211쪽 비교.

158) Voges: 앞의 책, 390쪽 이하, Oesterle: 앞의 책, 47쪽 비교.

159) Riedel: Die Anthrophologie des jungen Schiller, 244쪽 이하 계속.

160) Oesterle: 앞의 책, 57쪽 이하; Schmitz-Emans: Zwischen wahrem und falschem Zauber, 39쪽 이하; Käuser: Physiognomik und Roman im 18. Jahrhundert, 210쪽 이하

161) Ueding: Die Wahrheit lebt in der Täuschung fort, 91쪽 이하 계속, Weissberg: Geistersprache, 121쪽 이하 비교.

제5장

1) Frick, in: Dann 외(발행): Schiller als Historiker, 85쪽 이하.

2) Schiller: Werke. 20 Bde, Bd. XIII, 344쪽.

3) Volke: Schillers erster Besuch in Weimar, 469쪽 이하 계속.

4) Streisand: Geschichtliches Denken von der Frühaufklärung bis zur Klassik, 79쪽.

5) Lecke(발행): Friedrich Schiller, Bd. I, 392쪽.

6) Dann, in: Strack(발행): Evolution des Geistes: Jena um 1800, 17쪽 이하 계속.

7) Ziolkowski: Das Wunderjahr in Jena, 30쪽.

8) 같은 책, 28쪽 이하.

9) Rebmann: Briefe über Jena, 34쪽 이하.

10) Ziolkowski: 앞의 책, 182쪽 이하.

11) Mann: Essays, Bd. VI, 331쪽.

12) Schlözer: Vorstellung seiner Universal-Historie(1772/73), 14쪽.

13) 같은 책, 46쪽 이하 계속; Muhlack: Geschichtswissenschaft in Humanismus und Aufklärung, 97쪽 이하 계속 비교, Hahn, in: Brandt(발행): Friedrich Schiller, 88쪽 이하.

14) Reinhold: Briefe über die Kantische Philosophie, 39쪽.

15) 이와 관련해서 Muhlack이나 Frick 참조, in: Dann 외(발행): 앞의 책, 20쪽 이하 계속, 84쪽 이하 계속.

16) Fulda: Wissenschaft aus Kunst, 231쪽 비교.

17) Kant: Werke, Bd. XI, 33쪽.

18) 같은 책, Bd. XI, 35쪽.

19) 같은 책, Bd. XI, 41쪽.

20) Heine: Historisch-kritische Gesamtausgabe der Werke, Bd. VIII/1, 133쪽.

21) Kant: 앞의 책, Bd. XI, 48쪽.

22) Reinhold: Briefe über die Kantische Philosophie, 627쪽.

23) Fichte: Beitrag zur Berichtigung der Urteile des Publikums über die französische Revolution(1793), 3쪽.

24) Schlegel: Werke, Bd. I, 638쪽.

25) Bräutigam, in: Strack(발행): 앞의 책, 210쪽 이하 비교.

26) Herder: Sämtliche Werke, Bd. XVIII, 56쪽 이하.

27) 같은 책, Bd. V, 436쪽 이하 계속; Hahn: Schiller und die Geschichte, 55쪽 이하 계속, Fulda: 앞의 책, 191쪽 이하 계속 비교.

28) Goethe: Sämtliche Werke, Bd. III, 668쪽.

29) Bräutigam: Szientifische, populäre und ästhetische Diktion, 107쪽 이하 계속; White: Metahistory, 29쪽 이하 계속, Rüsen: Bürgerliche Identität zwischen Geschichtsbewußtsein und Utopie, 182쪽 비교.

30) Ueding, in: Strack(발행): 앞의 책, 165쪽 이하 계속 비교.

31) Weimar, in: Dann 외(발행): 앞의 책, 191쪽 이하 계속; Haupt: Geschichtsperspektive und Griechenverständnis in ästhetischen Programm Schillers, in: Jahrbuch der deutschen Schillergesellschaft(JDSG) 18(1974), 407쪽부터 430쪽 중에서 409쪽 이하 계속.

32) Otto, in: Dann 외(발행): 앞의 책, 296쪽; Hartwich: Die Sendung Moses, 29쪽; Assmann: Moses der Ägypter, 203쪽 이하.

33) Schings: Die Brüder eds Marquis Posa, 137쪽.

34) Reinhold: Die Hebräischen Mysterien oder die älteste religiöse Freymaurerey, 54쪽 이하 계속; Hartwich: 앞의 글, 30쪽 이하 계속 비교.

35) Assmann: 앞의 책, 188쪽 이하 계속 비교.

36) Reinhold: Die Hebräischen Mysterien oder die älteste religiöse Freymaurerey, 앞의 책, 110쪽.

37) Weimar, in: Dann 외(발행): 앞의 책, 192쪽.

38) Kant: 앞의 책, Bd. XI, 85쪽 이하 계속.

39) Koopmann, in: Dann 외(발행): 앞의 책, 64쪽 비교.

40) Ferguson: Versuch über die Geschichte der bürgerlichen Gesellschaft, 174쪽 이하.

41) Schieder: Begegnungen mit der Geschichte, 68쪽.

42) Eder, in: Koopmann(발행): Schiller-Handbuch, 667쪽 이하 비교.

43) Osterkamp, in: Dann 외(발행): 앞의 책, 166쪽 이하.

44) Braun(발행): Schiller und Goethe im Urtheile ihrer Zeitgenossen. Bd. 1, 2쪽, 254쪽.

45) Reinhold: Briefe über die Kantische Philosophie, 40쪽.

46) Müller: Einige Erzählverfahren in Edward Gibbons *The Decline and Fall of the Roman Empire*, 232쪽 이하 계속.

47) 이와 관련해서 Fulda: 앞의 책, 234쪽 이하 계속.

48) Seeba, in: Wittkowski(발행): Friedrich Schiller, 243쪽 이하, Mann: Schiller als Historiker, 99쪽 이하 계속, Hart-Nibbrig: "Die Weltgeschichte ist das

Weltgericht", 255쪽 이하 계속, Borchmeyer: Weimarer Klassik, 219쪽 이하, White: 앞의 책, 76쪽 이하 계속 비교.

49) von Humboldt: Briefe, 412쪽.

50) Fulda: 앞의 책, 260쪽 이하 계속; Hahn, in: Brandt(발행): 앞의 책, 86쪽 이하 비교.

51) Boas(발행): Schiller und Goethe im Xenienkampf. Bd. II, 78쪽.

52) Schulin, in: Dann 외(발행): 앞의 책, 137쪽 이하 계속 비교.

53) Gatterer: Abriß der Universalhistorie, 3쪽 이하.

54) Borchmeyer: 앞의 책, 162쪽 이하 비교.

55) 같은 책, 216쪽.

56) Herder: 앞의 책, Bd. XV, 426쪽.

57) von Wolzogen: Schillers Leben, I, 236쪽.

58) Kiene: Schillers Lotte, 93쪽.

59) von Wolzogen: 앞의 책, 262쪽.

60) von Humboldt: Wilhelm und Caroline von Humboldt in ihren Briefen, Bd. I, 61쪽.

61) Geiger(발행): Charlotte von Schiller und ihre Freunde, 75쪽 이하.

62) von Humboldt: Wilhelm und Caroline von Humboldt in ihren Briefen, Bd. I, 69쪽.

63) 같은 책, Bd. I, 396쪽.

64) Urlichs(발행): Charlotte von Schiller und ihre Freunde, Bd. I, 59쪽.

65) Wehler: Deutsche Gesellschaftsgeschichte, 194쪽 이하.

66) Böttinger: Literarische Zustände und Zeitgenossen, II, 23쪽.

67) Roder: Novalis, 58쪽.

68) Novalis: Werke, Tagebücher, Briefe, Bd. I, 510쪽.

69) von Wolzogen: 앞의 책, II, 97쪽.

70) Novalis: 앞의 책, Bd. I, 509쪽 이하.

71) 같은 책, Bd. I, 510쪽.

72) Janz: Autonomie und soziale Funktion der Kunst, 98쪽 이하 계속 비교.

73) Novalis: 앞의 책, Bd. II, 141쪽.

74) 같은 책, 271쪽.

75) 같은 책, Bd. I, 306쪽.

76) von Wolzogen: 앞의 책, 23쪽.

77) Karthaus: Schiller und die Französische Revolution, 212쪽 이하 계속 비교.

78) 이 점에 대해서는 Soboul: Die große Französische Revolution, 68쪽 이하 계속.

79) Furet/Richter: Die Französische Revolution, 48쪽.

80) 같은 책, 56쪽 이하 계속.

81) Soboul: 앞의 책, 194쪽.

82) Eberle/Stammen(발행): Die Französische Revolution in Deutschland, 53쪽 이하.

83) Reinhold: Briefe über die Kantische Philosophie, 27쪽.

84) Seeba, in: Wittkowski(발행): 앞의 책, 233쪽에서 인용.

85) Keller: Der grüne Heinrich, Bd. I, 69쪽 이하.

86) Hahn: Geschichtsschreibung als Literatur, 92쪽.

87) Middell: Friedrich Schiller, 179쪽 이하.

88) Koselleck: Vergangene Zukunft, 167쪽 이하.

89) Schieder: 앞의 책, 67쪽.

90) Kant: 앞의 책, Bd. XI, 34쪽.

91) Pestalozzi, in: Dann 외(발행): 앞의 책, 180쪽.

92) Osterkamp, in: Dann 외(발행): 앞의 책, 178쪽; Sharpe: Schiller and the Historical Character, 62쪽 이하.

93) 같은 책, 58쪽 비교.

94) Schelling: Vorlesungen über die Methode des academischen Studiums, 546쪽.

95) Machiavelli: Der Fürst, 67쪽.

96) von Ranke: Geschichte Wallensteins, 237쪽 이하 계속.

97) Diwald: Wallenstein, 472, 523쪽.

98) 같은 책, 540쪽

99) Mann: Wallenstein, 945쪽; Koopmann: Freiheitssonne und Revolutionsge-witter, 47쪽 이하.

100) Höyng: Kunst der Wahrheit oder Wahrheit der Kunst?, 154쪽.

101) Eder, in: Koopmann(발행): 앞의 책, 682쪽 이하 비교.

102) Hahn: Geschichtsschreibung als Literatur, 94쪽.

103) Braun(발행): 앞의 책, Bd. I, 2쪽, 305쪽.

참고문헌

약어

D Vjs Deutsche Vierteljahrsschrift für Literaturwissenschaft und Geistesgeschichte

FA Friedrich Schiller: Werke und Briefe in zwölf Bänden. Im Deutschen Klassiker-Verlag hg. v. Otto Dann u. a., Frankfurt/M. 1988 ff.

GRM Germanisch-Romanische Monatsschrift

JDSG Jahrbuch der deutschen Schillergesellschaft

NA Schillers Werke. Nationalausgabe, begr. v. Julius Petersen, fortgeführt v. Lieselotte Blumenthai u. Benno v. Wiese, hg. im Auftrag der Stiftung Weimarer Klassik und des Schiller-Nationalmuseums Marbach v. Norbert Oellers, Weimar 1943 ff.

PMLA Publications of the Modern Language Association of America

SA Schillers sämtliche Werke. Säkular-Ausgabe in 16 Bänden., hg. v. Eduard von der Hellen in Verbindung mit Richard Fester u.a.,

Stuttgart, Berlin 1904-1905

ZfdPh   Zeitschrift für deutsche Philologie

실러 작품(연대순)

Schillers sämmtliche Werke, hg. v. Christian Gottfried Körner. 12 Bde.,
Stuttgart, Tübingen 1812-1815

Schillers sämmtliche Schriften. Historisch-kritische Ausgabe. 15 Bände in 17
Tln., hg. v. Karl Goedeke im Verein mit A. Ellissen u.a., Stuttgart 1867-
1876

Schillers Werke. 6 Bde., mit Lebensbeschreibung, Einleitung u.
Anmerkungen hg. v. Robert Boxberger, Berlin 1877

Schillers Werke. Illustriert von ersten deutschen Künstlern. 4 Bde., hg. v.]. G.
Fischer, Stuttgart 1879

Schillers sämtliche Werke in 16 Bänden, eingeleitet u. hg. v. Karl Goedecke,
Stuttgart 1893 ff.

Schillers sämtliche Werke in 12 Bänden. Mit einer biographischen Einleitung
hg. v. Gustav Karpeles, Leipzig 1895

Schillers Werke. Kritisch durchg. u. erl. Ausgabe. 14 Bde., hg. v. Ludwig
Bellermann, Leipzig 1895-1897

Schillers sämtliche Werke in 12 Bänden. Mit einer biographischen Einleitung
hg. v. Friedrich Düsel, Leipzig 1903

Schillers sämtliche Werke. Säkular-Ausgabe in 16 Bänden, hg. v. Eduard v.
der Hellen in Verbindung mit Richard Fester u.a., Stuttgart 1904-1905

Schillers Werke. Mit reich illustrierter Biographie. 4 Bde., hg. v. Hans
Kraeger, Stuttgart 1905

Schillers sämtliche Werke in 6 Bänden, hg. v. Alfred Walter Heymel, Leipzig
1905 ff.

Schillers Werke. Auf Grund der Hempelschen Ausgabe neu hg. mit
Einleitung und Anmerkungen und einer Lebensbeschreibung vers. v.
Arthur Kutscher u. Heinrich Zisseler. 10 Teile, Berlin 1908

Schillers sämtliche Werke. Historisch-kritische Ausgabe in 20 Bänden, unter Mitwirkung v. Karl Berger u.a. hg. v. Otto Güntter u. Georg Wittkowski, Leipzig 1909–1911

Schillers sämtliche Werke. Horenausgabe. 22 Bde., hg. v. Conrad Höser, Leipzig 1910

Schillers Werke in 10 Bänden. Mit einer biographischen Einleitung hg. v. Franz Mehring, Berlin 1910–1911

Schillers sämtliche Werke in 12 Bänden, hg. v. Fritz Strich u.a., Leipzig 1910–1912

Schillers sämtliche Werke in 12 Bänden, hg. v. Albert Ludwig, Leipzig 1911

Schillers sämtliche Werke in vier Hauptbänden und zwei Ergänzungsbänden, hg. v. Paul Merker, Leipzig 1911

Schillers sämtliche Werke. 14 Bde., hg. v. Alexander v. Gleichen-Rußwurm, München 1923

Schillers Werke. 14 Bde., hg. v. Philipp Witkopp in Verb. mit Eugen Kühnemann, Berlin 1924

Schillers Werke. Nationalausgabe, begr. v. Julius Petersen, fortgeführt v. Lieselotte Blumenthal u. Benno v. Wiese, hg. im Auftrag der Stiftung Weimarer Klassik und des Schiller-Nationalmuseums Marbach v. Norbert Oellers, Weimar 1943 ff.

Schillers Werke. 10 Bde., hg. v. Reinhard Buchwald u. Karl Franz Reinking, unter der Mitwirkung v. Alfred Gottwald, Hamburg 1952

Schillers sämtliche Werke. 5 Bde. Aufgrund der Originaldrucke hg. v. Gerhard Fricke u. Herbert G. Göpfert in Verb. mit Herbert Stubenrauch, München 1958–1959

Friedrich Schiller: Werke. 20 Bde. Aufgrund der Originaldrucke hg. v. Gerhard Fricke u. Herbert Göpfert in Verb. mit Herbert Stubenrauch, München 1965–1966

Friedrich Schiller: Sämtliche Werke. 5 Bde. Nach den Ausgaben letzter Hand unter Hinzuziehung der Erstdrucke und Handschriften mit einer Einführung v. Benno v. Wiese und Anmerkungen v. Helmut Koopmann, München 1968

[Friedrich] Schiller: Sämtliche Werke. Berliner Ausgabe. 10 Bde., hg. v. Hans-Günther Thalheim u.a., Berlin 1980 ff.

Friedrich Schiller: Werke und Briefe in zwölf Bänden. Im Deutschen Klassiker-Verlag hg. v. Otto Dann u.a., Frankfurt/M. 1988 ff.

서간집

Briefe. In: Schillers Werke. Nationalausgabe. Bd. 23(1772-1785), Bd. 24(1785-1787), Bd. 25(1788-1790), Bd. 26(1790-1794), Bd. 27(1794-1795), Bd. 28(1795-1796), Bd. 29(1796-1798), Bd. 30(1798-1800), Bd. 31(1801-1802), Bd. 32(1803-1805)

Briefe an Schiller. In: Schillers Werke. Nationalausgabe. Bd. 33/I(1781-1790), Bd. 34/I(1790-1794), Bd. 35(1794-1795), Bd. 36/I(1795-1797), Bd. 37/I(1797-1798), Bd. 38/I(1798-1800), Bd. 39/I(1801-1802), Bd. 40/I(1803-1805)

Schillers Briefe. Kritische Ausgabe. 7 Bde., hg. v. Fritz Jonas, Stuttgart u.a. 1892-1896

Geschäftsbriefe Schillers, hg. v. Karl Goedeke, Leipzig 1875

Schiller's Briefwechsel mit seiner Schwester Christophine und seinem Schwager Reinwald, hg. v. Wendelin v. Maltzahn, Leipzig 1875

Briefwechsel zwischen Schiller und Cotta, hg. v. Wilhelm Vollmer, Stuttgart 1876

Der Briefwechsel zwischen Schiller und Goethe. 3 Bde., im Auftrage der Nationalen Forschungs-und Gedenkstätten der klassischen deutschen Literatur in Weimar hg. v. Siegfried Seidel, Leipzig 1984

Briefwechsel zwischen Schiller und Wilhelm v. Humboldt, hg. v. Wilhelm v. Humboldt, Stuttgart 1876(2. Aufl., zuerst 1830)

Friedrich Schiller-Wilhelm v. Humboldt, Briefwechsel, hg. v. Siegfried Seidel, Berlin 1962

Briefwechsel zwischen Schiller und Körner. Von 1784 bis zum Tode Schillers. Mit Einleitung v. Ludwig Geiger. 4 Bde., Stuttgart 1892-1896

Briefwechsel zwischen Schiller und Körner, hg. v. Klaus L. Berghahn, München 1973

Schiller und Lotte. Ein Briefwechsel, hg. v. Alexander v. Gleichen-Rußwurm. 2 Bde., Jena 1908

August Wilhelm Schlegel und Friedrich Schlegel im Briefwechsel mit Schiller und Goethe, hg. v. Josef Körner u. Ernst Wieneke, Leipzig 1926

Johann Friedrich Unger im Verkehr mit Goethe und Schiller. Briefe und Nachrichten, hg. v. Flodoard Frhrn. v. Biedermann, Berlin 1927

생애에 대한 증언, 연대기, 회고

Biedermann, Flodoard Freiherr v.(Hg.): Schillers Gespräche, München 1961

Borcherdt, Hans Heinrich(Hg.): Schiller und die Romantiker. Briefe und Dokumente, Stuttgart 1948

Braun, Julius W.(Hg.): Schiller und Goethe im Urtheile ihrer Zeitgenossen. 3 Bde., Leipzig 1882

Conradi-Bleibtreu, Ellen: Im Schatten des Genius. Schillers Familie im Rheinland, Münster 1981

Conradi-Bleibtreu, Ellen: Die Schillers. Der Dichter und seine Familie. Leben, Lieben, Leiden in einer Epoche der Umwälzung, Münster 1986

Freiesleben, Hans: Aus Schillers sächsischem Freundeskreis. Neue Schriftstücke, in: JDSG 25(1981), S. 1-8

Germann, Dietrich u. Haufe, Eberhard(unter Mitwirkung v. Lieselotte Blumenthal)(Hgg.): Schillers Gespräche, Weimar 1967(=NA 42)

Germann, Dietrich: Andreas Streicher und sein Schillerbuch. Über den Nachlaß von Schillers Freund und Fluchtgefährten, in: Weimarer Beiträge 14(1968), S. 1051-1059

Hahn, Karl-Heinz: Arbeits-und Finanzplan Friedrich Schillers für die Jahre 1802-1809, Weimar 1981(3. Aufl., zuerst 1975)

Hecker, Max u. Petersen, Julius(Hg.): Schillers Persönlichkeit. Urtheile der Zeitgenossen und Documente. 3 Bde., Weimar 1904-1909

Hecker, Max: Schillers Tod und Bestattung. Nach Zeugnissen der Zeit, im Auftrag der Goethe-Gesellschaft, Leipzig 1935

Hoven, Friedrich Wilhelm v.: Lebenserinnerungen, mit Anm. hg. v. Hans-Günther Thalheim u. Evelyn Laufer, Berlin 1984(zuerst 1840)

Hoyer, Walter(Hg.): Schillers Leben. Dokumentarisch in Briefen, zeitgenössischen Berichten und Bildern, Köln, Berlin 1967

Kahn-Wallerstein, Carmen: Die Frau im Schatten. Schillers Schwägerin Karoline von Wolzogen, Bern, München 1970

Kretschmar, Eberhard: Schiller. Sein Leben in Selbstzeugnissen, Briefen und Berichten, Berlin 1938

Lecke, Bodo(Hg.): Friedrich Schiller. 2 Bde.(= Dichter über ihre Dichtungen), München 1969

Lotar, Peter: Schiller. Leben und Werk. Aus seiner Dichtung, aus Briefen und Zeugnissen seiner Zeitgenossen dargestellt, Bern, Stuttgart 1955

Müller, Ernst: Schiller. Intimes aus seinem Leben, nebst Einleitung über seine Bedeutung als Dichter und einer Geschichte der Schillerverehrung, Berlin 1905

Palleske, Emil(Hg.): Charlotte.(Für die Freunde der Verewigten.) Gedenkblätter von Charlotte von Kalb, Stuttgart 1879

Petersen, Julius(Hg.): Schillers Gespräche. Berichte seiner Zeitgenossen über ihn, Leipzig 1911

Streicher, [Johann] Andreas: Schillers Flucht [aus Stuttgart und Aufenthalt in Mannheim], hg. v. Paul Raabe, Stuttgart 1959(zuerst 1836)

Urlichs, Ludwig(Hg.): Charlotte von Schiller und ihre Freunde. 3 Bde., Stuttgart 1860 ff.

Volke, Werner: Schillers erster Besuch in Weimar. Zu einer neuaufgefundenen Aufzeichnung von Johann Daniel Falk, in: Festschrift für Friedrich Beißne, hg. v. Ulrich Gaier u. Werner Volke, Stuttgan 1974, S. 465-477

Wilpert, Gero v.: Schiller-Chronik. Sein Leben und sein Schaffen, Stuttgart 1958

Wolzogen, Caroline v.: Schillers Leben. Verfaßt aus Erinnerungen der

Familie, seinen eigenen Briefen und den Nachrichten seines Freundes
Körner. Zwei Theile in einem Band(1830), in: Dies.: Gesammelte
Schriften, hg. v. Peter Boerner, Bd. II, Hildesheim, Zürich, New York
1990

Wolzogen, Karoline v.: Schillers Jugendjahre in Schwaben, Lorch 1905

Wolzogen, Karoline v.: Aus Schillers letzten Tagen. Eine ungedruckte
Aufzeichnung von Karoline v. Wolzogen. Zur Erinnerung an Schillers
100. Todestag, Weimar 1905

Zeller, Bernhard: Schiller. Eine Bildbiographie, München 1958

Zeller, Bernhard(Hg.): Schillers Leben und Werk in Daten und Bildern,
Frankfurt/M. 1966

Zeller, Bernhard: Friedrich Schiller in Marbach, in: Ludwigsburger
Geschichtsblätter 33(1981), S. 41-54

영향사

Albert, Claudia(Hg.): Klassiker im Nationalsozialismus. Schiller. Hölderlin.
Kleist, Stuttgart, Weimar 1994

Fambach, Oscar(Hg.): Schiller und sein Kreis in der Kritik ihrer Zeit.
Die wesentlichen Rezensionen aus der periodischen Literatur bis zu
Schillers Tod, begleitet von Schillers und seiner Freunde Äußerungen zu
deren Gehalt. In Einzeldarstellungen mit einem Vorwort und Anhang:
Bibliographie der Schiller-Kritik bis zu Schillers Tod, Berlin 1957(Ein
Jahrhundert deutscher Literaturkritik [1750-1850], Bd. II)

Gerhard, Ute: Schiller als 《Religion》. Literarische Signaturen des 19.
Jahrhunderts, München 1994

Guthke, Karl S.: Lessing-, Goethe-, und Schiller-Rezensionen in den
Göttingischen Gelehrten Anzeigen 1769-1836, in: Jahrbuch des Freien
Deutschen Hochstifts 1965, S. 88-167

Mück, Hans-Dieter: Schiller-Forschung 1933-1945, in: Zeller,
Bernhard(Hg.): Klassiker in finsteren Zeiten. 1933-1945, Bd. I, Marbach

1993, S. 299-318

Oellers, Norbert: Schiller. Geschichte seiner Wirkung bis zu Goethes Tod 1805-1832, Bonn 1967

Oellers, Norbert(Hg.): Schiller-Zeitgenosse aller Epochen. Dokumente zur Wirkungsgeschichte Schillers in Deutschland. Teil I 1782-1859, Frankfurt/M. 1970

Oellers, Norbert(Hg.): Schiller-Zeitgenosse aller Epochen. Dokumente zur Wirkungsgeschichte Schillers in Deutschland. Teil II 1860-1966, München 1976

Oellers, Norbert: Zur Schiller-Rezeption in Österreich um 1800, in: Die österreichische Literatur. Ihr Profil an der Wende vom 18. zum 19. Jahrhundert, hg. v. Herbert Zeman, Graz 1979, S. 677-696

Petersen, Julius: Schiller und die Bühne. Ein Beitrag zur Literatur-und Theatergeschichte in der klassischen Zeit, Berlin 1904

Piedmont, Ferdinand(Hg.): Schiller spielen: Stimmen der Theaterkritik 1946-1985. Eine Dokumentation, Darmstadt 1990

Rudloff-Hille, Gertrud: Schiller auf der deutschen Bühne seiner Zeit, Berlin, Weimar 1969

Ruppelt, Georg: Schiller im nationalsozialistischen Deutschland. Der Versuch einer Gleichschaltung, Stuttgart 1979

Utz, Peter: Die ausgehöhlte Gasse. Stationen der Wirkungsgeschichte von Schillers *Wilhelm Tell*, Königstein/Ts. 1984

Waldmann, Bernd: 《Schiller ist gut-Schiller muß sein》: Grundlagen und Funktion der Schiller-Rezeption des deutschen Theaters in den fünfziger Jahren, Frankfurt/M. u.a. 1993

전기와 평전(연대순)

Carlyle, Thomas: The Life of Friedrich Schiller, London 1825

Carlyle, Thomas: Leben Schillers. Aus dem Englischen durch M. v. Teubern, eingeleitet durch Goethe, Frankfurt/M. 1830

Hoffmeister, Karl: Schiller's Leben, Geistesentwicklung und Werke im Zusammenhang. 5 Bde., Stuttgart 1838-42

Döring, Heinrich: Friedrich von Schiller. Ein biographisches Denkmal, Jena 1839

Schwab, Gustav: Schiller's Leben in drei Büchern, Stuttgart 1840

Palleske, Emil: Schillers Leben und Werk. 2 Bde., Berlin 1858-59

Scherr, Johann: Schiller und seine Zeit, Leipzig 1859

Minor, Jakob: Schiller. Sein Leben und seine Werke. 2 Bde., Berlin 1890

Gottschall, Rudolf: Friedrich v. Schiller. Mit Schillers Bildnis, Leipzig 1898

Harnack, Otto: Schiller. 2 Bde., Berlin 1898

Weltrich, Richard: Schiller. Geschichte seines Lebens und Charakteristik seiner Werke. Bd. I, Stuttgart 1899

Bellermann, Ludwig: Friedrich Schiller, Leipzig 1901

Berger, Karl: Schiller. Sein Leben und seine Werke. 2 Bde., München 1905

Kühnemann, Eugen: Schiller, München 1905

Lienhard, Fritz: Schiller, Berlin, Leipzig 1905

Schmoller, Leo: Friedrich Schiller. Sein Leben und sein Werk, Wien 1905

Strich, Fritz: Schiller. Sein Leben und sein Werk, Leipzig 1912

Güntter, Otto: Friedrich Schiller. Sein Leben und seine Dichtungen, Leipzig 1925

Binder, Hermann: Friedrich Schiller. Wille und Werk, Stuttgart 1927

Schneider, Hermann: Friedrich Schiller: Werk und Erbe, Stuttgart, Berlin, 1934

Cysarz, Herbert: Schiller, Halle 1934

Pongs, Hermann: Schillers Urbilder, Stuttgart 1935

Hohenstein, Lily: Schiller: Der Dichter-der Kämpfer, Berlin 1940

Buerkle, Veit: Schiller, Stuttgart 1941

Müller, Ernst: Der junge Schiller, Tübingen, Stuttgart 1947

Wentzlaff-Eggebert, Friedrich-Wilhelm: Schillers Weg zu Goethe, Tübingen, Stuttgart 1949

Gerhard, Melitta: Schiller, Bern 1950

Benfer, Heinrich: Friedrich v. Schiller. Leben und Werk, Bochum 1955

Hilty, Hans Rudolf: Friedrich Schiller. Abriß seines Lebens, Umriß seines Werks, Bern 1955

Kleinschmidt, Karl: Friedrich Schiller. Leben, Werk und Wirkung, Berlin 1955

Nohl, Hermann: Friedrich Schiller. Eine Vorlesung, Frankfurt/M. 1955

Wiese, Benno v.: Schiller. Eine Einführung in Leben und Werk, Stuttgart 1955

Burschell, Friedrich: Friedrich Schiller in Selbstzeugnissen und Bilddokumenten. Hamburg 1958

Zeller, Bernhard: Schiller. Eine Bildbiographie, München 1958

Buchwald, Reinhard: Schiller, Wiesbaden 1959(4. Aufl., zuerst 1937)

Heiseler, Bernt v.: Schiller, Gütersloh 1959

Storz, Gerhard: Der Dichter Friedrich Schiller, Stuttgart 1959

Wiese, Benno v.: Friedrich Schiller, Stuttgart 1959

Koopmann, Helmut: Friedrich Schiller. I: 1759–1794; II: 1795–1805, Stuttgart 1966

Staiger, Emil: Friedrich Schiller, Zürich 1967

Burschell, Friedrich: Schiller, Reinbek b. Hamburg 1968

Middell, Eike: Friedrich Schiller. Leben und Werk, Leipzig 1976

Lahnstein, Peter: Schillers Leben, München 1981

Koopmann, Helmut: Friedrich Schiller. Eine Einführung, München, Zürich 1988

Oellers, Norbert: Schiller, Stuttgart 1989

Ueding, Gert: Friedrich Schiller, München 1990

Reed, Terence J.: Schiller, Oxford, New York 1991

Koopmann, Helmut(Hg.): Schiller-Handbuch, Stuttgart 1998

Gellhaus, Axel u. Oellers, Norbert(Hg.): Schiller. Bilder und Texte zu seinem Leben, Köln u.a. 1999

실러에 관한 문헌(연대순)

Schiller-Bibliographie 1893-1958. Bearbeitet v. Wolfgang Vulpius, Weimar 1959

Schiller-Bibliographie 1959-1963. Bearbeitet v. Wolfgang Vulpius, Berlin, Weimar 1967

Schiller-Bibliographie 1964-1974. Bearbeitet v. Peter Wersig, Berlin, Weimar 1977

Schiller-Bibliographie 1975-1985. Bearbeitet v. Roland Bärwinkel u.a., Berlin, Weimar 1989

Schiller-Bibliographie 1959-1961. Bearbeitet v. Paul Raabe u. Ingrid Bode, in: JDSG 6(1962), s. 465-553

Schiller-Bibliographie 1962-1965. Bearbeitet v. Ingrid Bode, in: JDSG 10(1966), S. 465-502

Schiller-Bibliographie 1966-1969. Bearbeitet v. Ingrid Bode, in: JDSG 14(1970), S. 584-636

Schiller-Bibliographie 1970-1973. Bearbeitet v. Ingrid Bode, in: JDSG 18(1974), S. 642-701

Schiller-Bibliographie 1974-1978. Bearbeitet v. Ingrid Bode, in: JDSG 23(1979), S. 549-612

Schiller-Bibliographie 1979-1982. Bearbeitet v. Ingrid Bode, in: JDSG 27(1983), S. 493-551

Schiller-Bibliographie 1983-1986. Bearbeitet v. Ingrid Hannich-Bode, in: JDSG 31(1987), S. 432-512

Schiller-Bibliographie 1987-1990. Bearbeitet v. Ingrid Hannich-Bode, in: JDSG 35(1991), S. 387-459

Schiller-Bibliographie 1991-1994 i ¤ Bearbeitet v. Ingrid Hannich-Bode, in: JDSG 39(1995), S. 463-534

부분적인 전기와 연구 보고서(1945년 이후)

Müller-Seidel, Walter: Zum gegenwärtigen Stand der Schillerforschung, in: Der Deutschunterricht 4(1952), Hft.5, S. 97-115

Wiese, Benno v.: Schiller-Forschung und Schiller-Deutung von 1937 bis 1953, in: DVjs 27(1953), S. 452-483

Goerres, Karlheinz: Wege zu einem neuen Schillerbild, in: Die Schulwarte 12(1959), S. 741-745

Vancsa, Kurt: Die Ernte der Schiller-Jahre 1955-1959, in: ZfdPh 79(1960), S. 422-441

Paulsen, Wolfgang: Friedrich Schiller 1955-1959. Ein Literaturbericht, in: JDSG 6(1962), S. 369-464

Wittkowski, Wolfgang: Friedrich Schiller 1962-1965. Ein Literaturbericht, in: JDSG 10(1966), S. 414-464

Berghahn, Klaus L.: Aus der Schiller-Literatur des Jahres 1967, in: Monatshefte 60(1968), S. 410-413

Berghahn, Klaus L.: Ästhetik und Politik im Werk Schillers. Zur jüngsten Forschung, in: Monatshefte 66(1974), S. 401-421

Koopmann, Helmut: Schiller-Forschung 1970-1980. Ein Bericht, Marbach a.N. 1982

Leibfried, Erwin: 225 Jahre Schiller. Rückblicke auf Publikationen zum Schillerjahr, in: Wissenschaftlicher Literaturanzeiger 24(1985), S. 45-46

Steinberg, Heinz: Sekundärliteratur der letzten Jahre. Zum Beispiel Schiller, in: Buch und Bibliothek 37(1985), S. 248-251

Martini, Fritz: Schiller-Forschung und Schiller-Kritik im Werke Käte Hamburgers, in: Ders.: Vom Sturm und Drang zur Gegenwart, Frankfurt/M. u.a. 1990(zuerst 1986), S. 35-42

Koopmann, Helmut: Forschungsgeschichte, in: Schiller-Handbuch, hg. v. Helmut Koopmann, Stuttgart 1998, S. 809-932

서론과 제1장

•작품과 출처

[Abel, Jacob Friedrich]: Eine Quellenedition zum Philosophieunterricht an der Stuttgarter Karlsschule(1773-1782). Mit Einleitung, Übersetzung, Kommentar und Bibliographie hg. v. Wolfgang Riedel, Würzburg 1995(= K)

Abel, Jacob Friedrich: Einleitung in die Seelenlehre, Stuttgart 1786. Faksimile-Neudruck, Hildesheim u.a. 1985(= E)

Adorno, Theodor W.: Minima Moralia, Frankfurt/M. 1981(zuerst 1951)

Biedermann, Flodoard Freiherr v.(Hg.): Schillers Gespräche, München 1961

Büchner, Georg: Werke und Briefe, München 1988

Dürrenmatt, Friedrich: Gesammelte Werke. Bd. VII, Zürich 1996

Eckermann, Johann Peter: Gespräche mit Goethe in den letzten Jahren seines Lebens, hg. v. Fritz Bergmann, Frankfurt/M. 1987(3. Aufl., zuerst 1955)

Eichendorff, Joseph von: Werke. 6 Bde., hg. v. Wolfgang Frühwald u.a., Frankfurt/M. 1985 ff.

Ferguson, Adam: Grundsätze der Moralphilosophie. Uebersetzt und mit einigen Anmerkungen versehen von Christian Garve, Leipzig 1772

Geiger, Ludwig(Hg.): Charlotte von Schiller und ihre Freunde. Auswahl aus ihrer Korrespondenz, Berlin 1908

Goethe, Johann Wolfgang: Werke, hg. im Auftrag der Großherzogin Sophie von Sachsen. Abt. 1-4. 133 Bde.(in 147 Tin.), Weimar 1887 ff.

Haller, Albrecht v.: Die Alpen und andere Gedichte, hg. v. Adalbert Elschenbroich, Stuttgart 1984

Hartmann, Julius: Schillers Jugendfreunde, Stuttgart, Berlin 1904

Haug, Balthasar(Hg.): Schwäbisches Magazin von gelehrten Sachen. Bd. I-VIII, Stuttgart 1774-1781(1774 als *Gelehrte Ergötzlichkeiten*)

Helvétius, Claude-Adrien: Vom Menschen, von seinen geistigen Fähigkeiten und von seiner Erziehung. Aus dem Französischen übers. v. Theodor Lücke, Berlin, Weimar 1976(= De l'homme, 1773)

Herder, Johann Gottfried: Sämmtliche Werke, hg. v. Bernhard Suphan, Berlin 1877 ff.

Holbach, Paul Thiry d': System der Natur oder von den Grenzen der physischen und der moralischen Welt(1770), Frankfurt/M. 1978

Hoven, Friedrich Wilhelm v.: Lebenserinnerungen, mit Anm. hg. v. Hans-Günther Thalheim u. Evelyn Laufer, Berlin 1984(zuerst 1840)

Hoyer, Walter(Hg.): Schillers Leben. Dokumentarisch in Briefen, zeitgenössischen Berichten und Bildern, Köln, Berlin 1967

Humboldt, Wilhelm v.(Hg.): Briefwechsel zwischen Schiller und Wilhelm v. Humboldt, Stuttgart 1876(2. Aufl., zuerst 1830)

Hutcheson, Francis: Untersuchung unserer Begriffe von Schönheit und Tugend in zwo Abhandlungen, Frankfurt, Leipzig 1762

Kerner, Justinus: Ausgewählte Werke, hg. v. Gunter E. Grimm, Stuttgart 1981

Knigge, Adolph Freiherr v.: Über den Umgang mit Menschen(1788), hg. v. Gert Ueding, Frankfurt/M. 1977

Lichtenberg, Georg Christoph: Schriften und Briefe, hg. v. Franz Mautner, Frankfurt/M. 1992

Mann, Thomas: Essays, hg. v. Hermann Kurzke u. Stephan Stachorski, Frankfurt/M. 1993 ff.

Mendelssohn, Moses: Gesammelte Schriften. Jubiläumsausgabe, hg. v. Fritz Bamberger u.a. Faksimile-Neudruck der Ausgabe Berlin 1929, Stuttgart-Bad Canstatt 1971

Nicolai, Friedrich: Gesammelte Werke, hg. v. Bernhard Fabian und Marie-Luise Spieckermann, Hildesheim, Zürich, New York 1985 ff.

Noverre, Jean-Georges: Briefe über die Tanzkunst und über die Ballette. Aus dem Französischen übersetzt von Gotthold Ephraim Lessing und Johann Joachim Christoph Bode, Hamburg, Bremen 1769. Reprint, hg. v. Kurt Petermann, München 1977

Platner, Ernst: Anthropologie für Aerzte und Weltweise. Erster Theil(1772). Faksimile-Neudruck, mit einem Nachwort hg. v. Alexander Košenina, Hildesheim u. a. 1998

Pufendorf, Samuel von: Die Verfassung des deutschen Reichs. Übersetzung, Anmerkungen und Nachwort v. Horst Denzer, Stuttgart 1976

Riesbeck, Johann Kaspar: Briefe eines reisenden Franzosen über Deutschland an seinen Bruder zu Paris, hg. u. bearbeitet v. Wolfgang Gerlach, Stuttgart 1967

Rousseau, Jean-Jacques: Schriften zur Kulturkritik. Französisch-Deutsch. Eingel., übers. u. hg. v. Kurt Weigand, Harnburg 1983

Schiller, Friedrich: Medizinische Schriften, Miesbach / Obb. 1959

Schiller, Johann Caspar: Meine Lebens-Geschichte(1789). Mit einem Nachwort hg. v. Ulrich Ott, Marbach a.N. 1993(= L)

Schiller, Johann Caspar: Die Baumzucht im Grossen aus Zwanzigjährigen Erfahrungen im Kleinen in Rücksicht auf ihre Behandlung, Kosten, Nutzen und Ertrag beurtheilt(1795), hg. v. Gottfried Stolle, Marbach a.N. 1993(= B)

Schubart, Christian Friedrich Daniel: Gedichte. Aus der *Deutschen Chronik*, hg. v. Ulrich Karthaus, Stuttgart 1978

[Schubart, Christian Friedrich Daniel]: Leben und Gesinnungen. Von ihm selbst im Kerker aufgesetzt. Erster Theil(1791), in: Schubarts gesammelte Schriften und Schicksale, Bd. I, Stuttgart 1839

Strauß, David Friedrich(Hg.): Christian Friedrich Daniel Schubarts Leben in seinen Briefen, Bd. I, Berlin 1849

Streicher, [Johann] Andreas: Schillers Flucht [aus Stuttgart und Aufenthalt in Mannheim], hg. v. Paul Raabe, Stuttgart 1959(zuerst 1836)

Sulzer, Johann George: Vermischte philosophische Schriften. 2 Bde., Leipzig 1773/81

Tissot, S[imon] A[ndré]: Von der Gesundheit der Gelehrten, Zürich 1768

Urlichs, Ludwig(Hg.): Charlotte von Schiller und ihre Freunde. 3 Bde., Stuttgart 1860 ff.

Wieland, Christoph Martin: Sämmtliche Werke in 39 Bänden, Leipzig 1794-1811. Faksimile-Neudruck, Hamburg 1984

Wolzogen, Caroline v.: Schillers Leben. Verfaßt aus Erinnerungen der Familie, seinen eigenen Briefen und den Nachrichten seines Freundes

Körner. Zwei Theile in einem Band(1830), in: Dies.: Gesammelte Schriften, hg. v. Peter Boerner, Bd. II, Hildesheim, Zürich, New York 1990

Zeller, Bernhard(Hg.): Schillers Leben und Werk in Daten und Bildern, Frankfurt/M. 1966

• 연구서와 논문

[Adam, Eugen u.a.]: Herzog Karl Eugen von Württemberg und seine Zeit, hg. v. Württembergischen Geschichts-und Altertums-Verein. Bd. I, Eßlingen 1907

Aurnhammer, Achim u.a.(Hgg.): Schiller und die höfische Welt, Tübingen 1990

Barner, Wilfried u.a.(Hgg.): Unser Commercium. Goethes und Schillers Literaturpolitik, Stuttgart 1984

Barthes, Roland: Literatur oder Geschichte. Aus dem Französischen übers. v. Helmut Scheffel, Frankfurt/M. 1969

Biedermann, Karl: Deutschland im 18. Jahrhundert, hg. v. Wolfgang Emmerich, Frankfurt/M. u. a. 1979

Bloch, Peter André: Schiller und die französische klassische Tragödie, Düsseldorf 1968

Brecht, Martin(Hg.): Geschichte des Pietismus. Bd. II(Der Pietismus im achtzehnten Jahrhundert), Göttingen 1995

Bruford, Walter H.: Die gesellschaftlichen Grundlagen der Goethezeit, Weimar 1936

Buchwald, Reinhard: Schiller, Wiesbaden 1959(4.Aufl, zuerst 1937)

Burschell, Friedrich: Schiller, Reinbek b. Hamburg 1968

Dewhurst, Kenneth u. Reeves, Nigel: Friedrich Schiller. Medicine, Psychology and Literature, Oxford 1978

Engelsing, Ralf: Wieviel verdienten die Klassiker? In: Neue Rundschau 87(1976), S. 124-136

Foucault, Michel: Überwachen und Strafen. Die Geburt des Gefängnisses. Aus dem Französischen übers. v. Walter Seitter(= Surveiller et punir. La naissance de la prison, 1975), Frankfurt/M. 1994

Friedl, Gerhard: Verhüllte Wahrheit und entfesselte Phantasie. Die Mythologie in der vorklassischen und klassischen Lyrik Schillers, Würzburg 1987

Haug-Moritz, Gabriele: Württembergischer Ständekonflikt und deutscher Dualismus. Ein Beitrag zur Geschichte des Reichsverbands in der Mitte des 18. Jahrhunderts, Stuttgart 1992

Jamme, Christoph u. Pöggeler, Otto(Hgg.): 《O Fürstin der Heimath! Glükliches Stutgard》. Politik, Kultur und Gesellschaft im deutschen Südwesten um 1800, Stuttgart 1988.

Kiesel, Hellmuth: 〈Bei Hof, bei Höll. Untersuchungen zur literarischen Hofkritik von Sebastian Brant bis Friedrich Schiller, Tübingen 1979

Kittler, Friedrich A.: Dichter, Mutter, Kind, München 1991

Koopmann, Helmut(Hg.): Schiller-Handbuch, Stuttgart 1998

Košenina, Alexander: Ernst Platners Anthropologie und Philosophie. Der philosophische Arzt und seine Wirkung auf Johann Karl Wezel und Jean Paul, Würzburg 1989

Kreutz, Wilhelm: Die Illuminaten des rheinisch-pfälzischen Raums und anderer außerbayerischer Territorien. Eine 〈wiederentdeckte〉 Quelle zur Ausbreitung des radikal aufklärerischen Geheimordens in den Jahren 1781 und 1782, in: Francia 18(1991), S. 115-149

Liepe, Wolfgang: Der junge Schiller und Rousseau. Eine Nachprüfung der Rousseaulegende um den *Räuber*-Dichter, in: ZfdPh 51(1926), S. 299-328

Michelsen, Peter: Der Bruch mit der Vater-Welt. Studien zu Schillers *Räubern*, Heidelberg 1979

Müller, Ernst: Schillers Mutter. Ein Lebensbild, Leipzig 1890(= M)

Müller, Ernst: Der Herzog und das Genie. Friedrich Schillers Jugendjahre, Stuttgart 1955(=G)

Oellers, Norbert: Friedrich Schiller. Zur Modernität eines Klassikers, hg. v. Michael Hofmann, Frankfurt/M., Leipzig 1996

Perels, Christoph(Hg.): Sturm und Drang, Frankfurt/M. 1988

Riedel, Wolfgang: Die Anthropologie des jungen Schiller. Zur Ideengeschichte der medizinischen Schriften und der *Philosophischen Briefe*, Würzburg 1985

Roeder, Gustav: Württemberg. Vom Neckar bis zur Donau. Landschaft, Geschichte, Kultur, Kunst, Nürnberg 1972

Rosenbaum, Heidi: Formen der Familie. Untersuchungen zum Zusammenhang von Familienverhältnissen, Sozialstruktur und sozialem Wandel in der deutschen Gesellschaft des 19. Jahrhunderts, Frankfurt/M. 1982

Schings, Hans-Jürgen: Melancholie und Aufklärung. Melancholiker und ihre Kritiker in Erfahrungsseelenkunde und Literatur des 18. Jahrhunderts, Stuttgart 1977

Schings, Hans-Jürgen(Hg.): Der ganze Mensch. Anthropologie und Literatur im 18. Jahrhundert, Stuttgart 1994

Schuller, Marianne: Körper. Fieber. Räuber. Medizinischer Diskurs und literarische Figur beim jungen Schiller, in: Physiognomie und Pathognomie. Zur literarischen Darstellung von Individualität, in: Festschrift für Karl Pestalozzi, hg. v. Wolfram Groddeck u. Ulrich Stadler, Berlin, New York 1994, S. 153-168

Schulze-Bünte, Matthias: Die Religionskritik im Werk Friedrich Schillers, Frankfurt/M. u.a. 1993

Theopold, Wilhelm: Schiller. Sein Leben und die Medizin im 18. Jahrhundert, Stuttgart 1964

Uhland, Robert: Geschichte der Hohen Karlsschule in Stuttgart, Stuttgart 1953

Wehler, Hans-Ulrich: Deutsche Gesellschaftsgeschichte. Erster Band. Vom Feudalismus des Alten Reichs bis zur Defensiven Modernisierung der Reformära 1700-1815, München 1987

Weltrich, Richard: Schiller. Geschichte seines Lebens und Charakteristik seiner Werke. Bd. I, Stuttgart, 1899

Wiese, Benno v.: Friedrich Schiller, Stuttgart 1963(3. Aufl., zuerst 1959)

제2장

• 작품과 출처

Campe, Joachim Heinrich: Briefe aus Paris(1790). Mit einem Vorwort hg. v. Helmut König, Berlin 1961

Claudius, Matthias: Der Wandsbecker Bote(1771-1775). Mit einem Vorwort v. Peter Suhrkamp und einem Nachwort v. Hermann Hesse, Frankfurt/M. 1975

Goethe, Johann Wolfgang: Sämtliche Werke. Artemis-Gedenkausgabe, hg. v. Ernst Beutler, Zürich 1977(zuerst 1948-54)

Hagedorn, Friedrich v.: Poetische Werke. Dritter Theil, Hamburg 1757

Hegel, Georg Wilhelm Friedrich: Werke, hg. v. Eva Moldenhauer u. Karl Markus Michel, Frankfurt/M. 1986

Hofmannsthal, Hugo v.: Gesammelte Werke. Reden und Aufsätze I(1891-1913), hg. v. Bernd Schoeller, Frankfurt/M. 1979

Hume, David: Die Naturgeschichte der Religion(1757), übers. u. hg. v. Lothar Kreimendahl, Hamburg 1984

Kant, Immanuel: Werke, hg. v. Wilhelm Weischedel, Frankfurt/M. 1977

Klopstock, Friedrich Gottlieb: Ausgewählte Werke, hg. v. Karl August Schleiden, München 1962

Loewenthal, Erich(Hg.): Sturm und Drang. Kritische Schriften, Heidelberg 1972(3. Aufl.)

[Obereit, Jakob Hermann]: Ursprünglicher Geister= und Körperzusammenhang nach Newtonischem Geist. An die Tiefdenker in der Philosophie, Augsburg 1776

[Paul], Jean Paul: Sämtliche Werke, hg. v. Norbert Miller, München 1959 ff.

Rebmann, Georg Friedrich: Kosmopolitische Wanderungen durch einen Teil Deutschlands(1793), hg. v. Hedwig Voegt, Frankfurt/M. 1968

Sauder, Gerhard(Hg.): Empfindsamkeit. Quellen und Dokumente, Stuttgart 1980

Stäudlin, Gotthold Friedrich: Vermischte poetische Stücke [Stuttgart 1782]

Sulzer, Johann George: Allgemeine Theorie der Schönen Künste. Erster/

Zweyter Theil, Leipzig 1773-75(verbesserte Ausgabe, zuerst 1771-74)
(zweite, durch Zusätze von Friedrich von Blanckenburg vermehrte
Aufl.: 1786-87; nochmals verbessert 1792-94)

Uz, Johann Peter: Sämmtliche poetische Werke. Zweiter Theil, Wien 1790

Zimmermann, Johann Georg: Ueber die Einsamkeit. 4 Theile, Leipzig 1784-
85(= E)

Zimmermann, Johann Georg: Memoire an Seine Kaiserlichkönigliche
Majestät Leopold den Zweiten über den Wahnwitz unsers Zeitalters
und die Mordbrenner, welche Deutschland und ganz Europa aufklären
wollen(1791), mit einem Nachwort hg. v. Christoph Weiß, St. Ingbert
1995(= M)

• 연구서와 논문

Alt, Peter-André: Begriffsbilder. Studien zur literarischen Allegorie zwischen
Opitz und Schiller, Tübingen 1995

Bernauer, Joachim: 《Schöne Welt, wo bist du?》 Über das Verhältnis von
Lyrik und Poetik bei Schiller, Berlin 1995

Bolten, Jürgen: Friedrich Schiller. Poesie, Reflexion und gesellschaftliche
Selbstdeutung, München 1985

Bruckmann, Christoph: 《Freude! sangen wir in Thränen, Freude! in dem
tiefsten Leid》. Zur Interpretation und Rezeption des Gedichts *An die
Freude* von Friedrich Schiller, in: JDSG 35(1991), S. 96-112

Dau, Rudolf: Friedrich Schillers Hymne *An die Freude*. Zu einigen
Problemen ihrer Interpretation und aktuellen Rezeption, in: Weimarer
Beiträge 24(1978), Hft.10, S. 38-60

Dülmen, Richard van: Kultur und Alltag in der Frühen Neuzeit. 3 Bde.,
München 1990 ff.

Düsing, Wolfgang: Kosmos und Natur in Schillers Lyrik, in: JDSG 13(1969), S.
196-221(= K)

Düsing, Wolfgang: 《Aufwärts durch die tausendfachen Stufen》. Zu Schillers
Gedicht *Die Freundschaft*, in: Gedichte und Interpretationen. Bd.
II(Aufklärung und Sturm und Drang), hg. v. Karl Richter, Stuttgart 1983,

S. 453–462(= F)

Dyck, Martin: Die Gedichte Schillers. Figuren der Dynamik des Bildes,
    Bern, München 1967

Engelsing, Rolf: Der Bürger als Leser. Lesergeschichte in Deutschland 1500–
    1800, Stuttgart 1974

Fechner, Jörg-Ulrich: Schillers *Anthologie auf das Jahr 1782*. Drei kleine
    Beiträge, in: JDSG 17(1973), S. 291–303

Fisher, Richard(Hg.): Ethik und Ästhetik. Werke und Werte in der Literatur
    vom 18. bis zum 20. Jahrhundert. Festschrift für Wolfgang Wittkowski,
    Frankfurt/M. 1995

Hinderer, Walter(Hg.): Codierungen von Liebe in der Kunstperiode,
    Würzburg 1997

Hinderer, Walter: Von der Idee des Menschen. Über Friedrich Schiller,
    Würzburg 1998

Inasaridse, Ethery: Schiller und die italienische Oper. Das Schillerdrama als
    Libretto des Belcanto, Frankfurt/M., Bern 1989

Kaiser, Gerhard: Geschichte der deutschen Lyrik von Goethe bis Heine. Ein
    Grundriß in Interpretationen. 3 Bde., Frankfurt/M. 1988

Keller, Werner: Das Pathos in Schillers Jugendlyrik, Berlin 1964

Kemper, Hans-Georg: Deutsche Lyrik der frühen Neuzeit. Bd.
    6/1(Empfindsamkeit), Tübingen 1997

Kiesel, Helmuth u. Münch, Paul: Gesellschaft und Literatur im 18.
    Jahrhundert. Voraussetzungen und Entstehung des literarischen Markts
    in Deutschland, München 1977

Knobloch, Hans-Jörg u. Koopmann, Helmut(Hgg.): Schiller heute, Tübingen
    1996

Koopmann, Helmut: Der Dichter als Kunstrichter. Zu Schillers
    Rezensionsstrategie, in: JDSG 20(1976), S. 229–246

Luhmann, Niklas: Liebe als Passion. Zur Codierung von Intimität, Frankfurt/
    M. 1982

Luserke, Matthias: Sturm und Drang. Autoren-Texte-Themen, Stuttgart 1997

Mix, York-Gothart: Die deutschen Musen-Almanache des 18. Jahrhunderts,

München 1987

Oellers, Norbert(Hg.): Gedichte von Friedrich Schiller. Interpretationen, Stuttgart 1996

Ortlepp, Paul: Schillers Bibliothek und Lektüre, in: Neue Jahrbücher für das klassische Altertum, Geschichte und deutsche Literatur 18(1915), S. 375-406

Schings, Hans-Jürgen: Philosophie der Liebe und Tragödie des Universalhasses. *Die Räuber* im Kontext von Schillers Jugendphilosophie(1), in: Jahrbuch des Wiener Goethe-Vereins 84/85(1980-81), S. 71-95

Schmidt, Siegfried J.: Die Selbstorganisation des Sozialsystems Literatur im 18. Jahrhundert, Frankfurt/M. 1989

Schön, Erich: Der Verlust der Sinnlichkeit oder Die Verwandlungen des Lesers. Mentalitätswandel um 1800, Stuttgart 1987

Staiger, Emil: Friedrich Schiller, Zürich 1967

Storz, Gerhard: Gesichtspunkte für die Betrachtung von Schillers Lyrik, in: JDSG 12(1968), S. 259-274

Sträßner, Matthias: Tanzmeister und Dichter. Literatur-Geschichte(n) im Umkreis von Jean-Georges Noverre, Lessing, Wieland, Goethe, Schiller, Berlin 1994

Trumpke, Ulrike: Balladendichtung um 1770. Ihre soziale und religiöse Thematik, Stuttgart u.a. 1975

Vaerst-Pfarr, Christa: *Semele-Die Huldigung der Künste*, in: Schillers Dramen. Neue Interpretationen, hg. v. Walter Hinderer, Stuttgart 1979, S. 294-315

Vosskamp, Wilhelm: Emblematisches Zitat und emblematische Struktur in Schillers Gedichten, in: JDSG 18(1974), S. 388-407

제3장

• 작품과 출처

Abbt, Thomas: Vom Tod fürs Vaterland(1761), in: Vermischte Werke. Zweyter Theil, Berlin, Stettin 1781(= T)

Abbt, Thomas: Vom Verdienste(1762–64), in: Vermischte Werke. Erster Theil, Berlin, Stettin 1772(=V)

Baumgarten, Alexander Gottlieb: Metaphysica. Halle 1779(7. Aufl., zuerst 1739)

Benjamin, Walter: Gesammelte Schriften, hg. v. Rolf Tiedemann u. Hermann Schweppenhäuser, Frankfurt/M. 1972 ff.

Bloch, Ernst: Das Prinzip Hoffnung. 3 Bde., Frankfurt/M. 1976(3. Aufl., zuerst 1959)

Braun, Julius W.(Hg.): Schiller und Goethe im Urtheile ihrer Zeitgenossen. 3 Bde., Leipzig 1882

[Diderot–Lessing]: Das Theater des Herrn Diderot. Aus dem Französischen übersetzt von Gotthold Ephraim Lessing, hg. v. Klaus–Detlef Müller, Stuttgart 1986

Fambach, Oscar(Hg.): Schiller und sein Kreis in der Kritik ihrer Zeit. Die wesentlichen Rezensionen aus der periodischen Literatur bis zu Schillers Tod, begleitet von Schillers und seiner Freunde Äußerungen zu deren Gehalt. In Einzeldarstellungen mit einem Vorwort und Anhang: Bibliographie der Schiller–Kritik bis zu Schillers Tod, Berlin 1957(Ein Jahrhundert deutscher Literaturkritik [1750–1850], Bd. II)

Ferguson, Adam: Versuch über die Geschichte der bürgerlichen Gesellschaft(1767). Übers. v. Hans Medick, Frankfurt/M. 1986

Fichte, Johann Gottlieb: Schriften zur Revolution, hg. v. Bernard Willms, Köln, Opladen 1967

Flach, Willy u. Dahl, Helma(Hgg.): Goethes amtliche Schriften. 4 Bde., Weimar 1950 ff.

Garve, Christian: Popularphilosophische Schriften über literarische, aesthetische und gesellschafliche Gegenstände(1792–1802). 2 Bde.,

Faksimile-Neudruck, hg. v. Kurt Wölfel, Stuttgart 1974

Gracián, Balthasar: Handorakel und Kunst der Weltklugheit(1647), mit einem Nachwort hg. v. Arthur Hübscher, Stuttgart 1990

Heine, Heinrich: Historisch-kritische Gesamtausgabe der Werke, in Verbindung mit dem Heinrich-Heine-Institut hg. v. Manfred Windfuhr, Hamburg 1973 ff.

Iffland, Wilhelm August: Fragmente über Menschendarstellung auf den deutschen Bühnen. Erste Sammlung, Gotha 1875(= F)

Iffland, Wilhelm August: Meine theatralische Laufbahn(1798). Mit Anmerkungen und einer Zeittafel hg. v. Oscar Fambach, Stuttgart 1976(= L)

Kleist, Heinrich v.: Sämtliche Werke und Briefe, hg. v. Helmut Sembdner, München 1965

Kraft, Herbert(Hg.): Schillers *Kabale und Liebe*. Das Mannheimer Soufflierbuch, Mannheim 1963

[La Roche, Sophie von]: 《Ich bin mehr Herz als Kopf.》Ein Lebensbild in Briefen, hg. v. Michael Maurer, München 1973

Leisewitz, Johann Anton: Julius von Tarent. Ein Trauerspiel(1776), hg. v. Werner Keller, Stuttgart 1977

Lenz, Jakob Michael Reinhold: Werke und Briefe in drei Bänden, hg. v. Sigrid Damm, München 1987

Lessing, Gotthold Ephraim: Werke, hg. v. Herbert G. Göpfert u.a., München 1970 ff.

Lichtwer, Magnus Gottfried: Fabeln in vier Büchern, Wien 1772(zuerst 1748)

Löwen, Johann Friedrich: Geschichte des deutschen Theaters(1766). Mit den Flugschriften über das Hamburger Nationaltheater als Neudruck hg. v. Heinrich Stümcke, Berlin 1905

Machiavelli, Niccolò: Der Fürst(= Il principe, 1532). Übers. v. Rudolf Zorn, Stuttgart 1978

Mann, Thomas: Die Erzählungen. Bd. I, Frankfurt/M. 1979

Marx, Karl: Der achtzehnte Brumaire des Louis Bonaparte, in: Marx, Karl u. Engels, Friedrich: Werke, Berlin 1956 ff., Bd. VIII, S. 111-207

Mendelssohn, Moses: Phädon oder über die Unsterblichkeit der Seele(1767), mit einem Nachwort hg. v. Dominique Bourel, Hamburg 1979

Mercier, Louis-Sébastien: Das Jahr 2440. Aus dem Französischen übertragen von Christian Felix Weiße(1772), hg. v. Herbert Jaumann, Frankfurt/M. 1989(= J)

Mercier, Louis-Sébastien: Du Théatre ou Nouvelle Essai sur l'Art dramatique, Amsterdam 1773. Reimpression, Genève 1970(= T)

[Mercier-Wagner]: Neuer Versuch über die Schauspielkunst. Aus dem Französischen. Mit einem Anhang aus Goethes Brieftasche, Leipzig 1776. Faksimile-Neudruck, mit einem Nachwort hg. v. Peter Pfaff, Heidelberg 1967

Montesquieu, Charles-Louis de Secondat: De l'esprit des lois(1748). 2 Bde., Paris 1961

Moritz, Karl Philipp: Werke. 3 Bde., hg. v. Horst Günther, Frankfurt/M. 1993(2. Aufl., zuerst 1981)

Müller, Friedrich: Fausts Leben(1778), nach Handschriften und Erstdrucken hg. v. Johannes Mahr, Stuttgart 1979

Novalis(d. i.: Friedrich v. Hardenberg): Werke, Tagebücher und Briefe. 3 Bde., hg. v. Hans-Joachim Mähl u. Richard Samuel, München 1978

[Pfäfflin-Dambacher]: Schiller. Ständige Ausstellung des Schiller-Nationalmuseums und des Deutschen Literaturarchivs Marbach am Neckar. Katalog, hg. v. Friedrich Pfäfflin in Zusammenarbeit mit Eva Dambacher, Stuttgart 1990(2. Aufl., zuerst 1980)

Pfeil, Johann Gottlob Benjamin: 《Boni mores plus quam leges valent》, in: Drei Preisschriften über die Frage: Welches sind die besten ausführbaren Mittel dem Kindermorde abzuhelfen, ohne die Unzucht zu begünstigen?, Mannheim 1784, S. 1-77

Piscator, Erwin: Das politische Theater. Faksimiledruck der Erstausgabe 1929, Berlin 1968

Quincey, Thomas de: Literarische Portraits. Schiller, Herder, Lessing, Goethe, hg., übers. u. komm. v. Peter Klandt, Hannover 1998

Rousseau, Jean-Jacques: Vom Gesellschaftsvertrag oder Grundsätze des

Staatsrechts(= Du contrat social ou Principes du droit politique, 1762). In Zusammenarbeit mit Eva Pietzcker neu übers. u. hg. v. Hans Brockard, Stuttgart 1986(= G)

Rousseau, Jean-Jacques: Emil oder Über die Erziehung(= Emile ou De l'education, 1762). In neuer deutscher Fassung besorgt v. Ludwig Schmidts, Paderborn u.a. 1993(11. Aufl., zuerst 1971)(= E)

Schiller, Friedrich(Hg.): Thalia. Hft. 1–4(Bd. I), Leipzig 1787; Hft. 5–8(Bd. II), Leipzig 1789; Hft. 9–12(Bd. III), Leipzig 1790

[Schiller, Friedrich]: Schillers Calender, hg. v. Ernst Müller, Stuttgart 1893

Schlegel, August Wilhelm: Kritische Schriften und Briefe, hg. v. Edgar Lohner, Stuttgart u. a. 1962 ff.

Shaftesbury, Anthony Ashley-Cooper, Earl of: Ein Brief über den Enthusiasmus. Die Moralisten, in der Übersetzung v. Max Frischeisen-Köhler hg. v. Wolfgang H. Schrader, Hamburg 1980

Sonnenfels, Joseph v.: Politische Abhandlungen(1777), Aalen 1964

[Stolberg-Klopstock]: Briefwechsel zwischen Klopstock und den Grafen Christian und Friedrich Leopold zu Stolberg, hg. v. Jürgen Behrens, Neumünster 1964

Sturz, Helfrich Peter: Denkwürdigkeiten von Johann Jakob Rousseau. Erste Sammlung, Leipzig 1779

[Thomasius, Christian]: Christian Thomas eröffnet der studirenden Jugend zu Leipzig in einem Discours welcher Gestalt man denen Frantzosen in gemeinem Leben und Wandel nachahmen solle? ein Collegium über des Gratians Grund=Reguln, vernünfftig, klug und artig zu leben, Leipzig 1687. Nachdruck, hg. v. August Sauer, Stuttgart 1894

Träger, Claus(Hg.): Die Französische Revolution im Spiegel der deutschen Literatur, Frankfurt/M. 1975

Walzel, Oskar(Hg.): Friedrich Schlegels Briefe an seinen Bruder August Wilhelm, Berlin 1890

Wieland, Christoph Martin: Aufsätze zu Literatur und Politik, hg. v. Dieter Lohmeier, Reinbek b. Hamburg 1970

• 연구서와 논문

Auerbach, Erich: Mimesis. Dargestellte Wirklichkeit in der abendländischen Literatur, Bern, München 1982(7. Aufl., zuerst 1946)

Beaujean, Marion: Zweimal Prinzenerziehung. Don Carlos und Geisterseher. Schillers Reaktion auf Illuminaten und Rosenkreuzer, in: Poetica 10(1978), S. 217-235

Becker-Cantarino, Bärbel: Die 《schwarze Legende》. Ideal und Ideologie in Schillers Don Carlos, in: Jahrbuch des Freien Deutschen Hochstifts 1975, S. 153-173

Bender, Wolfgang(Hg.): Schauspielkunst im 18. Jahrhundert, Stuttgart 1992

Best, Otto F.: Gerechtigkeit für Spiegelberg, in: JDSG 22(1978), S. 277-302

Beyer, Karen: 《Schön wie ein Gott und männlich wie ein Held》. Zur Rolle des weiblichen Geschlechtscharakters für die Konstituierung des männlichen Aufklärungshelden in den frühen Dramen Schillers, Stuttgart 1993

Blunden, Allan G.: Nature and Politics in Schiller's Don Carlos, in: DVjs 52(1978), S. 241-256

Böckmann, Paul: Schillers Don Karlos. Edition der ursprünglichen Fassung und entstehungsgeschichtlicher Kommentar, Stuttgart 1974

Bohnen, Klaus: Politik im Drama. Anmerkungen zu Schillers Don Carlos, in: JDSG 24(1980), S. 15-32

Borchmeyer, Dieter: Tragödie und Öffentlichkeit. Schillers Dramaturgie im Zusammenhang seiner politisch-ästhetischen Theorie und die rhetorische Tradition, München 1973

Brandt, Helmut(Hg.): Friedrich Schiller. Angebot und Diskurs. Zugänge, Dichtung, Zeitgenossenschaft, Berlin, Weimar 1987

Brauneck, Manfred: Die Welt als Bühne. Geschichte des europäischen Theaters. Bd. II, Stuttgart, Weimar 1996

Cersowsky, Peter: Von Shakespeares Hamlet die Seele. Zur anthropologischen Shakespeare-Rezeption in Schillers Don Karlos, in: Euphorion 87(1993), S. 408-419

Conrady, Karl Otto: Goethe. Leben und Werk, München, Zürich 1994(zuerst

1982/85)

Dahnke, Hans-Dietrich u. Leistner, Bernd(Hgg.): Schiller. Das dramatische Werk in Einzelinterpretationen, Leipzig 1982

Delinière, Jean: Le personnage d'Andreas Doria dans *Die Verschwörung des Fiesco zu Genua*, in: Etudes Germaniques 40(1985), S. 21–32

Dülmen, Richard van: Der Geheimbund der Illuminaten. Darstellung, Analyse, Dokumentation, Stuttgart-Bad Canstatt 1977(2. Aufl., zuerst 1975)

Fischer-Lichte, Erika: Kurze Geschichte des deutschen Theaters, Tübingen, Basel 1993

Graham, Ilse: Schiller's Drama. Talent and Integrity, London 1974

Grawe, Christian: Zu Schillers *Fiesko*. Eine übersehene frühe Rezension, in: JDSG 26(1982), S. 9–30

Greis, Jutta: Drama Liebe. Zur Entwicklungsgeschichte der modernen Liebe im Drama des 18. Jahrhunderts, Stuttgart 1991

Gruenter, Rainer: Despotismus und Empfindsamkeit. Zu Schillers *Kabale und Liebe*, in: Jahrbuch des Freien Deutschen Hochstifts 1981, S. 207–227

Guthke, Karl S.: Schillers Dramen. Idealismus und Skepsis, Tübingen, Basel 1994

Hamburger, Käte: Schillers Fragment *Der Menschenfeind* und die Idee der Kalokagathie, in: DVjs 30(1956), S. 367–400

Hay, Gerhard: Darstellung des Menschenhasses in der deutschen Literatur des 18. und 19. Jahrhunderts, Frankfurt/M. 1970

Herrmann, Hans-Peter: Musikmeister Miller, die Emanzipation der Töchter und der dritte Ort der Liebenden. Schillers bürgerliches Trauerspiel im 18. Jahrhundert, in: JDSG 28(1984), S. 223–247

Hiebel, Hans-Helmut: Mißverstehen und Sprachlosigkeit im 〈bürgerlichen Trauerspiel〉. Zum historischen Wandel dramatischer Motivationsformen, in: JDSG 27(1983), S. 124–153

Hinderer, Walter: 〈Ein Augenblick Fürst hat das Mark des ganzen Daseins verschlungen.〉Zum Problem der Person und der Existenz in Schillers

Die Verschwörung des Fiesco zu Genua, in: JDSG 104(1970), S. 230–274(= F)

Hinderer, Walter: Beiträge Wielands zu Schillers ästhetischer Erziehung, in: JDSG 18(1974), S. 348–388(= W)

Hinderer, Walter(Hg.): Schillers Dramen. Interpretationen, Stuttgart 1992

Hofmann, Michael: Friedrich Schiller: *Die Räuber*. Interpretation, München 1996

Huyssen, Andreas: Drama des Sturm und Drang. Kommentar zu einer Epoche, München 1980

Jäckel, Günter(Hg.): Dresden zur Goethezeit. Die Eibestadt von 1760 bis 1815, Berlin 1990(2. Aufl., zuerst 1988)

Janz, Rolf-Peter: Schillers *Kabale und Liebe* als bürgerliches Trauerspiel, in: JDSG 20(1976), s. 208–228

Kemper, Dirk: *Die Räuber* als Seelengemälde der Amalia von Edelreich. Daniel Chodowieckies Interpretation des Schillerschen Dramas im Medium der Kupferstichillustration, in: JDSG 37(1993), S. 221–247

Kluge, Gerhard: Zwischen Seelenmechanik und Gefühlspathos. Umrisse zum Verständnis der Gestalt Amaliens in *Die Räuber* i ªAnalyse der Szene I, 3, in: JDSG 20(1976), S. 184–207

Kommerell, Max: Schiller als Psychologe, in: Ders.: Geist und Buchstabe der Dichtung. Goethe, Schiller, Kleist, Hölderlin, Frankfurt/M. 1962(5. Aufl., zuerst 1939), S. 175–242

Koopmann, Helmut: Joseph und sein Vater. Zu den biblischen Anspielungen in Schillers *Räubern*, in: Herkommen und Erneuerung. Essays für Oskar Seidlin, hg. v. Gerald Gillespie u. Edgar Lohner, Tübingen 1976, S. 150–167

Koselleck, Reinhart: Kritik und Krise. Eine Studie zur Pathogenese der bürgerlichen Welt, Frankfurt/M. 1989(6. Aufl., zuerst 1973)

Košenina, Alexander: Anthropologie und Schauspielkunst. Studien zur ⟨eloquentia corporis' im 18. Jahrhundert, Tübingen 1995

Kraft, Herbert: Um Schiller betrogen, Pfullingen 1978

Kurscheidt, Georg: ⟪Als 4.Fraülens mir einen Lorbeerkranz schickten⟫. Zum

Entwurf eines Gedichts von Schiller und Reinwald, in: JDSG 34(1990), S. 24–36

Leibfried, Erwin: Schiller. Notizen zum heutigen Verständnis seiner Dramen, Frankfurt/M. u.a. 1985

Luhmann, Niklas: Gesellschaftsstruktur und Semantik. Studien zur Wissenssoziologie der modernen Gesellschaft. Bd. 3, Frankfurt/M. 1989

Lützeler, Paul Michael: 《Die große Linie zu einem Brutuskopfe》: Republikanismus und Cäsarismus in Schillers *Fiesco*, in: Monatshefte 70(1978), S. 15–28

Maillard, Christine(Hg.): Friedrich Schiller: *Don Carlos*. Théâtre, psychologie et politique, Strasbourg 1998

Malsch, Wilfried: Der betrogene Deus iratus in Schillers Drama *Luise Millerin*, in: Collegium Philosophicum. Studien. Joachim Ritter zum 60. Geburtstag, Basel, Stuttgart 1965, S. 157–208(= L)

Malsch, Wilfried: Robespierre ad portas? Zur Deutungsgeschichte der *Briefe über Don Karlos* von Schiller, in: The Age of Goethe Today. Critical Reexamination and Literary Reflection, hg. v. Gertrud Bauer Pickar, München 1990, S. 69–103(= K)

Mann, Michael: Sturm–und–Drang–Drama: Studien und Vorstudien zu Schillers *Räubern*, Bern, München 1974

Marks, Hanna H.: *Der Menschenfeind*, in: Schillers Dramen. Neue Interpretationen, hg. v. Walter Hinderer, Stuttgart 1979, S. 109–125

Marquard, Odo: Schwierigkeiten mit der Geschichtsphilosophie. Aufsätze, Frankfurt/M. 1973

Martini, Fritz: Die Poetik des Dramas im Sturm und Drang. Versuch einer Zusammenfassung, in: Deutsche Dramentheorien, hg. v. Reinhold Grimm, Wiesbaden 1980(3. Aufl., zuerst 1971), S. 123–156(= D)

Martini, Fritz: Die feindlichen Brüder. Zum Problem des gesellschafts-kritischen Dramas von J. A. Leisewitz, F. M. Klinger und F. Schiller, in: JDSG 16(1972), S. 208–265(= B)

Mattenklott, Gert: Melancholie in der Dramatik des Sturm und Drang, Königstein/Ts. 1985(2. Aufl., zuerst 1968)

Maurer-Schmoock, Sybille: Deutsches Theater im 18. Jahrhundert, Tübingen 1982

May, Kurt: Schiller. Idee und Wirklichkeit im Drama, Göttingen 1948

Mayer, Hans: Der weise Nathan und der Räuber Spiegelberg. Antinomien der jüdischen Emanzipation in Deutschland, in: JDSG 17(1973), S. 253-272(= S)

Mayer, Hans: Exkurs über Schillers *Räuber*, in: Ders.: Das unglückliche Bewußtsein. Frankfurt 1986, S. 167-187(= B)

Meier, Albert: Des Zuschauers Seele am Zügel. Die ästhetische Vermittlung des Republikanismus in Schillers *Die Verschwörung des Fiesko zu Genua*, in: JDSG 31(1987), S. 117-136

Meyer, Reinhart: Das Nationaltheater in Deutschland als höfisches Institut. Versuch einer Funktionsbestimmung, in: Das Ende des Stegreifspiels-Die Geburt des Nationaltheaters. Ein Wendepunkt in der Geschichte des europäischen Dramas, hg. v. Roger Bauer u. Jürgen Wertheimer, München 1983, S. 124-152(= N)

Meyer, Reinhart: Limitierte Aufklärung. Untersuchungen zum bürgerlichen Kulturbewußtsein im ausgehenden 18. und beginnenden 19. Jahrhundert, in: Über den Prozeß der Aufklärung in Deutschland im 18. Jahrhundert. Personen, Institutionen, Medien, hg. v. Hans Erich Bödeker u. Ulrich Herrmann, Göttingen 1987, S. 139-200(= A)

Michelsen, Peter: Ordnung und Eigensinn. Über Schillers *Kabale und Liebe*, in: Jahrbuch des Freien Deutschen Hochstifts 1984, S. 198-222

Müller, Joachim: Die Figur des Mohren im *Fiesco*-Stück, in: Ders.: Von Schiller bis Heine, Halle/S. 1972, S. 116-132

Müller-Seidel, Walter: Das stumme Drama der Luise Millerin, in: Goethe-Jahrbuch 17(Neue Folge)(1955), S. 91-103

Naumann, Ursula: Charlotte von Kalb. Eine Lebensgeschichte(1761-1843), Stuttgart 1985

Otto, Regine: Schiller als Kommentator und Kritiker seiner Dichtungen von den *Räubern* bis zum Don Carlos, in: Weimarer Beiträge 22(1976), Hft.6, S. 24-41

Pape, Walter: 《Ein merkwürdiges Beispiel produktiver Kritik》. Schillers *Kabale und Liebe* und das zeitgenössische Publikum, in: ZfdPh 107(1988), S. 190–211

Pascal, Roy: Der Sturm und Drang. Autorisierte deutsche Ausgabe von Dieter Zeitz u. Kurt Mayer, Stuttgart 1977

Phelps, Reginald H.: Schiller's *Fiesco* ¡ ᵃa republican tragedy?, in: PMLA 89(1974), S. 429–453

Polheim, Karl Konrad: Von der Einheit des *Don Karlos*, in: Jahrbuch des Freien Deutschen Hochstifts 1985, S. 64–100

Riedel, Wolfgang: Die Aufklärung und das Unbewußte. Die Inversionen des Franz Moor, in: JDSG 37(1993), S. 198–220

Rudloff-Hille, Gertrud: Schiller auf der deutschen Bühne seiner Zeit, Berlin, Weimar 1969

Saße, Günter: Die Ordnung der Gefühle. Das Drama der Liebesheirat im 18. Jahrhundert, Darmstadt 1996

Scherpe, Klaus R.: Poesie der Demokratie. Literarische Widersprüche zur deutschen Wirklichkeit vom 18. zum 20. Jahrhundert, Köln 1980

Schings, Hans-Jürgen: Freiheit in der Geschichte. Egmont und Marquis Posa im Vergleich, in: Goethe-Jahrbuch 110(1993), S. 61–76(= F)

Schings, Hans-Jürgen: Die Brüder des Marquis Posa. Schiller und der Geheimbund der Illuminaten, Tübingen 1996(= I)

Schlunk, Jürgen E.: Vertrauen als Ursache und Überwindung tragischer Verstrickungen in Schillers *Räubern*. Zum Verständnis Karl Moors, in: JDSG 27(1983), S. 185–201

Schmidt, Jochen: Die Geschichte des Genie-Gedankens in der deutschen Literatur, Philosophie und Politik. Bd. I, Darmstadt 1988(2. Aufl., zuerst 1985)

Schröder, Jürgen: Geschichtsdramen. Die 《deutsche Misere》 – von Goethes *Götz* bis Heiner Müllers Germania, Tübingen 1994

Schunicht, Manfred: Intrigen und Intriganten in Schillers Dramen, in: ZfdPh 82(1963), S. 271–292

Seidlin, Oskar: Schillers *Don Carlos*-nach 200 Jahren, in: JDSG 27(1983), S.

477-492

Sharpe, Lesley: Friedrich Schiller: Drama, Thought and Politics, Cambridge 1991

S©ªrensen, Bengt Algot: Herrschaft und Zärtlichkeit. Der Patriarchalismus und das Drama im 18. Jahrhundert, München 1984

Steinhagen, Harald: Der junge Schiller zwischen Marquis de Sade und Kant. Aufklärung und Idealismus, in: DVjs 56(1982), S. 135-157

Stephan, Inge: Frauenbild und Tugendbegriff im bürgerlichen Trauerspiel bei Lessing und Schiller, in: Lessing Yearbook 17(1985), S. 1-20

Sternberger, Dolf: Macht und Herz oder der politische Held bei Schiller, in: Schiller. Reden im Gedenkjahr 1959, hg. v. Bernhard Zeller, Stuttgart 1961, S. 310-329

Storz, Gerhard: Der Dichter Friedriech Schiller, Stuttgart 1959

Veit, Philipp F.: Moritz Spiegelberg. Eine Charakterstudie zu Schillers *Räubern*, in: JDSG 17(1973), S. 273-290

Wacker, Manfred: Schiller und der Sturm und Drang. Stilkritische und typologische Überprüfung eines Epochenbegriffs, Göppingen 1973

Wehler, Hans-Ulrich: Deutsche Gesellschaftsgeschichte. Zweiter Band. Von der Reformära bis zur industriellen und politischen 〈Deutschen Doppelrevolution〉 1815-1845/49, München 1987

Weimar, Klaus: Vom Leben in Texten. Zu Schillers *Räubern*, in: Merkur 42(1988), S. 461-471

Werber, Niels: Technologien der Macht. System-und medientheoretische Überlegungen zu Schillers Dramatik, in: JDSG 40(1996), S. 210-243

Wiese, Benno v.: Die Religion Friedrich Schillers, in: Schiller. Reden im Gedenkjahr 1959, hg. v. Bernhard Zeller, Stuttgart 1961, S. 406-428

Wilke, Jürgen: Literarische Zeitschriften des 18. Jahrhunderts(1688-1789). Teil II: Repertorium, Stuttgart 1978

Wilson, Daniel W.: Geheimräte gegen Geheimbünde. Ein unbekanntes Kapitel der klassisch-romantischen Geschichte Weimars, Stuttgart 1991

Wittkowski, Wolfgang(Hg.): Friedrich Schiller. Kunst, Humanität und Politik in der späten Aufklärung. Ein Symposium, Tübingen 1980(= FS)

Wittkowski, Wolfgang(Hg.): Verlorene Klassik. Ein Symposium, Tübingen 1986(= VK)

Wittkowski, Wolfgang(Hg.): Verantwortung und Utopie. Zur Literatur der Goethezeit. Ein Symposium, Tübingen 1988(= VU)

Wittmann, Reinhard: Ein Verlag und seine Geschichte. Dreihundert Jahre J. B. Metzler Stuttgart, Stuttgart 1982(= M)

Wittmann, Reinhard: Geschichte des deutschen Buchhandels. Ein Überblick, München 1991(= B)

Wölfel, Kurt: Pathos und Problem. Ein Beitrag zur Stilanalyse von Schillers *Fiesko*, in: GRM 7(N. F.)(1957), S. 224-244

제4장

• 작품과 출처

Blanckenburg, Friedrich v.: Versuch über den Roman. Faksimiledruck der Originalausgabe von 1774, mit einem Nachwort hg. v. Eberhard Lämmert, Stuttgart 1965(=V)

Blanckenburg, Friedrich v.: Litterarische Zusätze zu Johann Georg Sulzers *Allgemeiner Theorie der schönen Künste*(zuerst 1786/87), Leipzig 1796(= Z)

Bloch, Ernst: Literarische Aufsätze, Frankfurt/M. 1965(=Gesamtausgabe, Bd. IX)

Böttiger, Karl August: Literarische Zustände und Zeitgenossen, hg. v. K. W. Böttiger(1838), Nachdruck, Frankfurt/M. 1972

Engel, Johann Jakob: Über Handlung, Gespräch und Erzählung. Faksimiledruck der ersten Fassung von 1774, hg. v. Ernst Theodor Voss, Stuttgart 1964

[Gedike-Biester]: Berlinische Monatsschrift, hg. v. Friedrich Gedike u. Johann Erich Biester, Berlin, Jena 1783-1796

Knigge, Adolph Freiherr v.: Beytrag zur neuesten Geschichte des

Freymaurerordens in neun Gesprächen, mit Erlaubniß meiner Obern herausgegeben(1786), in: Sämtliche Werke, hg. v. Paul Raabe u.a., München u.a. 1978, Bd. XII

Staël, Anne Germaine de: Über Deutschland. Nach der deutschen Erstübertragung von 1814 hg. v. Monika Bosse, Frankfurt/M. 1985(= De l'Allemagne, 1813)

Winckelmann, Johann [Joachim]: Geschichte der Kunst des Alterthums. Erster Theil, Dresden 1764

• 연구서와 논문

Barth, Ilse-Marie: Literarisches Weimar, Stuttgart 1971

Biedrzynski, Effi: Goethes Weimar. Das Lexikon der Personen und Schauplätze, Zürich 1992

Boyle, Nicholas: Goethe. Der Dichter in seiner Zeit. Bd. I 1749-1790. Aus dem Englischen übersetzt v. Holger Fliessbach, München 1995

Bruford, Walter H.: Kultur und Gesellschaft im klassischen Weimar 1775-1806, Göttingen 1966

Dedert, Hartmut: Die Erzählung im Sturm und Drang. Studien zur Prosa des achtzehnten Jahrhunderts, Stuttgart 1990

Denneler, Iris: Die Kehrseite der Vernunft. Zur Widersetzlichkeit der Literatur in Spätaufklärung und Romantik, München 1996

Eke, Norbert Otto: Signaturen der Revolution. Frankreich-Deutschland: deutsche Zeitgenossenschaft und deutsches Drama zur Französischen Revolution um 1800, München 1997

Fasel, Christoph: Herder und das klassische Weimar. Kultur und Gesellschaft 1789-1803, Frankfurt/M. u.a. 1988

Freund, Winfried: Die deutsche Kriminalnovelle von Schiller bis Hauptmann, Paderborn 1975

Günther, Gitta u.a.(Hgg.): Weimar. Lexikon zur Stadtgeschichte, Weimar 1998

Habel, Reinhardt: Schiller und die Tradition des Herakles-Mythos, in: Terror und Spiel. Probleme der Mythenrezeption(=Poetik und Hermeneutik 4), hg. v. Manfred Fuhrmann, München 1971, S. 265-295

Haferkorn, Hans Jürgen: Der freie Schriftsteller. Eine literatursoziologische Studie über seine Entstehung und Lage in Deutschland zwischen 1750 und 1800, in: Archiv für Geschichte des Buchwesens V(1964), S. 523-711

Hansen, Uffe: Schiller und die Persönlichkeitspsychologie des animalischen Magnetismus. Überlegungen zum *Wallenstein*, in: JDSG 39(1995), S. 195-230

Haslinger, Adolf: Friedrich Schiller und die Kriminalliteratur, in: Sprachkunst 2(1971), S. 173-187

Herbst, Hildburg: Frühe Formen der deutschen Novelle im 18. Jahrhundert, Berlin 1985

Jacobs, Jürgen: Prosa der Aufklärung. Kommentar zu einer Epoche, München 1976

Kaiser, Gerhard: Von Arkadien nach Elysium. Schiller-Studien, Göttingen 1978

Karthaus, Ulrich: Friedrich Schiller, in: Genie und Geist. Vom Auskommen deutscher Schriftsteller, hg. v. Karl Corino, Nördlingen 1987, S. 151-164

Käuser, Andreas: Physiognomik und Roman im 18. Jahrhundert, Frankfurt/ M. 1989

Kiefer, Klaus H.: Okkultismus und Aufklärung aus medienkritischer Sicht. Zur Cagliostro-Rezeption Goethes und Schillers im zeitgenössischen Kontext, in: Klassik und Moderne. Die Weimarer Klassik als historisches Ereignis und Herausforderung im kulturgeschichtlichen Prozeß. Walter Müller-Seidel zum 65. Geburtstag, hg. v. Karl Richter u. Jörg Schönert, Stuttgart 1983, S. 207-227

Koopmann, Helmut: Schillers *Philosophische Briefe* ¡ ᵃein Briefroman?, in: Wissen aus Erfahrungen. Festschrift für Hermann Meyer zum 6 5. Geburtstag, hg. v. Alexander von Bormann, Tübingen 1976, S. 192-216

Köpf, Gerhard: Friedrich Schiller, *Der Verbrecher aus verlorener Ehre*. Geschichtlichkeit, Erzählstrategie und 《republikanische Freiheit》des Lesers, München 1978

Marsch, Edgar: Die Kriminalerzählung. Theorie-Geschichte-Analyse, München 1972

Martini, Fritz: Der Erzähler Friedrich Schiller, in: Schiller. Reden im Gedenkjahr 1959, hg. v. Bernhard Zeller, Stuttgart 1961, S. 124-158(= E)

Martini, Fritz: Geschichte im Drama-Drama in der Geschichte. Spätbarock, Sturm und Drang, Klassik, Frührealismus, Stuttgart 1979(=GD)

Mayer, Mathias: Nachwort zu: Friedrich Schiller, *Der Geisterseher. Aus den Memoires des Grafen von O***, hg. v. Mathias Mayer, Stuttgart 1996, S. 219-242

McCarthy, John A.: Die republikanische Freiheit des Lesers. Zum Lesepublikum von Schillers *Der Verbrecher aus verlorener Ehre*, in: Wirkendes Wort 29(1979), S. 23-43

Meyer-Krentler, Eckhardt: Der Bürger als Freund, München 1984

Müller-Seidel, Walter: Die Geschichtlichkeit der deutschen Klassik. Literatur und Denkformen um 1800, Stuttgart 1983

Nicolai-Haas, Rosemarie: Die Anfänge des deutschen Geheimbundromans, in: Geheime Gesellschaften, hg. v. Peter Christian Ludz, Heidelberg 1979, S. 267-292

Nutz, Thomas: Vergeltung oder Versöhnung? Strafvollzug und Ehre in Schillers *Verbrecher aus Infamie*, in: JDSG 42(1998), S. 146-165

Oellers, Norbert u. Steegers, Robert: Treffpunkt Weimar. Literatur und Leben zur Zeit Goethes, Stuttgart 1999

Oesterle, Kurt: Taumeleien des Kopfes. Schillers Hemmungen, einen Roman zu beenden, und die Wiedergeburt der Kunst aus dem Geist der Theorie, in: Siegreiche Niederlagen. Scheitern: die Signatur der Moderne, hg. v. Martin Lüdke u. Delf Schmidt.(= Literatur-magazin 30), Reinbek b. Hamburg 1992, S. 42-61

Oettinger, Klaus: Schillers Erzählung *Der Verbrecher aus Infamie*. Ein Beitrag zur Rechtsaufklärung der Zeit, in: JDSG 16(1972), S. 266-277

Pfotenhauer, Helmut: Um 1800. Konfigurationen der Literatur, Kunstliteratur und Ästhetik, Tübingen 1991

Polheim, Karl Konrad(Hg.): Handbuch der deutschen Erzählung, Düsseldorf

1981

Por, Peter: Schillers Spiel des Schicksals oder Spiel der Vernunft, in: Antipodische Aufklärung. Festschrift für Leslie Bodi, hg. v. Walter Veit, Frankfurt, Bern, New York 1987, S. 377-388

Rainer, Ulrike: Schillers Prosa. Poetologie und Praxis, Berlin 1988

Reed, Terence J.: Die klassische Mitte. Goethe und Weimar 1775-1832, Stuttgart u.a. 1982

Riedel, Wolfgang: Influxus physicus und Seelenstärke. Empirische Psychologie und moralische Erzählung in der deutschen Spätaufklärung und bei Jacob Friedrich Abel, in: Anthropologie und Literatur um 1800, hg. v. Jürgen Barkhoff u. Eda Sagarra, München 1992, S. 24-53

Sallmann, Klaus: Schillers Pathos und die poetische Funktion des Pathetischen, in: JDSG 27(1983), s. 202-221

Schiering, Wolfgang: Der Mannheimer Antikensaal, in: Antikensammlungen im 18. Jahrhundert, hg. v. Herbert Beck u.a., Berlin 1981, S. 257-273

Schmitz-Emans, Monika: Zwischen wahrem und falschem Zauber: Magie und Illusionistik als metapoetische Gleichnisse. Eine Interpretation zu Schillers *Geisterseher*, in: ZfdPh 115(1996). Sonderheft: Klassik, modern. Für Norbert Oellers zum 60. Geburtstag, hg. v. Georg Guntermann, Jutta Osinski u. Hartmut Steinecke, S. 33-43

Schönhaar, Rainer: Novelle und Kriminalschema. Ein Strukturmodell deutscher Erzählkunst um 1800, Bad Homburg u.a. 1969

Sengle, Friedrich: Wieland, Stuttgart 1949

Sharpe, Lesley: *Der Verbrecher aus verlorener Ehre*: an early exercise in Schillerian psychology, in: German Life & Letters 33(1980), S. 102-110

Treder, Uta: Wundermann oder Scharlatan? Die Figur Cagliostros bei Schiller und Goethe, in: Monatshefte 79(1987), S. 30-43

Ueding, Gert: Die Wahrheit lebt in der Täuschung fort. Historische Aspekte der Vor-Schein-Ästhetik, in: Ders.(Hg.): Literatur ist Utopie, Frankfurt/M. 1978, S. 81-102

Voges, Michael: Aufklärung und Geheimnis. Untersuchungen zur Vermittlung von Literatur- und Sozialgeschichte am Beispiel der

Aneignung des Geheimbundmaterials im Roman des späten 18.
Jahrhunderts, Tübingen 1987

Weissberg, Liliane: Geistersprache. Philosophischer und literarischer Diskurs
im späten 18. Jahrhundert, Würzburg 1990

Weizmann, Ernst: Die Geisterbeschwörung in Schillers *Geisterseher*, in:
Goethe-Jahrbuch 12(1926), S. 174-193

Wilson, Daniel W.: Das Goethe-Tabu. Protest und Menschenrechte im
klassischen Weimar, München 1999

제5장

• 작품과 출처

Boas, Eduard(Hg.): Schiller und Goethe im Xenienkampf. 2 Bde., Stuttgart,
Tübingen 1851

Eberle, Friedrich u. Stammen, Theo(Hgg.): Die Französische Revolution in
Deutschland. Zeitgenössische Texte deutscher Autoren, Stuttgart 1989

Fichte, Johann Gottlieb: Beitrag zur Berichtigung der Urteile des Publikums
über die französische Revolution(1793), hg. v. Richard Schottky,
Hamburg 1973

Gatterer, Johann Christoph: Abriß der Universalhistorie. 2. Aufl., Göttingen
1773

Humboldt, Wilhelm v.: Briefe. Auswahl von Wilhelm Rößle. Mit einer
Einleitung von Heinz Gollwitzer, München 1952

[v. Humboldt]: Wilhelm und Caroline v. Humboldt in ihren Briefen. 7 Bde.,
hg. v. Anna v. Sydow, Berlin 1906 ff.

Keller, Gottfried: Der grüne Heinrich. Erste Fassung(1854-55). 2 Bde.,
Frankfurt/M. 1978

Lecke, Bodo(Hg.): Friedrich Schiller. 2 Bde.(= Dichter über ihre
Dichtungen), München 1969

Ranke, Leopold v.: Geschichte Wallensteins, Leipzig 1872(3.Auflage, zuerst
1869)

[Rebmann, Georg Friedrich]: Briefe über Jena, hg. v. Werner Greiling, Jena 1984

Reinhold, Karl Leonhard: Briefe über die Kantische Philosophie(1790–92; zuerst 1786–87), hg. v. Raymund Schmidt, Leipzig 1923

[Reinhold, Karl Leonhard]: Die Hebräischen Mysterien oder die älteste religiöse Freymaurerey, Leipzig 1788(recte: 1787)

Schelling, Friedrich Wilhelm Joseph: Vorlesungen über die Methode des academischen Studiums(1803), in: Ausgewählte Werke, Darmstadt 1968, S. 441–587

Schiller, Friedrich: Werke. 20 Bde. Aufgrund der Originaldrucke hg. v. Gerhard Fricke u. Herbert Göpfert in Verb. mit Herbert Stubenrauch, München 1965–66

Schlegel, Friedrich: Werke. Kritische Ausgabe, unter Mitwirkung v. Jean-Jacques Anstett u. Hans Eichner hg. v. Ernst Behler, Paderborn, München, Wien 1958 ff.

Schlözer, August Ludwig: Vorstellung seiner Universal-Historie(1772/73). Mit Beilagen hg., eingel. u. komm. v. Horst Walter Blanke, Hagen 1990

• 연구서와 논문

Assmann, Jan: Moses der Ägypter. Entzifferung einer Gedächtnisspur, München, Wien 1998

Borchmeyer, Dieter: Weimarer Klassik. Portrait einer Epoche, Weinheim 1994

Bräutigam, Bernd: Szientifische, populäre und ästhetische Diktion. Schillers Überlegungen zum Verhältnis von 〈Begriff〉 und 〈Bild〉 in theoretischer Prosa, in: Offene Formen. Beiträge zur Literatur, Philosophie und Wissenschaft im 18. Jahrhundert, hg. v. Bernd Bräutigam u. Burghard Damerau, Frankfurt/M. u.a. 1997, S. 96–117

Dann, Otto u.a.(Hgg.): Schiller als Historiker, Stuttgart 1995

Diwald, Hellmut: Wallenstein. Eine Biographie, München, Esslingen 1969

Fulda, Daniel: Wissenschaft aus Kunst. Die Entstehung der modernen deutschen Geschichtsschreibung 1760–1860, Berlin, New York 1996

Furet, François u. Richet, Denis: Die Französische Revolution. Aus dem Französischen übers. v. Ulrich Friedrich Müller, Frankfurt/M. 1968

Hahn, Karl-Heinz: Schiller und die Geschichte, in: Weimarer Beiträge 16(1970), S. 39-69(= G)

Hahn, Karl-Heinz: Geschichtsschreibung als Literatur. Zur Theorie deutschsprachiger Historiographie im Zeitalter Goethes, in: Studien zur Goethezeit. Erich Trunz zum 75. Geburtstag, hg. v. Hans-Joachim Mähl u. Eberhard Mannack, Heidelberg 1981(= H), S. 91-101

Hart-Nibbrig, Christiaan L.: 《Die Weltgeschichte ist das Weltgericht》. Zur Aktualität von Schillers ästhetischer Geschichtsdeutung, in: JDSG 20(1976), S. 255-277

Hartwich, Wolf-Daniel: Die Sendung Moses. Von der Aufklärung bis Thomas Mann, München 1997

Haupt, Johannes: Geschichtsperspektive und Griechenverständnis im ästhetischen Programm Schillers, in: JDSG 18(1974), S. 407-430

Höyng, Peter: Kunst der Wahrheit oder Wahrheit der Kunst? Die Figur Wallenstein bei Schiller, Ranke und Golo Mann, in: Monatshefte 82(1990), S. 142-156

Janz, Rolf-Peter: Autonomie und soziale Funktion der Kunst. Studien zur Ästhetik von Schiller und Novalis, Stuttgart 1973

Karthaus, Ulrich: Schiller und die Französische Revolution, in: JDSG 33(1989), S. 210-239

Kiene, Hansjoachim: Schillers Lotte. Portrait einer Frau in ihrer Welt, Frankfurt/M. 1996

Koopmann, Helmut: Freiheitssonne und Revolutionsgewitter. Reflexe der Französischen Revolution im literarischen Deutschland zwischen 1789 und 1840, Tübingen 1989

Koselleck, Reinhart: Vergangene Zukunft. Zur Semantik geschichtlicher Zeiten, Frankfurt/M. 1979

Mann, Golo: Schiller als Historiker, in: JDSG 4(1960), S. 98-109(= S)

Mann, Golo: Wallenstein, Frankfurt/M. 1986(zuerst 1971)(= W)

Middell, Eike: Friedrich Schiller. Leben und Werk, Leipzig 1980(2. Aufl., zuerst 1976)

Muhlack, Ulrich: Geschichtswissenschaft in Humanismus und Aufklärung. Die Vorgeschichte des Historismus, München 1991

Müller, Harro: Einige Erzählverfahren in Edward Gibbons *The Decline and Fall of the Roman Empire*, in: Geschichtsdiskurs, hg. v. Wolfgang Küttler u. a., Bd. II, Frankfurt/M. 1994, S. 229–239

Roder, Florian: Novalis. Die Verwandlung des Menschen. Leben und Werk Friedrich von Hardenbergs, Stuttgart 1992

Rüsen, Jörn: Bürgerliche Identität zwischen Geschichtsbewußtsein und Utopie. Friedrich Schiller, in: Schiller. Vorträge aus Anlaß seines 225. Geburtstages, hg. v. Dirk Grathoff u. Erwin Leibfried, Frankfurt/M. 1991, S. 178–193

Schieder, Theodor: Begegnungen mit der Geschichte, Göttingen 1962

Sharpe, Lesley: Schiller and the Historical Character. Presentation and Interpretation in the Historiographical Works and in the Historical Dramas, Oxford 1982

Soboul, Albert: Die große Französische Revolution, Frankfurt/M. 1973

Strack, Friedrich(Hg.): Evolution des Geistes: Jena um 1800. Natur und Kunst, Philosophie und Wissenschaft im Spannungsfeld der Geschichte, Stuttgart 1994

Streisand, Joachim: Geschichtliches Denken von der Frühaufklärung bis zur Klassik, Berlin 1967

Volke, Werner: Schillers erster Besuch in Weimar. Zu einer neuaufgefundenen Aufzeichnung von Johann Daniel Falk, in: Festschrift für Friedrich Beißner, hg. v. Ulrich Gaier u. Werner Volke, Stuttgart 1974, S. 465–477

White, Hayden: Metahistory. Die historische Einbildungskraft im 19. Jahrhundert in Europa. Aus dem Amerikanischen v. Michael Kohlhaas, Frankfurt/M. 1994

Ziolkowski, Theodore: Das Wunderjahr in Jena. Geist und Gesellschaft 1794/95, Stuttgart 1998

제6장

• 작품과 출처

Aristoteles: Poetik. Griechisch-Deutsch, übers. und hg. v. Manfred
    Fuhrmann, Stuttgart 1982

Bloch, Ernst: Naturrecht und menschliche Würde, Frankfurt/M. 1961(=
    Gesamtausgabe, Bd. VI)

Burke, Edmund: Reflections on the Revolution in France(1790), London,
    New York 1971

Campe, Joachim Friedrich: Briefe aus Paris zur Zeit der Revolution
    geschrieben(1790). Faksimile-Neudruck, Hildesheim 1977

[Diderot-d'Alembert, Hgg.]: Encyclopédie ou Dictionnaire RaisonnéDes
    Sciences, Des Arts, et Des Métiers, par une sociétéde gens des lettres,
    Paris 1751-1780

Fichte, Johann Gottlieb: Ueber Geist und Buchstab in der Philosophie. In
    einer Reihe von Briefen(1794)(Abdruck der Erstfassung), in: Goethe-
    Jahrbuch 17(Neue Folge)(1955), S. 121-141(= G)

Fichte, Johann Gottlieb: Werke. Gesamtausgabe der Bayerischen Akademie
    der Wissenschaften, hg. v. Reinhard Lauth u. Hans Jacob, Stuttgart, Bad
    Cannstatt 1962 ff.(=GA)

Fichte, Johann Gottlieb: Briefwechsel, hg. v. Hans Schulz. Reprografischer
    Nachdruck der zweiten Auflage 1930, Hildesheim 1967(= B)

Fichte, Johann Gottlieb: Grundlage der gesamten Wissenschaftslehre(1794).
    Mit Einleitung und Register hg. v. Wilhelm G. Jacobs, Hamburg 1988(= W)

Freese, Rudolf(Hg.): Wilhelm von Humboldt. Sein Leben und Wirken,
    dargestellt in Briefen, Tagebüchern und Dokumenten seiner Zeit, Berlin
    1955

[Garve-Weiße]: Briefe von Chrisrian Garve an Christian Felix Weiße und
    einige andere Freunde, Breslau 1803

[v. Genrz]: Briefe von und an Friedrich von Genrz, hg. v. Friedrich Carl
    Wittichen, München, Berlin 1909

Gleim, Johann Wilhelm Ludwig: Von und an Herder. Ungedruckte Briefe aus Herders Nachlaß, hg. v. Heinrich Düntzer u. Ferdinand Gottfried von Herder, Leipzig 1861–62, Bd. I

Habermas, Jürgen: Theorie des kommunikativen Handelns. 2 Bde., Frankfurt/M. 1981

Hecker, Max: Schillers Tod und Bestattung. Nach Zeugnissen der Zeit, im Auftrag der Goethe-Gesellschaft, Leipzig 1935

Hölderlin, Friedrich: Sämtliche Werke. Große Stuttgarter Ausgabe, hg. v. Friedrich Beißner, Stuttgart 1943 ff.

Home, Henry: Grundsätze der Kritik. Übers. v. Nicolaus Meinhard. 5 Bde., Wien 1790(zuerst 1763–66)

Humboldt, Wilhelm v.: Gesammelte Schriften, hg. v. Albert Leitzmann, Berlin 1903 ff. Photomechanischer Nachdruck, Berlin 1968

Kant, Immanuel: Gesammelte Schriften, begonnen v. der Königlich Preußischen Akademie der Wissenschaften, Berlin 1900 ff.

Köster, Albert(Hg.): Die Briefe der Frau Rätin Goethe. 2 Bde., Leipzig 1904

Kulenkampff, Jens(Hg.): Materialien zu Kants *Kritik der Urteilskraft*, Frankfurt/M. 1974

Ps.-Longinos: Vom Erhabenen. Griechisch und Deutsch, hg. u. übersetzt v. Reinhard Brandt, Darmstadt 1966

Marx, Karl: Zur Kritik der Hegelschen Rechrsphilosophie. Einleitung(1844), in: Marx, Karl u. Engels, Friedrich: Werke, Berlin 1956 ff., Bd. I, S. 378–391

Mirabeau, HonoréGabriel Victor Riquetti, Comte de: Travail sur l'éducation nationale(1790), in: Collection Complet des Traveaux de M. Mirabeau LainéàL'AssembleéNationale, Paris 1792, S. 536–563

[Möser, Justus]: Justus Mösers sämmtliche Werke, neu geordnet und aus dem Nachlasse desselben gemehrt durch B. R. Abeken. Dritter Theil, Berlin 1842

Nietzsche, Friedrich: Werke, hg. v. Karl Schlechta, München 1960

Oellers, Norbert(Hg.): Schiller-Zeitgenosse aller Epochen. Dokumente zur Wirkungsgeschichte Schillers in Deutschland. Teil I 1782–1859, Frankfurt/M. 1970

Oellers, Narbert(Hg.): Schiller-Zeitgenosse aller Epochen. Dokumente zur Wirkungsgeschichte Schillers in Deutschland. Teil II 1860-1966, München 1976

[Paul], Jean Paul: Sämtliche Werke. Historisch-krirische Ausgabe, hg. v. Eduard Berend, Weimar 1927 ff.

Rehberg, August von: Untersuchungen über die französische Revolution nebst kritischen Nachrichten von den merkwürdigen Schriften welche darüber in Frankreich erschienen sind. Zwei Teile, Hannover, Osnabrück 1793

Reinhold, Karl Leonhard: Versuch einer neuen Theorie des menschlichen Vorstellungsvermögens(1789). Faksimile-Neudruck, Darmstadt 1963

Schelling, Friedrich Wilhelm Joseph: Ausgewählte Schriften in 6 Bänden, Frankfurt/M. 1985

Schiller, Friedrich(Hg.): Die Horen. Eine Monatsschrift(1795-1797). Fotomechanischer Nachdruck, mit Einführung und Kommentar hg. v. Paul Raabe, Darmstadt 1959

Schlegel, August Wilhelm: Vorlesungen über Ästhetik I(1798-1803), hg. v. Ernst Behler, Paderborn u. a. 1989

Schulz, Günter: [J. W. Goethe:] *In wiefern die Idee: Schönheit sey Vollkommenheit mit Freyheit, auf organische Naturen angewendet werden könne*, in: Goethe-Jahrbuch 14/15(Neue Folge)(1952/53), S. 143-157

Schulz, Hans(Hg.): Aus dem Briefwechsel des Herzogs Friedrich Christian zu Schleswig-Holstein, Stuttgart, Leipzig 1913

Weiss, Peter: Hölderlin. Stück in zwei Akten. Neufassung, Frankfurt/M. 1971

Winckelmann, Johann Joachim: Gedanken über die Nachahmung der griechischen Werke in der Malerei und Bildhauerkunst(1755), hg. v. Ludwig Uhlig, Stuttgart 1991

• 연구서와 논문

Berghahn, Klaus L.: Das 《Pathetischerhabene》. Schillers Dramentheorie, in: Deutsche Dramentheorien. Beiträge zu einer historischen Poetik des

Dramas in Deutschland, hg. v. Reinhold Grimm, Frankfurt/M. 1980(3. Aufl., zuerst 1971), Bd. I, S. 197–221(=PE)

Berghahn, Klaus L.: Schiller. Ansichten eines Idealisten, Frankfurt/M. 1986(= AI)

Blumenberg, Hans: Die Lesbarkeit der Welt, Frankfurt/M. 1986(zuerst 1981)

Böhler, Michael: Die Freundschaft von Schiller und Goethe als literatursoziologisches Paradigma, in: Internationales Archiv für Sozialgeschichte der deutschen Literatur 5(1980), S. 33–67

Bohrer, Karl Heinz: Der Abschied. Theorie der Trauer, Frankfurt/M. 1996

Bollacher, Martin: Nationale Barbarei oder Weltbürgertum. Herders Sicht des siecle des lumières in den frühen Schriften, in: Nationen und Kulturen: zum 250. Geburtstag J. G. Herders, hg. v. Regine Otto, Würzburg 1996, S. 131–138

Bolten, Jürgen(Hg.): Schillers Briefe über die ästhetische Erziehung, Frankfurt/M. 1984

Borchmeyer, Dieter: Über eine ästhetische Aporie in Schillers Theorie der modernen Dichtung. Zu seinen 《sentimentalischen》Forderungen an Goethes *Wilhelm Meister* und Faust, in: JDSG 22(1978), S. 303–354(= A)

Borchmeyer, Dieter: Rhetorische und ästhetische Revolutionskritik. Edmund Burke und Schiller, in: Klassik und Moderne. Die Weimarer Klassik als historisches Ereignis und Herausforderung im kulturgeschichtlichen Prozeß. Walter Müller-Seidel zum 65. Geburtstag, hg. V. Karl Richter u. Jörg Schönert, Stuttgart 1983, S. 56–80(= R)

Borchmeyer, Dieter: Aufklärung und praktische Kultur. Schillers Idee der ästhetischen Erziehung, in: Naturplan und Verfallskritik. Zu Begriff und Geschichte der Kultur, hg. v. Helmut Brackert u. Fritz Wefelmeyer, Frankfurt 1984, S. 122–147(= K)

Borchmeyer, Dieter: Goethe. Der Zeitbürger, München 1999(= G)

Boyle, Nicholas: Goethe. Der Dichter in seiner Zeit. Bd. II, 1791–1803. Aus dem Englischen übersetzt v. Holger Fliessbach, München 1999

Bräutigam, Bernd: Leben wie im Roman. Untersuchungen zum ästhetischen Imperativ im Frühwerk Friedrich Schlegels(1794–1800), Paderborn u.a.

1986(= L)

Bräutigam, Bernd: Rousseaus Kritik ästhetischer Versöhnung. Eine Problemvorgabe der Bildungsästhetik Schillers, in: JDSG 31(1987), S. 137–155(= R)

Bräutigam, Bernd: 《Generalisierte Individualität》. Eine Formel für Schillers philosophische Prosa, in: 《die in dem alten Haus der Sprache wohnen》. Beiträge zum Sprachdenken in der Literaturgeschichte. Festschrift f. Helmut Arntzen, mit Thomas Althaus u. Burkhard Spinnen hg. v. Eckehard Czucka, Münster 1991, S. 147–158(=GI)

Brinkmann, Richard: Romantische Dichtungstheorie in Friedrich Schlegels Frühschriften und Schillers Begriffe des Naiven und Sentimentalischen. Vorzeichen einer Emanzipation des Historischen, in: DVjs 32(1958), S. 344–371

Bürger, Christa: Zur geschichtlichen Begründung der Autonomieästhetik Schillers, in: Dies.: Der Ursprung der bürgerlichen Institution Kunst im höfischen Weimar. Literatursoziologische Untersuchungen zum klassischen Goethe, Frankfurt/M. 1977, S. 130–139

Bürger, Peter: Zur Kritik der idealistischen Ästhetik, Frankfurt/M. 1983

Conrady, Karl Otto(Hg.): Deutsche Literatur zur Zeit der Klassik, Stuttgart 1977

Dod, Elmar: Die Vernünftigkeit der Imagination in Aufklärung und Romantik. Eine komparatistische Studie zu Schillers und Shelleys ästhetischen Theorien in ihrem europäischen Kontext, Tübingen 1985

Düsing, Wolfgang: Schillers Idee des Erhabenen, Köln 1967

Feger, Hans: Die Macht der Einbildungskraft in der Ästhetik Kants und Schillers, Heidelberg 1995

Fink, Gonthier-Louis: Wieland und die Französische Revolution, in: Brinkmann, Richard u. a.: Deutsche Literatur und Französische Revolution, Göttingen 1974, S. 5–39

Frank, Manfred: Einführung in die frühromantische Ästhetik, Frankfurt/M. 1989

Gerhard, Melitta: Wahrheit und Dichtung in der Überlieferung des

Zusammentreffens von Goethe und Schiller im Jahr 1794, in: Jahrbuch des Freien Deutschen Hochstifts 1974, S. 17–25

Graham, Ilse: 《Zweiheit im Einklang》. Der Briefwechsel zwischen Schiller und Goethe, in: Goethe-Jahrbuch 95(1978), S. 29–64

Grimm, Reinhold u. Hermand, Jost(Hgg.): Die Klassik-Legende. Second Wisconsin-Workshop, Frankfurt/M. 1971

Gumbrecht, Hans Ulrich u. Pfeiffer, K. Ludwig(Hgg.): Stil. Geschichten und Funktionen eines kulturwissenschaftlichen Diskurselementes, Frankfurt/M. 1986

Hahn, Kari-Heinz: Im Schatten der Revolution-Goethe und Jena im letzten Jahrzehnt des 18. Jahrhunderts, in: Jahrbuch des Wiener Goerhe-Vereins 81-83(1977-79), S. 37–58

Henrich, Dieter: Der Begriff der Schönheit in Schillers Ästhetik, in: Zeitschrift für philosophische Forschung 11(1958), S. 527–547

High, Jeffrey L.: Schillers Plan, Ludwig XVI. in Paris zu verteidigen, in: JDSG 39(1995), S. 178–194

Hinderer, Walter: Utopische Elemente in Schillers ästhetischer Anthropologie, in: Literarische Utopie-Entwürfe, hg. v. Hiltrud Gnüg, Frankfurt/M. 1982, S. 173–186

Homann, Renate: Erhabenes und Satirisches. Zur Grundlegung einer Theorie ästhetischer Literatur bei Kam und Schiller, München 1977

Japp, Uwe: Literatur und Modernität, Frankfurt/M. 1987

Jauß, Hans Robert: Schlegels und Schillers Replik auf die 〈Querelle des Anciens et des Modernes〉, in: Ders.: Literaturgeschichte als Provokation, Frankfurt/M. 1970, S. 67–106

Lohrer, Liselotte: Cotta. Geschichte eines Verlags. 1659–1959, Stuttgart 1959

Luhmann, Niklas: Die Kunst der Gesellschaft, Frankfurt/M. 1995

Lukács, Georg: Der Briefwechsel zwischen Schiller und Goethe, in: Gesammelte Werke. Bd. 7, Neuwied, Berlin 1964, S. 89–125(= B)

Lukács, Georg: Zur Ästhetik Schillers, in: Gesammelte Werke. Bd. 10, Neuwied, Berlin 1969, S. 17–106(= Ä)

Mayer, Hans: Goethe. Ein Versuch über den Erfolg, Frankfurt/M. 1973(= G)

Mayer, Hans: Das unglückliche Bewußtsein. Zur deutschen Literaturgeschichte von Lessing bis Heine, Frankfurt/M. 1989(= B)

Meyer, Hermann: Schillers philosophische Rhetorik, in: Euphorion 53(1959), S. 313–350

Pott, Hans-Georg: Die schöne Freiheit. Eine Interpretation zu Schillers Schrift *Über die äs-thetische Erziehung des Menschen in einer Reihe von Briefen*, München 1980

Puntel, Kai: Die Struktur künstlerischer Darstellung. Schillers Theorie der Versinnlichung in Kunst und Literatur, München 1986

Riecke-Niklewski, Rose: Die Metaphorik des Schönen. Eine kritische Lektüre der Versöh-nung in Schillers *Über die ästhetische Erziehung des Menschen in einer Reihe von Briefen*, Tübingen 1986

Riedel, Wolfgang: *Der Spaziergang*. Ästhetik der Landschaft und Geschichtsphilosophie der Natur bei Schiller, Würzburg 1989

Rohrmoser, Günter: Zum Problem der ästhetischen Versöhnung. Schiller und Hegel, in: Euphorion 53(1959), S. 351–366

Schaefer, Ulfried: Philosophie und Essayistik bei Friedrich Schiller, Würzburg 1996

Schöne, Albrecht: Götterzeichen, Liebeszauber, Satanskult. Neue Einblicke in alte Goethe-texte, München 1993(3. Aufl., zuerst 1982)

Schröder, Gert: Schillers Theorie ästhetischer Bildung zwischen neukantianischer Vereinnahmung und ideologiekritischer Verurteilung, Frankfurt/M. 1998

Schulz, Gerhard: Die deutsche Literatur zwischen Französischer Revolution und Restaurati-on. Erster Teil: 1789–1806(=Geschichte der deutschen Literatur, hg. v. Helmut de Boor u. Richard Newald, Bd. VII/1), München 1983

Schulz, Günrer: Schillers *Horen*. Politik und Erziehung, Heidelberg 1960

Schulz, Hans: Friedrich Christian Herzog zu Schleswig-Holstein. Ein Lebenslauf, Stuttgart, Leipzig 1910

Scurla, Herbert: Wilhelm von Humboldt. Werden und Wirken, Berlin 1985(3. Aufl., zuerst 1970)

Sengle, Friedrich: Das Genie und sein Fürst. Die Geschichte der Lebensgemeinschaft Goethes mit dem Herzog Carl August, Stuttgart, Weimar 1993

Simm, Hans Joachim(Hg.): Literarische Klassik, Frankfurt/M. 1988

Strube, Werner: Schillers *Kallias*-Briefe oder über die Objektivität des Schönen, in: Literaturwissenschaftliches Jahrbuch 18(1977), S. 115-131

Spemann, Adolf: Dannecker, Berlin, Stuttgart 1909

Szondi, Peter: Poetik und Geschichtsphilosophie, hg. v. Wolfgang Fietkau. 2 Bde., Frankfurt/M. 1974(= PG)

Szondi, Peter: Schriften. 2 Bde., Frankfurt/M. 1978(= S)

Tschierske, Ulrich: Vernunftkritik und ästhetische Subjektivität. Studien zur Anthropologie Friedrich Schillers, Tübingen 1988

Ueding, Gert: Schillers Rhetorik. Idealistische Wirkungsästhetik und rhetorische Tradition, Tübingen 1971(= R)

Ueding, Gert: Klassik und Romantik. Deutsche Literatur im Zeitalter der Französischen Revolution 1789-1815, München 1987(= KR)

Veil, Wolfgang H.: Schillers Krankheit. Eine Studie über das Krankheitsgeschehen in Schillers Leben und über den natürlichen Todesausgang. Zweite erg. und erw. Ausgabe, Naumburg(Saale) 1945

Vosskamp, Wilheim(Hg.): Klassik im Vergleich. Normativität und Historizität europäischer Klassiken, Stuttgart 1993

Wiese, Benno v.: Das Problem der ästhetischen Versöhnung bei Schiller und Hegel, in: JDSG9(1965),S. 169-188

Wilkinson, Elizabeth M. u. Willoughby, Leonard A.: Schillers Ästhetische Erziehung des Menschen. Eine Einführung, München 1977

Wittkowski, Wolfgang(Hg.): Revolution und Autonomie. Deutsche Autonomieästhetik im Zeitalter der Französischen Revolution. Ein Symposium, Tübingen 1990

Wölfflin, Heinrich: Kunstgeschichtliche Grundbegriffe, Dresden 1979(zuerst 1915)

Zelle, Carsten: Die doppelte Ästhetik der Moderne. Revisionen des Schönen von Boileau bis Nietzsche, Stuttgart 1995

Zimmermann, Harro(Hg.): Die Französische Revolution in der deutschen Literatur, Frankfurt/M. 1989

제7장

•작품과 출처

Bürger, Gottfried August: Gedichte. Zwei Teile, Göttingen 1789

Chézy, Helmina v.: Denkwürdigkeiten aus dem Leben Helmina von Chézys. Von ihr selbst erzählt. Bd. I–II, Leipzig 1858

Creuzer, Friedrich: Symbolik und Mythologie der alten Völker, besonders der Griechen. Erster Theil, Leipzig, Darmstadt 1819(2. Aufl., zuerst 1810)

Fontane, Theodor: Frau Jenny Treibel(1892). Mit einem Nachwort v. Richard Brinkmann, Frankfurt/M. 1984

Grillparzer, Franz: Sämtliche Werke, hg. v. Peter Frank u. Karl Pörnbacher, Bd. III, München 1963

Jacobi, Friedrich Heinrich: Werke, hg. v. Friedrich Roth u. Friedrich Köppen, Darmstadt 1968

Kleist, Ewald Chrisrian v.: Sämtliche Werke, hg. v. Jürgen Stenzel, Stuttgart 1971

Schlegel, August Wilhelm: Sämmtliche Werke, hg. v. Eduard Böcking, Leipzig 1846–47

Schmitt, Carl: Politische Romantik, München, Leipzig 1925

Schopenhauer, Arthur: Werke in zehn Bänden. Zürcher Ausgabe, hg. v. Angelika Hübscher, Zürich 1977

Walser, Martin: Liebeserklärungen, Frankfurt/M. 1986

•연구서와 논문

Albertsen, Leif Ludwig: *Das Lied von der Glocke* oder die ästhetische Erziehung zweiter Klasse, in: Literatur als Dialog. Festschrift zum 50. Geburtstag von Karl Tober, hg. v. R. Nethersole, Johannesburg 1979, S.

249-263

Anderegg, Johannes: Friedrich Schiller. Der Spaziergang. Eine Interpretation, St. Gallen 1964

Bohrer, Karl Heinz(Hg.): Mythos und Moderne. Begriff und Bild einer Rekonstruktion, Frankfurt/M. 1983

Bovenschen, Silvia: Die imaginierte Weiblichkeit. Exemplarische Untersuchungen zu kulturgeschichtlichen und literarischen Präsentationsformen des Weiblichen, Frankfurt/M. 1979

Brandt, Helmut: Angriff auf den schwächsten Punkt. Friedrich Schlegels Kritik an Schillers *Würde der Frauen*, in: Aurora 53(1993), S. 108-125

Curtius, Ernst Robert: Europäische Literatur und lateinisches Mittelalter, Bern, München 1984(10. Aufl., zuerst 1948)

Dahnke, Hans-Dietrich: Schönheit und Wahrheit. Zum Thema Kunst und Wissenschaft in Schillers Konzeptionsbildung am Ende der achtziger Jahre des 18. Jahrhunderts, in: Ansichten der deutschen Klassik, hg. v. Helmut Brandt u. Manfred Beyer, Berlin, Weimar 1981, S. 84-119

David, Claude: Schillers Gedicht *Die Künstler*. Ein Kreuzweg der deutschen Literatur, in: Ordnung des Kunstwerks. Aufsätze zur deutschsprachigen Literatur zwischen Goethe und Kafka, hg. v. Theo Buck u. Etienne Mazingue, Göttingen 1983, S. 45-61

Foucault, Michel: Die Ordnung der Dinge. Aus dem Französischen v. Ulrich Köppen, Frankfurt/M. 1980(= Les mots et les choses, 1966)

Frank, Manfred: Der kommende Gott. Vorlesungen über die Neue Mythologie. I. Teil, Frankfurt/M. 1982

Frühwald, Wolfgang: Die Auseinandersetzung um Schillers Gedicht *Die Götter Griechenlands*, in: JDSG 13(1969), S. 251-271

Fuhrmann, Helmut: Revision des Parisurteils. ⟨Bild⟩ und ⟨Gestalt⟩ der Frau im Werk Friedrich Schillers, in: JDSG 25(1981), S. 316-367

Grimm, Gunter E.(Hg.): Metamorphosen des Dichters. Das Rollenverständnis deutscher Schriftsteller vom Barock bis zur Gegenwart, Frankfurt/M. 1992

Hamburger, Käte: Schiller und die Lyrik. In: JDSG 16(1972), S. 299-329

Hinderer, Walter: Schiller und Bürger: Die ästhetische Kontroverse als Paradigma, in: Jahrbuch des Freien Deutschen Hochstifts 1986, S. 130-154

Hörisch, Jochen: Brot und Wein. Die Poesie des Abendmahls, Frankfurt/M. 1992

Jäger, Hans-Wolf: Politische Metaphorik im Jakobinismus und im Vormärz, Stuttgart 1971

Jolles, Matthijs: Dichtkunst und Lebenskunst. Studien zum Problem der Sprache bei Friedrich Schiller, hg. v. Arthur Groos, Bann 1980

Köhnke, Klaus: 《Des Schicksals dunkler Knäuel》. Zu Schillers Ballade *Die Kraniche des Ibykus*, in: ZfdPh 108(1989), S. 481-495

Kurscheidt, Georg: Schiller als Lyriker, in: Dann, Otto u. a.(Hgg.), Friedrich Schiller. Werke und Briefe in zwölf Bänden. Bd. I, Frankfurt/M. 1992, S. 749-803

Kurz, Gerhard: Mittelbarkeit und Vereinigung. Zum Verhältnis von Poesie, Reflexion und Revolution bei Hölderlin, Stuttgart 1975

Laufhütte, Hartmut: Die deutsche Kunstballade. Grundlegung einer Gattungsgeschichte, Heidelberg 1979

Leistner, Bernd: Der *Xenien*-Streit, in: Debatten und Kontroversen, hg. v. Hans-Dietrich Dahnke. Bd. I, Berlin, Weimar 1989, S. 451-539

Leitzmann, Albert: Die Quellen von Schillers und Goethes Balladen, Bonn 1911

Mayer, Hans: Schillers Gedichte und die Traditionen deutscher Lyrik, in: JDSG 4(1960), S. 72-89

Mommsen, Momme: Hölderlins Lösung von Schiller. Zu Hölderlins Gedichten *An Herkules* und Die Eichbäume und den Übersetzungen aus Ovid, Vergil und Euripides, in: JDSG 9(1965), S. 203-245

Oellers, Norbert: Der 《umgekehrte Zweck》 der 〈Erzählung〉 *Der Handschuh*, in: JDSG 20(1976), S. 387-401(= H)

Oellers, Norbert: *Das Reich der Schatten, Das Ideal und das Leben*, in: Edition und Interpretation. Jahrbuch für Internationale Germanistik, hg. v. Johannes Hay u. Winfried Woesler, Bern 1981, S. 44-57(= RS)

Ohlenroth, Markus: Bilderschrift. Schillers Arbeit am Bild, Frankfurt/M. 1995

Politzer, Heinz: Szene und Tribunal. Schillers Theater der Grausamkeit, in: Ders.: Das Schweigen der Sirenen. Studien zur deutschen und Österreichischen Literatur, Stuttgart 1968, S. 234–253

Rüdiger, Horst: Schiller und das Pastorale, in: Schiller. Zum 10. November 1959. Festschrift des Euphorion, Heidelberg 1959, S. 7–29

Scherpe, Klaus R.: Analogon actionis und lyrisches System. Aspekte normativer Lyriktheorie in der deutschen Poetik des 18. Jahrhunderts, in: Poetica 4(1971), S. 32–59

Schlaffer, Hannelore: Die Ausweisung des Lyrischen aus der Lyrik. Schillers Gedichte, in: Das Subjekt der Dichtung, hg. v. Gerhard Buhr u. a., Würzburg 1990, S. 519–532

Schulz, Hans: Friedrich Christian von Schleswig-Holstein-Sonderburg-Augustenburg und Schiller. Eine Nachlese, in: Deutsche Rundschau 122(1905), S. 342–365

Schwarzbauer, Franz: Die Xenien. Studien zur Vorgeschichte der Weimarer Klassik, Stuttgart 1993

Seeba, Hinrich C.: Das wirkende Wort in Schillers Balladen. In: JDSG 14(1970), S. 275–322

Segebrecht, Wulf: Naturphänomen und Kunstidee. Goethe und Schiller in ihrer Zusammenarbeit als Balladendichter, dargestellt am Beispiel der *Kraniche des Ibykus*, in: Klassik und Moderne. Die Weimarer Klassik als historisches Ereignis und Herausforderung im kulturgeschichtlichen Prozeß. Walter Müller-Seidel zum 65. Geburtstag, hg. v. Karl Richter u. Jörg Schönen, Stuttgart 1983, S. 194–206(= B)

Segebrecht, Wulf: Die tödliche Losung 《Lang lebe der König》. Zu Schillers Ballade *Der Taucher*, in: Gedichte und Interpretationen. Deutsche Balladen, hg. v. Gunter E. Grimm, Stuttgart 1988, S. 113–132.(= T)

Segebrecht, Wulf(Hg.): Gedichte und Interpretationen. Klassik und Romantik, Stuttgart 1984

Stenzel, Jürgen: 《Zum Erhabenen tauglich》. Spaziergang durch Schillers *Elegie*, in: JDSG 19(1975), S. 167–191

Strack, Friedrich: Ästhetik und Freiheit. Hölderlins Idee von Schönheit, Sittlichkeit und Geschichte in der Frühzeit, Tübingen 1976

Wiese, Benno v.(Hg.): Deutsche Dichter der Romantik. Ihr Leben und Werk, Berlin 1983(2. Aufl., zuerst 1971)

Wohlleben, Joachim: Ein Gedicht, ein Satz, ein Gedanke-Schillers *Nänie*, in: Deterding, Klaus(Hg.): Wahrnehmungen im poetischen All. Festschrift für Alfred Behrmann, Heidelberg 1993, S. 54-72

Ziolkowski, Theodore: The Classical German Elegy. 1795-1850, Princeton 1980

제8장

• 작품과 출처

[An.]: Einige Briefe über Schillers *Maria Stuart* und über die Aufführung derselben auf dem Weimarischen Hoftheater, Jena 1800

Bismarck, Otto v.: Gedanken und Erinnerungen. Bd. I, Stuttgart 1898

Bodin, Jean: Sechs Bücher über den Staat(=Six livres de la république, 1583). 2 Bde., übers. u. mit Anm. vers. v. Bernd Wimmer, eingel. und hg. v. P. C. Mayer-Tasch, München 1981 ff.

Börne, Ludwig: Sämtliche Schriften, neu bearb. u. hg. v. Peter Rippmann. Bd. I, Düsseldorf 1964

Brecht, Bertolt: Gesammelte Werke, hg. vom Suhrkamp-Verlag in Zusammenarbeit mit Elisabeth Hauptmann, Frankfurt/M. 1967

Canetti, Elias: Der andere Prozeß, München 1969

[Carl August-Goethe]: Briefwechsel des Herzogs-Großherzogs Carl August mir Goerhe, hg. v. Hans Wahl. Bd. I(1775-1806), Berlin 1915

Erhard, Johann Benjamin: Über das Recht des Volks zu einer Revolution und andere Schriften, hg. v. Hellmut G. Haasis, Frankfurt/M. 1976

Fontane, Theodor: Cecile(1887), in: Werke in 15 Bänden, kommentiert v. Annemarie u. Kurt Schreinert. Bd. VIII, München 1969

Frisch, Max: Wilhelm Tell für die Schule, Frankfurt/M. 1981(13. Aufl., zuerst

1971)

Genast, Eduard: Aus dem Tagebuch eines alten Schauspielers. Theil 1,
Leipzig 1862

Grawe, Christian(Hg.): Friedrich Schiller. *Maria Stuart.* Erläuterungen und
Dokumente, Stuttgart 1978

Haugwitz, August Adolph v.: Prodromus Poeticus, Oder: Poetischer
Vortrab(1684), Faksimile-Neudruck, hg. v. Pierre Béhar, Tübingen 1984

Hederich, Benjamin: Gründliches mythologisches Lexicon, Leipzig 1770(2.
Aufl., zuerst 1724)

Helbig, Karl Gustav: Der Kaiser Ferdinand und der Herzog von Friedland
während des Winters 1633-1634, Dresden 1852

Hochhuth, Rolf: Tell 38. Dankrede für den Basler Kunstpreis 1976.
Anmerkungen und Dokumente, Reinbek b. Hamburg 1979

Hornigk, Frank(Hg.): Heiner Müller Material. Texte und Kommentare,
Leipzig 1989

Houben, Heinrich Hubert: Verbotene Literatur von der klassischen Zeit bis
zur Gegenwart, Hildesheim 1965(zuerst 1924)

Kafka, Franz: Tagebücher 1910-1923, hg. v. Max Brod, Frankfurt/M. 1967

[Kant, Gentz, Rehberg]: ⟨Über Theorie und Praxis⟩. Mit einer Einleitung v.
Dieter Henrich, Frankfurt/M. 1967

Kühn, Adelbert: Schiller. Sein Leben und sein Sterben, sein Wirken und
seine Werke. Zerstreutes als Bausteine zu einem Denkmal, Weimar 1882

Maché, Ulrich u. Meid, Volker(Hgg.): Gedichte des Barock, Stuttgart 1992

Mercier, Louis-Sébastien: Tableau de Paris. Nouvelle Edition, Amsterdam
1782-83

[Schiller-Cotta] Briefwechsel zwischen Schiller und Cotta, hg. v. Wilhelm
Vollmer, Stuttgart 1876

Shaw, George Bernard: Prefaces, London 1934

Tieck, Ludwig: Werke in vier Bänden, hg. v. Marianne Thalmann. Bd. II,
München 1964

Weber, Max: Politik als Beruf(1919), in: Ders.: Gesammelte politische
Schriften, München 1921, S. 396-450

• 연구서와 논문

Albert, Claudia: Sizilien als historischer Schauplatz in Schillers Drama *Die Braut von Messina*, in: Archiv für das Studium der neueren Sprachen und Literatur 226(1989), S. 265-276

Barnouw, Jeffrey: Das 〈Problem der Aktion〉 und *Wallenstein*, in: JDSG 16(1972), S. 330-408

Bauer, Barbara: Friedrich Schillers *Maltheser* im Lichte seiner Staatstheorie, in: JDSG 35(1991), S. 113-149

Bauer, Roger(Hg.): Inevitabilis Vis Fatorum. Der Triumph des Schicksalsdramas auf der europäischen Bühne um 1800, Bern, Frankfurt/M.1990

Beck, Adolf: Schillers *Maria Stuart*, in: Ders.: Forschung und Deutung. Ausgewählte Aufsätze zur Literatur, hg. v. Ulrich Fülleborn, Frankfurt/M. 1966, S. 167-187

Berghahn, Klaus L.: 《Doch eine Sprache braucht das Herz》. Beobachtungen zu den Liebesdialogen in Schillers *Wallenstein*, in: Monatshefte 64(1972), S. 25-32

Binder, Wolfgang: Schillers *Demetrius*, in: Euphorion 53(1959), S. 252-280

Borchmeyer, Dieter: Macht und Melancholie. Schillers *Wallenstein*, Frankfurt/M. 1988(= M)

Borchmeyer, Dieter: Kritik der Aufklärung im Geiste der Aufklärung: Friedrich Schiller, in: Aufklärung und Gegenaufklärung in der europäischen Literatur, Philosophie und Politik von der Antike bis zur Gegenwart, hg. v. Jochen Schmidt, Darmstadt 1989, S. 361-376(= A)

Brown, Hilda M.: Der Chor und chorverwandte Elemente im deutschen Drama des 19. Jahrhunderts und bei Heinrich von Kleist, in: Kleist-Jahrbuch 1981/82, S. 240-261

Christ, Barbara: Die Splitter des Scheins. Friedrich Schiller und Heiner Müller. Zur Geschichte und Ästhetik des dramatischen Fragments, Paderborn 1996

Clasen, Thomas: 《Nicht mein Geschlecht beschwöre! Nenne mich nicht Weib》? Zur Darstellung der Frau in Schillers 《Frauen-Dramen》, in:

Schiller. Vorträge aus Anlaß seines 225. Geburtstages, hg. v. Dirk Grathoff u. Erwin Leibfried, Frankfurt/M. 1991, S. 89–111

Dwars, Jens-F.: Dichtung im Epochenumbruch. Schillers *Wallenstein* im Wandel von Alltag und Öffentlichkeit, in: JDSG 35(1991), S. 150–179

Epstein, Klaus: Die Ursprünge des Konservatismus in Deutschland. Der Ausgangspunkt: Die Herausforderung durch die Französische Revolution 1770–1806, Frankfurt/M. 1973

Fetscher, Iring: Philister, Terrorist oder Reaktionär? Schillers *Tell* und seine linken Kritiker, in: Ders.: Die Wirksamkeit der Träume. Literarische Skizzen eines Sozialwissenschaftlers, Frankfurt/M. 1987, S. 141–164

Fink, Gonthier-Louis: Schillers *Wilhelm Tell*, ein antijakobinisches republikanisches Schauspiel, in: Aufklärung 1(1986), Hft. 2, S. 57–81

Frey, John R.: Schillers schwarzer Ritter, in: German Quarterly 32(1959), S. 302–315

Fromm, Emil: Immanuel Kant und die preussische Censur. Nebst kleineren Beiträgen zur Lebensgeschichte Kants. Nach den Akten im Königl. Geheimen Staatsarchiv zu Berlin, Hamburg, Leipzig 1894

Gabriel, Norbert: 《Furchtbar und sanft》. Zum Trimeter in Schillers *Jungfrau von Orleans*(II, 6–8), in: JDSG 29(1985), S. 125–141

Garland, H. B.: Schiller. The Dramatic Writer-A Study of Style in the Plays, Oxford 1969

Gille, Klaus F.: Das astrologische Motiv in Schillers *Wallenstein*, in: Amsterdamer Beiträge zur neueren Germanistik 1(1972), S. 103–118

Glossy, Karl: Zur Geschichte der Wiener Theatercensur, in: Jahrbuch der Grillparzer-Gesellschaft 7(1897), S. 238–340

Glück, Alfons: Schillers *Wallenstein*. München 1976

Graham, Ilse: Schiller, ein Meister der tragischen Form. Die Theorie in der Praxis, Darmstadt 1974

Guthke, Karl S.: Schillers *Turandot* als eigenständige dramatische Leistung, in: JDSG 3(1959), S. 118–141

Gutmann, Anni: Schillers *Jungfrau von Orleans*: Das Wunderbare und die Schuldfrage, in: ZfdPh 88(1969), S. 560–583(= W)

Gutmann, Anni: Ein bisher unbeachtetes Vorbild zu Schillers *Maria Stuart*. Mary Queen of Scots von John St. John, 1747-1793, in: The German Quarterly 53(1980), S. 452-457(=MS)

Hahn, Karl-Heinz: Aus der Werkstatt deutscher Dichter, Halle a.S. 1963

Harrison, Robin: Heilige oder Hexe? Schillers *Jungfrau von Orleans* im Lichte der biblischen und griechischen Anspielungen, in: JDSG 30(1986), S. 265-305

Herrmann, Gernot: Schillers Kritik der Verstandesaufklärung in der *Jungfrau von Orleans*. Eine Interpretation der Figuren des Talbot und des Schwarzen Ritters, in: Euphorion 84(1990), S. 163-186

Heselhaus, Clemens: Wallensteinisches Welttheater, in: Der Deutschunterricht 12(1960), Hft. 2, S. 42-71

Heuer, Fritz u. Keller, Werner(Hgg.): Schillers *Wallenstein*, Darmstadt 1977

Hinck, Walter(Hg.): Geschichte als Schauspiel. Deutsche Geschichtsdramen. Interpretationen, Frankfurt/M. 1981

Hinderer, Walter: Der Mensch in der Geschichte. Ein Versuch über Schillers *Wallenstein*. Mit einer Bibliographie v. Helmut G. Hermann, Königstein/Ts. 1980

Hucke, Karl-Heinz: Jene 《Scheu vor allem Mercantilischen》. Schillers 《Arbeits- und Finanzplan》, Tübingen 1984

Ide, Heinz: Zur Problematik der Schiller-Interpretation. Überlegungen zur *Jungfrau von Orleans*, in: Jahrbuch der Wittheit zu Bremen 8(1964), S. 41-91

Kasperowski, Ira: Karl Wilhelm Ferdinand von Funck. Portrait eines Mitarbeiters an Schillers *Horen* aus seinen unveröffentlichten Briefen an Christian Gottfried Körner, in: JDSG 34(1990), S. 37-87

Kluge, Gerhard: *Die Braut von Messina*, in: Schillers Dramen. Neue Interpretationen, hg. v. Walter Hinderer, Stuttgart 1979, S. 242-270

Koopmann, Helmut: Schillers *Wallenstein*. Antiker Mythos und moderne Geschichte. Zür Begründung der klassischen Tragödie um 1800, in: Teilnahme und Spiegelung. Festschrift für Horst Rüdiger, hg. v. Beda Allemann, Berlin 1975, S. 263-274

Kreuzer, Helmut: Die Jungfrau in Waffen. *Judith* und ihre Geschwister von Schiller bis Sartre, in: Untersuchungen zur Literatur als Geschichte. Festschrift für Benno v. Wiese, hg. v. Vincent J. Günther u. a., Berlin 1973, S. 363-384

Labhardt, Rico: Wilhelm Teil als Patriot und Revolutionär 1700-1800. Wandlungen der Tell-Tradition im Zeitalter des Absolutismus und der französischen Revolution, Basel 1947

Lamport, Francis J.: 〈*Faust*-Vorspiel〉 und 〈Wallenstein-Prolog〉 oder Wirklichkeit und Ideal der weimarischen 〈Theaterunternehmung〉, in: Euphorion 83(1989), S. 323-336(=FW)

Lamport, Francis J.: Krise und Legitimitätsanspruch. *Maria Stuart* als Geschichtstragödie, in: ZfdPh 109(1990). Sonderheft, S. 134-145(= MS)

Lethen, Helmut: Verhaltenslehren der Kälte. Lebensversuche zwischen den Kriegen, Frankfurt/M. 1994

Linder, Jutta: Schillers Dramen. Bauprinzip und Wirkungsstrategie, Bonn 1989

Lokke, Kari: Schiller's *Maria Stuart*. The hisrorical sublime and the aesthetics of gender, in: Monatshefte 82(1990), S. 123-141

Oellers, Norbert: Die Heiterkeit der Kunst. Goerhe variiert Schiller, in: Edition als Wissenschaft. Festschrift für Hans Zeller, hg. v. Gunter Martens u. Winfried Woesler, Tübingen 1991, S. 92-103

Pillau, Helmut: Die fortgedachte Dissonanz. Hegels Tragödientheorie und Schillers Tragödie, München 1981

Plachta, Bodo: Damnatur-Toleratur-Admittur. Studien und Dokumente zur literarischen Zensur im 18. Jahrhundert, Tübingen 1994

Prader, Florian: Schiller und Sophokles, Zürich 1954

Prandi, Julie D.: Woman warrior as hero: Schiller's *Jungfrau von Orleans* and Kleisr's Penthesilea, in: Monatshefte 77(1985), S. 403-414

Pütz, Peter: Die Zeit im Drama. Zur Technik dramatischer Spannung, Göttingen 1977(2. Aufl., zuerst 1970)

Ranke, Wolfgang: Dichtung unter den Bedingungen der Reflexionen. Interpretationen zu Schillers philosophischer Poetik und ihren

Auswirkungen im *Wallenstein*, Würzburg 1990

Reinhardt, Hartmut: Schillers *Wallenstein* und Aristoteles, in: JDSG 20(1976), S. 278–337

Reinhardt, Karl: Sprachliches zu Schillers *Jungfrau von Orleans*. In: Ders.: Tradition und Geist, Göttingen 1960, S. 366–380(zuerst 1955)

Sautermeister, Gert: Idyllik und Dramatik im Werk Friedrich Schillers. Zum geschichtlichen Ort seiner klassischen Dramen, Stuttgart u. a. 1971

Schadewaldt, Wolfgang: Antikes und Modernes in Schillers *Braut von Messina*, in: JDSG 13(1969), S. 286–307

Schäublin, Peter: Der moralphilosophische Diskurs in Schillers *Maria Stuart*, in: Sprachkunst 17(1986), S. 141–187

Schings, Hans-Jürgen: Das Haupt der Gorgone. Tragische Analysis und Politik in Schillers *Wallenstein*, in: Das Subjekt der Dichtung. Festschrift für Gerhard Kaiser, hg. v. Gerhard Buhr u. a., Würzburg 1990, S. 283–307

Sengle, Friedrich: *Die Braut von Messina*, in: Ders.: Arbeiten zur deutschen Literatur 1750–1850, Stuttgart 1965, S. 94–117

Sergl, Anton: Das Problem des Chors im deutschen Klassizismus. Schillers Verständnis der *Iphigenie auf Tauris* und seine Braut von Messina, in: JDSG 42(1998), S. 165–195

Singer, Herbert: Dem *Fürsten* Piccolomini, in: Euphorion 53(1959), S. 281–302

Staiger, Emil: Die Kunst der Interpretation. Studien zur deutschen Literaturgeschichte, Zürich 1955

Steinhagen, Harald: Schillers *Wallenstein* und die Französische Revolution, in: ZfdPh 109(1990), Sonderheft, S. 77–98

Steinmetz, Horst: Die Trilogie. Entstehung und Struktur einer Großform des deutschen Dramas nach 1800, Heidelberg 1968

Stephan, Inge: 《Hexe oder Heilige》. Zur Geschichte der Jeanne d'Arc und ihrer literarischen Verbreitung, in: Die Verborgene Frau. Sechs Beiträge zu einer feministischen Literaturwissenschaft. Mit Beiträgen v. Inge Stephan und Sigrid Weigel, Berlin 1988, S. 15–35

Storz, Gerhard: Schiller, *Jungfrau von Orleans*, in: Das deutsche Drama vom Barock bis zur Gegenwart. Interpretationen, hg. v. Benno v. Wiese, Bd. I, Düsseldorf 1962, S. 322–338

Sträßner, Marhias: Analytisches Drama, München 1980

Thalheim, Hans–Günther: Schillers *Demetrius* als klassische Tragödie, in: Weimarer Beiträge 1(1955), S. 22–86(= D)

Thalheim, Hans–Günther: Notwendigkeit und Rechtlichkeit der Selbsthilfe in Schillers Wilhelm Tell, in: Goethe–Jahrbuch 18(Neue Folge)(1956), S. 216–257(= T)

Thiergaard, Ulrich: Schiller und Walpole. Ein Beitrag zu Schillers Verhältnis zur Schauerliteratur, in: JDSG 3(1959), S. 102–117

Tümmler, Hans: Carl August von Weimar, Goethes Freund. Eine vorwiegend politische Biographie, Stuttgart 1978

Turk, Horst: Die Kunst des Augenblicks. Zu Schillers *Wallenstein*, in: Augenblick und Zeitpunkt. Studien zur Zeitstruktur und Zeitmetaphorik in Kunst und Wissenschaften, hg. v. Christian W. Thomsen, Darmstadt 1984, S. 306–324

Utz, Peter: Die ausgehöhlte Gasse. Stationen der Wirkungsgeschichte von Schillers *Wilhelm Tell*, Königstein/Ts. 1984(= T)

Utz, Peter: Das Auge und das Ohr im Text. Literarische Sinneswahrnehmung in der Goethezeit, München 1990(= A)

Vaget, Hans Rudolf: Der Dilettant. Eine Skizze der Wort- und Bedeutungsgeschichte, in: JDSG 14(1970), S. 131–158

Weimar, Klaus: Die Begründung der Normalität. Zu Schillers *Wallenstein*, in: ZfdPh 109(1990), Sonderheft, S. 99–116

Wittkowski, Wolfgang: *Demetrius*-Schiller und Hebbel, in: JDSG 3(1959), S. 142–179(= D)

Wittkowski, Wolfgang: Octavio Piccolomini. Zur Schaffensweise des *Wallenstein*-Dichters, in: JDSG 5(1961), S. 10–57(= P)

Wittkowski, Wolfgang: Theodizee oder Nemesistragödie? Schillers *Wallenstein* zwischen Hegel und politischer Ethik, in: Jahrbuch des Freien Deutschen Hochstifts 1980, S. 177–237(= T)

Wittkowski, Wolfgang: Tradition der Moderne als Tradition der Antike. Klassische Humanität in Goethes *Iphigenie* und Schillers Braut von Messina, in: Zur Geschichtlichkeit der Moderne. Der Begriff der literarischen Moderne in Theorie und Deutung. Ulrich Fülleborn zum 60. Geburtstag, hg. v. Theo Elm u. Gerd Hemmerich, München 1982, S. 113-134(= B)

Zeller, Bernhard(Hg.): Schiller. Reden im Gedenkjahr 1959, Stuttgart 1961

Zeller, Rosmarie: Der Tell-Mythos und seine dramatische Gestaltung von Henzi bis Schiller, in: JDSG 38(1994), S. 65-88

사진 출처

Schiller-Nationalmuseum und Deutsches Literaturarchiv, Marbach: S. 57, 60, 68, 69, 75, 79, 98, 157, 175, 182, 189, 307, 324, 396, 416, 551, 555, 610

Archiv für Kunst und Geschichte, Berlin: S. 316, 404, 558

Kupferstichkabinett. Staatliche Museen zu Berlin-Preußischer Kulturbesitz: S. 317

연보

1759년 11월 10일 요한 크리스토-프리드리히 실러는 네카 강변의 마르바하에
서 태어남. 1757년 9월 4일에 태어난 누나 엘리자베트 크리스도피네 프
리데리케에 이어 둘째 아이였음. 어머니 엘리자베트 도로테아 실러((친
정 성은 코트바이스(Kodweiß))는 여관집 딸이었고, 외과 의사인 아버지
요한 카스파르 실러는 뷔르템베르크 영방 카를 오이겐 공의 연대의 중
위였음.

1762년 실러 가족의 루트비히스부르크로 이사.

1763년 실러의 부친은 12월 말 슈바벤 그뮌트에서 모병장교 직책을 맡음.

1764년 연초에 실러 가족은 로르흐로 이사.

1765년 봄에 초등학교 수업 시작과 동시에 모저 목사에게서 라틴어 수업을
받음.

1766년 12월에 루트비히스부르크로 이사.
실러의 누이동생 루이제 도로테아 카타리나의 출생.
후에 와서 실러의 부인이 된 샤를로테 폰 렝게펠트의 출생.

1767년 연초에 성직자가 되기 위한 준비를 위해 루트비히스부르크 라틴어학교
로 전학.

1770년 카를 오이겐 공이 슈투트가르트 근교에 있는 솔리튀드에 군자녀 고아
원을 개원했고, 1771년 김나지움 과정에 해당하는 군사 식물학교로 확
장됨.

1772년 최초의 희곡 소품을 씀.

1773년 연초에 실러 부모의 반대에도 불구하고 카를 오이겐 공의 명령으로 군
사 식물학교(속칭 카를스슐레로 나중에 사관학교가 됨)에 입학해서 솔리
튀드에서 병영생활을 함.
프리드리히 샤르펜슈타인과 우정을 맺음.

1774년 1월 초에 법률 공부 시작.
실러 부모의 서면으로 된 채무증서는 9월에 아들 프리드리히를 평생
동안 공작의 "양자"로 입양시킨다 것을 증명하고 있음.
괴테의 「젊은 베르테르의 슬픔」 읽음.

1775년 11월에 사관학교를 슈투트가르트의 새로운 궁성 뒤로 이전.
12월에 실러의 부친은 공작 소유의 수목원 감독을 맡음.

1776년 연초에 의과 공부 시작.
부활절부터 집중적으로 야콥 프리드리히 아벨의 철학 수업을 들음.
가을에 샤르펜슈타인과의 우정이 깨어짐.
빌란트의 셰익스피어 번역본, 클링거의 「쌍둥이」, 라이제비츠의 「타렌
트의 율리우스」 읽음.
최초의 작품 「저녁」을 하우크가 발행하는 《슈바벤 마가친》에 발표.

1777년 누이동생 카롤리네 크리스티네(나네테) 출생.

1778년 렘프와 교우관계를 맺음.

1779년 프란치스카 폰 호엔하임의 생일을 기해서 「지나친 온정과 붙임성, 그리
고 가장 협의의 관대함은 미덕에 속하는가?」라는 제목의 축사를 함.
라틴어로 학위 논문 「생리학의 철학」을 제출했으나 11월에 심사위원들
에 의해 거부당함.

	빌란트, 빙켈만, 루소, 플루타르코스, 레싱의 「라오콘」, 헤르더의 『인간 교육에 대한 또 하나의 역사철학』 등을 읽음.
1780년	1월 10일 프란치스카 폰 호엔하임의 생일을 기해 「미덕의 결과에 대한 고찰」이라는 테마로 축사를 함.
	6월에 친구 아우구스트 폰 호벤 사망.
	학우 요제프 프리드리히 그라몽이 앓게 된 정신병에 대한 보고.
	학위논문 「인간의 동물적 본성과 영적 본성의 관계에 대하여」와 「염증을 일으키는 체열과 비정상적인 체열의 차이」 완성.
	12월 중순 시험에 합격 후 사관학교 졸업과 슈투트가르트에서 연대 군의관으로 활동.
1781년	2월에 대위의 미망인 루이제 도로테아 피셔의 집에 세를 듦.
	여름에 안드레아스 슈트라이허와 헨리에타 폰 볼초겐과 알게 됨.
	연말에 호엔아스페르크 요새에서 슈바르트와 만남.
	희곡 「도적 떼」 탄생.
1782년	1월 13일 만하임에서 「도적 떼」 초연.
	3월 아벨과 페테르센과 공동으로 《비르템베르크 문집》 창간.
	5월 여행 허가를 받지 않은 채 만하임 여행. 그 후 6월 말에 카를 오이겐 공의 2주간의 가택 연금 조치와 집필 금지령이 내려짐.
	9월 22일 안드레아스 슈트라이허와 동행하여 슈투트가르트에서 만하임으로 도주.
	10월/11월 오거스하임에서 「제노바 사람 피에스코의 역모」 마무리 작업.
	12월 "리터 박사"라는 가명으로 바우어바흐에 있는 폰 볼초겐 부인 소유의 집에 입주.
	사서 라인발트를 알게 됨.
	『앤솔러지』 발행.
1783년	연초부터 「돈 카를로스」 구상.
	7월 말 만하임 귀환.
	9월부터 극장장 달베르크로부터 1년 예정으로 극장 전속 작가로 임명됨.

가을에 말라리아 질환에 걸림.

「제노바 사람 피에스코의 역모. 한 편의 공화국 비극」 발표.

1784년   1월 11일 만하임에서 「피에스코」 초연, 4월 13일 프랑크푸르트 암 마인
에서 「간계와 사랑」 초연.

5월 샤를로테 폰 칼프와 사귐. 5월 10일 그녀와 동행하여 만하임 고대
관을 관람.

6월 26일 만하임 독일협회에서 「연극이 대중에게 미치는 영향에 관하
여」라는 제목으로 연설함.

《만하임 희곡론》 초안을 완성했으나 달베르크에 의해 거부됨.

8월 말 극장 전속작가 계약이 만료되었으나 연장되지 않음.

12월 말 다름슈타트 궁정에서 바이마르의 카를 아우구스트 공이 임석
한 가운데 「돈 카를로스」 1막을 낭독함.

그 다음날 카를 아우구스트는 당사자의 요청을 받아들여 실러에게 "바
이마르 궁전 고문" 타이틀 수여.

「간계와 사랑. 한 편의 시민 비극」, 디드로의 작품을 토대로 한 「어떤 여
인의 복수 예화」 완성.

1785년   3월 《라이니셰 탈리아》가 발행되었으나 단지 1호로 끝남(후에 와서 《탈
리아》 제1권으로 꼽힘). 1787년까지 《탈리아》에 「돈 카를로스」가 부분적
으로 3막 중간까지 발표됨.

출판업자 슈반의 딸 마르가레테 슈반에게 편지로 청혼함.

4월 라이프치히로 여행. 루트비히 페르디난트 후버와 슈토크 자매와
만남. 출판업자 게오르크 요아힘 괴셴과 알게 됨.

5월 초부터 괴셴, 후버, 라인하르트, 후에 와서 슈토크 자매와 함께 라
이프치히 근교의 골리스 체류.

카를 필리프 모리츠와 교우관계를 맺음.

7월 크리스티안 고트프리트 쾨르너와의 평생 동안 지속된 우정의 시작.

가을에 드레스덴으로 이주.

후버와 함께 쾨르너의 이웃에 있는 거처를 얻음.

재정적으로 어려운 형편을 당함. 쾨르너의 도움을 받음.

「연극이 대중에게 미치는 영향에 관하여」라는 타이틀의 연설문 인쇄본인 「좋은 극장이 영향을 미칠 수 있는 것이 도대체 무엇일까?」, 「어느 덴마크 여행객의 편지」 발간.

1786년 2월 1792년부터 《신 탈리아》로 제호가 바뀌어 1795년까지 발행된 《탈리아》 2권에 송가 「환희에 부쳐」와 후에 「실추된 명예 때문에 범행을 저지른 사람」으로 제목이 바뀐 「파렴치범」 게재.

6월 누나 크리스토피네와 라인발트의 결혼.

후버와 함께 역사 공부.

(《탈리아》 제3권에) 「철학 서신」 발표.

1787년 겨울에 헨리에테 폰 아르님에게 호감을 가짐.

7월 말 샤를로테 폰 칼프의 초정으로 바이마르 여행.

빌란트, 헤르더와 만남.

대공의 모후인 아나 아말리아의 손님으로 초대받음.

프리메이슨 단원인 보데와 알게 됨. 예나에서 라인홀트와 알게 됨.

10월부터 예나의 《종합 문학 신문(ALZ)》과 공동작업.

역사적 소재 연구.

12월에 샤를로테 폰 렝게펠트와 그녀의 결혼한 언니인 카롤리네 폰 보일비츠와 처음으로 비교적 긴 만남.

코데일로 드 라끌로의 「위험한 데이트」와 괴테의 「이피게니에」 읽음.

(7월 함부르크에서 슈뢰더에 의해) 「돈 카를로스. 스페인의 태자」 초연.

1789년까지 연속해서 《탈리아》에 「강신술사」 발표.

1788년 2월부터 샤를로테 폰 렝게펠트와 서신교환

9월 7일 루돌슈타트에서 괴테와 만남.

실러를 예나대학의 교수로 초빙하자고 괴테가 제안함.

12월 중순 괴테를 감사차 방문. 모리츠와의 정기적 만남.

「그리스의 신들」, 「스페인 정부에 대한 네덜란드 연합국의 배반 역사」, 「돈 카를로스에 대한 편지들」 발표.

1789년 　4월 말 고트프리트 아우구스트 뷔르거의 바이마르 방문.

　　　　　5월 예나로 이사. 무급 철학 교수 취임.

　　　　　5월 말 「세계사란 무엇이며, 사람들은 무슨 목적으로 세계사를 공부하는가」라는 제목으로 취임 강의를 함.

　　　　　12월 말 바이마르에서 빌헬름 폰 훔볼트와 알게 됨.

　　　　　겨울학기에 세계사에 대한 강의를 함.

　　　　　「예술가들」, 「운명의 장난」, 『역사적 회고록 총서』의 제1분과 제1권 발행. 괴테의 「에그몬트」 서평 발표.

1790년 　1월 카를 아우구스트 공이 연봉 200탈러를 보장함.

　　　　　마이닝겐 궁정으로부터 궁정 고문관에 임명됨.

　　　　　2월 22일 샤를로테 폰 렝게펠트와의 결혼식 거행.

　　　　　여름학기에 세계사에 대한 강의 속행.

　　　　　비극론에 대한 강의 시작.

　　　　　겨울에 유럽 국가들의 역사에 대하여 강의함.

　　　　　『역사적 회고록 총서』 제1분과 제3권, 「속죄한 인간 혐오자」(미완성), 『30년전쟁사』(1792년까지 3부로)

1791년 　1월 초 실러가 생명에 위험한 병에 걸려 영영 완전히 쾌유되지 못함.

　　　　　5월에 심각한 재발.

　　　　　11월 말 건강 회복을 위해 옌스 바게센의 권고로 덴마크의 공작 폰 슐레스비히–홀슈타인–아우구스텐부르크와 장관 에른스트 폰 시멜만 백작이 3년간 연 1000탈러의 연금 지급을 약속함.

　　　　　버질의 「아이네이드」 번역 작업.

　　　　　연초부터 정기적으로 칸트 철학을 연구함(특히 『판단력비판』).

1792년 　1월 또다시 병에 걸림.

　　　　　4월/5월 4주간 드레스덴에 있는 쾨르너의 집에 손님으로 유숙.

　　　　　쾨르너의 소개로 프리드리히 슐레겔과 알게 됨.

　　　　　8월 말 파리 국민의회의 결의로 프랑스 시민에 임명됨.

　　　　　겨울학기에 미학에 관한 개인 강의.

《신 탈리아》 제1권에 「비극적 대상을 즐기게 되는 이유에 대하여」와 제
2권에는 「비극 예술에 대하여」 게재. 『단문집』 제1권 발간. 손수 머리말
을 써서 피타발의 「인류 역사에 기여한 기억할 만한 법률 사건들」 편집.

1793년   겨울학기에 미학에 대한 개인 강의.

8월 말 가족과 함께 뷔르템베르크 여행. 하일브론 체류. 9월부터는 루
트비히스부르크 체류.

9월 말 횔덜린을 알게 됨.

10월 24일 뷔르템베르크의 카를 오이겐 공 사망.

「칼리아스, 또는 아름다움에 대하여」, 「우아함과 품위에 대하여」, 「숭고
론」 발표.

1794년   2월 실러의 제안으로 빌헬름 폰 훔볼트 예나로 이사함.

3월 코타와 첫 만남.

슈투트가르트로 이사함. 은행가 라프, 그 밖에 다네커와 춤슈테크와
교유.

5월 초 예나로 돌아감.

강의 활동 재개.

여름부터 정기적으로 훔볼트와 피히테와 접촉.

7월 말 괴테에 접촉 시작. 9월 바이마르에 있는 괴테 집에 손님으로 초
대받음.

1795년   1월 《호렌》(1797년까지 발행) 제1권 발간. 필진으로는 괴테, 피히테, 헤
르더, 훔볼트, A.W. 슐레겔, 포스, 볼트만, 그 밖에 여러 사람이 참여함.

4월에 슐로스가세에 있는 그리스바흐의 집으로 이사.

6월 말 철학적 묘사 스타일의 문제에 대해서 피히테와 다툼.

여름에 자주 병석에 누움.

12월에 《문예연감》(1799년까지 발행됨) 제1차년도분 발간. 집필진으로
는 괴테, 헤르더, 횔덜린, 소피 메로, A.W. 슐레겔, 티크, 그 밖에 여러
사람이 참여함.

「인간의 미적 교육에 대하여」, 「소박문학과 감상문학에 대하여」를

1795/96년《호렌지》에 3번에 걸쳐 게재함.

1796년 4월에 셸링의 첫 방문.

6월에 장 파울 방문.

7월 11일 둘째 아들 에른스트 프리드리히 빌헬름 탄생.

3월 23일 누이동생 나네테 사망, 9월 7일 부친 사망.

괴테와 공동으로 집필한 「크세니엔」과 「부드러운 크세니엔」이 1797년도 《문예연감》에 실림.

1797년 「발레슈타인」 집핍 계획에 대해서 괴테, 훔볼트와 활발한 의견 교환.

4월 초 스톡홀름의 학술원에 회원으로 임명.

5월 예나에 있는 전원주택 헌당식.

5월 말《호렌》에 실린 비평 때문에 프리드리히 슐레겔과 갈등. 공동필진에서 A. W. 슐레겔 제외.

초여름부터 담시 창작. 「장갑」, 「폴리크라테스의 반지」, 「잠수부」, 「이비쿠스의 학」 등 다수.

1798년도 《문예연감》 발행("담시 연감")

1798년 3월 예나대학의 무급 명예교수로 임명됨.

5월 초 예나의 '정원의 집(Gartenhaus)' 입주.

9월부터 「발렌슈타인」 집필에 전념.

10월 12일 개축한 바이마르 극장이 「발렌슈타인의 막사」 상연과 함께 새로이 개관함.

11월 괴테의 비교적 장기간 예나 방문.

1799년 1월 30일 바이마르에서 「피콜로미니」의 초연. 4월 20일 「발렌슈타인의 죽음」 초연.

수차례에 걸쳐 괴테 집 방문.

6월 초 「메리 스튜어트」 작업 시작.

7월 말 루트비히 폰 티크 내방.

9월 중순 궁정 고문관 봉급이 두 배로 인상되어 연간 400탈러가 됨.

10월 11일 딸 카롤리네 루이제 프리데리케 탄생. 출산으로 인한 심신의 과로로 샤를로테의 심각한 티푸스 발병.

12월 초 바이마르 빈디셴가세에 있는 거처로 이사.

1800년도 《문예연감》에 「종의 노래」 게재.

1800년 2월 티푸스에 걸림.

5월 에터스부르크에서 「메리 스튜어트」 완성. 6월 14일 바이마르에서 초연.

6월 말 「발렌슈타인」 3부작 출간.

『시집』 제1집, 『단문집』 제2권 발행.

1801년 3월에 예나의 '정원의 집'으로 철수, 「오를레앙의 처녀」 작업 시작.

8월 초 드레스덴 여행. 로슈비츠에 있는 쾨르너의 거처에 머물음.

9월 11일 라이프치히에서 「오를레앙의 처녀」 초연. 9월 17일 라이프치의 3번째 공연 방문 후에 관람객들의 감격스러운 영접을 받음.

「메리 스튜어트」, 「오를레앙의 처녀. 한 편의 낭만적 비극」 등이 베를린의 웅거 출판사에서 출간됨.

1793년과 1795년 사이에 집필된 논문 「숭고한 것에 대하여」와 그 밖의 비교적 오래전에 쓴 미학 논문들을 『단문집』 제3권에 실어 출간함.

1802년 3월 에스플라나데에 있는 주택 매입.

4월 29일 새로운 집으로 이사하던 날 클레버줄추바흐에서 모친 사망.

여름에 장기간 동안 병으로 고생함.

8월 초 「메시나의 신부」 집필 작업 시작.

11월 중순 빈으로부터 귀족 문서 수령.

『단문집』 제4권 간행. 그 속에 논문 「예술에서의 비속과 저열에 관한 고찰」과 고치의 작품을 번안한 「투란도트」 게재함.

1803년 1월부터 정기적으로 궁정에 손님으로 초대됨.

3월 19일 「메시나의 신부」 바이마르에서 초연.

7월 라우흐슈태트에서 프리드리히 드 라 모테 푸케를 알게 됨.

9월부터 「빌헬름 텔」 집필 작업.

12월 중순 공작 모후 궁에서 마담 드 스탈과의 첫 만남.

「메시나의 신부, 또는 원수진 형제들」과 「시집」 제2집 출간.

1804년 2월 괴테의 집에서 요한 하인리히 포스와 만남. 포스의 아들을 알게 됨.

3월 17일 「빌헬름 텔」 바이마르에서 초연.

4월 26일 베를린 여행, 5월 중순까지 대대적인 방문 계획(이플란트, 후펠란트, 첼터, 베른하르트).

5월 13일 샤를로텐부르크 성에서 루이제 왕비 알현, 실러의 베를린 이주 가능성에 대한 대화를 나눔.

6월 초 카를 아우구스트 공이 연봉 800탈러로 인상할 것을 확약함.

7월 25일 예나에서 딸 에밀리에 헨리에타 루이제의 탄생.

늦여름부터 질병 발작이 늘어남.

11월 9일 왕세자 카를 프리드리히와 그의 젊은 신부이자 러시아 황제의 딸인 마리아 파블로브나 바이마르 입성. 11월 12일 왕세자 내외를 위한 「예술에 대한 찬양」을 초연.

「빌헬름 텔」 출간.

1805년 1월 중순 라신의 「페드레」 번역 끝냄.

2월부터 중병을 앓음.

4월 말까지 「데메트리우스」 집필 작업.

5월 1일 극장에 가는 길에 괴테와 마지막 만남.

5월 9일 급성 폐렴으로 사망.

실러의 생애와 작품과 시대

1759년 11월 10일에 태어나서 1805년 5월 9일에 사망한 실러는 46세를 일기로 짧은 생애를 살았지만, 시인으로서 괴테를 제외하고는 누구와도 비교할 수 없는 역사에 길이 남을 위대한 업적을 남겼다. 그러나 불후의 업적을 남기고 위대한 시인으로 후세의 추앙을 받기까지 그가 걸어야 했던 길은 숱한 고난과 장애가 얽힌 형극의 길이었다. 열세 살의 라틴어학교 학생은 뷔르템베르크 영주인 카를 오이겐 공의 지시로 정들었던 고향과 부모형제를 떠나서 슈투트가르트 근교에 위치한 흔히 "카를스슐레"라고 부르는 군사—식물학교에 입학해야 했다. 처음에는 인문 고등학교 학생으로, 1774년부터는 법과 대학생으로, 그리고 1776년부터는 의과 대학생으로 실러가 이곳에서 보낸 7년은 그에게 풍부한 교양과 지식을 쌓을 수 있는 계기를 마련해주었지만, 반면에 감시·감독을 당하며 소중하게 생각했던 자유를 억압당하고 살았던 질곡의 세월이기도 했다. 이 기간에 실러가 철학,

심리학, 문학 그리고 역사 분야에서 쌓은 지식은 후에 와서 그의 문학 작품의 지적 기반이 된 것은 분명하지만, 공작이 자신의 생도들에게 부여한 규격화와 획일화 교육으로 인해 개인으로서의 주체성이 상실된 채, 그의 욕구와 염원은 오로지 좁은 틈새를 통해 은밀하게만 분출될 수 있었다.

1780년 의학 학위논문이 심사에 통과되면, 그토록 갈구하던 자유를 얻게 되리라는 희망도 곧바로 수포로 돌아가고 말았다. 슈투트가르트에서 그는 틀에 박힌 환자들의 검진이 유일한 일과인 연대 군의관의 지위를 맡아, 영주가 폭군처럼 군림하며, 자의적으로 지휘하는 군대 조직에 계속 묶여 있었던 것이다. 이와 같이 억압된 분위기 속에서도 그는 문학에 대한 집념을 꺾지 않고, 질풍노도 문학의 전형적인 모티브에 속하는 형제간의 갈등을 다룬 첫 희곡 「도적 떼」를 집필했다. 자신의 대표작의 하나로 꼽히는 이 작품이 1782년 1월 13일 만하임 초연에서 관객의 갈채를 받은 후 이제 겨우 22세밖에 되지 않은 무명의 군의관은 연극 평론가들이 빛나는 미래를 예언하며 칭송하는 희곡작가가 되었다. 그러나 이 희곡의 만하임 초연이 그에게 가져다준 명성과 내면적 해방감에는 혹독한 후유증이 따랐다. 카를 오이겐은 군인 신분인 그가 5월에 만하임에서 자신의 드라마 공연을 관람하기 위해 무단으로 근무지를 이탈한 잘못을 물어 1782년 6월 말에 14일간의 구금 조치를 내렸다. 그에게 계속 몰아닥친 불행은 이 사건으로 끝나지 않았다. 실러의 허구적인 작품 속에 자신들이 살고 있는 고장을 일러 "사기꾼이 판을 치는 오늘날의 아테네"라고 한 것에 항의하는 그라우뷘덴의 주민들의 소동이 격화되자, 공작은 1782년 9월 말에 그에게 더 이상의 문학 작품 발표를 금지시키는 가혹한 조치를 내렸다. 사태가 여기에 이르자, 문학에 대한 꿈을 버릴 수 없던 이 연대 군의관은 탈영을 결심하지 않을 수 없었다.

그는 1782년 9월 22/23일 밤 친구이자 음악가인 안드레아스 슈트라이허와 동행하여 "리터 박사"라는 가명으로 슈투트가르트 성문을 빠져나와 다음 날 오후에 만하임에 도착했다. 그곳 극장에서 그해 1월에 「도적 떼」를 연출했던 극장장 달베르크의 도움을 받아 민간인으로서 새로운 삶을 시작할 작정이었다. 그러나 실러가 밝게 내다본 전망과 큰 기대는 빠른 시일 내에 실망으로 바뀌고 말았다. 그는 1783년 여름에 만하임 극장에서 공연될 극본을 쓰고, 연극론에 대한 자문 기능도 겸하는 극작가로서의 지위를 힘들게 얻게 되지만, 이 지위를 유지하는 데에는 행운이 따르지 않았다. 극단의 배우들에게 예술적으로 무리한 요구를 하고, 심지어 공개적으로 질책까지 했기 때문에 그들과의 관계가 악화되고 말았던 것이다. 또한 실러는 이 시절에 두 편의 드라마 「제노바 사람 피에스코의 역모」와 「간계와 사랑」를 새로 써서 무대에 올렸으나, 관객의 반응이 신통치 못했고, 레싱의 『함부르크 희곡론』(1767~1769)을 본보기 삼은 연극 잡지 《만하임 희곡론》 발행을 시도하지만, 이 프로젝트는 어디까지나 구상 단계를 벗어나지 못했다. 게다가 만하임의 출판업자 슈반과의 사업 관계에도 어려움이 있었다. 이 권위적인 출판업자는 인세 지불에 인색해서, 인세 수입으로 자신의 어려운 형편을 극복하려던 실러는 엄청난 빚에 몰려 경제적 파국을 맞아야 했다. 슈반의 딸과 여배우 카타리나 바우만에 대한 연모는 응답을 받지 못했고, 결혼 생활이 불행했던 샤를로테 폰 칼프와의 부적절한 관계도 실망으로 가득 찬 이 극장 작가의 일상에 아무런 즐거움을 줄 수가 없었다. 기회주의자인 극장장 달베르크가 실러에게 모반할 낌새를 보이는 극단 단원들을 고려해서 1784년 8월에 그의 고용계약을 끝내 연장해주지 않은 것은 실러가 그 기간에 겪어야 했던 일련의 달갑지 않은 경험들의 절정을 이루었다.

그러나 실러의 생애를 추적하면서 놀라움을 금치 못하게 되는 특이한 사항은 그가 어려운 처지에 있을 때면 종종 뜻밖의 구원의 손길이 나타나 그를 돕는다는 것이다. 그가 슈투트가르트에서 탈주할 당시에 그의 재정적 난관을 해결해준 것이 친구 슈트라이허였다면, 만하임에서 퇴직당한 후인 1784년 6월 초에는 석고 위에 새긴 자신들의 초상과 함께 팬레터 두 통을 보내어 이 젊은 작가에게 구원의 손짓을 한 네 명의 열광적인 숭배자들이 있었다. 이들은 차후로 실러의 생애에 친구 겸 후원자 역할을 하게 될 드레스덴의 종교국 위원 쾨르너와 그의 약혼녀 미나 슈토크, 그녀의 언니 도라 그리고 그녀의 남자 친구인 번역가요 출판인이던 루트비히 페르디난트 후버였다. 만하임에서 실의와 곤경에 빠졌던 실러는 1785년 늦여름부터 드레스덴으로 가서 쾨르너와 그 주변 친구들과 어울리며 「돈 카를로스」 프로젝트를 마무리 짓기 위해서 반드시 필요로 했던 정신적인 자극과 내면적인 평온을 찾을 수 있었다. 특히 새로운 친구 쾨르너는 실러에게 재정적 지원을 약속하고, 빚을 갚는 방안에 대해서 조언을 하고, 예리한 미적 판단력을 통해 실러가 초기 작품들에 나타나는 격정 분출의 경향에서 벗어나 고대에 대한 열광으로 부각된 새로운 예술적 단계로 들어서는 길을 열어주었다. 1787년 늦여름까지 실러는 드레스덴에 머물면서 안정된 분위기 속에서 자유로이 문필 작업에 몰두할 수 있었다.

1787년 8월에 실러가 독일 문학의 메카인 바이마르로 여행을 하게 된 것은 어디까지나 다름슈타트에서 처음 만났던 카를 아우구스트 공과의 관계를 돈독히 해보려는 의도에서 비롯된 것이었으나, 공작은 실러가 오기 직전 프로이센의 왕 프리드리히 빌헬름 2세의 초청을 받고 도읍지를 떠났던 터라 당초의 계획에 차질이 생기고 말았다. 그의 추밀 고문관인 괴테 또한 1년째 이탈리아에 머물고 있었다. 실러가 이와 같이 실망스러운 상황에도 불구하고 바이마르에서 어렵지 않게 발을 붙일 수 있었던 것은 빌란 트와 헤르더와의 긴밀한 관계를 맺음으로써 가능했다. 그 두 사람은 바르 마르 사회에서 정신적 지도자 역할을 하고 있어 실러에게 그곳 문학 서클 이나 궁정 서클과 접촉할 수 있는 길을 열어주었다. 바이마르에 체류한 지 한 주가 지난 후에, 그는 명망 있는 인사나 특권층 인사들의 모임에서 자 신의 정신적 아우라를 굳이 감출 필요가 없다는 것을 인식하게 되었다. 이 처럼 바이마르 사회가 실러를 격의 없이 친절하게 받아들이면서 그가 그곳 분위기에 익숙해지는 동안 괴테가 1788년 6월에 이탈리아에서 돌아왔다. 그해 9월에 샤를로테 폰 렝게펠트의 주선으로 이 두 시인의 첫 접촉이 루 돌슈타트에서 이루어졌고, 1789년 2월에는 실러가 예나대학 부교수로 초 빙되는 데 도움을 준 것에 고마움을 표시하기 위해 괴테를 방문하였다. 이 자리에서 실러가 가르쳐본 경험이 없음을 고백하자, "가르치는 것이 곧 배 우는 것(docendo discitur)"이라고 응답함으로써, 괴테가 '교학상장(敎學相長)' 의 이치를 일러준 것은 유명한 일화로 전해지고 있다.

1794년 7월 말 예나에서 열린 자연과학협회 총회에 이어서 서로 만나 다양한 화제로 대화를 나눈 것을 계기로 그 두 사람 사이의 관계에도 전환 이 오고 끝내 평생에 둘도 없는 귀중한 우정으로 발전하여였다. 마침내 이 두 사람이 공동으로 독일 문학의 황금기로 불리는 바이마르 고전주의 문 학을 꽃피게 한 것은 독일 문학사에서 잊을 수 없는 경사로 꼽히고 있다. 그러나 그들이 상호 간의 내면적 거리감을 좁히기까지는 5년 반이라는 세 월이 필요했다. 실러는 괴테의 경험적 자연철학과 자신의 이론적 사유의 연결점을 발견할 수 있다는 것을 깨닫게 되었고, 반면에 괴테는 실러가 단 지 다혈질의 혁명적 극작가인 동시에 "열렬한 칸트주의자"일 뿐만 아니라, 고대의 미학과 예술철학의 문제에도 관심을 가진 예술가로서 그의 탁월한 판단은 자신의 작업에도 도움이 되리라는 것을 인식하기에 이르자, 두 사람은 더욱 가까워졌다. 그들의 우정 어린 협력은 각자의 집필 과제에 대한 의견 교환, 공동 집필 계획의 수립, 공동 잡지 발행 모색, 각자의 독후감과 연구에 관한 의견 교환, 그리고 특히 1796년부터 바이마르 궁정극장의 공동 운영을 포함하고 있었다. 실러가 1794년 여름부터 1799년 12월에 예나에서 바이마르로 이사하기까지 괴테와 주고받은 약 1000통의 편지들에는 각자의 작업 계획에 대한 성찰이 주를 이루지만, 사적인 성격의 사연도 들어 있음을 배제할 수 없다. 여기서 각자의 사생활에 관한 사항이 지극히 정중하게 언급된 것으로 보아 실러와 괴테의 우정이 인간적으로 밀접한 교유를 떠나서 공동으로 대중의 문학적 취향을 검토하기 위한 사업상의 결합이었다는 주장은 오해에 불과한 것임을 알 수 있다. 상대방의 예술가적 재능과 업적에 대한 상호간의 존경과 상이한 가치 평가에 대한 관용을 바탕으로 한 이들의 관계는 역사적으로 그 유례가 드문 우정의 전범으로 평가되고 있다.

실러가 바이마르에서 이와 같이 인간적인 교유와 집필 활동을 통해 대외적으로 성공을 거두는 동안에 그의 사생활도 차츰 안정과 조화를 찾게 되었다. 1788년 초에 샤를로테 폰 렝게펠트와 그녀의 결혼한 언니 카롤리네 폰 보일비츠와의 은밀한 교제가 시작되었다. 시골 풍경이 아름다운 루돌슈타트에서 감상적인 애정의 삼각관계가 펼쳐지고, 실러는 그들로부터 "천재 시인"으로 대접을 받았다. 예술적 감각이 뛰어난 이들 자매는 단조로운 시골의 일상 속에서 대부분 저녁 늦은 시간까지 지속되기 일쑤인 이 천재 시인과의 다과 모임을 통해 기분을 전환하고 자신들의 내면을 고양할 수 있어 늘 감사하고 행복해했으리라는 것을 쉽게 짐작할 수 있다. 다른 한 편으로 실러는 그들과의 교제에서 우선 마음의 안정을 얻게 되었다.

그리고 한 걸음 더 나아가서 "무기력, 기면, 명정"의 상태에서 허덕이는 자신의 내적 갈등을 극복하려면 오직 자신의 사생활을 정리하고 결혼을 서두르는 길뿐이라는 것을 깨닫게 되었다. 마음은 정략결혼으로 불행한 삶을 살면서 문학에 천착하는 언니 카롤리네의 지적인 면모에 더 끌렸지만, 다른 한편으로 그녀의 기발함이 마음에 걸려, 좀 더 내성적이고, 가정적인 동생을 선택해서 1789년 늦여름에 청혼할 결심을 했다. 이와 같은 선택을 통해 그는 사회적 인습으로 볼 때 양다리 걸친 사랑이라는 비난으로부터 자유로워질 수 있었다. 실러는 1790년 2월에 샤를로테와 결혼하여 네 명의 자녀를 낳고, 경제적으로도 안정되고 안락한 가정 분위기 속에서 마침내 문필 작업에 전념할 수 있게 되었다.

실러의 생애는 오로지 글 쓰는 작업에 집중된 삶이었다. 이렇다 할 사랑의 모험이나 종교적 열정, 파문이나 변신 등의 사건이 없었을 뿐만 아니라, 특별한 여행 경험도 그의 생애에는 없었다. 그의 작품 무대가 되는 장소들에 대한 묘사도 직접 여행에서 얻은 경험을 바탕으로 한 것이 아니라, 오로지 상상 속에서 이루어진 것이었다. 그는 괴테나 다른 저명한 이탈리아 여행자들과는 달리 고대 로마의 흔적을 손수 추적하지도 않았다. 프랑스 혁명도 어디까지나 신문 보도를 통해서 간접적으로 경험했을 뿐이다. 나중에 벌어진 프랑스 혁명 세력에 대항한 유럽의 구세력들의 전쟁이나 나폴레옹 보나파르트의 부상도 마찬가지였다. 그 역시 자신은 "종이 바른 창문" 사이에 살고 있으며, 자신 앞에 있는 것은 오로지 "종이"뿐, 자신의 문학 활동의 그늘에서는 자연의 외적인 변화와 정치적 삶의 폭풍에 관한 인상을 얻을 수 없다고 썼다. 실러는 문학적 세계시민이 되기 위해서 경험적 직관을 필요로 하지 않았다. 그는 자신의 상상력이 연출하는 데에 따라 유럽의 역사를 섭렵했고, 유럽 역사의 핵심적 갈등과 변혁을 통해서 그 자신이 살고 있는 시대에 진단을 내렸다. 실러는 작가로서 자신의 역할을 오로지 독일 국민으로서뿐 아니라, 세계시민적인 관점에서 이해했다. 세계시민적 작가의 지적인 관심은 오로지 유럽 문화의 역사적 과정에만 해당할 뿐, 개별 민족적 관심과는 거의 겹치지 않았다. 그는 1795년 1월 25일에 프리드리히 하인리히 야코비에게 쓴 편지에 "우리가 육신적으로는 어쩔 수 없이 우리 시대의 시민일 수밖에 없지만, 정신적으로는 어떤 특정한 국가나 시대에 속하지 않고, 시대와 국적을 초월한 사해형제이고자 하는 것이 철학자와 시인의 특권이자 의무"라고 썼다. 그러므로 실러의 작품은 이른바 상상의 수단을 가지고 경험과 이성, 민족과 시대의 좁은 경계선을 허물어버리려는 의도를 지닌 유럽의 계몽주의 또는 세계문학에 속한다고 볼 수 있다. 이와 같은 정신적 자세를 바탕으로 실러는 다수의 시, 희곡, 소설을 썼고, 그 밖에 미학 및 역사에 관한 논문들도 집필했다.

실러는 카를스슐레 시절의 마지막 2년간에 비단 희곡 「도적 떼」만 아니고, 서정시들도 많이 썼다. 1776년 10월 17세의 나이에 이미 클롭슈토크의 영향을 받은 송가 「저녁」을 《슈바벤 마가친》에 발표해서 시인으로 세상에 이름을 알렸다. 그의 초기 서정시들은 카를스슐레를 졸업하고 나서 슈투트가르트에 머물던 시절에 쓴 시들과 함께 그의 『앤솔러지』(1782)에 수록되어 있다. 이 시집에는 모두 83편의 시가 수록되어 있는데, 예외 없이 작자들의 실명은 밝히지 않고 있다. 이 중 실러가 쓴 것으로 확인된 시는 48편이고, 나머지는 그의 카를스슐레 동창생들이 쓴 것이다.

여기에 실린 실러의 시들은 눈에 띌 만큼 다양한 문체와 형식 그리고 주제를 다루고 있어 그 시대의 문학적 취향을 파악하는 데 도움을 주고 있다. 할러와 클롭슈토크를 본떠서 광활한 우주를 찬가조로 노래한 「태양에 부쳐」, 「창조의 영광」, 「드넓은 세상」 같은 자연시들이 있는가 하면, 결혼한 여인이자 가상 인물인 라우라와 에로스에 관한 플라톤의 이론에서 중요한 매개체 역할을 하는 호감과 매력을 담론한 사랑의 송가 「비난」, 「추억의 비밀」, 「사랑의 승리」, 「판타지」, 「행복한 순간들」이 있으며, 그 밖에 폭정, 이중모럴, 축첩, 잘못된 판결 등을 고발하는 시대 비판적 작품인 「폭군들」, 「영아 살해범」, 「어떤 도덕군자에게」 등이 있다. 그리고 과도한 열정을 풍자하는 교훈시 「어느 관상학자의 묘비명」, 「저널리스트들과 미노스」, 「페스트」 등도 있다. 질적으로 큰 차이를 보이는 이 시들 중에서 비교적 중요한 의미를 지닌 텍스트는 사랑의 송가인 「추억의 비밀」이라고 저자 알트 교수는 지적한다. 이 시는 사랑하는 사람들이 전생에 한 몸이었다는 신화를 상기시키며, 남녀 간의 거부하기 힘든 성적인 이끌림을 노래한다. 특히 '라우라'-시에 모습을 드러내는 플라톤의 호감 이론은 실러가 이해하고 있는 사랑 개념의 바탕이 되는 요소로서 관심을 끈다.

만하임과 드레스덴 시절에는 실러가 서정시를 쓴 경우는 드물었다. 1784년 말에 만하임에서 탄생한 「자유분방한 정열」과 「체념」은 서정시이기보다는 『철학 서신』에서 감행한 형이상학 비판을 수사학적으로 시험해보는 실험적 성격을 지니고 있다. 「체념」은 사람들이 금욕적 생활 형식에 등을 돌리고, 오히려 세속적인 쾌락을 추구할 것을 냉소적인 어조로 요구하고 있다. 금욕적 생활 형식은 체념의 이론을 잘못 이해한 데서 비롯된 것으로서 이 이론의 핵심은 기독교적 가치관과는 아무런 상관이 없다는 것이다. 인간은 영원한 세상에서 약속된 대가 때문에 자신의 재물을 바치고 이 세상에서의 쾌락을 포기한 것으로 "거래"라는 경제학적 논리의 지배를 받고 있기 때문이다.

1785년 늦여름에 쾨르너와의 감격적인 만남을 노래한 유명한 송가 「환희에 부쳐」는 만하임 시절에 쓴 「율리우스의 신지학」의 애정론에서 찬양한 적이 있는, 이른바 "호감"의 촉매 역할을 우정으로 확대시켜 찬양함으로써 고조된 분위기를 연출하고 있다. 이 텍스트는 인습의 코르셋을 벗어버리고 우정으로 하나가 된 형제 공동체의 이상상(理想像)을 그리고 있다. 그 이상상은 계명 결사들이 부른 노래에서도 주도적 이념으로 부각되어 있어서 이 송가는 곧이어 여러 계명 결사 지부에서 부른 노래 곡명에 속하게 되었다. 이처럼 이 송가에는 100회 이상 곡이 붙여졌고, 베토벤 자신도 9번 교향곡에서 이 시에 곡을 붙일 정도로 사람들에게 유명해진 것이 사실이다. 이 노래는 『앤솔러지』의 우주론적인 사랑의 비전과는 반대로 세상을 지배하는 호감의 사유 모델을 인간의 사회적인 관계와도 관련시키고 있다. 우정의 이름으로 "자부심을 가진 남자들은 왕좌 앞에도" 떳떳하게 설 수 있다는 구절은 조금 후에 탄생되는 「돈 카를로스」의 알현 장면을 연상케 한다. "환희"는 이 세상에서 느낄 수 있는 행복감의 형식이고 "사랑" "우정" "호감"의 개념과 비견되며, "낙원"과 "감격"의 개념과도 상통한다. 이 시는 격정적인 자아 승화와 이상 사회의 기대감이 뒤섞여 있을 뿐 아니라, 무리한 형식과 지나치게 도취된 상징 때문에 문체상의 조화를 얻지 못한 것으로 평가되고 있다. 실러 자신도 1800년 10월 21일에 쓴 편지에서 이 송가를 가리켜 "형편없는 시"라고 했는데, 이는 고전주의 시기의 문학 규범을 중시하는 관점에서 표현한 평가가 아닐 수 없다.

실러 문학의 장르적 본령(本領)은 어디까지나 희곡이다. 흔히들 실러의 문학 작품 중에서는 괴테의 「젊은 베르테르의 슬픔」이나 「빌헬름 마이스터의 수업 시대」에 필적할 만한 소설 작품이 없는 것을 아쉬워하는 경향이 있으나, 이와 같은 단순 비교는 소설 장르가 급격히 부상한 시민사회의 취향에 치우친 편견에 지나지 않고, 문학의 전반적인 지평 위에서는 「도적 떼」와 「발렌슈타인」, 이 두 희곡을 괴테의 소설 작품에 비견할 만한 실러의 문학적 업적으로 꼽는 전문가들도 있다. 실러의 초기 희곡은 1770년대부터 독일에서 전개된 일종의 청년 문학운동의 범주에 속한다. 대부분 1770년에 막 성년 나이에 접어든 젊은 세대들이 주도한 이 새로운 문학운동은 가정, 사회, 학교 그리고 문화계에 팽배해 있는 가부장적 권위에 맞서 반란을 시도한다는 데에 초점이 맞추어져 있다. 문학사에서 질풍노도 세대들이라 불리는 이들의 드라마가 한결같이 추구하는 목표는 형식으로나 내용으로 계몽주의 문학을 극복하고, 관객에게 "교훈"보다는 역동적인 사회변혁을 통한 해방감을 전달하려는 경향이 농후한 것이었다. 예술적인 변화 의지는 새로운 언어 표현술, 유치한 감정의 과시, 규칙시학의 파괴, 문학 수용계층의 확대 등을 통하여 나타났다.

이 세대 중에서 가장 나이가 어린 실러는 뒤늦게 이 세대에 합류한 작가로서 최초의 희곡 「도적 떼」에서 형제간 극복될 수 없는 갈등이 빚는 비극을 형상화하고 있다. 세르반테스의 「돈키호테」에 등장하는 고상한 품성을 지닌 의적 후키 귀나르트와 클롭슈토크의 「메시아」에 나오는 후회하는 악마 아바도나를 모델로 했다는 형 카를 모어와, 밀턴의 「실락원」에 등장하는 악마와 「메시아」에 나오는 전형적인 악마 아드라멜레히를 모델로 삼았다는 동생 프란츠 모어는 똑같이 기존의 규범과 질서를 타파하려는 충동에 사로잡혀 사회적 관행의 한계를 넘어서 행동하려고 한다. 이와 같은 인물 설정과 극적인 행동이 결부된 극 중의 구체적인 상황은 가장(家長)인 노백작의 무력함이 빚은 모어가(家)의 가부장적 질서의 붕괴로 빚어지는 프란츠의 장자권(長子權)에 대한 도전과 자신을 국부로 승격시켰던 카를 오이겐 공의 인물 속에 부각되어 있던 구체제(앙시앵레짐)의 내적 안정에 도전하는 카를의 반역 행위가 핵심을 이루고 있다. 이와 같은 반역 행위는 프란츠의 부친 살해와 자살, 카를에 대한 법의 심판을 예시하는 것으로 끝이 난다. 이 드라마가 보여주는 가장의 권위 상실은 혁명의 조짐을 알려주는 일종의 사회적 위기의 표징이기도 하다.

그의 두 번째 비극 「제노바 사람 피에스코의 역모」는 역사적 소재에 바탕을 두고는 있지만, 역사 드라마는 아니다. 23세의 주인공 피에스코가 프랑스 군대의 지원을 받으며 독재자 안드레아스 도리아에 대항해서 봉기를 일으켰던 1547년 1월에 제노바에서 일어난 역사적 사건은 치밀하게 계산된 심리 드라마의 배경만 이룰 뿐이다. 이 작품에서 주인공 피에스코는 쿠데타를 일으켜 제노바의 총독 도리아와 그의 조카 자네티노를 권좌에서 몰아내고, 자신을 군주로 선포한다. 하지만 공화주의 신념을 지닌 쿠데타 동지 베리나는 권력욕에 사로잡힌 피에스코에게 환멸을 느낀 나머지 그를 살해한다. 자네티노와 피에스코의 죽음으로 군주정치의 위험이 제거되자, 베리나를 비롯해서 공화주의를 신봉하는 쿠데타 세력은 그들이 몰아냈던 옛 총독 도리아가 비록 늙은 독재자이긴 하지만, 백성들에게 존경을 받고, 실질적으로 공화주의 원칙에 따라 통치하는 인물임을 깨닫고 그의 편으로 돌아선다. 그리하여 제노바의 통치체제는 현상대로 유지되고, 공화국 선포를 위한 혁명은 결국 '공화국 비극'으로 끝이 난다. 이와 같은 줄거리는 드라마를 이끌어가는 외적인 틀에 지나지 않고, '공화국 비극'의 참다운 원인은 모든 등장인물들의 양가적 성격에 기인한 다채로운 권력 놀음에 있음이 시사되고 있다.

실러가 젊은 시절에 쓴 세 번째 드라마의 제목은 원래 「루이제 밀러린」이었으나 만하임 극장의 배우 이플란트의 제안으로 좀 더 관객에게 어필할 수 있는 「간계와 사랑」으로 바뀌어 후세에 전해지고 있다. 악사의 딸인 평민 출신 여주인공과 수상의 아들인 귀족 출신의 남주인공의 이루어질 수 없는 사랑을 줄거리로 하고 있는 이 드라마에서는 레싱의 「미스 사라 삼프손」 이래 독일의 시민계층의 관객에게 인기가 있던 시민비극의 구성 요소들을 모두 동원하여 선보이고 있다. 신분의 갈등, 통속적인 사랑이야기, 비열한 음모, 비극적 오해, 독살 등의 장면들이 모자이크처럼 결합되어 나타난다. 당시 사회 현상의 사실적 묘사, 격정적 언어, 비극의 형상화까지도 이 드라마를 전형적인 질풍노도 문학의 창작극으로 만들고 있다.

실러의 초기 드라마 중 마지막 작품인 「돈 카를로스」에는 초기 드라마에 등장하는 모티브와 주제들이 총집결해 있다. 궁정을 배경으로 진행되는 얽히고설킨 사랑이 핵심을 이루고, 이는 세대 간의 갈등을 통하여 더욱 복잡해진다. 거기에 우정 모티브가 곁가지를 이루고 있다. 이 드라마가 우선 가정 드라마라는 인상을 주는 것은 시민비극의 법칙의 지배를 받고 있기 때문인 것으로 이해된다. 이 드라마에서는 왕세자인 카를로스가 계모인 엘리자베트 왕비를 사랑하고, 에볼리 공주는 왕자를 사랑하고, 펠리페 왕은 에볼리 공주를 흠모하는 것을 발단으로 하여 온갖 갈등을 빚으면서 등장인물들의 사랑과 오해, 질투와 음모 등의 극적인 행동이 "타블로 원칙(Tableau-Prinzip)"에 따라 전개된다. 그 갈등의 출발점들은 주로 그들의 정신적 출발점이 각각 다른 데서 기인한 것이지만, 그 정신적 출발점들은 어디까지나 정치 영역과 교차하거나 적어도 그 영역을 건드리고 있다는 점에서는 공통점을 가지고 있다. 그들이 대부분 개인적으로 이와 같은 갈등에 말려든 것은 결국 권력욕 때문인 것으로 저자는 보고 있다. 자신의 계모에 대한 애정을 억제할 수 없지만, 또한 국익을 생각해야 하는 왕자로서 행동 자제와 열광주의 사이에서 흔들리는 왕자의 사랑의 드라마는 정치적 색채를 띤 것이고, 네덜란드의 자유를 위한 투사들에 대한 호감은 자신이 지니고 있는 리버럴한 정신에 힘입은 것이지만, 이를 숨겨야 하는 왕비의 비극도 어디까지나 통치술의 강요 때문에 빚어진 것이다. 연극이 진행되면서 사건의 중심에 서게 되는 펠리페 왕도 그 자신이 만든 궁정 세계의 불신의 희생자인 셈이다. 이 궁정 세계는 그를 절대적 권력이 없는 절대 군주로 일종의 배신, 아첨, 사기의 구렁텅이로 몰고 가는 것이다. 왕과의 대화에서 왕에게 사상의 자유를 누림으로써 인간이 인간답게 살게 될, 이른바 인간에게 유익한 국가를 요구하고, 자신의 공화주의 신념을 역설하는 포자도 막상 왕에게 신임을 얻어 권력을 행사할 수 있게 되자, 자기 자신을 신격화하고, 은밀히 체제를 전복시킬 음모를 꾸미며, 타인의 자유를 침해할 뿐만 아니라, 폭력정치까지 자행하게 된다. 무엇보다도 정치적 판단 능력이 미숙한 왕자에게 자신의 구상을 숨긴 것은 자신의 의중을 밝히지 않을 것을 권하는 근대 초기 궁정의 행동계율을 따른 것으로 해석된다. 그가 한 여인의 가슴에 비수를 꽂고, 자신의 계획을 털어놓지 않음으로써 친구를 배신했을 뿐만 아니라, 자신을 신임했던 왕에게까지 배신감을 느끼게 한 것은 도덕적인 관점에서 답을 얻기 어려운 의심스럽고 불가사의한 행동이 아닐 수 없는데, 실러는 이런 모든 것이 그의 권력욕에 기인하는 것으로 보고 있다. 이 권력욕을 포자는 자신의 도덕적 우월성을 통하여 정당화할 수 있다고 믿으면서 다른 인물과 똑같이 목적 달성을 위해서는 수단과 방법을 가리지 않는 정치가로서 행동하다가 끝내 자신의 정체가 드러나자, 자신뿐만 아니라, 왕자와 왕비까지도 파멸시키고 마는 것이다. 이렇게 실러의 네 번째 드라마는 애정의 갈등을 발단으로 하여 사회 고발적 의도와 정치적 비전을 펼쳐 보이지만, 현실 정치에 있어서는 절대주의 국가의 비밀정치의 원칙의 지배를 받아, 애당초 자신의 투쟁의 대상이었던 낡은 정치수법을 그대로 답습하는 정치의 속성을 파헤친 한 편의 정치 드라마로 완성된 것이다.

　실러가 소설을 단지 자신의 문학 활동의 부산물로 보고 예술적 완전성을 인정하지 않았던 것은 익히 잘 알려진 사실이다. 1795년 말에 그는 소설가를 시인의 "이복동생"으로 폄하함으로써 고전적 예술관에 상응하는 그의 미학적 신앙을 고백한 적이 있다. 그러나 실러도 소설을 써서 미래 작가 세대가 본을 받게 되는 선구적 업적을 남겼다는 새로운 평가는 이 실러 전기가 거둔 성과로 볼 수 있다. 실러의 소설이 긴장 요소를 통해 독자들의 호기심을 자극하는 서술 기법은 정교한 심리적 폭로술을 서술 전략으로 삼는 근대 범죄소설의 선구적 역할을 한 것이나 마찬가지이기 때문이다. 바이마르에 정착한 후 실러는 출판업자 괴셴의 지원에 힘입어 돈 때문에 글을 써야 하는, 이른바 예술적 담합을 할 필요는 없었으나, 독자들의 취향을 고려하지 않으면 안 되었다.

　특히 실러의 산문 텍스트들은 1786년과 1789년 사이에 문학시장의 요구에 부응해서 탄생된 것이었다. 그의 「파렴치범」은 물론, 미완성 소설 「강신술사」의 탄생은 폭넓은 독자층에 다가가서 "한 번도 들어본 적이 없는" 이야기를 읽는 즐거움을 제공함으로써 독자들에게 인기가 높았던 것으로 확인되고 있다. 카를스슐레에서 쌓은 의학 전문지식이 실러가 쓴 소설에서 중요한 역할을 한다는 것은 특별히 「파렴치범」이 증명하고 있다. 이 텍스트는 당시 뷔르템베르크에서 악명이 높았던 범죄자 프리드리히 슈반의 생애를 다루고 있는데, 사회적 상궤에서 "탈선"한 인간의 연대기는 정상적인 인간보다 정신분석적 고찰 대상을 더 많이 제공한다는 것을 보여준다. 이런 부류의 인간에게서는 절제되지 않은 열정, 폭력적 충동, 잔인한 욕망이 도덕적인 통제를 벗어나 거침없이 분출되기 때문이다. 실러는 범죄적 일탈 행위의 근원을 충동적인 체질적 결함에 있다고 보고, 범죄의 원인을 정신 병리학적 요인들과 관련시키고 있다. 1789년 초에 발표된 「운명의 장난」도 「파렴치범」처럼 실제 일어난 사건을 바탕으로 하고 있다. 슈투트가르트 요새 사령관 필립 프리드리히 리거는 정치 경력의 절정에서 경쟁자의 음모에 휘말려 실각할 뿐만 아니라, 카를 오이겐 공의 명령으로 체포되어 비인간적인 조건하에 감금된다. 그러나 수년 후에 사면되어 악명 높은 호엔아스베르크 감옥의 최고 책임자로 임명되는데, 이 단편소설은 이것을 줄거리로 삼고 있다. 본래 바로크풍의 "행운" 모티브를 다루고 있는 이 소설보다 더 중요한 소설은 1786년과 1789년 사이에 탄생한 미완성 소설 「강신술사」다.

실러는 애당초 이 텍스트를 협잡꾼, 신비로운 실험, 정치적 음모를 다루는 심리 노벨레로 구상했으나, 독자들의 성화에 못 이겨 한 개인의 성장 과정을 다룬 발전소설로 규모를 확대시켰다. 다채로운 소재를 다루고 있는 이 소설의 배경을 이루는 것은 1780년대 초부터 독일에서 활발히 전개되었던 비밀결사, 사이비 종교, 신비주의 서클에 대한 논란이었다. 무엇보다도 실러 자신이 겪은 비밀결사 계명회와의 경험이 이 소설 속에 유입되어 있는 점이 특이하다. 「강신술사」는 개인의 유혹 가능성, 정치적 음모와 책동술을 테마로 하면서 주인공의 부정적 발전 과정을 다룬 시대 비판적 소설이다. 「돈 카를로스」와 유사하게 실러는 여기서 1789년 프랑스 혁명이 일어나기 전의 구체제에 대한 파격적인 진단을 내리고 있다. 왕위 계승 순서에서 3위에 있는 독일의 왕자인 주인공은 사육제 때 베니스에서 혼란스러운 모험을 경험한다. 그는 자신의 사촌인 왕세자의 죽음을 예언하는 예언자를 만나고, 국가 종교재판의 카타콤에서 교수형을 목격하고, 한 시칠리아인 마술사가 벌이는 마술적 영매 현장에 참석하게 된다. 그리고 저녁에 시내를 산책할 때는 정체 모를 섬뜩한 인상을 지닌 한 아르메니아인의 추적을 당하게 된다. 제2부에서 이 악마와 같은 아르메니아인은 개신교 신자인 이 왕자를 가톨릭으로 개종시켜 왕위를 계승케 하려는 한 비밀 교단의 회원임이 밝혀진다. 확고한 판단력이 없는 왕자는 끝내 그 비밀 결사의 수중에 말려들어 자신의 프로테스탄트 신앙을 가톨릭으로 개종하기에 이르고, 도박, 불륜, 살인 등 온갖 끔찍한 행동을 저지른다. 제1부의 마지막에서 암시된 왕자가 왕위에 오르기 위해서 삼촌을 살해하게 되는 과정은 제2부에서 자세히 묘사되지 않고 미완성으로 끝이 난다. 실러는 이와 같은 불행의 원인을 모두 주인공의 불행한 교육 과정에 돌리고 있다. 독일 교양소설의 본보기나 다름없는 괴테의 「빌헬름 마이스터의 수업시대」보다 7년 앞서 실러는 한 개인의 성장에 시행착오의 법칙이 지배하는 한 편의 부정적 발전소설을 쓴 것이다.

역사가 실러는 언어 구사력이 탁월한 연대기 기록자요, 종교적 갈등이 심했던 한 시대의 예리한 분석가로서 역사 발전에 대한 계몽된 사상을 지니고 있었으며, 동시에 서술 효과를 의식하고 19세기의 역사주의의 초상화술을 앞당겨 실험한 역사 서술자로 평가받는다. 실러가 역사적 저술에 바친 시간은 1787년부터 1792년까지 5년간에 불과하지만, 이 짧은 기간에 『스페인 정부에 대한 네덜란드 연합국의 배반 역사』와 『30년전쟁사』가 탄생했다. 이 책 『실러』의 저자는 실러가 역사서 저술을 하게 된 동기를 여러 가지로 꼽고 있다. 우선 문학 영역에서 필요로 하는 소재상의 자극을 역사 연구를 통해 얻고 싶었고, 지금까지 희곡작가로서 얻지 못한 사회적 명성을 역사가로서 얻을 수 있다는 기대감이 작용했다. 그뿐 아니라 미래 전망이 불투명한 전업 작가로서 절실히 필요로 하는 높은 액수의 인세를 역사학의 글들이 가져다줄 것으로 기대했다. 이와 같은 기대감을 고려할 때 역사가로서 실러의 막간 활동은 그의 생계의 측면에서 대단히 성공적이었던 것으로 보인다.

실러는 역사학에 눈을 돌린 후 지금까지 생소했던 작업 방법을 스스로 터득하지 않으면 안 되었다. 특히 1787년과 1788년 사이에 바이마르에서 스페인의 권력자들에 대항한 네덜란드의 반란의 역사와 씨름하는 동안 그는 정밀하게 사료를 검토하는 작업을 해야 했다. 이 시기만 해도 사료 연구는 아직 역사 학문의 방법적 레퍼토리에 속하지 않았다. 실러의 모든 역사 논문은 정확한 학문적 성격을 갖추어야 하고, 여기에 서술 효과까지 더해 균형을 이루어야 한다는 내적 요구가 저변에 깔려 있었다. 그러나 1789년 5월 26일 저녁에 개최된 예나대학의 취임강의에서는 세계사적 관점에서 역사 발전의 보편적 법칙을 규명하려고 시도하고 있는 반면에, 네덜란드의 반란의 역사에서는 세계사적인 고찰 방법을 철저히 배제하고 행동하는 인물들의 모호하고 양가적인 성격에 시선을 집중하고 있다. 카를 5세, 펠리페 2세, 에그몬트, 오라니엔, 알바, 마르가레테 폰 파르마 같은 인물의 개성 있는 초상화들이 실러가 제공하는 지리적, 역사적, 경제사적 정보보다 더 강력하게 독자들에게 어필하고 있는 것이다. 『30년전쟁사』도 긴장감이 넘치는 서술 기법, 반전이 있는 희곡적 연출, 정교하게 펼친 초상화술을 통해 역사 기술의 서술적 차원에 무게를 두고, 발렌슈타인과 스웨덴 왕 구스타브의 성격을 다양한 각도에서 조명하고 있다. 또한 실러가 역사서 저술을 통해 이룩한 독창적인 업적은 역사 기술에 체계적이고 분석적인 절차를 도입해 방법론적으로 조정한 데 있다고 알트 교수는 보고 있다. 실러의 역사 논문들은 역사와 서술, 구성주의와 사료 연구, 구조사와 인물사를 연결하는 하나의 교량을 설치했다는 것이다. 그의 역사 서술은 화려한 문체와 마치 바이올린 연주에서 폭넓게 활을 움직여 아름답고 풍성한 소리를 내듯, 다양한 서술 기법을 통해 당대의 세계사 연구자들이 쓴 단조로운 논문과는 달리 독자들에게 심금을 울리는 서술 전략을 담고 있다고 저자는 지적한다.

실러가 이처럼 다방면의 글을 써서 문학적인 명성을 얻게 되는 배경에는 그 당시의 사회적 분위기도 큰 몫을 했다. 백성들의 문맹 퇴치, 서적 시장의 팽창, 여성 독자들의 증가, 감상주의적 이상에 무게를 두는 시민적 가치관의 보급 등은 18세기 말에 글을 쓰는 작가가 사회적 명성을 얻을 수 있는 전제를 이루었다. 문학작품에 대한 독자들의 컬트 현상은 이미 클롭슈토크와, '베르테르'–소설(1774)을 통해 전례 없는 성공을 거둔 젊은 괴테를 대상으로 나타났다. 실러는 정력과 현실감각을 가지고 자신의 명성을 쌓아올리는 작업을 했고, 도움을 받을 수 있는 사회적 관계망 구축에 가치를 두고 당시의 독일 문학계에서 영향력이 막강한 인사들과 접촉을 했으며, 사업적으로도 능숙하게 문학작품의 보급을 촉진하는 홍보 활동을 벌일 줄 알았다. 그는 자신이 발행하는 잡지들을 통해 일찍부터 문학 담론의 광장을 마련했고, 그 광장은 그가 예술가적 목표를 달성하는 데 이바지했다. 22세 때에 옛 학우들과 공동으로 창간한 《비르템베르크 문집》, 《탈리아》, 그리고 괴테와 공동으로 발행한 《호렌》 등은 그를 위한 보도매체의 기반이 되었다. 이 기반을 통해서 그는 시와 희곡 작품은 물론, 소설, 서평을 발표했을 뿐만 아니라, 이론적인 논문의 발표를 통해서 독자들에게 자신의 미학적 규범을 알리고, 역으로 그 규범 속에서 독자들의 취향에 맞는 작품의 집필 전략을 발전시킬 수가 있었다. 그 점에서 실러가 부상하는 출판업자들의 도움을 받은 것은 물론이었다. 그 출판업자들은 그의 글을 효과적으로 널리 알리는 데 유리한 조건들을 제시해주었다. 그의 친구이자

「돈 카를로스」와 《탈리아》를 발간한 라이프치히의 게오르크 요아힘 괴셴, 그의 역사학에 관한 글과 4권으로 된 산문집을 발간한 지크프리트 레프레히트 크루시우스, 그리고 괴테 시대의 가장 저명한 "출판기업가"인 크리스토프 프리드리히 코타 등이 바로 그들인 것이다.

실러 문학의 수용 역사에는 실러에 열광한 나머지 그를 우상화하려는 시도가 있던 때가 있었다. 실러도 자신의 작품이 독자들에게 감동을 불러일으키는 것에 대해서는 흡족해했지만, 자신의 인물을 미화하는 경향들에 대해서는 회의를 표시했던 것으로 알려지고 있다. 이 책의 저자도 19세기에 팽배했던 이념을 위한 고전 읽기와 계산된 국수적이고 미사여구로 흘러간 우상화 열정이나 특히 1859년 그의 탄생 100주년 기념행사를 정점으로 모습을 드러냈던 문학적 규범을 비역사적으로 절대화하려는 경향은 한결같이 그의 텍스트들의 내면적 핵심을 비켜가고 있는 데에서 비롯된 것으로 지적하고 있다. 그를 잘못 이해한 나머지 실러가 세상물정에 너무 어두웠다는 상투적인 비판 또한 마찬가지이다. 그와 같은 화석화의 경향은 실러가 1800년 이후에 와서 고집하는 미학 교육의 이상에도 배치되는 것이다.

아름다움을 통한 인간 교육은 미숙한 개인이 발전하여 완전성에 이를 수 있는, 다시 말해서 변화될 수 있는 존재로 파악되는 곳에서만 가능한 것이다. 감성적 능력과 지적 능력의 조화에서 파생되는 개인의 자유도 어디까지나 정체되지 않고 끊임없이 움직여야 달성될 수 있는 역동적인 과제임에도 불구하고 실러의 작품을 다루었던 후세들이 때에 따라서는 이와 같은 의식, 즉 교육이 동적인 과정이라는 깨달음을 외면하려 했던 때가 있었다. 그와 같은 경향들은 그 자체가 지속적인 활동으로 인식되어야 할 것을 각기 다른 목적을 위해 고정시키기 때문이다. 실러에게는 하나의 절대적인 진리를 소유하는 것보다 더 중요한 것은 어디까지나 인간을 완성화로 이끄는 길이었다. 그의 문학작품이 정치적 현실에 대한 불만 의식을 담고 있다는 것을 배경으로 할 때, 그의 미학적 이상주의가 요구하는 것은 현실적으로 실현 불가능한 요구이지만, 이런 요구가 나타나는 까닭은 주관적인 기이한 행동을 떠나서 일종의 영속적인 사회적 욕구불만 때문인 것을 알 수 있다. 그렇지만 실러는 예술의 교육적 효과를 두고는 비록 그것이 변화무쌍한 현대성이 지배하는 상황하에서 하나의 환상에 지나지 않는 것처럼 보이더라도 진지하게 받아들여지기를 희망하고 있다. 그와 같은 희망의 원천은 자기 성찰을 통하여 자신의 동적인 성격을 하나의 현대적 의식역사의 요소로 파악할 줄 아는 변증법적 사상이다. 실러 문학이 지니고 있는 리얼리티는 이와 같은 열려 있는 성찰 문화를 바탕으로 하고 있다. 다시 말해 그의 작품을 현재 상태에 대한 지속적인 비판의 동력을 가진 진보적 계몽주의의 한 요소가 되게 하고 있는 것은 바로 그 성찰 문화 때문인 것이다.

때마침 실러 문학전집, 이른바 "내셔널 판(Nationale Ausgabe)"이 새로 출간되고, 실러 사망 200주년을 맞는 적절한 시기에 이 책의 저자 알트는 실러의 생애와 작품을 그가 살았던 시대의 광범위한 문화사적 연관 속에서 해명하는 것을 목표로 삼고 실러의 생애와 작품들에 대한 상세하고도 새로운 해설이 담긴 획기적인 실러 전기를 펴냈다. 실러는 독일에서 레싱 이후에 관행이 된 후원자의 후원 없이 문학작품을 써서 먹고살아야 했던 최초의 전업 작가 중에 한 사람이었던 만큼, 그의 삶의 중요한 부분을 차지하고 있는 것은 어디까지나 문필 작업이었음은 물론이다. 그러므로 그의 전기를 쓰면서 그가 쓴 문학작품이 고찰의 핵심을 이루고 있는 것은 전업 작가로서 경험하고 결정한 실러 자신의 역할 이해와도 부합한다고 볼 수 있다. 저자는 실러의 문학작품을 해설하면서 그의 정신적 프로필에서 중요한 역할을 하는 심리학과 정치적 관심을 해명하는 데 중점을 두고 있지만, 그렇다고 오로지 사회학 연구서의 위험에 빠지거나 근시안적 안목으로 심리학적 고찰에 치우치거나 하지 않고, 문화사적, 정치사회적 문맥 속에서 실러의 생애와 작품들에 대해서 상세하면서도 읽기가 비교적 수월한 설명을 내놓고 있다.

다른 한편으로 저자는 실러가 한평생 일상사와는 거리를 유지해서 세상을 소외시킨 것처럼 보이지만, 국가철학적, 사회사적 문제 영역에 대해서는 깊은 관심을 가지고 있었다는 사실을 확인하고, 실러의 이미지가 세상을 등진 이상주의자라는 신화로 새어버린 것을 못 마땅히 여기고 있음을 알 수 있다. 그리하여 실러의 전 생애를 거쳐 우정 관계나 애정 행각은 물론이고 당대의 시인들이나 군주들과 벌인 온갖 논쟁들을 관련시킨 가운데, 상아탑 속에 갇혀 세상물정에 어두운 이상주의자가 아니라, 주변 세계와의 활발한 담론을 펼쳐 다의적으로 추론하고, 정치적으로 사유하는 한 예술가의 지적인 초상화를 그려내고 있다. 그 결과 마침내 현란하지만 공격적이지 않고, 객관적이면서도 균형감이 있는 실러 전기를 오늘날의 독자들에게 선보이면서 실러 문학 수용사에 나타나는 변증법적인 변천 속에 바로 실러 문학의 현대성이 있음을 증언하고 있다.

2015년 7월 일산에서
김홍진

찾아보기

인명

-ㄱ-

∴

* 실러가 쓰거나 편집한 글 또는 책만을 다루었다.

1196

지은이

:: 페터 안드레 알트(Peter-André Alt)

베를린자유대학의 독문학과 교수로서 현재 이 대학의 총장직을 수행하고 있다. 총장 취임 전까지는 같은 대학 부설 '달렘연구소'의 책임자로서 이 대학의 국제적 네트워크를 조성하여 미래지향적 학문 연구의 비전을 제시했다는 평가에 힘입어 전 독일 대학의 기대를 한 몸에 받기도 했다. 그는 창의적으로 대학을 경영하는 유능한 대학 행정가일 뿐만 아니라, 학자로서 전공하는 학문 분야에서도 출중한 업적을 올림으로써 독일 학계에서도 각별히 주목을 받는 인물이다.

알트는 1960년 베를린에서 태어나 이곳 자유대학에서 주로 독일문학, 정치학, 역사학, 철학을 전공한 후 24세에 박사학위를, 33세에는 '하빌리타치온'을 취득했다. 1995년부터 보쿰대학, 뷔르츠부르크대학에서 독일 근대문학을 강의했고, 2005년에는 스승인 한스 위르겐 슁 교수의 뒤를 이어 모교의 독문학과 교수로 부임했다. 그가 쓴 저서들 가운데에는 『실러』를 비롯해서 『프란츠 카프카』, 『계몽주의』, 『아이러니와 위기』, 『고전주의의 결승전』, 『악의 미학』 등이 그의 활발한 학술 활동의 알찬 결실로 꼽힌다. 알트 교수는 2005년 『실러』를 저술한 공로로 실러의 고향인 마르바흐 시가 수여하는 '실러 상'을 수상했고, 현재 독일 실러 학회의 회장이기도 하다.

옮긴이

:: 김홍진(金鴻振)

1938년 생으로 성균관대학교 독어독문학과를 졸업하고, 독일 쾰른대학에서 문학박사 학위를 취득했다. 숭실대학교 독어독문학과 교수로 재직하면서 인문대학장을 역임했고, 현재는 같은 대학 명예교수로 독일 고전 번역에 힘쓰고 있다. 『개선문』, 『테오리아』, 『젊은 괴테』, 『예속의 유혹』, 『본회퍼를 만나다』 등을 우리말로 옮겼으며, 주요 논문으로는 「파울 하이제의 초기 노벨레 기법」, 「기술복제 시대의 문학」, 「헤르더의 역사주의 이해」 등이 있다.

:: 최두환(崔斗煥)

1935년 생으로 한국외국어대학교 독일어과를 졸업하고(1958), 독일 괴팅겐대학에서 유학 생활을 했다(1960~1982). 중앙대학교 문리대 독어독문과 교수를 지냈으며(1982~2000), 한국괴테학회회장을 역임했다(1993~1997). 1999년 이래로 바이마르 괴테학회 명예회원이다. 현재는 도서출판 <시와진실> 대표. 김지하의 첫 시집 『황토(*Die gelbe Erde und andere Gedichte*)』(Suhrkamp, 1983)와 박희진의 시집 『하늘의 그물(*Himmelznetz*)』(Edition Delta, 2007)을 독일어로 옮겼고, 괴테의 『파우스트―하나의 비극』(시와진실, 2000)과 『서동시집』(시와진실, 2002)을 우리말로 옮겼다.

한국연구재단총서 학술명저번역 서양편 **576**

실러 1-2

생애·작품·시대

1판 1쇄 찍음 ｜ 2015년 7월 30일
1판 1쇄 펴냄 ｜ 2015년 8월 10일

지은이 ｜ 페터 안드레 알트
옮긴이 ｜ 김홍진, 최두환
펴낸이 ｜ 김정호
펴낸곳 ｜ 아카넷

출판등록 2000년 1월 24일(제406-2000-000012호)
413-210 경기도 파주시 회동길 445-3
전화 ｜ 031-955-9511(편집) · 031-955-9514(주문)
팩시밀리 ｜ 031-955-9519
책임편집 ｜ 박수용
www.acanet.co.kr

Printed in Seoul, Korea.

ISBN 978-89-5733-422-5 94850
ISBN 978-89-5733-214-6 (세트)

이 도서의 국립중앙도서관 출판시도서목록(CIP)은
서지정보유통지원시스템 홈페이지(http://seoji.nl.go.kr)와
국가자료공동목록시스템(http://www.nl.go.kr/kolisnet)에서 이용하실 수 있습니다.
(CIP제어번호: CIP2015017559)